D1146143

Rose

ISBN 90 414 0109 1
© 1996 by Martin Cruz Smith
Voor de Nederlandse uitgave:
© 1996 by Uitgeverij Anthos, Amsterdam
Oorspronkelijke titel: *Rose*
Oorspronkelijke uitgever: Macmillan, Londen
Vertaler: Theo Horsten
Omslagontwerp: Studio Jan de Boer
Omslagillustraties: Spaarnestad (mijnlandschap);
The Image Bank (vrouw)
Foto auteur: Jerry Bauer

Verspreiding voor België:
Uitgeverij Westland nv, Schoten

Martin Cruz Smith

Rose

Anthos

Voor Em

Dankbetuiging

Graag wil ik Christopher Maclehose
en Anne O'Brien bedanken
omdat ze me op weg hebben geholpen naar Wigan,
Nikki Sheriff voor de kaartenkamer,
Kristin Jakob voor de juiste tuin,
Jean Sellars voor de gepaste kledij,
George Thompson voor de gedichten
en Ian Winstantley voor de wereld onder de oppervlakte. '
De meeste dank ben ik verschuldigd aan Joe Fox,
die bij vijf boeken in vijftien jaar
mijn pad verlicht heeft.

I

DE MOOISTE VROUWEN ter wereld vond je in Afrika.

Somalische vrouwen gehuld in purperen gewaden, vermiljoen, roze. Om hun hals barnstenen kralen die, als ze tegen elkaar wreven, elektriciteit afgaven en de geur van limoenen en honing.

Vrouwen uit de Hoorn die door gouden sluiers gluurden, strengen in de vorm van rinkelende tranen. Ze waren van hoofd tot voeten in zwarte sluiers gehuld, hun verlangen samengeperst in ogen met koolzwarte randen. Dinka-vrouwen uit het Maangebergte, donker en glad als het donkerste, gladste hout, lang en statig in kralenkorsetten die pas op de avond van hun huwelijk opengesneden zouden worden.

En de vrouwen van de Goudkust met gouden kettingen, belletjes, armbanden, die dansten in rokken van gouddraad in kamers die geurden naar kaneel, kardemom, muskus.

Jonathan Blair werd wakker, verward in klamme lakens en huiverend van de regen, de kwalijke dampen en het roet die tegen het enige raam van zijn huurkamer drensden. Hij wenste dat hij terug kon glijden in zijn droom, maar die was als rook vervlogen. Afrika zat echter in zijn bloed, voor altijd.

Hij vermoedde dat hij tyfus had. Een week eerder had hij helemaal geel gezien, van zijn ogen tot zijn tenen. Hij pieste bruin water, een teken dat hij malaria had. Dat had om kinine en gin gevraagd – daar had híj gisteravond in elk geval om gevraagd.

Buiten kondigden de klokken een nieuwe smerige dag aan met een gegalm alsof er adertjes in zijn hersens barstten. Hij had het ontzettend koud en op het rooster van de miniatuurhaard in zijn kamer lag een armzalig hoopje kolen langzaam uit te doven onder de as. Hij zwaaide zijn benen uit bed, nam een stap en zakte in elkaar.

Een uur later kwam hij weer bij. Dat kon hij afleiden uit een nieuwe uitbarsting van klokgelui en dus had God per slot van rekening toch ook een positieve kant – als een hemelse regelaar met een gong.

Vanaf de vloer had Blair een uitstekend zij het enigszins laag uitzicht op zijn zitkamer: een tot op de draad versleten karpet vol theevlekken, bed met een klamme prop lakens, een enkele stoel en een tafel met een olielamp, behang met kranten opgelapt, druilerig grauw licht door het raam op een haard met dode as. Hij kwam in de verleiding om te proberen naar de stoel te kruipen en zittend te sterven, maar hij herinnerde zich dat hij een afspraak had. Bevend als een oude hond begon hij op handen en voeten in de richting van de haard te kruipen. Rillingen liepen over zijn ribben en trokken aan zijn botten. De vloer ging op en neer als het dek van een schip en opnieuw ging hij van zijn stokje.

En kwam weer bij met een lucifer in zijn ene hand en een krant en kachelhoutjes in de andere. Naar het scheen functioneerde hij bewusteloos net zo goed als wanneer hij bij kennis was; dat deed hem genoegen. De krant was zo opgevouwen dat hij naar de hofkroniek van 23 maart 1872 keek. 'H.K.H. de Kroonprinses zal een vergadering van begunstigers van de Royal Geographical Society bijwonen in gezelschap van Sir Rodney Murchison, President van de RGS, en Zijne Hoogwaardige Excellentie Bisschop Hannay. Behandeld zal worden...' Dat was gisteren, wat wilde zeggen dat hij de feestelijkheden had gemist, vooropgesteld dat hij: niet ziek zou zijn geweest, uitgenodigd zou zijn, en geld voor een rijtuig zou hebben gehad. Hij streek de lucifer aan en moest al zijn kracht gebruiken om het zwavelachtige vlammetje onder het papier en de houtjes te houden en die onder het rooster te schuiven. Hij rolde zijdelings naar de kolenbak. Alstublieft, God, dacht hij, laat er kolen zijn. Die waren er. Hij legde een handjevol op het vuur. Er hing een ketel boven het rooster. Alstublieft, God, dacht hij, laat er water zijn. Hij tikte tegen de ketel en hoorde de inhoud heen en weer klotsen. Hij deed nog wat meer papier en nog wat kolen op het vuur en toen de kolen vlam hadden gevat, ging hij zo dicht mogelijk bij de verwarmende adem van het vuur liggen.

Hij hield niet van Engelse thee. Hij zou liever zoete Marokkaanse pepermuntthee hebben gehad in een glas. Of dikke Turkse koffie. Of een blikken kroes Amerikaanse gekookte koffie. In Londen echter, dacht hij, was dit waarschijnlijk ongeveer zo aangenaam als het leven kon worden.

Nadat hij zijn thee had gedronken, waagde Blair het om zich aan te kleden. Het was een probleem om zijn sjaal tot een soort das te strikken aangezien hij, zodra hij zijn armen omhoog deed, de bibbers kreeg. Omdat hij al in geen dagen een scheermes in de buurt van zijn keel had durven brengen, had hij een stoppelbaard. Hij had nog wel fatsoenlijke kleren en een zakhorloge waarop hij kon zien dat als hij van Holborn Road naar Savile Row wilde lopen – geld voor een rijtuigje had hij zeer zeker niet – hij onmiddellijk op weg zou moeten gaan. Normaal was het een uur lopen. Vandaag kwam het hem voor als een tocht over bergen, door woestijnen en moerassen. Hij leunde tegen het raam en keek neer op de gebochelde ruggen van de rijtuigjes en voortsnellende paraplu's op het trottoir. De ruit weerspiegelde het verweerde en blozende gezicht van iemand die zijn hele leven buiten had doorgebracht. Geen vriendelijk of aangenaam gezicht, zelfs niet voor de eigenaar.

Slingerend als een zeeman ging hij de trap af. Als hij nu maar geen been brak, dan zou hij het wel redden, hield hij zichzelf voor. Hoe het ook zij, dit was een afspraak die hij onder geen beding mocht missen als hij uit Engeland weg wilde komen. Daarvoor zou hij desnoods op zijn ellebogen kruipen.

Londen overviel hem met de geur van dampende paardevijgen, het geschreeuw van een voddenboer die het aan de stok had met een rij koetsjes, een twist die kracht werd bijgezet met knallende kwalsters. De boulevards van Parijs werden een keer per dag schoongespoeld. In San Francisco rolde het vuil in elk geval naar beneden, naar de baai. In Londen hoopte het vuil zich ongestoord op, slechts bewaterd door de dagelijkse pis uit de hemel, waardoor het een stank verspreidde die de neus deed huilen.

Dat was heel Engeland eigenlijk, dacht Blair, een loopneus gelegen naast het blauwe oog van de Noordzee. Dit tweede Eden, dit oppermachtige eiland, deze pispot onder de hemel. En iedere onderdaan trots op zijn paraplu.

Aan deze kant van Holborn Road bestonden de plaatselijke stammen uit joden, Ieren en Roemenen, allemaal met bolhoeden op en gekleed in grauwe lompen. Elke straat had zijn pandjeshuis, evangelisatielokaal, trijphuis, oesterkraam, en een stel kroegen. Als de stank die dat alles meebracht de atmosfeer verpestte, trokken de bewoners van de straat zich daar net zoveel van aan als vissen van zout water. Door paarden voortgetrokken bussen met open bovendekken schoven door lagen mist en motregen. Mannen met sandwichborden droegen de aanbiedingen rond van chiropractors, tandartsen en helderzienden. Vrouwen met doorweekte boa's boden een blik op rouge en geslachtsziekte. Straatventers verkochten Franse broodjes, puddingbroodjes, hete aardappelen en kranten met koppen als 'MISMOEDIGE WURGER VERMOORDT BABY, MAMA!' Hoe de redacteuren dagelijks een keuze wisten te maken uit de veelheid van stedelijke verschrikkingen was voor Blair een raadsel.

Halverwege Charing Cross prezen grote reclameborden de hoofdbestanddelen aan van het leven van de middenklasse: leverpilletjes en vlierbessen, Nestlé's melk en Cockburn's sherry. Hier was de populatie getransformeerd tot een gemeenschap van mannen in donkere pakken en met hoge hoeden op: klerken die met een hand hun kraag dichthielden, winkeliers met katoenen handschoenen en dozen met linten eromheen, advocaten met vesten met zilveren horlogekettingen eroverheen, elkaar allemaal met hun paraplu's verdringend. Blair had zelf geen paraplu, alleen een breedgerande hoed die de regen op de schouders van zijn mackintosh deed lopen. Hij droeg een paar lekkende wellingtons waarin hij binnenzolen had gelegd, gemaakt van pagina's uit een gezangboek van de missie, 'Dit is de dag, dien God ons schenkt' in de linkerlaars. Om de vijf minuten leunde hij tegen een lantaarnpaal om even uit te rusten.

Tegen de tijd dat hij bij St. James's was, waren de rillingen teruggekeerd, zo hevig dat zijn tanden klapperden. Hoewel hij laat was, ging hij een café binnen dat een bord voor de deur had staan met de mededeling 'Goedkoopste Gin'. Hij legde zijn laatste muntstuk op de bar en merkte dat de vaste lunchklanten meer dan voldoende ruimte voor hem maakten. Het was een gezelschap winkelbedienden en leerlingen met gezichten als rouwklagers in opleiding.

De barman bracht hem een glas gin en zei: 'Daar kunt u oesters of eieren in het zuur bij krijgen als u dat wilt.'

'Nee, dank u. Ik mag geen vast voedsel hebben.'

Alle ogen leken op hem gericht te zijn terwijl hij zijn glas achteroversloeg. Het was niet zo dat ze alleen maar bleke gezichten hadden. Vergeleken met andere huidskleuren had de huid van de Britten een vaalgele glans die gedachten opriep aan een zon die lang geleden in rooksluiers verloren was gegaan. Een jongen met lichtere ogen schoof langs de bar naderbij. Hij droeg een groen lint om zijn hoed, een paarse das die zo plat als een koolblad was, en gele handschoenen met ringen aan de buitenkant.

'*Illustrated London News*,' zei hij en stak zijn hand uit.

Een verslaggever. Blair wachtte niet op zijn wisselgeld. Hij duwde zich af aan de bar en dook de deur uit.

De jongen grijnsde alsof hij een parel in zijn oester had gevonden. 'Dat was Blair,' zei hij. 'Blair van de Goudkust. Nikker Blair.'

Zijn bestemming was het soort huis in Savile Row waar banken en clubs zo van hielden: een entree tussen gestreepte pilaren, drie verdiepingen, ramen met marmeren kantelen erboven die vertrouwen, correctheid en discretie uitdrukten. Aan een van de pilaren was een koperen bord bevestigd met de naam: 'The Royal Geographical Society'.

'Meneer Blair.' Jessup, de steward, was altijd bezorgd om redenen die Blair nooit had begrepen. Hij nam Blairs hoed aan, hielp hem uit zijn jas en nam hem mee de garderobe in waar hij thee en melk voor hem haalde. 'Hoe voelt u zich, meneer?' vroeg hij.

'Een tikje rillerig, Jessup,' zei Blair. 'Een heel klein beetje maar.' Na het korte stukje van de pub naar hier beefde Blair zo hevig dat hij de thee maar nauwelijks in het kopje kon houden.

'Buskruitthee, daar knapt u van op, meneer. Prettig u weer te zien, meneer.'

'Prettig jou weer eens te zien, Jessup. Is de bisschop er nog?'

'Zijne Excellentie is er nog. Een van de mensen heeft hem zojuist wat kaas en port gebracht. Rust u eerst maar even uit. Ik heb de verslagen van uw werk met grote belangstelling gelezen, meneer. Ik hoop dat er nog meer zullen volgen.'

'Dat hoop ik ook.'

'Denkt u dat u kunt staan, meneer?'

'Ik geloof het wel.' De rillingen werden minder. Hij stond vrij kwiek op en Jessup borstelde zijn jasje af.

'Gin doet de ingewanden rotten, meneer.'

'Dank je, Jessup.' Hij zette zich in beweging terwijl hij nog enigszins fris was.

'U vindt de bisschop in de kaartenkamer, meneer. Weest u wel voorzichtig. Hij is in een slechte bui.'

De kaartenkamer getuigde van de bijdrage die de Society had geleverd aan exploratie en wetenschap. Ze was oorspronkelijk begonnen als de African Association. Op een grote kaart waren de expedities aangegeven die de Society had gesponsord: Mungo Park de Niger op, Burton en Speke naar het Victoriameer, Speke en Grant naar de Witte Nijl, Livingstone naar de Kongo, Baker naar Uganda op zoek naar Speke. Tegen de wanden stonden twee verdiepingen boeken en kaarten, de bovenste galerij ondersteund door gietijzeren pilaren en een wenteltrap. Door het glazen dak viel waterig licht naar binnen. In het midden van de zaal stond een globe waarop de Britse bezittingen als een wereldomspannende maatschappij in keizerlijk roze waren aangegeven.

Naast de globe stond bisschop Hannay, een lange man van middelbare leeftijd in een donker wollen kostuum en de omgekeerde v van een collaar. Doordat de meeste Engelsen in het zwart gekleed gingen, leek het een volk dat doorlopend rouwde, maar de sombere kleding en witte boord van de bisschop benadrukten zijn ongepaste vitaliteit en de openheid van zijn blik alleen nog maar meer. Hij had een blozend gezicht met rode lippen en donker, grijzend haar dat bij de slapen en wenkbrauwen alle kanten uitstak alsof het verschroeid was.

Hij zei: 'Ga zitten, Blair. Je ziet er verschrikkelijk uit.'

Bij een van de kaartentafels waarop kaas en port geserveerd waren, stonden twee rechte stoelen. Blair accepteerde de uitnodiging om in te storten.

'Ook prettig u weer te zien, excellentie. Het spijt me dat ik laat ben.'

'Je stinkt naar gin. Neem een glas port.'

Hannay schonk hem een glas in, maar nam zelf niet.

'Je staat helemaal in een slechte reuk, Blair. Verduistering van charitatieve fondsen, opzettelijk negeren van orders, aanzetten tot slavenhandel, in godsnaam! Je hebt de Society en het ministerie van Buitenlandse Zaken in grote verlegenheid gebracht. En ik had je nog wel aanbevolen.'

'Ik heb alleen maar geld gebruikt dat me toekwam. Als ik een gesprek zou kunnen hebben met het college van curatoren...'

'Die zouden je een klap in je gezicht geven en je de deur uit laten zetten.'

'Tja, ik wil natuurlijk niet graag geweld uitlokken.' Blair schonk zich nog eens in en keek de bisschop aan. 'Wilt u naar me luisteren?'

'Ik ben minder snel geschokt dan de anderen. Ik verwacht schandelijk gedrag.' De bisschop leunde achterover. 'Maar, nee, ik wil niet luisteren omdat het tijdverspilling is. Ze zijn kwaad op je om redenen die niets te maken hebben met de beschuldigingen.'

'Zoals?'

'Je bent Amerikaan. Ik weet wel dat je hier bent geboren, maar nu ben je Amerikaan. Je hebt geen idee hoe kwetsend je manier van doen en je stem kunnen zijn. En je bent arm.'

Blair zei: 'Dat was dan ook de reden dat ik dat geld heb gebruikt. Daar zat ik, in Kumasi, bezig met karteren. Ik ben niet zoals Speke, ik heb geen leger nodig, vijf man, meer niet, apparatuur om het gehalte van het erts te bepalen, medicijnen, voedsel, geschenken voor de opperhoofden. Ik moest de mensen vooruit betalen en ik had al mijn eigen geld inmiddels gebruikt. Die mensen zijn van mij afhankelijk. Twintig pond. Dat is al niet veel en de helft van de mensen gaat dood. Waar was al het geld dat Buitenlandse Zaken en de Society hadden beloofd? Uitgegeven door het koloniaal bestuur in Accra. Het enige wat ik had was het Bijbelfonds. Dat heb ik gebruikt. Het was voedsel of boeken.'

'Bijbels, Blair. Voedsel voor de ziel. Zelfs al was het voor de methodisten.' De bisschop fluisterde zo zacht dat Blair de indruk kreeg dat hij een lach onderdrukte.

'Weet u waar het bestuur in Accra mijn geld aan heeft uitgegeven? Dat hebben ze versmeten aan ceremonies en een hoop eerbetoon voor een moordzuchtige gek – uw neef.'

'Het was een officieel bezoek. Natuurlijk hebben ze er een hele vertoning van gemaakt. Als jij niet zo arm was, zou het geen probleem zijn geweest. Daarom is Afrika een gebied voor gentlemen. Terwijl jij een...'

'Ik ben mijningenieur.'

'Laten we zeggen meer dan alleen maar een mijningenieur. Een geoloog, een cartograaf, maar zeker geen gentleman. Gentlemen hebben voldoende eigen middelen om te voorkomen dat onverwachte situaties aanleiding zijn tot pijnlijke complicaties. Maak je geen zorgen, ik heb het Bijbelfonds voor je aangevuld.'

'Met het geld dat ik in Kumasi heb uitgegeven, is het Genootschap me nog honderd pond schuldig.'

'Na de manier waarop jij ze te schande hebt gemaakt? Ik dacht het niet.'

De bisschop stond op. Hij was net zo lang als een Dinka. Dat wist Blair heel zeker omdat Hannay het enige lid van het college van curatoren was dat ooit in Afrika was geweest, het echte Afrika bezuiden de Sahara. Blair had hem meegenomen naar Sudan waar ze eerst de vliegen waren tegengekomen, toen het vee, en ten slotte het kamp van de nomadische Dinka's. De vrouwen waren zo geschrokken van de witte gezichten van de bezoekers dat ze ervandoor waren gegaan. Dat deden Afrikanen gewoonlijk: het verhaal ging dat blanken zwarten aten. De Dinka-mannen stonden dapper in een rij, naakt met alleen een spookachtig aandoende laag as op hun lichaam en ivoren armbanden om. Louter uit nieuwsgierigheid had de bisschop zijn kleren uitgetrokken en zichzelf van top tot teen vergeleken met de grootste krijger. Vanaf de schouders naar beneden waren de twee reuzen lichamelijk identiek.

Hannay gaf de globe een zacht duwtje. 'Dat slavernijgedoe. Leg dat eens uit.'

Blair zei: 'Uw neef, Rowland, slachtte dieren af.'

'Hij verzamelde wetenschappelijke specimina.'

'Specimina met gaten erin. Als iemand op één morgen vijftig nijlpaarden en twintig olifanten schiet, is hij geen wetenschapper, maar een slachter.'

'Hij is amateur-wetenschapper. Maar wat heeft dat met slavernij te maken?'

'Uw neef onthulde dat hij in opdracht van het ministerie van Buitenlandse Zaken een onderzoek instelde naar de toestand onder de inboorlingen en verklaarde dat hij tot zijn schrik had ontdekt dat er slavernij voorkwam in een Britse kolonie.'

'Brits *protectoraat*.' Hannay stak zijn hand op.

'Hij had soldaten bij zich en een brief van u waarin stond dat ik als zijn gids werd aangewezen. Hij zei dat hij de slaven van de Ashanti zou bevrijden en de koning in de boeien zou slaan. Het was een verklaring die was bedoeld om een reactie van de Ashanti uit te lokken en Britse troepen te sturen.'

'Wat is daar verkeerd aan? De Ashanti zijn rijk geworden van de slavenhandel.'

'Net als Engeland. De Engelsen en de Hollanders en de Portugezen hebben samen met de Ashanti de slavenhandel opgezet.'

'Maar nu heeft Engeland een einde gemaakt aan de slavenhandel. De enige manier om dat ook werkelijk helemaal te doen, is door de Ashanti te verslaan en het Britse gezag aan de hele Goudkust definitief te vestigen. Maar jij, Jonathan Blair, mijn employé, hebt de kant van de zwarte slavenhandelaars gekozen. Sinds wanneer vond jij dat het binnen jouw bevoegdheden lag om de politiek van het ministerie van Buitenlandse Zaken te frustreren of het zedelijk inzicht van lord Rowland in twijfel te trekken?'

Blair wist dat Hannay Rowlands titel gebruikte om de nadruk te leggen op zijn eigen veel lagere status. Hij onderdrukte de neiging om er kwaad vandoor te gaan.

'Het enige wat ik heb gedaan, is de koning adviseren terug te trekken, zodat hij het er levend vanaf zou brengen en een volgende keer de kans zou krijgen om alsnog te vechten. We kunnen hem en zijn familie over een paar jaar ook nog afslachten.'

'De Ashanti vechten uitstekend. Dat wordt geen slachtpartij.'

'De Ashanti trekt ten strijde met een musket en verzen uit de Koran op zijn hemd genaaid. De Britse infanterist gaat de strijd in met een Martini-Henrygeweer. Dat wordt een prachtige slachtpartij.'

'Intussen woekert het kwaad van de slavenhandel voort.'

'Engeland wil hun slaven helemaal niet hebben, het wil hun goud.'

'Natuurlijk wil het dat. Dat was wat jij geacht werd te vinden en dat heb je niet gedaan.'

'Ik zal voor u teruggaan.' Hij was van plan geweest dit aanbod stapsgewijs te doen, niet om het er op een dergelijke wanhopige manier uit te flappen.

De bisschop glimlachte. 'Jou terugsturen naar de Goudkust? Om je slavenhandelvrienden verder op te hitsen?'

'Nee, om de survey af te maken waar ik aan begonnen was. Wie kent het land zo goed als ik?'

'Geen sprake van.'

Blair kende Hannay goed genoeg om te weten dat hij op een persoonlijk verzoek met minachting reageerde. Welnu, er voerden meer wegen naar Afrika. Hij probeerde een andere benadering. 'Ik heb begrepen dat er volgend jaar een expeditie naar de Hoorn wordt uitgerust. Daar zit goud. U hebt iemand als ik nodig.'

'Iemand als jij, niet noodzakelijk jou. Het Genootschap zou iedereen liever hebben dan jou.'

'U bent de belangrijkste sponsor. Ze doen wat u zegt.'

'Dat werkt op dit moment niet in jouw voordeel.' Hannay zag kans om er zonder te glimlachen toch vergenoegd uit te zien. 'Ik heb jou door, Blair. Je haat Londen, je verafschuwt Engeland, je verfoeit ieder uur dat je hier moet doorbrengen. Je wilt terug naar je jungle en je koffiekleurige vrouwen. Ik kijk dwars door je heen.'

Blair voelde zijn gezicht warm worden en dat kwam noch van de malaria, noch van de port. Hannay had hem op een bijna wrede, accurate manier gediagnostiseerd. En hem misschien tegelijk ook afgewezen. De bisschop liep naar de boekenkasten. Daar stond Burtons *First Footsteps in East Africa*. En Livingstones *Missionary Travels*. Beide boeken waren bestsellers geweest en werden verkocht in aantallen die gewoonlijk alleen gehaald werden door Dickens' sentimentele verhalen over Londen. Hannay streek met zijn vingers over de verslagen van de Society: 'Handelsroutes van de Arabische Dhow', 'Bijgeloof en rituelen van de Hottentotten', 'Minerale rijkdommen van de Hoorn van Afrika', 'Gebruiken van de volken van de Hoorn'. Deze laatste twee waren Blairs bescheiden bijdragen geweest. Hannay liep op zijn gemak, alsof hij alleen in de zaal was, naar de kast waarin de boeken over Zuid-Afrika, de Zoeloes en de Boeren stonden.

Blair kon werkelijk niets bedenken wat hij kon zeggen. Misschien was hij eruit geschopt en was dat zo snel gegaan dat hij de schop niet eens had gevoeld. In stilte berekende hij hoeveel huur hij nog schuldig was voor die armzalige kamer. Behalve de kleren die hij aan zijn lijf had, bezat hij niets dat niet in een ransel paste. Zijn apparatuur was het enige waardevolle: chronometer, koperen sextant, telescoop.

'Wat zijn je vooruitzichten?' vroeg bisschop Hannay alsof Blair hardop had zitten denken.

'Er zijn nog meer mijnbouwmaatschappijen in Londen. De Oost-Indische Compagnie of een Egyptische belangengroep. Ik vind wel iets.'

'Iedere werkgever zal om aanbevelingen vragen en voor het eind van de week sta je overal in Londen slecht bekend.'

'Of ik ga naar New York of naar Californië. Daar zit ook nog steeds plenty goud.'

'Niet zonder passagebiljet. Je hoed is doorweekt. Je had niet eens geld om een rijtuig hierheen te nemen.'

'Voor een bisschop ben je een gemene rotzak.'

'Ik ben van de anglicaanse Kerk,' zei Hannay. 'Daar kan veel. Daarom tolereer ik jou.'

'Ik heb in Hannay-mijnen in Amerika, Mexico en Brazilië gewerkt. Jij bent degene geweest die me naar Afrika heeft gestuurd.'

'Niet gestuurd. Gevraagd te gaan, waarop je als de bliksem vertrokken was.'

'Ik vraag niet om geld, niet eens wat de Society me nog schuldig is. Alleen maar een ticket naar New York, meer niet.'

'Dat is alles?'

'Overal op de wereld zijn mijnen.'

'Waarna je net als het witte konijn in een gat verdwijnt en nooit meer wordt gezien.' Om zijn woorden kracht bij te zetten, liet Hannay zijn lange lichaam op de stoel tegenover Blair vallen.

'Precies.'

'Nou, Blair, ik zou je missen. Je bent misschien veel dingen, maar een konijn kun je nauwelijks worden genoemd. Ik voel me voor je verantwoordelijk. Je hebt goed werk gedaan onder moeilijke omstandigheden, dat is zonder meer waar. Je gezelschap is, als je je taal weet te beheersen, zeker niet onaangenaam. Het is treurig om je in deze omstandigheden te zien. Morgen kook je je laarzen en eet ze op. Of je eet de burgers van Londen op. Nee, een konijn ben je niet.'

'Zorg dan dat ik hier weg kom.'

De bisschop legde zijn handen tegen elkaar op een manier die ieder ander voor een gebed zou hebben aangezien; voor hem was het eenvoudig een manier om zich te concentreren. 'Je zou vanuit Liverpool naar New York vertrekken?'

Blair knikte en kreeg voor het eerst een klein beetje hoop.

'Dan zou ik onderweg misschien iets voor je kunnen hebben,' zei Hannay.

'Wat bedoel je met "onderweg"?'

'Wigan.'

Blair lachte en was verrast dat hij daar de kracht voor had. Hij zei: 'Dank je, dan ga ik liever dood van de honger.'

'Wigan is een mijnstreek. Overal op de wereld zijn mijnen, dat zei je zelf.'

'Ik bedoelde goudmijnen, geen kolen.'

'Maar je bent in kolenmijnen begonnen.'

'En dus ken ik het verschil.'

'Honderd pond,' zei Hannay. 'Plus onkosten.'

'Die honderd pond heb ik nog van je te goed. Onkosten in Wigan? Je bedoelt net zoveel vleespastei als ik lust?'

'En een plaatsing bij de expeditie van volgend jaar. Ze komen in Zanzibar bij elkaar en zullen van daaruit proberen het continent van oost naar west over te steken waarbij het de bedoeling is om in het Kongobekken uit te komen. Ik kan je geen plaats garanderen – ik ben alleen maar een van de sponsors – maar ik zal je aanbevelen.'

Blair schonk zich nog eens in en trachtte de karaf stil te houden. Dit was alles waar hij op had durven hopen, alleen stond daar dan Wigan tegenover.

'Alleen maar om naar een kolenmijn te kijken? Er zijn alleen in Wigan al minstens honderd anderen die dat beter kunnen dan ik.'

'Nee. Wat ik wil dat je daar gaat doen, is voor de Kerk.'

'Lezingen houden? Lantaarnplaatjes van Afrika? Missionarissen die ik diep heb bewonderd, dat gedoe?'

'Dat zou de goedgelovigheid te veel op de proef stellen. Nee, iets wat beter bij je karakter past, je nieuwsgierigheid, je merkwaardige achtergrond. Iets persoonlijks. Ik heb in Wigan een jonge kapelaan. Een nogal "calvinistisch" soort kapelaan, het evangelistische soort. Praktisch een methodist. Een zeloot die tegen gevallen vrouwen en veroordeelde mannen preekt. Het probleem is niet dat het een dwaas is, maar dat ik hem niet kan vinden. Net als het witte konijn is hij in een gat gedoken en verdwenen.'

'Bedoel je dat hij in een mijn is afgedaald?' vroeg Blair.

'Nee, nee, hij is gewoon verdwenen. Het is nu twee maanden geleden dat hij voor het laatst in Wigan werd gezien. De politie heeft hier en daar wel wat vragen gesteld, maar onze agenten zijn plaatselijke jongens die voornamelijk zijn opgeleid voor het kalmeren van dronkelappen en het opsporen van stropers.'

'Neem dan een privé-detective van buiten.'

'Mijnwerkers hebben een gloeiende hekel aan rechercheurs en stakingsbrekers, wat rechercheurs gewoonlijk zijn. Jij voegt je er echter probleemloos tussen. Dat heb je in Afrika zo goed gedaan als voor een blanke mogelijk was.'

'Je zou iemand uit Londen kunnen nemen.'

'Iemand uit Londen zou helemaal nergens blijven. Die zou geen vijf woorden verstaan van wat een Lancashireman zegt. Jouw moeder kwam uit Wigan, is het niet? Ik meen me te herinneren dat we met zijn tweetjes ergens midden in Sudan bij het kampvuur zaten en dat je dat toen hebt verteld.'

'Omdat we het verder overal al over hadden gehad.'

'Het was volkomen normaal. Ik kom uit Wigan. Het is iets wat we gemeen hebben. Jij hebt in Wigan gewoond voordat je moeder je meenam naar Amerika.'

'Wat wil je daarmee zeggen?'

'Dat als iemand in Wigan iets tegen je zegt, jij begrijpt waar hij het over heeft.'

Gin en port was geen slechte combinatie. De rillingen verdwenen. De geest verhelderde.

'Er zit meer achter,' zei Blair. 'Je neemt al die moeite niet voor een eigenzinnige kapelaan. Vooral niet voor een dwaas.'

Bisschop Hannay boog zich vergenoegd voorover. 'Natuurlijk zit er meer achter. De kapelaan is verloofd met mijn dochter. Als een Ier hem voor de kroeg de hersens heeft ingeslagen, dan wil ik dat weten. Als hij bezig was een prostituée te redden en voor de verleiding bezweken is, wil ik dat weten. Discreet, via een van mijn agenten, zodat mijn dochter en ik en de rest van de wereld het niet in de krant lezen.'

'Er kan van alles zijn gebeurd. Hij kan in een mijnschacht zijn gevallen, in het kanaal, onder een kolentrein. Misschien is hij wel in zíjn Bijbelfonds gedoken en er met de zigeuners vandoor gegaan.'

'Wat het ook mag zijn, ik wil het weten.' Bisschop Hannay haalde een met een rood lint dichtgebonden kartonnen envelop onder zijn stoel vandaan. Hij maakte hem open en liet de inhoud aan Blair zien. 'John.'

'Heet hij John?'

'Dat is zijn voornaam. Verder vijftig pond als voorschot op eventuele onkosten.'

'Wat nu als hij morgenochtend de kerk binnenwandelt?'

'Dan mag je het houden. Zie dat je fatsoenlijk te eten krijgt en koop meer medicijnen. Ik heb in Wigan een hotel voor je geboekt. Alle rekeningen gaan naar mij.'

'Je bedoelt dat de rekeningen naar Hannay Kolen gaan?'

'Dat is hetzelfde.'

Hij had nog honderd pond te goed, dacht Blair, maar vijftig pond was royaal. De bisschop was een gastheer die een lepel honing voor een lepel gal aanbood. Blair zweette zo ontzettend dat hij aan de rugleuning van de stoel vastplakte.

'Denk je nu echt dat ik dit doe?'

'Ik denk dat je ten einde raad bent, en ik weet dat je naar Afrika terug wilt. Dit is een gemakkelijk karwei. Een persoonlijke dienst. Het is tevens een milde vorm van verlossing.'

'Hoe bedoel je?'

'Denk je dat ik zo'n harde ben, Blair? Ieder ander dan jij zou hebben gevraagd hoe mijn dochter het maakt, hoe ze reageerde toen ze besefte dat haar verloofde verdwenen was. Was ze bedroefd? Hysterisch? Onder doktersbehandeling? Jij vraagt helemaal niets.'

De bisschop zweeg. Blair keek naar de regen die tegen de ramen tikte, druppels vormde die zich samenvoegden en langs de ruit naar beneden liepen.

'Goed dan, hoe maakt je dochter het?'

'Ze houdt zich kranig, dank je. Ze zal opgelucht zijn te horen dat je besloten hebt te helpen.'

'Hoe heet ze?'

'Dat staat hier allemaal in.' De bisschop deed de envelop dicht, bond het lint eromheen en legde hem op Blairs schoot. 'Leveret zal in het hotel contact met je opnemen. Hij is mijn rentmeester. Veel succes.'

Deze keer was er geen twijfel aan dat Blair kon gaan. Hij kwam overeind, hield zich met een hand aan de stoel vast, de envelop met zijn waardevolle inhoud in de andere geklemd. 'Dank je.'

'Je overweldigt me,' zei Hannay.

Op weg naar buiten had Blair kans gezien heelhuids om de globe heen te komen en was net bij de deur toen de bisschop hem riep.

'Blair, aangezien je nu voor mij werkt en in de buurt van mijn huis, zou ik je eraan willen herinneren dat sommige mensen je voor een soort ontdekkingsreiziger aanzien. Je hebt de reputatie dat je je onder de inboorlingen begeeft, eerst in Oost-Afrika en later aan de Goudkust. Dat je hun taal leert, is één ding; dat je je ook zo kleedt en net zo gedraagt als zij, is iets anders. De mensen noemen je "Nikker Blair". Dat moet je niet aanmoedigen.'

2

BLAIR ZAT IN EEN TREIN die net zo stil was en net zo glom als een lijkwagen, de olielampen laag gedraaid zodat ze meer op kaarsen leken. Het enige wat ontbrak, dacht hij, waren lelies op zijn borst. En dat de rouwklagers mee ingestapt leken te zijn, hielp ook al niet: bij hem in de coupé zaten twee mannen en een vrouw die terugkwamen van een bijeenkomst van het Geheelonthoudersgenootschap. Ze droegen donkere kleding en rode sjerpen met de tekst: 'Thee – De Drank Die Opwekt en Niet Bedwelmt'. Omdat hij zich nog altijd niet had geschoren, hoopte hij dat hij een te onfrisse reisgenoot zou blijken te zijn om tegen te praten, maar ze zaten naar hem te kijken als gieren naar een stervende leeuw.

Hoewel Blair in kinine en cognac had geïnvesteerd, kwam de koorts in golven die hem optilden en deden baden in zijn zweet en hem tot de volgende golf volkomen uitgeput achterlieten. Toch mocht hij niet klagen. Malaria was wel het minimum, de toegangsprijs van Afrika. Voor de minder gelukkigen waren er veel extravagantere tropische souvenirs – slaapziekte, moeraskoorts, gele koorts, exotische aandoeningen waar geen naam voor was, maar die bloedingen veroorzaakten, of verlammingen, of die de tong deden opzwellen als een varkensblaas tot de luchtwegen volledig waren afgesloten. Daarbij vergeleken was malaria niet meer dan een klein ongemak, een koutje, een bagatel.

Hij leunde met zijn voorhoofd tegen het koude raam. Buiten passeerde het landelijke tafereel van een boer achter een ploeg met paard die zich samen in een zee van modder stortten. De Engelse moesson. De modder kwam in bruine golven omhoog en voerde de boer met zich mee. Toen hij zijn ogen sloot, werd hij aan zijn schouder geschud door een conducteur die vroeg of hij ziek was. Mijn ogen zijn net zo geel als je koperen knopen; lijkt je dat gezond? dacht Blair.

'Ik voel me uitstekend.'

'Als u ziek bent, moet ik u uit de trein zetten,' waarschuwde de conducteur.

Nadat de conducteur weer vertrokken was, viel er onder de geheelonthouders een pijnlijke stilte. Tot de man tegenover Blair zich langs de lippen likte en op vertrouwelijke toon zei: 'Ik was vroeger net als u, broeder. Mijn naam is Smallbone.'

Smallbone had een rozerode neus. Zijn zwarte pak glom, een teken dat de wol met een glansmiddel was opgeknapt. Over zijn voorhoofd liepen blauwe lijnen, alsof hij was getatoeëerd. Dat blauw ging niet meer weg, wist Blair: kolenstof dat zich had genesteld in de sneden en schrammen die iedere mijnwerker opliep als hij in een pijler werkte.

'Maar mijn man werd gered,' zei de vrouw naast hem. Ze kneep haar lippen tot een smalle lijn samen. 'Hoe zwak en onwaardig we ook mogen zijn.'

Hij kon niet in een volgende coupé gaan zitten, tenzij hij langs de buitenkant van de trein klauterde. Even overwoog hij om dat toch maar te doen.

'Hebt u er bezwaar tegen als we voor u bidden?' vroeg mevrouw Smallbone.

'Niet als u het zachtjes doet,' antwoordde Blair.

'Misschien is hij een paap,' fluisterde Smallbone tegen zijn vrouw.

'Of een schurk,' zei de andere man. Hij had een volle, zwarte krulletjesbaard die bijna tot aan zijn ogen kwam. Een haast Perzische baard, dacht Blair, een baard waar Zaratoestra trots op zou zijn geweest.

'Aanvankelijk zag ik u aan voor een oneervol ontslagen officier, tot u uw mond opendeed en bleek dat u Amerikaan bent. Ik kan zien dat u gewoonlijk goed geschoren bent, wat een gewoonte is van artistieke types, Italianen of Fransen.'

De vrouw van de mijnwerker zei tegen Blair: 'Meneer Earnshaw is lid van het parlement.'

'Dat verklaart dan zijn manieren.'

'U maakt snel vijanden,' zei Earnshaw.

'Dat is een gave. Goedenavond.' Blair deed zijn ogen dicht.

De Britten kwamen op het goud af. De Ashanti hadden zoveel goud dat ze de Inka's van Afrika leken. Hun rivieren glinsterden van het goud, de heuvels waren er mee dooraderd. Wat kon nu een betere investering zijn dan een man met een statief en een sextant, een avegaar en een pan, en flesjes kwik? Laat de helden de oorsprong van de Nijl en het Maangebergte nu maar ontdekken, leeuwen en apen afslachten, meren en mensen dopen. Het enige wat Blair zocht was pyriet en kwarts, de veelbetekenende glinstering van aurora.

In zijn koortsdroom was hij terug op het gouden strand van Axim. Deze keer was Rowland bij hem. Hij wist dat de neef van de bisschop krankzinnig was, maar hoopte dat de oceaan een kalmerende invloed zou hebben op zijn blauwe ogen. De zeewind speelde door Rowlands gouden baard. De branding rolde met de regelmaat van rustig draaiende wielen het strand op. 'Voortreffelijk,' mompelde Rowland. 'Voortreffelijk.' In Axim gebruikten de vrouwen zwart geschilderde houten platen om het goud uit het zand te wassen zodat de zon het goud voor hen vond. Naakt waadden ze het water in om het zand weg te wassen, en rezen en daalden met de golven terwijl ze hun pannen omhoog hielden. 'Prachtige eenden,' zei Rowland en bracht zijn geweer omhoog. Er vloog een pan door de lucht en de vrouw die hem in haar handen had gehouden, zonk in een rood wordende golf. Terwijl hij herlaadde, waadden de andere vrouwen naar het strand. Opnieuw schoot Rowland, methodisch en tegelijk ook achteloos. Een van de vrouwen viel en er stoof goudstof over het zand. Hij rolde haar met zijn voet om, waardoor ze met glinsterende spikkels bestoven werd. Blair verzamelde de andere vrouwen om ze in veiligheid te brengen, en Rowland herlaadde en richtte het geweer op hem. Hij voelde de loop in zijn nek drukken.

Blair werd van angst half wakker. Het was zweet dat hij in zijn nek voelde, geen geweerloop. Het was maar een droom. Rowland had nimmer iets dergelijks gedaan – in elk geval niet in Axim.

We leven gelijkelijk in twee werelden, had een Afrikaan tegen Blair gezegd. Wakend, sukkelen we verder met onze ogen neergeslagen van de zon, zonder op datgene om ons heen te letten of zonder het te zien. Slapend, met onze ogen open achter onze oogleden, gaan we door een opwindende wereld waarin mannen leeuwen worden, vrouwen in slangen veranderen, waarin de vage angsten van de dag door de verscherpte zintuigen onthuld en zichtbaar worden.

Wakend, zijn we gevangen in het heden als een hagedis die in een zandloper steeds maar voortkruipt over het vallende zand. Slapend, vliegen we van het verleden in de toekomst. Tijd is niet langer een smal, eentonig pad, maar een heel woud dat we in één keer kunnen overzien. Blairs probleem, had de Afrikaan gezegd, was dat hij alleen maar in de wakende wereld leefde. Daarom had hij kaarten nodig, omdat hij zo weinig zag.

Blair had gezegd dat hij zelden droomde, waarop de Afrikaan een lachstuip had gekregen. Alleen iemand zonder geheugen droomde niet. Hoe zat het dan met Blairs ouders? Als ze ver weg waren, kon hij ze immers in zijn dromen opzoeken? Blair zei dat hij zich zijn ouders niet kon herinneren. Zijn vader was onbekend, en zijn moeder was op zee begraven. Hij was toen ongeveer vier jaar oud geweest. Hoe kon hij dan herinneringen hebben?

De Afrikaan had aangeboden om hem te genezen, zodat hij herinneringen en dromen zou hebben.

Nee! had Blair gezegd.

Hij deed zijn ogen open. Op zijn schoot lag een pamflet van de geheelonthouders. 'Drank verdrinkt alle gevoelens van Verdriet en Schaamte! Drank verandert de Arbeider in een Luiaard, de Liefhebbende Vader in een Verkwister! Komt U dit Bekend voor?'

Dat deed het zeker. Hij zou nooit meer naar de Goudkust terugkeren. Met zijn ogen open, met de helderheid die koorts met zich meebrengt, begreep hij dat Hannay's belofte een speeltje was dat boven een kinderhand bengelde. Missionarissen waren in de mode, en geen van hen zou iemand met Blairs reputatie in zijn team willen opnemen, wat de bisschop ook mocht zeggen, en dat wist Hannay. Dus feitelijk werd hem alleen maar honderdvijftig pond aangeboden waarvan hij er honderd toch al te goed had. Waarna er alleen datgene overbleef wat hij van de onkosten zou kunnen stelen.

Wigan? Elke minuut die hij daar doorbracht, was pure geldverspilling. Blair overwoog om zelfs de honderd pond die hij nog te goed had verder maar te vergeten. Hij zou in de trein kunnen blijven zitten tot Liverpool en daar aan boord van het eerstvolgende schip naar West-Afrika stappen. Het probleem was dat zodra hij aan de Goudkust voet aan wal zou zetten, het consulaat hem terug aan boord van het schip zou brengen. Als hij het binnenland introk om zijn dochter te zoeken, zouden soldaten achter hem aankomen. Dat was eerder gebeurd. In welk geval ze zonder hem beter af zou zijn.

Hij zag haar dansen op de mat, haar moeders gouden doek om zich heen en weer afwikkelend, in zijn huis in Kumasi. Het meisje glansde van het gouddraad. Tijdens het dansen spraken de handen een complete taal en haar handen zeiden: Nee, ga weg. Stop, blijf daar. Kom hier. Dichterbij, dichterbij. Dans met mij.

Hij had geen gevoel voor dansen, terwijl de Ashanti extra gewrichten in hun lichaam leken te hebben die uitsluitend bedoeld waren om te dansen. Ze sloeg haar hand voor haar mond omdat hij zo stuntelig was. Hij keek naar haar terwijl ze danste en vroeg zich af: Waar ben ik in haar? Ze had alles wat fatsoenlijk aan hem was uit hem gedistilleerd en hij vroeg zich af wat ze met de rest had gedaan. Misschien zat er binnen in haar nog een ander zwart kind. Het was het goud niet dat haar deed glanzen, de glans kwam van haarzelf. Als ze op enige manier een spiegel van hemzelf was, waarom was die spiegel dan helderder?

'De prostituée speelt tenminste nog een traditionele rol in de samenleving. Ze is een gevallen vrouw, misschien zwak, ontaard misschien, gewoonlijk arm en dom, iemand die haar grootste schat voor een paar muntstukken verpandt. Een erbarmelijk schepsel, maar begrijpelijk. De mijnmeiden van Wigan daarentegen vormen een veel grotere bedreiging en wel om twee redenen.' Earnshaw zweeg even.

Blair had zijn ogen dicht en probeerde te slapen, luisterde naar de eindeloze dreun van de bielzen, *wiganwiganwiganwigan*, over een schraagbrug, *afrikafrikafrika*, dan weer *wiganwiganwigan*.

'Om twee redenen,' hervatte Earnshaw. 'Ten eerste omdat ze haar eigen seksualiteit heeft belasterd. Die heeft ze ontkend en geperverteerd. Een prostituée is in elk geval nog een vrouw. Maar wat is een mijnmeid? Ik heb foto's van ze gezien, die overal in Engeland te koop zijn. Wangedrochten met mannenbroeken aan die met een mannenblik naar de camera kijken. De reactie van iedere fatsoenlijke vrouw is er een van walging en afkeer. En zelfs de gevallen vrouw zal instinctief op dezelfde wijze reageren.

De tweede reden is dat de mijnmeiden werk doen dat door mannen gedaan moet worden. Er is in de Engelse industrie nergens een tweede voorbeeld van vrouwen die werk doen dat bedoeld is voor het sterkere, meer verantwoordelijke geslacht. Door deze handelwijze stelen de mijnmeiden niet alleen voedsel van de mannen, maar ook van de gezinnen van deze mannen. Vrouwen en kinderen worden het slachtoffer, een lijden waar de mijneigenaars de ogen voor sluiten omdat ze de meiden minder hoeven te betalen dan de mannen.'

'De bond staat achter u,' zei de mijnwerker. 'Die meiden zijn een gevaar voor de arbeid en een bedreiging voor het gezinsleven.'

Earnshaw zei: 'Het parlement heeft twee keer eerder getracht om ze van de mijnen te verjagen en beide keren is het mislukt, waardoor de vrouwen alleen nog maar brutaler zijn geworden. Deze keer mogen we niet falen. Christus heeft dit tot mijn kruistocht gemaakt.'

Blair keek tussen zijn oogleden door. Earnshaw leek bijna geëlektriseerd, alsof Jehova hem met een bliksemschicht had gezalfd. Behalve zijn krulletjesbaard staken er ook plukken haar uit zijn neus en oren. Even overwoog Blair om hem aan te raden boter te gebruiken om zijn baard in model te brengen, net als Somalische vrouwen met hun haar deden, maar Earnshaw leek niet iemand die ontvankelijk was voor nieuwe ideeën.

Toen de middag op zijn einde liep en het begon te schemeren, kwam de conducteur de trein door om de lampen hoger te draaien. Earnshaw en de Smallbones bestudeerden hun bijbels. Blairs pols was te snel om te kunnen slapen en dus maakte hij zijn ransel open en haalde de envelop eruit die bisschop Hannay hem had gegeven. Hij had het geld eruit gehaald zonder zich om de rest van de inhoud te bekommeren. Die bleek te bestaan uit twee velletjes postpapier en een foto van een rugbyteam. Het papier was beschreven met het precieze handschrift van een boekhouder. Blair keek naar de handtekening onder aan de brief. O.L. Leveret, de man van Hannay. Hij ging terug naar het begin en begon te lezen.

Ik schrijf deze woorden als vriend en vertrouweling van Eerw. John Edward Maypole, wiens verdwijning en voortdurende afwezigheid de parochiekerk van Wigan en de stad Wigan heeft beroofd van een energieke en oprechte persoonlijkheid.

Als kapelaan van onze parochiekerk assisteerde meneer Maypole dominee Chubb bij alle normale parochietaken zoals het houden van diensten, onderwijs van de catechismus, bijbelklas, het bezoeken van zieken en armen. Kapelaan Maypole was de oprichter van het Tehuis voor Ongehuwde Vrouwen Die Voor Het Eerst Gevallen Zijn, waarvoor hij de benodigde fondsen zelf had ingezameld. Tijdens zijn werk voor het Tehuis maakte hij kennis met een zielsvriendin in de persoon van de dochter van bisschop Hannay, Charlotte. Afgelopen juni verloofden zij zich. Zij is ontroostbaar. Verder heeft vooral de werkende klasse diep geleden onder de afwezigheid van kapelaan Maypole. Hij was een trouw bezoeker van de armste gezinnen, en hoewel zijn sociale werk vooral vrouwen betrof, was hij een kerel die het op het rugbyveld tegen de sterkste mijnwerker durfde opnemen, altijd fair speelde en zijn mannetje stond.

Het spijt me als het navolgende als een politierapport klinkt. Het is louter een poging om de activiteiten van John Maypole op 18 januari, de dag dat hij voor het laatst werd gezien, te reconstrueren. Hij droeg de ochtenddienst op voor dominee Chubb die ziek was, waarna hij tot de middag herstellenden bezocht. De lunch bestond voor kapelaan Maypole uit brood en thee die hij ten huize van de weduwe Mary Jaxon gebruikte. 's Middags gaf hij bijbelles in de parochieschool, bezorgde voedsel bij het armhuis en bezocht het Tehuis voor Vrouwen, waar hij toezicht hield bij de lessen in verpleging en dienstbodenwerk. Tegen die tijd liep de werkdag ten einde. Kapelaan Maypole sprak met huiswaarts kerende mijnwerkers en nodigde ze uit voor een gezellige bijeenkomst die de komende zaterdag in de predikantenwoning zou worden gehouden. De laatste die hij voor zover bekend uitnodigde, was Rose Molyneux, een meisje dat op de Hannay-mijn werkt. Daarna is hij niet meer gezien. Aangezien hij het avondmaal vaak alleen met een boek gebruikte en hij die avond verder geen verplichtingen had, is het zeer wel mogelijk dat kapelaan Maypole daarmee een voor hem normale dag afsloot. Ook werd, doordat zijn plichten en interesses zo gevarieerd waren, zijn afwezigheid de volgende dag pas tegen de avond opgemerkt, toen dominee Chubb mij verzocht op Johns kamer te gaan kijken. Ik meldde dat zijn huishoudster me had verteld dat zijn bed onbeslapen was. Een politieonderzoek is sindsdien vruchteloos gebleken.

Het is de wens en de verwachting van de parochiekerk zowel als van de familie Hannay en Johns vrienden dat een onderzoek naar zijn verblijfplaats zodanig zal worden uitgevoerd dat er geen schandaal of sensatie kan ontstaan met betrekking tot zijn matige en Christelijke levenswijze.

O.L. Leveret, Rentmeester, Hannay Hall.

De foto was op karton geplakt. Twintig rugbyspelers in geïmproviseerde uniformen bestaande uit truien en korte broeken poseerden in twee rijen, staand en zittend, tegen een geschilderde achtergrond die een tuin moest voorstellen. In plaats van schoenen droegen ze schoenklompen met leren bovenkanten en houten zolen. De mannen hadden brede, schuin aflopende schouders, krachtig, sommigen met benen zo krom als die van een buldog. De man die vooraan in het midden zat, had een rugbybal in zijn hand waarop met witte inkt geschreven stond: 'Wigan 14–Warrington 0'. De groep was tot een evenwichtig geheel gemaakt door het plaatsen van de twee enige lange kerels van de groep, elk aan een kant van de achterste rij. De ene was donker, met een dikke bos haar en staarde met een woeste blik in de lens. De andere was blond en had de vredige blik van een slachtkalf in zijn ogen. Bij deze laatste stond een aantekening in Leverets handschrift: 'Eerw. John Maypole'. Op de achterkant stond: 'Hotham's Photostudio, Millgate, Wigan. Portretten, Nouveautés, Stereoscopie'.

Zelfs als je in aanmerking nam dat de taal in brieven altijd enigszins hoogdravend was, dan nog waren Leverets woorden een lofspraak. Een enigszins verwarde lofspraak omdat hij niet goed wist in welke tijd hij over de vermiste kapelaan moest schrijven, heden of verleden, dood of levend. Ook viel het Blair op dat er voor een bekende persoon als Maypole erg weinig ophef over zijn verdwijning was gemaakt.

Hij keek nog eens naar de foto. De anderen zagen er allemaal een beetje versleten uit. Bij de jongste was het een grimmige trek om de ogen, bij de ouderen het typische kenmerk: een groezelig voorhoofd en smerige handen, wat geen gewoon vuil was. John Edward Maypoles blonde haar was vanaf een glad voorhoofd achterover gekamd. Zijn profiel werd ontsierd doordat hij vrijwel geen kin had, maar daardoor zag hij er zuiverder uit.

Blair stopte de brief en de foto terug in de envelop. Hij mocht die naam wel. Maypole. Een goede Engelse naam met zowel landelijke als erotische associaties, die gedachten opriep aan maagden die heidense afgoden vereerden door slingers te vlechten rondom een oeroud vruchtbaarheidssymbool. Hij betwijfelde of een dergelijk beeld ooit bij de kapelaan was opgekomen. Net zo min als gedachten door massief marmer konden dringen, besloot hij. Hetzelfde gold waarschijnlijk voor zijn 'ontroostbare zielsvriendin', Miss Charlotte Hannay. Blair stelde zich verschillende Missen Hannay voor. Een kuise Miss Hannay met een korset en een knotje, in rouwkleding voor het geval dat? Een knappe, maar wel domme Miss Hannay die met een ponywagen op armenbezoek ging? Een praktische Miss Hannay die klaarstond met verbanden en geneesmiddelen, een plaatselijke Florence Nightingale?

De donkere lucht werd nog donkerder, niet omdat er meer wolken kwamen maar door een veel prikkelender ingrediënt. Vanachter het raam zag Blair wat de hoog oprijzende rookpluim van een vulkaan had kunnen zijn, ware het niet dat er hier geen werkende vulkaan was, zelfs geen berg van enige omvang, en dat er tussen de Pennines in het oosten en de zee in het westen in feite niets anders was dan moerasland en heuvels boven de lange schuin aflopende ondergrondse steenkoolhoudende lagen. De rook steeg niet vanuit één punt op, maar als een donkere sluier langs de noordelijke horizon, alsof het daarachter gelegen land in brand stond. Pas wanneer de reiziger dichterbij kwam, werd het hem duidelijk dat de horizon uit een ononderbroken rij schoorstenen bestond.

De schoorstenen stonden rondom katoenspinnerijen, glasfabrieken, ijzergieterijen, chemische fabrieken, textielververijen, steenfabrieken. Maar de meest imponerende schoorstenen stonden bij de kolenmijnen, alsof de aarde daar zelf in één enorme fabriek was veranderd. Toen Blake het over 'donkere Duivelse fabrieken' had, bedoelde hij schoorstenen.

Het begon te schemeren, maar deze duisternis was voortijdig. Zelfs Earnshaw zat met enig ontzag naar buiten te staren. Nadat er genoeg schoorstenen waren gepasseerd, de een na de ander, werd de hemel asgrauw als tijdens een zonsverduistering. Aan beide zijden liepen spoorbanen, die de mijnen met het kanaal verderop verbonden. Tussen de rooksluier en de stalen rails lag Wigan, dat op het eerste gezicht meer op een smeulende puinhoop dan op een stad leek.

De kolen werden tot in de stad zelf gewonnen en vormden enorme zwarte slakkenbergen. Op sommige van die heuvels ontsnapte kolengas, kleine vlammetjes die als blauwe duiveltjes van top naar top sprongen. Op het moment dat de trein langzaam langs een mijn reed, kwam er juist een kooi vol mijnwerkers aan de oppervlakte. Door het kolenstof waren de mannen maar nauwelijks zichtbaar en alleen herkenbaar aan de mijnlampen in hun handen. De trein reed langs een toren waarop een drijfwerk stond dat, zoals Blair zelfs bij dit licht kon zien, rood geschilderd was. Aan de andere kant klauterden gestalten achter elkaar over de slakkenhopen, een kortere weg naar huis. Blair zag ze en profil. Ook zij droegen broeken en zaten onder het kolenstof, maar het waren vrouwen.

De spoorlijn liep over het kanaal, over met kolen volgeladen schuiten, vervolgens langs een gasfabriek en een rij katoenspinnerijen met hoge verlichte ramen en schoorstenen die de spinmachines aandreven en die net zoveel rook uitbraakten als geplunderde en in brand gestoken kastelen. De locomotief minderde vaart en blies zijn eigen stoomwolk af. De spoorbanen vertakten zich naar goederenloodsen en emplacementen. In het midden lag, als een eiland, een perron met ijzeren pilaren en hanglampen. De trein kroop erheen, gaf een laatste stuiptrekking en stopte.

De Smallbones sprongen direct overeind en het gangpad in, klaar om de krachten der duisternis aan te vallen. Earnshaw trok een koffer uit het rek. 'Stapt u hier uit?' vroeg hij aan Blair.

'Nee, ik denk dat ik maar tot het eindpunt meega.'

'Meent u dat? Ik had eigenlijk gedacht dat Wigan uw soort plaats zou zijn.'

'Dat had u dan mis.'

'Ik hoop het.'

Earnshaw voegde zich bij de Smallbones op het perron, waar ze werden begroet door een priester in een soutane en een vrolijke kring van spookgestalten vormden. Earnshaw zei iets waarop de priester met een uilachtige blik naar de trein staarde. Blair leunde achterover en de aandacht van het groepje werd afgeleid door de aankomst van een lange man met een bolhoed op.

Blair had tweehonderd pond te pakken – nou ja, honderd pond. De passageprijs van Liverpool naar de Goudkust was tien pond en hij zou een andere naam moeten gebruiken en ten noorden van Accra van boord moeten gaan, maar dokters schreven altijd zeereizen voor, of niet soms, dus hij zou tijdens de reis kunnen herstellen. Met een beetje geluk kon hij morgen vertrokken zijn.

Hij trok zijn hoed over zijn ogen en probeerde het zich gemakkelijk te maken, toen hij een por tegen zijn schouder voelde. De conducteur en de lange man van het perron stonden voor hem.

'Meneer Blair?'

'Ja. Leveret?' gokte Blair.

Zwijgen scheen Leverets manier van instemmen te zijn. Een jonge man en iemand van tegenstellingen, dacht Blair. Leverets bolhoed was geborsteld, maar zijn jasje was gekreukeld. Zijn gestreepte zijden vest leek niet erg gemakkelijk te zitten. Zijn ernstige, diepliggende ogen namen Blairs gebrek aan beweging peinzend waar.

'Dit is Wigan.'

'Inderdaad,' zei Blair.

'U ziet er niet zo goed uit.'

'Je bent een scherp waarnemer, Leveret. Niet goed genoeg om op te staan.'

'Naar ik hoor, was u van plan te blijven zitten.'

'De gedachte is bij me opgekomen.'

'Bisschop Hannay heeft u op voorschot geld gegeven om een

taak te vervullen. Als u dat niet doet, zal ik dat geld moeten terugvragen.'

'Ik ga naar Liverpool om wat te rusten en dan kom ik terug,' zei Blair. Had je gedacht, dacht Blair, dan zit ik aan dek op zee.

De conducteur zei: 'Dan zult u op het station een nieuw kaartje moeten kopen.'

'Dat koop ik bij u.'

'Misschien doen ze het in Amerika op die manier,' zei Leveret. 'Hier koopt men kaartjes op het station.'

Blair kwam met moeite overeind en voelde dat hij uiterst zwak op zijn benen stond en moeite had om zijn evenwicht te bewaren. Met één lange stap viel hij op het perron, krabbelde overeind en hervond zijn waardigheid. De laatste uitstappende passagiers – winkelmeisjes met hoedendozen – maakten verschrikt ruimte terwijl hij als een lepralijder het station binnenwaggelde. Tussen twee lege banken stond een kachel. Er zat niemand achter het loket en daarom leunde hij ertegenaan en gaf een klap op de bel. Op hetzelfde moment voelde hij een trilling door het gebouw gaan; hij keek om en zag de trein vertrekken.

Leveret kwam met Blairs ransel onder zijn arm het station binnen. 'Ik heb begrepen dat het lang geleden is sinds u voor het laatst in Wigan was,' zei hij.

Leveret had het lange gezicht en de houterige bewegingen van een ondervoed paard en was lang genoeg om te moeten bukken voor de uithangborden van de winkels. Hij liep met Blair mee de trappen van het station op naar een straat met winkels die allemaal uit vettige rode baksteen waren opgetrokken. Ondanks het feit dat het inmiddels donker was en de gaslampen een mistroostig schijnsel verspreidden, was het druk op straat en hingen en stonden er allerlei artikelen voor de winkels: oliejassen, rubberlaarzen, zijden sjaals, satijnen linten, Pilkington glas, lampolie. Er stonden kramen waar Australisch rundvlees verkocht werd, kleverige trijp, haring en kabeljauw in tieren uitgestald, manden met oesters op ijs. De geur van thee en koffie riep gedachten op aan exotische parfums. En dit alles was bedekt met een dun laagje glinsterend roet. De gedachte kwam bij Blair op dat als zou blijken dat de hel een bloeiende winkelstraat had, deze er zo uit moest zien.

Ze kwamen bij een winkel waarvoor een bord stond dat de krant aanprees met de woorden: LONDENS MONSTER. 'De plaatselijke krant,' zei Leveret, op een toon alsof ze een bordeel passeerden.

Het Minorca Hotel was in hetzelfde gebouw gevestigd. Leveret ging Blair voor naar de tweede verdieping en bracht hem een met donker hout betimmerde suite met rood-fluwelen meubels binnen.

'Zelfs een rubberplant,' zei Blair. 'Ik voel me helemaal thuis.'

'Ik heb een suite gereserveerd voor het geval u tijdens uw onderzoek mensen moet ontvangen. Op deze manier hebt u een kantoor.'

'Een kantoor? Leveret, ik heb het gevoel dat jij meer weet over wat ik geacht word te doen dan ik.'

'Het onderzoek gaat mij ook meer ter harte dan u. Ik ben een vriend van de familie.'

'Dat is prachtig, maar ik zou het op prijs stellen als je ophield met over een "onderzoek" te praten. Ik ben niet van de politie. Ik stel hier en daar een paar vragen die jij waarschijnlijk al hebt gesteld en daarna ben ik weg.'

'Maar u probeert het toch wel? U hebt er geld voor aangenomen.'

Blair voelde dat zijn benen het begonnen te begeven. 'Ik zal in elk geval iets doen.'

'Ik dacht dat u onmiddellijk zou willen beginnen. Ik zal met u meegaan naar dominee Chubb. U hebt hem op het station gezien.'

'En dat is me een grapjas, naar wat ik van hem heb gezien.' Blair scharrelde naar een stoel en ging zitten. 'Leveret, je hebt me in de trein gevonden en me hierheen gesleept. Nu kun je wel gaan.'

'Dominee Chubb...'

'Weet Chubb waar Maypole is?'

'Nee.'

'Wat heeft het dan voor nut om met hem te praten?'

'Dat is een kwestie van beleefdheid.'

'Daar heb ik geen tijd voor.'

'U moet weten dat we alle kapiteins in Liverpool hebben gewaarschuwd dat als u zich daar met geld vertoont, dit gestolen is.'

'Nou, daar ga je dan met je beleefdheid.' Blair gaf Leveret een vette knipoog. 'De Engelsen zijn echt fantastisch om mee te werken, zo'n heerlijk bekrompen volkje.' Praten was vermoeiend. Hij liet zijn hoofd tegen de rugleuning rusten en sloot zijn ogen. Hij hoorde schrijven.

'Ik schrijf een aantal adressen op,' zei Leveret. 'Het was niet de bedoeling om u te beledigen met die kapiteins, maar ik wil u wel hier houden.'

'En of dát een genoegen is,' zei Blair. Hij voelde de vergetelheid naderen en die was zeer welkom. Hij hoorde Leveret de deur opendoen. 'Wacht even.' Blair kwam even bij uit zijn verdoving. 'Hoe oud is hij?'

Leveret dacht even na.

'Drieëntwintig.'

'Lengte?'

'Zes voet. U hebt de foto.'

'Een uitstekende foto. Gewicht, ongeveer?'

'Veertien stone.'

Krap tweehonderd pond voor een Amerikaan. 'Blond haar,' herinnerde Blair zich. 'Ogen?'

'Blauw.'

'Voor het geval ik hem op de trap tegenkom. Bedankt.'

Zijn oogleden vielen dicht alsof ze van lood waren. Hij sliep al voordat Leveret goed en wel de deur uit was.

Toen hij wakker werd, duurde het even voordat Blair wist waar hij was. De koorts was gezakt, maar in het donker leek het haast alsof de vreemde meubels leefden, vooral de tafels en stoelen waren zo behangen met overtrekken en kwastjes dat ze vrijwel aangekleed waren. Hij kwam overeind en voelde zich erg licht in zijn hoofd. Hij meende paarden te horen, maar toen hij naar het raam liep en naar beneden, op straat keek, zag hij alleen maar mensen. Hij begreep er eerst niets van, tot het tot hem doordrong dat de helft van hen schoenklompen droeg, leren schoenen met houten zolen die met ijzers waren beslagen en voor een arbeider tien jaar meegingen. Het volmaakte geluid voor Wigan: mensen die als paarden beslagen waren.

Volgens zijn horloge was het acht uur. Het kwam hem voor dat hij moest proberen om in de kortst mogelijke tijd met zo min mogelijk mensen te praten en vervolgens te vertrekken. In Afrika had hij gelopen met zijn voeten vol zweren en zijn ogen dicht door een infectie; om uit Wigan weg te komen, zou hij heus wel een koutje kunnen overwinnen.

Hij las het briefje dat Leveret op tafel had laten liggen. Het adres van dominee Chubb was de pastorie, John Maypoles kamer leek daar niet ver uit de buurt te zijn, de weduwe Mary Jaxon woonde in Shaw's Court, en Rose Molyneux in Candle Court. Van Miss Charlotte Hannay had hij geen adres opgeschreven.

De weduwe Jaxon leek de beste keus omdat die waarschijnlijk thuis zou zijn en vast wel zou willen roddelen. Terwijl hij het papier oppakte, zag hij door de open deur van de slaapkamer een man in de spiegel. Iemand met een slappe hoed op, een slordige baard en een paar ogen die hem als twee kaarsvlammetjes aanstaarden.

Blair was minder klaar voor een dergelijke excursie dan hij had gedacht. Hij zat nog maar nauwelijks in een rijtuig toen hij alweer van zijn stokje ging. Nu en dan trok hij even bij en was zich vaag bewust van winkelstraten die plaats maakten voor gieterijen, de scherpe dampen van katoenververijen, een brug en vervolgens rij na rij bakstenen huizen. Toen het rijtuig stopte, kwam hij weer bij.

De koetsier zei: 'Dit is Candle Court.'

Blair zei: 'Ik wilde naar Shaw's Court.'

'U zei Candle Court.'

Als Blair zich had vergist, dan had hij nu de kracht niet om het alsnog te corrigeren. Hij stapte uit en vroeg de koetsier te wachten.

'Hier niet. Ik sta aan de andere kant van de brug,' zei de koetsier en draaide zijn rijtuig vlot achteruit om.

De straat was een geplaveide loopgraaf tussen twee lange rijen aaneengesloten huizen, gebouwd voor mijnwerkers door mijneigenaars, twee verdiepingen, alles onder één lang met Welsh' lei gedekt dak, zodat je alleen aan de deuren kon zien waar het ene huis ophield en het andere begon. Het was een labyrint van baksteen en schaduw. De gaslantaarns stonden ver uit elkaar en het meeste licht kwam van de olielampen van de kroegen of uit open ramen waar

worst, oesters of ham werd verkocht. Iedereen leek aan het avondmaal te zitten want binnen hoorde hij een waterval van stemmen.

Volgens Leveret woonde Rose Molyneux op nummer 21. Toen
hij op de deur klopte, zwaaide die vanzelf open.

'Rose Molyneux? Miss Molyneux?'

Hij stapte naar binnen, de voorkamer in, waarna de deur achter
hem dicht zwaaide. Bij het weinige licht dat vanaf de straat naar
binnen viel, zag hij stoelen, een tafel en een kast die de kleine
ruimte volledig vulden. Hij had slechter verwacht. Gewoonlijk
woonden er in mijnwerkershuizen gezinnen van tien personen of
meer, plus kostgangers waar je overheen moest stappen of over
struikelde. Hier was het stil als in een tempel. En ook zag het er betrekkelijk welvarend uit. In de kast stonden sierkannen; de enige
die Blair herkende was een porseleinen Hertog van Wellington met
zijn haakneus.

Ook in de achterkamer was een raam. Een fornuis verspreidde
warmte en de geur van melk en suiker. Er stond een grote pan heet
water op. Blair deed de oven open en tilde het deksel op van het
pannetje dat erin stond. Rijstpudding. De tafel was voor twee personen gedekt. In een hoek stonden twee wastobbes en, vreemd genoeg, een grote staande spiegel. Op de planken vloer lag een ge-
haakt kleed. Tegen de tegenoverliggende muur ging een trap naar
boven, naar een stil slaapgedeelte.

Buiten klonken schuifelende voetstappen. Blair keek door het
achterraam en zag een heel klein binnenplaatsje met een waskoker,
een spoelbak voor de was en een varken dat zich tegen latten van
zijn hok schurkte. Het varken sloeg zijn ogen hunkerend op. Er
werd iemand thuis verwacht.

Blair wist dat het een vergissing zou zijn om buiten te wachten
omdat iedere vreemdeling die voor de deur rondhing, werd beschouwd als iemand die om geld kwam, tot het tegendeel was
bewezen. Hij wilde in de voorkamer gaan zitten, maar er liepen
buren langs het raam en als hij het gordijn dichtdeed, zou dat helemaal de aandacht trekken; onder mijnwerkers was een dicht gordijn een teken dat er iemand overleden was. Vreemd dat hij zich
dat nog herinnerde, dacht hij.

Hij ging terug naar de keuken en ging in het donker op een

stoel onder de trap zitten. De koorts kwam bij vlagen en maakte hem slap. Hij zei tegen zichzelf dat hij, zodra hij de voordeur open hoorde gaan, naar de voorkamer terug kon gaan. Hij leunde met de stoel tegen de muur en schoof zijn hoed over zijn gezicht. Hij sloot zijn ogen – heel even maar, zei hij tegen zichzelf. De zoete geur van de rijstpudding vervulde het duister.

Toen hij zijn ogen opendeed, stapte ze juist in het bad. Ze had een lamp aangestoken, maar de pit laag gedraaid. Ze was bedekt met zwart, met zilveren glittertjes van mica, en ze had haar haar in een wrong gedraaid en opgestoken. Ze waste zich met een spons en een wasdoekje en bekeek zichzelf in de staande spiegel, niet om zichzelf te bewonderen, maar omdat het fijne kolenstof overal in haar poriën was gedrongen. Terwijl ze zich waste, veranderde ze van zwart naar blauw, en van blauw naar olijfkleurig, als een verblekend aquarel.

Ze stapte in de tweede tobbe en goot met een kan water over haar gezicht en schouders. Haar bewegingen in de beperkte ruimte van de tobbe leken op een heel persoonlijke dans. Damp hing als een aureool om haar gezicht, water liep in stralen over haar rug en tussen haar borsten. Geleidelijk aan veranderde ze van zwart naar grijs naar schelpachtig roze, hoewel haar ogen onverschillig naar haar huid keken, alsof er een andere vrouw aan het baden was.

Toen ze klaar was, stapte ze uit de tobbe op het kleed. Nu pas zag Blair dat er een handdoek en kleren over een stoel hingen. Ze droogde zich af, stak haar armen omhoog, liet een hemd over haar hoofd glijden en stapte in een linnen rok, dun, maar van goede kwaliteit, een rok die een dienstbode gestolen zou kunnen hebben. Ten slotte maakte ze haar haar los dat donkerrood, dik en gezond was.

Toen Blair zijn stoel naar voren liet komen, staarde ze in het donker als een vos die in zijn hol werd verrast. Hij wist dat als ze om hulp riep, het hele huis in een mum van tijd vol zou stromen met mijnwerkers die met genoegen iedere vreemdeling zouden bestraffen die de privacy van hun krotwoningen had geschonden.

'Rose Molyneux?'

'Ja?'

'Bisschop Hannay heeft me gevraagd om naar de zaak van John Maypole te kijken. Uw deur was open. Ik ben naar binnen gegaan en in slaap gevallen. Mijn verontschuldigingen.'

'En wanneer ben je wakker geworden? Als je een gentleman was, zou je direct je mond open hebben gedaan.'

'Ik ben geen gentleman.'

'Dat blijkt.'

Ze keek naar de voordeur, maar maakte geen aanstalten om er naartoe te gaan en hoewel het hemd aan haar vochtige huid plakte, liet ze haar jurk over de stoel hangen. Haar ogen waren donker en direct. 'Ik weet niks van die predikant,' zei ze.

'Men heeft John Maypole op 18 januari met u zien praten en daarna heeft niemand hem meer gezien. Waar was dat?'

'Scholes Bridge. Dat heb ik tegen de politie gezegd. Hij vroeg me voor dat avondje, dansen, liedjes zingen en limonade drinken.'

'Waren jullie vrienden?'

'Nee. Hij vroeg alle meisjes. Hij zat ons altijd achterna voor het een of het ander.'

'Waarover?'

'Kerkgedoe. Hij wilde ons altijd redden.'

'Waarvan?'

'Van onze zwakheden.' Ze keek naar zijn ogen. 'Ik ben in een kolenwagen gevallen, daarom moest ik me wassen.'

'Bent u naar dat avondje gegaan?'

'Dat ging niet door.'

'Omdat Maypole vermist werd?'

Ze lachte kort. 'Omdat er een ontploffing in de mijn was. Zesenzeventig man dood. Geen mens die ene moer om die kapelaan gaf.'

Blair had het gevoel alsof hij door zijn stoel was gezakt. Op de dag dat Maypole verdween, waren er zesenzeventig man omgekomen en daar had Leveret niets van gezegd?

Bij de buren klonk het geroffel van klompen die de trap af kwamen. De muren tussen de huizen waren zo dun dat het klonk alsof er een kudde dolgeworden koeien boven Blairs hoofd de trap af donderde. Een waterdruppel liep als een kleine lichtkogel langs haar wang, langs haar hals en verdween. Overigens stond ze doodstil.

'Verder geen vragen?' vroeg ze.

'Nee.' Hij trachtte nog steeds om het nieuws van de ontploffing in zich op te nemen.

'Je bent echt geen gentleman, is het wel?'

'Totaal niet.'

'Waar ken je de bisschop dan van?'

'Je hoeft geen gentleman te zijn om de bisschop te kennen,' zei hij en stond op om weg te gaan.

Rose zei: 'Hoe heet je? Je kent mijn naam, maar ik de jouwe niet.'

'Blair.'

'Je bent een schoft, meneer Blair.'

'Dat zegt men. Ik kom er wel uit.'

Hij was zo duizelig dat de vloer leek te hellen. Via de rugleuningen van de stoelen scharrelde hij de voorkamer door naar de voordeur. Rose Molyneux bleef in de keukendeur staan, meer om zich ervan te overtuigen dat hij inderdaad vertrok dan om hem goedendag te zeggen. Ze werd omlijst door het raam en het licht uit de keuken, witte mousseline en rood haar. Vanuit het huis aan de overkant klonk het geluid van kastdeuren die werden dichtgesmeten en van een huiselijke twist, begeleid door het geblèr van een baby.

'Klein wereldje, Wigan?' vroeg Blair.

'Het is een zwart gat,' zei Rose.

3

De volgende morgen voelde Blair zich op een vreemde manier een stuk beter. Dat had je met malaria; dat kwam en dat ging als een logé. Hij vierde het met een bad en een scheerbeurt en hij at net een ontbijt van koude toost en taaie biefstuk toen Leveret arriveerde.

'Er staat slechte koffie als je soms trek hebt,' bood Blair aan.

'Ik heb al gegeten.'

Blair wijdde zich weer aan zijn maaltijd. Hij had een week lang alleen maar soep en gin gehad en was van plan zijn bord leeg te eten.

Leveret nam beleefd zijn hoed af. 'Bisschop Hannay is uit Londen gekomen. Hij nodigt u vanavond uit voor het diner. Ik zal u om zeven uur komen ophalen.'

'Het spijt me, maar ik heb niets om aan te trekken.'

'De bisschop zei al dat u dat zou zeggen en ik moest tegen u zeggen dat u zich daar geen zorgen over hoefde te maken. Omdat u Amerikaan bent, zullen de mensen aannemen dat u niet weet hoe u zich voor het diner moet kleden.'

'Uitstekend, dan kun je nu naar zijne excellentie teruggaan en melden dat je zijn belediging hebt overgebracht. Tot zeven uur.' Blair ging verder met zijn biefstuk die aan verschroeid touw deed denken. Even later merkte hij dat zijn bezoeker zich nog altijd niet had verroerd. 'Blijf je daar staan? Je lijkt wel een deurstop.'

Leveret sloop naar een stoel. 'Ik wilde u vanmorgen eigenlijk vergezellen.'

'Mij vergezellen?'

'Ik was John Maypoles beste vriend. Niemand kan u zoveel over hem vertellen als ik.'

'Heb je de politie ook geholpen?'

'Er is niet echt een onderzoek ingesteld. We dachten dat hij weg was en toen... nou ja, misschien is hij ook wel gewoon weg. De bisschop wil niet dat de politie erbij gehaald wordt.'

'Je bent de rentmeester van Hannay. Heb je geen andere dingen te doen, koeien verzorgen, huurders uitzetten?'

'Ik zet geen...'

'Hoe is je voornaam, Leveret?'

'Oliver.'

'Oliver. Ollie. Ik heb in Californië Russische kennissen. Die zouden je Olyosha noemen.'

'Laten we het op Leveret houden.'

'Hoe oud ben je?'

Leveret wachtte even, als een man die in hoog gras stapt. 'Vijfentwintig.'

'Het Hannay-bezit moet een hele verantwoordelijkheid zijn. Zet je de huurders zelf eruit of heb je daar een deurwaarder voor?'

'Ik probeer er niemand uit te zetten.'

'Maar je doet het wel. Begrijp je wat ik bedoel? Als jij bij me bent, zal niemand me ook maar iets in vertrouwen vertellen.'

Leveret keek gepijnigd. Behalve dat Blair duidelijk had willen maken wat hij bedoelde, had hij hem tevens willen grieven; als Leveret doordat hij opzij werd geduwd, een schram opliep, was dat wat Blair betrof uitstekend, maar Leveret leek het als een fout van zijn kant te beschouwen en dat irriteerde Blair nog veel meer. De man had een in zichzelf gekeerde uitdrukking, alsof alle tekortkomingen van deze wereld aan hem te wijten waren.

'Ik ben ook in Afrika geweest. In de Kaapkolonie,' zei Leveret.

'Nou, en?'

'Toen ik hoorde dat u mogelijk hierheen zou komen, vond ik dat geweldig.'

Blair bracht een bezoek aan het kantoor van de krant naast het hotel en Leveret ging met hem mee.

Aan de muur hingen acht pagina's van de *Wigan Observer* waarin veilingen van veestapels en zaagmolens, alsmede levendige pantomimevoorstellingen van de kerk werden aangekondigd en volledige dienstregelingen van de spoorwegen afgedrukt stonden. Uiteraard ook advertenties. 'Glenfield's Stijfsel Is de Enige die Wordt

Gebruikt voor de Was van Hare Majesteit.' Ook was de *Illustrated London News* hier te koop, met de hele voorpagina gewijd aan het Lambeth Monster, de moordenaar die zijn slachtoffers met een mes had opengereten.

'Valt het jou ook op dat er geen wasmiddelen worden aangeprezen met de naam van het Monster?' zei Blair. 'Dát zou tenminste een aanbeveling zijn.'

Voor de heren waren er *Punch*, de *Coal Question* en de *Miners's Advocate, Self-Help, Hints on Household Taste* en voor de dames de *Englishwoman's Review.* Verder boeken die de plaatselijke geschiedenis behandelden, zoals: *Lancashire Catholics: Obstinate Souls* en voor de liefhebbers van populaire lectuur een verzameling wildwestromans en boeken met avonturen van de Horse Marines. In glazen vitrines lag schrijfpapier uitgestald, vulpennen, postzegeldoosjes, kroontjespennen en Oostindische inkt. De winkel was door een houten balustrade met een hekje gescheiden van het redactiegedeelte waar een man met een oogscherm aan een bureau zat te schrijven. Aan de wanden om hem heen hingen ingelijste foto's van ontspoorde locomotieven, uitgebrande huizen en massabegrafenissen.

Blair wees Leveret op de dienstregelingen van de treinen in de krant. 'Is je dat wel opgevallen? Dienstregelingen geven de meest geruststellende informatie voor het moderne leven. Toch kunnen we op dezelfde pagina van de Observer lezen dat er zaterdagavond vijf mensen onafhankelijk van elkaar door de trein zijn overreden. Zijn dat van tevoren vastgestelde executies?'

'Op zaterdagavond drinken de arbeiders en om de weg naar huis te kunnen vinden, lopen ze over de spoorlijn.'

'Moet je dit zien: scheepvaartmaatschappijen die gratis passage naar Australië aanbieden voor vrouwelijk huishoudelijk personeel. In welk ander land dan dit zou een ticket naar een woestijn aan de andere kant van de wereld aanlokkelijk kunnen zijn?'

'U bent geen bewonderaar van Engeland.' De gedachte deed Leveret zo'n pijn dat hij bijna stotterde.

'Leveret, ga weg. Ga de schapen van de bisschop tellen, ga mensenvallen zetten, of wat je gewoonlijk ook mag doen, maar laat mij met rust.'

'Kan ik u ergens mee helpen?' zei de redacteur in het dialect van Lancashire waarin sommige medeklinkers werden afgebeten en bepaalde klinkers ter compensatie werden verlengd.

Blair duwde het hekje open om de foto's van dichtbij te bekijken. Het was altijd interessant om te zien wat gas en stoom met metaal en baksteen kunnen doen. Op een van de foto's was de voorgevel van een gebouw volledig weggevaagd zodat het op een poppenhuis leek, compleet met stoelen en een gedekte tafel. Op een volgende foto was een locomotief als een raket op het dak van een brouwerij terechtgekomen. Twee foto's droegen het onderschrift: 'Ongelukkige Slachtoffers van de Explosie in de Hannay-mijn.' De eerste foto was op het terrein van de mijn genomen. De staande figuren waren vaag terwijl de lichamen op de grond haarscherp waren. De tweede foto toonde een lange rij lijkwagens, getrokken door paarden met zwarte pluimen.

'Mijnwerkers houden van een nette begrafenis,' zei de redacteur. 'De *Illustrated London News* heeft die foto overgenomen. De grootste ramp van het jaar tot dusver. Erg veel belangstelling. U hebt er natuurlijk over gelezen.'

'Nee,' zei Blair.

'Iedereen heeft het gelezen.'

'Hebt u nog exemplaren van dat nummer?'

De man trok een la open waarin kranten aan roeden hingen. 'Het verslag van het onderzoek, vrijwel letterlijk. Anders zult u moeten wachten op het officiële rapport van de Inspecteur der Mijnen. U komt me trouwens bekend voor.'

Blair bladerde de kranten door. Hij was niet geïnteresseerd in de ontploffing in de Hannay-mijn, maar de kranten die over het ongeluk, de reddingspogingen en het onderzoek naar de oorzaak van de ramp berichtten, brachten ook allerlei andere nieuwsfeiten in de weken na de verdwijning van John Maypole.

Zo stond er bijvoorbeeld in de krant van 10 maart: 'Er zal een vergadering worden gehouden van de begunstigers van het Tehuis voor Ongehuwde Vrouwen Die Voor Het Eerst Gevallen Zijn, dit ondanks de afwezigheid van Eerw. Maypole. Aangenomen wordt dat kapelaan Maypole wegens dringende familieomstandigheden plotseling op reis moest.'

En op 7 februari: 'Dominee Chubb ging voor in het gebed voor de zielen van de parochianen die op tragische wijze het leven verloren bij de ontploffing in de Hannay-mijn. Zij zijn thans bij Christus. Hij vroeg de gemeente tevens te bidden voor het welzijn van kapelaan Maypole van wie sinds twee weken niets is vernomen.'

En op 23 februari: 'Allerheiligen Parochiekerk 21-St. Helen's 6. William Jaxon scoorde twee try's en de overwinning werd opgedragen aan de Eerw. John Maypole.'

Het redactionele gedeelte bevatte verder vrijwel uitsluitend nieuws over de ramp. Een gravure toonde redders die zich hadden verzameld onder een schachtbok waarvan de top was versierd met een Lancashire-roos.

'Kan ik deze kopen?'

'Ja, hoor. We hebben speciale edities uitgegeven.'

'Ik betaal voor meneer,' zei Leveret.

'En een notitieboekje, rode inkt, zwarte inkt en de beste kaart van de omgeving die u hebt.'

'Een stafkaart?'

'Uitstekend.'

De redacteur pakte de aankopen in zonder zijn ogen van Blair af te nemen. 'De ontploffing in de Hannay-mijn was landelijk nieuws. Door dat soort dingen krijgt Wigan landelijke bekendheid.'

Op weg naar buiten zag Blair een boek staan getiteld *Nikker Blair*, met een omslagillustratie waarop hij een gorilla doodschoot. Hij had nog nooit een snor gehad en nog nooit een gorilla gezien. De slappe hoed klopte echter wel.

Nieuw land verkende men het best vanaf een hoog punt. De duiven vlogen verschrikt op toen Blair via een luik op de vlakke, open bovenkant van de toren van de parochiekerk klauterde. Leveret worstelde om zijn lange lichaam door het gat te krijgen en had stof en veren op zijn bolhoed toen ook hij ten slotte boven was. Het was nog maar net twaalf uur, maar de hemel was grauw alsof het al begon te schemeren. Toen Blair zijn kaart uitvouwde, verschenen er onmiddellijk duidelijk zichtbare korreltjes vuil op het papier.

Blair hield van kaarten. Hij hield van breedte, lengte, hoogte.

Hij hield van het gevoel dat hij met een sextant en een fatsoenlijk horloge de zon kon schieten en overal op aarde zijn positie bepalen, waarna hij met een transporteur en papier zijn positie in kaart kon brengen zodat iemand anders met behulp van zijn kaart zijn voetspoor zou kunnen volgen naar exact dezelfde plaats, zonder een seconde of een centimeter fout uit te komen. Hij hield van topografie, van de kronkels en plooien van de aarde, vlakten die in gebergten veranderden, bergen die eilanden waren. Hij hield van de wisselvalligheid van de planeet – kustlijnen die werden weggespoeld, vulkanen die uit vlak land oprezen, rivieren die eerst zus liepen, dan weer zo. Een kaart was in feite niet meer dan een momentopname van deze voortdurende verandering, maar als een uitbeelding van de tijd was het een kunstwerk.

'Wat doet u?' vroeg Leveret.

Blair wikkelde een telescoop uit een zeemleren buidel; het was een Duitse refractor met een Ramsden oculair en zonder enige twijfel zijn meest waardevolle bezit. Hij keek langzaam in het rond over de volle 360 graden, peilde de zon en keek op een kompas. 'Ik probeer uit te vinden waar ik ben. Op deze kaart staat geen noordrichting aangegeven, maar ik geloof dat ik het nu heb.' Hij tekende een pijl op de kaart, een handeling die hem telkens weer een kleine voldoening gaf.

Leveret hield zijn hoed vast om te voorkomen dat die afwaaide. 'Ik ben hier nog nooit geweest,' zei hij. 'Moet je die wolken zien, het lijken wel zeilschepen.'

'Poëtisch. Je moet naar beneden kijken, Leveret. Vraag je af waarom het zo'n uitermate zinloze warboel van straten is. Kijk naar de kaart en je ziet het oude dorp Wigan dat bestond uit een kerk, een marktplein en middeleeuwse stegen, zelfs al is het groen nu met keien geplaveid en zijn de stegen ijzergieterijen geworden. De oudste winkels hebben de smalste gevels omdat iedereen aan de enige straat wilde zitten.'

Leveret vergeleek datgene wat hij zag met de kaart, precies zoals Blair had verwacht. De mensen konden een kaart van de omgeving waar ze woonden net zo min weerstaan als een portret van zichzelf.

'Maar u kijkt naar heel andere dingen,' merkte Leveret op.

'Een cartograaf werkt met driehoeksmeting. Als je de positie en de hoogte van twee plaatsen weet en je ziet een derde, kun je daar de positie en hoogte van uitrekenen. Kaarten bestaan uit onzichtbare driehoeken.'

Blair zocht Scholes Bridge op die hij de avond tevoren was overgestoken. In het donker en met koorts was het hem niet opgevallen hoezeer de brug de stad verdeelde. Ten westen van de brug lag het welvarende, degelijke Wigan met kantoren, hotels en winkels, allemaal met terracotta kroontjes op de schoorstenen. Ten oosten van de brug lag een nieuwere, dicht opeengepakte wijk met mijnwerkerswoningen, rijtjeshuizen met roodstenen muren en daken van blauwe lei. Ten noorden van de kerk, ver van de brug, liep een boulevard waaraan statige herenhuizen met fraai aangelegde tuinen lagen in de richting van een dicht bebost gebied. Op de kaart stond een aantekening: 'Naar Hannay Hall'. In het zuiden lag het rokende slagveld van kolenmijnen.

Wat voor het oog verborgen was maar op de kaart duidelijk zichtbaar, was dat Wigan door de spoorlijnen in stukken was gesneden en vervolgens weer aan elkaar genaaid: de London & Northwest, de Wigan & Southport, Liverpool en Bury en Lancaster Union strekten zich in alle richtingen in enorme geometrische bogen uit en sloten aan op de eigen spoorbanen van de mijnen. De zuidelijke horizon was door de nevel onzichtbaar, maar op de kaart telde Blair ruim vijftig in werking zijnde kolenmijnen, wat voor elke stad een ongelooflijk aantal was.

Hij richtte zijn kijker op de mijnwerkerswoningen aan de andere kant van de brug. Mogelijk waren ze allemaal keurig recht gebouwd, maar aangezien ze op oude, uitgewerkte mijnen waren neergezet waarvan de stutten bezig waren te verrotten en gangen instortten, waren de muren en daken verzakt en boden de huizen nu de aanblik van een glooiend, verzakkend, langzaam in elkaar stortend landschap dat evenzeer een gevolg was van natuurlijke invloeden als van mensenhanden.

Leveret zei: 'Ik heb het verhaal van het Bijbelfonds gehoord. En uw, uw...'

'Losbandigheid?'

'Vrije levenswijze. Als ik de feiten echter zorgvuldig lees, komt het mij voor dat u de verdediger van de Afrikanen bent geweest.'

'Je moet niet alles geloven wat je leest. Mensen hebben velerlei redenen voor hun handelen.'

'Maar het is belangrijk om dat de mensen te laten weten, anders wordt u verkeerd beoordeeld. Het stelt een voorbeeld.'

'Net zoals Hannay. Dat is pas een mooie bisschop.'

'Bisschop Hannay is... anders. Niet iedere bisschop is bereid om kostbare expedities naar de uithoeken van de aarde te financieren.'

'Het is een luxe die hij zich kan veroorloven.'

'Een luxe die u nodig hebt,' wees Leveret hem vriendelijk terecht. 'Hoe het ook zij, hoe persoonlijk uw redenen voor datgene wat u in Afrika hebt gedaan ook geweest mogen zijn, u moet zich door de mensen niet zo zwart laten maken.'

'Leveret, laat het nu maar aan mij over om me zorgen over mijn reputatie te maken. Waarom heb je in je brief met informatie over John Maypole niets over die ontploffing in de Hannay-mijn gezegd?'

Leveret had even een moment nodig om zich op deze plotselinge verandering van onderwerp in te stellen.

'Bisschop Hannay was van mening dat het niet ter zake deed. Behalve dat iedereen het zo druk had met de ramp dat we aanvankelijk niet zo op Johns verdwijning hebben gelet.'

'Lees je Dickens?' vroeg Blair.

'Ik ben een liefhebber van Dickens.'

'Stoort wonderbaarlijk toeval je niet?'

'Houdt u niet van Dickens?'

'Ik hou niet van toeval. Het staat me niet aan dat Maypole is verdwenen op de dag dat er zich een mijnontploffing voordeed. Vooral als de bisschop mij, een mijningenieur, uitkiest om hem te vinden.'

'We hebben door de ontploffing eenvoudig te weinig aandacht aan Johns verdwijning besteed. De bisschop heeft u naar ik meen uitgekozen omdat hij iemand van buiten wilde hebben die hij kon vertrouwen. En uw achtergrond als mijningenieur past tenslotte uitstekend in Wigan.'

Blair was nog altijd niet overtuigd. 'Is Maypole ooit in de mijn geweest?'

'Dat is niet toegestaan.'

'Hij mocht alleen bovengronds met de mijnwerkers praten?'

'Dat klopt, ja.'

'Maar hij preekte wel tegen ze?'

'Ja, zodra ze boven kwamen. En tegen de mijnmeisjes. John was een evangelist in de ware zin van het woord. Hij had een vlekkeloos, onbaatzuchtig karakter.'

'Dat klinkt als iemand waarvoor ik tot mijn enkels in de modder de straat zou oversteken om hem te ontlopen.'

Blair zette met rode inkt de initialen van John Maypole, de weduwe Mary Jaxon en Rose Molyneux bij hun huizen op de kaart.

Zijn gedachten bleven bij Rose. Waarom had ze niet om hulp geroepen? Waarom had ze zich niet eens aangekleed? Haar kleren lagen op de stoel. In plaats daarvan was ze in haar vochtige hemd blijven staan. Toen ze naar de deur had gekeken, was ze toen net zo bang geweest om te worden ontdekt als hij?

De kamer van John Maypole was in de buurt van Scholes Bridge, in een steeg waar de huizen zo ver vooroverhingen dat de daken elkaar bijna raakten. Een streep grijs licht viel er tussendoor op Leveret en Blair. Maypole was klaarblijkelijk het soort evangelist dat dag en nacht onder zijn parochianen wilde zijn, een man die niet alleen bereid was om tot in de diepte af te dalen, maar er ook wilde slapen.

Leveret deed de deur van een kamer open waarin een bed stond, een tafel met stoelen, een gietijzeren fornuis, ladenkast, wasbak, en een po die op donker linoleum met een onduidelijk patroon stond. Aan de muur hing een olielamp en die stak Blair aan. Het zwakke schijnsel verlichtte het pronkstuk van de kamer, een olieverfschilderij van Christus in een timmermanswerkplaats. Jezus zag er broos uit, niet iemand die gewend was aan zwaar werk, en volgens Blair keek Hij voor iemand die met een zaag moest omgaan wel wat afwezig. Hij stond met Zijn voeten in de krullen en door het raam waren olijfbomen, doornstruiken en het blauwe Meer van Galilea te zien.

Leveret zei: 'We hebben de kamer gelaten zoals hij was, voor het geval hij terug zou komen.'

In het midden van een van de andere wanden hing een tinnen crucifix. Op een plank stonden een bijbel, een aantal veelgelezen theologische werken en een enkel dun deeltje van Wordsworth schuin tegen elkaar aan. Blair trok de laden open en tastte tussen de zwarte wollen soutanes en andere kledingstukken van een arme kapelaan.

'John was niet geïnteresseerd in materiële zaken,' zei Leveret. 'Hij bezat maar twee pakken.'

'En die zijn allebei hier.' Blair liep terug naar de boekenplank, bladerde even door de Bijbel en de boeken en zette ze rechtop. Ze bleven staan. Ze hadden niet zo lang schuin gestaan dat de band kromgetrokken was. 'Ontbreekt er ook iets?'

'Een dagboek,' zei Leveret met een diepe zucht. 'John schreef zijn gedachten op. Het is het enige dat ontbreekt. Het was het eerste waar ik naar heb gezocht.'

'Waarom?'

'Voor het geval we daarin zouden hebben kunnen vinden waar hij heen ging of wat hij dacht.'

'Heb je het ooit gelezen?'

'Nee, het was persoonlijk.'

Blair drentelde door de kamer en bleef voor het raam staan dat vuil genoeg was om geen gordijn nodig te hebben. 'Kreeg hij wel eens bezoek?'

'John zat de vergaderingen van het Explosiefonds en de Vereniging voor de Verbetering van de Werkende Klasse voor, en uiteraard die van het Tehuis voor Vrouwen.'

'Praktisch een radicaal.' Blair snoof. 'Hij rookte niet?'

'Nee, en hij wilde ook niet hebben dat hier gerookt werd.'

'Leveret, je beschreef jezelf in je brief niet alleen als Maypoles vriend maar als zijn vertrouweling. Dat suggereert dat hij je in vertrouwen nam. Op welk gebied?'

'Persoonlijke dingen.'

'Denk je dat het goed is om daarover te blijven zwijgen nu hij inmiddels twee maanden verdwenen is?'

'Als ik van mening was dat de gevoelens die John als intieme vriend met mij deelde iets met zijn verdwijning te maken hadden, zou ik ze u uiteraard onthullen.'

'Hoe intiem waren jullie? Als Damon en Phintias, Jezus en Johannes, Janklaassen en Katrijn?'

'U probeert me uit mijn tent te lokken.'

'Ik probeer de waarheid uit te lokken. Het soort heilige dat jij beschrijft, bestaat niet. Ik schrijf zijn grafschrift niet, ik probeer de klootzak te vinden.'

'Ik wou dat u dergelijke taal niet gebruikte.'

'Leveret, jij bent me d'r eentje, echt waar.'

Zelfs in het schemerdonker van de kamer kon Blair zien dat het gezicht van de rentmeester rood aanliep. Hij tilde het schilderij op en betastte de achterkant van het doek. Hij paste het linoleum af: tien bij twintig voet met witgekalkte stenen muren. Hij reikte naar het gepleisterde plafond: zeven voet hoog in de ene hoek, zes in de andere. Hij liep naar het midden van de kamer en knielde.

'Wat doet u nu toch?' vroeg Leveret.

'Bosjesmannen geven hun kinderen een schildpad om ze te leren spoorzoeken. De vader laat de schildpad los en het kind moet hem proberen terug te vinden door de krasjes te volgen die de schildpad met zijn nagels op de kale stenen heeft gemaakt.'

'Zoekt u krasjes?'

'Eigenlijk zocht ik naar bloed, maar krasjes zijn ook goed.'

'Ziet u iets?'

'Geen bliksem. Maar ik ben dan ook geen bosjesman.'

Leveret trok zijn horloge uit zijn vestzak. 'Ik laat u verder alleen. Ik moet dominee Chubb voor vanavond uitnodigen.'

'Waarom komt die?'

Leveret gaf met tegenzin antwoord. 'Dominee Chubb heeft zijn twijfels uitgesproken over uw geschiktheid.'

'Mijn geschiktheid?'

'Niet wat uw intelligentie betreft,' zei Leveret snel. 'Uw zedelijke geschiktheid.'

'Dank je. Dat belooft een heerlijke avond te worden. Komen er nog meer gasten die zich zorgen maken over mijn zedelijke geschiktheid?'

Leveret liep achteruit naar de deur. 'Een paar.'

'Nou, ik zal proberen nuchter te blijven.'

'De bisschop heeft alle vertrouwen in u.'

'De bisschop?' Blair kon zijn lachen nauwelijks bedwingen.

De avond tevoren had de duisternis de aanblik van de rijtjeshuizen enigszins verzacht; nu was elke steen en lei door het daglicht en het roet scherp afgetekend. Zo geheimzinnig als het bij gaslicht had geleken, zo mistroostig was het nu, rij na rij tegen elkaar aangebouwde huizen met scheefhangende muren en stinkende toiletten. De geluiden waren ook anders, want nu waren er vrouwen en kinderen op straat en vermengde het geklepper van klompen op de keien zich met de kreten van venters en ketellappers. Mijnwerkers droegen schoenklompen, fabrieksarbeiders droegen schoenklompen, iedereen in Scholes droeg schoenklompen. Hoe had Rose Molyneux Wigan genoemd? Een zwart gat? Het was een lawaaiig gat.

John Maypole was haar op de brug tegengekomen. Het was een logische plaats om de voetstappen van de martelaar te volgen.

Het was niet bepaald de Via Dolorosa. De kroeg op de hoek was een salon met lange tafels, vaten bier en cider, en zure eieren die uit commerciële overwegingen gratis werden aangeboden. Blair stelde zich aan de eigenaar voor als een neef van Maypole en liet doorschemeren dat de familie bereid was een beloning te betalen voor goede inlichtingen over de kapelaan die twee maanden geleden voor het laatst was gezien, op de brug.

De eigenaar herinnerde Blair eraan dat het in maart al vroeg donker was. En, zoals hij het uitdrukte: 'Die Maypole van je mag dan kapelaan zijn geweest, of voor mijn part de paus met een bel om zijn nek, maar tenzij een kerel hier met zijn maten binnenkomt om wat te drinken, is hij aan deze kant van Wigan zo goed als onzichtbaar.'

Op de andere hoek was een slager. De slager was katholiek, maar hij kende Maypole van het rugby. Hij zei dat de kapelaan en het meisje stevig hadden doorgestapt en dat hij haar de les had gelezen of zij hem.

'Het is een katholiek meisje en ze liet zich door hem niets vertellen. Ik zag dat Maypole zijn halsband afrukte – u weet wel, zijn priesterboordje.' Hij zweeg veelbetekenend. 'Op een stiekeme manier.'

'Ah.' Blair sloeg een vlieg weg.

De vlieg ging terug naar een zwerm die druk in de weer was op iets wat op gescheurd flanel leek: trijp. Onder een glasplaat die zo troebel als een vijver was, lagen varkenspoten en bloedworst. De slager boog zich naar Blair over en fluisterde: 'Priesters zijn ook maar mensen. Het vlees is zwak. Het kan nooit kwaad als een kerel zijn pikkie af en toe eens natmaakt.'

Blair keek om zich heen. Het zou hem niet bijzonder hebben verbaasd als er een paar pikkies aan de haken zouden hebben gehangen. 'Leek het dan alsof ze vrienden waren? Ik meende dat u zei dat ze elkaar de les lazen.'

'Dat is typisch Rose, compleet met doornen, zoals het spreekwoord zegt.'

De slager was de laatste die iemand had gezien die op Maypole leek. Deze dingen gebeurden in Afrika, dacht Blair. Daar verdwenen doorlopend missionarissen. Waarom dan niet in donker Wigan?

Blair bracht de middag door met navraag doen naar zijn neef Maypole in de Angel, Harp, George, Crown and Sceptre, Black Swan, White Swan, Balcarres Arms, Fleece, Weavers' Arms, Wheelwrights' Arms, Windmill, en de Rope and Anchor. Tussen de bedrijven door kocht hij geen nieuwe, maar oude kleren in een 'shoddy shop'. Daar werd kleding verkocht die rijp was om tot kunstmest te worden verwerkt; als kunstmest waren de vodden meer waard dan als kleding. Perfecte mijnwerkerskleding.

Tegen zessen was hij in een pub die de naam de Young Prince droeg. Van buiten zag het etablissement eruit alsof het elk moment in elkaar kon storten. Hoekstenen waren als rotte tanden uit de muren gevallen; leien waren van het dak gegleden. Binnen echter bleek men te kunnen bogen op een mahoniehouten bar, een gloeiend haardvuur en de Jonge Prins in eigen persoon op een voetstuk naast de deur. De prins was klaarblijkelijk een bekende vechthond geweest, een bul-terriër die wit was toen hij nog leefde, nu echter opgezet en grijzend van onsterfelijkheid.

Mijnwerkers begonnen juist binnen te komen. Een aantal van hen was naar huis geweest, ze hadden zich gewassen en waren met schone petten op en zijden sjaals om teruggekomen. Het merendeel was echter op weg van de mijn binnengelopen om eerst de keel te spoelen. Waar ze hun petten achterover hadden geschoven, was een stukje witte huid te zien, getatoeëerd met littekens van de kolen; de oudere mannen rookten lange stenen pijpen en hadden littekens op hun voorhoofd die net zo blauw waren als de adertjes in Stilton kaas. Blair bestelde een gingrog tegen de koorts die op een hatelijke manier terugkwam, alsof die hem al weer te lang met rust had gelaten, en luisterde naar de gesprekken over postduiven, rugby dat tegenwoordig ook niet meer was wat het geweest was, en wie er meer ratten kon doden: een fret of een hond. Dit was stichtelijk gezelschap, dacht hij. Hij had een keer een hele dag zitten luisteren naar een Ethiopiër die de verschillende manieren had beschreven waarop een slang gevild en gekookt kon worden, maar dat was hierbij vergeleken een verhandeling van Socrates geweest.

Dit was geen werk voor hem, dacht hij. Wat hij tegen Leveret had gezegd, was ernstig gemeend: Maypole was te zeer tegenpool van hem. Hoe kon hij het spoor volgen van een man die bijna een martelaar was? De kapelaan was een Engelsman die de wereld zag als een strijd tussen Hemel en Hel, terwijl hij het als geologie zag. Maypole beschouwde Engeland als het heldere licht waar alle volkeren zich naar moesten richten, wat voor hem ongeveer hetzelfde was als beweren dat de aarde plat was.

Blair merkte dat er een bekend gezicht bij hem aan tafel was verschenen: meneer Smallbone uit de trein, alleen had hij zijn donkere pak verwisseld voor een mijnwerkersjasje van mollevel en een leren schoudertas zoals bookmakers die op de renbaan droegen. Zijn grote neus, die door de schone strepen op zijn wangen nog werd geaccentueerd, stond in vuurrode bloei.

'Ik drink niet,' zei Smallbone.

'Dat zie ik.'

'Ik ben met de jongens binnengekomen, maar ik heb geen cent uitgegeven, alleen maar voor de gezelligheid. In de Young Prince ontmoet je je vrienden.'

'Vertel je dat aan mevrouw Smallbone?'

'Mevrouw Smallbone is een heel ander verhaal.' Smallbone zuchtte alsof zijn vrouw een boek op zich was, maar fleurde toen op. 'U bent op de juiste plaats terechtgekomen, vooral vanavond. O, o, als u naar de Harp was gegaan.'

'Ik ben in de Harp geweest.'

'Allemaal Ieren. Ligt het aan mij of is het hier zo droog?'

Blair wist de aandacht van de barman te trekken en stak twee vingers op.

'In de Harp is het altijd knokken. Iedere avond bijt er wel een Ier een andere Ier de neus af. Goeie kerels, hoor. Geen betere om een diep gat te graven dan een Ier. Maar om iedere dag opnieuw de kolen naar boven te halen, is er geen betere dan een Lancashireman.' Smallbone zuchtte toen de drank werd gebracht en had zijn glas al te pakken voordat het goed en wel op tafel stond. 'Een Welshman en een Yorkshireman ook, maar er gaat toch niets boven een Lancashireman.'

'Ondergronds?'

'Zo te zeggen, ja. Op je gezondheid.'

Ze dronken, Blair in een keer de helft van zijn glas, Smallbone nam niet meer dan een spaarzaam teugje – een man voor de lange ruk.

'U moet de mensen die bij de brand zijn omgekomen hebben gekend.'

'Allemaal. Dertig jaar met ze gewerkt, vaders en zonen. Afwezige vrienden.' Smallbone deelde zichzelf een tweede slokje toe. 'Nou ja, niet allemaal. Er zijn altijd mensen van buiten Wigan. Dagloners. Daar weet je de achternamen nooit van. Komen ze uit Wales, dan noem je ze "Taffy", zijn ze Iers, dan heten ze "Paddy", en als ze twee vingers missen, noem je ze "Tweepinter". Zolang ze maar kolen kunnen hakken, dat is het enige wat belangrijk is.'

Er kwam een groepje vrouwen binnen. Respectabele vrouwen werden verbannen naar een gedeelte dat de 'snug' werd genoemd; als ze zelfs maar zouden proberen om bij de bar te komen, zouden ze met hun tournures de glazen omgooien. Dit viertal wrong zich echter tussen de menigte door. Brutaliteit was niet het enige verschil: tot aan hun middel gingen ze gekleed in wollen hoofddoeken en flanellen overhemden, maar hun zakrokken waren tot aan hun taille als cummerbanden opgerold en vastgenaaid, zodat ze verder niet in de weg zaten over hun ribfluwelen broeken. Hun handen waren aan de ene kant blauw en aan de andere kant roze, hun gezichten rood en vochtig van het wassen.

De barman leek niet verrast te zijn. 'Bier?'

'Ale,' zei een forse meid met rossig haar, en tegen de andere meisjes: 'Het is dat zijn ballen in een zak zitten, anders vergat hij die ook nog.' Ze liet haar ogen door de zaak dwalen tot ze Blair zag. 'Ben jij fotograaf?'

'Nee.'

'Ik doe foto's. Mijn vriendin Rose en ik poseren in werkkleding of in zondagse jurken. We zijn erg in trek.'

'Rose wie?'

'Mijn vriendin Rose. Geen artistieke poses, als je begrijpt wat ik bedoel.'

'Ik begrijp wat je bedoelt,' zei Blair.

'Noem me maar Flo.' Met haar glas ale in de hand kwam ze op zijn tafel toe. Ze had een weinig aantrekkelijk gezicht, maar ze had lippenstift op en genoeg rouge op haar wangen om eruit te zien als een ingekleurde foto. 'Je bent Amerikaan.'

'Je hebt een scherp gehoor, Flo.'

Het compliment bracht blosjes op haar wangen. Haar haar sprong onder haar hoofddoek uit alsof het geëlektriseerd was. Ze deed Blair denken aan Boadicea, de krankzinnige koningin van de Britten die er bijna in slaagde om Caesars troepen terug in zee te drijven.

'Ik hou van Amerikanen,' zei ze. 'Die staan niet zo op vormelijkheid.'

'Ik sta totaal niet op vormelijkheid,' beloofde Blair haar.

'Niet zoals iemand uit Londen.' Flo had iets dramatisch; voor haar was Londen duidelijk het equivalent van een nest luizen. 'Parlementsleden die eerlijke meiden werkloos willen maken.' Haar blik schoot naar Smallbone. 'En de kleine kontlikkers die ze daarbij helpen.'

Smallbone hoorde haar onverstoorbaar aan, een kluit boter die in de oven nog niet zou smelten. Ze richtte haar aandacht weer op Blair. 'Kan je je mij in een fabriek voorstellen? Heen en weer rennen in een rok, hier naar een spoel kijken, daar naar een klos? Aan een machine vastzitten tot je helemaal bleek en doof bent? Ik niet. En jij ook niet, want in een fabriek kom je nooit een fotograaf tegen. De mensen willen alleen foto's van vrouwen op een mijn.'

Achter hen zei een stem: 'Hij is geen fotograaf.'

Blair keek op en zag een jonge mijnwerker die een jasje met een fluwelen kraag droeg en een zijden sjaal met bruine stippen. Hij herkende Bill Jaxon van de foto van het rugbyteam.

Jaxon zei: 'Hij is gisteravond bij Rose op visite geweest.'

In de pub was het stil geworden en niemand verroerde zich, alsof het een tableau vivant was. Het viel Blair op dat Jaxons binnenkomst verwacht was. Met verlangen tegemoet gezien. Zelfs in de glazen ogen van de Young Prince leek een nieuwe glans te zijn gekomen.

Jaxon zei vriendelijk: 'Je hebt niet eens geklopt, is het wel? Ze zei dat het nog een geluk was dat ze aangekleed was.'

'Ik heb mijn verontschuldigingen aangeboden.'

'Bill, hij is dronken,' zei Flo. 'Hij heeft trouwens geen klompen aan. Dat zou geen sport zijn.'

'Kop dicht, Flo,' zei Jaxon.

Wat klompen met sport te maken hadden, was Blair niet helemaal duidelijk.

Jaxon richtte zijn aandacht weer op Blair. 'Rose zei dat je familie van de bisschop was.'

'Familie van kapelaan Maypole,' zei Smallbone.

'Beide.'

'Verre familie?' vroeg Jaxon.

'Heel ver.' Toen Blair zich in zijn stoel omdraaide en naar Jaxon opkeek, kreeg hij het gevoel alsof hij ingepakt zat, als een muis in een grote hand. Het was geen aangenaam gevoel. Bill Jaxon had een knap gezicht en glad, donker haar dat zorgvuldig gekamd was, een parelwitte sjaal onder een kaak als een ploegschaar, het voorkomen waarmee een acteur carrière kon maken. Blair zei: 'Ik vroeg Rose naar kapelaan Maypole. Zaten jullie niet samen in het rugbyteam?'

'Dat klopt.'

'Misschien zou je me kunnen helpen.'

Op een sein dat Blair was ontgaan, sprong Smallbone uit zijn stoel en ging Jaxon zitten. Alle aandacht was op hem gevestigd, als een helder schijnsel in het duistere universum van de kroeg, dacht Blair. Hij herinnerde zich dat Maypole op de foto naar Jaxon had

gekeken in plaats van naar de camera. Jaxons ogen zeiden dat hij
alle vragen bij voorbaat als een schertsvertoning beschouwde.

'Vraag.'

'Heb je Maypole die laatste dag gezien?'

'Nee.'

'Heb je enig idee wat er met hem gebeurd kan zijn?'

'Nee.'

'Leek hij ongelukkig?'

'Nee.'

Dat was het dan wel zo ongeveer, dacht Blair. Voor de vorm
voegde hij er nog aan toe: 'Waar praatte je met kapelaan Maypole
over?'

'Sport.'

'Spraken jullie wel eens over religieuze zaken?'

'De kapelaan zei dat Jezus een eersteklas rugbyspeler zou zijn geweest.'

'Meen je dat?' Dat was een openbaring: Christus in een scrum,
tackles ontwijkend, tussen de centurions met de bal naar voren.

'De kapelaan zei dat Jezus een arbeider was. Hij was timmerman
en in goeie conditie, dus wie zal zeggen dat Hij ook geen topspor-
ter was? John zei dat christelijke wedijver een vreugde in de ogen
van God was. Hij zei dat hij liever met ons team op het veld was
dan met alle dons van Oxford in de kerk.'

'Daar kan ik inkomen.'

'De kapelaan zei dat alle discipelen arbeiders waren, visserlui en
zo. John zei dat onreine gedachten een sportman net zo aan het
wankelen konden brengen als een aartsbisschop, en dat het de
plicht van de sterken was om geduld te hebben met de zwakken.'

'Blij dat te horen.' Zo sterk voelde Blair zich op dat moment
ook niet. 'Hoe waren de discipelen opgesteld?'

'Hoe bedoel je?'

'In het team, bedoel ik. Petrus en Paulus? Wat dacht je: midden-
velders? En Johannes de Doper? Een hoop spieren, zou ik denken.
Rechtsbuiten?'

Het werd doodstil in de kroeg. Jaxon nam graag iemand in de
maling, maar hij hield er niet van om zelf op de hak te worden genomen.

'Daar moet je niet mee spotten.'

'Nee, daar heb je gelijk in.' Blair zag een gloed in Jaxons ogen. Het was net zoiets als wanneer je in een hoop kolen porde. 'Dus mijn verdwenen neef John was een theoloog en een heilige?'

'Dat is een manier om het uit te drukken.'

'Twee manieren, eigenlijk.' Blair besloot ervandoor te gaan nu hij nog kon lopen. Hij pakte zijn ransel op. 'Je hebt me buitengewoon geholpen.'

'Ga je nou weer terug naar Amerika?' vroeg Flo.

'Misschien. In elk geval weg uit Wigan.'

'Te stil?' vroeg Jaxon.

'Dat hoop ik.'

Blair slingerde tussen de tafels door naar de deur. Buiten ging de vroegere schemering over in het duister van een grot. De straat was een tunnel van gaslampen en kroegdeuren. Te laat herinnerde hij zich de angst waarvan de koetsier de avond tevoren blijk had gegeven. De man had natuurlijk zwaar overdreven, maar nergens was een rijtuig te zien.

Fabrieksmeisjes met wollen omslagdoeken en katoenen jurken liepen haastig voorbij, met etenspannetjes in hun handen en een oorverdovend geklepper van klompen. Hij voelde de gin traag in zijn hersens circuleren. Toen hij echter een paar straten verder was, drong het tot hem door wat Bill Jaxon had gezegd – of niet gezegd. Toen Blair had gevraagd of hij Maypole die laatste dag had gezien, had Jaxon geen 'nee' moeten zeggen, hij had moeten vragen: welke dag was dat?

Hoewel het eigenlijk maar een kleinigheid was en Blair wist dat hij zich moest haasten om Leveret te treffen, draaide hij zich om en liep terug naar de Young Prince. Toen hij binnenkwam, vroeg hij zich verbaasd af of hij de verkeerde kroeg was binnengestapt omdat de zaak die eerst vol was geweest nu leeg was. Vanaf zijn voetstuk keek de Jonge Prins star uit over lege stoelen, een haard en een bar.

Blair wist heel zeker dat hij geen menigte was tegengekomen. Door de achterdeur van de pub klonken kreten. Hij deed de deur open en sloop voorzichtig langs een gat dat als pisbak dienst deed naar een kruispunt van achterstraatjes. Hier stonden geen gaslantaarns, maar olielampen op palen die een menigte van minstens tweehonderd mensen beschenen, waaronder bezoekers en personeel van de Young Prince, nog meer mijnwerkers, vrouwen in rokken, mijnmeiden in broeken, gezinnen met kleine kinderen, allemaal in een uitgelaten stemming alsof het kermis was.

Het was een scène uit Jeroen Bosch' *Tuin der lusten*. Of een Olympische krachtmeting uit de oudheid, dacht Blair. Of een nachtmerrie. Hij bleef ongezien in het donker, maar hij kon Bill Jaxon naakt te midden van de menigte zien staan. Hij had het overontwikkelde lichaam van een mijnwerker, smalle heupen en keiharde spieren die het resultaat waren van zwaar werk in grote hitte. Zijn huid was blank als gepolijst marmer en in scherp contrast met zijn donkere haar, dat nu slordig en verward zat. Een tweede man had zich ook uitgekleed. Hij was kleiner en ouder, met een brede borst en o-benen. Zijn hoofd was kaalgeschoren en op zijn schouders was in tegenlicht een aureool van krulletjes te zien. Achter hem wapperde een groen-satijnen vaandel met een Ierse harp.

Jaxon boog zich voorover en gespte zijn schoenklompen stevig dicht. Lancashire schoenklompen hadden een leren bovenwerk op essehouten zolen met ijzers eronder om slijtage tegen te gaan. Jaxons klompen hadden aan de voorkant koperen noppen. Hij bond zijn sjaal losjes om zijn hals en paradeerde heen en weer als een raspaard in een paddock. Jaxons tegenstander kwam met de waggelende gang van een buldog naderbij. Ook hij had koperen punten op zijn klompen.

Dit was niet menselijk, dacht Blair. Dit leek meer op een hanengevecht waarbij de hanen scheermesjes aan de sporen hadden. In Californië zouden ze met de blote vuist hebben gebokst, wat hierbij vergeleken een slap gedoe was. Het gedrag was hem overigens niet vreemd uit de mijnwerkerskampen; slopend werk, met bloedige sport als ontspanning. Het gokken was ook bekend en nu begreep hij waarom Smallbone die schoudertas bij zich had.

De barman van de Young Prince zei: 'De regels zijn: niet hoog schoppen, niet met de vuisten slaan, niet bijten. Niet worstelen op de grond. Als iemand neergaat of de strijd staakt of "stop" roept, is het gevecht afgelopen.'

De andere man was een Ier. Hij zei tegen Jaxon: 'Een blikken lul zou je best mooi staan.'

'Val dood met je regels,' zei Jaxon tegen de barman. De glimlach om zijn mond was roekeloos, bijna vrolijk.

De twee tegenstanders deden even een pas achteruit. Een klomp met koperen noppen was net zoiets als een knuppel, vooral als een mijnwerker met alle kracht schopte en helemaal tegen onbeschermde huid. Een mijnwerker kon met zijn klompen een houten deur intrappen.

In de korte rust keek Blair naar het heldere wit van de schorten van de barmannen, de blanke huid van de twee mannen in het flakkerende licht van de lantaarns. Het was een orgie, dacht Blair, iets dat niet Engels was. Aan de gezichten van Flo en de andere mijnmeiden was duidelijk te zien dat Jaxon de favoriet was en dat ze helemaal opgewonden waren.

De twee mannen legden hun handen op elkaars schouders en hun voorhoofden tegen elkaar. Terwijl de barman nog bezig was om ze met Jaxons sjaal losjes met de halzen aan elkaar te binden, begonnen ze al te duwen en positie te kiezen. Zo dicht bij elkaar was een kleine, meer ervaren vechter in het voordeel. Het dreigement van de Ier was een truc, dacht Blair. Als Jaxon zou proberen om zijn mannelijkheid te beschermen, zou hij op één been vechten. Hij zou eerder met een verbrijzeld been neergaan dan met een gescheurde testikel.

De barman hield een tweede sjaal omhoog. De twee vechters leunden met de voorhoofden tegen elkaar en wachtten tot de sjaal naar beneden zou gaan. Flo en haar vriendinnen sloegen hun handen in gebed in elkaar.

De barman zwaaide de sjaal met een ruk naar beneden.

Ballet, dacht Blair, zoals dat in Wigan wordt gedanst. De eerste schoppen waren zo snel dat hij ze niet eens zag. Beide mannen bloedden onder de knie. Met iedere schop verscheen er een vurige rode plek op hun huid. De Ier probeerde Bill Jaxons knie aan de zijkant in elkaar te schoppen. Toen Jaxon uitgleed, schoot de klomp van de Ier omhoog en reet Jaxon van zijn knie tot zijn kruis open.

Jaxon boog zich even achterover en hamerde met zijn voorhoofd op de andere man neer, waardoor diens kaalgeschoren hoofd als een porseleinen kom met bloed openspleet. Jaxon ontweek een ongerichte vergeldingstrap, haalde zelf uit en schopte de kleinere man finaal de lucht in. De sjaal vloog omhoog. Op het moment dat de Ier de grond raakte, schopte Jaxon met alle kracht. Klomp en ribben raakten elkaar met een harde klap. Vanuit de mannen onder het vaandel met de harp rees een gekerm op.

De Ier rolde weg en spuugde zwart slijm op de grond. Hij sprong overeind, schopte terug en stroopte de huid van Jaxons zij. Jaxons volgende schop trof de Ier in de maag en opnieuw vloog hij de lucht in. De Ier stuiterde op zijn knieën en zwaaide heen en weer. Een golf helderrood bloed vloeide uit zijn mond. Op dat moment leek het gevecht voorbij, maar dat was het dus niet.

Jaxon riep: 'Die kerel die Rose heeft lastiggevallen, heeft me in de stemming gebracht,' en schopte zo hard en zo snel dat zijn been vaag als een vleugel leek.

4

De Cannelzaal was de vreemdste eetkamer die Blair ooit had gezien.

Bisschop Hannay zat aan het hoofd van de tafel. Eromheen zaten zijn schoonzuster, lady Rowland, dominee Chubb, een man van de vakbond, Fellowes genaamd, lady Rowlands dochter Lydia, Earnshaw, het parlementslid uit de trein, Leveret, Blair, en aan het andere eind van de tafel een lege stoel.

Het plafond, de wanden en de lambrizering van de Cannelzaal waren bekleed met gepolijste zwarte steen. De tafel en de handgedraaide Queen Anne-stoelen waren van hetzelfde materiaal. De kroonluchters en kandelaars leken als uit ebbehout gesneden. Toch waren er op de wanden geen marmeraders zichtbaar. Het gewicht van de stoelen klopte niet. De temperatuur ook niet; marmer voelde altijd koeler aan dan de lucht eromheen, maar toen Blair zijn vlakke hand op tafel legde, voelde die bijna warm aan. Dat klopte omdat cannel git was, ook wel gagaat of zwart barnsteen genoemd, een schone, zeer fijne kool. Hij had beelden van cannelkool gezien. De Cannelzaal was de enige kamer die volledig van kool was gemaakt en daardoor beroemd was. Het effect werd nog verhoogd door de contrasten: het geschitter van zilver en kristal op de zwarte tafel, het donkere paars van lady Rowlands japon, het camelia-wit van Miss Rowlands jurk.

De heren – behalve Blair uiteraard – hadden zich voor het diner allemaal in het zwart gekleed, Hannay en Chubb in zwarte soutanes. De butler werd geassisteerd door vier lakeien in zwart-satijnen livreien. Op de vloer lagen zwarte tapijten om het geluid van hun voetstappen te dempen. Het geheel gaf een effect alsof ze in een stijlvolle zaal diep onder het aardoppervlak dineerden. Blair streek met zijn hand over de tafel en keek naar zijn handpalm. Schoon. Nog geen spikkeltje koolstof, nog geen atoom, geen stofje.

'Meneer Blair, wat voor werk doet u precies?' vroeg lady Rowland.

Blair voelde dat Leveret bezorgd naar hem keek. Ook voelde hij golven gin aan de ene kant van zijn hersens en koorts aan de andere met elkaar wedijveren. Hij wenste dat de kamer iets minder hallucinerend werkte. Alleen de emmer zand die iedere lakei naast zich had staan voor het geval er brand kwam, gaf enige zekerheid.

'De Hannay-bedrijven bezitten verschillende soorten mijnen in verschillende delen van de wereld. Noord-Amerika, Zuid-Amerika, Engeland. Ik werk als mijningenieur.'

'Ja, dat weet ik.' Lady Rowland had het theatrale van een bloem die net over de bloei heen was, nog steeds mooi, maar pruilerig. Ze handhaafde het eeuwenoude recht van de aristocratie om zich te decolleteren en speelde op een heel bepaalde manier met het snoer parels dat daarop lag. 'Ik bedoelde, wat deed u in Afrika? We lezen over ontdekkingsreizigers en missionarissen. Het komt me voor dat het buitengewoon belangrijk is dat de eerste blanke man die de Afrikaan ontmoet de juiste persoon is. Dat eerste contact bepaalt hun eerste indruk, denkt u ook niet?'

'Goed gesproken,' zei Hannay, die als gastheer de conversatie gaande wilde houden. Lady Rowland was de moeder van de jonge lord Rowland, dezelfde Rowland die Blair tijdens zijn gesprek met Hannay een 'moordzuchtige gek' had genoemd. Misschien was het een familietrekje, dacht hij.

Blair vulde zijn wijnglas nog eens, waarop er een lakei tot leven kwam en een nieuwe fles bracht. Leveret wendde zijn ogen van het schouwspel af. De rentmeester had getracht een verzachtende invloed uit te oefenen en was duidelijk volledig verblind door de stralende Lydia Rowland, maar lichte conversatie lag hem nu eenmaal niet, hoe correct hij zich ook voor de gelegenheid kleedde. Het was alsof je een wandelstok vroeg om een paraplu te zijn.

'U moet het zo zien: ontdekkingsreizigers zijn goed in het vinden van meren en missionarissen kunnen prachtig psalmen zingen, maar geen van beiden zijn ze erg goed in het vinden van goud,' zei Blair. 'Daarom was ik in Afrika, om de plaatsen in kaart te brengen waar hoogstwaarschijnlijk goud te vinden is. Het is er; daarom wordt het de Goudkust genoemd. En wat betreft de eerste blanke man, de Ashanti hadden al kennisgemaakt met Arabische slaven-handelaren, Portugese slavenhandelaren en Engelse slavenhandela-ren, dus waarschijnlijk zal mijn aanwezigheid hun respect voor het blanke ras niet al te veel hebben aangetast.'

Blair schatte dat Lydia Rowland een jaar of zeventien was. Ze was net zo fris en melkwit als haar jurk. Haar goudblonde haar was achterovergekamd en met fluwelen strikken in twee strengen bij el-kaar gebonden, en ze praatte op een manier alsof ze telkens weer een adembenemende ontdekking deed. 'Ik heb begrepen dat u de enige man in Engeland bent die weet hoe de Ashanti-vrouwen zijn. Flirten ze?'

'Doe niet zo belachelijk, lieverd,' zei lady Rowland.

'Het is zeer onbezonnen om daar mannen heen te sturen die niet vanuit een zedelijk uitgangspunt werken,' zei dominee Chubb. 'Missionarissen doen meer dan alleen maar psalmen zingen, me-neer Blair. Ze wijden zich ook aan het redden van zielen en het in-troduceren van beschaving. Dat vereist nimmer verbroedering.'

Blair zei: 'Je kunt niet altijd onwetend blijven van de mensen die je geacht wordt te redden. Hoe dan ook, de missionaris is daar om de Engelse zaken te introduceren, niet de beschaving.'

Earnshaw zei: 'De wetenschapper is ongetwijfeld de tweede blanke man die naar dergelijke oorden trekt. Excellentie, de Royal Society sponsort toch ook botanische expedities naar de verschil-lende delen van de wereld, is het niet?'

'De rododendrons in Kew Gardens waren dit jaar werkelijk spectaculair,' zei lady Rowland.

'Ja,' zei Blair, 'maar de botanicus die rododendrons uit Tibet meebrengt, smokkelt ook theeplanten mee, en de botanicus die orchideeën uit Brazilië meebrengt, smokkelt rubberbomen, en daarom zijn er in India thee- en rubberplantages. Dat is de reden waarom botanici worden geridderd, niet omdat ze bloemen vin-den.'

'Dat is wel een hele bittere manier om de wereld te bekijken, is het niet?' Earnshaw keek over zijn baard. Had hij Blair in de trein vanuit Londen nog met een zekere achterdocht opgenomen, nu had hij het air van een man die een slang aan zijn kenmerken en grootte had weten te identificeren.

'Het is misschien een afwijkend standpunt, maar wel erg opwindend,' zei Lydia Rowland.

'Het is bepaald niet opwindend om slavernij te bevorderen,' zei Earnshaw. 'Hebt u dat niet gedaan aan de Goudkust?'

'Ik geloof dat de verhalen die we over meneer Blair hebben gehoord ook niet meer zijn dan dat – alleen maar verhalen,' zei Leveret.

'Maar er doen zoveel verhalen de ronde,' zei Earnshaw. 'Hoe bent u toch aan die interessante bijnaam gekomen, "Nikker Blair"? Door uw nauwe banden met de Afrikanen?'

'Grappig dat u dat vraagt,' zei Blair. 'Als u aan de Goudkust een Afrikaan een "nikker" zou noemen, zou hij u kunnen aanklagen. Daar betekent "nikker" namelijk slaaf en niets anders. Hij zou voor een rechtbank aan de Goudkust een civiele procedure wegens laster tegen u aanspannen en winnen ook. Die naam hebben de kranten in Londen me gegeven, meer niet. Ik kan hier geen aanklacht indienen.'

'Hebben ze daar advocaten?' vroeg Lydia Rowland.

'Afrikaanse advocaten, de eerste vruchten van de beschaving,' zei Blair.

'U voelt zich dus niet beledigd als iemand u "Nikker Blair" noemt?' vroeg Earnshaw.

'Nee, niet meer dan wanneer iemand spaniël tegen een springbok zou zeggen omdat hij het verschil niet kent. Ik voel me niet beledigd als iemand niet geïnformeerd is.' Blair was zo tevreden over zijn ingetogen reactie dat hij nog een glas wijn nam. 'Ongeacht of het nu een parlementslid is of niet.'

Er glinsterden tanden in Earnshaws baard. Dat was een glimlach. Hij zei: 'Het binnenland van de Goudkust is niet beschaafd, het is het koninkrijk van de Ashanti. Aan welke kant stond u in de Ashanti Oorlog?'

'Er was geen oorlog,' zei Blair.

'Pardon?'

'Er was geen oorlog,' herhaalde Blair.

'Dat hebben we anders in The Times gelezen,' zei Earnshaw.

'Ze zijn wel ten strijde getrokken. Maar in plaats van oorlog, kregen ze dysenterie.'

'De ziekte?' vroeg Lydia Rowland om helemaal zeker te zijn.

'Een epidemie. Hele dorpen zijn er door uitgeroeid en ook onder de beide legers heeft het flink huisgehouden, het Britse zowel als het Ashanti-leger. Ze waren te ziek om te vechten. En er zijn veel mensen gestorven.'

Earnshaw zei: 'Ik heb gelezen dat u de Ashanti hebt helpen ontsnappen.'

'Er waren leden van de koninklijke familie zoek, sommigen waren stervende. Vrouwen en kinderen. Ik heb ze in veiligheid gebracht.'

'U was dus praktisch een lid van het Ashanti-gevolg. Hoe zouden ze u anders hun vrouwen hebben toevertrouwd?'

'Maak je maar geen zorgen, Earnshaw, er komt heus wel een volgende Ashanti-oorlog en dan krijg je de kans om de koning en zijn familie alsnog te vermoorden. Of we zouden daar misschien syfilis kunnen introduceren.'

'Hij is werkelijk zo afschuwelijk als mijn zoon had beloofd,' zei lady Rowland tegen de bisschop.

'Dan ben je dus niet teleurgesteld,' zei Hannay.

De schildpadsoep werd gevolgd door gepocheerde forel. Blair werd misselijk van aspic. Hij nam nog een glas wijn en vroeg zich af of iemand die lege stoel zou komen bezetten.

'Ik heb iets ongelooflijks gelezen,' zei Lydia Rowland. 'De Afrika-ontdekker Samuel Baker zou zijn vrouw op een Turkse slavenmarkt hebben gekocht. Ze is Hongaarse – ik bedoel: ze is blank. Kun je je zoiets voorstellen?'

Bisschop Hannay nam ook nog een glas wijn. 'Is dat wat de jonge dames van jouw groepje zich voorstellen, Lydia?'

'Ik bedoel dat het verschrikkelijk is. Ze spreekt vier of vijf talen, gaat met hem mee naar Afrika en schiet leeuwen.'

'Nou ja, je zei dus dat ze Hongaarse is.'

'En hij is beroemd en succesvol. Hij is door de koningin ontvangen.'

'Maar zijn vrouw niet, lieverd, en daar gaat het om,' zei lady Rowland.

'Wie we aan het hof ontvangen en wie we naar Afrika sturen, kunnen twee verschillende soorten zijn,' zei Hannay. 'We zouden bijvoorbeeld een volbloed paard kunnen sturen, maar dat zou pure verkwisting zijn. Het grootste deel van Afrika wemelt van de vliegen. De insekten brengen een ziekte over waar zelfs de beste paarden binnen een paar weken aan sterven. Wat je dus nodig hebt is een viervoeter die "gepekeld" is – een dier dat door de vliegen is gestoken en het heeft overleefd. Datzelfde geldt voor mensen. De Royal Society kiest haar explorateurs uit dappere officieren. Die komen in het oerwoud en rotten vervolgens weg van de koorts of ze schieten zich een kogel door het hoofd. Maar je kunt Blair een been afzagen en hij loopt op het andere door. Snij je hem beide benen af, dan gaat hij op de stompjes verder. Dat is zijn gave: hij heeft incasseringsvermogen.'

Lady Rowland zei: 'Zou ik het onderwerp mogen veranderen? Meneer Earnshaw, wat voert u naar Wigan?'

Earnshaw legde zijn mes en vork neer. 'Heel vriendelijk dat u dat vraagt. Ik ben lid van een parlementaire commissie die een onderzoek instelt naar de tewerkstelling in de kolenmijnen van vrouwen die men "mijnmeiden" noemt. Het zijn vrouwen die bovengronds werken, de kolen die uit de mijn komen sorteren en transporteren. We zijn in feite al de derde commissie die probeert deze vrouwen uit de mijnen te verwijderen, maar ze zijn halsstarrig. Daarom heb ik met dominee Chubb en meneer Fellowes gesproken.'

Fellowes had de hele avond nog niets anders gedaan dan trachten een keus te maken uit de verschillende messen en vorken. Nu deed hij voor het eerst zijn mond open, met een stem die gewend was massavergaderingen toe te spreken. 'Het is een economische kwestie, mylady. Dat werk moet door mannen worden gedaan en die moeten daar fatsoenlijk voor worden betaald. Vrouwen behoren thuis te blijven. Of als ze dan zo graag willen werken, laat ze dan als fatsoenlijke meisjes in de katoenspinnerijen werken.'

'Het is een morele kwestie,' zei dominee Chubb. 'De droevige waarheid is dat Wigan de meest verloederde stad van Engeland is. De mannen zijn hier de oorzaak niet van; zij zijn nu eenmaal de grovere sekse. De vrouwen van Wigan veroorzaken dit, omdat ze zo heel anders zijn dan hun zachtere seksegenoten elders, behalve dan misschien in Afrika of in het Amazonegebied. Earnshaw heeft

68

me verteld dat er in Londen zelfs prentbriefkaarten worden verkocht, smerige foto's van Franse "modellen" en mijnmeiden uit Wigan. Die beruchtheid maakt hen alleen nog maar brutaler.'

'Maar waarom juist Wigan?' vroeg lady Rowland. 'Er werken toch vast ook wel vrouwen in de mijnen van Wales of in andere delen van het land?'

'Niet met broeken aan,' zei Chubb.

Zijn walging werd gedeeld door lady Rowland en haar dochter; heel even waren ze elkaars spiegelbeeld.

'Geen rokken?' vroeg het meisje.

'Een bespottelijk soort rok, opgerold en boven de broek vastgespeld,' zei Fellowes.

Earnshaw zei: 'Ze beweren dat ze dat om redenen van veiligheid doen, maar het feit blijft dat fabrieksmeisjes met lange rokken te midden van intense hitte en draaiende machines werken. We moeten ons dus afvragen waarom mijnmeiden ervoor kiezen om hun sekse te verloochenen. Het lijkt een moedwillige provocatie.'

'Een belediging voor elke fatsoenlijke vrouw,' zei Fellowes.

'En schadelijk voor het wezen van het huwelijk,' zei Earnshaw. 'De commissie heeft inlichtingen ingewonnen bij medische deskundigen, waaronder dokter Acton, de auteur van *De functies en kwalen van de voortplantingsorganen*. Staat u mij toe? Earnshaw wachtte op een knikje van lady Rowland. 'Dokter Acton, die dé autoriteit op dit gebied is, zegt dat een jongeman zijn ideeën omtrent de vrouwelijke gevoeligheid helaas maar al te vaak vormt, afgaande op de laagste en vulgairste vrouwen, met als gevolg dat hij de verkeerde indruk krijgt dat de seksuele gevoelens van de vrouw even sterk zijn als de zijne, een vergissing die slechts diepe teleurstelling tot gevolg kan hebben als hij zich met een fatsoenlijke vrouw verenigt.'

Lydia Rowland sloeg haar ogen neer, hield haar adem in en bloosde heel licht; het gaf een effect als een nauwelijks zichtbare vlek op teer porselein. Blair sloeg haar met verbazing gade; een vrouw die op een dergelijke manier de kleur van haar wangen kon beheersen, had geen taal nodig.

'Ik probeer fair te zijn,' voegde Earnshaw er nog aan toe, 'maar er lijkt een wetenschappelijke correlatie te bestaan tussen kleding en gedrag, want volgens de statistieken komen er onder mijnmeiden de meeste buitenechtelijke geboorten voor.'

'We zien ze iedere avond naakt in en uit de kroegen zwalken,' zei Chubb.

'Mijnmeisjes?' vroeg Blair.

'Ja,' zei Chubb.

'Volledig ongekleed?'

'Met blote armen,' zei Chubb.

De hoofdschotel was hamelbout met rode biet en mosterd. Voor de lege stoel had nog altijd niemand zich gemeld.

'Wat ik behalve blote armen heb gezien, was een gevecht tussen mijnwerkers. Een schoppartij,' zei Blair.

'Dat heet "spinnen",' zei Hannay. 'God mag weten waarom. Een traditionele plaatselijke sport. De mijnwerkers zijn er verzot op. Barbaars, vind je niet?'

'Het is een manier om de spanning af te reageren,' zei Fellowes.

Hannay zei: 'Ze reageren hun spanningen ook op hun vrouwen af. Een dronken mijnwerker zijn klompen uittrekken is net zoiets als een gespannen geweer ontladen.'

'Wat afschuwelijk,' zei Lydia Rowland.

'Er zijn anders meiden die hun klompen ook goed weten te gebruiken,' zei Fellowes.

'Dat is een huiselijk tafereeltje om eens over na te denken, vindt u ook niet?' zei Hannay.

Blair vroeg: 'Hoe dacht John Maypole over mijnmeiden?'

Er viel een stilte aan tafel.

'Maypole?' vroeg Earnshaw.

Dominee Chubb legde uit dat de kapelaan van de parochiekerk werd vermist. 'We vertrouwen nog steeds dat Johns lot ons bekend zal worden. Intussen heeft de bisschop meneer Blair laten komen om een officieus onderzoek in te stellen.'

'Om John te zoeken?' vroeg Lydia Rowland aan haar moeder.

'Dat is net zoiets als een zwart schaap achter een wit aansturen,' zei Earnshaw.

'Weet Charlotte hiervan?' vroeg lady Rowland aan haar broer.

Chubb legde zijn vork neer. Die rammelde op zijn bord, zo kwaad was hij, een woede die door zijn lichaam werd doorgegeven.

'Om u de waarheid te zeggen was John Maypole voor wat betreft het karakter van mijnmeisjes veel te naïef. Het feit dat hier zelfs nog meer onwettige kinderen worden geboren dan in Ierland tekent Wigan als een morele beerput. Deze vrouwen voelen zich totaal niet gebonden door fatsoensnormen of sociale controle. Zo behoort het bijvoorbeeld tot mijn taken om geld van de kerk uit te betalen aan ongehuwde moeders die daartoe een verzoek hebben ingediend, waarbij het er vooral op aankomt niet te kwistig te zijn, om dergelijk dierlijk gedrag vooral niet aan te moedigen. Het zou een goede les voor die mijnmeiden zijn om ze geen geld te geven, maar zelfs dat kan niet omdat ze weigeren steun aan te vragen.'

Er viel een stilte na Chubbs uitbarsting.

'Denkt u dat ze in Afrika nog een meer voor prinses Beatrice zullen ontdekken?' vroeg Lydia Rowland ten slotte aan Blair.

'Voor prinses Beatrice?'

'Ja. Ze hebben meren en watervallen ontdekt die naar de overige leden van de koninklijke familie zijn genoemd. Naar de koningin en Albert uiteraard. Alexandra, de prins van Wales, Alice, Alfred, Helena, Louise, Arthur, ik geloof dat ze zelfs voor die arme Leopold iets hebben ontdekt dat ze naar hem konden noemen. Voor iedereen, behalve voor Beatrice, de baby. Die moet zich toch wel achtergesteld voelen. Denkt u dat er nog iets te ontdekken is overgebleven dat naar haar kan worden genoemd? Het maakt het allemaal wat persoonlijker als je je eigen meer op de kaart kunt vinden.'

Lady Rowland raakte met een gebaar van moederlijke bezorgdheid de hand van haar dochter aan. 'Lieverd, wat meneer Blair denkt, doet absoluut niet terzake.'

Vlees werd gevolgd door gevogelte. Fellowes zat met een mes en een lepel een kogelrond pluvierei over zijn bord achterna. Bij het steeds wisselende kaarslicht ontdekte Blair een paisleymotief in de muur tegenover hem, nauwelijks zichtbaar, als een watermerk in de zwarte steen. Tot het tot hem doordrong dat het geen paisleymotief was, maar varens die in de cannel waren versteend. Hij verzette de kandelaar iets, waarna er nog meer kleine, sierlijke, uiterst tere blaadjes zichtbaar werden. Vanuit je ooghoek zag je ze het duidelijkst. Op een andere muur bleek wat hij aanvankelijk voor wat onregelmatige strepen had aangezien, in werkelijkheid een bijna spookachtig uitziende versteende vis te zijn. En schuin over een volgende muur liepen de afdrukken van een grote amfibie.

Hij zei: 'Als u het goed vindt, zou ik graag een bezoek willen brengen aan de mijn waar die explosie heeft plaats gehad.'

'Als je dat graag wilt,' zei Hannay. 'Het komt me overigens als tijd verknoeien voor, want Maypole is nooit ondergronds geweest. Het laatste wat we willen is predikanten in de schacht. Het werk is zo al moeilijk en gevaarlijk genoeg voor de mannen. Maar, als je wilt, zal Leveret het voor je regelen.'

'Morgen?'

Hannay dacht een ogenblik na. 'Waarom niet? Dan kun je gelijk bovengronds rondkijken en de beruchte mijnmeiden in actie zien.'

Earnshaw hapte direct. 'Ik verbaas me erover, milord, dat u die vrouwen tolereert, gezien de reputatie die ze in Wigan hebben. Het komt me voor dat het niet zozeer een kwestie is of een stel brutale vrouwen nu wel of geen rokken dragen, maar of Wigan deel gaat uitmaken van de moderne wereld.'

Hannay vroeg: 'Wat weet u van de moderne wereld?'

'Als lid van het parlement ben ik op de hoogte van de tijdgeest.'

'Zoals daar is?'

'De opwellende politieke hervormingen, de sociale bewustwording die tot uiting komt in het moderne theater, in boeken, de roep om verheven onderwerpen in de schone kunsten.'

'Ruskin?'

'John Ruskin is inderdaad een zeer goed voorbeeld,' zei Earnshaw. 'Ruskin is de grootste criticus van onze tijd en tevens een vriend van de arbeider.'

'Vertel het hem, Leveret,' zei Hannay.

Earnshaw was op zijn hoede. 'Wat?'

'We hebben Ruskin uitgenodigd,' begon Leveret en vertelde het verhaal zo eerbiedig mogelijk. 'We hadden hem uitgenodigd om voor de arbeiders een lezing te komen houden over kunst. Maar toen hij hier aankwam en door het raam naar Wigan keek, wilde hij de trein niet uit. Hij weigerde. We konden bidden en smeken zoveel we wilden, het hielp niets. Hij is in de trein blijven zitten tot die weer vertrok.'

Hannay zei: 'Het is algemeen bekend dat Ruskin in bed ook niets klaarmaakte. De man schijnt nogal gauw te schrikken.'

Lady Rowland bloosde tot in haar decolleté. 'Als je dergelijke taal gebruikt, gaan we van tafel.'

Hannay negeerde haar. 'Earnshaw, ik waardeer het dat u, in tegenstelling tot andere bezoekers uit Londen, wel de moed had om uit de trein te stappen. Voordat u ons echter de les leest over Wigans plaats in de moderne wereld, zou ik u er toch op willen wijzen dat het geen kwestie is van politiek of kunst, maar van industriepotentieel. De beste maatstaf daarvoor is het aantal stoommachines per hoofd van de bevolking. Verdeeld over de mijnen, de spinnerijen en de fabrieken heeft Wigan meer stoommachines per hoofd van de bevolking dan Londen, Pittsburgh, Essen, of welke andere plaats dan ook. Een plezierige bijkomstigheid is dat die machines worden gesmeerd door de palmolie die we uit Afrika importeren. De wereld draait op kolen en Wigan heeft daarbij de leiding. Zolang we kolen hebben, zullen we daar mee doorgaan.'

'Maar het geloof dan?' vroeg Chubb.

'Dat is de volgende wereld,' zei Hannay. 'Misschien zitten daar ook wel kolen.'

'Wil dat zeggen dat u vasthoudt aan het tewerkstellen van mijnmeisjes?' vroeg Earnshaw.

Hannay haalde zijn schouders op. 'Absoluut niet, zolang als iemand de kolen nu maar sorteert.'

'Hoe lang zal de kolenvoorraad in Wigan reiken?' vroeg Lydia Rowland. De gedachte was nooit eerder bij haar opgekomen.

'Nog minstens duizend jaar,' verzekerde Leveret haar.

'Werkelijk? De kolenprijs is vorig jaar omhooggeschoten omdat er een tekort zou zijn. We hoorden in Londen dat de Engelse kolenvelden uitgeput begonnen te raken,' zei Earnshaw.

'Wel, het goede nieuws is dat dat niet zo is,' zei Hannay droogjes.

Het dessert bestond uit ananas met room en een meringue die als een besneeuwde bergtop in het midden van de tafel oprees.

'Het belang van het gezin,' zei lady Rowland.

Fellowes zei: 'Sociale hervorming.'

'Zedelijk leven,' zei Chubb.

'Blair, wat is volgens jou het grootste geschenk dat de koningin Engeland heeft gegeven?' vroeg Hannay.

Voordat hij kon antwoorden, zei een nieuwe stem: 'Chloroform.'

Iemand was ongemerkt door een dienstingang binnengekomen. Ze kon niet veel ouder dan twintig jaar zijn, maar droeg een ouwelijk aandoende, sobere paarse jurk met lange handschoenen en was klaarblijkelijk nog maar net aangekomen, want haar somber gloeiende Keltisch-rode haar zat weggestopt onder een donkere bonnet die een gezicht met scherpe trekken en kleine, felle ogen overschaduwde. Blair moest onwillekeurig aan een vinnige mus denken.

Alle heren stonden op, behalve Hannay, die zei: 'Charlotte, wat een eer dat je er ook bij komt.'

'Vader.' Ze nam plaats op de stoel tegenover Hannay die al die tijd onbezet was gebleven en wuifde een lakei weg die met wijn aankwam.

De heren gingen weer zitten.

'Chloroform?' vroeg Blair.

'Dat de koningin tijdens de bevalling chloroform kreeg waardoor het acceptabel werd om niet in pijn kinderen te hoeven baren, zal later als haar grootste geschenk worden beschouwd.' Charlotte Hannay wendde haar blik af. 'Nicht Lydia, je ziet eruit als een vers geplukte perzik.'

'Dank je,' zei Lydia enigszins onzeker.

Hannay stelde de tafelgasten aan haar voor en zei: 'Charlotte eet niet zo vaak met ons mee, hoewel we altijd weer hoop hebben. Zet je hoed af en blijf.'

Charlotte zei: 'Ik wilde alleen uw blanke Afrikaan even zien.'

'Amerikaan,' zei Blair.

'Maar uw reputatie stamt uit Afrika,' zei ze. 'Slaven en inheemse vrouwen, staat u daar niet om bekend? Hoe vond u een dergelijke machtspositie? Gaf het u een gevoel alsof u een god was?'

'Nee.'

'Misschien werkt uw charme alleen bij zwarte vrouwen.'

'Mogelijk.'

'Meneer Blair is buitengewoon charmant,' zei Lydia Rowland.

'Werkelijk?' zei Charlotte. 'Ik verheug me erop om dat dan eens te ervaren.'

'Daar verheugen we ons allemaal op,' merkte Earnshaw droog op.

'En u bent door mijn vader in dienst genomen om een onderzoek naar John Maypole in te stellen. Wat een bizar voorstel,' zei Charlotte.

'Zeg tegen hem dat hij moet vertrekken, Charlotte,' zei lady Rowland.

Hannay zei: 'Ik weet zeker dat Charlotte wil weten wat er met Maypole is gebeurd. Hij was tenslotte haar verloofde.'

'Is, tot ik iets anders verneem,' zei Charlotte.

'Ik weet zeker dat we een brief van kapelaan Maypole zullen krijgen waarin alles wordt verklaard. Je moet volhouden,' zei Lydia Rowland.

'Dat doe ik. Alleen niet op dezelfde manier als jij.'

Lydia Rowland knipperde met haar ogen alsof ze een klap in haar gezicht had gekregen en voor het eerst voelde Blair sympathie voor het meisje. Ze mocht dan een beetje dom zijn, vergeleken bij Charlotte Hannay was domheid zonder meer aantrekkelijk. Hij wist nu al hoe Charlottes toekomst eruit zou zien: ze had een mond waarop nooit een glimlach te zien zou zijn, ogen die nooit zacht zouden worden, een lichaam dat altijd zou blijven rouwen. Ze mocht dan laat zijn gearriveerd, ze was de juiste vrouw voor de Cannelzaal.

Vanaf het hoofd van de tafel zei Hannay: 'Charlotte, het komt me voor dat je verknochtheid aan Maypole groeit naarmate hij langer weg is.'

'Of naarmate het u meer stoort,' wierp ze tegen.

'Mogelijk kan Blair aan beide een eind maken,' zei Hannay.

Charlotte keek Blair zo mogelijk nog vijandiger aan. 'U wilt alles doen om naar Afrika terug te kunnen gaan?'

'Ja.'

'Gefeliciteerd,' zei ze tegen haar vader. 'U hebt ongetwijfeld de juiste man gevonden. En, Blair, wordt u daarvoor naar behoren beloond?'

'Dat hoop ik.'

Charlotte zei: 'Dat kunt u ook maar beter hopen. Mijn vader is net als Saturnus, alleen eet hij zijn kinderen niet allemaal op. Hij laat ze het onder elkaar uitvechten en eet vervolgens de overlevende op.'

Lydia Rowland sloeg haar hand voor haar mond.

Hannay stond op. 'Wel, ik vond het een zeer geslaagd diner.'

De heren begaven zich naar een bibliotheek die minstens net zo groot was als die van de Royal Society. Twee verdiepingen boeken-rekken en kaartenladen met een ijzeren balkon; paradijsvogels onder glazen stolpen, tafels met fossielen en meteorieten, een haard van roze marmer, ebbehouten bureau en leren meubels. Blair zag dat hier gaslampen aan de wanden hingen. Klaarblijkelijk was de Cannelzaal de enige ruimte die door kaarsen werd verlicht.

'De vrouwen hebben het gezellig in de studeerkamer.' Hannay schonk links en rechts port in. 'De familie bouwt al achthonderd jaar aan Hannay Hall, met als gevolg dat het nu tot een monster is uitgegroeid. Je komt een gotische galerij uit en stapt een Georgi-sche balzaal binnen. Vanuit een bibliotheek uit de Restauratie zo in een modern watercloset. De afwaskeuken dateert uit de tijd van Edward, de Zwarte Prins. Ik heb medelijden met de stakkers die daar werken.'

'Mijn tante werkt er,' zei Fellowes.

'Geweldig.' Hannay hief zijn glas. 'Op uw tante.'

'Heel vriendelijk, milord,' zei Fellowes.

Ze dronken. Blair vroeg: 'Wilt u zeggen dat er nog een biblio-theek is?'

'Ja. Dit was vroeger een kapel,' zei Hannay.

'Rooms-katholiek,' fluisterde Chubb.

Hannay wees naar een klein olieverfportret van een man met lang haar, een oorring en een zwierige Elizabethaanse kraag. 'De Hannay's waren onverschrokken katholieken die priesters verbor-gen en van hier naar de Highlands brachten. De tiende graaf die u daar ziet, was een futloze lafaard die zich bekeerde om zijn nek en zijn bezittingen te redden, waar zijn nakomelingen hem eeuwig dankbaar voor zullen blijven. De kapel raakte in verval. Het lood werd eruit gehaald, de ramen werden kapotgegooid en het dak stortte in. Omdat hij ergens achteraf op een binnenplaats stond, bekommerde niemand zich er verder om. Ik besloot er iets van te maken.'

Earnshaw en Chubb waren volledig verdiept in een ingelijst Latijns handschrift in vergulde letters die tot Keltische knopen waren samengevoegd. Leveret en Blair bekeken de fossielen: een varen die aan de krul van een cello deed denken, een dwarsdoorsnede van een versteende boom, iriserend als een pauwestaart.

Hannay trok laden open met kaarten in het Grieks, Perzisch en Arabisch, getekend op boombast, papyrus en velijn, loodskaarten in het Nederlands en Portugees. Op de kaarten was te zien hoe Afrika zich geleidelijk ontwikkelde en groeide van de Egyptische delta tot het Carthaagse rijk, tot een onbestemde landmassa omgeven door kokende zeeën, tot de heiligennamen van een nieuw bezeild maar nog altijd onheilspellend continent, tot een moderne, goed in kaart gebrachte kustlijn en lonkend binnenland.

'Afrika schijnt uw speciale interesse te hebben,' zei Earnshaw.

'Niet helemaal. Dit is het pronkstuk van de bibliotheek.' Hannay opende een fluwelen cassette en haalde er, angstvallig alsof hij lucht optilde, een boek met een versleten leren band uit die tot een poederig mauve was verbleekt. Hij deed het juist ver genoeg open om Blair en Earnshaw een blik te gunnen op het titelblad waarop met de hand geschreven stond: 'Roman de la Rose'. 'Iedere middeleeuwse jonkvrouw had haar eigen exemplaar van *De roman van de roos*,' zei Hannay. 'Dit werd, passend genoeg, in 1323 geschreven voor Céline, Dame de Hannay.'

'Waar gaat het over?' vroeg Fellowes.

'Ridderlijkheid, spiritualiteit, zinnelijkheid, geheimzinnigheid.'

'Klinkt interessant.'

'Wilt u het soms mee naar huis nemen om het samen met de vrouw te lezen?' vroeg Hannay en stak het hem toe.

'Nee, nee!' Fellowes deinsde verschrikt terug.

'Goed, dan niet,' zei Hannay en nam het terug.

'Ze spreekt geen Frans,' zei Fellowes tegen Blair.

De deuren van de bibliotheek werden opengesmeten. Het boek verspreidde een zwakke rozegeur terwijl Charlotte de kamer binnenkwam, nog altijd met haar bonnet op en haar tante en nichtje als een demon voor zich uit drijvend.

'Ik wil weten wat u achter mijn rug om allemaal regelt,' kondigde Charlotte aan. 'Die Blair van u heeft waarschijnlijk de meest walgelijke reputatie op deze wereld en die hebt u onder het voorwendsel van een onderzoek ingehuurd om de naam van een veel beter mens te besmeuren. Ik beantwoord net zo min vragen van Blair als 'dat ik vrijwillig op een hoop stinkende afval ga zitten.'

'Maar je beantwoordt ze wel,' zei Hannay.

'Vader, pas als u in de hel wegrot. En aangezien u een bisschop bent, is dat niet erg waarschijnlijk, dacht u ook niet?'

Ze wierp het gezelschap in de bibliotheek een verachtelijke blik uit haar kleine, harde ogen toe en marcheerde de deur weer uit. Als dit Jeanne d'Arc was, dacht Blair, zou hij de eerste zijn die de vlam onder de brandstapel hield. Met genoegen.

5

Blair werd wakker van het geklepper van klompen op kinder-kopjes. In het licht van de straatlantaarn zag hij mijnwerkers en vrouwen, op weg naar hun werk aan de westkant van de stad, ter-wijl fabrieksmeisjes in jurken en sjaals precies in tegenovergestelde richting stroomden.

Hij had de tweedehands kleren aangetrokken die hij de dag tevoren had gekocht en had juist zijn koffie op toen Leveret arriveerde. Ze klommen in het bescheiden rijtuig met één paard van de rentmeester en namen de weg naar het zuiden, naar de Hannay-mijn. In de donkere velden aan weerszijden van de weg kon Blair de mijnwerkers herkennen aan de gloed van hun pijpen en de damp van hun adem. De velden roken naar mest, de lucht naar as. In de verte steeg uit een hoge schoorsteen een zilveren rookkolom op die helemaal bovenaan door de dageraad werd ge-kleurd.

'Dat was gisteravond een van Charlottes zeldzame verschijnin-gen,' zei Leveret. 'Wekenlang kun je haar nergens vinden en dan verschijnt ze plotseling ten tonele. Het spijt me dat ze zo grof was.'

'Het meest onaangename kleine monster dat ik ooit heb ont-moet. Ken je haar goed?'

'We zijn samen opgegroeid. Nou ja, samen, op het landgoed be-doel ik. Mijn vader was rentmeester voordat ik het werd. Toen John hier kwam, raakte ik met hem bevriend en leerden Charlotte en hij elkaar kennen. Ze heeft nogal uitgesproken meningen over bepaalde dingen.'

'Zijn er verder nog broers of zusters?'

'Overleden. Charlottes oudste broer is tijdens de jacht veronge-lukt. Heel tragisch.'

'Dus alleen de bisschop en zij wonen in het huis met honderd-veertig man personeel?'

79

'Nee. De Rowlands wonen bij de bisschop in Hannay Hall. Charlotte woont apart in een cottage. Best een mooi huis, trouwens. Erg oud. Ze leeft haar eigen leven.'

'Dat wil ik graag geloven.'

'Vroeger was ze anders.'

'Ze is nu nóg anders.'

Leveret lachte verlegen en veranderde van onderwerp. 'Het verbaast me dat u de tijd neemt om de mijn in te gaan. U had zo'n haast om John te zoeken.'

'Dat heb ik nog steeds.'

Er was geen poort of duidelijke afscheiding tussen landbouwgrond en de Hannay-mijn. De stroom mijnwerkers kwam van beide kanten bij elkaar en plotseling merkte Blair dat hij zich op een door gaslampen verlicht terrein bevond met loodsen waarin licht en geluid opgesloten had gezeten dat nu werd losgelaten: de zware ademhaling en de hoefslag van paarden die wagens over de stenen trokken, de gloed van een smederij en het ritmische geluid van ijzers die rond werden gesmeed, vonken en het gekrijs van hakken die werden aangescherpt. Rangeerlocomotieven kwamen puffend de loods uit. Kolenwagens, niet gekoppeld, maar met kettingen aan elkaar vastgemaakt, botsten tegen elkaar. En boven dit alles, nauwelijks hoorbaar, als een strijkstok die over de snaren van een cello werd getrokken, trilden de kabels die van de ophaalmachine naar de schachtbok liepen.

IJzeren tobbes met kolen rolden vanuit de kooi op een schaal, werden aan een 'eindeloze ketting' vastgemaakt en over rails naar een loods gereden om te worden gelezen en gesorteerd. Blair sprong uit het rijtuig en liep met de rij tobbes – 'honden' werden die genoemd – mee. Volgens de schaal bevatte elke tobbe ten minste honderd kilo. De loods had wel een dak, maar geen wanden en diende meer om de kolen tegen water te beschermen dan de werkers tegen het weer. Hier werkten alleen maar meisjes. Voorin de loods werden de aankomende honden losgekoppeld en naar de wagenwippers gereden. Nadat de wagen in de wipper was geplaatst, lieten ze de rem langzaam los waarop de wipper kantelde en de wagen een zwarte stroom kolen op een schudgoot stortte waar weer andere vrouwen ze bij het licht van een lamp van stenen en andere ongerechtigheden zuiverden.

De meisjes droegen flanellen overhemden, ribfluwelen broeken en rudimentaire rokken die vet van de kolen waren. Om hun haar tegen het stof te beschermen, hadden ze een sjaal om hun hoofd gewikkeld. Hun handen waren zwart en hun gezichten maar nauwelijks zichtbaar door de wolken kolenstof die opdwarrelden terwijl de kolen van de band op een hellende zeef vielen, of er doorheen op een fijnere zeef.

Schone en gesorteerde kolen stroomden door een stortkoker naar de kant van de loods waar spoorwagons klaarstonden om te worden geladen. Twee meisjes bedienden de tuit van de stortkoker en Blair herkende Flo van de Young Prince en Rose Molyneux.

Flo's stem sneed moeiteloos door het kabaal. 'Daar ist-ie!'

Blair schreeuwde tegen Rose: 'Ik wil met je praten!'

Rose draaide zich naar hem om en zette een hand op haar heup. Haar ogen waren als twee prisma's zo geconcentreerd, wat nog werd geaccentueerd door het kolenstof op haar gezicht. Het was het soort kalme blik waarmee een kat iemand kon aankijken als ze op een stoel lag, die ze als de hare beschouwde. Ze keek naar Blair, naar de machinisten, de slepers en de mijnwerkers alsof die wat haar betrof allemaal even belangrijk waren.

'Je ziet er monter uit,' zei ze.

Hij sloeg zijn blik neer, naar zijn vodderige broek en jas. 'Voor de gelegenheid.'

Op de een of andere manier zag ze kans om aan haar eigen vuile plunje een bepaalde stijlvolle schaamteloosheid te geven. 'Ga je de mijn in? Als je weer boven komt ben je zo vuil als een pijpenrager.'

'We moeten praten.'

'Vond je de conversatie de eerste keer zo boeiend?'

'Het was interessant.'

Ze bleef hem aankijken. Op dat moment begreep hij dat ze wist dat ze op elk moment zijn aandacht kon trekken.

'Dat zal Bill niet leuk vinden,' zei Flo.

'Bill Jaxon?' vroeg Blair.

Rose moest lachen om Blairs reactie. 'Daar wil je wel een slap pikkie van krijgen, hè?'

'Blair!' schreeuwde Leveret vanuit een loods aan de andere kant van het terrein.

De lampisterij was de loods waar de mijnwerkers hun veiligheidslampen in ontvangst namen en binnen kreeg je dan ook het gevoel alsof je in een kroonluchter terecht was gekomen. Op de onderste planken stond lampolie, rollen lampekatoen en blikken kit om naden en scheuren te dichten met het opschrift 'Goed Genoeg voor de Royal Navy!' Tegen de achterwand hingen acht kooitjes waarin kanaries het hoogste lied zongen, hun gele kopjes door de spijlen gestoken.

'Misschien zou je beter hier op me kunnen wachten,' zei Blair tegen Leveret. In het licht zag hij dat de rentmeester onder een geleend leren jasje een zijden vest en een wit overhemd droeg, om nog niet te spreken van zijn keurig geborstelde bolhoed.

'Nee, ik heb me altijd afgevraagd hoe het is om in een mijn af te dalen. Ik ben nooit verder gekomen dan drie meter in een oude mijn.'

'Je zou natuurlijk ook in een zak met kolen kunnen kruipen en dan op en neer springen,' opperde Blair.

De veiligheidslampen waren twintig centimeter hoog, met een koperen boven- en onderkant en daar tussenin een cilinder van kopergaas om de hitte van de vlam tot beneden het vlampunt van explosief gas te laten dalen. De lampist stak de lampen voor Blair en Leveret aan en sloot ze af. Achter het gaas waren de vlammetjes niet meer dan onheilspellend gloeiende kooltjes. In de voet van iedere lamp was een nummer gekrast dat de lampist in een boek schreef, dat hij vervolgens omdraaide en aan Blair en Leveret liet zien. 'Zo weten we wie er naar beneden is gegaan en wie weer boven is gekomen. Voor het geval dat. Ik zou u willen waarschuwen, heren, dat de Hannay-mijn ruim vijftienhonderd meter diep is, de diepste mijn van Lancashire. Als u het in een donkere kast benauwd krijgt, zou ik me liever nog een keer bedenken.'

Ze gingen het duister weer in en voegden zich bij de mannen die onder de toren bij de ingang van de schacht stonden te wachten. De mijnwerkers droegen smerige wollen jasjes en broeken van mollevel; mollevel omdat het geen vleug had die ondergronds de verkeerde kant op zou kunnen strijken. En verder uiteraard petten en schoenklompen. Over hun schouder droegen ze een schaftketeltje. De mannen hingen tegen elkaar met een ongedwongenheid zoals je dat vooral ziet bij soldaten, sporters en mijnwerkers. Blair voelde zich onwillekeurig thuis tussen deze mensen, zoals Leveret de kenmerken toonde van iemand uit de middenklasse die zich juist helemaal niet op zijn gemak voelde. Lucht floot door de schacht naar beneden – het was de intrekkende schacht, de inlaat voor de ventilatie van ruim twaalf kilometer ondergrondse gangen – en de luchtstroom deed de vlammetjes van de lampen flakkeren. Blair kon vijftig meter verderop nog net het witte hek zien dat om de uittrekkende schacht stond; beneden stond een enorme oven die de gebruikte lucht uit de mijn dreef en verse aanzoog – zo werkte het althans in theorie.

De wind nam af op het moment dat van onder de grond het onwaarschijnlijke geluid van een naderende goederentrein klonk. Blair zag de schijf boven in de schachtbok langzamer gaan draaien en de verticale kabels slapper worden naarmate het gewicht verminderde. Eerst verscheen er een haak, gevolgd door een kooi – een ijzeren vierkant met houten zijkanten, maar aan de voor- en achterkant open en alleen met een ketting afgesloten. De kettingen werden onmiddellijk losgemaakt en wagens vol glimmende kolen werden vanuit de kooi naar de schaal gereden. Net zo vlug als de wagens eruit kwamen, drongen de mijnwerkers zich naar binnen, gingen tussen en op de rails staan en Blair en Leveret voegden zich ertussen.

Zoveel mogelijk mijnwerkers persten zich in de kooi; ze werden betaald naar de kolen die ze produceerden, niet voor de tijd die ze op de lift stonden te wachten. Ze duwden Blair en Leveret niet naar de open kant van de kooi en dat was al beleefd genoeg, dacht Blair. In het schijnsel van de lampen dat nog zwakker was dan kaarslicht, zag hij dat Leveret nu al kolenstof op zijn boord had en wist dat ook hij onder hetzelfde onontkoombare vuil zat.

'Laatste kans. Als we weer boven komen, zie je eruit als een pijpenrager,' zei Blair. Hij vond dat een mooie uitdrukking van Rose. Iedere andere vrouw zou 'schoorsteenveger' hebben gezegd. Leveret was lang en mager, dus 'pijpenrager' paste goed bij hem.

Leverets bravoure ging verloren in het oorverdovende geklingel van een bel. Eén slag: naar beneden.

De kooi daalde, eerst langzaam, door de ronde met stenen beklede opening van de schacht, langs hoepels van Yorkshire ijzer, zo sterk als staal, in een met stenen en schuine balken beklede schacht en vervolgens gewoon recht naar beneden. Naar beneden in een duistere, peilloze diepte. Naar beneden met vijfentwintig, vijftig, vijfenzestig kilometer per uur. Sneller dan iemand waar ook op aarde naar beneden kon gaan. Zo snel dat de adem uit de longen en in de oren werd geperst. Zo snel dat aan de open kant van de kooi niets te zien was, een vage streep die, als je niet oppaste, een hand of een been kon afrukken. Eindeloos verder naar beneden.

Langs het schijnsel van een oudere verdieping. Het zou een glimworm geweest kunnen zijn. Blair zag dat Leveret een kruis sloeg en schudde zijn hoofd; hoe minder beweging hoe beter. Op het moment dat de kooi zijn maximumsnelheid bereikte, zweefden de mannen bijna. In een schacht was dat altijd het gevaarlijkste en tevens het moment van de hoogste gelukzaligheid. Met hun lampen moesten ze op een meteoor lijken, dacht Blair, hoewel de enige toeschouwer mogelijk een verbijsterde worm zou kunnen zijn.

Brunel, de beroemde spoorwegingenieur, beweerde dat treinmachinisten analfabeten moesten zijn omdat alleen een ongeletterd mens werkelijk *oplette*. Mijnwerkers letten op, dacht Blair. De gezichten in de kooi waren meer geconcentreerd dan Plato's school zoals ze luisterden naar de steeds verder afrollende stalen kabel, iedere beweging van de kooi, de toenemende druk op de houten zolen van hun schoenklompen.

Ze daalden minder snel. Volgens Blairs horloge was het twee minuten geleden dat ze boven vertrokken waren, met een gemiddelde snelheid van krap vijftig kilometer per uur waren ze ruim vijftienhonderd meter onder de oppervlakte toen de kooi in een ondergrondse verlichte put stopte. De mijnwerkers stroomden onmiddellijk de kooi uit, gevolgd door Blair en Leveret, de laatste totaal in de war.

En niet zonder reden. Dit was wat het 'oog' van de mijn werd genoemd. Hier kwamen ondergrondse wegen samen waaruit pony's in zwaar tuig opdoken, jongens met petten op en jasjes aan ernaast, dieren zowel als begeleiders nog kleiner lijkend in het gedempte licht van lampen die aan de balken hingen. Achter iedere pony volgde een rij geladen kolenwagens op rails.

Hier hing de geur van een lange rij lage ponystallen. Ondergrondse stallen werden altijd naast de intrekkende schacht geplaatst en op planken gebouwd, maar helemaal droog werden ze nooit; de scherpe geur van paardemest en urine leek er juist ouder en meer geconcentreerd van te worden.

Er waaide hier een ware storm die door de schacht naar beneden gierde, verse lucht die hier de geur van de stallen meekreeg.

Het was heet, het tegenovergestelde van een dompige grot. Een drukkende hitte bezwangerd met zweet en drek en kolenstof. Een bewijs dat de aarde een levend organisme was met een gloeiende kern.

Dat waren allemaal dingen die de bezoeker zag en rook en voelde, die hij op een rij zette en ordende. Het duurde even voordat hij door kreeg dat de schachtbodem een diameter van honderd meter had. Wat de bezoeker echter eenvoudig van zich af moest zetten, was het veel doordringender, veel sterkere besef dat hij anderhalve kilometer aarde boven zijn hoofd had, en ook dat hij zo ver van een uitweg verwijderd was. Blair keek in elk geval even op zijn kompas.

Zoals er bovengronds een kantoor was met een opzichter, was dat ook hier het geval. Het kantoor van de ondergrondse opzichter was een eenvoudige, uit baksteen opgetrokken kamer. De opzichter heette Battie, een vrolijke Vulcanus in hemdsmouwen en met bolhoed en bretels.

Battie verwachtte hen; hij had zijn bureau vrijgemaakt en een kaart uitgespreid met lampen op de hoeken om hem vlak te houden. Aan de noordkant van de kaart waren de kooi en de schachten te zien. Het zuiden was een netwerk van grote en kleine gangen die naar een onregelmatige grens liepen.

Battie wierp een vrijblijvende blik op de verschillende kledij van zijn twee bezoekers. 'Meneer Leveret, meneer Blair, wilt u zo vriendelijk zijn uw zakken leeg te halen?'

Blair haalde zijn horloge, zijn kompas, knipmes en wat los geld te voorschijn; de hoop die de inhoud van Leverets zakken op tafel vormde, was aanmerkelijk groter: horloge, beurs, portefeuille, medaillon, kam, visitekaartjes, pijp, tabak en lucifers. Battie borg de pijp, de tabak en de lucifers in de la van zijn bureau.

'Er mag niet worden gerookt, meneer Leveret. Ik wil niet dat u er zelfs maar aan zou denken.'

De kaart was gedateerd op de dag van de ontploffing en er waren cirkels op getekend met nummers die uiteenliepen van een tot drie cijfers. Dat waren lampnummers, dacht Blair. Er waren zesenzeventig slachtoffers en dat was het totaal dat hij telde. Dat was niet zo moeilijk omdat het merendeel bij elkaar in een hoofdgang lag, terwijl de overige gelijkmatig langs het koolfront verdeeld waren. Er stond echter ook een cirkeltje met een nummer vlak voor het kantoor van de opzichter.

'Wat is hier gebeurd?' vroeg hij.

'De kooi was boven. De schacht zelf gaat nog dieper. Er was net een jongen met een pony en een rij wagens aangekomen. Toen de rook hier kwam, ging de pony over de rand van de schacht. De jongen probeerde hem te redden. Alles is over de rand gegaan – de pony, de wagens en de jongen.' Battie zweeg. Hij tilde de lampen op en liet de kaart zich oprollen, waarna hij hem samen met een boek in een leren pukkel borg. Hij verving zijn bolhoed door een rode zakdoek die hij om zijn voorhoofd vastknoopte. In een paar seconden had hij zijn kalmte hervonden en zag eruit alsof hij een wandelingetje in het park ging maken. 'Wel, heren, ik moet mijn ronde gaan maken. Als u nog steeds zin hebt, moeten we nu gaan, want het is een heel eind.'

'Je kunt hier wachten of met de kooi naar boven gaan,' bood Blair Leveret nogmaals aan.

'Ik ga met u mee,' zei Leveret.

'Moedig voorwaarts?' vroeg Blair.

'Ik zal u niet ophouden,' beloofde Leveret.

Battie ging voorop, zwaaiend met zijn pukkel, om de schacht heen en vervolgens rechts een tunnel in. 'Wij noemen het geen "tunnels", maar "gangen" en "galerijen",' zei hij over zijn schouder. 'Als ze zo breed zijn als deze, is het een "hoofdgang".'

De gang mocht dan misschien breed zijn, hoog was hij bepaald niet en ze waren er nog maar nauwelijks in toen Leveret al in de problemen kwam. Het enige licht kwam van de veiligheidslampen, drie vlammetjes die door het kopergaas maar nauwelijks de rails op de grond of de dakbalken beschenen, en als Leveret het ene obstakel trachtte te vermijden, botste hij tegen het andere aan, en hij wist niet wanneer hij zijn voeten op moest tillen of wanneer hij moest bukken.

Battie ging iets langzamer lopen, maar liep wel door. 'Als u soms terug wilt gaan, meneer Leveret, volg dan de borden waar "Uit" op staat. Als u die niet kunt vinden, zorg dan dat u de lucht in uw gezicht blijft voelen. Als u de wind in de rug hebt, gaat u verder de mijn in. Meneer Blair, u hebt dit meer gedaan.'

Blair had zelfs niet gemerkt dat hij vanzelf de typische manier van lopen van een mijnwerker had aangenomen: half voorovergebogen met het hoofd opgeheven en ongemerkt de afstand tussen de bielzen onder de rails afmetend.

'Wanneer komen we bij de kolen?' vroeg Leveret.

'Daar zitten we in. U zit midden in de Hannay-laag, een van de rijkste kolenlagen van Engeland,' zei Battie. 'Die houdt het dak omhoog.'

Zwarte wanden en een zwart dak, dacht Blair, omdat kolen de balken beter ondersteunden dan steen. Zijn pupillen hadden zich geleidelijk aan verwijd, waardoor de duisternis schaduw was geworden en schaduwen vormen aannamen. Vanuit de tegenovergestelde richting zag hij een vage vorm en een lamp aankomen.

'Pony,' zei Battie en stapte een vluchtgat in dat zelfs Blair niet had gezien. Blair volgde en samen trokken ze een geschrokken Leveret naar binnen, net voordat er een pony langs kwam, een Shetland met beroete manen, geleid door een jongen met een lamp en gevolgd door vier volle wagens. Leveret leek iets kleiner te zijn geworden.

'Ben je je hoed kwijt?' vroeg Blair.

'Ja, inderdaad.' Leveret keek treurig naar de langsrollende tobbes.

Blair vroeg aan Battie: 'Kunt u ongeacht zijn kleding aan iemand zien of hij eerder in een mijn is geweest?'

'Bij de eerste stap. En of ze soms dronken zijn. Als dat zo is, stuur ik ze terug. Je veiligheid is afhankelijk van de stomste kerel in de mijn.'

Om aan het gesprek deel te nemen vroeg Leveret: 'Waarom dragen de mannen klompen? Ik weet dat de meeste mensen in Wigan schoenklompen dragen, maar het lijkt me in de mijn nogal onhandig.'

'Vanwege de instortingen, meneer,' zei Battie. 'Als het dak naar beneden komt, wordt een klomp niet zo in elkaar gedrukt als een schoen. Je kunt je er ook gemakkelijker uitwurmen dan uit een schoen.'

Leveret zweeg.

Ze liepen twintig minuten en kwamen alleen maar pony's en kolentreintjes tegen. De gang werd lager en smaller en begon glooiend naar beneden te lopen. Het geluid van de treintjes werd gedempt door de wind die zich door de nauwere gang perste en door de druk op de houten stutten. Battie bleef regelmatig staan om zijn lamp bij plaatsen te houden waar tegen de wanden stenen waren opgestapeld of het dak door mijnhout werd gestut.

'Als we de kolen weghakken, komt er mijngas vrij,' legde hij Leveret uit.

'O,' zei Leveret.

'Methaan. Dat kruipt graag in de scheuren in het dak. Het principe van een veiligheidslamp is dat het gaas de hitte voldoende verdeelt waardoor het gas niet kan ontbranden. Maar toch kun je het gas het beste met een vlammetje opsporen. Wij noemen dat "aflichten".' Battie hief zijn lamp omhoog naast een ruwe kolom stenen en keek naar het vlammetje achter het gaas. 'Ziet u dat de vlam iets langer wordt, en een beetje blauwer? Dat is het methaan dat verbrandt.'

'Moeten we de mijn evacueren?' vroeg Leveret.

In het licht van de lamp was te zien dat Battie grijnsde terwijl hij zijn vest uittrok en daarmee langs de stenen wapperde. Hij liep terug de gang in en kwam even later terug met een opgevouwen scherm van zeildoek en hout dat hij uitvouwde en zo neerzette dat de luchtstroom in de richting van de stenen werd geleid.

'Meneer Leveret, als we de mijn iedere keer als we een beetje mijngas vonden, zouden sluiten, zou heel Engeland in de kou zitten.' Hij haalde het boek uit zijn pukkel en noteerde tijd, plaats en hoeveelheid gas. 'We houden het gas in de gaten, we zitten het achterna en we zorgen dat het ons niet naar de andere wereld blaast.'

Vanaf dit punt werd de gang slechter, wat Battie niet in het minst ophield. 'Kijk,' zei hij en wees op een plek waar het dak gedeeltelijk naar beneden was gekomen. 'De druk van boven noemen we "gebergtedruk" of eenvoudig "dakdruk". Dat daar,' zei hij, wijzend op een plaats waar de vloer omhoog was gekomen en de rails had opgetild, 'noemen we "poffen"'. Beide plaatsen tekende hij in zijn boek aan. 'Er is druk van boven en van onderen. Boven ons zit kalksteen en beneden grove zandsteen. Toch zitten we nog steeds in de koollaag.'

Hoe langer ze liepen, hoe beter Blair begreep dat Battie geen kaart nodig had. De man kende de Hannay-laag zoals een schipper de rivier kende. Hoogstwaarschijnlijk hadden zijn vader en zijn grootvader in dezelfde kolen gewerkt. Een man als Battie wist precies waar de zwarte oevers naar links gingen, naar rechts, op en neer, of door een geologische storing plotseling helemaal uit het zicht verdwenen. Hij kende de dichtheid van de Hannay-laag, de cohesie, het watergehalte, de glans, het vlampunt en de as. Hij kon hem in het donker volgen.

Leveret raakte achterop. Blair wilde Battie net vragen om even te wachten toen de opzichter bleef staan en zijn lamp bij een pilaar van kolen zette. Hij spreidde zijn kaart op de grond uit en wees op twee lampnummers. 'Hier hebben we deze twee jongens gevonden. Dat waren de slachtoffers die het dichtst bij de kooi vielen, afgezien van de jongen met de pony.'

Een spoor van nummers leidde verder naar het westelijke koolfront, nog twee keer zo ver als ze tot hier aan toe waren gekomen. De slachtoffers in de hoofdgang waren in groepjes gevallen, sommigen bij elkaar gekropen in de vluchtgaten.

Leveret arriveerde hijgend en zo zwart van het kolenstof dat het leek of hij achter een pony aan was gesleept.

'Alles... in orde,' zei hij en zonk op zijn knieën. Blair en Battie bepaalden hun aandacht weer tot de kaart.

'Waren ze verbrand?' vroeg Blair.

'Nee. Niemand was verbrand tot we aan het eind van de hoofdgang kwamen, dicht bij het front. De jongens lagen erbij alsof ze in slaap waren gevallen.'

'Maar met hun gezicht in de richting van de luchtstroom? Rennend toen ze neervielen?'

'Precies.' Battie leek op een duistere manier tevredengesteld. 'Meneer Leveret, uw vriend hier weet het een en ander van kolen.'

'Waren ze verminkt?' vroeg Blair.

'Nee,' zei Battie. 'Als mijngas ontploft, verandert het in stikgas. Koolmonoxyde. De sterkste man ter wereld zou kunnen rennen zo hard hij kon, maar als hij dat twee keer inademt, valt hij als een blok op de grond. Hij gaat dood, tenzij je hem eruit trekt. Ik heb zelfs meegemaakt dat er niet een of twee, maar drie man neervielen bij een poging om de eerste man eruit te trekken.'

De grond schokte, en er volgde een klap als een donderslag die van het ene eind van de gang naar het andere rolde. In het donker regende het kleine stenen.

Leveret sprong overeind. 'Brand!'

'Nee, meneer Leveret, dat is schieten. Dat is een groot verschil. Een ontploffing kun je in Wigan voelen. Als het zover is, laat ik het u weten.' Battie rolde de kaart op en voegde er nog aan toe: 'Ik hoop niet dat we nog meer van dergelijke demonstraties krijgen, meneer Leveret. Als er mensen in de buurt zijn, bedoel ik.'

Battie ging weer voorop met de lamp, bleef alleen nu en dan staan om aan te wijzen waar drie mijnwerkers waren omgekomen, vier even verderop, allemaal terwijl ze probeerden aan het stikgas te ontkomen. Het was geen onveilige mijn, voor zover je in een mijn van veilig kon spreken, dacht Blair. Het was er natuurlijk vuil en benauwd en onaangenaam, maar de gangen werden vrijgehouden, de rails waren goed onderhouden, en Battie leek een nauwgezet opzichter. Alle mijnen waren nu eenmaal een omkering van de normale orde, en vooral kolenmijnen waren dwaas en levensgevaarlijk.

De gang begon nog steiler naar beneden te lopen, steeds dieper met de helling van de ondergrondse strata mee, steeds verder naar het zuiden, dacht Blair. Aanvankelijk waren de kolen waarschijnlijk gewonnen uit een gemakkelijke dagzomende laag ten noorden van Wigan. Mogelijk hadden Romeinse soldaten hun sandalen al gedroogd bij vuren van Hannay-kolen. Met iedere stap die ze dieper gingen, was hij zich meer bewust van de hitte. De adem van de mijn verschroeide de keel terwijl de huid bedekt raakte met een modderige laag zwart zweet.

De gang kwam uit in een ruimte ter grootte van een grafkelder. Hier liep een jongen met een pony als een spookachtige draaimolen in het rond langs de rails die hier een cirkel vormden. Toen de pony stilhield, kwam er een man uit een lage gang en haakte volle wagens aan het tuig van de pony. Hij was naakt, met alleen een paar geïmproviseerde kniebeschermers en klompen aan en zijn hele lichaam glinsterde van het kolenstof. Na even tegen Battie te hebben geknikt, verdween hij als een spookverschijning in de gang, een leeg wagentje voor zich uit duwend. Pony en jongen verdwenen in tegenovergestelde richting.

'Heet.' Leveret had zijn stem hervonden.

'Thee, meneer?' Battie bood hem een blikken fles aan, die hij uit zijn pukkel had gehaald.

Leveret schudde zijn hoofd en liet zich uitgeput op de rails vallen. De eerste keer in een mijn was het ergste, al was je in nog zo'n goede conditie, dacht Blair. Zelfs nu hij malaria had, deed hij gewoon wat hij zijn hele leven al had gedaan.

'Het spijt me dat ik zo onhandig ben,' zei Leveret.

'Geen probleem, meneer,' zei Battie. 'Mijnwerkers worden veel te nonchalant. Ze weten dat elke vonk gevaarlijk is, maar ze komen hier op de ijzers van hun klompen over de rails naar beneden glijden zodat het wel vuurwerk lijkt. Of ze drukken zich en gaan als een veldmuis in een zijgang liggen slapen.'

'Dat klinkt knus,' zei Leveret.

'Soms,' zei Battie. 'De dag van de brand zakte hier een pony in elkaar en blokkeerde de gang. We vonden tien man aan de andere kant.'

'Stikgas?' vroeg Blair.

'Ja. Weet u, ik las laatst in een Londense krant dat de grootste angst van de moderne mens is om levend te worden begraven. Er werd reclame gemaakt voor doodkisten met spreekbuizen en semaforen. Waarom zouden ze zich in Londen zoveel zorgen maken over levend begraven zijn?' Battie wendde zich naar Leveret. 'Gaat het wat beter?'

'Ik kan weer verder.'

'Mooi.'

Gebogen gingen ze de gang binnen waarin de mijnwerker was verdwenen. Er lagen rails en er was net voldoende ruimte om voorovergebogen een wagentje door een galerij van houten stutten te manoeuvreren. Verderop in de gang klonk een geluid alsof een enorme golf was omgekruld en op het strand was gedonderd.

'Wat was dat?' vroeg Leveret.

'Het dak is naar beneden gekomen,' zei Battie.

'Goeie God,' zei Leveret en Blair hoorde dat hij aanstalten maakte om terug te gaan.

Battie zei: 'Nee, dat is normaal, meneer Leveret. Zo werkt het systeem.'

'Het systeem?'

'Dat ziet u straks. Een instorting geeft een heel ander geluid, gewoonlijk een mengeling van brekende stutten en neervallend gesteente,' zei Battie. 'U zult straks zien wat ik bedoel.'

Aan beide kanten waren bij het licht van hun lampen nu niet zozeer gangen te zien, als wel een soort honingraten van koolpilaren die enigszins leken op de pilaren van een zwarte moskee. Heel in de verte hoorde Blair een nieuw geluid: helder, ritmisch, vervormd en versterkt door de grilligheid van het gesteente. Ze liepen nog tien minuten zo door, maar toen kropen Battie en Blair plotseling een smalle gang in die over de volle lengte werd bevolkt door duistere figuren met alleen klompen en broeken aan, sommigen alleen maar met klompen, allemaal van onder tot boven bedekt met een glinsterende laag stof en met korte houwelen met aan beide uiteinden een scherpe punt. De mannen hadden allemaal de smalle taille van een windhond en de gespierde schouders van een paard, maar waar ze bij het licht van hun lampen toch het meest aan deden denken, waren machines, robots die onvermoeibaar op de koolpilaren die het dak ondersteunden inhakten. De kool spleet met een geluid dat bijna als klokgelui klonk. Waar de koollaag daalde, werkten ze op hun knieën die ze met lappen hadden omwikkeld. Anderen waren bezig wagens te laden of duwden die met hun rug vooruit. Een nevel van damp en kolenstof steeg van hun lichamen op.

Blair keek op zijn kompas. 'Jullie werken achteruit.'

'Klopt,' zei Battie.

De mijnwerkers vielen de binnenmuur van het westelijk front aan en werkten van daaruit terug naar de schacht en niet langs de buitenwand, zoals Blair zou hebben verwacht. De buitenwand bestond helemaal niet; in plaats daarvan was er een lage ruimte die in een ondoordringbaar duister verdween.

Battie rolde zijn kaart open. 'Ik denk dat u dit wel interessant zult vinden, meneer Blair. Dit is het Lancashire-systeem. We graven de hoofdgangen, de "grondgalerijen" door de kool tot aan de grens van de ader. Dan graven we kleinere tunnels die de grondgalerijen verbinden en waardoor de lucht kan circuleren. Dat noemen we "doortochten". Vanuit de doortochten werken we achteruit, zoals u zei, om de rest van de kolen af te bouwen. Zijn we eenmaal met afbouwen begonnen, dan spreken we niet meer van een doortocht, maar van een "pijler". We laten net voldoende steenkolommen en stutten staan om het dak omhoog te houden totdat we klaar zijn. De stutten breken en het dak komt naar beneden – dat is het geluid dat we daarnet hoorden – maar dan zijn wij al verdwenen.'

'Is dit de plaats waar de slachtoffers verbrand waren?' vroeg Blair.

'Langs dit front, ja, maar dan vijftien meter meer naar binnen.' Battie keek naar de lege ruimte achter de mijnwerkers. 'Daar waren we twee maanden geleden. Dat is tweeduizend ton kolen. Niemand mag in afgebouwde pijlers komen. Dat verbiedt het mijnreglement.'

De mijnwerkers zwaaiden hun houwelen in een gestaag tempo. Blair had het fenomeen in alle diepe mijnen op verschillende plaatsen in de wereld gezien: de mannen werkten alsof de geest door puur lichamelijke inspanning kon worden uitgeschakeld. In dit geval kwam daar mogelijk nog het gevoel bij dat ze bezig waren zich een weg terug naar de schacht te banen. De bundel van een carbidlantaarn zou de duisternis mogelijk hebben kunnen doordringen, maar het zwakke schijnsel van een mijnlamp was nauwelijks meer dan een gloeiend kooltje en verlichtte de man die hem vasthield maar nauwelijks. Vanaf het koolfront was het onmogelijk te zeggen hoe ver het afgebouwde gedeelte zich achter de mijnwerkers uitstrekte, of dat het dak anderhalve meter of anderhalve decimeter hoog was. Blair pakte een steen en gooide die naar achteren. De steen verdween in het duister en het geluid waarmee hij neerviel ging verloren in het geklop van de houwelen.

'Tot hoe ver is het dak nog intact?' vroeg hij.

'Op sommige plaatsen tien meter van het front, ergens anders misschien honderd meter. Het kan een maand omhoog blijven, misschien ook een jaar. Het kan naar beneden komen terwijl wij hier zijn,' zei Battie.

Leveret haalde hen hijgend in, hij had het in het laatste, lage gedeelte van de pijler nog veel moeilijker gehad. Er zat bloed op zijn voorhoofd, en zweet en kolenstof vormden een zwarte soep rondom zijn ogen.

'Wat kan er naar beneden komen?' vroeg hij.

'Niets, Leveret. Als je Livingstone zou hebben gevonden, had ik niet trotser op je kunnen zijn.' Blair gaf hem een zakdoek. 'Nog een paar minuten en dan gaan we terug.'

Bij iedere man met een hak was een tweede die de kolen wegschepte en in wagentjes laadde. Om de twintig meter vertakten de rails zich in een kort gedeelte evenwijdig aan de hoofdbaan zodat de wagentjes elkaar konden passeren. Verderop was een man in de weer met een boor die bestond uit een vat met tandraderen dat door een ijzeren steun die van vloer tot dak reikte op zijn plaats werd gehouden. Hij was een kop groter dan de anderen en hoewel de boor toch al gauw twintig kilo moest wegen, werkte hij er met het grootste gemak mee. Uit het boorgat stroomde zwart poeder. De stang draaide zo soepel dat de man evengoed in kaas had kunnen staan boren.

Door het slechte licht en omdat hij helemaal onder het kolenstof zat, zag Blair aanvankelijk niet dat zijn beide benen in het verband zaten. Toen hij Blair zag, hield hij op met boren. 'Nog steeds op zoek naar kapelaan Maypole?' vroeg Bill Jaxon.

'Je weet maar nooit,' zei Blair.

Het verbaasde hem dat Jaxon nog kon lopen na het gevecht achter de Young Prince de avond tevoren, maar hij wist ook dat mijnwerkers trots waren op de hoeveelheid pijn die ze konden verdragen. Met zijn lange haar achter zijn hoofd vastgebonden leek Jaxon een beeld van Michelangelo, maar dan uit kool gehouwen in plaats van uit marmer.

'Heb je je klompen nog steeds aan?' vroeg Blair.

'Wou je ze proberen?' antwoordde Jaxon.

Naast Jaxon dook een dwergachtige gestalte op die Blair herkende als een zwarte versie van Smallbone, zijn maatje uit de Prince. Smallbone droeg een lange blikken trommel in zijn armen. Jaxon maakte het bovenste gedeelte van de steun los en trok de boor uit het gat. Smallbone haalde een lang rietje uit de trommel, stak dat in het boorgat en blies met gesloten ogen. Er spoot een straal kolenstof uit het gat. Blair vond het altijd weer plezierig om een specialist aan het werk te zien. Vervolgens haalde Smallbone een vijfentwintig centimeter lange, met was bestreken papieren koker uit zijn trommel.

'Wat...?' begon Leveret.

'Buskruit. Hij maakt zijn eigen schoten,' zei Jaxon.

Battie zei: 'Smallbone is schietmeester.'

Het boorgat liep schuin naar beneden. Met een ronde houten stok duwde Smallbone het schot zo diep mogelijk in het gat, maakte met een koperen naald heel zorgvuldig een gaatje in het uiteinde en stopte de lont erin, een 'langzame lucifer', in salpeter gedrenkt koord van ruwe katoen. Hij liet een stuk lont van dertig centimeter uit het gat hangen en stopte dat vervolgens met klei dicht. Inderdaad eigen gemaakt, dacht Blair. Intussen had Battie met zijn lamp het dak afgelicht. 'Het lijkt veilig,' zei hij.

'Schot!' schreeuwde Jaxon.

De kreet werd doorgegeven. Alle mijnwerkers zochten hun gereedschap bij elkaar en gingen naar de hoofdgang, uit de vuurlijn. Battie ging voorop, gevolgd door Blair en Leveret. Jaxon kwam als laatste met zijn boor, terwijl Smallbone alleen bij het gat achterbleef.

'Kijk de andere kant op en hou uw mond open, meneer,' adviseerde Battie Leveret.

Blair zag dat Smallbone langzaam onder het dak en langs de wand bewoog om zichzelf ervan te overtuigen dat er geen gas was, een blijk van intelligentie die meer overtuigde dan welk examen ook. Hij knielde bij de lont neer en blies tegen het vlammetje van de lamp, waardoor dat tegen het gaas aankwam. Hij blies nog iets harder en het vlammetje werd feller en flakkerde tegen het gaas tot er ten slotte een tongetje door het gaas heen kwam tot vlak bij de lont. Bij de derde keer blazen vatte de lont vlam.

De schietmeester liep met snelle, korte stappen weg en voegde zich bij de anderen. Vijf seconden later klonk er in de pijler achter hem een daverende klap en warrelden enorme wolken kolenstof op. De explosie was krachtiger dan Blair had verwacht. De mijnwerkers werden door elkaar geslingerd alsof ze op het dek van een schip stonden terwijl de knal door alle gangen echode. Een voor een schudden de mannen hun hoofd en openden hun roodomrande ogen.

'Dubbele lading, meneer Smallbone?' zei Battie. 'Als dat nog eens gebeurt, kun je ander werk gaan zoeken.'

Het was voor het eerst dat Blair iets van schijnheiligheid bij de opzichter waarnam en Battie leek zelf ook een beetje geschrokken van zijn opmerking. Iedereen – mijneigenaren en opzichters – wist dat mijnwerkers werden betaald naar het aantal wagens dat ze vulden, niet naar de tijd die ze bezig waren met het loshakken van diepe, harde kool. Daarom schoten schietmeesters ook als er mijngas werd gevonden. Door het schot van Smallbone was er een brede plak kolen op de grond gevallen en de muur ernaast gescheurd. De mijnwerkers namen een portie snuif uit hun blikjes en gingen weer aan het werk. Jaxon legde zijn boor en steun over zijn schouder en liep verder de pijler in om het volgende gat te boren. Een haag van bewonderaars omringde hem.

Smallbone was totaal niet gekrenkt door de berisping. Hij keek nog eens naar de laag kolen die hij weggeschoten had en zei tegen Leveret: 'Dat Duitse dynamiet van jou is net zo sterk als een scheet bij stormweer.'

'Ik dacht dat het krachtig was,' zei Leveret. 'Ik had er in een wetenschappelijk tijdschrift over gelezen.'

'Voor Duitse kolen misschien,' zei Smallbone. 'Dit is Engelse kool.'

Niets bevorderde de nivellering meer dan een kolenmijn, dacht Blair. Waar anders kon je een rentmeester met een naakte mijnwerker over explosieven horen discussiëren? Hij zag dat Battie in het afgebouwde gedeelte stond te staren, waar nog steeds stof van de ontploffing zweefde.

'Een meter of twintig verderop langs het front, daar is de ontploffing volgens mij geweest, meneer Blair. Maar hoever naar binnen, dat weet ik niet. Daar heb ik wel duizend keer over nagedacht.'

'Denk je dat het door een schot is gekomen?'

'Nee. Smallbone was de enige die aan deze kant van het front aan het schieten was. Dan zouden hij en Jaxon, de man met de boor, ook dood zijn geweest. Zij hebben goddank nog kans gezien om zes man te redden. Het is een vonk geweest. Iemand heeft iets ontzettend stoms gedaan. De een of andere idioot heeft zijn lamp opengemaakt om zijn pijp aan te steken. Of de bovenkant eraf gehaald om meer licht te hebben bij het houwen. Er wás gas. Een echte "blazer". En er was een complicatie. Door de ontploffing was er wat puin losgekomen – stenen en kleine kolen – die we ingemetseld hadden. Gas houdt van puin. Nadat we de blazer uitgeventileerd hadden, bleef er gas uit die rommel komen tot we het weer dichtgemetseld hadden. Dat moesten we wel doen, wilden we lampen binnenbrengen om te gaan zoeken.'

'Hebben jullie een groot stuk opgemetseld?'

'Pakweg, zestig centimeter hoog en een meter breed.'

'Laat eens zien waar dat is?'

Battie staarde in de leegte. 'We hebben de mijninspecteur hier beneden gehad en er is een onderzoek geweest. Het is allemaal voorbij, meneer Blair. Wat zoekt u dus? Het is duidelijk dat u de weg weet in een mijn, maar wat me minder duidelijk is, is waarom u in déze mijn komt kijken. Wat zoekt u?'

'Er wordt een man vermist.'

'Niet hier. Na de brand waren er zesenzeventig lampen en zesenzeventig lichamen. Daar heb ik me hoogstpersoonlijk van overtuigd.'

'Allemaal geïdentificeerd? Was er genoeg van ze over om te kunnen vaststellen wie het waren?'

'Ze zijn officieel door de lijkschouwer geïdentificeerd – stuk voor stuk, meneer Blair.'

'Allemaal uit Wigan? Ik heb nogal wat Ieren in de stad gezien.'

'Er waren wat dagloners van buiten bij.'

'En niemand is daar sindsdien wezen kijken?'

'Dat is tegen de regels. Niemand zou trouwens met u mee willen gaan.'

'Ik heb een pest aan kolenmijnen,' mompelde Blair. Hij hield zijn lamp in de richting van de ondoorzichtige wervelingen zwevend stof. 'Zou u nog een keer op de kaart willen kijken?'

Terwijl Battie al zijn aandacht bij zijn pukkel had om de kaart op te zoeken, stapte Blair de duisternis in.

De eerste paar stappen was er verbazend veel ruimte, om hem heen alleen maar duisternis. Maar nauwelijks een meter verderop liep het dak steil naar beneden zodat hij eerst moest bukken, maar al spoedig op handen en voeten voortkroop, de lamp voor zich uit schuivend en daardoor van achteren onzichtbaar. Battie's woedende kreten en vloeken achtervolgden hem vruchteloos.

Stof wolkte in golven voor de lamp uit. Boven de lamp hing een vage stralenkrans, als een kring om de maan. Die vormde tevens de grens van Blairs zicht en weten. Hij hield zijn kompas bij de lamp en richtte zich naar het westen.

Een keer hield hij halt bij het horen van een stutbalk die langzaam tikkend als een klok bezig was het te begeven. Het dak zakte heel langzaam. Dat was de reden waarom mijnwerkers de voorkeur gaven aan houten mijnstutten in plaats van ijzeren, omdat hout waarschuwde.

Twee keer moest hij om een steenkolom heen en één keer moest hij zich op zijn buik door een instorting wringen, maar aan de andere kant bleek er weer ruimte te zijn tot aan een punt waar een hele sectie van het dak ingestort was en de lucht zo slecht dat het vlammetje van zijn lamp begon te sputteren. Hij ging terug en volgde de lijn van de instorting in zuidelijke richting. Boven hem was het dak vochtig en glinsterde als een sterrenhemel. Het was alsof je door een wereld navigeerde waar alles vast was, dacht hij.

Hij worstelde zich om grote platen zandsteen heen die vanuit de vloer waren opgepoft. Wat hij wilde voorkomen was dat hij in een gat zou vallen waardoor zijn lamp uit zou gaan.

Zijn voet bleef vastzitten. Toen hij zich los probeerde te trekken, hoorde hij de stem van Battie vlak achter zich. 'U bent een mijnwerker, meneer Blair.'

'Geweest.'

Hij bleef liggen en wachtte tot Battie naast hem was. De opzichter had een lamp bij zich, maar alles wat Blair kon zien waren zijn ogen.

'De man van de bisschop, zeiden ze. Die wil een rondleiding. Niet zo vreemd. De directeuren komen ook wel eens beneden. Maar die draaien al om voordat we honderd meter in een gang zijn. Hartelijk dank. Andere afspraken, er niet op gekleed. Maar u niet.'

'Nou, dan heb ik de regels dus overtreden,' zei Blair.

'Ze laten u nooit meer in deze mijn.'

'Dan kan ik maar beter gaan kijken.'

Battie was even stil, schoof toen op zijn ellebogen verder. 'Laat ze ook barsten,' mompelde hij. 'Kom mee.'

Voor iemand met een dergelijke brede borst was Battie verbazend soepel, hij gleed als een paling om instortingen, opgepofte stenen en gaten heen. Blair moest zijn best doen om de ijzers onder Battie's klompen in de gaten te houden, maar op een zeker moment begon de opzichter langzamer te kruipen en leek te twijfelen.

'Hier moet het zijn. Het verandert doorlopend. Ik weet niet...'

Battie zweeg. Blair kroop naderbij en zette zijn lamp naast die van Battie. In het dubbele schijnsel was tussen het dak en de vloer een gat van een meter hoog te zien dat was dichtgemetseld met hetzelfde soort donkerbruine bakstenen dat ook voor de huizen in Wigan werd gebruikt. Bij elkaar waren het misschien veertig stenen. Het metselwerk was slordig gedaan – haastig was misschien een beter woord.

'Hebt u ooit opnieuw moeten metselen na een ontploffing, meneer Blair?' vroeg Battie. 'Je weet niet wat er aan de andere kant zit. Het kan mijngas zijn, maar ook stikgas, of beide. Je werkt om beurten. Adem inhouden, steen neerleggen, achteruit terug en dan de volgende man. Jaxon en Smallbone hebben dit gedaan, elk met een touw om hun middel.'

'Dus hier is de ontploffing geweest?'

'Hier vlak naast voor zover we konden nagaan.' Battie draaide zijn hoofd om en keek naar het dak. 'Dat komt op zekere dag naar beneden. Mij kan het niet vlug genoeg zijn.'

Als een watermerk werden op een van de stenen de woorden 'Hannay Steenfabrieken' zichtbaar, toen op een volgende, en een derde. Blair rook de geur van mijngas, een geur van verrotting, als van moerasgas. Toen de lampen helderder gingen branden, zag hij dat het cement tussen de bovenste stenen gescheurd was, misschien van Smallbones schot of van een schot dat dagen geleden was geplaatst. Battie's gezicht glom en hij zette grote ogen op.

In de lampen werden de vlammen steeds langer, tot ze een blauwe kolom vormden. De pitten zelf doofden, maar er was al voldoende gas door het gaas naar binnen gedrongen om te ontbranden en als plasma achter het gaas te blijven zweven. Blair begreep wat er gebeurde en er gingen drie gedachten door hem heen. Als ze de lampen uit zouden blazen, zouden ze de vlam door het gaas naar buiten persen en zou het omringende gas ontvlammen. Wachten had geen zin omdat het gaas steeds heter zou worden waardoor het draad op den duur als een oranje netwerk van lonten zou gaan gloeien. Zijn derde gedachte was dat hij een hoop moeite had gedaan alleen maar om hier te sterven.

Toen dat niet onmiddellijk gebeurde, herinnerde hij zich dat methaan lichter dan lucht was. Met zijn handen begon hij het puin onderaan de stenen muur weg te scheppen en losse stenen en kolenstof weg te halen tot een diepte van ongeveer dertig centimeter. Hij pakte de eerste lamp bij de voet op en zette hem, er zorgvuldig voor wakend dat de vlam rechtop bleef, zo goed en zo kwaad als dat ging rechtop in het gat. De lamp was heet en de haartjes op de rug van zijn hand verschroeiden. Battie begreep wat de bedoeling was. Even voorzichtig deed hij hetzelfde met de tweede lamp, zodat ze naast elkaar in het putje kwamen te staan, twee felle blauwe vlammetjes omgeven door gloeiend gaas.

De vlammen bleven een minuut zo branden, begonnen toen te pulseren en werden van onder af aan geleidelijk korter. Het gaas werd eerst goudkleurig, toen grijs. De eerste vlam leek zichzelf in een teerachtige rooksliert in te slikken. De tweede verdween een seconde later en liet Blair en Battie in een inktzwarte duisternis achter.

'Een gentleman zou daar nooit op zijn gekomen,' zei Battie.

Blair werd zich bewust van Leveret die wanhopig zijn naam riep; hij was de rentmeester totaal vergeten. Mijnwerkers riepen Battie's naam. Stijf, als twee mannen die in donker ondiep water zwommen, gingen Battie en hij in de richting van het geluid.

6

HANNAY HALL WAS DOOR de uitbottende takken maar nauwelijks zichtbaar. Tussen de boomwortels bloeiden viooltjes. Zoals altijd nadat Blair in een mijn was geweest, leken de kleuren van bloemen als gepolijste edelstenen zo fel. De meeste mijnwerkers hadden dat en soms dacht hij dat het maar goed was dat ze in het donker naar hun werk gingen en in het donker weer thuiskwamen,
waardoor ze niet gekweld werden door de gedachte aan alles wat ze
misten.

Hij volgde een grindpad langs een taxushaag en om een vijver
met waterlelies naar een oranjerie, een oosters paviljoen van ijzer
en glas. Toen hij binnenkwam, stapte hij in één keer vanuit het
koude Engeland in een vochtige, warme wereld met palmen,
mangobomen en broodbomen. Een roze hibiscus ontvouwde zich.
Op plakken mos bloeiden gevlekte orchideeën. Een aan weerskan-
ten met geurende jasmijn en oranjebloesem omzoomd pad voerde
naar bisschop Hannay, die aan een tuintafel zat waarop een krant
lag en een kopje Turkse koffie stond. In zijn linnen overhemd leek
Hannay op een onderkoning die van het gezapige koloniale leven
genoot. Om hem heen heerste een rustige bedrijvigheid: tuinlieden
tikten op potten om naar het holle geluid van een droge varen te
luisteren, onder-tuinlieden besproeiden planten met spuiten zo
groot als geweren. Boven hem rees een waar bos van dadelpalmen
op met glanzende varenbladen zo groot als waaiers.

'Het enige wat ontbreekt is een kalong,' zei Blair.

Hannay keek Blair een hele tijd zwijgend aan. 'Leveret vertelde
me dat jullie samen in de mijn zijn geweest. Hij zag eruit als een
slachtoffer van een ramp. Ik had je toestemming gegeven om een
bezoek aan de mijn te brengen, niet om er een klopjacht doorheen
te organiseren. Waar was je in 's hemelsnaam mee bezig?'

'Met datgene waarvoor je me hebt ingehuurd.'

'Ik heb je gevraagd om John Maypole te zoeken.'

'En dat deed ik dus.'

'In de mijn?'

'Is het dan nooit bij je opgekomen?' zei Blair. 'Je kapelaan verdwijnt toevallig op dezelfde dag dat er zesenzeventig mensen in je mijn omkomen en jij denkt dat er geen verband bestaat? Vervolgens huur je een mijningenieur in om naar de vermiste man te zoeken. Volgens mij had je net zo goed kunnen vertellen waar ik heen moest, en dus ben ik gegaan.'

Op eerbiedige afstand sproeide een jongen een regenboog over een bananeboom. Elk druppeltje glinsterde in een boog van kleuren.

'En, heb je Maypole gevonden?' vroeg Hannay.

'Nee.'

'Hij is dus niet beneden geweest?'

'Dat kan ik niet zeggen. Die Battie van je is een capabele opzichter, maar die kan ook niet iedereen herkennen die aan het begin van een shift uit de kooi komt. Zes dagen van de week hebben ze zwarte gezichten.'

'Die mensen zijn samen opgegroeid. Die kennen elkaar in het donker.'

'Maar je hebt ook dagloners van buiten Wigan, mensen waarvan niemand zelfs de werkelijke naam weet. Mensen uit Wales, uit Ierland, overal vandaan. Die komen naar Wigan, huren een bed en gaan op zoek naar werk. Hield Maypole er niet van om bovengronds, op het terrein te preken?'

'Het was een fanaticus,' zei Hannay. 'Nog erger dan een methodist.'

'Daarom is het dus best mogelijk dat hij ondergronds is gaan preken. Toen ik uit de mijn kwam, heb ik de kranten er nog eens op nagelezen. Onder de slachtoffers waren twaalf dagloners. Verder waren er tien verschrikkelijk verbrand. Misschien is een van hen Maypole, maar dat kun je alleen aan de weet komen door de lichamen op te graven.'

'Blair, alles wat de mensen in Wigan van het leven verlangen is een fatsoenlijke begrafenis. Mijnwerkers bezuinigen overal op, om als ze doodgaan met een mooie lijkwagen met zwarte pluimen en bijpassende zwarte paarden naar het kerkhof te worden gereden. En jij zou willen voorstellen dat de bisschop de recentelijk overledenen laat opgraven?'

'Als Maypole in een van die graven ligt, is het zaak om hem zo spoedig mogelijk op te graven. Hoe eerder hoe beter.'

'Dat is een aangenaam vooruitzicht. De laatste keer dat we in Wigan rellen hadden, is nog geen twintig jaar geleden. De mijnwerkers plunderden de stad en het hele politiekorps sloot zichzelf in de nor op tot de militie arriveerde. En dat ging om een kleinigheid in verband met de lonen, niet over grafschennis, dank u.'

'Of...'

'Of wat?'

'Of Maypole is ervandoor gegaan en is vrolijk bezig je Bijbelfonds in New York of New South Wales te verbrassen, in welk geval ik hem nooit vind. Eén ding weten we nu in elk geval: hij zit niet in je mijn. Ik vermoed dat dat de bedoeling was. Je wilde geen nieuw onderzoek naar de ontploffing, maar je wilde ook niet dat je kapelaan dood in een Hannay-mijn zou worden gevonden. Door tegen die arme Leveret te zeggen dat hij belangrijke informatie zoals een ramp waarbij zesenzeventig slachtoffers vielen, moest weglaten, leek het allemaal mijn idee.'

Hannay luisterde zonder ook maar een spier van zijn gezicht te vertrekken. Nee, hij leek niet op een onderkoning en zeker niet op een bisschop, dacht Blair. Iets veel machtigers, een Hannay in zijn domein. Een nauwelijks hoorbaar plofje deed Hannay naar zijn krant kijken, waar een waterdruppel op was gevallen die zich nu verspreidde; hij keek naar boven, naar ramen die beslagen waren van de condens.

'Vochtigheid. Misschien zouden we inderdaad een kalong moeten hebben.'

'Of een tapir die in de potten wroet,' stelde Blair voor.

'Bijvoorbeeld. Wat zouden we een plezier kunnen hebben als jij hier bleef. Zou je niet in Wigan blijven om je familieachtergrond na te pluizen?'

'Nee, dank je.'

'Van onze gesprekken bij het kampvuur meen ik me te herinneren dat je vader onbekend was en dat je moeder overleden is toen je nog erg jong was. Blair is geen naam die in Wigan voorkomt.'

'Het was mijn moeders naam ook niet. Een Amerikaan heeft me onder zijn hoede genomen en daarom heb ik zijn naam aangenomen. Ik heb geen idee hoe zij heette.'

'Wat je tot een regelrechte curiositeit maakt. Je hebt geen idee wie of wat je bent. Een onbeschreven lei. Soms denk ik dat je daarom zo geobsedeerd bent door kaarten, zodat je tenminste weet waar je bent. Dat is natuurlijk leuk voor jou, maar hoe zit het met die arme Charlotte? Die wil meer bewijs hebben dan alleen maar jouw vermoedens.'

'Ik heb gedaan wat een mijningenieur kan doen. Ik wil mijn geld hebben en ik wil terug naar Afrika. Dat was onze afspraak.'

'Onze afspraak was, Blair, dat je een grondig onderzoek zou instellen, zowel bovengronds als ondergronds. Ik ben van mening dat je het uitstekend doet. Alleen zou ik willen dat je wat hardere bewijzen zou kunnen vinden.'

'Wil je de graven laten openen?'

'Goeie God, nee. We zijn geen grafschenners en ook geen lijkenrovers. Gewoon doorgaan. Heel rustig. Troost Charlotte. Praat met Chubb. Ik laat je wel weten als je klaar bent.'

Op de terugweg zag Blair de viooltjes weer. Deze keer zag hij dat de stammen van de berken zwart waren van het kolenstof. Op de bast zaten motten die zo zwart waren als mijnwerkers.

Van Hannay Hall ging Blair naar Wigan, naar de kamer van John Maypole in de steeg bij Scholes Bridge.

Hij kende Portugese handelaren in Sierra Leone – de slechtste mensen ter wereld – die gipsen heiligenbeelden op hun bureau hadden staan, hele altaren. Die kerels verkochten drank en geweren en af en toe ook nog wel eens een paar slaven, maar niettemin voelden ze een zekere verwantschap met heiligen die, voordat ze verlicht werden, zelf vaak een leven van diepe veiligheid hadden geleefd. Tenslotte waren er onder de heiligen moordenaars, prostituées, slaven en eigenaars van slaven. Een heiligenbeeld was voor hen een herinnering dat niemand volmaakt was, maar ook niet reddeloos verloren.

Een portret van Christus was echter een andere zaak. Wie zou zich daarmee willen meten? En toch was Maypole iedere morgen opgestaan onder de alomtegenwoordige blik van de figuur op zijn schilderij. De olijven en doornstruiken die door het raam te zien waren en de houtkrullen rond Zijn voeten waren met fotografische nauwkeurigheid weergegeven. De Heiland Zelve leek nog minder op een joodse timmerman dan een blauwogige, ondervoede Londense klerk, maar zijn blik vulde de kamer met even heldere als onmogelijke verwachtingen.

Blair doorzocht de kamer in dezelfde volgorde als hij had gedaan toen Leveret erbij was. De kast met de twee kostuums. De ladenkast en de wastafel. Bijbel en boeken. De schamele bezittingen van een toegewijde kapelaan. Deze keer was hij echter bezield met een moorddadige vastberadenheid. Niets gaf hem meer vertrouwen in zijn eigen cynisme dan een bezoek aan de bisschop.

Hij had aangenomen dat Maypoles reputatie zo blank als sneeuw was, maar zo deugdzaam was niemand. Iedereen had geheimen. Sint-Franciscus had vast wel een paar mussen opgegeten. Waarschijnlijk had de heilige Hiëronymus in zijn grot de tijd verdreven met een geheime ondeugd.

Hij bladerde door *De Bijbel herlezen*, *Vroeg-Italiaanse dichters*, *Sesamzaad en lelies*, *De utilitaire christen*, *De atletische Christus*, en *Evangeliserend door Afrika*, wat waarschijnlijk prachtige boeken waren voor verheven geesten, maar aan hem niet besteed. Hij haalde de laden overhoop en keek erachter en eronder. Haalde kom, mes en vork, tinnen en houten lepels uit de droge gootsteen. Deed de oven open en tastte erin. Zette het bed op zijn kop. Trok het linoleum los. Draaide het schilderij om en prikte met zijn mes in de lijst. Waarna er alleen nog stenen muren overbleven.

Niet dat hij zelf anders was, moest Blair toegeven. Als iemand hem nu eens zou nagaan, wat zou die dan vinden? Hij had geen verleden, alleen maar een geografische locatie. Zijn geheugen was niet leeg, maar zijn herinneringen aan Engeland en Amerika waren een lege kamer vergeleken bij de rijkdom van zijn Afrikaanse ervaringen. Engelse kolenmijnwerkers sjokten door hun gangen; de zwarte arbeiders in de goudmijnen van Brazilië zongen in de maat van het gehamer van hun boren.

Het Afrikaanse klimaat had een hypnotiserend effect op hem.

Het ritme van de seizoenen – de droge tijd met insekten, de natte tijd met zijn zware regenval – werkte verslavend op hem. Zijn status als blanke tussen de Ashanti zorgde dat emotionele bindingen de juiste diepgang behielden; eerst ervaren, dan aanvaarden, maar nimmer volledige acceptatie, altijd een zekere afstand.

De schijnbare eenvoud van zijn werk – rivieren in kaart brengen, gesteente onderzoeken – zorgde dat de werkelijke bedoeling voor de Ashanti verborgen bleef. Mogelijk was het deze leugen die hem ertoe had aangezet om ze te helpen, de wetenschap dat missionarissen geen bedreiging vormden. De werkelijke bedreiging lag in zijn exploratie, omdat die zou leiden tot wasgoten, bevaarbare rivieren en spoorwegen, wat de Ashanti meer zou veranderen dan de Bijbel.

Engeland, land van bakstenen. Er waren witte Tudor-stenen, rode Elizabethaanse stenen, oranje Georgische stenen, blauwe spoorwegstenen en de zwarte stenen van Wigan. Maypole had zijn muren geschrobd, waardoor het ruwe oppervlak en de gemarmerde kleuren zichtbaar waren geworden. Blair kon de scheuren van steen naar steen volgen, maar om elke steen met de hand te testen, zou een hele dag en nog wel een nacht gaan duren.

Hij dacht aan de tuinlieden die in de kas op de potten hadden getikt. Hij pakte Maypoles houten lepel en begon op de stenen te tikken, rij voor rij, wand voor wand. Goed gemetselde stenen gaven een stevig geluid, terwijl losse stenen vrijwel geen geluid gaven. Een aantal bleek inderdaad los te zitten, maar er zat niets achter verborgen.

Blair werkte alles af tot hij ten slotte bij de laatste muur kwam en het schilderij van de wand moest halen. Hij legde het op bed en ging verder. Onder de spijker, in het midden, zat een steen die geen geluid gaf. Blair liet de lepel vallen, greep de steen met zijn vingertoppen vast en trok hem eruit.

Er zat een open ruimte achter. Een armeluissafe.

Er zat geen geld in, geen juwelen, geen erfstukken, alleen maar een leren notitieboek met een sluiting. Hij maakte de sluiting los en keek naar het titelblad, waarop in een bescheiden, maar heel nauwkeurig handschrift geschreven stond: 'Dit boek is eigendom van Eerw. John Thos. Maypole, Th.Dr. De vinder wordt verzocht het terug te bezorgen bij de parochiekerk van Wigan, Lancs.'

Blair bladerde erdoorheen. De agenda begon in juni van het jaar daarvoor en eindigde in januari. Het was elke week hetzelfde, zeer deugdzame programma. Op maandag: Ochtenddienst, Bezoek zieken en armen, Avondgebed; dinsdag: Ochtenddienst, bijbelklas voor jonge mannen, Avondgebed, Drankbestrijders Verbond; woensdag: Ochtenddienst, middaggebed Tehuis voor Vrouwen; donderdag: Ochtenddienst, bijbelstudie Ragged School, Avonddienst, Vereniging voor de Verbetering van de Werkende Klasse; vrijdag: Ochtenddienst, ziekenbezoek, gebedsgroep, Avonddienst; zaterdag: Ochtenddienst, dopen en begrafenissen, mijnwerkersgebed, rugby, Arbeiders Gezelligheidsvereniging; zondag: Avondmaal, bijbelstudie, Theekransje Gepensioneerden, 'Eten met C'.

Nauwelijks een week van vleselijke geneugten, dacht Blair. 'Eten met C' – wat naar Blair aannam eten met Charlotte betekende – vormde het hoogtepunt.

In de marge van elke pagina stonden cryptische aantekeningen die een heel ander verhaal vertelden: tsm-1p, bd-2p, ba-2p. Omdat Blair zelf honger had geleden, was deze code gemakkelijk te ontcijferen. Thee met suiker en melk één penny, brood twee penny, bacon twee penny. Te midden van al zijn goede daden en terwijl hij verloofd was met een van de rijkste vrouwen van Engeland, had de eerwaarde John Maypole geleefd op droog brood met spekvet.

Ook had Maypole de truc van veel arme mensen gebruikt en niet alleen horizontaal maar ook verticaal geschreven, waardoor elke bladzijde zo economisch mogelijk werd gevuld met een dicht verweven patroon van woorden, waardoor lezen net zoiets was als een stuk breiwerk uithalen. Met veel geduld wist Blair er ernstige vermaningen uit te halen zoals: 'Onwaardige Gedachten, IJdelheid, Verloochening'. Dat was het soort koude douche dat een kapelaan geacht werd zichzelf te geven.

In de eerste week van december veranderde dit echter.

wo. C. ziek en bedlegerig, dus in plaats van 'Tehuis' naar gebedsbijeenkomst op de mijn, kort woord over de 'Werkende Jezus'. Mijn vermoedens bevestigd.

do. Mis. Ragged Sch., Ver.Verb.W.Kl. Avonddienst. Tijdens de vergadering vroeg Oliver (*Dat moest Leveret zijn, dacht Blair.*) of alles in orde was. Gelogen. Moeilijk om concentratie te behouden. Erg verward en beschaamd.

zo. Heb haar er na de ochtenddienst mee geconfronteerd. Ze is volmaakt onschuldig. Beschuldigt me van hypocrisie! Doorgegaan, maar kan niet bekennen, zeker niet aan Chubb. De hele dag in een hel geleefd.

Wat er op de vergadering op het werk was gebeurd en welke vrouw hij met wat had geconfronteerd, zei Maypole niet. Op 23 december was het dagboek echter duidelijk genoeg.

za. Mis. Ze heeft gelijk. Men kan zich niet onder het volk begeven als een Romein of een farizeeër.

zo. Chubb ziek dus mocht ik de preek houden die, volgens mij, de beste was die ik gehouden heb. Over Job 30:28-30 – 'Treurend zonder zonlicht, ga ik daarheen... Mijn huid is zwart en laat van mij los, mijn gebeente brandt van koortsgloed.' Net zoals de werkplek van de mijnwerkers! Ze had gelijk.

Kerstmis! Geboorte van de Verlosser, sneeuw, sterrennacht. Eerst een onschuldige pantomime voor de mijnwerkerskinderen en toen de nachtmis. Zelfs Chubb kan bij deze grote gebeurtenis niet doordrammen over de dood. Ik voel me herboren, in mijn bespiegelingen in elk geval. Een vruchtbare beroering van de ziel.

za. Mis. Rugby tegen Haydock in modder en sneeuw. Bill zoals gewoonlijk fantastisch. Na afloop werd ik aangeklampt door een 'sportman', ene Silcock, die ik wel meer aan de zijlijn had zien staan. Dat ik een geestelijke was die plezier had in het eerlijke zweet van een wedstrijd, scheen voor hem aanleiding te zijn te denken dat ik dan ook interesse zou hebben in veel smeriger vermaak en hij bood aan me kennis te laten maken met ondeugden die mij zeker zouden interesseren. Ik bood aan hem kennis te laten maken met de politie waarop hij wegging, zwaaiend met zijn vuist en dreigend dat hij mijn hoofd er 'bij die hondeband' af zou halen.

ma. Mis. Parochianenbezoek. Nieuwjaar en opnieuw een waarschuwing van Chubb tegen de 'Poel van Verderf' waarin ik bezig ben te verzinken. Die 'Poel' is de wanhopige mensheid!

DO. Mis. Ragged Sch. Ik heb in het gat geoefend. Alleen, en niet langer dan een uur achter elkaar, maar angstiger ben ik nog nooit geweest en kon maar nauwelijks de avonddienst leiden.

VR. Chubb is woedend over mijn 'insubordinatie', d.w.z. dat ik naar Londen ga om met de Parlementaire Comm. te praten, waar een geheim verbond van hervormers en de mijnwerkersbond pogingen doen om vrouwen te 'redden' van het werk bij de mijnen, met als gevolg dat ze gedwongen zullen zijn de fabrieken of de prostitutie in te gaan. Ik kende Earnshaw van Oxford, en nu is hij een actief parlementslid. Helaas was zijn interesse niet evenredig aan zijn sympathie.

ZO. Chubb wederom geveld door een aanval van kroep, zodat ik de preek mocht houden. Liet de Bijbel kiezen en de eerste passage waarop mijn oog viel, was Jesaja 45:3 en dus bracht ik een door God geïnspireerde boodschap: 'En Ik zal u geven de schatten der duisternis en de rijkdommen der verborgen plaatsen, opdat gij weet dat Ik, de Here, het ben, die u bij uw naam riep, de God van Israël.'

Wat de psalm ook mocht zijn, het geschrevene in de daaropvolgende dagen was zo'n warboel van regels dat het onleesbaar was en meer op het gekriebel van een samenzweerder leek dan op het handschrift van een dagboekschrijver. Toen Blair het blad omsloeg, was hij terug waar hij begonnen was, de laatste week dat Maypole in Wigan was gezien, te beginnen bij 15 januari.

MA. Het Hooglied is nog nooit zo toepasselijk geweest:

'Donker van huid ben ik, doch bekoorlijk,
dochters van Jeruzalem,
als de tenten van Kédar,
de gordijnen van Salomo.
Let er niet op, dat mijn huid donker is,
dat de zon mij verbrand heeft.'

De koningin van Seba kwam Salomo op de proef stellen, en hij beantwoordde al haar vragen en ze gaf hem goud, specerijen en edelgesteente. Zij was Afrikaans en Salomo had natuurlijk zwarte concubines.

DO. 'Er is niets zo goed voor een man als dat hij eet en drinkt en zijn ziel zich verheugt in zijn arbeid,' zegt Salomo. Wat dan te denken van het hellevuur dat dominee Chubb in het gezicht blaast van een mijnwerker die zijn dorst met bier lest?'

Vroeger was ik net als Chubb. Ik had bewondering voor geleerdheid, de vastberaden voorbereiding op het hiernamaals. Wigan heeft me iets anders geleerd. Nu zou ik willen zeggen dat de warmte van het gezin belangrijker is, vriendschap en het licht aan het eind van de tunnel. Al het overige is ijdelheid!

We hebben hier twee werelden. Een wereld van daglicht, van huizen met bedienden en rijtuigen, winkelen, handschoenen voor de kinderen kopen en modieuze hoeden, jaargelden, en tochtjes naar buiten. En we hebben de andere wereld, het leven van een stam die onder de grond werkt of bovengronds bij de mijn, waar het zonlicht wordt verduisterd door stoom en roet en het nooit licht wordt. Onder levensgevaarlijke omstandigheden en zwetend door de enorme lichamelijke inspanning, vergaart de tweede wereld de rijkdommen waarvan de eerste wereld genoeglijk kan leven. En desondanks is de tweede wereld voor de bewoners van de eerste vrijwel onzichtbaar, behalve de dagelijkse stroom zwarte en uitgeputte mannen en vrouwen die door Wigan trekt, terug naar de stegen van Scholes. (*Hier werd het handschrift opnieuw vrijwel onleesbaar.*) Hoe komt men in die tweede wereld? Wist ik de sleutel.

De opgeblazen advocaat mag zijn huis hebben en zijn salon. Maar de mijnwerker is, om met de woorden van de psalmist te spreken: 'in het verborgene gemaakt, gewrocht in de diepten van het aardrijk'. De lady verlangt de lof van haar dienstmaagd. In plaats daarvan slaat de mijnmeid haar ogen op naar de Heer en zingt: 'Ik loof U, omdat ik gans wonderbaar ben toebereid, wonderbaar zijn Uw werken!' Het is een wonderbaarlijke, geheime, mijn meest geliefde psalm.

WO. Bezoek aan Mary Jaxon, weduwe. Tehuis voor Vrouwen. De plichten van een kapelaan komen me plotseling erg onbeduidend en erg veilig voor. Ik heb het gevoel alsof ik op reis ga van een wereld vol gerieflijke waarheden, naar een ander, reëler land. Morgen is het grote avontuur!

De overige pagina's waren onbeschreven. Tussen het achteromslag vond Blair een foto ter grootte van een speelkaart. Het was een foto van een jonge vrouw, een flanellen sjaal omgeslagen zoals zigeunerinnen dat doen waardoor maar de helft van haar zwart geschminkte gezicht te zien was. Ze droeg een broek en een grof werkmanshemd. Een rok was tot aan haar middel omhoog gerold en daar vastgenaaid en ze steunde met beide handen op een schep. Achter haar was een slordig geschilderd landschap te zien met heuvels en een herder met een kudde schapen. Op de achterkant stond een stempel: 'Hotham's Photostudio, Millgate, Wigan'.

De flits van het magnesium had de brutale uitdrukking in haar ogen vastgelegd. Haar wanstaltige kledij accentueerde de soepelheid van haar lichaam alleen nog maar meer en de dikke sjaal omlijstte de sierlijke welving van haar voorhoofd, en hoewel ze half verborgen ging en de fotograaf noch Maypole ergens had vermeld wie ze was, herkende Blair haar onmiddellijk. Het was niet de koningin van Seba, maar Rose Molyneux die in de lens staarde.

7

Rose en haar vriendin Flo kwamen net de deur uit. Hoewel ze het kolenstof niet van hun gezichten hadden gewassen, hadden ze hun sjaals verwisseld voor katoenfluwelen hoeden. Flo blokkeerde de deur in haar volle omvang, maar keek ondertussen toch nog ongeduldig over Blairs schouder naar het koperen signaal van een snoepverkoper op straat.

Rose zei: 'Daar hebben we onze Afrikaanse ontdekkingsreiziger.'

'Ik dacht gisteravond anders dat hij fotograaf was,' zei Flo.

Blair vroeg: 'Mag ik met jullie mee? Een rondje aanbieden?'

De vrouwen wisselden een blik uit, waarna Rose zo kalm als een koningin zei: 'Flo, ga jij maar vast. Ik praat wel even met meneer Blair en dan kom ik je achterna.'

'Zeker weten?'

'Ga nou maar,' zei Rose en gaf haar een duwtje.

'Niet te lang wegblijven.' Flo balanceerde op één been om haar klomp aan de achterkant van haar broekspijp op te poetsen; ze had extra mooie aangetrokken, met koperen spijkers. Op haar hoed prijkte een vrolijk boeket zijden geraniums. Blair deed een stap opzij om ruimte voor haar te maken en terwijl ze zichzelf de straat op zeulde, deed ze hem denken aan een fleurig aangekleed nijlpaard dat te water ging.

Rose liet Blair snel binnen en deed de deur dicht. In de voorkamer was het donker en de kolen in de haard waren zacht gloeiende oranje blokken.

'Ben je bang dat Bill Jaxon ons samen ziet?' vroeg hij.

Ze zei: 'Jij bent degene die bang zou moeten zijn, niet ik.'

Het ritme van haar woorden was dat van Lancashire, maar het was duidelijk dat ze het dialect op elk gewenst moment weg kon laten. Ze had dus een zekere opleiding genoten. In de meeste arbeidershuizen stond alleen maar een Bijbel. Zij had boeken op de plank staan die werkelijk leken te zijn gelezen. De kolen in de haard knisperden zacht. Desondanks rilde hij.

'Je ziet er afgepeigerd uit,' zei Rose.

'Het is een lange dag geweest,' zei Blair.

Ze hing haar hoed aan de kapstok. Loshangend was haar haar een volle Keltische dos. Het kolenstof gaf haar gezicht een matte glans en deed haar ogen, net als bij buitensporige make-up, nog groter lijken. Zonder een woord te zeggen draaide ze zich om en liep de keuken in, dezelfde keuken waar hij haar twee avonden tevoren voor het eerst had gezien.

'Moet ik verder komen?' riep hij.

'De voorkamer is voor de visite,' riep ze terug.

Hij bleef op de drempel staan. Er stond een ketel op het fornuis; bij mijnwerkers stond er altijd een ketel thee op een gloeiendheet fornuis. Rose stak een olielamp aan en draaide de vlam laag.

'En wat ben ik?' vroeg hij.

'Goeie vraag. Een gluurder? Politie? De Amerikaanse neef van kapelaan Maypole? De man van de krant zegt dat hij je heeft herkend als een Afrikaanse ontdekkingsreiziger.' Ze schonk gin in een kopje, deed er thee bij en zette het op tafel. 'Dus, meneer Blair wat ben je?'

Rose had de lamp zo laag gedraaid dat het leek alsof je door rookglas keek. Om haar heen hing een vage geur van kolen. Ze keek hem aan alsof ze zijn gedachten trachtte te lezen; mogelijk kon ze de gedachten van het merendeel van de inwoners van haar kleine wereld voorspellen. Waarschijnlijk was ze in die wereld ook het verleidelijkste schepsel, en dat was tegelijk ook verontrustend omdat het haar zelfvertrouwen gaf.

Blair deed ook nog wat kinine in het kopje. 'Medicijn. Ik ben niet besmettelijk. Het is alleen een waarschuwing voor ons allen om niet in tropische moerassen te slapen.'

'Volgens George Battie ben je mijnwerker. Of misschien van de Mijninspectie.'

Blair dronk het kopje leeg. De koorts gaf hem een gevoel alsof hij zwak elektrisch geladen was. Het laatste wat hij wilde was dat Rose de vragen ging stellen. 'Je zei dat kapelaan Maypole met alle meisjes van de mijn praatte.'

Rose haalde haar schouders op. Haar flanellen overhemd stond letterlijk stijf van het kolengruis en leek daardoor meer op een slakkehuis. 'Kapelaan Maypole was erg evangelisch,' zei ze. 'Die kon elk moment gaan preken. Hij was altijd op de mijn te vinden. De mannen durfden amper boven te komen omdat ze bang waren dat hij ze dan weer met de heiligheid van de arbeid om de oren zou slaan. Die bleven mooi beneden. En niet alleen op de Hannaymijn, maar bij alle mijnen.'

'Ik bedoel de mijnmeisjes, niet de mannen.'

'Hij preekte tegen mijnmeiden, fabrieksmeiden, barmeiden, winkelmeiden. Hartstikke fanatiek. Maar je kende je neef immers, waar of niet? Ik bedoel: je bent tenslotte vanuit Afrika hierheen gekomen, zo bezorgd was je.'

'Ik ben van de Californische tak van de familie.'

'De mensen zeggen dat je in Wigan geboren bent. Je gaat natuurlijk naar alle plekjes van vroeger, bij je familie op bezoek.'

'Nog niet.'

'Hoe heette je moeder?'

'Ik geloof dat we afdwalen.'

'Wist je dan waar we heen gingen?'

'Toen ik begon wel, Rose. Je bent net een dwarsstroom. Met jou valt geen land te bezeilen.'

'Moet dat dan?'

Blair besefte dat het niet zo simpel was als hij had gedacht.

Rose zei: 'Lijkt Wigan nu kleiner dan je het je meende te herinneren? Of is het de Hof van Eden geworden?'

'Ik herinner me niets, Rose. Wigan is net zoiets als Pittsburgh, maar dan gehuld in eeuwige duisternis, wat dacht je daarvan? Het is de Hof van Eden niet, het is óf een stad die bezig is weg te zinken in een vulkaankrater, of de buitenwijken van de hel die bezig zijn omhoog te komen. Ben je nu dan tevreden?'

'Je bent lomp.'

'Jij vroeg.'

'Liverpool, dát is een buitenwijk van de hel,' zei ze.

Blair schudde zijn hoofd. 'Rose. Rose Molyneux.' Hij kon haar zich voorstellen in de hel, lachend, met een bloemenkrans om. 'Laten we naar Maypole teruggaan.'

'Heb je in Californië ook evangelisten?'

'Nou en of. De bijbelzwaaiers stromen over de sierra's. In Amerika komt iedere fanaticus op den duur in Californië terecht. Je zei dat Maypole op de mijn wilde preken.'

'Maypole preekte bij rugbywedstrijden, bij de postduivenvereniging, bij pantomimes. Hou je van rugby?'

'Naar wat ik ervan heb begrepen, is het net zoiets als een stelletje kerels die in de modder achter een varken aan zitten, maar dan zonder varken. Is dat alles wat Maypole wilde, alleen maar tegen je preken?'

'Hij preekte tegen alle meisjes. Voor hem was ik gewoon een van de vuile gezichten.'

'Nee, Rose. Hij had speciale interesse voor jou.' Hij legde de foto op tafel. 'Dit heb ik in de kamer van John Maypole gevonden.'

Rose was zichtbaar verrast, zo zelfs dat hij zich afvroeg of ze kwaad zou worden of bekennen. In plaats daarvan begon ze te lachen. 'Die stomme foto? Heb je wel eens geprobeerd om met een schep te poseren? Die kaart is overal in Engeland te koop.'

'Mannen zijn vreemde wezens,' gaf Blair toe. 'Sommige mannen houden van foto's van naakte vrouwen en sommigen houden van vrouwen in broeken. De kapelaan had maar één foto, en dat was die van jou.'

'Ik kan niemand weerhouden om een foto van me te hebben. Flo zag een boek over jou. "Nikker Blair" heette het. Waarom noemen ze je "Nikker Blair"?'

'Schrijvers van stuiversromannetjes zijn een zeer lage levensvorm. Ik kan ze niet tegenhouden en ze zijn ook niet te controleren.'

'Maakt niet uit, maar ze komen niet bij je thuis en beginnen je allerlei persoonlijke vragen te stellen alsof ze van de politie zijn, terwijl ze dat niet zijn. Wat ben je? Dat weet ik nog steeds niet. Waarom zou ik met je praten?'

'Ik voer gewoon een opdracht van de bisschop uit.'

'Dat zegt me nog steeds niets.'

Blair wist het niet meer. Tot nu toe was hij helemaal niets aan de weet gekomen en was dit meisje, deze mijnmeid, degene die de touwtjes in handen had.

'Ik ben niet van de politie, ik ben geen neef van Maypole en ik ben geen mijninspecteur. Ik ben mijningenieur en ik ben in Afrika geweest, dat is alles.'

'Nog steeds niet voldoende.' Rose stond op. 'Bill en Flo zitten op me te wachten.'

'Wat wil je weten?'

'Gezien je eerste bezoek weet jij meer van mij dan ik van jou.'

Blair dacht aan het moment dat hij zijn ogen geopend had en haar in het bad had gezien. Op dat punt moest hij haar gelijk geven.

'Zoals?' vroeg hij.

'Een reden om met je te praten.'

'Een reden? Misschien is Maypole wel dood...'

Toen Rose opstond en naar de voorkamer wilde lopen, probeerde Blair haar arm te grijpen. Ze was hem te vlug af en hij kreeg haar vingertoppen te pakken die ruw en zwart waren van het kolen lezen, hoewel ze een slanke hand had. Hij liet haar los. 'Ik moet terug naar Afrika.'

'Waarom?'

'Omdat ik daar een dochter heb.'

Rose glimlachte triomfantelijk. 'Dat is beter,' zei ze. 'Is de moeder blank? Of noemen ze je daarom "Nikker Blair"?'

'Aan de Goudkust zijn het de vrouwen die het zand en grind wassen op zoek naar goud. Ze gebruiken zwart geverfde pannen en laten het water ronddraaien. Gewoonlijk in rivierbeddingen, net als overal op de wereld, alleen hebben ze geen kwik om het goud mee te winnen. Toch vinden ze nog verbazend veel. Mijn werk was het in kaart brengen van de rivieren, nagaan hoe bevaarbaar ze waren en uitvinden waar het goud in de rivier vandaan kwam. Het probleem is dat de Ashanti de Engelsen niet vertrouwen omdat ze bepaald niet gek zijn. Verveel ik je?'

Rose deed nog een scheut gin in zijn thee en nam een slokje uit haar eigen kopje. Haar lippen werden rood van de hete drank. 'Nog niet,' zei ze.

'De hoofdstad van het Ashanti-rijk is Kumasi. Land van de oranje aarde. IJzerhoudende grond. Dagzomen van roze kwarts. Heel aangenaam. Hutten en guavebomen en bananen. Het paleis van de koning is een enorm gebouw. Ik woonde bij de Arabieren omdat dat handelaren zijn. Goud, palmolie, slaven.'

'Slaven voor Amerika?' vroeg Rose.

'Slaven voor Afrika. Zo wordt alles geoogst, alles vervoerd. Door slaven. Deze Arabier handelde in goud en slaven. Hij had een meisje van vijftien jaar dat in het noorden gevangen was genomen. Ze was buitengewoon knap. Ze hadden verwacht dat ze in Kumasi een goede prijs op zou brengen. Ze werd natuurlijk niet verkocht om bananen te sjouwen. Maar ze huilde. Ze huilde doorlopend. Gewoonlijk aanvaarden Afrikanen hun lot. Ze sloegen haar, maar niet te hard omdat ze de handelswaar niet wilden beschadigen. Ze bleef maar huilen en uiteindelijk zei die Arabier tegen me dat hij het opgaf en dat hij haar aan de slavenhalers terug ging verkopen, die zich dan tijdens hun tocht naar het zuiden met haar zouden kunnen vermaken. Dat klonk niet zo prettig en dus kocht ik haar. Weet je zeker dat ik je niet verveel? Misschien heb je dit soort verhalen eerder gehoord.'

'Niet in Wigan,' zei Rose.

'Ik liet haar vrij. Maar hoe moest ze weer thuiskomen? Waar moest ze van leven? Als ik niet voor haar zorgde, zou ze zichzelf weer als slavin moeten verkopen. Ik nam haar in dienst als kok. Ik heb geprobeerd haar koken te leren, schoonmaken. Ze kon helemaal niets en ik was bang om haar alleen in Kumasi achter te laten en dus ben ik met haar getrouwd.'

'Is ze ooit opgehouden met huilen?'

'Toen wel, ja. Ik weet niet hoe wettig het huwelijk was. Het was een mengsel van islamitisch, methodistisch en fetisjistisch.'

'Was die Arabier erbij, die handelaar?'

'Wat dacht je. Die was getuige. Hoe dan ook, ze nam het huwelijk zeer ernstig en stond erop dat ik dat ook deed: anders zou ze zich schamen. De mensen zouden het aan de weet komen en dan zou ze niet beter dan een slaaf zijn. En dus raakte ze in verwachting.'

'Was het van jou?'

'O, geen twijfel aan. Een bruin meisje met groene ogen? De Wesleyanen zeiden dat ik de reputatie van de blanken had bezoedeld. Ze sloten hun missiepost. Als ze vrouwen hadden gehad, hadden ze misschien nog in Kumasi gezeten.'

'Heb jij de Wesleyanen verjaagd?'

'In zekere zin, ja.'

'Dan kun je meer dan de duivel.'

Hoeveel begreep Rose van dit alles? vroeg Blair zich af. Zou ze wel weten waar de Goudkust lag, laat staan dat ze wist hoe een Ashanti eruitzag? Zou ze ooit in haar leven een klompje goud hebben gezien? Hij was alleen maar over Kumasi begonnen om te voorkomen dat ze weg zou gaan en hij zo gauw niets anders wist. Maar nu hij deze rampzalige weg was ingeslagen, over zijn rampzalige leven was begonnen, was het moeilijk om weer op te houden.

'Ik ben aan de Goudkust nooit ontdekker geweest. De Ashanti hebben wegen, karavanen en ze heffen tol, tenzij je je met alle geweld een weg door de rimboe wilt banen. Er zitten leeuwen, maar het werkelijke gevaar vormen de wormen, de muskieten en de vliegen. Ik heb drie jaar bij de Ashanti gewoond. Ze waren nieuwsgierig en argwanend omdat ze niet begrepen waarom iemand naar stenen wilde kijken. De Ashanti denken dat je goud vindt op plaatsen waar reusachtige bavianen zitten of waar rook opstijgt of een bepaalde varen groeit. Ik zocht naar goudhoudende kwartslagen en diorietmagma. Ik tekende kaarten en bracht ze naar de kust, vanwaar ze per schip naar Liverpool gingen en vervolgens hierheen. Maar vorig jaar brak er oorlog uit. En dysenterie. In Afrika neemt elke ziekte de omvang van een pestepidemie aan. Mijn vrouw stierf. Het meisje overleefde het.'

'Hield je van haar, van je vrouw?'

Blair wist niet of Rose dit meende of niet. Ondanks het weinige licht kon hij zien dat, hoewel elk deel van haar gezicht op zich misschien iets te grof was, het als geheel toch een bepaald evenwicht had, en haar ogen waren zo helder als kaarsen.

'Nee,' zei hij. 'Maar door vol te houden werd ze een gegeven.'

'Waarom ben je dan weggegaan?'

'Ik moest naar de kust omdat ik geen medicijnen meer had en ook geen geld. Het geld dat geacht werd voor me klaar te liggen op het kantoor van de districtsbestuurder, bleek te zijn gebruikt om de aankomst van een hoge gast uit Londen te vieren die had meegeholpen om de oorlog te ontketenen. Ik had het geld hard nodig omdat ik het Bijbelfonds had verspild om mijn dragers te betalen, de mannen die mijn uitrusting droegen. Ze hadden net zo ver gelopen als ik en vijfenveertig kilo extra gedragen. Daar kwam men dus achter, met als gevolg dat ik aan de Goudkust als nog slechter dan een misdadiger werd beschouwd.'

'Een zwart schaap?'

'Precies. En dus ben ik nu hier om mijn toekomst te redden, mijn baas een plezier te doen, deze kleine opdracht uit te voeren en een nieuwe aanstelling te krijgen.'

'Waar is het kleine meisje?'

'Bij die Arabier.'

'Je had kunnen blijven.'

Blair staarde in zijn kopje; daar zat inmiddels meer gin dan thee in. 'Als een blanke in Afrika begint af te glijden, glijdt hij heel snel.'

Rose zei: 'Je had goud gevonden. Je moet rijk zijn geweest. Wat is daar dan mee gebeurd?'

'Dat had ik gebruikt om voor het meisje te betalen. Arabieren doen niks voor niks, maar toch zijn het betrekkelijk eerlijke zakenlui.' Hij sloeg zijn ogen naar haar op. 'Vertel me dan nu van John Maypole.'

'De kapelaan wist niet van ophouden. Hij zat ons achterna als we naar het werk gingen en als we terugkwamen. Om onze last te helpen dragen, zei hij dan. Maar op den duur begon het te irriteren. En na het werk kwam hij dan ook nog eens aan de deur.'

'Vooral jouw deur,' zei Blair.

'Ik zei tegen hem dat ik met Bill Jaxon ging en dat hij dus beter uit de buurt kon blijven. Bill begreep er eerst helemaal niets van, maar ze konden het goed met elkaar vinden. Maypole was eigenlijk nog maar een jongen. Daarom was hij zo zedig, omdat hij niet beter wist.'

'Zag je hem vaak?'

'Nee. Ik ben katholiek. Ik ging niet naar zijn kerk of naar zijn goedbedoelde clubjes.'

'Maar toch kwam hij op jou af. De laatste keer dat iemand hem zag, de dag voor de brand, kwam hij je op Scholes Bridge tegemoet. Hoe ver ben je met hem opgelopen?'

'Ik was op weg naar huis en hij liep mee.'

'Jullie hebben gepraat. Waarover?'

'Misschien heb ik hem een beetje geplaagd. Dat ging bij hem heel makkelijk.'

'Terwijl hij met je praatte, trok hij zijn priesterboord af. Weet je nog waarom hij dat deed?'

'Ik weet niet eens dat hij dat deed. Vraag me liever naar die ontploffing, díe herinner ik me nog. De schok. De rook. Misschien heeft dat meneer Maypole totaal uit mijn hoofd geblazen.'

'Maar de laatste keer dat je hem zag, ben je gewoon naar huis gegaan?'

'Ik had met Bill afgesproken.'

'Heb je Bill wel eens zien vechten? Dat is aardig bloederig.'

'Gadverdoemes geweldig, vind je ook niet?'

'Gadverdoemes geweldig?'

'Dat ist-ie,' zei Rose.

Hij haalde zich haar voor de geest terwijl ze naar Bill keek, het geluid van houten zolen op naakte huid, het bloed en de troep. Hoe vierden Bill en Rose dat na afloop? Een interessante woordkeus, 'gadverdoemes geweldig'. En dan te bedenken dat ze het over de wilden in Afrika hadden, dacht hij.

'Heeft Bill Jaxon Maypole ooit bedreigd?'

'Nee. De kapelaan wilde alleen mijn ziel maar redden. Verder was hij niet in me geïnteresseerd.'

'Dat kun jij nou wel zeggen,' zei Blair en draaide de foto op tafel om zodat ze hem beter kon zien. 'Maar dit is geen foto van de ziel.'

Rose keek er nog eens goed naar. 'Ik had me extra goed gewassen en ik kom daar in die studio en wat doen ze? Ze smeren die rotzooi op mijn gezicht. Ik zie eruit als een Ierse aardappelboer.'

'Je ziet er woest uit met die schep. Gevaarlijk.'

'Nou, ik heb kapelaan Maypole anders nooit een haar gekrenkt. Ik weet ook niet waarom hij een foto van me had.'

'Ik vind het een mooie foto. Zelfs met die schep. Dat is veel interessanter dan een parasol.'

'Een heer steekt de straat niet over om een meisje aan te spreken dat met een schep loopt te flaneren.'

'Ik ben dwars door de rimboe getrokken om vrouwen te zien met platen in hun lippen.'

'En heb je die gekust?'

'Nee.'

'Zie je nou wel?'

Het vuur stortte in en er steeg een wolk van vonken omhoog, de schoorsteen in. Rose staarde in de haard. Ze was klein gebouwd om stalen kolenwagens voort te duwen, dacht Blair. Zo wild als haar gezicht was als het in beweging was, zo fijn was het in rust. Wat voor leven ging een schepsel als zij tegemoet? Gin, een hoop kinderen, regelmatig een pak slaag van een man als Bill. Dit was haar o zo korte bloei en ze leek vastbesloten om daarvan te genieten.

'Het wordt tijd dat ik naar Bill en Flo ga,' zei ze. 'Ik geloof niet dat hij je erg mag.'

'Bill had geen bezwaar tegen Maypole.'

'Bill speelt graag de baas. Maypole liet hem begaan.'

'Nou ja, ze speelden samen.'

'Als je Maypole hoorde, zou je gaan geloven dat onze Lieve Heer de regels van het rugby had opgesteld.'

'Wat preekte hij tegen de meisjes?'

'Kuisheid en verheven liefde. Iedere moeder moest de Maagd Maria zijn. Ieder meisje dat met zichzelf liep te pronken, was Maria Magdalena. Ik denk niet dat hij ooit een echte vrouw had gehad.'

'Nu ben ik natuurlijk geen gentleman...'

'Dat is algemeen bekend.'

'...maar ik heb het gevoel dat er voor een man als Maypole niets mooiers was dan een vrouw die gered moest worden.'

'Mogelijk.'

'Noemde hij je ooit "Roos van Saron"?'

'Waar heb je dat gehoord?' De vraag werd zo achteloos gesteld dat hij er daardoor uitsprong als een half ingeslagen spijker, een kleine vergissing.

'Noemde hij je zo?'

'Nee.'

'Je zei dat hij nooit een echte vrouw had gehad. Reken je zijn verloofde niet mee, Miss Hannay?'

'Nee.'

'Heb je haar ooit ontmoet?'

'Ik heb net zoveel kans om de Hannay's te ontmoeten als om een reis naar de maan te maken. Maar ik heb de maan wel gezien en dus heb ik er een mening over. Heb jij haar ontmoet?'

'Ja.'

'En wat denk jij van haar?'

'Haar charme is aan de magere kant.'

'Ze is in alles aan de magere kant, maar ze heeft geld, mooie kleren, rijtuigen. Ga je nog een keer naar haar toe?'

'Morgen.'

'Dat klinkt alsof je haar niet kan weerstaan.'

'Vergeleken met jou is ze een doorn, een ijspegel in zure wijn.'

Over de tafel keek Rose hem zwijgend aan. Hij zou haar graag eens met een schoon gezicht hebben willen zien. Hij had haar zien baden, maar alles wat hij zich herinnerde was haar lichaam, glanzend van het water. Hij hoopte dat dat beeld niet uit zijn ogen straalde.

Rose zei: 'Je moet gaan.' Ze voegde eraan toe: 'Je bent niet zo ziek als je zegt.'

Later, in zijn hotel, vroeg Blair zich af of hij soms gek was. Hij had de reden voor zijn vertrek uit Afrika verborgen weten te houden voor iedereen die er recht op had die te kennen: bisschop Hannay, de Royal Society, zelfs voor de onschuldige Leveret, en nu had hij het hele verhaal verteld aan een meisje dat dit prachtige verhaal in alle kroegen van Wigan in geuren en kleuren verder zou vertellen, vanwaar het snel zijn verwoestende weg naar Hannay Hall zou vinden. Wat een combinatie had hij haar gegeven – slavernij en rassenvermenging! De tragedie van een jonge zwarte vrouw. Het schrijnende verhaal van een blanke vader en zijn halfbloed nakomeling tegen de achtergrond van de barbaarse Afrikaanse jungle en de hebzucht van Arabische kooplieden. Als het kind blank was geweest, zou Engeland ongetwijfeld ten strijde zijn getrokken om haar te redden. Wat dacht hij eigenlijk? Dat hij door de waarheid te vertellen indruk kon maken op een behaagzieke vrouw als Rose Molyneux?

Moest je de leugens eens horen die ze daartegenover had gesteld. De enige schat die John Maypole bezat, was een foto van haar, en dan wilde zij volhouden dat hij alleen haar ziel wilde redden?

En dan dat huis. Hoe kon het dat, terwijl in alle andere huizen van Candle Court gezinnen en dagloners als haringen in een ton bijeengepakt zaten, Rose en haar vriendin Flo een compleet, goed gemeubileerd huis helemaal voor zichzelf hadden? Waar deden eerlijke meisjes dat van?

Haar geheimzinnigheid. Hij moest alleen de deur uit en ze had gezegd dat ze zou wachten tot hij uit het zicht was voordat ze zelf de deur uit zou gaan.

Was dat haar wraak voor zijn eerste bezoek, toen hij haar in het bad had betrapt? Kwam het van zijn koorts? Hij voelde zich niet eens zo erg ziek. Soms maakte een verhit brein de juiste keuzes. De reden waarom hij haar niet van Maypoles dagboek had verteld, was omdat dat het enige voordeel was dat hij op haar had.

Toch moest hij lachen. Als ze dit met hem kon doen, wat had ze dan met Maypole gedaan?

8

'Een kwart ons kinine?'

'Maak er maar een half ons van,' zei Blair.

'Weet u het zeker?'

'Kinine houdt het Britse Rijk gaande.'

'Dat is waar, meneer.' De apotheker zette een tweede gewicht aan een kant op de schaal en tikte meer wit poeder op de andere. 'Ik kan het voor u in elke gewenste dosis verdelen, verpakt in rijstpapier, dat slikt gemakkelijk.'

'Ik drink het met gin, dat slikt nog veel gemakkelijker.'

'Dat zou ik denken.' De apotheker liet het poeder in een envelop lopen. 'Krijgt u daar geen krampen van, als ik vragen mag?'

'Een beetje.'

'Hebt u wel eens aan Wardburg's Bonbons gedacht? Een combinatie van kinine, opium en sleedoorn. Dat moet er bij u ingaan als pruimen, meneer. Slikken heel gemakkelijk weg.'

'Een tikje te kalmerend.'

'Als u een oppepper zoekt, wat dacht u dan van arsenicum? Werkt zeer verhelderend. Onze veteranen hebben er buitengewoon goede resultaten mee bereikt.'

'Heb ik geprobeerd,' zei Blair. Arsenicum kon voor vrijwel alles worden gebruikt: malaria, zwaarmoedigheid, impotentie. 'Ja, geeft u me daar ook maar wat van.'

'De bisschop betaalt, zei u?'

'Ja.'

De apotheker maakte de schaal met zijn schort schoon en pakte een actinisch glazen pot uit een van de vele laden achter de toonbank, groen, om aan te geven dat er vergif in zat. In de apotheek zelf had het licht door de kobaltblauwe flessen die voor het raam stonden een tint alsof je je onder water bevond. Het rook er naar gedroogde kruiden; twee crèmekleurige aardewerken potten met geperforeerd deksel waarin bloedzuigers zaten, straalden koelte af. De apotheker schudde een hoopje krijtachtig poeder op de schaal. Blair stak zijn vinger erin, likte eraan en proefde de bittere, prikkelende smaak op zijn tong.

'U bent bekend met het belang van matige doses, meneer?'

'Ja.' Ik sta voor je neus arsenicum te eten, dacht Blair. Hoe matig kan iemand zijn?

'Nog wat coca-extract soms, voor de vitaliteit?'

'Misschien kom ik daar later nog voor terug. Voorlopig alleen kinine en arsenicum.'

De apotheker vulde een tweede envelop en gaf ze beide aan Blair. Op dat moment begon de weegschaal te schommelen. De glazen stopflessen op de planken dansten op en neer en vanaf de bovenste planken naar beneden begonnen de koperen maatbekers en stenen vijzels, gifpotten en parfumflesjes te trillen terwijl de grote spiegelruit aan de voorkant rammelde in zijn sponningen. Buiten reed een verhuiswagen voorbij, een door stoom voortbewogen gevaarte van twee verdiepingen met een ketel, een schoorsteen en rubber wielen die de straatkeien deden kermen. Achter de toonbank schoot de apotheker van de ene kant naar de andere en ving eerst de ene, toen de andere pot met bloedzuigers op.

Blair deed de enveloppen open, strooide een lijntje arsenicum en kinine op zijn hand en gooide het in zijn mond. Toen de verhuiswagen was gepasseerd, zag hij het rijtuig van Leveret voor het hotel staan. Hij stak de enveloppen in zijn zak en ging naar buiten.

'U ziet eruit alsof u zich een stuk beter voelt,' zei Leveret.

'Inderdaad.' En gemotiveerd, dacht Blair. Hij moest resultaten boeken voordat Rose Molyneux geruchten begon te verspreiden. Als zij haar vrienden en kennissen begon te vermaken met sensationele verhalen over zijn half-Afrikaanse dochter, zou het niet lang duren voordat diezelfde verhalen Wigans bewakers van de rechtschapenheid zouden bereiken, waarna zelfs bisschop Hannay het schandaal van rasvermenging niet zou kunnen negeren. Wat had hij tegen Blair gezegd over de naam 'Nikker Blair'? 'Dat moet je niet aanmoedigen.' De bisschop zou hem zonder verder ook nog maar een cent te betalen als een baksteen laten vallen.

'Is het vandaag woensdag?' Blair klom in het rijtuig.

'Klopt,' zei Leveret.

'Maypole werd op een woensdag voor het laatst gezien. Op woensdagmiddag ging hij altijd naar het Tehuis voor Vrouwen. Je wilde dat ik een beleefdheidsbezoek aan de eerwaarde Chubb zou brengen, dat gaan we ook doen. En we gaan met de politie praten. Met een zekere Chief Constable Moon.'

'We moeten Charlotte in elk geval laten weten dat we naar het Tehuis gaan.'

'We gaan haar verrassen.'

Tijdens de rit merkte Blair dat Leveret niet alleen moeite had met de etiquette, maar dat hij ook wat stijfjes zat.

'Voel je je wel goed?'

'Ik vrees dat het bezoek aan de mijn zijn tol heeft geëist. Mijn grootvader was mijnwerker. Hij vertelde altijd hele verhalen, maar nu weet ik wat hij bedoelde. Explosies, vallend gesteente.' Hij tilde zijn hoed op en liet een aantal pleisters zien. 'Lage balken.'

'Mooi. Het geeft je een zekere allure.'

Voorbij de hoofdingang van Hannay Hall was een kleiner hek en een slingerend pad. Naarmate ze vorderden, begreep Blair dat ze in een park terecht waren gekomen. De bomen – platanen, kastanjes en berken – waren aangeplant, de voetpaden waren met paarse krokus omzoomd en even later kwam het rijtuig op een brede laan aan het eind waarvan een klein fort lag. Toen ze dichterbij kwamen, zag hij dat het een namaakfort was. Drie verdiepingen, uit baksteen opgetrokken, met zandstenen borstweringen, siertorentjes en schietgaten met glas-in-loodramen, het geheel niet omgeven door een gracht, maar door sleutelbloemen in verschillende kleuren. In een prieel zaten twee jonge vrouwen in eenvoudige grijze jurken zonder tournure. Een derde meisje, ook in het grijs, kwam juist met een ingebakerde baby de deur uit.

Leveret zei: 'Dit is het Tehuis voor Vrouwen. Het was vroeger een cottage voor de gasten van de Hannay's.'

'Een cottage?'

'De Prins van Wales heeft hier een keer gelogeerd. De Hannay's hebben alles altijd groots aangepakt. Wacht hier even.'

Leveret ging naar binnen. Door een raam dat vanwege het mooie weer was opengezet, zag Blair een aantal jonge vrouwen bij een schoolbord vol sommen staan. Hij voelde zich een indringer van het verkeerde geslacht en vroeg zich af hoe Maypole zich hier, ondanks zijn priesterboord, moest hebben gevoeld. Door het raam ernaast zag hij een klas druk in de weer met omzwachtelde kunstledematen. Sommige leerlingen hadden de forse gestalte en rode wangen van mijnmeiden, terwijl andere er ongezond uitzagen van het werken in de spinnerijen. Ze zaten er stijf en onnatuurlijk bij, als meisjes met papieren vleugels bij een kersttableau.

Leveret kwam terug en volgde Blairs blik. 'Charlotte wil dat ze een vak leren. Verpleging is daar een van. Ze staat er ook op dat ze lezen.'

'Dichters?'

'Voornamelijk economie en hygiëne.'

'Dat klinkt als Charlotte.'

Leveret zei aarzelend, alsof hij iets ging doen waarvan hij later spijt zou krijgen: 'Ze is in de rozentuin.'

Ze liepen om de zijkant van het Tehuis heen. Hier liep een gazon tussen enorme massa's rododendrons glooiend af naar een heg van bukshout. Aan de andere kant van de heg klonken twee bekende stemmen.

Earnshaw zei: 'Ik ben er nu eenmaal van overtuigd, Miss Hannay, dat liefdadigheid ook te ver kan gaan en dat de beste bedoelingen vaak de slechtste resultaten geven. Uw vader heeft me verteld dat u ervoor hebt gepleit om mijnmeisjes en fabrieksmeisjes door te betalen terwijl ze níet werken gedurende de laatste weken van hun zwangerschap. Dat kan men immers niet anders opvatten dan als een aanmoediging tot zedeloosheid en luiheid? Vindt u niet dat vrouwen, net zo goed als mannen, voor de gevolgen van hun daden moeten boeten?'

'Mannen raken niet zwanger.'

'Denkt u dan eens aan de onvermijdelijke gevolgen van het opleiden van vrouwen tot een hoger niveau dan hun man en ook boven hun stand.'

'Met als gevolg dat ze mogelijk geen genoegen nemen met een dronken, domme kinkel.'

'Of een leven met een zeer acceptabele, matige man.'

'Acceptabel voor wie? Voor u? Trouwt u dan maar met hem. U praat net over deze vrouwen of het koeien zijn die op een stier met vier goede poten zitten te wachten.'

Blair liep om de heg heen en kwam in een tuin met paden van fijn grind en rozenstruiken, die zover teruggesnoeid waren dat ze wel van gietijzer leken. Charlotte Hannay en Earnshaw stonden bij het ronde perk in het midden. Was dit de vrouw 'donker van huid doch bekoorlijk' die John Maypole in gedachten had gehad, de figuur die de kapelaan had doen vermoeden dat een mijnmeid in een ribfluwelen broek meer leven in zich had dan een lady? Charlotte was een voorbeeld van het gegeven dat zijde een kleine vrouw nog kleiner kon maken; haar boezem door baleinen platgedrukt, haar benen ergens onder een tournure van paarse zij, snoeischaar in een afschuwelijke paarse handschoen geklemd. Blair nam zijn hoed af. Trok ze haar wenkbrauwen op toen ze hem zag of zaten die zo hoog op haar voorhoofd doordat haar haar strak achterover gekamd onder een zwarte zonnehoed weggestopt zat? Hij zag een koperkleurige gloed in haar nek, maar overigens had ze voor wat de kleur van haar haar betrof een novice kunnen zijn. Naast haar glansde Earnshaws baard in de zon. Achter hen stond op eerbiedige afstand een tuinman in een kiel en met een strohoed op, met een druipende zak vloeibare mest in zijn handen.

Leveret zei: 'Als u ons toestaat, zou Blair u graag een paar vragen willen stellen.'

'Ik kan later terugkomen,' opperde Earnshaw tegenover Charlotte. 'Of hebt u liever dat ik blijf?'

'Blijft u gerust, hoewel ik mijn bezoekers echt zelf wel de baas kan,' zei Charlotte.

'Ze zou haar bezoekers waarschijnlijk zelf kunnen castreren,' mompelde Blair tegen Leveret.

'Wat zei u daar?' vroeg Earnshaw gebiedend.

Blair maakte een vaag gebaar in de richting van het huis. 'Ik zei dat dit een kansrijke onderneming voor deze vrouwen moet zijn.'

'Als u een verbeteraar of een pedagoog was, zou Miss Hannay mogelijk in uw mening geïnteresseerd zijn. Maar aangezien bekend is dat u met mensenhandelaren omgaat, doet uw mening absoluut niet ter zake.'

'Fout,' zei Charlotte Hannay. 'Het feit dat meneer Blair een verderfelijk individu is, maakt zijn mening juist des te waardevoller. Blair, wat zegt u, sprekend uit uw ruime ervaring: wat maakt een jonge vrouw financieel afhankelijker en seksueel kwetsbaarder, de mogelijkheid om zelfstandig te kunnen denken, of, zoals meneer Earnshaw beweert, een opleiding tot dienstmeid die, arm en dom als ze is, heeft geleerd hoe ze de heer des huizes in bed een cognac moet serveren?'

Het was werkelijk niet te geloven, dacht Blair. Een mus die de mensen door de tuin achterna zat. 'Ik heb nooit een dienstmeid gehad,' zei hij.

'Ik weet zeker dat u in Afrika vrouwelijke bedienden hebt gehad. Daar hebt u vast wel misbruik van gemaakt.'

Hadden de verhalen van Rose haar al bereikt? vroeg Blair zich af. 'Het spijt me, nee.'

'Maar u staat bekend als iemand die bereid is alles ten minste een keer te proberen, van struisvogeleieren tot slangevlees. Men zegt dat er geen man in Engeland is die meer van Afrikaanse vrouwen weet dan u. Meneer Earnshaw weet niets van Afrikaanse noch van Engelse vrouwen en hij zegt dat het onnatuurlijk is om een vrouw hoger op te leiden dan haar positie zou rechtvaardigen.'

'Waardoor ze ongeschikt en daardoor ongelukkig in haar positie wordt,' legde Earnshaw uit. 'Dat is oneerlijk tegenover haar en ongezond voor Engeland.'

'Als God stelt hij voor om vrouwen voor slechts één taak geschikt te maken. Als politicus geeft hij voor namens Engeland te spreken, terwijl hij in werkelijkheid alleen spreekt voor hen die mogen stemmen – mannen.'

'Wat heeft dit met Blair te maken, als ik vragen mag?' zei Earnshaw.

'Blair,' vroeg Charlotte, 'is er ergens op de wereld een stam die de vrouw zo laag acht als de Engelsen doen?'

'Miss Hannay,' protesteerde Earnshaw, 'denkt u toch eens aan de islamieten. Veelwijverij, vrouwen die gekleed gaan als tenten.'

'In Engeland is het een man volgens de wet toegestaan om zijn vrouw te slaan, zich lichamelijk aan haar op te dringen en haar eigendommen van de hand te doen alsof die van hem zijn,' zei Charlotte. 'U bent in Afrika geweest, Blair. Mogen zelfs de meest fanatieke islamieten volgens hun wetgeving zoiets doen?'

'Nee.'

'Wie kan daar nu beter van getuigen dan een man die vrouwen van allerlei rassen op een schandalige manier heeft gebruikt?' zei Charlotte. 'Een getuigenis van de duivel in eigen persoon!' Ze liep naar de volgende kale struik en vroeg aan de tuinman: 'Joseph, wat hebben we hier?'

'Theerozen, m'vrouw. Roze Carrière. Dubbele witte Vibert. Rode Generaal Jacqueminot. Met muls en saus.' Hij knikte naar de zak die hij nog altijd in zijn handen had. 'Koeiemest met gemalen hoef en hoorn. Daar worden ze prachtig van, m'vrouw.'

Wit, rood, geel, roze; het was verbazend wat er allemaal werd verwacht. Blair was er echter van overtuigd dat Charlotte ondanks haar jonge leeftijd al uitgebloeid was en verder alleen nog maar doornen zou voortbrengen.

Over haar schouder vroeg ze: 'Oliver, hoe komt het dat jij eruitziet als een veteraan van de Krimoorlog?'

'Ik ben gisteren met Blair in de mijn geweest.'

'Wees blij dat je geen meisje bent.'

'Miss Hannay,' vroeg Blair, 'waarom hebt u zo'n hekel aan me? Ik heb nauwelijks de kans gehad om een dergelijke minachting te verdienen.'

'Meneer Blair, als u een slak op een bloemknop zag, hoe lang zou u die dan laten zitten?'

'Ik heb niets gedaan om...'

'U bent hier. Ik had gezegd dat u niet moest komen en dat hebt u toch gedaan. U hebt of geen manieren, of geen oren.'

'Uw vader...'

'Mijn vader dreigt het Tehuis voor Gevallen Vrouwen te sluiten zodra er ook maar iets gebeurt dat naar een schandaal zweemt, en toch neemt hij u in dienst, een man die het Bijbelfonds heeft verduisterd. Het verhaal is alom bekend, net als al die andere verhalen over liederlijk gedrag en zwarte harems. Mijn vader heeft u deze taak niet opgedragen vanwege uw bekwaamheden als rechercheur;

hij heeft u uitgekozen omdat u de meest walgelijke figuur van niet één, maar twee continenten bent. Hij heeft u uitgezocht omdat deze keuze een belediging is voor John Maypole en mij.

'O,' Blair had het gevoel alsof hij gevangen zat in het web van een vlijtige kleine spin. 'Waar denkt u dat John Maypole is?'

Charlotte liet de snoeischaar in de zak van haar rok vallen en wendde zich naar Earnshaw. 'Ik kan dit maar beter afhandelen, anders blijft hij ons als een verkoper met een sigaar in zijn hoofd achterna zitten.' Ze keek Blair aan. 'Ik heb geen idee waar kapelaan Maypole op dit moment is. Tot het tegendeel wordt bewezen, neem ik aan dat hij het goed maakt en dat hij de redenen voor zijn afwezigheid als hij dat nodig acht afdoende zal verklaren. Intussen ga ik door met het werk dat we samen begonnen zijn in de vaste overtuiging dat hij terug zal komen.'

'De laatste keer dat hij werd gezien, was op een woensdag. Op woensdag ging hij altijd naar het Tehuis. Hebt u hem daar getroffen?'

'Nee. Ik was die dag ziek.'

'Miss Hannay heeft een zwak gestel,' zei Leveret.

Zo zwak kwam ze Blair anders niet voor. Klein van stuk, maar niet zwak. 'Wanneer hebt u hem voor het laatst gezien?' vroeg hij.

'Zondags tijdens de kerkdiensten.'

'Dat klinkt romantisch. Daarna niet meer?'

'Nee.'

'Heeft hij ooit met u over zijn bezoeken aan de mijnen gesproken? De Hannay-mijn?'

'Nee.'

'Over de meisjes die daar werkten?'

'Nee.'

'Ooit iets laten blijken van zijn frustratie dat hij niet ondergronds mocht evangeliseren?'

'Nee.'

'Hij preekte graag, is het niet? Bij de minste aanleiding?'

'Hij vond dat hij een roeping had,' zei Charlotte.

'En hij wilde deel uitmaken van de werkende klasse, althans lang genoeg om te kunnen preken. Heeft hij ooit over een zekere Bill Jaxon gesproken, een mijnwerker?'

'Nee.'

'Had hij ooit last gehad van zwaarmoedigheid?'

'Nee.'

'Zwierf hij graag buiten rond? Zwom hij wel eens in het kanaal? Liep over slakkenbergen of langs steile rotsen?'

'Nee. Zijn enige tijdverdrijf was rugby en dat deed hij om de mannen te bereiken.'

'Buiten de vergaderingen bracht u niet veel tijd samen door, is het wel? U had een zuiver geestelijke relatie.'

'Dat hoop ik.'

'Hij had dus een tatoeëring van de marine kunnen hebben zonder dat u het wist.'

'Nee, net zo min als u wist of de vrouwen die u hebt verleid hersens of een ziel hadden,' antwoordde Charlotte fel. Als je die een paar klompen aantrok, was ze levensgevaarlijk, dacht Blair. Earnshaw en Leveret zag hij niet meer.

'Zou u willen zeggen dat Maypole intelligent was?'

'Intelligent en gevoelig.'

'Hij moet dus hebben geweten dat hij uw hart zou breken als hij zou verdwijnen zonder zelfs een kort briefje te schrijven?'

'Hij wist dat ik het zou begrijpen, wat hij ook deed.'

'Wat een boffer. Zo'n soort vrouw heb ik nu altijd al willen hebben.'

'Hou op,' hoorde Blair Earnshaw ergens vandaan zeggen, maar hij voelde het nog steeds toenemende ritme van wederzijdse haat en wist dat Charlotte het ook voelde, een crescendo dat ze beiden hoorden.

'Heeft hij ooit over rijke verwanten gesproken die mogelijk oud en ziek waren?' vroeg hij.

'Nee.'

'Ophanden zijnde rechtszaken?'

'Nee.'

'Geestelijke crises?'

'John niet.'

'Niets op handen behalve uw huwelijk?'

'Nee.'

'De post wordt twee keer per dag bezorgd. Ik heb begrepen

dat geliefden elkaar elke post schrijven. Bewaarde u zijn brieven?'

'Als ik dat zou hebben gedaan, zou ik ze nog liever aan een melaatse in handen hebben gegeven dan aan u.'

'U denkt niet dat hij het gevoel had dat hij de meer eenvoudige genoegens miste?'

'Eenvoudig zoals bij dieren, bedoelt u? Nee, dat is meer uw niveau, meneer Blair.'

'Ik bedoel eenvoudige menselijke genoegens.'

'Ik weet niet wat u bedoelt.'

'Menselijke zwakheid. Dit is het Tehuis voor Gevallen Vrouwen, Miss Hannay, er moeten hier dus een aantal menselijke wezens zijn. Misschien heeft Maypole zo iemand ontmoet.'

Charlotte bukte zich om met haar snoeischaar een lange tak af te knippen. Met meer kracht en snelheid dan hij had verwacht, kwam ze overeind en sloeg Blair met de tak in zijn gezicht. Dat deed pijn.

'U gaat nu onmiddellijk weg,' zei Charlotte. 'De volgende keer heb ik hier honden en die stuur ik op u af als u het ooit waagt terug te komen.'

'Als u terugkomt, krijgt u met mij persoonlijk te doen,' zei Earnshaw.

Blair voelde bloed langs zijn wang lopen. Met een zwaai zette hij zijn hoed weer op.

'Wel, het spijt me, maar ik moet nu echt weg. Hartelijk dank voor uw hulp. Doet u uw vader de groeten.' Hij liep weg, maar bleef nog even bij de tuinman staan. 'Ik kende aan de Goudkust iemand die rozen kweekte. Een gepensioneerde sergeant-majoor. Rozen zo groot als schoteltjes. Die gebruikte guano. Guano, dat is het geheim.'

Leveret liep al verontschuldigingen makend weg. 'Ik had werkelijk geen idee, echt niet. Het spijt me ontzettend.'

Eenmaal achter de heg bleef Blair staan en veegde zijn gezicht met een zakdoek af terwijl hij Leveret beduidde dat hij moest blijven staan en niets zeggen. Aan de andere kant hoorden ze een woedende Charlotte Hannay.

'En u, meneer Earnshaw, hebt u enig idee hoe verfoeilijk het is om u ongevraagd als beschermer op te werpen?'

'Ik wilde u alleen maar steunen.'

'Als ik zo zwak ben dat ik steun nodig heb, laat ik u dat wel weten.'

Glimlachend ondanks het bloed liep Blair het gazon over.

'Nu hebben zíj ruzie,' zei Leveret.

'Het maakt niet uit of dergelijke mensen ruzie maken. Het blijven zedenprekers. Ze zijn voor elkaar geschapen.'

Aan de rivier waste Blair zijn gezicht. De wolken torenden hoog op en trokken dwars voor de zon langs en hoewel de schrammen op zijn gezicht schrijnden, voelde hij zich vreemd gesterkt.

Leveret was helemaal van streek. 'Zo kun je niet tegen iemand als Charlotte praten. Dat was een vreselijke scène. Je taal was onvergeeflijk, Blair. Je hebt haar geprikkeld.'

Blair trok een doorn uit zijn wang. In het spiegelbeeld van zijn gezicht in het water zag hij drie sneden en wat schrammen en hij kreeg een warm gevoel van voldaanheid.

'Ik zou haar hebben geprikkeld? Dat is net zoiets als iemand ervan beschuldigen dat hij een adder heeft geprikkeld.'

'Je was wreed. Waar wilde je heen met die insinuaties dat John ook maar een mens was?'

Blair droogde zich met zijn jasje af en strooide wat arsenicum in zijn handpalm. 'Leveret, we zijn de som van onze zonden. Daarom zijn we mensen en geen heiligen. Een volkomen glad oppervlak mist elk karakter. Er moeten wat scheuren in zitten, wat foutjes en tekortkomingen, dan pas krijg je contrast. Het contrast met de onmogelijke perfectie bepaalt ons karakter.'

'Heb jij karakter?' vroeg Leveret.

'Massa's.' Blair deed zijn hoofd achterover en gooide het poeder in zijn mond. 'Het blijkt dat Maypole dat mogelijk ook heeft gehad, op zijn enigszins gestoorde religieuze manier dan.'

'Dergelijke vragen kunnen iemands reputatie grote schade toebrengen.'

'Ik ben niet geïnteresseerd in zijn reputatie. Ik ben veel meer geoloog. Ik zoek naar lemen voeten. Ik vind het een interessant gegeven dat een straatarme kapelaan kans ziet een meisje met zoveel geld aan zich te binden.'

'Alles in Wigan is op de een of andere manier met de Hannay's verbonden. De helft van de bevolking werkt voor de Hannay's. Behalve de Hannay-mijnen maakt de Hannay Staalfabriek ketels, plaatstaal en locomotieven. Verder zijn ook de Hannay Katoenspinnerijen en de Hannay Steenfabrieken er nog. Ze bouwen hun eigen schoorstenen om hun eigen kolen te stoken, om hun eigen garen te spinnen op een kwart miljoen spindels. Ik heb niet zoveel gereisd als jij, maar ik durf te beweren dat de Hannay's een van de efficiëntste industriële ondernemingen ter wereld hebben gesticht.'

'En daar een fortuin mee verdienen.'

'En werkgelegenheid scheppen. Goed betaalde werkgelegenheid, vergeleken met de gemiddelde lonen. Maar Hannay is meer dan alleen handel. De familie steunt de kerk, wat wil zeggen dat ze de geestelijkheid betalen, de orgels en de kerkbanken. De Ragged School voor arme kinderen. Avondscholen voor de mannen. Medicijnen voor de zieken. Het Explosie Fonds, Het Weduwen- en Wezenfonds, de Kleding Stichting, die zijn allemaal door bisschop Hannay persoonlijk opgezet. Als de Hannay's er niet waren, zou er in Wigan veel minder werk zijn en heel weinig liefdadigheid. Iedereen is op de een of andere manier met de Hannay's verbonden, jezelf inbegrepen. Of was je dat vergeten?'

'De bisschop zorgt wel dat ik dat niet vergeet.'

'Charlotte is waarschijnlijk al naar hem toe om hem van je rampzalige bezoek te vertellen. Hij zal je moeten ontslaan.'

'Geen heerlijke dagen met de schijnheilige Miss Hannay meer? Breng me mijn geld en ik ben weg.'

'Je begrijpt haar positie niet.'

'Ik begrijp dat ze een rijke jonge vrouw is die als hobby een liefdadige instelling voor arme meisjes heeft die ze in Quaker-grijs kleedt. Ze weet waarschijnlijk net zoveel van het echte leven in Wigan als van de maan. Het maakt overigens niet uit want als haar vader overlijdt, is ze het rijkste verwende kreng van Engeland.'

'Niet helemaal.'

De manier waarop Leveret dat zei, deed Blair aarzelen.

'Je hebt zojuist het Hannay-imperium beschreven.'

'Ja, maar bisschop Hannay is tevens lord Hannay. Als hij sterft, gaat de nalatenschap samen met de titel naar de erfgenaam. Een vrouw kan de titel niet erven. Alles – landerijen en alle andere bezittingen – gaat naar de naaste mannelijke erfgenaam, haar neef, lord Rowland, die daarmee de volgende lord Hannay wordt. Uiteraard wordt er voor Charlotte een goede regeling getroffen.'

'U bedoelt geld.'

'Ja, maar degene met wie ze trouwt, John Maypole of wie dan ook, kan volledig beschikken over alles wat ze erft.'

Blair keek naar de bijen die met bolletjes stuifmeel aan hun poten voorbij zoemden. Dat verklaarde Earnshaw, dacht hij, hoewel die meer als een tor dan als een bij om Charlotte Hannay zoemde.

Het bezoek aan het Gemeentelijk Comité voor Volksgezondheid aan Albert Court, een in hoefijzervorm gebouwd complex van rood-bakstenen huizen van twee verdiepingen, was een soort oorlog. Alle bewoners stonden op het plein tussen de huizen terwijl ontsmetters in witte kielen en met petten op wagens aanreden met glimmende pompen en vaten van gepoetst koper. Om het derde of vierde huis werd de pomp door een van de ontsmetters bemand terwijl zijn maat de slang afrolde, een voordeur binnensprong en een giftige nevel van strychnine en ammoniak in het huis spoot. De stank was eenvoudig verstikkend, maar dominee Chubb die de leiding had, een rode sjerp van het comité over zijn soutane, gaf aanwijzingen als een generaal die zich niet bewust was van de rook van de slag. De bewoners waren vrouwen en kinderen; Blair zag dat een aantal van hen vogelkooitjes in hun armen droegen. Tussen de dames van het comité met officiële sjerpen om, herkende hij mevrouw Smallbone in een rok van zwart bombazijn die haar deinende stappen een extra dreiging gaf. Ze ging met een kam door het haar van een jongetje, gaf een teken aan twee andere leden van het comité, die de jongen daarop met water en carbolzeep te lijf gingen. Met een kort knikje liet Chubb blijken dat hij Blair en Leveret had gezien, maar concentreerde zich toen weer op zijn taak.

Opeens herinnerde Blair zich hoe zijn eigen hoofd was kaalgeschoren en gewassen terwijl een paar handen hem als een hond bij zijn nekvel hielden. De scherpe lucht van de carbolzeep had die herinnering teruggebracht.

'Medicijn smaakt niet lekker,' zei Chubb.

'Anders zou het geen medicijn zijn, of wel soms?' zei Blair. 'Moet een dokter deze operatie eigenlijk niet leiden?'

'Die is ziek. Ontsmetting verdraagt geen uitstel. Als deze mensen zo nodig met zijn vijven in een bed willen slapen met beddegoed dat vergeven is van de luizen en zelfs niet de moeite nemen om de sanitaire voorzieningen waarin door de huiseigenaar is voorzien, te gebruiken, waardoor er een verpestende atmosfeer ontstaat waaruit cholera, tyfus en pokken kunnen voortkomen, moet de gemeenschap maatregelen nemen. Een poel van pestilentie gaat ons allen aan. Denkt u eens aan de ratten.'

'Ratten?' Blair wilde helemaal niet aan ratten denken.

'Sommige huizen zullen afgedicht en uitgezwaveld moeten worden.'

'En waar moeten de mensen van die huizen dan heen?'

Chubb marcheerde verder. 'De kinderen zouden allemaal op school moeten zijn waar ze goed nagekeken kunnen worden.'

Er was inderdaad een aantal bewoners op vuile, blote voeten en in lompen en van sommige huizen waren de ramen en deuren kapot. De meeste mensen leken echter alleen maar kwaad omdat ze uit hun huizen met keurige gordijnen en grondig geschrobde stoepen waren gejaagd. Chubb leek de huizen waar hij zijn verdelgers naar binnen stuurde willekeurig uit te kiezen.

'Hoe weet hij welke huizen hij moet hebben?' vroeg Blair aan Leveret.

'Heel eenvoudig,' fluisterde Leveret. 'Hij zou het niet durven wagen om het huis van een mijnwerker aan te pakken. De mijnwerkers zouden het stadhuis bestormen. Ik moet er wel bij zeggen dat er maar twee toiletten voor tweehonderd mensen zijn.'

Chubb draaide zich om. 'Dat is voldoende als er sociale discipline is. Kijk eens naar hun kleren. Lompen die waarschijnlijk vol met ongedierte zitten. Als ik het voor het zeggen had, werd alles verbrand.'

'Jammer dat u geen *autodafe* mag voltrekken,' zei Blair.

'Dat is een papengebruik. Daar is hier altijd een harde kern van aanwezig geweest. Zoals bisschop Hannay al zei, was de familie Hannay lang geleden rooms. En natuurlijk zitten er ook Ieren onder de mijnwerkers – Ieren en varkens.'

'Gaan die samen?'

'Vuiligheid en zedeloosheid gaan altijd samen. Smerigheid ver-oorzaakt ziekten. Op uw reizen door de riolen van deze wereld zult u ongetwijfeld hebben ervaren, meneer Blair, dat stank op zich al pestilent is. Ik weet zeker dat deze mensen alle moeite die we voor hen doen, te zijner tijd zullen waarderen.'

'Deed Maypole dit ook?'

'Hij heeft een poosje deel uitgemaakt van het comité.'

De kar reed verder en liet een scherpe lucht achter, die je op de lippen proefde.

'Dominee, u bent een geboren missionaris. U bedoelt te zeggen dat Maypole ermee ophield.'

'Hij was ongehoorzaam. Hij was jong. In plaats van het verderf uit te roeien, nam hij het in bescherming.'

'U bedoelt het Tehuis voor Vrouwen?'

'Tehuis voor Ongehuwde Vrouwen Die Voor Het Eerst Geval-len Zijn,' corrigeerde Chubb hem. 'Alsof er in Wigan zoiets bestaat als vrouwen die alleen die ene keer gevallen zijn. Het is zelfs voor de meest geharde man buitengewoon gevaarlijk om een gevallen vrouw te redden. Als een jonge kapelaan daarin is geïnteresseerd, is dat altijd verdacht. Liefdadigheid heeft meer dan eens als dekman-tel voor zwakheid gediend. Het is niet de vrouw die wordt gered, maar de redder die ten onder gaat.'

'Denkt u daarbij aan een vrouw in het bijzonder?'

'Ik ken geen van die vrouwen *in het bijzonder*. Ik heb mijn han-den van Maypole en zijn "Magdalena's" afgetrokken.'

Blair moest stevig doorstappen om Chubb en zijn ontsmettings-wagens bij te houden. 'Maar overigens deed hij zijn werk naar be-horen? Hij leidde diensten, ging op ziekenbezoek en dergelijke?'

'Ja.'

'Hij leek erg weinig geld te hebben.'

'Men wordt geen geestelijke om geld te verdienen. Het is geen vak.'

'Hij was blut.'

'Hij had nog geen inkomen, nog geen aanstelling als predikant met de vergoeding die daarbij hoort. Ik had begrepen dat hij van goede familie was, maar dat zijn ouders waren overleden toen hij nog jong was en hem erg weinig hadden nagelaten. Maar dat gaf immers niet? Hij stond op het punt om ver boven zijn stand te trouwen.'

'Heeft hij op welke manier dan ook laten merken dat hij het een of andere avontuur overwoog, dat hij mogelijk weg zou gaan?'

'Weggaan? Terwijl hij met de dochter van de bisschop verloofd was?'

'Leek hij gelukkig?'

'Waarom zou hij niet gelukkig zijn geweest? Zodra ze getrouwd waren, was hij voorbestemd om tot de hoogste echelons van de kerk op te klimmen.'

'Wat betreft zijn evangelisatie op de mijnen, weet u daar iets van?'

'Ik heb hem gewaarschuwd dat dergelijk openlucht-gedoe iets voor de Wesleyanen was. Helaas neigde Maypole naar het calvinisme. En dan dat rugby van hem. Wat ik nodig had was een man om de gemeente te dienen, de zieken te bezoeken, voedsel uit te delen aan de armen die dat verdienden. Dat is meer dan genoeg werk voor twee mensen.'

'Wat denkt u dat er met hem is gebeurd?'

'Ik weet het niet.'

'Hebt u navraag gedaan bij de politie?'

'We willen de politie niet onnodig lastigvallen. Het is geen schandaal tenzij we dat er zelf van maken. Als Chief Constable Moon iets hoort, zal hij het ons laten weten.'

'Zeg eens eerlijk, wilt u Maypole nog wel vinden?'

'Het kan me erg weinig schelen. De heilige Maypole. Zo was hij hier, en zo was hij verdwenen. Ik dien uiteraard bij de gratie van de bisschop. Dat doen we allemaal. Maar als u hem ziet, zegt u dan maar tegen hem dat ik lang genoeg heb gewacht. Ik heb een nieuwe kapelaan nodig.'

De kar reed verder, het koper glansde in de zon, en Chubb haastte zich om hem bij te houden.

Chief Constable Moon had een deuk in zijn voorhoofd. 'Baksteen.' Hij trok zijn mouw omhoog en toonde een wit litteken dat over de volle lengte van zijn gespierde onderarm liep. 'Schep.' Hij trok een broekspijp op. Zijn scheen zat vol littekens en putjes alsof hij er een schot hagel in had gekregen. 'Klompen. Vandaar dat we tegenwoordig harde leren beenkappen dragen als we het met de mijnwerkers aan de stok hebben. En wat is er met u gebeurd?' Hij keek naar de schrammen op Blairs gezicht.

'Een roos.'

'O. Nou ja, daar kunnen we geen proces-verbaal van opmaken, meneer.'

'Nee.'

Moon droeg een donkerblauw uniform met zilveren borduursels aan kraag en manchetten en had het beweeglijke gezicht van iemand die ervan hield om zijn autoriteit vergezeld te laten gaan van knipogen en knikjes. Blair zelf was in de onfortuinlijke stemming van iemand die niets te verliezen had. De arsenicum stroomde als een secundaire koorts door zijn aderen. Leveret was naar de bisschop om voor Blair te pleiten. Charlotte Hannay moest nu inmiddels bij haar vader zijn geweest om Blairs ontslag te eisen. Uit de cellen met witgekalkte muren en stromatrassen aan het eind van de gang klonk gekerm, maar het kantoor van de Constable was comfortabel ingericht met een betegelde open haard, mahoniehouten bureau, gemakkelijke stoelen van Russisch leer, en gaslampen die de kaarten van Lancashire en Wigan beschenen. Moons kantoor ademde de sfeer van een goed lopende zaak uit.

'Mooi, vindt u niet? Het oude bureau heeft een paar jaar geleden schade opgelopen toen we wat moeilijkheden met de mijnwerkers hadden. Uiteraard hebben de Hannay's een grote bijdrage aan de verbeteringen geleverd.' Moon zweeg even. 'We willen de bisschop graag geruststellen. Het is alleen wat laat. Door de ontploffing bij Hannay, de reddingsoperatie, de identificatie van de slachtoffers, het onderzoek naar de oorzaak van de ramp, de begrafenissen, werd de verdwijning van Maypole pas veel later bij ons bekend. Ik denk dat ze het ook liever stil hielden, dacht u ook niet? Een jonge kapelaan die met de dochter van de bisschop is verloofd. Dat kun je maar beter onder elkaar oplossen. Er is ook nooit officieel aangifte gedaan. Het staat bij ons niet te boek.'

'Maar u hebt wel navraag naar Maypole gedaan?'

'Heel discreet. Bij de spoorwegen, voor het geval Maypole een kaartje had gekocht. De sloten en de kanalen nagelopen. Erg triest allemaal, maar je weet nooit. En het is natuurlijk een mijnstreek. Overal zitten oude schachten. Als iemand in het donker gaat wandelen en de weg niet weet, vind je hem misschien nooit meer terug.'

'Maypole had moeilijkheden met een zekere Silcock. Is die naam u bekend?'

'Bijzonder handig met een ploertendoder. Aast op hotelgasten en heren die een glaasje te veel op hebben. Ziet er eerlijk en rechtdoor-zee uit. Dat is zijn vermomming.'

'Net zoals Maypole?'

'Nu u het zegt, ja, zo ongeveer. Hoe dan ook, daar zijn we direct op afgegaan. We hebben hem dezelfde dag dat hij de kapelaan lastigviel de stad uitgejaagd.'

'Hebt u hem gearresteerd?'

'Nee, maar we hebben hem goed onder druk gezet. We hebben hem twee keer moeten waarschuwen, maar toen is hij verdwenen.'

'Hebt u Silcock sindsdien nog gezien?'

'Nee.'

'Leek u dat niet raadzaam?'

'Dat is een probleem voor iemand anders.' Moon bewoog zijn kaken heen en weer. 'Kon meneer Leveret niet meekomen?'

'Die is naar Hannay Hall om verslag uit te brengen. Chief Constable, herinnert u zich Maypole de dag voor de ontploffing te hebben gezien?'

'U vraagt zoveel dat u bijna een echte rechercheur lijkt. Nee.'

'Wanneer hebt u voor het laatst met hem gesproken?'

'Een week daarvoor. Hij had altijd wel een excuus voor een dronken mijnwerker. Ik had daar begrip voor. Vergevingsgezindheid hoort tenslotte bij het werk van een jonge kapelaan.'

Zoals Moon het zei, klonk het alsof hij het over een baby had die tandjes kreeg; Blair begon een hekel aan de man te krijgen.

'Weet u nog om welke mijnwerker het die week ging?'

'Om Bill Jaxon.'

'Jaxon en Maypole speelden in hetzelfde rugbyteam, is het niet?'

'Ach, Bill is een bekende jongen. Die vecht nogal eens. Doen alle mijnwerkers. Daarom zijn ze goed in rugby want wat kan hun een gebroken neus nou toch schelen? Ze zeggen dat, als je in Lancashire een goed rugbyteam wil hebben, je alleen maar een brul in een schacht hoeft te geven.'

'Wat had Bill gedaan om de aandacht van de wet te trekken?'

'Iemand een gat in zijn kop geslagen die het verkeerde meisje had geknepen. Persoonlijk kon ik het Bill niet kwalijk nemen. U moet namelijk weten dat we hier soms reizigers krijgen die niet weten hoe het er in Wigan aan toe gaat, die in de war raken.'

'Waardoor?'

'Mijnmeiden.'

'Hoezo?'

Moon had nog wel voortanden, maar de rest van zijn gebit was verdwenen, wat geen aangename aanblik bood als hij lachte. 'Nou ja, die doen precies waar ze zin in hebben, of niet soms? Ze drinken als kerels, werken als kerels, gedragen zich als kerels. En dat trekt een bepaald type heren aan die hier speciaal met de trein naartoe komen om een amazone in een broek te zien. Zo'n meneer denkt dat hij zich bepaalde vrijheden kan veroorloven en komt dan iemand als Bill tegen.'

'Wie was in Bills geval de amazone?'

'Een meisje dat Molyneux heet.'

'Rose?'

'Precies. Een mijnmeid, aantrekkelijk op een sletterige manier. Nog maar vrij kort in Wigan.' Moon leek te aarzelen. 'Kent u haar soms?'

'Ze stond op de lijst die u aan Leveret hebt gegeven, de lijst van de laatste mensen die Maypole hebben gezien.'

'Dat klopt. Ik heb het altijd onjuist gevonden dat kapelaan Maypole zijn tijd aan haar verspilde. Ik heb hem gewaarschuwd dat hij zich niet te veel met mijnwerkers moest bemoeien en zich niet tot hun niveau moest verlagen.'

'Welk niveau is dat?'

'Het zijn goeie mensen, maar erg primitief. Zo is het nu eenmaal, meneer.' Moon keek nog eens naar Blairs wang. 'Weet u wat mijnwerkers gebruiken om wonden schoon te maken? Kolenstof. Op den duur lijken ze net getatoeëerde wilden. Zo wilt u er vast niet uitzien.'

Blair liep op zijn gemak van het politiebureau terug naar het hotel om Leveret de tijd te geven het bericht van zijn ontslag daar te bezorgen.

De nachtportier keek in alle vakjes. 'Het spijt me, meneer, maar er zijn geen boodschappen voor u.'

'Dat moet.' Blair kon niet geloven dat de bisschop hem niet minstens een waarschuwing zou geven na Leverets verslag of Charlottes klacht te hebben aangehoord. 'Kijk nog eens goed.'

De klerk dook onder de balie. 'Ja, ik heb toch iets voor u, meneer.' Hij haalde een zwaar, vreemd gevormd pakket onder de balie vandaan, in bruin papier en met touw dichtgebonden. 'Voor Meneer Blair, van een vriend,' stond er met potlood op het papier geschreven.

'Weet u ook wie dat heeft bezorgd?'

'Nee, het lag hier toen ik kwam. Ik denk dat het een cadeautje is. Het lijken me twee stukken.'

De klerk wachtte vol spanning tot Blair het pakje open zou maken. Die nam het echter mee naar boven, legde het in de zitkamer op tafel, stak de lampen aan en nam eerst een gin met kinine. Hij hield zichzelf voor dat hij zijn best had gedaan, minstens zoveel als de politie voor de heilige John Maypole had gedaan. Morgen zou hij in Liverpool zijn en passage boeken, al was het desnoods als tussendekspassagier, en dan was hij weg. Over een jaar zouden deze drie nachten in Wigan een droom lijken.

Hij nam eerst een tweede gin voordat hij het pakje openmaakte. Er bleek een paar schoenen in te zitten. Geen schoenen. Schoenklompen met stevige leren bovenstukken die met koperen spijkers aan massieve essehouten zolen waren bevestigd die van onderen met ijzers waren beslagen. In het leer waren klavertjes gestikt en de tenen waren met extra koperen noppen versterkt. Het waren de klompen die Bill Jaxon van de Ier had gewonnen.

Uit nieuwsgierigheid ging Blair zitten en trok zijn laarzen uit. Hij trok de schoenklompen aan, deed de flappen dicht en ging staan. Omdat hout niet meegaf, gingen zijn voeten in de klompen op en neer en kwamen bij de hielen omhoog. Het geluid van de klompen op de vloer klonk als rollende stalen kogels. Maar ze pasten wel.

9

TOEN BLAIR OP HET TERREIN van de Hannay-mijn kwam, was de dagdienst al beneden, maar Battie, de opzichter, was met de kooi naar boven gekomen om toezicht te houden op het neerlaten van een pony, een merrie met melkwitte manen en staart. De pony had oogkleppen voor en droeg een tuig met twee extra lange singels. Terwijl Battie een ketting met een haak aan de onderkant van de kooi vastmaakte, lokte een stalknecht het kleine paardje met wat hooi zo dicht mogelijk naar het platform.

De opzichter zag Blair staan. 'Bent u van plan om nog een keer beneden te gaan kijken? We gaan toch hoop ik niet weer op handen voeten kruipen, is het wel?'

'Nee,' zei Blair en gooide zijn ransel af.

Battie was klaar met de ketting en stapte bij de kooi vandaan. Hij was van boven tot onder met kolenstof bedekt. Met zijn hand boven zijn ogen tegen de zon bekeek hij Blairs gezicht. 'Hebt u door de bramen gekropen?'

'Ik ben een menselijk braambos tegengekomen.'

'Is meneer Leveret er ook? Ik zie zijn rijtuig niet.'

'Ik ben alleen en komen lopen.'

'Met die rugzak om? Bent u nog steeds op zoek naar kapelaan Maypole? Nee toch zeker?'

'Nog steeds,' zei Blair, hoewel hij een bericht bij de receptie van het hotel had achtergelaten waar hij heenging en hoopte dat hij Leveret het terrein op zou zien rijden met de mededeling dat de bisschop hem had ontslagen. 'Kwam Maypole hier vaak?'

'Ja. Die preekte waar hij de kans kreeg; erg goed in het trekken van parallellen uit de Bijbel – werkers in de wijngaard en arbeiders in de mijn, dat soort dingen. Achteraf heb ik spijt.'

'Waarvan?'

'Dat ik tegen hem gezegd heb dat een mijn geen kerk was. Je

kan niet preken tussen rijdende wagons en kolenwagentjes. Hij was hier welkom als vriend van de Hannay's, maar niet als dominee. Dat was een week voor de ontploffing. Ik had mijn mond moeten houden.'

De kooi met de extra haak eronderaan ging omhoog en een paar arbeiders legden planken over de schacht. De stalknecht was zo pezig als een jonge jongen, maar had een haakneus en een woeste snor. Hij liep met de pony het plankier op, dwong haar op de knieën en vervolgens op haar zij. Hij vouwde haar voorbenen onder de voorste singel en trok die strak en deed hetzelfde met de achterbenen onder de tweede singel zodat alleen de vier hoeven eruit staken. Hij trok een keer goed aan beide singels om te proberen of ze strak genoeg zaten voordat hij de haak onderaan de kooi door een ring op het tuig stak. Op zijn commando ging de kooi omhoog en werd de pony boven de schacht getild waarna de arbeiders de planken weghaalden.

'Mooi paardje,' zei Blair

Battie knikte. 'En duur ook. Ik heb graag Welsh pony's, maar ze zijn erg moeilijk te krijgen. Deze komt helemaal van IJsland.'

'Wit als de spreekwoordelijke sneeuw.'

'Nou, die arme meid zal anders niet lang wit blijven.'

De pony hing, gekneveld, tussen kooi en schacht. Hoewel de stalknecht hooi onder haar neus hield en de leidsels vasthield, rolde ze met haar ogen. De lange schaduw van paard, kooi en schachtbok viel over het terrein.

'Het is de eerste keer voor haar. Ze wordt wel kalm,' riep de stalknecht. 'Ze mag niet bokken als ze naar beneden gaat.'

'Sommige pony's gaan binnen een maand dood,' zei Battie tegen Blair. 'Misschien komt het door het gebrek aan licht en lucht of wordt er niet goed uitgemest. Het is een raadsel. Was u nog iets vergeten?'

Blair stapte op het platform. 'Nee, het gaat om iets wat u de vorige keer zei. U liet me plaatsen zien waar u de slachtoffers had gevonden, degenen die waren gestikt en de anderen die door de explosie waren gedood. U zei dat u er "wel duizend keer over had nagedacht".'

'Dat zou iedereen doen na zo'n brand.'

'Het was het woord "nagedacht". Alsof het iets was wat u probeerde uit te puzzelen en dat u zich daarom telkens weer voor de geest haalde. U zei niet dat u er steeds weer aan moest "denken", maar dat u erover had "nagedacht".'

'Ik begrijp het verschil niet,' zei Battie.

'Misschien is dat er ook niet.'

'Bent u daarom hierheen gekomen?'

'Dat was een van de redenen. Was er iets waar u over nadacht?' vroeg Blair.

De pony werd niet kalm. Ze begon juist te spartelen tot de kooi boven haar als een samengestelde slinger tegen de geleidekabels begon te slingeren. Er dwarrelde wat hooi naar beneden, gouden strootjes die door de neergaande luchtstroom de schacht in werden gezogen. Als een pony de mijn inging, kwam ze slechts een keer per jaar een week naar boven, tot ze ten slotte kreupel werd en naar boven werd gehaald om naar de vilder te gaan. Ondanks de leidsels en het getrek van de stalknecht, probeerde ze de singel door te bijten. De kooi schampte tegen de houten schachtbomen.

'Ik denk over alles na wat er beneden gebeurt. Dat is de taak van een opzichter,' zei Battie.

'Ik heb het niet over beschuldigingen, maar misschien was er iets dat niet helemaal klopte.'

'Meneer Blair, het is u misschien nooit opgevallen, maar een donkere gang diep onder de grond is iets wat per definitie niet klopt.'

De singel brak. Doordat de pony nu meer vrijheid kreeg, begon ze harder te schoppen met als gevolg dat ze begon te draaien waardoor ze nog feller om zich heen schopte. De stalknecht probeerde haar aan de leidsels boven het platform te trekken zodat ze als de andere singel brak of ze eruit gleed, niet in de schacht zou vallen, maar moest intussen ook oppassen dat hij geen schop kreeg.

'Trek haar terug,' schreeuwde Battie.

Door het gewicht van de pony werd de stalknecht juist naar de schacht toe getrokken. De ijzers onder zijn klompen gleden over het platform. Battie greep hem om zijn middel vast. Blair trok zijn jasje uit, gooide dat over het hoofd van de pony en greep Battie vast.

Met zijn drieën trokken ze aan de leidsels terwijl de pony spartelde en het jasje probeerde af te schudden. Geleidelijk aan werd het schoppen echter minder. De pony draaide nog wel, maar steeds langzamer omdat ze kalmer werd nu ze niets meer zag. Battie hield de leidsels vast terwijl de stalknecht een kap pakte die hij, terwijl hij Blairs jasje weggriste, handig over het hoofd van de pony trok. Blair nam het jasje aan en strompelde naar een schachtboom. Alle activiteit op het terrein was gestaakt en iedereen keek naar het gebeuren op het platform. Blairs hart bonkte. Het leek wel of hij door het schuim had gerold, zo zat hij onder het kwijl van de pony.

De stalknecht was woedend. 'Dat ha-je nie' moete doen. Denk-ie soms dat ik mijn werk nie' kan?'

'Neem me niet kwalijk,' zei Blair.

'U hebt hem voor gek gezet,' zei Battie. 'Hij was nog liever doodgegaan.'

Inmiddels was er nog een aantal stalknechten bij gekomen om de pony op het platform te trekken en met een nieuwe singel te knevelen. Op het terrein gingen de mensen verder met het wegen van tobbes, werden locomotieven tegen kolenwagens aan gezet en beukten de smeden weer op gloeiend ijzer. Battie schreeuwde iets naar de ophaalmachinist. Trillend kwam de kabel strak te staan, de pony werd opgetild maar met de kap over haar hoofd was ze helemaal rustig geworden. De kabel werd gevierd en de pony verdween in de schacht, gevolgd door de kooi die even stopte om Battie gelegenheid te geven in te stappen.

De opzichter gaf een klap op de bel en zei: 'De aantallen klopten, meneer Blair. Zesenzeventig lampen, zesenzeventig mensen. Daar gaat het om.'

Blair was nog steeds bezig weer op adem te komen. 'Het is helemaal geen raadsel.'

'Wat?' riep Battie.

'Waarom die pony's doodgaan. Van angst.'

Er gleed een wrange glimlach over Battie's gezicht. Toen verdween hij onder de bovenkant van de kooi terwijl die begon te dalen, steeds sneller, maar soepel, in evenwicht gehouden door de pony die er onderaan hing.

Blair liep naar de losvloer. Een locomotief was bezig een trein geladen wagons weg te trekken. Doordat ze niet waren gekoppeld maar met kettingen aan elkaar zaten, botsten ze telkens weer tegen elkaar als de locomotief aantrok en weer stopte. Mijnmeiden liepen naast de trein om de grote brokken kool te verzamelen die van de wagons vielen.

Een wolk kolenstof glinsterde boven de losvloer in de zon. Blair zag Rose Molyneux niet bij de stortgoot en ook niet tussen de vrouwen die aan de leesband bezig waren stenen en andere ongerechtigheden uit de kolen te halen of de kolen te verwerken die door de zeven vielen. De eerste keer dat hij ze aan het werk had gezien, was in het donker geweest. Bij daglicht waren hun uniformen – werkhemden en broeken, het hoofd bedekt met een flanellen sjaal en de opgerolde rokken – mannelijk noch vrouwelijk, maar een dracht voor hermafrodiete zwoegers.

Hij herkende de grote gestalte van Rose' vriendin Flo toen die zich losmaakte uit een groepje vrouwen bij de stortgoot en op hem afkwam.

'Daar hebbie ons herenbezoek,' zei ze en knikte naar de schachtbok. 'Ik zaggie toennet in de draaimolen.'

Blair zwaaide zijn ransel van zijn schouder. 'Ik heb iets voor Rose. Is ze er?'

'Ja, maar ze heb een ongelukkie gehad. Niks ergs. Ze komt straks weer terug, maar wanneer weet ik niet.' Ze stak een zwarte hand uit. 'Geef maar aan mij, dan geef ik het wel aan haar.'

'Ik wil het graag zelf aan Rose geven. Ik moet met haar praten.'

'Nou, ik weet dus niet wanneer ze terugkomt.'

'Wanneer zijn jullie klaar? Dan praat ik na het werk wel met haar.'

'Vijf uur. Maar dan kan ze niet met je praten, niet als de mannen boven komen.'

'Dan tref ik haar in de stad.'

'Nee. De beste plek is Canary Wood. Dat zijn die bomen vlak bij de mijn. Kom daar na het werk maar naartoe.'

'Als ze er niet is, ga ik haar in Wigan zoeken.'

'Rose is er.'

Flo leek in haar schik met het verloop van de onderhandelingen.

Maar ook leek ze plotseling bang om nog langer te praten. 'Ik moe' werke,' zei ze.

'Als je moe' dan moe-je.'

'Ja.'

Ze schuifelde naar de stortgoot. Ze was te groot om op lichte voeten weg te huppelen, maar geen sjaal of kolenstof kon de voldane uitdrukking op haar gezicht verbergen toen ze nog even omkeek.

Blair was halverwege op de terugweg naar Wigan toen hij bleef staan. De weg voerde grotendeels tussen zwarte, pas geploegde akkers door. Hij was van plan de weduwe Jaxon te gaan opzoeken; volgens het dagboek van Maypole was hij op de dag van zijn verdwijning bij haar op bezoek geweest. Daarna hadden ook anderen hem nog gezien, maar misschien had hij iets tegen haar gezegd.

Toch drong het tot Blair door dat hij was opgehouden met lopen, alsof hij plotseling geen kracht meer in zijn benen had. In plaats van de donkere akkers zag hij de pony weer aan de ketting spartelen. Angst die opwelde, duister als de schacht, maar niet de angst om te vallen. Aan de manier waarop ze haar hoofd heen en weer gooide moest het iets veel ergers zijn geweest waar de merrie aan trachtte te ontsnappen. Haar angstzweet zat nu nog op zijn kleren.

Hij viel op de grond, op zijn knieën. Het was geen malaria. Het paard was verdwenen, vervangen door de herinnering aan een raderboot, voortstomend over een donkere zee onder een grijze lucht. Het geruis van de golven dat wedijverde met het onregelmatige geluid van de wentelende schoepen terwijl het schip langzaam vooruitging, slingerde, weer vooruit ging. De kapitein hield de Bijbel plat om te kunnen lezen bij een wind die hard genoeg was om baarden op te tillen. Zes matrozen tilden een plank op hun schouders waarop een in een neteldoeks laken gewikkeld lichaam lag. Ze tilden de plank op en het lichaam vloog als een engel zonder vleugels door de lucht. De kleine jongen trok zich aan de reling omhoog om te kunnen kijken.

Vlak boven het wateroppervlak hield de val op. Het laken was achter de plank blijven haken en had zich in een wapperende boog afgerold tot aan de knoop waarmee de eerste wikkeling om het lichaam was vastgemaakt. Terwijl het schip voortploegde, verdween het lichaam in een golf, kwam weer boven en sloeg tegen de huid van het schip, zonk weer, kwam weer boven. Doordat het met lood was verzwaard, hoorde hij het tegen het schip slaan.

Een matroos sneed het laken door. Het wapperde onmiddellijk achter het schip aan, viel naar beneden, waaide weer op, bijna alsof ze haar greep geleidelijk verloor. Het lichaam verdween in een schuimkam en was al spoedig uit zicht, maar hij zag het laken nog minstens een minuut op het water drijven. Blair, een gouddelver met wie de jongen en zijn moeder aan dek kennis hadden gemaakt, streek hem over zijn hoofd en zei: 'Zulke dingen gebeuren nu eenmaal.' Naarmate de jonge Blair opgroeide, ontdekte hij dat zulke dingen doorlopend gebeurden.

Hij boog zich voorover en huilde. Die klerepony, zei hij tegen zichzelf. Het laken dat afwikkelde, zijn jasje dat heen en weer wapperde. De kooi die tegen de geleidekabels klapte, haar lichaam dat de scheepshuid raakte. Hij kon zich niet herinneren wanneer hij voor het laatst had gehuild, behalve nu terwijl er een herinnering werd geboren die zich pijnlijk een weg van binnen naar buiten schopte. Die pestpony.

'Voel je je wel goed?'

Blair hief zijn hoofd op. Een wazige Leveret keek hem aan vanaf een rijtuig, dat Blair niet had horen aankomen.

'Ja hoor.'

'Je lijkt een beetje van streek.'

'Leveret, wat ben je toch ook een scherp opmerker.' Blair rolde op zijn rug; het zou hem niet hebben verbaasd als zijn ogen uit hun kassen waren gedreven. Zijn ribben deden pijn, alsof ze niet aan dit soort beweging gewend waren. Hij had rustig gewandeld, had zich plotseling die begrafenis op zee herinnerd, en was in een fontein veranderd.

'Zal ik je overeind helpen?'

'Als je me wil helpen, vertel me dan dat ik ontslagen ben, dat de familie Hannay niet langer van mijn diensten gebruik wil maken.'

'Nee, de bisschop zegt dat hij zeer tevreden is met je werk. Hij wil dat je op dezelfde voet voortgaat.'

Blair ging rechtop zitten. 'En hoe zit het dan met Charlotte Hannay? Wil hij dat ik bij haar uit de buurt blijf?'

'Integendeel. De bisschop wil dat je opnieuw met haar gaat praten.'

'Heb je hem verteld wat er is gebeurd?'

'Hij zegt dat je haar de andere wang had moeten toekeren.' Toen Blair door zijn tranen heen lachte, voegde Leveret eraan toe: 'De bisschop zei er echter bij dat, als je daar niet voldoende sympathie voor kon opbrengen, het je vrij stond om je tegen dergelijke aanvallen te verdedigen.'

'Zei de bisschop dat? Weet hij dat zijn dochter me niet kan luchten of zien?'

'Ik heb hem verteld wat er is voorgevallen. Charlotte en Earnshaw hadden hem inmiddels al uitgebreid verslag gedaan. Het onaangename voorval in de tuin is uitvoerig besproken.'

Het voorval in de tuin! Wat een typisch Engelse manier om iets te beschrijven, onverschillig of het nu om een moord of om een scheet ging, dacht Blair. Hij stond op. 'Hannay is gek,' zei hij.

'De bisschop zegt dat de verdwijning van kapelaan Maypole een te dringende en belangrijke zaak is om persoonlijke overwegingen een rol te laten spelen. Hij schijnt er zelfs des te meer van overtuigd te zijn dat je de juiste man voor deze taak bent. Hij zegt dat er mogelijk een bonus voor je inzit.'

Kwaad gooide Blair zijn ransel in het rijtuig en klom naast Leveret op de bok. 'Ik wil helemaal geen bonus hebben en ik heb geen idee hoe ik "deze taak" moet volbrengen. Die Chief Constable Moon van jou denkt dat Maypole nooit gevonden wordt. Hij heeft waarschijnlijk gelijk.'

Leveret snoof. 'Heb je gereden? Ben je er door een paard afgegooid?'

Blair dacht even over de vraag na. 'Zoiets.'

In het hotel kleedde hij zich om. Hij voelde zich op een vreemde manier gestimuleerd en gelouterd. Kleuren kwamen hem intenser, frisser, veel helderder voor. Bij een kantoorboekhandel kocht hij een vergrootglas om Maypoles dagboek te lezen. Hij had zelfs eetlust en kreeg Leveret zover dat hij met hem meeging naar een eethuis in Scholes dat konijnepastei en paling in 't zuur als specialiteit had.

Binnen hing een adembenemende wolk pijperook. Krukken en invalidenwagentjes stonden naast tafeltjes waaraan oude mannen met petten en vuile sjaals tussen het ruziemaken door domino zaten te spelen, met daartussen jongere arbeiders die een dag vrij hadden genomen. Ze aten hun pastei met knipmessen, een etiquette waar Leveret uiterst kritisch en gereserveerd naar keek. Blair was gewend aan Arabieren en Afrikanen die met hun handen aten. Ook had hij een zwak voor dit soort tableau, het tijdloze beeld van onfortuinlijke mannen die zaten te gokken, hier al niet anders dan in Accra of Sacramento. Het spelen ging vergezeld van twee ritmische geluiden, het gepaf aan stenen pijpen en het geluid van de ivoren dominostenen.

Het bier was donker en zond een bijna zichtbare rilling door Leveret heen. Hij had nog steeds pleisters op zijn hoofd en zijn gezicht leek enigszins gerimpeld, alsof het opgeplakt zat. 'Ik ben niet meer in een gelegenheid als deze geweest sinds ik hier stiekem met Charlotte naartoe ging,' fluisterde hij.

'Kwam zij hier vroeger?'

'Toen we kinderen waren. We waren allebei verzot op palingpastei.'

'Charlotte Hannay? Dat kan ik me niet voorstellen.'

'Je kent Charlotte niet.'

'Een akelige kleine kwal.'

'Nee. Ze is... ze was vroeger heel anders.'

'Een vis?'

'Avontuurlijk, een en al leven.'

'Nu is ze een en al vooringenomenheid. Is ze niet wat jong om alles zoveel beter te weten dan alle andere mensen?'

'Ze is ontwikkeld.'

'Wat wil dat zeggen?'

'De klassieken, natuurwetenschappen, Frans, Latijn, wat Grieks...'

'Ik begrijp het. Weet ze ook iets van mijnwerkers en mijnmeiden?'

'Het is een Hannay-traditie om door de stad te zwerven. Toen de bisschop zelf jong was, zat hij altijd in de arbeidersbuurten van Wigan. De jongens sprongen over oude schachten. Dat moest je durven, begrijp je? Sommige jongens durfden absoluut niet te springen, maar Hannay was de kampioen.'

'Nou ja, het waren tenslotte zijn schachten, of niet soms? Dat zou misschien een voorwaarde moeten zijn om eigenaar te kunnen worden: over een open schacht springen. Kwam Maypole hier wel eens?'

'Een tijdje. Hij wilde net zo eten als de mijnwerkers, met hen lijden. Maar hij vertelde me dat hij had ontdekt dat mijnwerkers uitstekend eten. Rosbief, schapevlees, ham, en natuurlijk grote hoeveelheden bier. Dat kon John zich niet veroorloven en dus ging hij maar weer als een kapelaan leven.'

'Kwamen de meeste mensen in zijn kerk?'

'Nee. Ik weet niet of het je is opgevallen, maar in het kantoor van de krant stond een boek getiteld *Lancashire Catholics: Obstinate Souls*. Dat komt omdat Lancashire ondanks de reformatie altijd het meest katholieke graafschap is gebleven. We zijn ook het meest methodistische. We zijn van alles het meest. In de middeleeuwen was Wigan een toevlucht voor weggelopen slaven. Tijdens de burgeroorlog waren we royalisten. Niet zoals de zuiderlingen.'

'De zuiderlingen?'

'Londenaren. Zuiderlingen zijn gemakzuchtig. Ze doen altijd wat hun het beste uitkomt. Mijnbouw is geen gemakkelijk beroep.'

'Droeg Maypole ooit schoenklompen?'

'Alleen om rugby te spelen, omdat de anderen die ook droegen.'

'Ik heb ze niet in zijn kamer gezien. Draag jij ooit klompen?'

'Goeie hemel, nee.'

'En als kind?'

'Dat mocht niet van mijn vader. Ik heb je verteld dat hij voor mij de rentmeester was. Als zoon van een mijnwerker was dat een geweldige stap voor hem, begonnen als klerk, toen opgeklommen tot assistent-rentmeester en ten slotte rentmeester. "In dit gezin geen kromme benen meer," zei hij. Mijn grootvader had benen als hoepels omdat hij als kind, toen zijn botten nog zacht waren, kolen had moeten sjouwen. In één generatie zijn de Leverets de hoogte in geschoten.'

'Een soort evolutie?'

Leveret dacht een moment na. 'Vooruitgang, zei mijn vader. Mijn moeders vader was sluiswachter en ik zat hele dagen aan het kanaal – een kanaal is voor een jongen iets geweldigs, tussen de paarden en de schepen, vissen – tot mijn vader me verbood om daar nog langer te komen. Hij was een groot vriend van Chief Constable Moon en Moon geloofde heilig in de vooruitgang van arbeiders in het algemeen en mijnwerkers in het bijzonder. Hoewel Moon beweert dat vooruitgang begint met een stevige knuppel. Een intimiderende man. Het hoofd van de politie is in een plaats als Wigan een belangrijke figuur.'

'Moon is een oen in een uniform.'

'Dat klinkt goed.' Leveret onderdrukte een glimlach.

Blair knikte naar een tafeltje in een hoek. 'Zie je die man die daar worst zit te snijden? Gezicht zwart van het kolenstof. Kolenstof in zijn haar, onder zijn nagels, in elke plooi en holte van zijn lichaam. Hij spreekt een taal die voor iedere andere Engelsman onverstaanbaar is. Hij draagt schoenklompen. Breng hem over een uur terug, gewassen, geschoren, met Londense kleren en schoenen aan, pratend als een Londenaar, en je zou niet geloven dat het dezelfde man was. Hij zou je niet kunnen overtuigen. Maar is dat vooruitgang?'

'De kleren maken de man?'

'En zeep,' zei Blair.

'Weet je wat de mensen hier geloven? De mensen geloven dat Engelse wollen kleding de beste bescherming biedt tegen tropische hitte. Werkelijk waar. Ze denken dat dat het voordeel is dat de Engelse ontdekkingsreizigers boven andere hebben. Je moet Engelsman zijn om dat te kunnen begrijpen.'

'Ongetwijfeld. Daarom begrijp ik niet waarom de bisschop meer dan ooit overtuigd is dat ik de juiste man voor dit karwei ben. Als ik nog steeds geen kans heb gezien om Maypole te vinden, wat doe ik dan goed?'

Leveret deed zijn best om een positief antwoord te geven. 'Ik weet het niet,' bekende hij. 'Hoewel ik je benadering erg origineel vind, kan ik niet zeggen dat we inmiddels dichter bij het antwoord zijn op de vraag waar John is gebleven of wat er met hem is gebeurd. Na je ruzie met Charlotte was ik ervan overtuigd dat de bisschop je zou ontslaan. In plaats daarvan liet hij er geen twijfel aan bestaan dat het haar plicht was om mee te werken. Hij wilde zelfs dat ik tegen je zei dat hoewel Charlotte zich aanvankelijk waarschijnlijk zou verzetten, je je niet moest laten ontmoedigen.'

'Misschien kan ik zijn dochter ergens treffen waar geen wapens zijn. Of rozen.'

'Charlotte kan soms erg moeilijk lijken omdat ze zoveel doelstellingen heeft en die erg serieus neemt.'

'Net als Maypole. Vertel eens, wat voor relatie had ze eigenlijk met hem?'

'Ze hadden gemeenschappelijke idealen: de vooruitgang van Wigan door opvoeding, matiging, verbetering van de volksgezondheid.'

'Als je daarmee het hart van een meisje niet wint, waarmee dan wel? Wat ik bedoelde was, hielden ze elkaars handje vast, kusten ze elkaar, dansten ze?'

'Nee, niets dat ook maar in het minst plat of lichamelijk was.'

Soms vroeg Blair zich af of Leveret en hij dezelfde taal spraken. 'Waren Charlotte en hij gelukkig? Ik heb het niet over de hogere voldoening van het weldoen, ik bedoel de lagere voldoening van een warm lijf.'

'Zo dachten ze niet. Ze waren bondgenoten, soldaten die voor hetzelfde sociale doel vochten.'

Blair probeerde een andere benadering. 'Vertel me dan eens of je ooit hebt meegemaakt dat ze een verschil van mening hadden? We hebben het tenslotte over een vrouw die, laten we zeggen, licht ontvlambaar is.'

Leveret aarzelde. 'Charlotte kon wel eens wat ongeduldig met John zijn, maar dat kwam omdat ze zoveel mensen wilde helpen.'

'Misschien ook omdat zij de dochter van een bisschop was en hij een eenvoudige kapelaan?'

'Nee, ze heeft altijd alleen maar een afkeer van klasseverschillen gehad. Daarom woont ze ook niet in Hannay Hall. Ze weigert een bediende te hebben.'

'Precies, ze commandeert alleen iedereen. Kon John Maypole het met Hannay vinden? Hoe vond de bisschop het dat zijn dochter met iemand ging trouwen die niet bij de aristocratie hoorde?'

'Normaal hebben een bisschop en een kapelaan erg weinig met elkaar te maken. Kwam nog bij dat John een hervormer was, wat de bisschop niet noodzakelijk hoeft goed te keuren. Het huwelijk zou voor Charlotte maatschappelijk gezien inderdaad een grote stap terug hebben betekend. Maar omdat ze de titel noch de landerijen kon erven, was het niet zo belangrijk met wie ze trouwde.'

'Vertel eens: hoe is het mogelijk dat Hannay zowel bisschop als lord is?'

'Dat zit zo: ze waren met drie broers. De bisschop was de middelste en besloot tot de geestelijkheid toe te treden, terwijl de jongste, Rowlands vader, voor een carrière in het leger koos. Toen de oudste broer zonder nakomelingen overleed – zonder zoons, bedoel ik – erfde de bisschop de titel.'

'En na de bisschop?'

'Charlottes broer zou de volgende zijn geweest, maar hij is twee jaar geleden na een val van zijn paard overleden. Rowlands vader is een jaar of twaalf geleden in India overleden, dus ziet het ernaar uit dat Rowland de volgende lord Hannay wordt.'

'Charlotte komt in dit stuk helemaal niet voor?'

'Als vrouw zijnde, nee, inderdaad niet. Heeft de bisschop hier nooit met je over gepraat?'

'Waarom zou hij?'

'Na de dood van zijn zoon was hij radeloos. Toen is hij met jou mee naar Afrika gegaan. Dat is mogelijk de reden waarom hij zo'n genegenheid voor je voelt.'

'"Genegenheid"?' Daar moest Blair om lachen.

'Charlotte is ook veranderd. Ze reed samen met haar broer toen hij viel. Na het ongeluk is ze veel serieuzer geworden – dat sprak John natuurlijk erg aan toen hij in Wigan kwam.'

'Uiteraard.'

Blair voelde zelfs een heel klein beetje sympathie, tot Leveret eraan toevoegde: 'Op een bepaalde manier lijk je wel wat op haar broer. Ik begrijp niet waarom ze zo'n hekel aan je heeft.'

'Kismet. Heeft Maypole Charlotte uitgezocht, of zij hem? Je hoeft het paringsritueel niet te beschrijven, vertel me alleen maar wie wie heeft gevraagd.'

'Het verschil in maatschappelijke status in aanmerking genomen, zou John haar onmogelijk hebben kunnen vragen. Maar hij aanbad Charlotte.'

'Je zou je dus niet kunnen voorstellen dat John verliefd werd op iemand die hij hier had ontmoet? Een arbeidersmeid van vlees en bloed, smerig en wel?'

'Dat is een merkwaardige vraag.'

'Hoeveel moet er per week voor een huis van Hannay in Candle Court worden betaald?'

'Drie pond.'

'Wat is het weekloon voor een mijnmeid?'

'Tien penny per dag. Bruto. Na aftrek komt dat neer op krap vijf shilling per week.'

'Wie zegt dat Engeland tegen slavernij is? Dat betekent dus dat twee mijnmeisjes bijna drie pond tekortkomen voor de huur, laat staan dat ze dan nog geld overhouden voor voeding en kleding. Weet je zeker dat Maypole nooit een meisje dat in een dergelijke situatie verkeerde, heeft geholpen?'

'Er was niemand anders dan Charlotte. Blair, er moeten toch andere benaderingen zijn om dit onderzoek te doen.'

'Andere benaderingen? Als je echt mensen zou willen ondervragen, zou de politie eraan te pas moeten komen, maar dat zou openbaar zijn en dat willen de Hannay's niet, en dus volg ik de weinige aanwijzingen die ik heb.'

'En die zijn?'

'Afgunst. Dominee Chubb heeft zo'n ontzettende hekel aan zijn meer dan fortuinlijke kapelaan dat hij hem met een dikke kaars de hersens inslaat en in een grafkelder verstopt.'

'Nee.'

'Ik denk het ook niet. Geld. Meneer Earnshaw, lid van het parlement, hoort Maypoles hartstochtelijke pleidooi voor de mijnmeiden aan, maar wat hem veel meer interesseert is het feit dat zijn vriend verloofd is met een rijke vrouw. Earnshaw neemt stiekem de trein naar Wigan, snijdt Maypole de keel af, gaat terug naar Londen en komt dan als edele ridder van de drankbestrijders naar Wigan terug om de treurende Miss Hannay het hof te maken.'

'Nee.'

'Waarschijnlijk niet. En dan hebben we jou, eerlijke Oliver Leveret, jij die altijd van Charlotte Hannay hebt gehouden en danig geschokt moet zijn geweest toen ze heel eigenzinnig je beste vriend verkoos om haar bed en bankrekening mee te delen. Jij die geacht wordt me te helpen en niets anders hebt gedaan dan een heilige beschrijven die nooit heeft bestaan. De Maypole die ik nooit zou kunnen vinden. Maar John Maypole was geen heilige. Hij luisterde niet naar Chubb. Hij zat achter de mijnmeiden aan. Hoogstwaarschijnlijk beschouwde hij Charlotte Hannay als een heks die te zijner tijd vervangen kon worden. Jij vermoedde dat er iets gaande was. Een week voor zijn verdwijning vroeg je hem wat er aan de hand was, en toen hij zei dat alles prima in orde was, wist je dat hij loog. Jij bent mijn laatste aanwijzing, Leveret.'

Leveret kreeg een kleur alsof hij een klap in zijn gezicht had gekregen. 'John heeft me inderdaad gezegd dat ik me geen zorgen moest maken. Hoe wist je dat ik hem had gevraagd?'

'Wat was de reden dát je hem dat vroeg?'

'Hij was zo opgewonden.'

'Wat zei hij precies?'

'Dat hij een geestelijke crisis doormaakte. Dat mijnwerkers het ideaal van de hemel dichter benaderden dan geestelijken. Dat hij heen en weer geslingerd werd tussen verrukking en wanhoop. Maar hij verzekerde me dat hij zich prima voelde.'

'Vond je dat hij zo klonk?'

'Ik wist dat John ook maar een mens was. Datzelfde geldt voor mij. Als ik van Charlotte hield, dan verlangde ik nooit naar haar. Niemand voelde zich gelukkiger voor John dan ik toen hun verloving werd aangekondigd.'

'Laten we teruggaan naar de verrukking en de wanhoop. Was de verrukking het arbeidersmeisje? Was Charlotte Hannay de wanhoop?'

'Er was niemand anders dan Charlotte.'

'Was ze beide? Wat een vrouw.'

'Blair, verdenk je me werkelijk?'

'Nee, maar ik vind wel dat het tijd wordt dat je me gaat helpen. Kun je dat?'

Leveret kleurde tot in zijn haarwortels. 'Hoe?'

'Zorg dat ik het verslag van het onderzoek naar de ontploffing krijg.'

'Dat zou dan het rapport van de lijkschouwer zijn. Daar hebben we het al over gehad. Er ligt een exemplaar op ons kantoor hier in de stad, maar dat moet daar blijven, zoals ik je al heb verteld.'

'Breng het naar mijn hotel.'

'Waarom?'

'Dan krijg ik het gevoel dat ik iets doe. Ik begrijp niets van Engeland. Ik begrijp alles van mijnen.'

'Verder nog iets?'

'Ik heb je rijtuig nodig.'

'Is dat alles?'

Blair herinnerde zich koning Salomo. 'Er zijn niet toevallig zwarte vrouwen door Wigan getrokken, is het wel? Afrikaanse vrouwen?'

'Nee.'

'Zomaar een gedachte.'

Terwijl Blair in de richting van de toren van de Hannay-mijn reed, sloften mijnwerkers en mijnmeisjes in tegenovergestelde richting langs de kant van de weg naar huis. In Leverets rijtuig was hij letterlijk een klasse boven hen verheven. Hij zag noch Flo, noch Bill Jaxon. Niemand keek naar hem op. In de avondschemering hadden het koeien of schapen kunnen zijn.

Hij miste de zon zoals die aan de evenaar scheen, de scherpe scheiding tussen dag en nacht, maar hij moest toegeven dat het Engelse licht een vreemde charme had. Donderwolken die zo hoog optorenden, dat een kolentrein een plooi in het landschap leek. Mussen die van hoog naar laag tuimelden, van licht naar donker, om heggen en schoorstenen heen. Er heerste een rust die geen locomotief kon verstoren, een bezieling die geen roetsluier kon verbergen.

Alles was tegenstrijdig. Bisschop Hannay die totaal niet om Maypole gaf maar hem toch gevonden wilde hebben. Charlotte Hannay, Maypoles verloofde die niet wilde helpen. Hoe kwader Blair haar maakte, hoe liever het de bisschop was, zo leek het. Leveret had gelijk toen hij zei dat Blair het niet begreep. Hij begreep er elke dag minder van.

Vlak bij het terrein van de Hannay-mijn stond een groepje kale, grijs-bruine wilgen en eiken te wuiven in de wind boven een lager bos van bramen en gaspeldoorn. De sleedoorn had witte knoppen; overigens was dit laatste overblijfsel van het bos van Wigan zo grauw als een ragebol. Er liep geen weg doorheen en Rose Molyneux was nergens te zien. Blair bond het paard vast en vond een voetpad dat tussen de struiken door voerde. De doorntakken die over het pad uitstaken, duwde hij met zijn leren ransel weg.

Het bos bood een woonplaats voor mollen, vossen, wezels. Rond de mijnen was nog maar weinig begroeiing over en Blair kon de geconcentreerde activiteit van de dieren om hem heen bijna voelen. Binnen een paar minuten bereikte hij wat volgens hem het midden van het bosje moest zijn, een kleine open plek rondom een berk, en zag hij een vink op een tak zitten die floot dat het een lieve lust was. Hij stond verstomd, alsof hij, terwijl hij door de ruïne van een stad zwierf, plotseling op een oude, kleine kapel was gestuit, waar de vink aan de klokketouwen trok.

'Het is een kanarie,' zei Rose.

Ze kwam uit de schaduw van een wilg, hoewel ze in de vallende duisternis, met haar sjaal om en al dat kolenstof op haar gezicht zelf nauwelijks meer dan een schaduw was. In haar hand had ze een etensketeltje.

'Wat zeg je?' vroeg Blair.

'Ze ontsnappen uit de mijn, of soms worden ze losgelaten en dan is dit het eerste bosje waar ze naartoe vliegen. Ze mengen zich tussen de vogels hier.'

'Ik kan het haast niet geloven.'

'Ik wel.' Haar haar hing los in roodbruine krullen, haar ribfluwelen jas was fluweelachtig van het kolenstof, en om haar ensemble te completeren had ze een satijnen lint om haar hals. Haar hand zat in het verband en hij herinnerde zich dat Flo had gezegd dat ze een ongelukje had gehad.

'Ben je gewond?'

'We zijn vandaag niet aan het theeschenken geweest, maar aan het kolen lezen. Soms zit er wel eens een scherpe steen tussen. Wat kwam je me vertellen?'

De berk werd verlicht. De vogel vloog verschrikt weg en er volgde een donderslag. In dat ene verlichte moment realiseerde Blair zich dat hij Rose Molyneux nog niet eerder bij goed licht had gezien. Ze zat altijd half onder het stof of ze werd slecht verlicht door een kaars of een olielamp. De bliksemflits toonde een voorhoofd dat net zo hoog was als dat van Charlotte Hannay maar boven een paar ogen die veel helderder waren, net zo'n mooie neus, maar met een meer ontspannen en ook vollere mond, die rood afstak bij haar zwarte wangen. Ze leek ook langer dan Charlotte, maar bovendien was ze ook lichamelijk meer aanwezig, een civet vergeleken met een huiskat.

'Ik wil dat je iets voor me teruggeeft,' zei Blair. Hij haalde de schoenklompen die bij het hotel waren bezorgd uit zijn ransel. 'Die heeft Bill Jaxon voor me achtergelaten. Ik heb gezien hoe hij ze won van een Ier die hij half doodschopte. Ik weet dat Jaxon je vrijer is. Ik denk dat hij zich in zijn hoofd heeft gehaald dat ik iets met jou van plan ben en dat die klompen bedoeld zijn als waarschuwing dat, als ik je niet met rust laat, hij míj half doodschopt. Zeg alsjeblieft tegen hem dat ik het begrepen heb en dat ik geen klompen nodig heb.'

'Het zijn hele mooie. Met klavertjes.' Ze keek naar de stiksels en de met koperen spijkers beslagen neuzen.

'Nou, ze hebben die Ier anders geen geluk gebracht.' Hij wilde haar de klompen geven, maar Rose pakte ze niet aan.

'Ben je bang van Bill?'

'Ik ben zeker bang van Bill. Hij is gewelddadig en niet half zo dom als hij eruitziet.'

'Oooh, dat zal hij een mooie beschrijving vinden.'

'Je hoeft het hem niet te vertellen.'

'Zijn het die klompen soms? Krijg je het hoog in je hoofd? Heb je liever pistolen of degens?'

'Ik heb liever helemaal geen moeilijkheden. Ik heb alleen maar met je gepraat om je over John Maypole te vragen.'

'Je bent twee keer geweest,' zei Rose.

'De tweede keer was vanwege die foto die Maypole van je had.'

'En toen zei je dat je me niet meer lastig zou vallen.'

'Heus, geloof me, ik probeer je niet lastig te vallen.'

Er vielen een paar druppels door de bomen. Rose begon er duidelijk in te komen, als een actrice op het toneel. 'Als ik Miss Hannay was, zou het heel wat anders zijn. Als ik een dame was, zou je me geen klompen in mijn gezicht gooien. Dan zou je me niet als een inspecteur van de armenzorg met een hoop vragen aan mijn kop zeuren.'

'Rose, je vriendin Flo heeft deze ontmoeting geregeld. Ik gooi niet met klompen. Ik probeer ze je te geven. En wat betreft Miss Hannay, jij bent twee keer zoveel dame als zij.'

'Beken nou gewoon dat je een lafaard bent. Voor mooie praatjes koop ik niks.'

Blair verloor zijn geduld. 'Wil je die pestklompen nou aannemen of niet?'

'Zie je nou? Praat je zo ook tegen een dame?'

Met Rose ging het nooit zoals hij hoopte. Het begon harder te regenen en haar haar plakte aan haar vuile voorhoofd, maar toch was hij degene die zich verfomfaaid voelde. 'Alsjeblieft?' vroeg hij.

Ze deed haar handen op haar rug. 'Ik weet het niet. Een beroemde ontdekkingsreiziger als jij kan best zelf met Bill praten. Je hebt de hele wereld om je te verbergen als Wigan je niet veilig genoeg is.'

'Wat wil je, Rose?'

'Twee dingen. Om te beginnen met je meerijden naar de stad. Je kunt me afzetten als we in de buurt komen. Verder moet je me beloven dat je nooit meer bij me aan de deur komt en me ook niet meer op het werk lastigvalt. Ik zit niet op een tweede Maypole te wachten.'

Het stak hem meer dan hem lief was om met Maypole te worden vergeleken.

'Rose, neem die klompen mee en ik zal je nooit meer lastigvallen.'

'Alleen op die voorwaarde neem ik ze aan.'

Terwijl hij haar voorging op het pad brak het onweer los en bogen de bomen onder het geweld van de wind. Hij vroeg zich af waarom hij haar voorging terwijl Rose het pad door het bos beter kende dan hij, maar ze leek het te verwachten, alsof ze de prinses van een klein koninkrijk was.

10

'Toen ik zes was moes' ik de put in. Ze haalden ons in een mand op en neer. Ik moes' met een stuk zeildoek met latjes de lucht binne late. Anders krege ze beneje geen adem en dan ginge ze dood.

Toen ik acht was, toen was ik groot genoeg om kolen te halen. Dat betekent slepen. Ik had een ketting om me nek, tussen me bene door naar een slee, net als me moeder en al me zussies. Ik was een flinke meid en ik kon wel veertig, vijftig pond kole trekke. Pony's ha-je toen nog niet in de put. Het was zo krap da' je d'r maar net doorheen kon.

En héét? Bij 't front, waar ze de kole hakke, was iedereen nakend. Als Adam en Eva. Je kroop door de modder en de troep. Daar gebeurde van alles met de meiden. Daarom moeste alle meide van het parlement de put uit en naar bove. Nie' vanwege 't werk maar vanwege de zedelijkheid. Zo ben'k mijnmeid geworde.

't Werk kon me nie' schele. Kole leze. Wagens wippe. Alles. Koud in de winter. Je danste om warm te blijve. D'r benne ergere dinge als bevrieze. Toen me oudste meid ging werreke, kwam ze tussen twee wagons, doodgedrukt. Tien was ze. De eigenaars en de baze kwamme langs om ons vijf shilling te geve. Da' krijg je alster een doodgaat. Vijf shilling voor de oudste, drie shilling voor elke meid daarna.'

'Wat deed u toen?' vroeg Blair.

'Je buigt en je zegt, ja meneer, nee meneer, val kapot meneer.'

Toen het deksel van de ketel begon te rammelen, schoof Mary Jaxon hem op een koude plaat en deed er een theeëi in om te laten trekken. Een gietijzeren fornuis vormde het middelpunt van elke mijnwerkerswoning. De stang was blinkend gepoetst. Uit de oven kwam de geur van versgebakken brood. Het was net zo'n huis als dat van Rose Molyneux, alleen zaten er in Mary Jaxons keuken twaalf kinderen dicht naast elkaar op de trap de bezoeker aan te staren.

Om de tafel zaten Blair en een aantal buren, mannen met zwarte nekken en de roodomrande ogen van mijnwerkers, niemand die Blair kende, behalve de kleine stalknecht die op de Hannay-mijn zo kwaad op hem was geworden. Hun vrouwen stonden achter hen; het was gebruik dat de mannen die van het werk kwamen, als eersten recht hadden op een stoel. Hoewel de vrouwen hun beste omslagdoeken over hun versleten jurken droegen, kon Blair aan hun half-toegeknepen ogen en de manier waarop ze hun gespierde armen over elkaar hadden geslagen, merken dat ze hem met meer dan gemiddelde argwaan bekeken. Net als Mary Jaxon waren ook zij van de put naar een rijtjeshuis gegaan en kregen ze elk jaar een kind, en dat met een weekloon dat 's zomers, als de kolenprijzen daalden, een stuk lager werd en tijdens stakingen helemaal ophield. Mary Jaxon was een merkwaardige gastvrouw, ongeveer als de moeder van een roedel wolven, een mengeling van woestheid en gastvrijheid. Blair had eerst Leverets rijtuig teruggebracht en was te voet hierheen gekomen om zo min mogelijk aandacht te trekken, maar Mary Jaxon was onmiddellijk de achterdeur uitgegaan om alle buren op te trommelen. Ze zei dat Scholes het soort gemeenschap was waar interessante bezoekers werden gedeeld.

'Moe-je thee?' vroeg Mary.

'Heel graag, dank u,' zei Blair.

'Kom-u echt uit Amerika?' vroeg een meisje op een van de middelste treden.

'Ja.'

Een jongen onder aan de trap vroeg: 'Ben-u een rooie indiaan?'

'Nee.'

Ze bleven hem strak aanstaren, alsof ze hoopten dat hij alsnog in een indiaan zou veranderen.

Blair vroeg aan mevrouw Jaxon: 'De laatste keer dat kapelaan Maypole bij u langskwam, waar hebt u toen over gepraat?'

'Over de zegeningen die God de arbeider geeft. Geduld, lijden en al die kleine engeltjes waar wij voor zorgen. Voor een vrouw benne het dubbele zegeningen.'

De mijnwerkers zaten ongemakkelijk op hun stoelen te draaien, maar uit de knikjes van de vrouwen bleek dat Mary Jaxon voor hen allemaal sprak.

'Ook nog ergens anders over?' vroeg Blair.

'Kapelaan Maypole wou dat we knielden om voor de prins van Wales te bidden omdat die verkouwe was. Die koningin met haar Duitse familie, da' we die niet met zijn allen ophangen is dunkt mij al mooi genoeg.'

Op de trap werd zachtjes gegiecheld.

'En hij was een goeie voor de christelijke sporten,' voerde een van de mannen aan.

'Wat zijn dat?' vroeg Blair.

'Cricket,' zei een kleine jongen op de trap.

'Rugby,' zei een grotere jongen en gaf de eerste een mep.

Mary Jaxon zei: 'Je moet niet vergete dat er 's anderdaags bij Hannay zesenzeventig man als verbrande lucifers rond de kop van de put lagen. Geen mens die op een priester lette. Ja, misschien as-ie de dooien had kunnen laten verrijzen. Ken je alles verstaan wa'k zeg?'

'Ja.' Blair begreep ook dat hij hier niets aan de weet zou komen. Misschien kwam het door de ontploffing, dacht hij. Ieder gezin had wel iemand verloren; een zoon, een vader, een man, een broer – op zijn minst een goede vriend. Misschien was dat de reden waarom ze in de keuken zaten, omdat voorkamers werden gebruikt om de doden op te baren. Mogelijk raakten mevrouw Jaxon en haar buren van streek door zijn vragen. Hoe het ook zij, hij was klaar om te vertrekken hoewel het hele gezelschap hem vol verwachting aan bleef staren.

'Vertel 's van Afrika,' zei Mary Jaxon.

'Afrika?'

'Ja.' Haar ogen schoten naar de trap. 'De kinderen weten niks van de wereld. Die willen hun hele leven dom blijven. Die denken dat ze niet hoeve te lere lezen en schrijven omdat ze toch de put in gaan.'

'Een praatje voor de kinderen?' vroeg Blair.

'As-ie 't niet erg vin.'

Vermaak van buiten was in Wigan een zeldzaamheid, dat wist Blair. Dit was een wereld waar een man met een buikorgeltje veel publiek trok. Toch werd hij getroffen door de gedachte dat andere reizigers na terugkeer uit Afrika hun praatjes in de Kaartenkamer van de Royal Society hielden. Nu waren dat natuurlijk gentleman-reizigers. Gevierde ontdekkers. In rokkostuum, met officiële gasten, champagne, toosten en een zilveren medaille van de Society. Blair had nooit verwacht dat ze hem er een zouden geven, maar de ongelijkheid was veelzeggend. De Society had zijn kaarten en rapporten, zelfs een paar monografieën, en hier zat hij dan, dit was dan zijn debuut, in Wigan, in een keuken die naar stamppot en natte wol rook en waar een van de kinderen nu en dan met zijn klompen tegen de trap kloste.

Blair stond op. 'Ik moet weg. bedankt voor de thee.'

'Ben je dé Blair uit Afrika?' vroeg een van de mijnwerkers.

'Misschien niet. Goeienavond.'

'Ik wist het. Een oplichter,' zei de vrouw van de mijnwerker.

Op weg naar de voordeur liep hij in de donkere voorkamer tegen een tafel aan. Hij bleef staan en keek in de ovale spiegel naast de kapstok en zag een uitgemergelde man die gebogen en haastig als een dief wegsloop, hoewel hij hen niets anders had ontnomen dan de fatsoenlijke indruk die ze van hem hadden. Nu had die fatsoenlijke indruk natuurlijk niets met hem te maken. Het was een gave omdat ze verder weinig te geven hadden. Wat maakte het uit? Hij had er absoluut niets mee te maken.

'Er schiet me toch iets te binnen,' zei Blair en ging de keuken weer binnen. De volwassenen wisselden nog steeds woedende blikken over zijn plotselinge vertrek. De helft van de kinderen was de trap afgekomen; bij het horen van zijn stem klommen ze snel weer naar boven. Blair ging zitten alsof hij niet weg was geweest.

'Als je naar Afrika gaat,' zei hij, 'of naar welke andere plaats op de wereld dan ook, moet je kunnen lezen en leesbaar kunnen schrijven. Wijlen de gouverneur van Sierra Leone, sir Charles Macarthy, die aan de Goudkust met duizend Fanti-soldaten tegen de Ashanti optrok, was daar een sprekend voorbeeld van. Hoewel de dappere Macarthy door zijn verkenners was gewaarschuwd dat de Ashanti-krijgers ver in de meerderheid waren, weigerde hij terug te trekken en dus leverden de twee legers slag bij Assama-cow.'

Zijn gehoor had hun plaatsen weer ingenomen, zelfs de stal-knecht. Mary Jaxon schonk nog een keer thee in.

'De Fanti waren dappere soldaten die op de Britse manier waren gedrild, maar de Ashanti kwamen uit een koninkrijk dat niet alleen andere Afrikaanse stammen had overwonnen, maar ook de Denen, de Hollanders en de Portugezen had weerstaan. Het lot van West-Afrika stond op het spel. Hoewel Macarthy een dapper generaal was, werd hij aan alle kanten door de vijand belaagd. Het was een vreselijk gevecht, eerst met geweren, later met speren en sabels. Toen gebeurde het ergste wat Macarthy had kunnen overkomen: zijn munitie begon op te raken.'

Blair zweeg even om een slok thee te nemen. Vanaf de trap volg-den schuinse blikken elke beweging.

'Gelukkig had hij een uitstekende ordonnans. Macarthy schreef een briefje aan zijn bevoorradingsofficier met het bevel onmiddel-lijk munitie te sturen en de ordonnans snelde er, gebruik makend van een tijdelijke opening in de linies van de Ashanti, haastig van-door. Macarthy en zijn Fanti-bondgenoten hielden dapper stand en sprongen zo zuinig mogelijk met hun munitie om. Je kunt je voorstellen wat een opluchting het was toen ze de ordonnans langs de oever van de rivier zagen terugkomen met twee muilezels bela-den met kratten. Stel je vervolgens hun teleurstelling en ongeloof voor toen ze de kisten openmaakten en er geen munitie maar macaroni in bleek te zitten. De bevoorradingsofficier had Macar-thy's verzoek niet goed gelezen. In elkaar gedoken onder het moor-dende vuur van de vijand schreef Macarthy een nieuw briefje. Weer zag de ordonnans kans om onder dekking van de rook door de linies te glippen. Weer hielden Macarthy en zijn trouwe maar steeds verder uitdunnende troepen stand, nu helemaal zonder mu-nitie en zich uitsluitend met het blanke staal verdedigend. En weer zag de ordonnans kans door de belegering heen te breken met nog eens twee muilezels en kratten. Ze braken de kisten open.'

Hij nam nog een slok en zette, heel langzaam, zijn kopje op tafel.

'Nog meer macaroni. De bevoorradingsofficier kon eenvoudig geen woord lezen van wat Macarthy schreef. De rest van het ver-haal is nogal gruwelijk. Ze werden door de Ashanti volledig onder de voet gelopen. De Fanti werden vrijwel tot de laatste man afgeslacht. Macarthy vocht zolang hij kon, maar ging uiteindelijk tegen een boom zitten en schoot zich, liever dan zich gevangen te laten nemen, een kogel door het hoofd. Dat was waarschijnlijk ook maar beter. De Ashanti hakten zijn hoofd af en kookten zijn hersens. Ze roosterden de rest van zijn lichaam en namen zijn schedel mee terug naar de hoofdstad van Ashanti-land waar hij bij de schedels van andere vijanden werd gelegd die ze vereerden en bewonderden omdat Macarthy een dappere soldaat was geweest, maar wel een met een buitengewoon slecht handschrift.'

Er volgde een stilte. De gezichten rond de tafel waren warm en blozend.

'Gotsamme, dat was spannend,' zei een van de mannen en leunde achterover.

'Het hele verhaal ging over macaroni,' zei een vrouw.

'Is 't waar?' vroeg de man.

'Voor een Afrikaans verhaal vrij aardig,' zei Blair. 'Het is zelfs een van de waarste verhalen die ik ken.'

'Gotsie,' zei een jongen. 'Hou je fatsoen,' zei een moeder.

Een van de mijnwerkers leunde over de tafel. 'Zijn er goudmijnen aan de Goudkust?'

'Ja, en afzettingen van graniet, gneis en kwarts die erop wijzen dat er nog veel meer zit wat nog niet is ontdekt. Iemand die een beetje geologie heeft gestudeerd, zou daar goed in het voordeel zijn.'

'Als het op kolen aankomt, zijn wij allemaal geologen.'

'Dat is waar,' zei Blair.

'Heb-u een gorilla geschoten?' vroeg de kleinste jongen.

'Nee, ik heb nog nooit een gorilla gezien.'

'Olifanten?'

'Niet geschoten.'

'Dat doen echte ontdekkingsreizigers,' hield de jongen vol.

'Dat heb ik gemerkt. Maar echte ontdekkingsreizigers hebben wel honderd dragers bij zich. Die mogen de scheerzeep en de wijn dragen, maar de ontdekker moet zorgen dat er vers vlees voor de expeditie komt. Hij heeft trouwens de geweren. Omdat ik maar een paar man bij me had, schoot ik alleen maar antilopen, wat net zoiets is als een hert.'

Nu deed ook de stalknecht zijn mond open. 'Dus iemand zou daar een fortuin aan goud kunnen vinden.'

'Zeker weten. Maar hij zou nog meer kans hebben om dood te gaan aan malaria, draadwormziekte of gele koorts. Ik zou daar niemand naartoe sturen die een gezin had of een kans om dichter bij huis gelukkig te worden.'

'Jij bent gegaan.'

'Met oogkleppen op, als je begrijpt wat ik bedoel.'

'Nou en of,' zei de stalknecht en grijnsde breed.

Blair vertelde ze hoe je gedroogde ratten en vleermuizen klaar moest maken, palmwijn drinken, hoe je je tijdens het droge seizoen tegen de wind kon beschermen en tegen de wervelstormen in de regentijd, hoe het was om 's morgens wakker te worden door het gekrijs van de apen en 's avonds te gaan slapen bij het idiote gelach van hyena's. Hoe je de Ashanti-koning moest aanspreken, via een tussenpersoon, terwijl de koning op een gouden troon onder een gouden parasol zat en net deed of hij niets hoorde. Hoe je achteruit bij de koning vandaan moest lopen, gebogen. Hoe de koning zich heel langzaam en majestueus bewoog, net als koningin Victoria, maar groter en bruiner en veel opzichtiger gekleed.

De vragen vanuit de keuken leken in niets op die welke in een salon werden gesteld. Hun interesse was echter zo puur en zo intens dat de gezichten ervan straalden – van ouders zowel als kinderen – alsof er een raam was opengegooid en de zon naar binnen scheen. De antwoorden waren misschien niet zoals hij zich die had voorgesteld bij het houden van een lezing, meer de vormeloze hoeveelheid indrukken die een reiziger aan de verzamelde familieleden vertelde, maar toch was het een even vreemde als aangename ervaring.

Toen hij het huis van Mary Jaxon een uur later verliet, merkte hij dat hij de regen helemaal vergeten was die nu in stralen van de daken liep. De winkels hadden de luiken gesloten. Het lawaai uit de bierhuizen en pubs werd gedempt door de regen. Er reden vrijwel geen wagens door de straten en rijtuigen waren er al helemaal niet te zien. Hij trok zijn hoed wat dieper over zijn ogen en ging op weg naar zijn hotel.

Alleen op de hoeken van de lange, donkere straten stonden lantaarns. Op de plaatsen waar de straten boven de oude mijnschachten waren ingezakt, ontstonden meertjes. Hij merkte dat hij bezig was een omweg te maken door zijstraten en steegjes bij zijn pogingen om terug te komen in het centrum van de stad. Hoe langer hij liep, hoe nauwer de straten werden en hoe meer ashopen en hoe minder mensen hij zag. Hij leek in een doolhof van schuttingen, duiventillen en varkenskotten terecht te zijn gekomen. De plaatselijke bewoners zouden ongetwijfeld een betere weg weten, maar tegen de tijd dat hij besloot iemand de weg te vragen, was er niemand meer te zien.

Blair had zijn halve leven doorgebracht met proberen de weg te vinden. Hij had er nooit bezwaar tegen om iemand te vragen waar hij was. Afrikanen vonden het prachtig om iemand de weg te wijzen; de Afrikaanse etiquette kon een paar simpele aanwijzingen tot een verplichte visite van minstens een uur maken. Nu probeerde hij de weg te vinden en was er zelfs geen Afrikaan in zicht.

De steeg kwam uit op een veld met hoog gras en distels dat omhoog liep naar een horizon waarachter in de regen de gloed van fabrieksvuren te zien was, nu eens feller dan weer zwakker, als een ver onweer. Hij klom de helling op die abrupt eindigde in een zwart duin dat zich in het donker in beide richtingen uitstrekte. Het duin was een slakkenhoop, de berg stenen en afval en kolenstof die na het werkzame leven van een mijn achterbleef, nadat hij gedolven was, afgebouwd en verlaten. De slakken waren door hun eigen gewicht naar beneden gegleden in de verzakking, die was ontstaan nadat de gangen en pijlers waren ingestort, net zoals de caldeira van een uitgewerkte vulkaan. En net als bij een vulkaan waren er ook hier kwijnende, opaliserende tekenen van leven overgebleven, zwakke glinsteringen als van votiefkaarsen, kolenstof dat tussen de slakken warm werd en spontaan ontbrandde, wat betrekkelijk onschuldige blauwe vlammetjes opleverde die zich door de aarde een weg naar buiten zochten en nu hier en daar te voorschijn kwamen – een seconde, meer niet – als vluchtige, bijna levende vuurduiveltjes. De regen kon ze niet doven; een lage luchtdruk bracht ze zelfs te voorschijn.

Er was nog wel zoveel licht dat Blair een verlaten steenoven kon zien met de stomp van een schoorsteen die aan de rand van het gras op instorten stond en op het laagste punt van de slakkenput een donkere poel waaruit de rest van de schoorsteen schuin omhoog stak. Hoe diep het water was, hing van de lengte van de schoorsteen af. Er was zelfs genoeg licht om op zijn kompas te kunnen kijken.

'Verdwaald?'

Het was de stem van Bill Jaxon. Het was de enige persoon die Blair verwacht zou hebben. Aan zijn kompas kon hij zien dat hij van richting was veranderd en naar het noorden ging. Als hij om de slakkenhoop heen naar het westen ging, zou hij in straten komen die hem rechtstreeks naar Scholes Bridge terug moesten brengen.

'Ik vroeg of je verdwaald was.' Bill kwam uit de schaduw van de steeg en kwam de helling op waar Blair stond.

'Nu niet meer, dank je.'

Jaxon was een halve kop groter dan Blair. Met zijn pet en zijn lange haar, zijn dikke wollen jekker en witte sjaal, die opwaaide door de wind die tegen de helling omhoog kwam, leek hij zelfs nog groter. Of kwam dat door zijn klompen? Blair bedacht dat dat ook een duim scheelde.

'Ik had je gevraagd om Rose Molyneux niet lastig te vallen, maar je blijft aan de gang. Nou was je zelfs bij mijn moeder. Waarom doe je dat?'

'Ik vraag naar kapelaan Maypole, net zoals ik jou ook heb gevraagd. Dat is alles.'

'Denk je dat Rose of mijn moeder iets met kapelaan Maypole hebben uitgehaald?'

'Nee, ik vraag alleen wat Maypole zei, hoe hij deed, hetzelfde wat ik aan iedereen vraag.'

'Maar ik had gezegd dat je dat niet moest doen.'

Dat was waar. Blair had er alle vertrouwen in dat hij zich hier uit kon praten. Het voornaamste was om er altijd voor te zorgen dat een tegenstander – Ashanti, Fanti, Mexicaan, wie dan ook – geen gezichtsverlies leed. Het hielp ook als je geen zelfrespect had. Niettemin stak hij zijn kompas in zijn zak om zijn beide handen vrij te hebben.

'Bill, de bisschop heeft me voor dit karwei aangenomen. Als ik het niet doe, doet iemand anders het.'

'Nee, dat doen ze niet. Dit heeft niets te maken met het vinden van Maypole.'

'Mij gaat het alleen om Maypole.'

'Maar je hebt mij in een moeilijke positie gebracht. De mensen horen dat je bij Rose op visite gaat en dat brengt mij in een moeilijke positie.'

'Dat begrijp ik. Bill, het laatste wat ik wil is jou in een moeilijke positie brengen. Jij bent hier de kampioen, de heerser over de onderwereld. Ik ben niet eens uitdager.'

'Je bent geen vechter.'

'En ook geen minnaar. Ik ben mijningenieur en aan het andere eind van de wereld wachten er een paar mijnen op me, maar ik kan niet weg tot ik heb ontdekt wat er met Maypole is gebeurd.'

Het water liep langs zijn nek en tussen zijn boord. Onder zijn pet was Bills gezicht zo wit als marmer. Hij keek naar Blairs voeten.

'Wat heb je aan?'

'Geen klompen. Ik ga niet vechten.'

'Bang?'

'Ja.'

Bill leek het probleem te overdenken. 'Ik wou dat ik een keus had.'

'Die heb je.'

'Maar je hebt de klompen?'

'Ik heb je cadeautje gekregen. Nee, dank je. Ik heb de klompen aan Rose gegeven en gevraagd of zij ze aan jou terug wilde geven.'

'Dus je bent weer bij Rose geweest.'

Dat was een vraag waar geen antwoord op mogelijk was. Blair had het gevoel – een gevoel alsof hij van een hoge ladder viel – dat woorden, hoe glad van tong hij ook mocht zijn, vleugels nooit zouden kunnen vervangen.

'Om ze aan jou terug...'

Hij zag de schop niet aankomen. Zijn linkerbeen werd plotseling lam vanaf de heup naar beneden. Bill sprong achteruit, lichtvoetig voor zo'n grote kerel, en gebruikte zijn andere voet als een zeis om Blairs beide benen onder hem uit te maaien. Blair kwam op zijn zij terecht en rolde weg van een schop die langs zijn rug schampte.

'Ik heb je toch gezegd dat je bij Rose uit de buurt moest blijven?' zei Bill.

Blair richtte zich op zijn knieën op, zijn linkerbeen gevoelloos. Bill maakte schijnbewegingen van de ene naar de andere kant en Blair dook voor een op zijn gezicht gerichte klomp en kroop achteruit om de volgende schop te ontwijken. De situatie had iets infaams, bedacht hij. Hij had aanvallen met speren en geweren overleefd in de meest afgelegen gebieden van de wereld, en nu stond hij op het punt om in een Engelse mijnstad te worden doodgeschopt.

Een klomp trof hem boven zijn oor en hij zag druppels bloed in het rond spatten. Jaxon sprong plagerig van links naar rechts en manoeuvreerde Blair zo dat die over de rand van het gras gleed en met een knie in de slakken terecht kwam. Zijn ogen prikkelden van het kolenstof dat door de wind werd opgejaagd.

'Bill, als je me vermoordt, komen ze direct achter je aan.'

'Niet als jij verdwijnt.'

'Wil je dat ik uit Wigan wegga, Bill? Geef me nog een paar dagen en dan ben ik weg.'

Even leek Bill Jaxon werkelijk te aarzelen. Zijn blik dwaalde van de slakken naar het water beneden in de put. 'Ze vinden je niet,' zei hij.

Bill deed net of hij zijn voet achteruit haalde. Blair dook weg en gleed door die beweging helemaal over de grasrand langs de slakken, die warm, zelfs bijna heet waren, naar beneden. Toen hij half zwemmend, half klauterend omhoog probeerde te komen, trapte Jaxon op zijn hand.

'Je had je klompen mee moeten nemen,' zei Bill.

Blair greep Jaxons enkel vast. In plaats van gewoon een stap terug te doen, probeerde Bill zich los te schoppen, waarop Blair ook de andere enkel vastgreep. Hoe harder Bill schopte, hoe meer hij uit zijn evenwicht raakte, tot hij naast Blair op de slakken viel en ze samen te midden van zwarte stofwolken naar beneden gleden. Terwijl de vlammetjes ongevaarlijk aan hen likten, gleden ze tot onder aan de helling, naar de rand van het water.

De slakkenput had de vorm van een kom, drassig bij de bodem, wat voor klompen nog lastiger was dan voor schoenen. De schoorsteen stak als een op de hemel gericht gezonken kanon uit het water. Toen ze overeind krabbelden, gaf Blair Jaxon geen ruimte om te schoppen. Hij gaf Bill een klap voor zijn kop, stapte naar voren en gaf hem er nog een. Bill wankelde achteruit het water in en ging onmiddellijk kopje onder. Het moest een lange schoorsteen zijn, dacht Blair.

Jaxon spartelde in het water en wist hijgend uit te brengen: 'Ik kan niet zwemmen!'

Blair stak hem zijn hand toe, maar op het moment dat hij hem optrok, gaf hij hem weer een dreun en keek toe hoe hij opnieuw onderging.

Bill kwam boven. 'In godsnaam.'

Blair liet hem een poosje dobberen voordat hij gebaarde dat hij eruit kon komen. Hij hielp Bill naar de kant, maar op het moment dat Jaxon zich op het droge wilde zwaaien, raakte hij hem nog harder dan de beide voorgaande keren.

Er verstreek een minuut voordat Bill kwam opdrijven, met zijn gezicht naar beneden. Blair viste hem er bij zijn haren uit en trok hem op het droge. Hij ademde niet. Blair draaide hem om en pompte hem op zijn rug tot er een golf stinkend water uit Bills mond kwam. Nadat Blair zich ervan had overtuigd dat er voldoende leven in hem zat, trok hij Bill zijn klompen uit en gooide ze in het water.

Blair begon tegen de helling op te kruipen, van top tot teen zwart, gleed een halve meter terug voor elke meter die hij vorderde. Aan beide kanten schoten de vlammetjes als bloemen uit de slakken omhoog om even snel weer te verdwijnen. Zijn linkerbeen functioneerde niet goed; de hand waar Bill op had getrapt ook niet. Op het laatst klauwde hij zich alleen nog maar zwakjes omhoog naar dezelfde grasrand waar hij afgetuimeld was. Door de regen en de duisternis kon hij de daken en de schoorstenen van een rij huizen zien en iets wat op een enorme gestalte zonder hoofd leek.

'Is-ie dood?' vroeg het gevaarte aan Blair.

Blair bereikte de rand en krabbelde wankelend overeind. 'Nee.'

Even volgde er een verbijsterde stilte in het donker. Hij hoorde het geluid van een schuifje dat werd opengedaan en hij werd verblind door het gebundelde licht van een dievenlantaarn, maar ving nog wel een glimp op van Flo, haar hoofd en schouders bedekt met een omslagdoek die glinsterde in de regen.

'Dan kan je maar beter hard lopen.'

Blair liet zijn gewicht op zijn goede been rusten; hij zag zich al op één voet door de straten hinken. 'Ik denk niet dat ik waar dan ook heen kan lopen.'

'Ik zal je helpen.'

Flo bood hem haar rug aan om op te steunen; het was alsof hij zich aan een locomotief vastklampte zoals ze hem voortsleurde, de bundel van haar lantaarn recht vooruit. Hij begreep dat ze de steeg nam in plaats van op het zand te blijven, maar ook toen ze de straten had kunnen nemen, bleef ze achter de huizen langs lopen. Door een schutting zag hij een witte duiventil. Nu begreep hij dat ze hem niet naar zijn hotel bracht.

'Waar gaan we heen?'

Flo gaf geen antwoord. Als een trein stoomde ze verder over een spoor van modder, langs lattenhekken en haakse bochten tot ze een deur openduwde die Blair nooit zou hebben gezien. Een varken begon te krijsen en sprong heen en weer in zijn hok. Een stenen trapje voerde tussen wastobbes naar een deur waar Flo hem snel doorheen trok.

Binnen liet ze hem op een stoel zakken. In de kamer gloeiden kolen op een rooster, maar verder was het donker. Flo liet de lichtbundel van haar lantaarn over hem heen spelen. 'Je bent vuil en je zit onder het bloed, maar je bent veilig.'

Blairs been was vrijwel gevoelloos, klopte alleen zwak. Voorzichtig tastte hij met zijn vingertoppen langs zijn hoofd en voelde vastgekleefd haar en een sponsachtige lap vel. Een beetje veiligheid zou niet kwaad zijn. Terwijl Flo de lamp aanstak, leunde hij achterover en sloot zijn ogen. Hij hoorde haar het vuur opstoken. De geur van warme suiker en zoete melk drong door zijn hoofdpijn heen. Hij ging rechtop zitten en keek. Het rooster was in een oven. Op het fornuis sudderde een pan. Naast de trap zag hij een staande spiegel die hem bekend voorkwam. Flo lag op haar knieën, draaide zich om bij het geluid van voetstappen die de trap afdaalden.

Rose Molyneux kwam de keuken in, gekleed in een eenvoudige mousseline blouse en rok waarbij haar haar, ongekamd en nog

176

vochtig van het bad, als koperen krullen afstaken. Haar ogen waren donker en gloeiden van woede.

'Wat moet hij hier?'

'Ik ben achter Bill aan gegaan zoals je had gezegd. Ze hebben gevochten en ik wis' ook niet waar ik hem anders heen moes' brengen. Ech' niet. Hij is gewond.'

Het was een wonder om te aanschouwen, dacht Blair. Rose domineerde de kamer op een manier die het veel grotere meisje deed sidderen. 'Dat was stom om hem mee hierheen te nemen. Meneer Blair is alleen maar net zo zwart als een mijnwerker. Het enige wat hij nodig heeft om weer normaal te worden is water en zeep.'

'Dit is echt de laatste plaats waar ik wil zijn, neem dat gerust van mij aan,' zei Blair.

'En jij bent de laatste persoon die ik wil zien, dus we staan quitte,' zei Rose.

'Rose, het enige wat je had hoeven te doen, was Bill zijn klompen teruggeven zoals ik je had gevraagd, en tegen hem zeggen dat je van hem en van hem alleen was en dat ik niet wilde vechten. Dan had Bill niet geprobeerd om me te vermoorden en zou ik hier niet zijn geweest.'

'Ik ben je dienstmeid niet die je om een boodschap kan sturen.' Ze wees met de pook naar een hoek van de keuken. 'Daar staan je klompen. Ga ze zelf maar brengen.'

Flo zei: 'Hij kan niet lopen. Kijk eens naar zijn hoofd.'

Rose nam de lantaarn van Flo over en streek met haar hand door Blairs haar, eerst ruw, toen voorzichtiger. Ze zag blijkbaar iets, want hij voelde haar verstarren. 'Water en gin misschien,' zei ze.

Flo stookte het vuur op om water warm te maken. Rose liet Blair de gin drinken. Een handelsartikel dat je in Afrika altijd kon krijgen, was goede Hollandse jenever, dus er waren een aantal constanten in het leven.

'Waarom haal je geen dokter?' vroeg hij.

'Jij hebt een chirurg nodig. De dokter is om deze tijd zo dronken dat ik hem de kat nog niet dicht zou laten naaien.'

Blair voelde zich licht in het hoofd. Het beeld van de twee vrouwen en het vuur in de oven leek om hem heen te zweven. Het deksel van de pan begon te dansen.

'Het water kookt.' Flo trok een zinken teil over de vloer tot voor de oven.

Rose bond een schort voor en keek hem aan, handen op de heupen. 'Nou?'

'Ik kan mezelf wel wassen.'

'Je hebt meer dan alleen maar vuil om je zorgen over te maken. En ik heb wel vaker naakte mannen gezien. En jij hebt mij gezien.'

Dat was waar, hoewel Blair zeker wist dat zij er bloot heel wat aantrekkelijker uitzag dan hij. Hij trok zijn schoenen en sokken uit en stond beverig op, leunde tegen de tafel terwijl hij zijn overhemd losknoopte. Toen hij naar beneden keek, zag hij dat er zich kolenstof midden op zijn borst had verzameld. Hij maakte zijn broek los, trok hem uit en stapte vervolgens uit zijn lange onderbroek. Hij voelde zich meer verlegen dan naakt. Aan de Goudkust was hij zich er altijd van bewust geweest hoe bleek en mager hij eruitzag. In Wigan bleek dat al niet anders te zijn.

Zodra hij zich bewoog, werd hij duizelig. Flo bood hem haar arm en hielp hem om op de geribbelde bodem van de wasteil te knielen. Rose deed de ovendeur open. Met een doek haalde ze een ijzeren pan van de kolen en uit die pan een roodgloeiende naald die ze in een kom met water liet vallen. Hij hoorde hem sissen.

'Verdien je echt maar tien penny per dag? Lijfeigenschap komt dus nog altijd voor.'

'Dat gaat je geen donder aan,' zei Rose.

'En drie pond per week huur betalen? Hoe doe je dat? Misschien wip je nog wel iets anders dan kolen.'

'Drink op,' zei Flo en gaf hem een tweede mok gin.

Rose had een schaar in haar hand.

'Ga je mijn haar knippen?' Dat leek de uiteindelijke obsceniteit.

'Alleen maar om te kunnen zien wat ik doe.'

Hij luisterde naar het geklik van de schaar en was zich ervan bewust dat er kleverig haar op de vloer viel, maar overigens leek hij aan die kant van zijn hoofd geen gevoel te hebben. Er klopte allemaal niets van. Hij zou fatsoenlijk door een dokter moeten worden behandeld, dacht Blair. Was dat niet een van de verworvenheden van de beschaving, goed opgeleide medici? Hij zag dat de gaslampen in de keuken plotseling zo hoog mogelijk werden opgedraaid.

178

'Je gaat toch niet janken als een kind, is het wel?' vroeg Rose.

Hij had het mis: hij had wel gevoel aan die kant van zijn hoofd. Toen ze er een kom koud water over uitgoot, moest hij op zijn tanden bijten om het niet uit te schreeuwen. Flo gaf hem een ineengedraaide theedoek om op te bijten en gaf Rose een naald met een rode draad.

Rose zei: 'Denk maar aan Afrika.'

Blair dacht aan Bill Jaxon. Als Jaxon hem voordien al had willen vermoorden, wat voor een onverzoenlijke vijand zou hij dan zijn als hij hoorde waar Flo Blair heen had gebracht? Hoe langer hij erover nadacht, hoe duidelijker het hem werd dat hij niet eens naar de politie kon gaan. Chief Constable Moon zou om te beginnen vragen waar het gevecht om begonnen was, en vervolgens waar hij daarna naartoe was gegaan. Het zou klinken als een wat ranzige Wiganse romance. De naald werd aangetrokken en hij greep de rand van de teil vast.

Flo mengde heet en koud water in een kan. Rose knipte de draad af, legde de naald weg en goot de kan over Blair uit. Het water voelde als een elektrische schok. Toen begon ze zijn haar te wassen, wat ongeveer hetzelfde was als een wond masseren. Hij spuugde de doek uit zijn mond omdat er water in zijn neus liep waardoor hij geen adem meer kon halen. Dit was geen beven meer te noemen: elke spier van zijn lichaam trilde.

Flo schonk het kopje nog een keer vol met gin en zei: 'Ik kan beter wat kleren voor hem opzoeken.'

'Schiet dan maar op,' zei Rose.

Terwijl Flo wegging, pakte Blair het kopje en dronk het in twee teugen leeg om te proberen de verdoving te versnellen. Hij voelde zich afgezonderd in een wade van pijn en trachtte zijn evenwicht te bewaren, geknield in het water dat zwart en rood gekleurd was.

Rose spoelde zijn haar, goot een kan warm water over zijn schouders uit en begon hem met zeep en een spons schoon te boenen. Hij schommelde heen en weer door de kracht waarmee ze dat deed. Om hem heen steeg de damp op.

'Volgens Flo heb je Bill verslagen. Daar zie je niet naar uit.'

'Zo voel ik me ook niet.'

'Je had hem voor dood kunnen laten liggen, zegt ze.'

'Verzorg je me daarom, omdat ik dat niet heb gedaan? Is hij verliefd op je?'

'Hou je mond en ga rechtop zitten.'

Haar handen waren niet groot, maar wel sterk, en toen ze zijn nek waste, liet hij zijn hoofd dronken achterover bungelen. In de spiegel bij de trap kon hij zichzelf, de teil en haar zien. Haar haar hing los en wild om haar hoofd; het enige wat ze daarin nodig had was een wilde roos en ze was de muze van de zomer. Met een luit en een zilveren schicht erbij kon ze een model zijn. Door de damp en het wassen was ze bijna net zo nat als hij en het vochtige mousseline plakte aan haar armen. Haar haar streek langs zijn wang. Het was het soort donkerbruin dat rood werd als je er langer naar keek. Niet bruisend oranje, maar draden van sabel, koper, sienna, goud.

Ze goot nog meer water over hem heen om zijn borst af te sponzen. Misschien kwam het door de combinatie van het warme water en de gin in zijn aderen, maar hij voelde dat hij een stijve begon te krijgen. Het water in de teil was nog niet zo troebel van de zeep dat ze het niet kon zien. Hij was verbijsterd en beschaamd. De rest van zijn lichaam was gekneusd en dood, maar dit enkele deel was onmiskenbaar levend en verrees gelijk Lazarus, als een verrader uit het water. Hij ging wat meer op zijn zij zitten om dit fysiologische verschijnsel wat minder opvallend te maken. Rose waste om de pijnlijke plek op zijn heup heen, een draaiende beweging die werd herhaald door haar borsten tegen zijn rug. Aan de wrijving kon hij merken dat die ook hard waren geworden.

Hij voelde zijn bloed bonken, maar Rose verbrak het contact niet, alsof ze beiden gebiologeerd waren door en gevangen in de ritmische beweging van de spons in haar hand en de hitte van het fornuis.

'Je begrijpt dat je hier nooit meer kan komen,' zei ze. Haar stem klonk gesmoord.

'Jammer.' Het had sarcastisch moeten klinken, maar dat deed het niet.

'Bill zal niet rusten voordat hij je verslagen heeft.'

'Het is dus Bill en jij?'

'In Bills gedachten.'

'En dat is voldoende?'

'Voor alle anderen wel.'

'En voor jou?'

Haar hand hield op met wassen en hij voelde haar adem in zijn nek. Hij verbaasde zich erover dat hij door de pijn en de gin heen zich zo bewust kon zijn van haar aanraking, van het kloppen van haar hart door de lichte trilling van haar borst, haar hele air.

'Daar wil je geen antwoord op hebben,' zei Rose.

'Dat wil ik wel.'

'Niet echt. Jij bent Nikker Blair. Je maakt een zootje en je gaat verder. Je schampert dan misschien over de Hannay's, maar je doet schamper over iedereen. Bill heeft in elk geval zijn merkteken op je achtergelaten, dat moet ik hem nageven.'

'Ik doe niet schamper over jou.'

Dat deed hij inderdaad niet. Rose had aanvankelijk een leugenaarster en een coquette geleken. Nu was ze een heel ander mens. Ze was echt geworden. En doordat ze echt was, had ze geen woorden meer. Hij ook niet. Ze waren gevangen als twee mensen die elkaar in het donker waren tegengekomen en geen van beiden achteruit wilden gaan. Hij voelde haar zachte ademhaling en de streling van haar haar tegen zijn wang. Haar hand met de spons lag bewegingloos op zijn dij. Hij wist niet wie er als eerste zou hebben bewogen als Flo niet was teruggekomen.

'Hebbes,' zei ze terwijl ze de trap af marcheerde, een wijde broek in haar ene hand en een pet en een vormeloos jasje in de andere. 'Alles, behalve een zijden sjaal.'

Onmiddellijk voelde Blair zich terugvallen in ongecompliceerde pijn. Rose leunde zwijgend achterover en veegde haar voorhoofd af terwijl Flo in de keuken rondscharrelde. Wat er precies was voorgevallen, wist Blair niet, maar hij wist wel dat het voorbij was en dat hij zonder de spanning opeens erg dronken was.

Rose kwam overeind en gaf de spons aan Flo. 'Droog hem af, kleed hem aan, en breng hem naar zijn hotel.' Ze deed haar schort af en ging de trap op die Flo zojuist was afgekomen.

'Goed,' zei Flo. Ze was verrast door Rose' plotselinge vertrek, maar nog steeds vol energie. Ze zei tegen Blair: 'Je schoenen zitten onder de troep, maar je kunt klompen aantrekken.'

'Geweldig.' Het was zijn laatste samenhangende woord.

II

MIDDEN IN DE NACHT werd Blair wakker en stak de lamp in zijn hotelkamer aan. De vlam haalde hem gedeeltelijk uit zijn bedwelming, hoewel zijn tong beslagen was door de zoete smaak van gin.

Het bezoek aan Mary Jaxon en haar buren en de herinnering aan Flo, die hem op haar rug had vervoerd, leken eerder dromen dan werkelijkheid. Vooral het gevecht in de slakkenput kwam hem als een hallucinatie voor, behalve dat zijn handen onder de schrammen zaten en zijn ene been helemaal blauw zag.

Toen hij in de spiegel keek, zag hij dat het haar boven zijn ene oor kort geknipt was. Hij draaide zijn hoofd zodat hij vanuit zijn ooghoek naar de plek kon kijken. Hij zag een keurig gehechte halve cirkel, de rand enigszins blauw verkleurd van kolenstof dat niet verwijderd kon worden. Niet Bill Jaxons merkteken. Haar teken.

Hoewel zijn hoofd bonsde, sloeg Blair Maypoles dagboek open en probeerde voor de tweede keer dat wat hij in de week voor zijn verdwijning had geschreven, te ontcijferen. Het patroon van verticale en horizontale regels was een warboel van Oostindische inkt en ook waren de letters omgezet. Als hij gewoon Latijn had geschreven, zou het veilig voor hem zijn geweest. Code was iets anders. Dat was in de mijnbouw geen bijzonderheid; de oude Blair had zijn claims, voordat die geregistreerd werden, in een boek opgeschreven en daarbij verschillende geheimschriften gebruikt.

'Jlc foe fsp ptw bot bsp...'

Blair had het. Eén letter verschoven in blokjes van drie – kinderspel. Had Maypole in Oxford gestudeerd? Hij had zich moeten schamen.

Ik ben de roos van Saron, een lelie der dalen.
Mijn geliefde gaat tot mij spreken: 'Sta toch op mijn liefste, mijn schone, en kom.

Laat mij uw gedaante zien, laat mij uw stem horen, want zoet is uw stem en uw gedaante is bekoorlijk. Vangt ons de vossen, de kleine vossen, die de wijngaarden verderven, nu onze wijngaarden in bloei staan.'

Ik wou dat ik deze woorden tot haar kon spreken.

Aangezien er geen wijngaarden in Wigan waren, nam Blair aan dat Maypole het in de Bijbel had gezocht, en hoewel hij zich Charlotte gemakkelijk kon voorstellen als, pakweg, de moordzuchtige Judith, die het hoofd van een Assyriër afhakte en aan een bed hing, zag hij haar niet als een moervos.

Ze heeft me verteld dat er bezoekers naar de mijn komen die de vrouwen aangapen alsof het een ander ras is. Kan kolenstof en een broek de mensen zo blind maken? Kunnen ze haar intelligentie en karakter dan niet dwars door die vermomming heen zien? Ze voert aan dat mijn soutane een heel wat vreemder kostuum is dan welke broek die zij aan zou kunnen trekken, en hoewel ik die beschuldiging van de hand wijs, moet ik haar inwendig gelijk geven.

Blair herinnerde zich de laatste keer dat Maypole was gezien, toen hij achter Rose Molyneux aan rende en zijn collaar aftrok.

'Als een scharlaken draad zijn uw lippen... Uw beide borsten zijn als tweeling-jongen van gazellen... die te midden van de leliën weiden.
Hoeveel heerlijker is uw liefde dan wijn! en de geur van uw oliën dan alle specerijen!'

Waarom codeerde Maypole bijbelteksten? vroeg Blair zich af. Tenzij deze teksten voor hem een speciale kracht bezaten. Het Hooglied zou eigenlijk niet in handen van jonge kapelaans moeten komen, besloot hij. De Heilige Schrift liep als een trein op een spoor van gewijde slachtpartijen, en dan volgden zomaar, uit het niets, Salomo's gedichten over de liefde. Hij haalde zich conducteurs voor de geest die riepen: 'Niet uit de ramen kijken naar de naakte man en vrouw! Over vijf minuten arriveren we in Jesaja en de verwording van Sion!'

Vanaf hier werd het weer normale tekst.

'Hoor, mijn geliefde klopt aan. Doe mij open, mijn zuster, mijn liefste, mijn duive, mijn volmaakte, want mijn hoofd is vol dauw, mijn lokken zijn vol druppels van de nacht.

Mijn geliefde stak zijn hand door de opening... Ik stond op om mijn geliefde open te doen, mijn handen dropen van myrrhe, mijn vingers van vloeiende myrrhe op de greep van de grendel.'

Hierna volgde een gedeelte in een ander geheimschrift, te moeilijk voor Blairs hoofdpijn. Eén ding was echter duidelijk. Als dit de verloofde van Charlotte Hannay was, dan zat hij diep in de problemen.

12

BLAIR HAALDE EEN BLOEDZUIGER uit een pot en zette die in de rij naast zijn metgezellen die zich te goed deden aan zijn blauwe, gezwollen heup. Niet dat hij verwachtte dat de bloedzuigers meer zouden kunnen wegzuigen dan wat onderhuidse bloedingen. Hij lag op zijn zij om te voorkomen dat het diepere bloed zich zou verzamelen, met alleen een wijd hemd en sokken aan, zijn huid rood van de hoog opgestookte haard in de zitkamer van zijn hotelsuite. Aangezien zijn aderen vol zaten met aspirine, arsenicum en cognac, verwachtte hij dat de wormen wel gauw in zwijm zouden vallen.

Leveret had hem een gebonden exemplaar van het Coroner's Report, het rapport van de lijkschouwer, gebracht, en Blair had hem op pad gestuurd voor een lijst van alle mijnmeisjes die het Tehuis voor Vrouwen hadden bezocht. Waar anders kon Rose hebben geleerd hoe ze een wond moest hechten? Wat was een betere plaats geweest om John Maypole te ontmoeten?

Het rapport woog een halve kilo.

Zijnde het Onderzoek van de Coroner's Jury naar de Omstandigheden en Oorzaken van de Explosie in de Hannay-mijn, Wigan, Lancashire, gehouden in de Royal Inn op 21 januari 1872.

De plaats verbaasde hem niet. Onderzoeken werden vaker in cafés of koffiehuizen gehouden, gewoonlijk in een zaak die voldoende ruimte bood voor de jury, getuigen, familieleden van de slachtoffers en belangstellenden.

De eerste pagina bestond uit een uitvouwbare plattegrond van de Hannay-mijn op schaal 1:1800. Met pijlen was aangegeven hoe de verse lucht door de intrekkende schacht naar beneden werd gezogen, naar de hoofdgang die steengang werd genoemd, en vandaar door grondgalerijen, steengalerijen, doortochten en pijlers tot aan de uiterste rand van het koolfront circuleerde. De vuile lucht werd naar een meer naar achteren gelegen steengang geleid en daar afgezogen en via een schuin omhoog lopend kanaal dat de 'blinde pijler' werd genoemd, naar de uittrekkende schacht gezogen, hoog genoeg boven de oven om te voorkomen dat de vuile gasachtige lucht zou ontploffen.

Verder stonden de cijfers 1 tot en met 76 op de kaart om de plaatsen aan te geven waar de slachtoffers waren gevallen. Mijnexplosies hadden iets grilligs. De luchtstroom en de rook konden als tien locomotieven door de gangen jagen, iemand die het slachtoffer leek te worden plotseling ongemoeid laten en achter een minder fortuinlijk iemand aangaan die zich een kilometer verderop bevond. Het was uiterst verraderlijk. Het methaan dat de brand voedde, werd altijd gevolgd door stikgas – koolmonoxyde – en niemand was veilig zolang hij niet aan de oppervlakte was.

Hierna volgden de slachtoffers. Het waren er zoveel dat Blair er vluchtig doorheen keek.

1. Henry Turton, acht jaar oud, ponygeleider. Bij een poging zijn pony, Duke, te helpen, raakte hij verward in de leidsels en werd meegesleurd de schacht in...

23, 24 en 25. Albert Pimblett, tweeënzestig; zijn zoon, Robert, eenenveertig; en zijn kleinzoon Albert, achttien jaar oud, naast elkaar en uiterlijk ongedeerd gevonden in de hoofdgang. Verondersteld wordt dat een van hen door het gas bedwelmd is geraakt en dat de twee anderen hebben getracht te helpen, waardoor allen omkwamen. Ze werden geïdentificeerd door hun vrouwen...

45. In de hoofdgang, een Ier, Paddy genaamd. Overige namen onbekend. Hij werd geïdentificeerd aan de hand van een Feniaanse tatoeage...

48. William Bibby, veertien jaar oud. Geïdentificeerd door zijn broer Abel die die dag niet was gaan werken omdat hij hoofdpijn had...

53. Bernard Twiss, zestien jaar oud. Verbrand. Geborgen aan het koolfront door zijn vader, Harvey, die hem aanvankelijk niet herkende. Later geïdentificeerd aan de hand van een rode doek waarmee hij zijn broek ophield...

66. Arnold Carey, vierendertig jaar oud. Verbrand en verminkt aan het koolfront gevonden. Geïdentificeerd door zijn vrouw die zijn klompen herkende...

73. Thomas Greenall, vierenvijftig. Aan het koolfront. Verbrand en verminkt, kon worden geïdentificeerd doordat hij kort geleden een vinger was kwijtgeraakt...

74 en 75. George Swift, eenentwintig, en John Swift, twintig jaar oud. Verbrand en verminkt. Konden worden geïdentificeerd door de gesp van George' riem en Johns horloge...

76. Een dagloner die Taffy werd genoemd. Leeftijd niet bekend. Geïdentificeerd aan de hand van een zwarte tand...

Een missende vinger, een horloge, een tatoeage. Het was genoeg om iemand ertoe te brengen zelf eens een persoonlijke inventaris op te maken.

Er volgde een lijst met de dertien leden van de jury: Drie bankiers, twee gepensioneerde legerofficieren, een aannemer, een verzekeringsagent en zes winkeliers, allemaal mensen uit een sociale klasse die naar de Hannay's opkeken als bloemen naar de zon. Een jury van gelijkgestemden.

George Battie was de eerste getuige.

Coroner: Bent u, als opzichter, een van de employés die eerstverantwoordelijk is voor de dagelijkse veiligheid in de Hannay-mijn en van de mensen die daarin werken?

Battie: Dat is juist, meneer.

Coroner: Vorige week zijn in die mijn zesenzeventig mensen om het leven gekomen. Ieder gezin in Wigan heeft wel een man, een vader, een zoon, een broer verloren. Hun weduwen zijn hier vandaag bijeen om te vragen hoe het mogelijk was dat een dergelijke massale ramp zich heeft kunnen voltrekken. We zullen de getuigenverklaringen en meningen horen van overlevenden en redders, deskundigen die onmiddellijk naar de plaats van de ramp werden geroepen, zowel als van deskundigen die op een later tijdstip een bezoek aan de mijn hebben gebracht, vertegenwoordigers van de mijneigenaar en van de mijnwerkersbond, en ten slotte van Harer Majesteits Inspecteur van het Mijnwezen. U bent echter mogelijk de belangrijkste getuige, aangezien u degene was die belast was met de veiligheid van de slachtoffers.

Blair zag Battie staan, in zijn zondagse pak, een gezicht als van een pony die in een schacht keek.

Coroner: Wat hebt u op de ochtend van de achttiende januari gedaan om de veiligheid van de mensen in de Hannay-mijn te waarborgen?

Battie: Ik ben altijd de eerste die 's morgens om vier uur de put ingaat om het rapport van de nachtopzichter aan te horen of er zich sinds de avond tevoren ongelukken hebben voorgedaan of klachten zijn geweest. Dat was niet het geval. Vervolgens heb ik de temperatuur en de stand van de barometer gecontroleerd.

Aaron Hopton, Esq., Raadsman voor de Hannay-mijn: Waarom doet u dat?

Battie: Als de luchtdruk daalt, sijpelt het gas uit de kolen. Als dat het geval is, waarschuw ik de mannen dat er geen schoten afgevuurd mogen worden die het gas mogelijk tot ontploffing kunnen brengen. De barometer was die morgen inderdaad gedaald en daarom gaf ik een dergelijke waarschuwing uit toen de mannen uit de kooi kwamen. Daarna heb ik de werkplaatsen bezocht om me ervan te overtuigen dat mijn waarschuwing begrepen was, waarbij ik speciaal aandacht besteedde aan die gedeelten van het koolfront waarvan ik wist dat ze vol met gas zaten. Tegelijk lette ik ook op de ventilatie om me ervan te overtuigen dat overal in de mijn goede lucht kon doordringen en dat elke werkplaats twee vluchtwegen had.

Miles Liptrot, Esq., Raadsman voor de Hannay-mijn: Hebt u de plaats onderzocht waar de explosie begonnen is?

Battie: Ja, meneer. Dat wil zeggen, ik meen te kunnen schatten waar de explosie heeft plaatsgevonden, en ik heb dat gedeelte op de ochtend van de brand geïnspecteerd.

Enoch Nuttal, Esq., Raadsman voor de Hannay-mijn: En vond u die morgen gas?

Battie: Ja.

Isaac Meek, Esq., Raadsman voor de Hannay Mijn: Hoe stelde u de aanwezigheid daarvan vast?

Battie: Door met mijn lamp langs het koolfront te gaan en naar de lengte van de vlam te kijken. Ik verplaatste een scherm...

Hopton: Een scherm?

Battie: Een scherm van latten en zeildoek om de luchtstroom te sturen. En ik zei tegen Albert Smallbone...

Liptrot: Was dat de schietmeester op de locatie?

Battie: Ja, meneer. Ik zei tegen hem dat hij moest oppassen voor gas en dat hij geen schoten mocht afvuren.

Nuttal: U bedoelt het laten ontploffen van buskruit om het afbouwen van de kool te vergemakkelijken?

Battie: Ja, meneer.

Meek: Meneer Battie, vertelt u eens waar u was en wat u deed toen u merkte dat er een explosie plaatsvond?

Battie: Ik zat om kwart voor drie 's middags achter mijn bureau onder aan de schacht toen de vloer schokte en hete wolken kolenstof uit de gangen schoten. De pony's werden erg onrustig. Een jongen werd de schacht onder de kooi in gesleurd. De kooi kwam vrijwel direct daarna beneden, maar toen was het al te laat voor de jongen.

Hopton: Gaat u verder.

Battie: Ik schreef een briefje voor de bedrijfsleider met wat er gebeurd was en stuurde de kooi terug naar boven. Vervolgens verzamelde ik mensen en reddingsmateriaal dat altijd klaarligt – houwelen en scheppen, brancards en spalken, schermen en hout, blok en takel, kooien met kanaries – en ging met hen de hoofdgang in omdat dat de voornaamste aanvoerweg van verse lucht is. De eerste mannen en pony's die we tegenkwamen, haastten zich naar buiten. Ik vond al gauw schermen die door de luchtdruk omver waren geblazen, waardoor de invoer van verse lucht geblokkeerd werd en het stikgas zich kon verspreiden. We repareerden het zeildoek om de ventilatie te verbeteren en het gas terug te drijven. We konden pas verder als de kwaliteit van de lucht beter werd. Dat het lot iemand treft waardoor hij om het leven komt, is één ding; het is iets anders als de leider van een reddingsteam nog meer levens in de waagschaal stelt door roekeloosheid of haast.

Vijfhonderd meter verder vonden we mensen die door het gas waren bedwelmd en bewusteloos voorover waren gevallen, een teken dat ze al rennend waren gevallen. We draaiden ze op hun rug zodat ze weer konden ademhalen en verzorgden zo ongeveer twintig man terwijl de ventilatie verbeterde. Ze hebben het allemaal overleefd. Vijftig meter verderop viel de kanarie in de kooi die ik bij me droeg echter van zijn stokje en nu vonden we ook mensen die uiterlijk geen letsel hadden opgelopen maar die niet meer geholpen konden worden. We kwamen nu ook instortingen tegen waar we ons doorheen moesten graven en we moesten ondertussen het dak stutten, en blok en takel optuigen om omgevallen stutten weg te trekken. Er waren gedeelten met goede lucht zowel als met gas en we waren in staat om nog eens achttien man levend uit te graven, maar vonden ook vijfendertig lijken.

Coroner: Hoe zat het met die kanarie? Kanaries zijn erg gevoelig voor koolmonoxyde en worden daarom in de mijnen gebruikt. Ging u verder met een dode kanarie?

Battie: We hadden drie kooien bij ons. Daarvan ging er maar één voorop. Toen die van zijn stokje viel, werd die naar achteren doorgegeven om op te knappen, terwijl er een andere naar voren kwam. We werden op dit punt inderdaad opgehouden door hogere concentraties gas, waardoor het zowel voor mensen als kanaries noodzakelijk werd om elkaar vooraan af te lossen. Vijf man raakten bewusteloos en moesten naar buiten worden gedragen. We kregen echter versterking van overlevenden die liever aan de reddingsoperatie deelnamen dan zich in veiligheid te stellen. Smallbone was door vallend gesteente gewond geraakt en werd door William Jaxon naar mijn kantoor gebracht toen de explosie zich voordeed. Beiden voegden zich bij ons en namen zulke grote risico's dat ik ze tegen moest houden.

Hopton: Hoorden ze hulpgeroep?

Battie: Na een explosie maakt het mijnhout allerlei vreemde geluiden. Na duizend meter waren er echter geen overlevenden meer.

Liptrot: En u maakte snel voortgang?

Battie: Het was kwart voor vier toen Jaxon en Smallbone zich bij ons voegden, maar ondanks hun verwoede pogingen werd onze voortgang vertraagd. Als je de kanarie in je kooi niet meer kunt zien en de vlam van je lamp niet meer dan een gloeiend puntje is, moet je iedereen terugsturen tot de verse lucht de vlam weer laat opkomen omdat niemand iets aan dode redders heeft.

Nuttal: U noemt de bezieling van Jaxon en Smallbone. Waarom denkt u dat ze zo graag verder wilden?

Battie: De explosie was in hun afdeling van het koolfront. Toen we aan het begin van het front kwamen, waren de lijken daar verschroeid. Met iedere stap die we verder kwamen, werd de verwoesting erger. Halverwege waren de slachtoffers verbrand. Sommigen lagen onder kolenwagens die van de rails waren geslingerd, anderen waren door de kracht van de explosie in de afgebouwde gedeelten geslingerd. De afdeling van Smallbone en Jaxon lag aan het verste eind van het front. Als ze daar op het moment van de explosie waren geweest, zou er niets van hen zijn overgebleven.

Meek: Wat was het laatste slachtoffer dat geborgen werd?

Battie: Een dagloner, een Welshman die we Taffy noemden.

De zwarte tand, herinnerde Blair zich.

Coroner: We kunnen er in elk geval van overtuigd zijn dat deze mannen snel zijn gestorven. Het horloge dat later van John Swift bleek te zijn, werd met een gebroken glas gevonden en was om twee uur vierenveertig stil blijven staan, dus op het moment van de explosie.

Doorgaan met een dode kanarie was een zeer juiste omschrijving van Blairs eigen leven. Hij schuifelde moeizaam over het vloerkleed om kolen op het vuur te gooien. Omdat de bloedzuigers op zijn been trouw volgden, besloot hij ze Honger, Dood, Overwinning en Oorlog te noemen naar de vier ruiters van de Openbaring.

Blair was autodidact. Wat was er in de winter in de Sierra anders te doen geweest dan de klassieken uit de bibliotheken van die ouwe te lezen? Nuchter wist de oude Blair nergens anders over te praten dan over mijnbouw, en dronken over de Openbaring van Johannes. De vrouwen die de jongen ontmoette, waren of Chinees, of hoeren. Om hun aandacht te trekken, vertelde hij ze verhalen die hij van anderen had gestolen. Zijn meest geliefde verhaal was een versie van *Robinson Crusoe* waarin de schepeling die op een onbewoond eiland werd afgezet, een vrouw was in plaats van een man, en Vrijdag een jongen in plaats van een inboorling. Ze waren zo gelukkig op het eiland dat ze geen pogingen deden om de aandacht van schepen te trekken, maar ze gewoon lieten passeren.

Hopton: Ik weet dat u en de andere leden van het reddingsteam onder grote spanning werkten en door het gebeurde van streek moeten zijn geweest. Hebt u desondanks echter direct gezocht naar mogelijke sporen dat iemand ondanks uw waarschuwing toch een schot had afgevuurd?

Battie: Niet direct.

Liptrot: Waarom niet?

Battie: Er zat nog meer gas.

Coroner: Waarvandaan?

Battie: Van een afgebouwd gedeelte, meneer. Stenen en onbruikbare kleine kolen die we bemetseld hadden als extra steun voor het dak. Dat is een normale werkwijze, maar helaas verzamelt zich daar veel gas achter. Door de ontploffing was de bemetseling gescheurd. De hele gang werd verlicht, zo hoog trokken onze lampen door het gas op. We moesten kiezen: het front evacueren en de lichamen die we nog niet hadden gevonden laten liggen, of het lek stoppen.

Nuttal: Hoe zagen uw lampen eruit?

Battie: Rood, meneer. Te heet om vast te houden.

Nuttal: Door het gas?

Battie: Ja.

Meek: Kon u het lek gemakkelijk bereiken?

Battie: Nee. Het gas kwam uit een opgemetseld gedeelte dat diep in de kolenlaag zat onder een laag dak en de toegang was gedeeltelijk door puin versperd. Terwijl we zo goed mogelijk probeerden te ventileren, stuurde ik een paar man terug om stenen en cement te halen die we in een zijgang klaar hadden liggen en toen ze terugkwamen, heb ik iedereen weggestuurd, behalve Smallbone en Jaxon. We hebben ter plaatse specie gemaakt en vervolgens zijn zij om beurten naar binnen gekropen, telkens met twee stenen waarmee ze in vrijwel totale duisternis de muur moesten repareren. Dat lukte, waarna ik lampen in het gedeelte van het koolfront kon brengen dat ik vooral wilde bekijken.

Hopton: Waarom juist dat gedeelte?

Battie: Het was het gedeelte waar ik 's morgens gas had gevonden.

Hopton: Had u een vermoeden dat een van de slachtoffers tegen uw orders in toch een schot had geplaatst?

Battie: Nee, meneer.

Liptrot: Vindt u het misschien onsympathiek om te speculeren?

Battie: Ik kan het werkelijk niet zeggen, meneer. Overigens was Smallbone de enige schietmeester in dat gedeelte van het koolfront.

Nuttal: En hij was bij u. Het is dus niet waarschijnlijk dat Taffy of een van de broers Swift of Greenall of een van de andere slachtoffers tijdens de afwezigheid van Smallbone een schot hebben afgevuurd?

Battie: Inderdaad, meneer.

Meek: Maar als ze het wel zouden hebben gedaan, zouden ze dat minder deskundig hebben gedaan.

Battie: Ja, meneer.

Hopton: Is het waar dat Greenall in het verleden een berisping had gekregen omdat hij in de mijn een pijp had opgestoken?

Battie: Tien jaar geleden.

Liptrot: Maar is het waar?

Battie: Ja.

Nuttal: Waren er onder de mannen aan het koolfront zware drinkers?

Battie: Zwaar zou ik het niet willen noemen.

Nuttal: Waren John en George Swift een week eerder niet door de politie onderhouden omdat ze dronken over straat liepen?

Battie: John was net getrouwd. Ze waren aan het feestvieren.

Hopton: Is drank van invloed op het gezonde oordeel van een mijnwerker?

Battie: Ja.

Hopton: Mijnwerkers drinken.

Battie: Sommigen.

Nuttal: Drinkt u?

Battie: Op weg naar huis neem ik een biertje.

Nuttal: Een biertje of twee biertjes?

Battie: Het is beneden achtendertig graden. Per dag zweet je vijf pond af. Als je boven komt, heb je iets te drinken nodig.

Hopton: Wilt u beweren dat bier zuiverder is dan het water van Wigan?

Battie: Dat zijn uw woorden meneer, niet de mijne.

Meek: U bent betrokken bij de mijnwerkersbond, is het niet?

Battie: Ik ben mijnwerker en ik ben lid van de bond.

Meek: Meer dan dat. U bent een actief bondsbestuurder. Een verdediger, klopt dat?

Battie: Dat zal wel.

Meek: Zonder iets te willen insinueren, zouden we mogen zeggen dat het laatste wat een bondsbestuurder zou willen toegeven is dat een van de ongelukkige slachtoffers zelf schuldig was aan het gebeurde?

Battie: Ik weet niet wat er die dag in de put is gebeurd. Ik weet wel dat het werk in de mijn droog en gevaarlijk is. Dat is nu eenmaal zo en dat zal altijd zo blijven.

Blair voelde zichzelf ook aardig droog en de hoofdpijn maakte het hem onmogelijk om zijn aandacht er nog langer bij te houden. Hij dronk een glas cognac, wenste dat het bier was, legde het rapport weg, trok de bloedzuigers van zijn been en ging een dutje doen.

Hij lunchte met koud vlees, kaas en – indachtig Battie's waarschuwing over het water – wijn. De bloedzuigers lunchten op hem. Het was nu een ander viertal. Julia, Ophelia, Portia en lady Macbeth.

Hij haatte kolenmijnen. Goud was edel en levenloos. Kolen waren ontstaan uit levend materiaal, leefde nog steeds en ademde gas uit terwijl het in gesteente veranderde. Uiteraard was alle gemakkelijk bereikbare kool dicht aan de oppervlakte al lang verdwenen. Naarmate de mijnen dieper werden, was de kool harder, de lucht slechter en het methaan sterker. En waarom? Geen klompje goud.

Coroner: Meneer Wedge, u bent de bedrijfsleider van de Hannaymijn. Was het u bekend dat er op 18 januari aan het koolfront gevaar bestond voor ontplofbaar gas?

Wedge: George Battie had me daarvan verwittigd, en ik was het eens met Battie's waarschuwing dat er geen schoten afgevuurd mochten worden. Dat is de taak van een opzichter, om dergelijke voorzorgsmaatregelen te treffen en eigendommen te beschermen.

Coroner: Waar was u, als bedrijfsleider, en wat deed u op het moment dat u merkte dat er zich een explosie voordeed?

Wedge: Ik was op het terrein en werd door de explosie bijna omver
gesmeten. Zodra ik weer adem had, stuurde ik boodschappers weg
om medische hulp en assistentie van de andere mijnen te halen.
Een grote brand brengt het transport van doden en gewonden over
grote afstanden ondergronds met zich mee op een moment dat je
eigen mijnwerkers daar niet toe in staat zijn. Vervolgens ging ik
naar de kooi kijken die goddank nog werkte hoewel er veel rook uit
de schacht opsteeg. Battie had iemand naar boven gestuurd met de
mededeling dat hij beneden een reddingsoperatie was begonnen.
Hoewel we moesten wachten tot de kooi weer bovenkwam, gingen
er onmiddellijk vrijwilligers naar beneden met lampen. Het is een
droevig gegeven dat er bij mijnrampen maar al te vaak slachtoffers
onder de redders vallen. Daarom tellen we de lampen nauwkeurig
zodat we ons door een eenvoudig sommetje ervan kunnen overtuigen dat *iedereen* weer boven is. Voor een familie is het buitengewoon erg als men niet weet of iemand gevonden is.

Blair wist niet precies hoe oud hij was en had geen idee van zijn geboortedatum. Ouwe Blair had hem echter meetkunde geleerd en
Blair was misschien negen jaar oud geweest toen hij met behulp
van een gradenboog en de tijd die een schip gemiddeld nodig had
om de Atlantische Oceaan over te steken en waarbij hij de passaat-
wind en de zeegang in de winter in aanmerking nam, de lengte en
breedte uitrekende waar hij zijn moeder voor het laatst had gezien.
Sindsdien was hij die positie maar één keer gepasseerd. Hij had aan
de reling gestaan en naar de donkere golven gekeken die onder de
schuimsluiers voortrolden. Het gevoel van koude en eenzaamheid
was overweldigend geweest.

Coroner: Uw naam is?
Jaxon: William Jaxon.
Liptrot: U bent de man die gewoonlijk de gaten boort voor de
schietmeester aan het koolfront waar de explosie plaatsvond?
Jaxon: Ja, meneer.
Nuttal: Hebt u die dag ook gaten geboord?
Jaxon: Nee, meneer. Toen meneer Battie waarschuwde tegen het af-
vuren van schoten, zijn er nergens meer gaten geboord.

Hopton: Maar u was niet aan het koolfront toen de explosie plaatsvond?

Jaxon: Nee, meneer. Ik hielp Albert Smallbone naar de kooi omdat zijn houweel een steen had geraakt die weggeschoten was en hem tegen zijn been had geraakt. We waren in de galerij toen de vloer golfde als een touw. We werden door de rook verder gejaagd tot we in een vluchtgat terechtkwamen. We konden niet horen of zien door het kolenstof en omdat we, nou ja, aardig verdoofd waren. We zijn via de zijgangen verder gegaan tot we Battie en de anderen tegenkwamen.

Meek: En besloten om met hen mee terug te gaan naar het koolfront in plaats van uzelf in veiligheid te brengen?

Jaxon: Zo zou je het kunnen zeggen.

Coroner: Uw naam is?

Smallbone: Albert Smallbone.

Liptrot: En u bent de enige schietmeester voor de afdeling van het koolfront waar de explosie plaatsvond?

Smallbone: Ja, meneer.

Liptrot: Smallbone, was u door Battie gewaarschuwd voor gas?

Smallbone: Ja, meneer.

Nuttal: U moet zich wel dankbaar voelen dat u nog leeft.

Smallbone: Ik zou me nog veel dankbaarder voelen als mijn vrienden nog leefden.

Meek: Was uw been erg gewond door die steen? Toen u besloot om met Jaxon en Battie mee terug te gaan?

Smallbone: Door de omstandigheden heb ik daar helemaal niet meer op gelet, meneer.

Ondanks de aspirine bonsde Blairs hoofd nog steeds. Goede hechtingen hielpen maar ten dele. Hij voelde zich als Macarthy aan de Goudkust nadat zijn hoofd was afgehakt, gekookt en bij de andere geëerde schedels geplaatst.

Molony: Mijn naam is Ivan Molony. Ik ben bedrijfsleider van de Mab-mijn, op anderhalve kilometer van de Hannay-mijn. Op de middag van de achttiende januari zag ik rook uit de Hannay-mijn opstijgen en begreep dat er zich een of andere explosie moest hebben voorgedaan. Ik verzamelde een aantal vrijwilligers en haastte me naar het terrein van Hannay.

Nuttal: Is het traditie bij de mijnen van Lancashire om assistentie te verlenen zodra blijkt dat er ergens brand is?

Molony: Ja, dat is een vorm van onderlinge hulp.

Nuttal: En op het terrein aangekomen, bent u toen in de mijn afgedaald?

Molony: Samen met andere vrijwilligers.

Hopton: U was de eerste deskundige die aan het koolfront kwam waar de ontploffing naar men aanneemt heeft plaatsgehad. Beschrijft u eens wat u daar aantrof.

Molony: Aan het ene eind een gladde wand en aan het andere eind een hoop verbrande lichamen en omgevallen wagens. Een vreselijk bloedbad, als soldaten die door een kartets zijn neergemaaid. Er midden tussenin hadden Battie en twee van zijn mensen schermen opgesteld om te ventileren en waren net bezig de laatste steen in een muur te zetten om een secundair gaslek te stoppen.

Liptrot: Van voorgaande getuigen hebt u gehoord dat er in de Hannay-mijn voor de explosie een waarschuwing van kracht was. Wat kan, naar uw deskundige mening, afgezien van een schot, een dergelijke ramp hebben veroorzaakt?

Molony: Bij Mab's fouilleren we de mijnwerkers om te voorkomen dat ze pijpen en lucifers mee ondergronds nemen. We sluiten de lampen af en houden de sleutels. Het haalt allemaal niets uit. Ze nemen toch pijpen mee, en als een mijnwerker geen gas ontdekt en zijn lamp openmaakt om zijn pijp aan te steken – en dat doen ze ondanks alle waarschuwingen – heb je kans dat hem dat niet alleen zijn eigen leven kost maar ook dat van zijn maten.

Hopton: Ik zou u, als deskundige, willen vragen hoe mijnwerkers denken over een waarschuwing geen schoten af te vuren.

Molony: Dat vinden ze niet leuk.

Liptrot: Waarom niet?

Molony: Eén schot buskruit maakt meer kolen los dan een dag hakken met een houweel. Het is zuiver een kwestie van economie. Mijnwerkers worden betaald naar de hoeveelheid kolen die ze naar boven sturen, niet naar de tijd en de moeite die ze daarvoor doen.

Nuttal: Zijn er nog meer manieren te bedenken waarop een mijnwerker alle goedbedoelde pogingen van de mijneigenaar teniet kan doen?

Molony: Genoeg. De eerste impuls van een ongetrainde man die merkt dat hij in een gang vol gas zit, is hard weglopen. Als hij hard genoeg loopt, slaat de vlam door het veiligheidsgaas van zijn lamp en ontsteekt het gas waar hij juist aan probeert te ontkomen.

Nuttal: De kracht van de explosie in de Hannay-mijn in aanmerking genomen, zou u dan zeggen dat de hele gang vol met gas moet hebben gezeten?

Molony: Nee. Een heel kleine explosie zou al voldoende zijn geweest als u bedenkt dat mijnwerkers zo roekeloos zijn dat ze elk koolfront in Lancashire volstoppen met vaatjes buskruit voor later gebruik. Een kleine explosie kan daardoor een hele serie ontploffingen over de volle lengte van de gang tot gevolg hebben.

Hopton: Wat is volgens u, met uw veeljarige ervaring, de meest waarschijnlijke oorzaak van de explosie in de Hannay-mijn, onvoldoende toezicht van de kant van de eigenaren van de mijn of het niet opvolgen van de veiligheidsvoorschriften door een van de mijnwerkers?

Molony: Aangezien niet is gebleken dat de voorschriften onvoldoende waren of er iets aan het toezicht heeft ontbroken, blijft er alleen een fout aan de kant van de mijnwerkers over, dacht ik.

Volgens het rapport ontstond er op dat moment grote beroering onder de aanwezige familieleden. Het werd pas weer rustig toen een vertegenwoordiger van de mijnwerkers toestemming kreeg om iets te zeggen. Blair kende de naam, hoewel hij hem slechts één keer had ontmoet, toen hij heel onhandig erwtjes op zijn bord achterna zat tijdens het diner in Hannay Hall.

Walter Fellowes: Ik ben vertegenwoordiger van de Mijnwerkersbond en van het Onderlinge Verzekeringsfonds. In deze beide hoedanigheden ben ik de dag na de explosie in de Hannay-mijn afgedaald, en hoewel ik het met de heer Molony eens ben dat het een hartverscheurend toneel van helse verwoesting was, ben ik zeer verontwaardigd door zijn pogingen, die ons overigens van voortgaande, soortgelijke onderzoeken bekend zijn, om de schuld van een mijn-ramp bij de slachtoffers te leggen, de ongelukkigen die de fatale ge-volgen van de ramp hebben ondervonden. Ik zou de heer Molony eraan willen herinneren dat het niet de mijneigenaren zijn die tot groot verdriet van hun weduwen en kinderen levenloos en verminkt naar boven worden gebracht, maar de mijnwerkers die door die ei-genaren naar beneden worden gestuurd. In hoeverre er sprake is van laakbaarheid aan de kant van de eigenaren en of de nabestaanden van de slachtoffers daardoor recht hebben op compensatie staat ter beoordeling van de rechter en ik zou het daarom op prijs stellen als de heer Molony zijn mening, deskundig of anderszins, voor zich zou houden. Voorts zou ik de heer Molony eraan willen herinneren dat iemand die er niet in slaagt een bepaalde hoeveelheid kolen naar boven te brengen, heel snel werkloos is. We kunnen dus moeilijk volhouden dat het hebzucht van de kant van de mijnwerkers is die tot een ruim gebruik van buskruit leidt. Ik zou meneer Molony een vraag willen stellen.

Hopton: Daar maak ik bezwaar tegen.

Meek: Fellowes heeft geen status bij het hof.

Coroner: Zou meneer Molony desalniettemin een vraag van meneer Fellowes in overweging willen nemen?

Molony: Als Fellowes dat graag wil. Ga uw gang.

Fellowes: Meneer Molony, hebt u bij het grote aantal onderzoeken dat u met uw meningen hebt opgeluisterd, ooit een rijke mijneige-naar in plaats van een arme mijnwerker verantwoordelijk voor een explosie bevonden?

Molony: Nee, om de eenvoudige reden dat rijke heren nu eenmaal niet met een houweel zwaaien of de lont van een schot aansteken. Deden ze dat wel, dan zou ik dat uitermate gevaarlijk vinden.

Het rapport vermeldde dat: 'de spanning in de zaal werd vermin-derd door algemeen gelach', waarmee de weg werd vrijgemaakt voor de meest deskundige en onbetwistbare getuige op dit gebied.

Coroner: De onderzoekscommissie verwelkomt de opmerkingen van Benjamin Thicknesse, Harer Majesteits Inspecteur van het Mijnwezen.

Thicknesse: Ik heb geluisterd naar de verklaringen die vandaag zijn afgelegd. Ik heb de kaart van het ventilatiesysteem en de dwarsdoorsnede van de Hannay-mijn bestudeerd. Ik heb een aantal gedachten en conclusies geformuleerd en mijn plicht en geweten gebieden mij die met u te delen.

Allereerst bied ik u het medeleven van de koningin en de koninklijke familie aan. Een ramp als die welke in de Hannay-mijn heeft plaatsgevonden, treft de gehele natie. Hare majesteit rouwt met u.

Ten tweede wil ik stellen dat het delven van diepe kolen afgezien van oorlogvoeren het gevaarlijkste beroep is. Dat is altijd zo geweest en zal waarschijnlijk altijd zo blijven.

Ten derde, dat de snelle en doortastende manier van optreden van opzichter George Battie en het reddingsteam dat hij aanvoerde, het leven van een groot aantal mijnwerkers die door koolmonoxyde waren bedwelmd heeft gered. Het snelle afdichten van een tweede gaslek door Battie, Smallbone en Jaxon heeft mogelijk een tweede ramp voorkomen.

Ten vierde kan ik geen oordeel uitspreken over de meningen van de getuigen-deskundigen. Ze kunnen allemaal gelijk hebben; ze kunnen allemaal ongelijk hebben. Een mijnwerker kan zo onbezonnen zijn geweest om zijn lamp open te maken en een pijp op te steken, maar dat zullen we nooit weten. Een vonk, een vlam, een vat buskruit kunnen elk voor zich of alle tezamen hebben bijgedragen aan de kracht van de explosie. Het antwoord ligt begraven aan het koolfront. Was de ventilatie voldoende om het gas te verdrijven? Verse lucht moest ten slotte ruim een mijl naar beneden en vervolgens door acht mijl aan gangen en dwarsgangen circuleren. Uitgaande van de veiligheidsnormen zoals we die thans hanteren, tonen onze berekeningen aan dat er voldoende ventilatie was, maar dat sluit niet uit dat een jongen met zijn pony een zeildoeks scherm omver kan hebben gegooid, waardoor de hele, zorgvuldig geplande luchtstroom werd verstoord. Het is een bekend gegeven dat het kolenveld van Lancashire een 'fel' kolenveld is – dat wil zeggen dat het bijzonder gevoelig is voor het ontstaan van ontvlambaar gas. Deze situatie wordt nog verergerd door iets anders. Hoe dieper de kool, hoe feller ze is. Maar ook is het zo dat hoe dieper de kool zit, hoe harder ze is, met als gevolg dat men vooral daar buskruit nodig heeft.

Ten slotte is er nog een element: de kool zelf. Koolstof die in de gangen blijft hangen en de mijnwerkers rode ogen en zwarte longen bezorgt, is in de juiste verhouding vermengd met zuurstof bijna net zo explosief als buskruit. Dit is natuurlijk een controversieel punt. Men zou zich kunnen afvragen hoe iemand in ondergrondse ruimten kan gaan werken die zo vol zitten met bekende en onbekende gevaren. Hoe kan een vader 's morgens als hij de deur uitgaat zijn kinderen kussen in de wetenschap dat ze 's middags mogelijk wezen zijn?

Dit zou echter een emotionele en kortzichtige reactie zijn. De gehele Britse industrie zou tot stilstand komen. Fabrieken zouden leeg komen te staan, locomotieven zouden in de loodsen staan te verroesten, schepen zouden werkloos aan de kade liggen.

Het is tevens een belediging voor de wetenschap. De Britse technologie wordt met de dag beter. Naarmate de kennis toeneemt, wordt de veiligheid verhoogd.

Ten slotte is het zeer wel mogelijk dat een enkele menselijke fout, een overtreding van de voorschriften de oorzaak van deze catastrofe is geweest.

Het is tragisch dat het antwoord op deze vraag begraven is. We zullen het nooit weten.

Het rapport vermeldde dat de jury vijftien minuten beraadslaagde waarna ze met haar oordeel terugkeerde.

Wij, leden van de jury, hebben vastgesteld dat op 18 januari zesenzeventig mensen zijn omgekomen bij een ontploffing van methaangas in de Hannay-mijn; er is onvoldoende bewijs om vast te stellen op welke wijze of door wiens toedoen dit gas tot ontbranding is gekomen.

Voorts verklaart de jury eenstemmig dat de mijn waarin de ramp zich heeft voltrokken, op de juiste wijze is geleid en dat de eigenaars van genoemd bedrijf geen blaam treft.

Niet dat de jury was gevraagd om te beoordelen of het bedrijf blaam trof, maar door deze zin aan hun uitspraak toe te voegen, had ze de kans dat nabestaanden met succes een eis tot schadevergoeding tegen de Hannay-mijn zouden kunnen indienen, effectief de grond ingeboord.

Blair bracht een bittere toost uit met cognac en arsenicum. Wat een verrassing.

Als aanhangsel aan het rapport was een kopie toegevoegd van het boek van de lampist met de namen van iedereen die op de dag van de explosie voor een lamp had getekend. Op de lijst stonden zowel de overlevenden en redders als de slachtoffers.

Battie, George	308
Paddy	081
Pimblett, Albert	024
Pimblett, Robert	220
Twiss, Bernard	278
Jaxon, Bill	091
Smallbone, Albert	125

En zo ging het maar door, een lange lijst, maar het punt was, zoals Battie had gezegd, dat er zesenzeventig lampen waren voor zesenzeventig lichamen.

Blair had zich als een Turkse pasja in dekens gewikkeld om er fatsoenlijk bij te zitten toen zijn avondmaal werd binnengebracht door een meisje met uitpuilende ogen die gegrillde karbonades en een fles rode wijn neerzette.

'Iedereen praat erover wat-u heb verteld.'

'Wat heb ik dan verteld.'

'Van die Afrikanen en die macaroni. Ik héb me toch gelachen.'

'Het is geen slecht verhaal.'

'Voel-u zich goed of lammenadig?'

'Enigszins pijnlijk, dank je. Lammenadig, dat wel.'

'Het is rotweer buiten. Echt een avond om thuis te blijven.'

'Ik verroer me niet eens.'

'O, en er is een brief voor u.'

Het meisje haalde hem uit haar schort. Ze stond zo lang met de crèmekleurige envelop met het verhoogde monogram te frunniken dat ze hem uit haar handen liet vallen, maar Blair ving hem op. Hij scheurde hem open en haalde er een enkel vel papier uit waarop stond: 'Kom morgen om twaalf uur naar het Theatre Royal. Bereid je voor op een cultureel gebeuren. H.'

Een typisch keizerlijk bevel van Hannay waar niet aan te ontkomen viel. Een 'cultureel gebeuren' in Wigan? Wat kon dat wel zijn?

Toen Blair opkeek zag hij dat de ogen van het meisje nog verder uitpuilden, en nu pas merkte hij dat de deken bij zijn greep naar de brief afgegleden was, waardoor de bloedzuigers als vette komma's op zijn zij zichtbaar waren geworden.

'Sorry. Mooi zijn ze niet. Hoewel ze langzamerhand bijna familie van me zijn geworden.'

'Ga weg.'

'Ja, hoor. Ze hebben zelfs namen. Hopton, Liptrot, Nuttal en Meek.' Hij sloeg de deken weer om. Ze keek alsof ze elk moment verwachtte een hoorn op zijn hoofd te zien of een staart die onder de dekens uitstak.

Ze sloeg haar magere armen over elkaar en huiverde. 'Daar krijg ik kippevel van.'

'Dat hoop ik. Met meisjes die geen kippevel krijgen, loopt het gewoonlijk slecht af.'

'Ech' waar?'

'Het is de laatste vorm van fatsoen.'

Toch heb ik nog liever bloedzuigers dan advocaten, dacht Blair. Hannay's raadslieden konden nu wel wat zeggen, maar bepaalde fouten maakten mijnwerkers nu eenmaal niet. Ervaren mijnwerkers maakten hun veiligheidslampen niet open en renden niet roekeloos door gas heen. Als ze in die laatste seconden hadden gezien dat de vlam van hun lamp begon te zweven, zouden ze haastig schermen hebben opgesteld om het gas af te voeren. Of, als dat niet mogelijk was geweest, zouden ze zich rustig hebben teruggetrokken door de frisse lucht die nog steeds door de hoofdgang binnenstroomde.

Wat weer andere vragen opriep. Waarom waren Jaxon en de gewonde Smallbone nog voor de explosie via de achtergalerij, waar de lucht veel slechter was, teruggegaan?

En er was nog iets veel merkwaardigers naar voren gekomen. George Battie had tijdens het onderzoek verklaard dat het eerste wat hij na de explosie had gedaan, was iemand met de kooi naar boven sturen. Wedge, de bedrijfsleider, verklaarde dat, nadat de boodschapper boven was gekomen, de vrijwilligers hadden moeten wachten tot de kooi weer bovenkwam. Waarom was de kooi weer naar beneden gegaan? Wie had dat gedaan? Was het mogelijk, dacht Blair, dat hij John Maypole nu dan toch eindelijk in zicht had?

Het was op een eigenaardige manier heel plezierig om met een intellectuele puzzel bezig te zijn. Hij was zo in gedachten verzonken geweest dat hij niet had gemerkt dat het meisje nog altijd bij de deur stond.

'Is er nog iets?' vroeg hij.

'Iedereen heb 't erover dat-u Bill Jaxon in mekaar geslagen heb. Da's nog nooit gebeurd.'

'Meen je dat nou?'

'En dat-ie u nou zoekt.'

De gedachten aan het onderzoek waren op slag verdwenen. 'Nou krijg ík kippevel. Verder nog iets?'

'Nee, dat was alles.' Ze ging achteruit de deur uit.

Blair wachtte een minuut, schoof het dienblad weg, trok de bloedzuigers een voor een van zijn heup en kleedde zich aan.

13

DE REGEN GAF BLAIR een excuus om zijn kraag hoog op te zetten. In de huizen waren de gordijnen dichtgetrokken en de trottoirs waren verlaten, afgezien van wat kwajongens die door het water renden dat uit de goten stroomde. Hij bonkte hard op haar deur om boven het geluid van de neerstromende regen uit te komen.

Toen Rose eindelijk opendeed, hinkte hij naar binnen en leunde, op één been steunend tegen de deurpost. De keuken werd alleen verlicht door het licht van een lamp dat vanuit de voorkamer naar binnen scheen. Waarom was het toch altijd zo donker in haar huis? Haar haar zat wild, viel van een kam naar beneden. Haar huid was olijfkleurig van het kolenstof en ze droeg een rok en blouse van verstelde mousseline, met te korte mouwen, dezelfde die ze de avond tevoren ook had gedragen. Van haar vriendin Flo geen spoor.

'Ik had gezegd dat je niet terug moest komen,' zei ze.

'Dat wilde ik ook niet, maar het verhaal doet de ronde dat ik Bill Jaxon in een gevecht heb verslagen. Ik zou liever horen dat Bill mij een pak op mijn bliksem had gegeven, of dat er helemaal niet gevochten was.'

'Het zal mij een zorg zijn.'

'Iemand strooit die praatjes rond.'

'Ik niet. Ik heb de hele dag nog niet aan jou of aan Bill gedacht.'

Vanuit de deuropening, half binnen, half buiten, keek hij in het rond alsof hij Bill mogelijk over het hoofd had gezien terwijl die in het donker op een keukenstoel zat. Er leek verder helemaal niemand in huis te zijn, wat ook weer niet klopte met de Calcutta-omstandigheden die er in Scholes heersten.

'Zeg tegen Bill dat ik geen rivaal van hem ben. Ik ben niet in jou geïnteresseerd.'

'Wat een mooie woorden. Je bent al net zo min dichter als dat je een gentleman bent.'

'Het enige wat ik wil is zo vlug mogelijk weg uit Wigan. Ik wil nergens bij betrokken raken.'

'Betrokken bij wat?'

'Bij wat dan ook. Ik heb tegen Bill gezegd dat ik een lafaard was.'

'Dan had hij beter kunnen luisteren.'

'Zeg tegen hem...' begon Blair, maar op dat moment nam het geluid van de regen op de leien daken toe tot een waar geroffel dat zijn woorden overstemde en, zonder na te denken, stapte hij verder naar binnen, weg van de deuropening. Zonder bewuste bedoeling, lag zijn hand plotseling om haar middel. Helemaal vanzelf trok die hand haar dichterbij. Rose had hem een klap in zijn gezicht kunnen geven of hem met haar kam in zijn hand kunnen prikken. In plaats daarvan hief ze haar mond op en liet hem van de kolen proeven.

'Zet je hoed af,' zei ze.

Hij liet hem op de vloer vallen. Ze draaide zijn hoofd om en keek naar de kaalgeschoren plek, draaide hem toen weer terug en keek hem in de ogen. Hoe het een van het ander gekomen was, begreep Blair niet. Er moest een teken zijn geweest dat hij niet had gezien, alleen op gereageerd.

'Dat moet pijn doen,' zei Rose.

'Dat zou wel moeten.'

Door zijn hand kon hij haar hart net zo voelen bonken als het zijne. Door de regen kon hij de klok niet horen, maar bij de gloed van het vuur zag hij de slinger heen en weer gaan. Als hij een minuut in de tijd terug had kunnen gaan en zijn aanraking ongedaan maken, zou hij het hebben gedaan. Maar dat kon niet. Kwam nog bij dat, hoewel op een moment als dit haar gebruikelijke koketterie te verwachten zou zijn geweest die de spanning gebroken zou hebben, Rose net zo verbluft leek als hij. Of ze speelde beter toneel.

Boven, in haar kamer, stond een onaangestoken lamp, de vage omtrek van een ladenkast, een bed met lakens die zo versleten waren dat het bijna verbandgaas leek. In zijn armen was ze tengerder dan hij had verwacht, en bleker. In een staande spiegel ving hij een glimp van haar rug op.

Een jaar onthouding maakte dat elke aanraking iets koortsachtigs kreeg, als in een droombeeld. Verlangen was een vorm van waanzin, dacht hij. Vertwijfeld penetreerde hij haar, als een drenkeling die boven water komt. Ze kon niet ouder zijn dan negentien of twintig, maar ze wachtte geduldig op hem. Hij voelde zich als een sater op haar veel jongere lichaam, tot hij, toen hij stevig in haar zat, haar gezicht zag kleuren en haar benen om zijn rug voelde.

Hoe zou de eerste slok water na een jaar smaken? Wat is water voor de ziel? Het verbazingwekkende aan de oerdaad is de heelheid van twee lichamen, en net zo verbaasd was hij om zichzelf in bed te vinden en vervolmaakt te worden door een eenvoudig mijnmeisje. Hij was zich bewust van haar vuile handen en gezicht, en zijn eigen handen en gezicht die net zo zwart werden, maar vooral van haar ogen, die hem met een triomfantelijke glans aankeken.

Zweet glom op haar voorhoofd en parelde om haar ogen, wat de oogleden donkerder en het wit van haar ogen helderder maakte, de poorten van een blik die hem verzwolg. Moest een onwetend meisje ook oppervlakkig zijn? Rose had een diepte waar hij niet op voorbereid was en waar hij nu in gevallen was. Meer dan gevallen: gestort.

Pijn verdween. Of hij had een hoogte bereikt waar pijn niet door kon dringen, een hoogte die helemaal Rose was, waar hij zichzelf met genoegen voelde verdwijnen en weer terugkomen, zijn hele lichaam zo hard als een steen waar ze zich aan vastklampte, een huivering en steen veranderde in vlees.

'Hoe oud ben je?' vroeg Rose.

'Dertig, tweeëndertig, ergens in die buurt.'

'In die buurt? Hoe kan dat nou dat je dat niet weet?'

Blair haalde zijn schouders op.

Ze zei: 'Ik heb gehoord dat mensen naar Amerika gaan om opnieuw te beginnen. Ik had niet gedacht dat ze zoveel konden vergeten.'

'Ik ben jong begonnen en dan vergeet je veel.'

'Je weet wel waar je nu bent?'

'O, ja.'

Ze had de lamp aangestoken, maar zo laag gedraaid dat het niet meer dan een klein blauw vlammetje was en nu zat ze in de kussens gedrukt die tegen de buizen van het hoofdeinde gestapeld lagen. Ze spreidde – als dat het juiste woord was – een volledig gebrek aan schaamte tentoon. Kwantitatief gezien – en hij was tenslotte ingenieur – had ze een slank, haast pezig lichaam met scherp gepunte borsten en een plukje bruin, niet rood, haar onder aan haar buik. Haar ogen keken, op hun beurt, naar zijn lichaam en ontmoetten zijn blik met een kalme zelfverzekerdheid waarin te lezen was dat er nog meer was dat hij zou moeten erkennen en waarmee hij zou moeten worstelen.

'Ik bedoel Wigan niet,' zei ze.

'Dat weet ik.'

Hij zat tegen het voeteneind van het bed, met zijn slechte been op de vloerplanken. Flo kon nog een uur wegblijven of misschien ook wel de hele nacht, had ze hem verteld.

'Jullie hebben een heel huis voor jezelf? Hoe red je dat?'

'Dat zijn mijn zaken.'

'Je bent geen simpel meisje.'

'Wilde je dan een simpel meisje?'

'Ik wilde helemaal geen meisje. Daar kwam ik niet voor. Dat is niet waar ik dacht dat ik voor kwam.'

'Wat is er dan gebeurd?'

'Ik weet het niet.' Hij kon niet verklaren wat zijn hand naar haar had geleid. 'Het enige wat ik weet is dat die dolle Bill van je in de regen naar me loopt te zoeken.'

'Hier ben je veilig.'

'Dat lijkt me niet erg waarschijnlijk.'

'Wil je weg?'

'Nee.'

'Mooi zo.'

In hun stemmen klonk de opwinding van twee mensen die met een klein bootje in het donker zonder enig plan naar zee waren gegaan. Ze was zijn gelijke niet, hield hij zichzelf voor. Hij had vier continenten bereisd; zij had haar leven vlak bij de mijnen doorgebracht. Toch leken ze hier, op dit bed, gelijken te zijn. Haar blijken dat ze anders was – zoals het fluwelen lint dat ze zelfs bij een broek droeg – leken nu niet dwaas meer. Zat hij zichzelf te bedriegen of straalde er intelligentie uit haar ogen?

'Jij hebt geleefd als een jonkheer. Zou je het hier een nachtje kunnen uithouden?'

'Ik heb geleefd als de doden. Ja, ik ben liever hier.'

'"Geleefd als de doden"? Dat vind ik mooi. Ik weet wat je bedoelt. Op de mijn werken, kolen sorteren. Ik voel me als een kamermeisje in de hel.'

'Heb je er een hekel aan?'

'Nee. In een fabriek werken, daar zou ik een hekel aan hebben. In die herrie? Ik heb vriendinnen die bijna stokdoof zijn. De lucht zo vol met katoenstof dat je niet meer kunt ademhalen? Met lange rokken bij al die draaiende machines? Je kunt een been kwijtraken, stikken of aan de tering doodgaan. En nog voor minder geld ook. Ik bof.'

'Je zou dienstbode kunnen worden.'

'Dienstbode? Ik weet dat dat respectabeler is, maar ik heb liever mijn zelfrespect.'

Het gesprek stokte even omdat ze elkaar niet kenden, dacht hij. Ze hadden niets gemeen, hadden geen periode van hofmakerij doorgemaakt, hadden zich naar elkaar toe getrokken gevoeld als twee planeten die door dezelfde zwaartekracht aangetrokken worden.

'Hoeveel dienstbodes heb jij verleid?'

'Hoeveel mannen heb jij verleid?'

Ze glimlachte alsof de vraag daardoor uitgewist werd. 'Was het anders om weer eens een blank meisje te hebben? Of is het waar wat ze zeggen, dat in het donker alle katjes grauw zijn?'

'Zoveel vrouwen heb ik niet gehad, maar ze waren allemaal verschillend.'

'Hoe?'

'Gevoel, reuk, smaak, beweging, warmte.'

'Mijn God, je bent een wetenschapper. En hoe smaak ik?'

Hij streek met zijn hand over haar zij en over haar buik, likte toen zijn handpalm af.

'Rozen. Een beetje verbrande roos.'

Ze leunde op een elleboog. Hoewel haar voorhoofd verborgen ging achter haar verwarde haren, schitterden haar ogen in het flauwe schijnsel van de lamp bruin en groen. En hoewel het kolenstof als een vaste schaduw over haar gezicht lag, had haar lichaam de extreme blankheid van iemand met rood haar, waarbij de adertjes rond haar borsten zo blauw afstaken dat hij ze bijna kon zien kloppen.

Ze streek met haar hand over zijn been en hield hem vast. 'Ik zie dat je weer levend bent.'

Rose was geen gewoon meisje, dacht Blair. Hij had een jaar honger in haar bed gebracht, maar haar hartstocht was net zo groot als de zijne, alsof een enkele nacht ook haar de rest van haar leven zou moeten voeden. Ze moest die willens en wetens geaccepteerde verdoemenis laten varen, als ze iemand kon vinden om mee verdoemd te worden.

Zoals *zij iemand was*. Niet iemand die afgedankt kon worden, geen toeristische attractie die gefotografeerd mocht worden, en ook geen silhouet op een slakkenhoop. Ze was net zo echt als welke Hannay dan ook.

Was het liefde? Hij dacht van niet. Hun lichamen gingen tekeer met een wildheid die meer op woede leek, als dol geworden, zwetende cimbalen. Hij voelde zijn ogen uitpuilen en de spieren van zijn schouders spannen toen ze met haar nagels door de holte van zijn rug trok.

De lakens strekten zich oneindig naar beide kanten uit, wit met zwarte vegen. Boven het bed was de normale ruimte. Binnen in haar was een veel diepere plaats. Niet Wigan. Een totaal ander land.

'Je begint te genezen.'

Ze zat over hem heen en deed het haar bij de snee in zijn hoofd opzij.

'Dat was ik ook van plan,' zei hij.

'Dat is een prachtig plan zolang je bij Bill uit de buurt kan blijven.'

'Dat is het voornaamste onderdeel van het plan – dat was het in elk geval.'

Ze sprong van Blair af en kwam even later terug met een sjaal. Ze ging op zijn borst zitten en draaide zijn hoofd opzij.

'Wat doe je?' vroeg hij.

Ze spuugde op de wond en blies er kolenstof van de sjaal op. 'Wat mijnwerkers doen,' zei ze.

14

EEN PIANOSONATE VAN MENDELSSOHN werd gevolgd door een fanfarekorps dat 'Onward, Christian Soldiers' speelde terwijl kinderen met enorme papieren kragen en watten baarden als martelaren van de reformatie het toneel van het Theatre Royal op kwamen marcheren.

'De kinderen zijn wezen van mijnwerkers. De benefietvoorstelling is voor hun,' fluisterde Leveret tegen Blair. Zij stonden achter in het theater onder een borstbeeld van Shakespeare met een pen in de hand. Het theater bewees eer aan alle toneelstukken van de grote schrijver met wandschilderingen van tragische figuren en hartstochtelijke geliefden, met op het voortoneel het beeld van Othello de Moor die een gondel over het Canal Grande boomde.

Blair was laat gekomen en had zijn hoed opgehouden om de blauwe hechtingen op zijn hoofd te verbergen. Hij zag Hannay in een loge zitten; de bisschop leek vanuit de hoogte neer te kijken op een eenvoudige, maar buitengewoon amusante komedie.

Leveret legde uit: 'Koningin Elizabeth heeft de mooiste jurk en die grote bos rood haar. Bloody Mary kun je herkennen aan het bloed aan haar handen.'

'Dat doet me aan Charlotte denken.'

'Wyclif, de martelaar, is uiteraard op de brandstapel vastgebonden. Daarom dragen de meeste kinderen een fakkel.'

'Zo voel ik me ook.'

'Er volgen twee tableaus, een religieus en een cultureel.'

'Prachtig, maar waarom heeft Hannay me gevraagd om hier te komen?'

Leveret deed ontwijkend. Na enige aarzeling, zei hij: 'Ik heb de lijst waarom je had gevraagd.'

'Van de "Vrouwen Die Voor Het Eerst Gevallen Zijn"?'

'Ja.' Leveret gaf hem de envelop zo stiekem aan, dat het bijna leek alsof hij pornoplaatjes verkocht.

Twee beulen met zwarte kappen op voerden de martelaren af. Een strijkkwartet speelde 'Drink to me only with thine eyes', J.B. Fellowes van de Mijnwerkersbond bracht verslag uit over het Weduwenfonds en het kwartet besloot de eerste helft van het programma met 'Annie Laurie'.

Tijdens de pauze daalde de betere stand van Wigan de trap af, naar de lounge. Dit was de klasse wier rijtuigen men op Wallgate en Millgate voor de winkels van de manufacturiers en hoedenmaaksters kon zien staan, wier bedienden iedere morgen het koper poetsten en de stoep aanveegden, die tegen vijf procent in staatsleningen belegden; met andere woorden, mensen die schoenen droegen in plaats van klompen. Toen Blair aan de inspanning dacht die het moest hebben gekost om zich zelfs voor een liefdadigheidsvoorstelling als deze te kleden – het dichtrijgen van korsetten, de haken en ogen aan baleinen keurslijven, crinoline kooien die om wriemelende tailles moesten worden gehesen en de petticoats die daar overheen moesten – dan vertegenwoordigde elk van de aanwezige vrouwen een hele rits kamerjuffers met bloedende vingers. Het resultaat was een stroom dames in gemoireerde zijde, foulard en grofgrein in diverse schakeringen fuchsia en grenadine, vergezeld door mannen die er met hun dassen en zwarte pakken net zo dood uitzagen als verbrande bomen. Onder de jongere vrouwen waren er een paar die net zo met hun been trokken als prinses Alexandra, die na een acute reuma-aanval kreupel was gebleven. Met zijn stijve been voelde Blair zich tot op zekere hoogte aardig in stijl.

Het was hem een raadsel wat hier in het theater geacht werd te gebeuren, hoewel het hem wel opviel dat er om hem heen vol verwachting werd gefluisterd. Het middelpunt werd gevormd door lady Rowland die de erotische gloed uitstraalde van een vrouw die gewend is aan mannelijke aandacht. Op haar met zilver dooraderde zwarte haar rustte een hoed met een groene steen. Blair kon de badinage niet horen, maar wel zag hij dat ze die met haar waaier vaardig leidde en elke kwinkslag met de waarderende glimlach van een rijpe en buitengewoon aantrekkelijke vrouw beloonde. Aan de rand van haar zonnestelsel dobberde Chief Constable Moon, luisterrijk gekleed in een zwarte geklede jas met zwart-zijden tressen die van zijn schouders tot aan zijn manchetten hingen, met onder zijn arm een ceremoniële helm met een zwarte struisveer. Blair dacht niet dat het bericht van zijn nachtelijk bezoek aan Rose Molyneux Moon al kon hebben bereikt, maar desondanks bleef hij toch maar uit de buurt van de Chief Constable.

Lydia Rowland werd omringd door een coterie van jongere bewonderaars, en als de moeder straalde, dan schitterde de dochter – met minder moeite. Ze droeg een diadeem van witte rozen in haar gouden haar en haar blauwe ogen straalden een kristallijnen onschuld uit. Was het onschuld of was ze volkomen uitdrukkingsloos? vroeg Blair zich af.

Hij was zo gebiologeerd dat het even duurde voordat hij Charlotte Hannay en Earnshaw in een hoek zag staan. Het moest een straf voor haar zijn om in dezelfde kamer te zijn als Lydia Rowland, want terwijl haar nicht straalde, was Charlotte een bleek figuur in een sombere, paarsachtige japon, haar haar niet meer dan een nijdige rode rand onder een kluwen zwarte kant. Daar was ze dan, de plaatselijke erfgename; ze had net zo goed een gouvernante of een emigrée uit een of ander vervloekt Middeneuropees land kunnen zijn. Earnshaw vergezelde haar en zijn baard zag er even goed geborsteld uit als zijn pak.

Charlottes reactie op de een of andere plaagstoot van Earnshaw was een venijnige blik die iedere normale kerel onmiddellijk in diep zwijgen zou hebben gedompeld, maar het parlementslid behield zijn air van zelfvoldaanheid. Dat was de reden dat politici werden vermoord, dacht Blair, omdat niets anders ze van hun stuk kon brengen.

'Het benefiet is dus voor de wezen?' vroeg hij aan Leveret.

'Een speciale voorstelling van hun tableau.'

Het orkest was naar beneden gekomen en had zich voor de punchbowls en bladen met schuimgebak opgesteld. Het blauwe serge en de koperen knopen van hun uniformen deed hun roze Engelse wangen nog meer uitkomen. Achter de tafel hingen grote schilderijen van verheffende thema's: *De Bergrede*, *Het Stillen der Wilde Wateren*, *Judith met het Hoofd van Holofernes*. Blair merkte

214

dat bisschop Hannay en Lydia Rowland naast hem waren komen staan.

'*De Bergrede* is zo'n vredig schilderij, vindt u ook niet, meneer Blair?' zei Lydia. 'De menigte, blauwe hemel en olijfbomen, en Jezus in de verte.'

'Dat is niets voor Blair,' zei Hannay. 'Hij is geen man voor mooi weer. Hij is meer iemand voor stormweer en scherpe messen. We willen niet dat hij te tam wordt. Ik wou dat we iets anders hadden dan afschafferspunch, Blair. Naar ik heb begrepen, heb je dat wel verdiend.'

'Hoe bedoelt u?'

'Ik heb geruchten gehoord dat je de mensen nu zelfs in elkaar slaat om inlichtingen uit ze te krijgen.'

'Dat zou afschuwelijk zijn, Monseigneur, maar dat heeft hij niet gedaan, dat kan ik u verzekeren,' zei Leveret.

'Waarom zou hij niet? Als Blair eindelijk geïnteresseerd begint te raken, is dat alleen maar goed.'

Blair keek naar de zwarte kleding van de andere gasten. 'Ik had me anders moeten kleden.'

'Welnee, je past er uitstekend bij,' zei Hannay. 'Zeg, Leveret, moest jij geen kleine verrassing gaan regelen?'

'Jawel, Monseigneur,' zei Leveret en hij ging er haastig vandoor.

Vanuit verschillende hoeken van de zaal voelde Blair de ijzige blik van lady Rowland en een geladen afkeer van Charlotte Hannay. Hij voelde de snee aan de zijkant van zijn hoofd. Hij had absoluut niet het gevoel dat hij hier uitstekend paste.

Hoewel Hannay Blair terzijde nam, veroorzaakte de aanwezigheid van de bisschop een soort draaikolk. Alle blikken waren op hem gericht, hoewel er maar weinig gasten waren die zich voldoende zeker van hun maatschappelijke status voelden om hem te durven benaderen. Blair vond het een enigszins vreemde plaats om een vertrouwelijk gesprek te voeren.

Hannay zei terloops: 'Geef jij je gewaardeerde mening eens. Wie van de vrouwen vind jij een schitterende ster? Wie is de diamant tussen de doffe stenen?'

'Lydia Rowland, zou ik zeggen.'

'Lydia? Lydia is een verbluffend mooi meisje, maar op een gewone manier. Volgende maand begint het seizoen in Londen. Dan neemt mijn zuster Lydia mee naar Londen om haar aan het hof te presenteren, de juiste bezoeken af te leggen en in de juiste rijtuigen te rijden en op de juiste bals te dansen tot ze een echtgenoot aantrekt. Dat is niet anders dan bij de stammen die wij hebben ontmoet. Nee, ik bedoel Lydia niet. Wat kan Lydia mij nu toch schelen?'

'Je bedoelt Charlotte?'

'Zie je dat niet? Ik weet het, ze is natuurlijk mijn dochter. Maar ze was ook het pienterste, het leukste kind ter wereld. Een stralende prinses. Toen ze naar Londen ging voor haar debuut, moest ze niets hebben van die kerels van de Horse Guard of die fatten die aan het hof paraderen en dat kon ik haar niet kwalijk nemen. Nu herken ik haar nauwelijks. Het is alsof ze elke morgen as over haar hoofd strooit om toch vooral maar te verbergen hoe ze in werkelijkheid is. Moet je haar nu toch zien naast die windbuil, Earnshaw. Een beroepspoliticus. Hij heeft een oude vriend van me verslagen, lord Jeremy. Het was dwaas van Jeremy om zich kandidaat te stellen. De basis van zijn politieke programma was het gegeven dat zijn familie het land al sinds de Zwarte Prins had gediend en dat hij tienduizend mensen in dienst had en honderdduizend pond aan lonen betaalde, terwijl Earnshaw helemaal niemand was en precies één enkele klerk in dienst had. Earnshaw won en die stelt nu voor om de adel te verbieden om zich kandidaat te stellen voor het Lagerhuis en ze als relikwieën in het Hogerhuis op te bergen. Dat had Jeremy verdiend.'

'Waarom?'

'Je neemt het niet op tegen beroeps politici, die koop je.'

'Is Earnshaw omgekocht?' Dat gaf een heel andere kijk op de kampioen van de zedelijke hervorming, dacht Blair.

'Als het niet zo is, is het een enorme verkwisting geweest.'

'Dat klinkt zelfs voor een bisschop nogal cynisch.'

'Als jonge man preekte ik de Gouden regel, later probeerde ik de mensen met redelijke argumenten te overtuigen. Daar heb ik nu geen tijd meer voor.'

'Waar heb je Earnshaw voor betaald? Wat moet hij doen? Hij lijkt me een partij voor Charlotte.'

'Earnshaw is geen partij, dat is een locomotief. Hij blaast en hij puft, en als de dienstregeling dat voorschrijft, verdwijnt hij in de verte.' Hannay bleef staan om een zeer oude, in voiles als spinnewebben gehulde matrone te begroeten, naar haar gezondheid te informeren en in de richting van het schuimgebak te sturen. Hij wendde zich weer tot Blair. 'Wezen trekken altijd veel publiek.'

'Er waren nogal wat wezen op het toneel.'

'Wezen zijn de prijs van de kolen.'

'Ik heb het rapport van de lijkschouwer gelezen. Zesenzeventig man dood en je advocaten hebben ervoor gezorgd dat de mijn niet verantwoordelijk kan worden gehouden. Je wilt niet dat het onderzoek heropend wordt.'

'Ik geloof dat alles inmiddels weer normaal is.'

'Niet voor de doden, niet voor de weduwen die geen eis tot schadevergoeding kunnen indienen.'

'Blair, als ik me goed herinner, is de jury tot de slotsom gekomen dat een van de mijnwerkers voor de ramp verantwoordelijk moet zijn geweest. We hebben twee weken produktieverlies geleden. Ik heb geen eis tot schadevergoeding tegen de weduwen ingediend voor mijn financiële schade die aanmerkelijk is. Doe nou niet of je medelijden hebt. Je hoopt alleen dat ik zo bang word voor een heropening van het onderzoek dat ik zeg dat het zo wel goed is en je vrolijk wegstuur. Maar dat doe ik niet.'

'Je hebt er dus geen bezwaar tegen dat ik vragen ga stellen over dat onderzoeksrapport?'

'Op juridische gronden? Daar maak ik me geen zorgen over.'

Blair zag dat Hannay een blik wierp in de richting van vier mannen die in een groepje bij de trap stonden. Ze waren allemaal in de dertig, kalend, en nerveus als windhonden. Vier slecht geklede vrouwen in bloemetjesjurken stonden bij hen in de buurt.

'Hopton, Liptrot, Nuttal en Meek?'

'De weledele heren Hopton, Liptrot, Nuttal en Meek. Heel goed. Ja, ik heb het gevoel dat ik voldoende vertegenwoordigd ben voor de rechtbank.'

Blair ving echter een blik op waaruit bleek dat de advocaten minder gelukkig met zijn vragen zouden zijn dan Hannay deed voorkomen. Onderzoeken moesten, net als de doden, zo snel mogelijk worden begraven. Ook voelde hij de dreigende blik van Charlotte Hannay naderbij komen. 'Waarom heb je me hier uitgenodigd? Waarom krijg ik het gevoel dat de wezen niet de voorstelling zijn, maar ik?'

'Nou, je bent de helft van de voorstelling.'

Charlotte kwam met Leveret mee die weer terug was gekomen. 'Meneer Blair, ik heb begrepen dat u Oliver gedwongen hebt de namen te stelen van de vrouwen die zich om hulp tot het Tehuis hebben gewend. Hebt u dan totaal geen gevoel voor privacy? Wat moet iemand die zedelijk op zo'n laag peil staat als u met die namen?'

'Om John te vinden,' zei Leveret. 'Hij doet het voor jou.'

'Voor mij? Laat dan maar eens horen. Wat voor geboefte is de beroemde Blair bij zijn onderzoek tegengekomen? Struikrovers, moordenaars, inbrekers?'

'Alleen maar mijnwerkers,' zei Blair.

Als een man die een speld laat vallen in de wetenschap dat iedereen het zal horen, vroeg Hannay: 'Ook vrouwen?'

Lydia was net op tijd bij hen om haar adem in te houden. 'Oom, wat voor een ongehoorde vraag is dat?'

'Vind je?'

'John? Vast niet,' zei Leveret protesterend.

Hannay zei: 'Ik wil Blairs antwoord horen. Als Charlottes vader en John Maypoles bisschop, zou ik willen weten of hij iets met een andere vrouw had. Blair?'

'Maypole had met veel vrouwen te maken, vooral vrouwen die in de problemen zaten. Of dat meer te betekenen had dan alleen maar goede werken, weet ik niet.'

'Je wilde namen hebben, dus er was iemand,' zei Hannay.

'Het is nog te vroeg om dat te kunnen zeggen.'

'Een van die meisjes uit Charlottes Tehuis? Een mijnmeid, een fabrieksmeisje?'

'Wat maakt dat uit?'

'Fabrieksmeisjes zijn teringachtig en etherisch, mijnmeiden zijn robuust. Maypole lijkt me iemand die zich meer tot het teringachtige type aangetrokken zou hebben gevoeld.'

'Ik weet het werkelijk niet.'

'Wel, één ding is in elk geval duidelijk,' zei Hannay. 'Blair maakt vorderingen. Charlotte, het wordt tijd dat je Maypole opgeeft. Zijn geest, of, wat nog erger is, zijn zonden, zullen nu wel spoedig te voorschijn komen. Blair heeft het bit tussen de tanden en ik ga hem opzwepen tot hij onze kleine kapelaan of zijn botten vindt. Het wordt tijd je leven opnieuw in te richten.'

Het duurde even voordat de Hannay's en de Rowlands er erg in hadden dat de rest van de zaal naar hen keek, verrukt. Niet dat de Hannay's of de Rowlands zich daar ooit ook maar iets van leken aan te trekken; het was Blair al eerder opgevallen dat de bisschop en zijn familie hun eigen gedragsregels vaststelden en dat andere mensen voor hen niet meer waren dan op een decor gekliederde gezichten. Naar het scheen had Hannay dit gebeuren speciaal in deze vertekende context geënsceneerd.

'Nu dan de verrassing,' zei de bisschop in het algemeen. 'In het eerste deel van het programma hebben de kinderen zo treffend de martelaren uitgebeeld die glorieus hebben geleden voor hun missie: het verspreiden van de Bijbel en het Woord Gods door geheel Engeland. Thans heeft Engeland de taak om de vele nieuwe volkeren van deze aarde uit hun onwetendheid te verheffen en ook hen het Woord te brengen. Gelukkig zijn we daartoe gezegend met nieuwe helden zoals u zo dadelijk, als we ons opnieuw boven verzamelen, zult zien.'

Midden op het toneel stond een manshoge, gesloten mahoniehouten kist. Terwijl de band 'Rule, Britannia!' speelde, kwamen de wezen opnieuw op, ditmaal met zwarte gezichten, zwarte pruiken en 'luipaardvellen' van gevlekt katoen. De jongens droegen speren en kartonnen schilden; de meisjes droegen kokosnoten. Hun ogen en tanden glansden.

'Afrikanen,' zei Lydia Rowland tegen Blair.

'Dat zie ik.'

Een meisje met een tiara op haar hoofd en een gehaakte hermelijnen mantel werd door twee 'Afrikanen' in een schip van zeildoek het toneel op gereden.

'De koningin,' zei Lydia.

'Juist.'

'Rule, Britannia!' kwam tremulerend tot een einde, en koningin en schip kwamen bevend naast de kist tot stilstand. Nadat het applaus was weggestorven, betrad bisschop Hannay het podium, bedankte de koningin en de andere wezen en wachtte tot ook de tweede ronde applaus wegstierf.

'Wij staan aan de dageraad van een nieuw tijdperk. We exploreren een nieuwe wereld en brengen daar licht in de duisternis, vrijheid in plaats van ketenen en, in plaats van een primitieve strijd om het bestaan, een aandeel in de handel die thee uit Ceylon brengt, rubber uit Malakka, staal uit Sheffield en textiel uit Manchester, met schepen uit Liverpool die kolen uit Wigan stoken, waarbij we nimmer vergeten dat er alleen zegen op onze onderneming kan rusten als we ons door de Bijbel laten leiden.

Zoals u weet heeft mijn neef, lord Rowland, een ware hartstocht voor deze gevaarlijke taak tentoongespreid. In het bijzonder aan de Goudkust heeft hij gezwoegd om de inheemse bevolking te bevrijden van het juk van de slavernij, om deze bevolking vervolgens onder de bescherming van de kroon te plaatsen en hen door het licht van de kerk te verlossen uit hun bijgelovige onwetendheid.

Lord Rowland is pas vanmorgen per postboot vanuit Afrika in Liverpool gearriveerd. Hij wilde onmiddellijk doorreizen naar Londen om de Royal Geographical Society in te lichten over zijn exploraties aan de Goudkust en in de Kongo en bij de Bond Tegen de Slavernij verslag uit te brengen omtrent zijn pogingen deze onmenselijke handel met wortel en tak uit te roeien. Nadat er enige telegrammen heen en weer waren gevlogen, hebben wij hem weten over te halen om dit benefiet te vereren, niet met een officiële toespraak, maar met zijn aanwezigheid. Hier vanuit dit theater gaat hij rechtstreeks naar het station. Ik weet dat Londen ongeduldig wacht om hem te kunnen verwelkomen, maar lord Rowland heeft, net als de rest van de familie, het gevoel dat Wigan eerst komt.

Tijdens zijn reizen door Afrika heeft lord Rowland tevens een aantal kunstvoorwerpen en curiositeiten verzameld die hij waardig achtte om door de Royal Society te worden bestudeerd. Hij heeft ermee ingestemd om een van deze specimina, alvorens het met hem naar Londen reist, tijdens dit benefiet voor het eerst aan het publiek te tonen. Misschien ben ik wel extra trots, maar ik weet dat ik voor ons allen spreek als ik lord Rowland hier thans welkom heet.'

Een tengere man met goudblond haar betrad het toneel om Hannay's hand te drukken. Terwijl de bisschop hem alleen op het toneel achterliet, ging de zaal als één man staan om hem een ovatie te geven. Lady Rowland stond op haar tenen van trots. Lydia Rowlands waaier draaide aan haar pols in het rond, zo hard applaudisseerde ze. De band stortte zich met nog meer enthousiasme op 'Rule, Britannia!'.

'Ontdekker! Bevrijder! Missionaris!' las de kleine koningin van haar perkamentrol. De rest van haar woorden gingen verloren in het daverend applaus.

Rowland aanvaardde het eerbetoon zwijgend en zonder zich te bewegen, wat het effect nog verhoogde. Het was een aangeboren gevoel voor theater dat in Afrika ook had gewerkt, herinnerde Blair zich. Hij was sinds hij in Accra was gearriveerd wel wat veranderd en lang niet zo robuust meer. Dat was het effect van Afrika, dacht Blair. Eerst kwam het geraamte thuis, dan het vlees, en dan de schok van de overgang van het equatoriale weer naar het koude zeikweer van de Engelse lente. Hij kreeg bijna medelijden met de man.

Rowlands haar viel in golven van zijn voorhoofd en paste uitstekend bij een sliertige baard. De toneelverlichting leek zijn regelmatige trekken nog beter te doen uitkomen. Zoals hij daar naar een punt ergens achter in de zaal stond te staren, had hij de schoonheid van een filosofisch iemand, Hamlet die op het punt stond een monoloog te houden. Net als Hamlet reageerde ook hij afwezig op deze bewieroking alsof dat niet relevant was, wat het enthousiasme alleen nog maar deed toenemen. Hannay liep terug naar de voorste rij. Rowlands aandacht was nu op de bisschop gericht; zijn ogen vonden zijn zuster tussen het publiek en hij bleef haar even aankijken, keek toen naar Charlotte, die haar armen strak langs haar lichaam hield. Zijn ogen dwaalden onrustig verder, tot hij Blair in de rij daarachter ontdekte. Even schitterde er iets in zijn ogen, een kleine verandering van de lichtval binnenin.

'Rule, Britannia!' eindigde met veel hoorngeschal en werd gevolgd door gemompel onder het publiek. Rowland ging voor de kist staan en knikte verlegen, wat waarschijnlijk geïnterpreteerd moest worden als de lichte buiging van een held. De wezen waren ook nog steeds op het toneel en vormden een rij witte glimlachen op zwarte gezichten. Als het echte Afrikanen waren geweest, zouden ze natuurlijk voor hun leven hebben gelopen, dacht Blair.

'Dit is te veel, veel te veel eer. De bisschop heeft me gevraagd een enkel woord te zeggen.' Rowland wachtte even, alsof hij zich liever niet opdrong. Zijn stem vulde de zaal moeiteloos. En dat was belangrijk voor ontdekkingsreizigers; hun boeken en lezingen waren net zo belangrijk om beroemd te worden als hun reizen. Blair bedacht dat hij misschien wel zo kleingeestig was omdat hij zelf alleen maar uitgenodigd was om een lezing te houden in de keuken van Mary Jaxon.

'De reis zelf was weinig spectaculair,' zei Rowland. 'Met een postboot van de African Steam Ship Line van Liverpool via Madeira en de Azoren naar de Goudkust en Sierra Leone. Een eindeloze reis, tot we overstapten op een fregat van de Royal Navy dat op patrouille was om slavenschepen te onderscheppen. Vervolgens naar Accra, aan de Goudkust, om de slavenhandelaren op het land te vervolgen.'

Rowland streek het haar uit zijn ogen en deed alsof hij de 'Afrikaanse' wezen nu pas zag. 'Aan de wal. De slechtste karakteristiek van de Afrikaanse kust is de verbreiding van bloedvermenging. Hoewel Portugese halfbloeden van een oppervlakkige schoonheid zijn, vermengt Engels bloed zich slecht met het Afrikaanse en brengt een troebel, zwakbegaafd ras voort. Dat is voor een Engelsman een reden te meer om te bedenken dat zijn missie in Afrika een hogere is dan die van Portugese of Arabische mensenhandelaren.'

Hoe zat het met de vermenging van Kelten, Vikingen en Noormannen? dacht Blair.

'Tracht u zich eens voor te stellen,' zei Rowland, 'een wereld met een overdadige en woeste natuur, bevolkt met slaven en slavenhandelaren, waar het werkelijk krioelt van alle soorten roofdieren die God heeft geschapen, besmet met een geestelijke onnozelheid die het mogelijk maakt dat men de baviaan, de kameleon of de krokodil aanbidt.' Hij raakte de mahoniehouten kist aan. 'Overigens was het onderzoek van de dierenwereld onderdeel van de expeditie, met de bedoeling de wetenschap te dienen – Britse wetenschap, door bestudering van zeldzame specimina. Ik herhaal dat datgene wat ik u zal tonen, een zuiver wetenschappelijk doel dient en ik hoop dat niemand er aanstoot aan zal nemen.'

Rowland deed de deuren van de kist open. Ingebed in wit satijn waren twee, bij de polsen afgehakte, zwarte handen. De rug van een van de handen was bedekt met stekelig zwart haar. De andere was omgedraaid en liet een zwarte, diep gerimpelde, leerachtige handpalm zien met platte, driehoekige vingers. Om de polsen zaten gesmede gouden armbanden.

'Dit zijn de handen van een grote soko, een gorilla, die ik in de buurt van de rivier de Kongo heb geschoten. Ik verraste hem en zijn groep terwijl ze aan het foerageren waren. Ik voelde me buitengewoon bevoorrecht omdat ze, ondanks hun enorme grootte maar zelden worden gezien. Dit is pas het derde exemplaar dat vanuit Afrika hierheen is gebracht.'

Blair hoorde Charlotte tegen Earnshaw fluisteren: 'Keurt u dit goed?'

'Absoluut,' zei Earnshaw. 'Niet alleen op wetenschappelijke gronden, maar ook voor ons nationale prestige.'

Blair zag Charlottes ogen donker worden van afkeer.

Earnshaw draaide zich om en vroeg: 'Wat vind jij, Blair?'

'Misschien komt de rest met een andere kist.'

'Stel je voor, een heer als hij die het opneemt tegen wilden en apen.' Chief Constable Moon was op slinkse wijze naast Blair komen zitten. 'Hij schijnt u te kennen.'

'Ik meen dat we elkaar kennen.'

'Hij moet in Afrika een goed figuur slaan.'

'Uitstekende houding, prachtige kleren.'

'Ongetwijfeld nog wel iets anders.'

Charlotte draaide zich om, om te horen wat Blairs antwoord was. Op hetzelfde moment zag Blair Rowland vanaf het toneel naar beneden kijken. 'Volslagen krankzinnig.'

Blairs woorden gingen verloren in het geweld van het fanfarekorps dat de zelfvoldane tonen van 'Home Sweet Home' inzette. Rowland luisterde op de afwezige manier van iemand die een en ander op een afstandje aanhoort. Of op het punt staat om ervandoor te gaan.

Moon tikte Blair op de arm.

'Wat is er?' Blair moest schreeuwen om te kunnen worden gehoord.

'Ik zei dat ik Silcock gevonden heb,' schreeuwde Moon terug.

'Wie?'

'Silcock. De man die u zocht. Als u wilt. Het is uw onderzoek.'

15

ZE REDEN LANGS HET KANAAL in het rijtuig van de Chief Constable, dat met al zijn zwarte lak en koper meer op een begrafeniskoets leek. Blair hield zijn hoed op ondanks het prikken van zijn slaap op de plaats waar de hechtingen tegen de band van de hoed schuurden. Moon had erop gestaan dat Leveret ook meeging. De middag had zich vernauwd tot een tunnel van donkere wolken. Fabrieksschoorstenen werden van opzij verlicht als pilaren langs de Nijl.

Moon was nog steeds vol van het gebeuren dat ze zojuist hadden verlaten. 'Dat was me nogal wat, die handen. Leerzaam, zoals meneer Earnshaw opmerkte. Wat denkt u, meneer Leveret? Zouden we die handen aan iedere stoute jongen in Wigan moeten laten zien om ze de schrik op het lijf te jagen, zodat ze zich beter gaan gedragen?'

'Is dat wat u doet?' vroeg Blair.

'Daar deden alle vrouwen even een stapje van terug, hè? Ik zou denken dat als je zo'n paar handen kon laten zien, iedereen zich beter zou gaan gedragen.'

'Waarom vraagt u het niet aan lord Rowland? Misschien kan hij u er een paar bezorgen. De Royal Society zou het ene paar kunnen krijgen en u het andere. Aardig om op school en thuis te gebruiken.'

'U maakt grapjes. Maakt meneer Blair grapjes?' vroeg Moon aan Leveret, die op zijn stoel zat te draaien als een lange man die zijn best doet om niet op te vallen. 'Een van de dingen die ik in uw vader bewonderde, was dat hij totaal geen gevoel voor humor had.'

'Dat had hij inderdaad niet,' zei Leveret.

'Ik wist altijd precies waar hij stond, en ik verbeeldde me dat ik weet waar u staat.'

Leveret keek uit het rijtuig en knikte.

'Ik maakte geen grapje,' zei Blair tegen de Chief Constable. 'U bent minstens net zoveel wetenschapper als Rowland.'

Moon verlegde zijn aandacht van Leveret naar Blair. 'Het moet diepe indruk op de inboorlingen maken als Rowland het tegen een reusachtige aap op durft te nemen.'

'Dat doet het ook, daar ben ik van overtuigd. En hij neemt het niet alleen op tegen de aap, hij spoort hem op, lokt hem in de val en schiet zijn kop eraf.'

'Ik heb gehoord dat lord Rowland een scherpschutter is. En zoals meneer Earnshaw zei, vormen specimens het begin van de zoölogie.'

'Taxidermie.'

'Nou ja, hoe je het dan ook noemt, het is het begin van wetenschap en beschaving, dacht u niet?'

Blair liet het er verder bij. Hij had gedacht dat Rowland in Kaapstad of in Zanzibar, in elk geval ergens aan het andere eind van de wereld zou zitten. Het was een schok om hem hier in Wigan als de wederkomst des Heren ingehaald te zien worden. Ook stak het hem dat hij Earnshaw verkeerd had ingeschat. Als de man niet achter Charlotte Hannay aanzat, waarom verknoeide hij haar tijd dan? Hij strooide poeder in zijn handpalm.

'Arsenicum?' zei Moon. 'Ik geloof niet dat dr. Livingstone dat tijdens zijn expedities gebruikt, is het wel?'

'Hij gebruikt opium.' Blair sloeg het poeder achterover en voelde de bitterheid zich door zijn mond en hersens verspreiden. 'Vertelt u me eens van Silcock.'

'Half boef, half gewiekste jongen. Als hij je je geld niet met kaarten afhandig kon maken, deed hij dat na afloop wel in een steegje. In januari heb ik hem twee keer met een waarschuwing Wigan uitgestuurd, de tweede keer na de brand. Hoe het ook zij, nu hebben we hem klem zitten.'

'Heeft iemand hem naar Maypole gevraagd?'

'Nee. Bent u zelf ooit met de politie in aanraking geweest, meneer Blair?'

'Waarom vraagt u dat?'

'Omdat u er zo uitziet. Niet direct een wolf in schaapskleren. Meer een wolf met een das om zijn nek. Iemand zou kunnen zeggen: "O, kijk eens, hij draagt een kraag." En dan zou ik zeggen: "Nee, hij is van plan te gaan eten." Als ik hoor dat u met Bill Jaxon op de vuist bent geweest en hem te pakken hebt genomen, ben ik geneigd te denken dat mijn gevoel klopt.'

'Waar hebt u dat gehoord?'

'Overal. Ik heb ook gehoord dat hij denkt dat u achter zijn favoriete meisje aanzit. Zo stom bent u toch zeker niet, of wel soms?'

Blair voelde een prikkeling langs de hechtingen van Rose gaan. Dat kon de arsenicum zijn, of het kwam van Moon.

'Zo stom bent u toch zeker niet?' herhaalde Moon. 'De vrouwen zijn nog erger dan de mannen. Dat is een feit. Wist u wel dat in de Britse legerhospitalen het merendeel van de bedden wordt bezet door mannen die het slachtoffer zijn geworden van venerische ziekten die door prostituées en losse vrouwen worden verspreid?'

'De besmetting werkt beide kanten op, is het niet?'

'Maar het maakt verschil of dat beroepshalve gebeurt of zonder dat men zich ervan bewust is.'

'Ik dacht dat het in vredestijd het beroep van de soldaat was om venerische ziekten te verspreiden.'

'Maakt u maar weer grapjes, meneer Blair, maar in het zuiden van Engeland worden losse vrouwen voor hun eigen bestwil in speciale ziekenhuizen geïsoleerd. Hier in het noorden is totaal geen controle.'

'Hoe zou u ze willen herkennen? Blote armen? Broeken?'

'Het is een begin.'

'U bedoelt mijnmeisjes?'

'Ik bedoel dat mijnmeiden vrouwen zijn die tot de wilde staat zijn teruggekeerd. Het is niet alleen een kwestie van jurken of broeken. Dacht u dat het parlement een onderzoek zou instellen als het alleen maar om broeken ging? Broeken zijn slechts een symbool van de beschaving. Wat kan mij het nu toch schelen of ze broeken dragen of schelpen of spiernaakt rondlopen? Geen zier. Het gaat mij om de regels. Uit droevige ervaring kan ik u vertellen dat beschaving niets anders is dan regels die in het algemeen belang zijn aanvaard. Ik weet niet hoe het in de Zuidzee gaat, maar als een Engelse vrouw een broek aantrekt, onttrekt ze zich aan alle fatsoensnormen en consideraties waar ze op grond van haar geslacht aanspraak op kon maken. Ik geef toe dat het slechts een regel is, maar regels onderscheiden ons van de apen. Een mijnmeid heeft een zekere allure, dat valt niet te ontkennen. Zelfs de bisschop ging, toen hij nog jong was, voordat hij tot de geestelijkheid toetrad, door de oude Hannay-tunnels naar de meisjes. Was het Sint-Valentijn die zei: "Heer, geef mij kuisheid, maar nu nog niet"?'

'Sint-Augustinus.'

'Nou, dat was Hannay dus. Niet een, maar verschillende meisjes zijn met een geknipt kaartje uit Wigan vertrokken, als u begrijpt wat ik bedoel.' Moon boog zich vertrouwelijk voorover. 'Wat ik u nog vragen wilde, hoe brengen de Afrikanen hun vrouwen beschaving bij?'

Blair leunde achterover. 'Zo heb ik het nog nooit horen stellen. U kon wel antropoloog zijn.'

'Als politieman moet je overal voor openstaan.'

'Ze offeren ze, steken proppen in hun neus, stoppen platen in hun lippen, hangen gewichten aan hun benen, snijden een gedeelte van hun geslachtsorganen weg.'

Moon tuitte zijn lippen. 'Werkt dat?'

'De vrouwen denken dat het normaal is.'

'Dat bedoel ik nou,' zei Moon. 'Dat is de beste regel.'

Het scheepvaartverkeer in het kanaal moest voor de sluizen wachten om te worden op- of afgeschut naar het volgende gedeelte van het vaarwater, maar toen Blair langs het talud naar beneden naar het jaagpad klauterde, was het hem direct duidelijk dat de laatste sluis in Wigan helemaal niet werkte. Aan beide kanten van de sluis lagen de schepen in lange rijen kop aan kont, en op het jaagpad had zich een menigte verzameld van schippers en klanten van de kroegen langs het kanaal, terwijl de schipperskinderen boven op de dijk zaten.

Het ontwerp van de schepen zelf was een wonder; smalle schepen van vijftig voet lang die vijfentwintig ton kolen of flint en botten voor de aardewerkfabrieken konden vervoeren. Verder was elk schip dan ook nog eens een huis met een hut van krap twee meter waarin gewoonlijk een gezin van zeven mensen samengepakt zat. De boeg was fraai versierd met witte kastelen of Lancashire-rozen.

Het kon elk moment gaan regenen, maar er hing een sfeer als bij een menigte die naar een straatpantomime stond te kijken. De jaagpaarden, Clydesdales, stonden vergeten aan hun lijnen. Honden renden heen en weer op de dekken van de schepen. Moon, Leveret en Blair moesten zich een weg tussen de mensen door banen.

In de zuidersluis lag een schip dat opgeschut moest worden. De bemanning – vader, moeder, twee jongens, drie meisjes, een geit met enorme uiers, en twee verharende katten – was aan dek en keek over de achtersteven naar een man die tot zijn kin in het water stond. Zijn kleren dreven om hem heen.

De sluis bestond uit twee kolken – een voor opvarend, de andere voor afvarend verkeer – elk met twee stel deuren. Ze waren echter zeer krap bemeten; het schip was zeven voet breed en de sluis acht voet, zodat er aan elke kant niet meer dan vijftien centimeter overbleef. Voor en achter bleef ongeveer dertig centimeter ruimte over. Het schip was zover mogelijk naar voren gehaald, met de boegfender tegen de deuren aan, anders zou de man in het water helemaal niet te zien zijn geweest.

Het waterpeil in de sluiskolk werd door middel van in de deuren aangebrachte schuiven geregeld; deze moesten omhoog en omlaag worden gedraaid. Maar het was een oude sluis waar de schepen dagelijks tegenaan botsten; de bovendeur lekte aan alle kanten, waardoor het waterpeil zichtbaar steeg. Onder normale omstandigheden was dat geen probleem, want zodra de benedendeur werd geopend, zou het waterpeil zijn normale stand bereiken. Nu werd het schip door de beweging van het water tegen de sluismuren gedrukt en telkens weer kwam het naar achteren en tegen de benedendeur aan. Dan moest de man onder water verdwijnen en even later weer omhoog krabbelen tegen de gesplinterde eikehouten sluisdeur of de met alg bedekte gladde stenen van de sluismuur.

Moon zei: 'Silcock schijnt op de een of andere manier met zijn voet beklemd te zijn geraakt onder de schuif van de benedendeur. De sluis is niet groot genoeg voor Silcock en het schip, maar als we de deur opendoen, komt het water omhoog en verdrinkt hij. En de benedendeur kan ook niet open want daar liggen de schepen tegenaan. Hij zit mooi klem.'

'Waarom draaien ze de schuif niet omhoog?' vroeg Blair.

'Dat is de meest voor de hand liggende oplossing,' zei Moon. 'Ieder schip heeft een slinger aan boord – een "sleutel" noemen ze dat, zoals meneer Leveret u zou kunnen vertellen omdat zijn grootvader sluiswachter was – alleen heeft de schipper kans gezien het palrad waar de sleutel op past af te breken. Al hadden we honderd sleutels, dan zou het nog niet lukken.'

Aan de buitenkant van de sluis zag Blair een paar duikers in het water. 'Ze proberen het palrad te vinden,' zei Moon, 'alleen zit er zoveel kolenslik in het kanaal dat het water nog zwarter is dan de Styx. We wachten op een nieuw palrad; intussen is het net zo'n situatie als in dat oude gezegde: "Door gebrek aan een hoefnagel verloor men een paard, door gebrek aan een paard verloor men de veldslag".'

'Hoe lang staat Silcock daar al?'

'Sinds vanmorgen zes uur. Ik zei immers dat we hem twee keer de stad uit hebben gestuurd en hij wilde niet zeggen wie hij was, tot vlak voor de ceremonie in het theater.'

'U had het me kunnen vertellen zodra u daar aankwam.'

'En dan lord Rowland missen? Ik hoop alleen dat u niet vergeet tegen lord Rowland en de bisschop te vertellen hoe behulpzaam Chief Constable Moon is geweest en dat hij u persoonlijk hierheen heeft gebracht om uw onderzoek te verrichten. Kunt u daarvoor zorgen, meneer Leveret?'

'Natuurlijk.'

'Hoe is het gebeurd?' vroeg Blair.

'Zoals u ziet is er hier geen brug. We zeggen altijd dat ze het niet moeten doen, maar er zijn steeds weer dwazen die over de sluisdeuren lopen, gewoonlijk als ze dronken uit de kroeg komen. Silcock moet erin zijn gevallen. Een goed voorbeeld voor anderen, of niet soms?'

'De Chief Constable stelt graag voorbeelden,' zei Leveret.

'Dat onthouden de mensen het best,' zei Moon.

Boven op zijn natte hoofd had Silcock een wond tot op het bot.

'Hoe heeft hij dat voor elkaar gekregen?' vroeg Blair.

'Het schip is vannacht in de sluis blijven liggen. Hij moet het hebben geraakt toen hij erin viel.'

'Heeft de schipper hem niet gezien?'

'Nee.'

'Wilt u me vertellen dat de schipper de schuif op de man zijn been heeft gedraaid zonder daar iets van te merken?'

'Ik wil u vertellen dat de schipper zo dronken was dat de Rode Zee zich had kunnen openen zonder dat hij iets zou hebben gemerkt. Hij was dronken, zijn vrouw was dronken, en de kinderen waren dronken. De hond en de katten waarschijnlijk ook. Waar of niet, meneer Leveret?'

Leveret was echter verdwenen. Het schip slingerde heen en weer en een straal water spoot vanuit de deur over de volle lengte van de sluiskolk. Blair begreep dat als Silcocks been niet onder de schuif had gezeten waardoor er water kon ontsnappen, hij inmiddels al lang verdronken zou zijn. Daar staat natuurlijk tegenover dat hij, als hij niet klem had gezeten, helemaal niet verdronken zou zijn. Het was een van die eeuwenoude raadsels. En Wigan was het soort stad waar mensen op de spoorlijn in slaap vielen en in oude mijnschachten vielen, dus waarom zouden ze dan niet in de sluis gaan zwemmen?

Moon schreeuwde naar beneden om Silcocks aandacht te trekken en riep: 'Silcock, er is iemand die je een paar vragen wil stellen.'

Met uitpuilende ogen keek Silcock vanuit het water omhoog.

Blair trachtte zich hem droog voor te stellen, met een bolhoed op en een spel kaarten in zijn hand. 'Kunt u die mensen wel op een afstand houden?' vroeg hij aan Moon.

'Die mensen hebben al zo weinig vermaak. Geen spektakelstukken, geen lords, geen bisschoppen, geen mensapen.'

Dat was waar. Dit was het soort publiek dat een drama kon waarderen, onverschillig of het een treinongeluk of een ophanging was. Dit was een stam waar in de Bijbel geen melding van werd gemaakt. Mannen met hoge hoeden op, de afstammelingen van zigeuners en Ierse grondwerkers, de duistere schippers van de waterwegen; vrouwen met wijde rokken, wit van het beendermeel of rood van het ijzererts. Ze hadden zich hier al voor Blairs aankomst verzameld en waren vast van plan om tot het einde van de voorstelling te blijven. Wat niet zo erg lang meer zou duren.

Blair zei tegen Moon: 'Kunt u terwijl ik met hem praat, een pomp van de brandweer of van de mijn laten halen?'

'En proberen om het waterpeil van het kanaal Leeds-Liverpool te verlagen? Ik denk het niet.'

'Haal de schepen achteruit en doe de deur open.'

'Twintig paarden omspannen voor twintig schepen? Nee hoor.'

'Amputeren,' riep iemand uit het publiek.

'Onder water?' vroeg een andere stem heel redelijk.

'Help me.' Silcock greep een duiker vast en trok hem bijna onder water.

Moon zei: 'Meneer Blair, ik zou zeggen: ga uw gang. Als u vragen hebt, lijkt dit me het juiste moment.'

'Kunt u me dan in elk geval een touw bezorgen?' vroeg Blair.

Een jongen aan dek van het schip haastte zich om een landvast beschikbaar te stellen. Blair maakte er een strop in en liet die zakken. Silcock stak zijn hoofd en zijn armen erdoorheen, kwam twee centimeter omhoog en weerde het roer af dat zijn kant op zwaaide.

'Laat dat roer maar,' riep Blair. 'Gewoon niet aan denken.'

Silcock keek omhoog naar Blair. 'Waar moet ik dan aan denken?'

'Wie heeft dit gedaan?'

'Ik weet het niet. Ik ging gisteravond terug naar Wigan en ik denk dat ik erin ben gevallen en een gat in mijn kop heb gekregen. Ik weet het niet meer.'

'Was je dronken?'

'Ik hoop het wel.'

'In welke cafés ben je geweest?'

'Dat weet ik niet meer. Na de eerste was ik dronken.'

Dat lokte een lach uit van de mensen aan de andere kant van de sluis en dat gaf hem weer wat moed.

'En na de laatste?'

'Ik geloof dat ik een poosje geslapen heb. Toen ben ik opgestaan en in de sluis gevallen.'

'Denk je dat je vijanden hebt?'

'Ik denk dat ik er heel wat heb,' zei Silcock en speelde nu voor het publiek.

Het schip bewoog, waardoor hij gedwongen werd onder water te verdwijnen. Het gezin aan boord van het schip klitte, nu het in het middelpunt van de belangstelling stond, dicht bij elkaar en ze keken met levendige belangstelling toe, vader en moeder, beiden nuchter op een pijpje kluivend, de meisjes op een rij naast elkaar met strikken in het haar, de jongens zich hevig aanstellend voor hun vrienden op de wal.

'Het is een prachtig voorbeeld,' zei Moon. 'Een crimineel die het slachtoffer wordt van de gevaren die het betreden van andermans eigendommen met zich meebrengt.'

Toen Silcock weer boven water kwam, had hij het weinige dat hij door het touw had gewonnen alweer verloren. Blair liet alle fijngevoeligheid varen. 'Hoe zat dat met Maypole?'

Zelfs *in extremis* was Silcock nog verbijsterd. 'Wat?'

'Je hebt kapelaan Maypole hier in december ontmoet. Na de rugbymatch ben je naar hem toe gegaan, wat voor Chief Constable Moon aanleiding was om je de stad uit te jagen.'

Silcock wierp een schuine blik in de richting van de Chief Constable. 'Best mogelijk dat ik een praatje met de man heb gemaakt, maar dat is tenslotte geen misdaad.'

Blair zei: 'Je hebt aangeboden om hem met verschillende ondeugden kennis te laten maken. Met welke ondeugden in het bijzonder?'

Opnieuw nam Silcock goede nota van zijn publiek; het was tenslotte het tijdperk van de galgredenaars.

'Wat vermaak, misschien. Voor de een is dat vlees, voor de ander vis.'

'Meisjes of jongens?'

'Sodomie is een tikje te deftig voor mij. Nee, ik had kaarten in gedachten.'

'Maar waarom probeerde je dat bij een geestelijke?'

'Omdat-ie rugby speelde. Dat is sowieso al een beetje vreemd voor een dominee. Ik dacht dat als hij daar van hield, hij misschien nog wel meer dingen leuk vond.'

'Je hebt hem bedreigd als hij naar de politie zou gaan.'

'Helemaal niet. Ik geloof dat ik heb gezegd: "Even goeie vrienden." Ja, dat was het. Maar nog geen minuut later had de Chief Constable me bij mijn nekvel. Alleen maar omdat ik een praatje met een dominee had gemaakt. Is dat dan eerlijk?'

Hij ging onder water. Blair zette zich schrap en trok. Toen Silcock weer boven kwam, snoerde het touw zijn hoofd tussen zijn schouders en hij moest zijn hoofd in een vreemde bocht wringen om te kunnen praten. 'Dat valt lang niet mee om gered te worden.'

De duiker die buiten de sluis aan het werk was, kwam boven water en dreef uitgeput op zijn rug.

'Doe je nog steeds mee?' vroeg Blair.

'Ik verdrink,' zei Silcock.

'Doe je nog mee?'

'Ja, ik doe nog mee.' Zijn ogen klampten zich aan Blair vast alsof het handen waren.

'Had iemand in Wigan je op Maypole opmerkzaam gemaakt?'

'De mensen waar ik mee omga, komen niet in de kerk. Niet in mijn kringen.'

'Jouw kringen?'

'Reizigers, sporters, mensen die van matten houden.'

'Van matten? Boksliefhebbers, bedoel je?'

'Pugilistiek.'

'Met handschoenen?'

'Met de blote vuist. Met handschoenen zit 'r geen jus aan.'

'Bloed, bedoel je?'

'Waar bloed zit, zit zilver. Als het gevecht wordt gestopt omdat er iemand bloedt, wed je opnieuw. Dat geeft voor iedereen meer actie.'

'En rugby?'

'Niet echt een sport om te wedden. Meer iets voor mijnwerkers. Ik hou van honden, hanen, honden en ratten, fretten en ratten.'

'En spinnen? Je weet wel, mijnwerkers die vechten met klompen?'

'Hartstikke goed.'

De duiker klauterde uit het water, liep naar Moon en schudde zijn hoofd. Silcock keek, terwijl het water tegen zijn neus en de onderkant van zijn ogen klotste.

'Stuur een paar andere mensen het water in,' zei Blair tegen Moon.

Moon zei: 'Het heeft natuurlijk geen zin om iemand de stad uit te sturen als ik hem wanneer hij toch terugkomt als een kind behandel.'

'Vraag me nog eens wat,' zei Silcock.

'Wie is met spinnen de beste die je ooit hebt gezien?'

'Da's een moeilijke. Door de bank genomen, Macarfy in Wigan.'

'Heb je Jaxon nooit gezien?'

'Niet in actie. Ik heb wel van Jaxon gehoord.'

'Wat heb je gehoord?'

'Ze zeggen dat hij de beste is. Met spinnen.'

'Wie zei dat?'

'Een zekere Harvey zei dat hij met Jaxon gewerkt had.'

'Was Harvey zijn voor of achternaam?'

'Dat weet ik niet.'

'Was dat een mijnwerker waar je mee gespeeld hebt?'

Silcock verdween onder water en zijn haar ging omhoog als zeegras. Blair trok hem omhoog, meende dat hij Silcocks armen uit de kom voelde komen.

Silcock zei: 'Ik speel niet met mijnwerkers. Dacht je dat ik mijn kaarten zwart en gekreukeld wilde hebben?'

'Was Harvey te schoon voor een mijnwerker?' En tegen Moon: 'Stuur een paar duikers het water in.'

Het enige wat Moon deed was een weids gebaar maken dat niemand op de sluis zich mocht verroeren.

'Schoon en weinig gelukkig.' Silcock zag kans om te glimlachen. 'Nog nooit iemand gezien die zo'n pech had. Ik heb hem niet meer losgelaten, bij hem gebleven alsof het mijn beste vriend was.'

'Hij was schoon, maar hij werkte met Jaxon in de mijn? Hoe heb je Harvey ontmoet?'

'Kaarten. Als ik niks anders kon dan kaartspelen met Harvey, was ik nu niet hier.'

Hij ging weer onder. Er kwamen zilveren belletjes uit zijn mond. Blair sloeg het touw om zijn rug en trok, maar er gebeurde niets. De ogen van de verdrinkende man waren wijd opengesperd boven een paar bolle wangen die paars waren door de kracht waarmee Blair trok.

Blair zag Leveret niet terugkomen, hij zag de rentmeester van Hannay helemaal niet tot hij een verstelbare sleutel die ongeveer net zo groot was als het been van een flinke kerel op de as van het gebroken palrad zette en eraan trok alsof het een roeiriem was. Hij verstelde de bekken van de sleutel en trok opnieuw. Vanaf de bodem van de sluis welde een zwaar geluid op en de schepen die voor de deuren lagen bewogen heen en weer. Moon keek naar hem en kreeg een kleur terwijl Leveret nog veel harder aan de sleutel trok.

Anderen hielpen Blair om Silcock omhoog te halen en het water uit zijn longen te pompen. Op de sluis was Silcock een klein, doorweekt mannetje, een vod dat nog steeds aan het touw vastzat. In het water had hij groter geleken.

Leveret liep met de sleutel over de sluis. 'Zo zou mijn grootvader, de sluiswachter, dat hebben gedaan.'

16

Terug op zijn hotelkamer liep Blair naar de cognacfles op het tafeltje voor het slaapkamerraam. Doordat de lamp in de kamer brandde, werd hij geconfronteerd met een spiegelbeeld dat leek op iemand die onder water was.

In zijn bijna-laatste momenten, toen Silcock zich zo waardig mogelijk had gehouden en aan zijn eind van het touw zelfs nog plagerige opmerkingen had gemaakt, tot alleen zijn neus nog boven water uitstak en alleen zijn handen nog pogingen deden om in het touw te klimmen, had hij zijn angst aan Blair doorgeseind. Blairs handen trilden alsof hij het bericht nog steeds ontving.

De schuif van de sluis had zo stijf dicht gezeten dat Silcock zijn enkel had gebroken. God wist dat hij geen onschuldig slachtoffer was; Silcock had zelf verklaard dat hij een dief, een bedrieger en een zatlap was geweest toen hij in het water viel. Blair had met het gezin aan boord van het schip gesproken, en zij hem hadden verteld dat ze allemaal in de hut hadden gezeten omdat het altijd zo lang duurde voordat de sluis vol was. Het was donker geweest en niemand had een geluid gehoord van een hoofd dat tegen het potdeksel knalde.

Iemand had Silcock een gat in zijn hoofd geslagen, hem het water van de sluis in gesleept, de schuif op zijn voet naar beneden gedraaid als de klem van een ratteval en vervolgens het palrad meegenomen. Of Silcock was, zoals Moon volhield, voorover in de sluis gevallen, had met zijn hoofd het potdeksel geraakt en was met zijn voet onder de schuif gekomen voordat die dichtging. Na zijn redding was Silcock er prat op gegaan dat er geen beginnen aan was om een lijst van zijn vijanden te maken. Bill Jaxon had hij niet gezien, en zoals Blair had ervaren, kon Bill niet zwemmen. Behalve dat de schurk nog in leven was en dat Blairs handen door het touw ontveld waren, had de redding van Silcock niets opgeleverd.

Eerst het paard op de mijn en nu Silcock. Niets was veilig. Het ene moment dartelden ze nog vrolijk in het groene gras, en het volgende moment waren ze verdwenen, alsof water en mijnen leefden. Een komisch beeld van zichzelf kwam hem in gedachten, alsof hij met onzichtbare draden aan alles om hem heen vastzat: Sint-Blair, de schutspatroon van de verdwenenen.

Hij nam zijn glas mee de zitkamer in en pakte het rapport van de Coroner. Onder de slachtoffers van de ontploffing bij Hannay bevond zich niemand die Harvey heette, van voor- noch van achternaam. Toch wist hij zeker dat hij de naam ergens was tegengekomen. Hij liep de lijst met namen van overlevenden na. Geen Harvey. De getuigen. Geen Harvey. Waaruit bleek hoe merkwaardig het was dat Silcock had gezegd dat iemand die met Bill Jaxon werkte, schoon genoeg was om mee te kaarten. Mannen die in de mijn werkten, waren niet schoon. Zelfs de remmers en rangeerders die toch aan de oppervlakte werkten, zaten onder het kolenstof.

Maakte het iets uit? Behalve dat Silcock na afloop van een rugbymatch een keer met de kapelaan had gesproken en hem bepaalde voorstellen had gedaan waar hij niet op ingegaan was, had hij verder niets met Maypole van doen gehad.

Hij legde het rapport opzij en bekeek Leverets lijst van het Tehuis voor Vrouwen Die Voor Het Eerst Gevallen Zijn. Rose Molyneux's vaardigheid in het hechten van wonden had ze vast niet opgedaan bij het jaarlijkse dichtrijgen van de kerstkalkoen. Iemand had haar dat geleerd. Maar niet in het Tehuis; daar had nooit een Molyneux ingeschreven gestaan.

Hij zat volkomen vast. Hij had vandaag niets anders bereikt dan dat hij een nieuwe vijand had gemaakt in de persoon van Chief Constable Moon. Dat was een gave van hem, zoals Earnshaw had gezegd: vijanden maken. Het was een wonderlijke dag geweest, met als hoogtepunten de verlossing van Silcock en de nog wonderbaarlijkere verschijning van Rowland. Die in de wildernis was geweest. Voor wie iedereen boog. Die nu inmiddels in Londen moest zijn.

Het was nog maar dertig jaar geleden dat de gorilla was ontdekt. De eerste gorillahuid was tien jaar geleden naar Engeland gestuurd. Nu waren er gorillahanden in Wigan. En het wrak van 'Nikker

Blair'. Niet aangespoeld op het strand van Zanzibar, maar aan de leiband van de bisschop.

Waarom deed hij dit eigenlijk? Er was verder niemand die iets om Maypole gaf. Hij was geen detective en ook geen beschermheilige. Dit was helemaal niets voor hem.

Hij ging terug naar de slaapkamer voor een glas cognac. Liever dan weer tegen zijn spiegelbeeld aan te moeten kijken, draaide hij de lamp laag en zag een muur van rafelige, smerige wolken op de stad neerdalen. De flessen voor het raam van de apotheek glansden en in de ijzerwinkel zag hij hoog opgestapelde blikken en zinken artikelen. In de etalage van de hoedenmaakster staarden uitdrukkingsloze gezichten naar buiten. In de steeg naast de hoedenwinkel glinsterde iets in het licht van de straatlantaarn. Eerst dacht hij dat het misschien een muntstuk was, tot het bewoog en hij de koperen neus van een mijnwerkersklomp herkende.

Blair deed een stap achteruit en bleef tien minuten kijken, lang genoeg om zijn ogen aan het donker te laten wennen zodat hij een paar benen in de steeg kon onderscheiden. Zo lang had niemand nodig om te plassen. Hij rookte niet, dus hij wilde niet worden gezien. Het kon iedereen zijn, maar als het Bill Jaxon was, was dat prima omdat Blair dan in elk geval wist waar Bill was. Jaxon zou het vast niet wagen om de deur van het meest respectabele hotel van Wigan in te trappen, dus zolang Blair nu maar in het Minorca bleef, was hij zo veilig als een schip in de haven.

Hij schonk zich een glas cognac in en probeerde zich op Maypoles dagboek te concentreren. De aanblik van de dicht dooreengeweven regels bracht hem de geestelijke in gedachten die over het dagboek gebogen zat, als een reus die aan het borduren was. De met inkt bevlekte aantekeningen van 13 en 14 januari had hij nog steeds niet ontcijferd, en de enige reden waarom hij dacht dat het mogelijk de moeite waard kon zijn, was omdat het zo'n knoop was. Ook ontward bleef het onzin, maar hij hield zichzelf voor dat Maypole maar een eenvoudige kapelaan was en geen sluwe mijnwerker. Het leek een code van getransponeerde letters in blokjes van vier, wat niet al te moeilijk had moeten zijn, beginnend met de meest voorkomende letters, dubbele letters en veel voorkomende combinaties. Het probleem was echter dat sommige combinaties zo anders leken, alsof het een vreemde taal was. Pas toen hij de blokjes liet voor wat ze waren en de regels telkens weer opnieuw las, op zoek naar een bepaald ritme, hoorde hij een bekende stem in zijn hoofd, waarna de eerste kleine woorden de klinker opleverden die een naam opriepen die de sleutel omdraaide waarmee de rest ontsloten werd.

Koning Salomo nu had behalve de dochter van de Farao vele vreemde vrouwen lief, Moabitische, Ammonitische, Edomitische, Sidonische en Hethietische.

Hij had in zijn jeugd dus niet voor niets naar religieuze fanatici geluisterd. Cognac was trouwens ook niet slecht.

Het geschiedde namelijk dat zijn vrouwen zijn hart meevoerden achter andere goden. Zo liep Salomo Astarte, de godin der Sidoniërs achterna, en Milkom, de gruwel der Ammonieten.

De gruwel der Ammonieten? Dat zou mooi staan op het kaartje van een advocaat, dacht Blair. Misschien zou Milkom compagnon kunnen worden van Nuttal, Liptrot, Hopton en Meek.

Liefde richtte Salomo, de wijste van alle mensen te gronde. Maar is het liefde of helder inzicht? Salomo zag de schoonheid van deze vrouwen. Terwijl ik voel hoe mij de ogen geopend worden, besef ik hoe gevaarlijk helderheid kan zijn. Als ik blind ben geweest, dan is iedereen in Wigan dat. Het is misschien veiliger om blind te zijn, maar wat kan ik doen nu mij de schellen van de ogen gevallen zijn?

Blair wenste dat hem de ogen geopend werden. Op welk moment was Hannay overgegaan van een discreet onderzoek naar de verblijfplaats van Maypole naar het in het openbaar vernederen van zijn dochter? Charlotte Hannay mocht dan een kreng zijn, hierdoor voelde Blair zich klein worden.

Als het echter mijn verbeelding is in plaats van mijn ogen, is dat dan verkeerd? Was het een zonde dat Salomo de schoonheid van een andere huid zag, donkerder ogen, een vollere mond? Misschien zullen C en ik op een dag het Heilige Land bezoeken. Maar elke nacht word ik bezocht door de dromen van Salomo. Het is niet het Heilige Land of het lijden van Onze Lieve Heer dat ik mij voor de geest heb gehaald als een serie lantaarnplaatjes, elk beeld onbeweeglijk en sereen, een indrukwekkende reeks van Gethsemane naar Golgotha, wat in feite een overpeinzing over de dood is. In plaats daarvan zijn al mijn zintuigen gescherpt en heeft elke droom de kleuren en de tastbare levendigheid van een openbaring.

Voor Blair leek het karakter van de Engelse middenklasse op een muntstuk. Kruis: koel, aseksueel imago. Munt: de droombeelden van de seksueel misdeelde. Als Rose Molyneux naar Maypole had geknipoogd, zoals een flirt naar iedere man knipoogt, wie weet wat voor een romance de kapelaan daar dan in gedachten van zou hebben gemaakt. Tenzij ze natuurlijk zijn dagboek lazen.

In mijn dromen ben ik net zo zwart, zweet ik net zo erg en lach ik net zo ongedwongen. En ik ontsnap met haar, laat alle ballast van klasse en geleerdheid vallen. Als ik de moed had om haar te volgen.

Een kapelaan die de dochter van de bisschop afwijst voor een schoonheid van de kolenmijn? Vast niet, maar toch...

Elke morgen, nog voordat het licht wordt, hoor ik ze langskomen. Zij en duizend anderen, het geluid van hun klompen als een rivier van stenen. Zoals de psalm zegt, lijken ze 'in het verborgene gemaakt, gewrocht in de diepten van het aardrijk'. Het is een psalm die voor Wigan geschreven is. Toen ik hier pas was, vond ik het een vreemd geluid, maar nu is het net zo natuurlijk als de dageraad die erop volgt. Als ik mij later gereed maak voor de stille mis, vloeit er een tegenstroom van schapen door de straten voordat het rijtuigverkeer begint. Christus was timmerman en kende de arbeid en het zweet van de mensen voor wie hij preekte. Als ik 's morgens mijn ronde maak, doe ik dat halfhartig en schaam ik me dat ik nooit het werk van de mijnwerkers van Wigan heb gedeeld. Ik heb de man en het enige wat ik nodig heb is een plaats waar ik voldoende kan oefenen om voor een van hen door te kunnen gaan. Eén dag maar, meer niet.

's Nachts is er uiteraard een andere kwelling, als ik, zoals Salomo zegt, zou 'willen opstaan en rondgaan in de stad, op straten en pleinen en mijn zielsbeminde zoeken'. Als ik durfde, zou ik het doen.

Twee uur later was er van de cognac alleen nog een klein plasje op de bodem van het glas over. De laatste aantekening was in een veel ingewikkelder code opgesteld. Dat moest worden gezegd: Maypole had de ontwikkeling van het geheimschrift samengevat, van de primitiefste vorm tot een code om gek van te worden. De laatste aantekening leek een numeriek systeem te zijn. Numerieke codes waren eenvoudige puzzels – een kwestie van het transponeren van letters volgens een bepaald patroon zoals 1-2-3, telkens weer herhaald, zodat 'kat' werd gecodeerd als 'lcw' – maar zonder sleutel was de code onmogelijk te kraken. Toen de meest voor de hand liggende sleutel van de geboortedatum niet bleek te werken, begreep Blair onmiddellijk en met pijn in het hart dat de sleutel gezocht moest worden in de bron waar Maypole zijn inspiratie uit putte: de Bijbel. Het aantal apostelen, de leeftijd van Methusalem, 969 jaar, de ellen van de tabernakel, of een bovenaards, maniakaal obscuur getal zoals Nehemia's census van Jeruzalem; de kinderen van Elam, wat er 1254 waren, of de kinderen van Zattu, 845.

De secondewijzer van zijn horloge draaide met korte rukjes onder het glas, een kompasnaald die een nieuwe noordrichting trachtte te vinden.

Blair verstopte het dagboek achter de spiegel, liet de lamp branden, liep de gang in en ging via de trap naar het restaurant, door de dampende keuken de achterdeur uit. Hij voelde zich niet als een wolf, zoals Moon hem had beschreven. Hij voelde zich als een geit die het spoor van een andere geit volgde. Was dat zijn manier niet om Maypole te vinden?

Flo zei: 'Je kan hier nie' komen.'

'Ik moet Rose spreken.'

'Wach' effe.' Ze blies de lamp in de keuken uit en liet hem buiten in het donker staan.

Hij bleef op de stoep van de achterdeur wachten, boven de modder van het binnenplaatsje, omgeven door de geur van spoeling en asgaten. In het westen werden de wolken verlicht door onweer, zo ver weg dat de donder niet te horen was. Hij kon de bliksemschichten niet zien, alleen maar het oplichten van een dal van donderwolken, dan weer van een volgend. Was het de afstand, vroeg hij zich af, of werd Wigan door het rookgordijn uit de eindeloze rijen elkaar overlappende schoorstenen van de rest van de wereld afgesneden? Het was alsof de stad een wereld op zichzelf was — en zoals gewoonlijk in brand leek te staan.

Rose kwam zo stilletjes de keuken binnen dat hij haar aanvankelijk niet eens opmerkte. Ze droeg een jurk die aan de schouders nat was van haar haar en hij zag nu dat hij haar niet had horen aankomen omdat ze op blote voeten haastig uit het bad was gestapt. De geur van Pear's zeep omgaf haar als een aura van sandelhout of mirre.

'Ik heb de stegen genomen. Ik ken de weg nu.'

'Dat zei Flo al.'

'Flo...'

'Ze is weg. Bill zoekt je nog steeds.'

'En ik verberg me nog steeds voor hem.'

'Dan kun je beter ergens anders heengaan.'

'Ik wilde jou zien.'

'Als Bill merkt dat je hier bent, schopt hij je dood.'

'Bill is ervan overtuigd dat ik hier niet ben. Heeft Maypole ooit met jou over verschillende soorten schoonheid gesproken?'

'Kwam je dat vragen?'

'Ging hij rond in de stad, door straten en pleinen om te zeggen dat hij van je hield?'

'Wil je wel eens weggaan?' zei Rose en gaf hem een duw.

Blair leunde tegen haar handen. 'Nee.'

Een merkwaardige loomheid verspreidde zich door zijn lichaam en hij voelde eenzelfde matheid bij haar, waardoor ze zonder kracht duwde en ze tegen elkaar aangeleund bleven staan. Haar hand gleed omhoog naar zijn slaap en ze streek het haar weg op de plaats waar ze hem had gehecht.

'Ik heb gehoord dat er bijna iemand verdronken is. Ze zeggen dat jij de man hebt geholpen en de kleine show van de Chief Constable hebt verknoeid, waardoor je niet zozeer een held als wel een dwaas bent. Nu krijgt of Moon of Bill je te pakken en wordt mijn goede werk weer verknoeid. Vind je het dat waard?' Ze greep zijn haar vast waardoor de huid schrijnde. 'Of wil je alleen maar terug naar Afrika?'

'Beide.'

'Je bent hebzuchtig.'

'Dat is waar.'

Rose trok hem naar binnen. Maypole kon hem wat, dacht hij. Salomo trouwens ook.

Lieflijk was een levenloos woord. Zinnelijkheid was levend, en Rose was zinnelijk van haar dikke, donkere krullen tot het fijne koperkleurige haar waar haar nek in haar schouders overging. Het was de manier waarop de goedkope jurk over haar heupen schoof terwijl ze hem voorging, de trap op, bij het katteoog van de petroleumlamp die zo laag mogelijk was gedraaid. Het was domweg dierlijke poëzie. Beter dan poëzie, omdat het alle zintuigen aansprak. Ze was een overwinning op de geest. De Grieken stelden lichamelijke schoonheid op een lijn met kunst. Rose zou het in het oude Athene goed hebben gedaan. Of in Somalië, of Ashanti-land.

Niet dat ze een schoonheid was. Iemand als Lydia Rowland overtrof haar met glans, maar dan zoals een diamant vuur overtrof. Een diamant reflecteerde het licht alleen maar, terwijl vuur iets levends was.

Fijngebouwd was ze ook niet. Ze had brede schouders en door haar werk had ze gespierde kuiten gekregen. Maar voluptueus was ze ook niet. Goedbeschouwd was ze eerder tenger dan rond.

Wat was het dan? De allure van de lagere klasse? Hij dacht van niet; hij was zelf van een dermate lage klasse dat ruwe handen of dun katoen voor hem geen erotische betekenis hadden.

Maar ze was een meisje uit een stuk. Ze wás er. In de gang kon hij de warmte van de vloer voelen op de plaatsen waar ze haar voeten had neergezet.

Ze bouwde zich een kleine troon van kussens terwijl hij tegen het hoofdeinde leunde. De schaduwen in de kamer waren gevarieerder dan wanneer er echt licht geweest zou zijn, maar voor hem zag ze eruit als een vrolijke kleine djinn die uit een fles was gekomen. Zijn lichaam lag uitgestrekt op bed, bleek en beschadigd als een lijk dat van het kruis was genomen.

'Wat zou je doen als Bill nu binnenkwam?'

'Nu, op dit moment? Ik zou me niet kunnen bewegen, dat weet ik wel.'

'Bill is groot. Maar erg snugger is hij niet, niet zoals jij.'

'Ik ben zo snugger dat ik hier met zijn meisje in bed lig.'

Ze sprong naar voren en ging op zijn borst zitten, haar haren wild om haar ogen. 'Ik ben niemands meisje.'

'Je bent niemands meisje.'

Nu ze toch boven op hem zat, draaide ze zijn hoofd om en bekeek zijn slaap op de plek waar ze die had geschoren en gehecht.

'Waar heb je verpleging geleerd?' vroeg hij.

'Als je op de mijn werkt, is het handig als je weet hoe je een wond dicht moet naaien, dat is alles.'

Ze kuste hem, ging weer op de kussens zitten en maakte het zich met een dierlijke onverschilligheid voor haar naaktheid gemakkelijk. Weer viel het hem op dat ze het hele huis voor haar eigen gebruik leek te hebben. Het was oud en gebouwd onder een leien dak dat over de hele rij huizen liep. Het keek uit op een met kinderkopjes geplaveide binnenplaats en was omgeven door vrijwel identieke rijen huizen en hofjes.

'Waar is Flo? Het leek wel of ze onstoffelijk werd.'

'Wat een duur woord. Je bent op school geweest.'

'Jij ook. Ik zag beneden een hoop boeken staan.'

'Ik ben niet zo'n lezer. Hier op school werd het er allemaal ingestampt. Als je het antwoord niet wist, kreeg je met de liniaal. Ik heb wat klappen gehad. Noem maar een land en ik weet waar het is. Ik ken honderd woorden Frans en vijftig Duits. Jij gaat me Ashanti leren.'

'Denk je dat?'

'Ik weet het. En je leert me net zo te dansen als zij.'

Hij moest glimlachen omdat zij van alle Engelse vrouwen de enige was die hij zich in een gouden kleed en met gouden armbanden kon voorstellen.

'Je lacht,' zei ze.

'Niet om jou. Ik vind het een goed idee. Vertel eens, kende jij die man die vandaag bijna verdronken is? Silcock?'

'"As I was going to Saint Ives, I met a man with seven wives." Maar ik heb nog nooit van Silcock gehoord.' Het was de meest stellige ontkenning die hij tot nu toe van Rose had gehoord en dat was een opluchting. 'Vertel eens van dat grote gebeuren van vandaag. De Hannay's, de Rowlands en de handen van een moordlustige mensaap, heb ik me laten vertellen.'

'Het was niet de aap die moordlustig was. Ze hadden de handen moeten laten zien van de reders uit Liverpool die eerst een vermogen hebben verdiend met de slavenhandel en nu Rowland naar Afrika hebben gestuurd om op alles te schieten wat beweegt en het woord van God te verspreiden. De mannen zagen eruit als slippedragers, wat eigenlijk wel gepast was voor die arme gorilla. De vrouwen droegen allemaal minstens honderd meter zijde en geen van allen zagen ze er zo goed uit als jij.'

'Nou, ik heb dus niks aan.'

'Een gouden ketting zou voor jou voldoende zijn.'

'Dat is het aardigste wat je tot nu toe tegen me hebt gezegd.'

'Als ik ooit in Afrika terugkom, zal ik je er een sturen.'

'Dat is nog veel aardiger.' Ze zag kans om haar hele lichaam er tevreden te laten uitzien. Hele harems konden nog iets van Rose leren, dacht Blair. 'Je bent geen goede vrienden met Chief Constable Moon.'

'Niet echt.'

'Als het wel zo was, mocht je me met geen vinger aanraken. Wat een griezel, vind je ook niet? Alsof hij een mombakkes voor heeft. Ze zeggen dat hij ijzeren beenkappen draagt tegen de klompen van de mijnwerkers. Ik vraag me af of hij die afdoet als hij naar bed gaat. Heeft hij het nog over mijnmeiden gehad?'

'Een bedreiging voor het land.'

'Hij en dominee Chubb. Ze denken dat zij degenen zijn die de poorten van de hemel en de hel moeten bewaken. Ze willen dat we naar ze toe komen kruipen voor de liefdadigheid zodat ze ons kunnen straffen door ons maar één in plaats van twee broodkorsten toe te gooien. Ze zeggen dat ze ons op de knieën willen hebben om te bidden, maar ze willen ons alleen maar op de knieën krijgen. En het ergste is dat de bond aan hun kant staat. Zodra ze de vrouwen van de losvloer hebben gejaagd, worden de lonen verdubbeld. Dat wordt dan een klap voor de werkende klasse zolang als die uit mannen bestaat. Ze vragen wel eens: "Wil je dan geen gezinnetje met kinderen, Rose?" En dan zeg ik: "Als dat kan zonder een grote, vieze kerel, graag!" Laat ze maar tekeergaan over mijn broek. Ik laat ze desnoods mijn blote kont zien als ze daar nog kwader van worden.'

'Je zou er toe in staat zijn, of niet soms?'

'Dan stoppen ze me natuurlijk wel in het gekkenhuis. Moon zou de sleutel hoogstpersoonlijk inslikken.'

'Hoe wist je dat van Moon en mij?'

'Jij hebt jouw spionnen, ik heb de mijne. En op dit moment zie ik een klein leugentje.' Ze legde haar benen over de zijne. 'Je zei dat je niet kon bewegen.'

De gouden gloed van de lamp weerkaatste in haar ogen. Hij dacht aan een paar koperen neuzen die in het donker op hem wachtten.

Ze was niet veel meer dan een meisje, maar in plaats van vleselijk gewicht en bevrediging, bood ze vrijheid, de kans om zwaartekracht en vermoeidheid op te heffen. Alsof hij en zij roeiers waren die, nu ze de tocht een keer eerder hadden gemaakt, langere slagen konden maken die regenboogkleurige ringen in de lucht achterlieten.

Waarom was dit wijsgerig? vroeg Blair zich af. Beter dan filosofie of medicijnen. Waarom moeten we zo diep onder de huid graven? Wie had de leiding? Hij niet, maar zij ook niet. Wat hem bang maakte was hoe goed ze harmonieerden, hoe goed ze pásten, hoe ze langzaam wentelden, tot de grote ontdekker niet meer wist wat onder of boven was, zijn handen om de bedstijlen, voeten tegen de stang, hun ademhaling steeds heser en ritmischer, terwijl er een touw om zijn hart werd gewikkeld dat met elke slag stijver werd aangetrokken.

Er zat nog één kink in het geheel. Hij vroeg zich af of hij bezig was Maypole te volgen of Maypole te worden.

'Ik zal aan je denken met inlandse meisjes,' zei ze. 'Ik met een behaarde mijnwerker, terwijl jij tussen de zwarte amazones zit.'

'Als het zover is, zal ik aan je denken.'

Ze wikkelde zich in een laken en sprong uit bed met de belofte iets te eten voor hen te halen.

Blair richtte zich lui op een elleboog op en draaide de lamp een halve slag hoger. Op het nachtkastje naast de lamp bood een spiegelbol een kleinere, vertekende versie van de kamer.

Hij boog zich dichter naar het gezicht in de bol. Afrikanen hadden jarenlang handel gedreven met Arabieren en Portugezen en kooplieden uit Liverpool, maar er waren stammen langs de rivier, verder het binnenland in, die nog nooit contact met de buitenwereld hadden gehad. Toen hij ze een spiegel had laten zien, waren ze eerst stomverbaasd geweest en wilden de spiegel vervolgens ten koste van alles beschermen omdat het duidelijk een deel van henzelf was. Wat indruk op hem had gemaakt, omdat hij altijd moeite had gehad met zijn eigen identiteit.

Hij keek naar de zijkant van zijn hoofd waar het haar weggeschoren was. Hoewel de huid zwart was en een glasachtige glans had, telde hij acht keurige hechtingen en kon ondanks het opgedroogde bloed zien dat Rose rood garen had gebruikt. En daardoor wist hij plotseling wie Harvey was.

Blair herinnerde zich het onderzoeksrapport naar de ontploffing bij Hannay en de akte van overlijden van Bernard Twiss, zestien jaar oud, 'bij het koolfront geborgen door zijn vader, Harvey, die hem aanvankelijk niet herkende. Later geïdentificeerd aan de hand van een rode doek waarmee hij zijn broek omhoog hield'.

Harvey Twiss.

17

BLAIR GING TERUG NAAR ZIJN HOTEL en sliep tot hij werd gewekt door het geklepper van mijnwerkers die onder zijn raam langsliepen, gevolgd door het gedempte geblaat van schapen die de stad ingedreven werden, de stroom en tegenstroom waarover Maypole in zijn dagboek had geschreven. Na deze dubbele wekker stond hij op, kleedde zich aan en ging naar de mijn.

Op de Hannay-mijn was de mist een gestaag neervallende regen in het donker waar Wedge, de bedrijfsleider, zich niets van aantrok. Hij had een rode baard en wenkbrauwen die in het licht van zijn lamp glinsterden als een natte heg. Hij droeg een regenjas en rubberlaarzen en ging voor over het terrein terwijl Blair in zijn kielzog door de plassen volgde. Behalve de rails van en naar de sorteerloodsen voor de mijnwagens en de spoorwagons, liepen er nog andere spoorlijnen over het terrein van de mijn naar het kilometerslange complex dat werd gevormd door de Hannay-ijzergieterij, de steenbakkerij en de houtwerf. Door Hannay gebouwde locomotieven, grote zeswielers en rangeerlocomotieven met vier wielen, hun stoomketels ingepakt tussen watertanks, schoven zonder verlichting blindelings over het terrein en voerden wagons met zand aan en wagons met kolen af. Als een trein met een snelvuur van tegen elkaar botsende buffers stopte, rende er een man met een rangeerstok langs de wagons om de remmen aan te zetten. Tegelijkertijd reden door dampende paarden getrokken mijnwagens en karren met kolen over de spoorwegovergangen. Mijnwerkers kwamen de lampisterij uit met veiligheidslampen zo flauw als gloeiende kooltjes. Petroleumlampen hingen aan palen. Een kring van rook en stof rees van overal op het terrein omhoog, vanuit de stallen, werkplaatsen en de losvloer waar de kolen nog warm vanuit de aarde werden aangevoerd.

Blair zag Rose niet en was ook niet van plan om haar te gaan opzoeken, de heer uithangen terwijl zij wagens met kolen wipte. Wedge zag waar hij naar keek en zei: 'Vrouwen zijn vreemde wezens. Net zo hard werken als kerels voor de helft van het loon. En stelen, dat kunnen ze ook! Zo'n tenger meisje ziet kans om met een brok kool van twintig kilo in haar broek naar huis te huppelen. Er zijn mensen die het bedrijf van achter een bureau proberen te leiden. Het papierwerk moet ook worden gedaan, maar daar heb je klerken voor. Mijn ervaring is dat als je niet op het terrein bent, het hele terrein ervandoor gaat. Kolen, kabels, lampen, noem maar op. Ik hou iedereen in de gaten en ik zorg dat iedereen dat goed in de gaten heeft, ook meneer Maypole.'

'Kwam hij hier vaak?'

'Vaak genoeg.'

'Misschien wel te vaak?'

'Dat is best mogelijk. Ik probeerde hem duidelijk te maken dat een mijn geen kansel is en dat een preek op de juiste plaats en op de juiste tijd moet worden gehouden. Ik geef toe dat er onder de mijnwerkers leken zijn die ondergronds en alleen tijdens de schaft een dienst houden. Voornamelijk methodisten. De bisschop zegt dat als op de knieën gaan meehelpt om de kolen naar boven te brengen, dat wat hem betreft prima is. Ik ben echter bang dat kapelaan Maypole dat verkeerd opvatte. Jong als hij was, vond hij dat de andere kant daardoor oneerlijk bevoordeeld werd. Ik moest hem ten slotte verzoeken om pas aan het eind van de dag te komen. Erg vervelend. Maar op het terrein kan zo'n spontane preek gevaarlijke situaties creëren.'

'Was u op het terrein toen de brand uitbrak?'

'Ja, goddank wel. In zo'n situatie telt elke seconde. Gelukkig was ik in staat om direct hulp voor de mannen beneden te organiseren.'

'Waar was u precies?'

Wedge hield zijn pas in. 'Toevallig precies op deze plek. Ik herinner me dat de ontploffing me hier bijna tegen de grond gooide.'

Het was te donker om afstanden te kunnen schatten. 'Was er paniek?'

De bedrijfsleider klotste verder door de plassen. 'Totaal niet. Zoals ik tijdens het onderzoek heb gezegd, is een goed geleide mijn voorbereid op onverwachte gebeurtenissen. Zodra ik weer adem kon halen, heb ik mensen op pad gestuurd om assistentie en medische hulp te halen. Vervolgens heb ik een groep vrijwilligers verzameld en die met het reddingsmateriaal dat we direct bij de hand hadden naar beneden gestuurd. Binnen vijf minuten waren ze op weg.'

'Kent u een zekere Jaxon, een mijnwerker?'

'Jaxon was een van de helden tijdens de ramp.'

'Had u hem voor de explosie ook gezien?'

'Terwijl hij samen met de anderen stond te wachten om naar beneden te gaan. Hij leek me een beetje afwezig, stil, met een dikke das om. Nu was het natuurlijk een regenachtige dag en dan komt het mijngas naar buiten en daar worden de mijnwerkers somber van.'

Er zat Blair iets dwars, maar wat dat was, wist hij niet precies. 'De bedrijfsleider van een van de andere mijnen, een zekere Molony, zei dat hij de rook vanaf zijn terrein kon zien.'

'Geen wonder.' Wedge zwaaide met zijn armen. 'Zulke rook is voor de helft kolenstof. Net zoiets als vulkaanas. Hier op het terrein kon je geen hand voor ogen zien. Overal sloegen paarden op hol. Er reden nog steeds treinen en dan moet je je proberen te herinneren of je op de rails staat of niet. Het duurt even voordat een geladen kolentrein stilstaat. Nu ik eraan terugdenk, weet ik weer dat het een donkere, smerige dag was, maar Molony kon onze rook zien, geen twijfel aan.'

'Er kwam iemand met een boodschap van George Battie, de ondergrondse opzichter, dus u wist dat de kooi nog werkte. Maar u moest een reddingsploeg organiseren en dat betekende dat u die mensen allemaal voor een lamp moest laten tekenen.'

'Bij de lampist, precies. Zo werkt het systeem met de lampen; dan weet je wie er beneden is en wie boven, vooral in de consternatie tijdens een brand.'

'Maar de vrijwilligers moesten bij de schacht wachten tot de kooi bovenkwam. Hoe kwam dat?'

Wedge hield zijn pas in en draaide zijn hoofd naar Blair om. 'Pardon?'

'Waar was de kooi? De man van Battie was ermee omhoog gekomen, dus de kooi had boven moeten zijn. U zou niet hebben moeten wachten. Waarom was de kooi niet meer boven?'

'Ik zie niet in wat dat uitmaakt. Het heeft ons hoogstens tien seconden vertraagd.'

'Terwijl elke seconde telde, zoals u zei.'

'Zoveel nu ook weer niet. Tijdens het onderzoek maakte het niet uit en nu al helemaal niet meer. Tien seconden, misschien ook twaalf, wie zal het zeggen, voordat de kooi bovenkwam en de volgens voorschrift verzamelde en uitgeruste reddingsploeg naar beneden kon gaan.'

'Een ervaren mijnwerker, een ervaren redder zou dus nooit naar beneden zijn gegaan zonder dat u hem daar opdracht toe had gegeven?'

'Dat is juist.'

'En een onervaren iemand, geen mijnwerker?'

'Meneer Blair, het is u mogelijk niet opgevallen, maar ik wéét wie er op mijn terrein is.'

'Waar is Harvey Twiss?'

Wedge bleef staan. 'Die is er niet; niet meer.'

'Waar kan ik hem vinden?'

'Wat wilt u van hem?'

'Harvey Twiss stond niet op de lijst van redders, maar volgens het onderzoeksrapport was Harvey Twiss degene die zijn zoon vond. Ik neem aan dat u hem naar beneden had gestuurd. Ik wil hem een paar vragen stellen over de ontploffing.'

'Ik heb hem niet naar beneden gestuurd.'

'Volgens het rapport is hij naar beneden gegaan.'

'Ik heb hem niet gestuurd.'

Blair was verbijsterd. Hij wist niet waar ze over stonden te bekvechten.

'Waar is hij?'

'Harvey Twiss ligt op het kerkhof. Op de dag dat hij zijn zoon Bernard had begraven, is Harvey met zijn kop op de rails gaan liggen, mooi op tijd voor de trein uit Londen. Maar ik heb hem niet naar beneden gestuurd.'

Er liep een straaltje water van Blairs hoed. Hij voelde zich ontzettend stom en zocht naar het verband tussen de vijandige houding van de bedrijfsleider jegens Twiss en zijn irritatie over de kooi. Hij keek door de regen omhoog naar de schachtbok, volgde toen de diagonaal van de ophaalkabels naar het bakstenen gebouw zonder ramen waarin de ophaalmachine stond.

'Was Twiss uw ophaalmachinist?'

'De enige klootzak op het hele terrein die ik niet kon zien. De enige man die ik niet in de gaten kon houden, en die heeft zijn post verlaten.'

'Wanneer kwam u daar achter?'

'Ik betrapte hem toen hij met de jongen in zijn armen naar boven kwam. Beiden waren ze zwart als roet, maar toen keek ik inmiddels al scherp naar hem uit.'

'En toen?'

'Ik heb Twiss ter plekke ontslagen. Er was geen enkele reden om dat in het onderzoeksrapport op te nemen, omdat het niets met de brand te maken had, maar zoon of geen zoon, het feit bleef dat hij zijn post had verlaten.'

Het uit baksteen opgetrokken ophaalgebouw was hoog, gebouwd voor een stoommachine van het formaat en ontwerp als van een locomotief, maar in plaats van wielen dreven de stangen een enkele liertrommel van twee en een halve meter diameter aan. Terwijl de kabel kreunend van de trommel afwikkelde en door een deur in de top van het gebouw verdween, trilden de dakleien.

Blair hield van ophaalgebouwen met hun enorme stationaire machines die eruitzagen alsof ze de aarde lieten draaien. De machine van Hannay was een mooi stuk werk – een zware gietijzeren trommel, dubbele zuigers en geelkoperen drijfstangen, een geklonken stalen ketel – alles groot en complex, waarbij de ophaalmachinist een nietige figuur was. Het was een man met een mager gezicht, een donkere hoed als een doodgraver, een overjas en handschoenen aan en een druppel aan zijn neus. Hij zat op een stoel achter een paar handels, en keek zo geconcentreerd naar een door twee gaslampen verlichte witte wijzerplaat dat hij alleen even met zijn ogen trok toen Wedge en Blair binnenkwamen. Hoewel hij midden in een druk bedrijf zat, had hij een in een graftombe ingemetseld schepsel kunnen zijn. Bij de deur hing een bord met: 'Toegang tot het Ophaalgebouw voor Onbevoegden Ten Strengste Verboden. De Bedrijfsleider.' En een tweede bord waarop: 'Ophaalmachinist Niet Afleiden.'

'Let maar niet op ons, Joseph,' zei Wedge. Hij schudde het water uit zijn baard. 'Joseph let op de indicateur.'

Blair was bekend met wat men hier een indicateur noemde. Het was een groot woord voor een eenvoudige wijzerplaat met een enkele wijzer. Bij wat op een klok drie uur zou zijn geweest, stond een 's' voor Stop, bij twee uur een 'T' voor Top, bij tien uur een 'B' voor Beneden, en bij negen uur weer een 's' voor Stop. De wijzer bewoog zich heel langzaam linksom naar de 'B' bij tien uur, wat betekende dat er een kooi met mannen of mijnwagens bezig was met een snelheid van ruim zestig kilometer per uur in de schacht af te dalen. Als de wijzer bij 'B' kwam, zou Joseph beginnen te remmen en de kooi bij 's' laten stoppen. Er was geen automatisch remsysteem. Als hij de trommel niet stopte, zou de kooi met onverminderde snelheid naar de bodem van de put razen. De kooi zelf zou mogelijk nog geborgen kunnen worden, maar de mensen die erin stonden, zouden het geen van allen overleven. Of, als de kooi omhoog kwam en hij de remmen bij 'T' niet zou aanzetten, zou de kooi overtrokken worden, tegen het drijfwerk in de kop van de schachtbok klappen en zijn inhoud vanaf de top van de schachttoren katapulteren.

'Hier komt verder niemand binnen?' vroeg Blair.

'Dat is verboden,' zei Wedge. 'De ketel wordt van buitenaf gestookt.'

'Ook geen vrienden?'

'Nee.'

'Geen meisjes?'

'Nooit. Joseph is strikt geheelonthouder, heel anders dan Twiss. Geen ondeugden, geen roddelpraatjes en geen geklets.'

Op het moment dat de wijzer de 'B' passeerde, zette Joseph de remmen aan en liet de wijzer keurig bij de 's' stoppen. Het gekreun van de kabel verstomde. De kooi zou nu een minuut beneden blijven om te lossen en te laden.

Wedge zei: 'Joseph, meneer Blair hier heeft een vraag voor je. Op de dag van de explosie was jij buiten bezig de ketel te stoken.

Een paar minuten nadat we de schok van de explosie voelden, kwam Twiss uit eigen beweging dit gebouw uitrennen en stuurde jou naar binnen om de kooi te bedienen. Ik heb dat niet gezien en ik heb hem zeer zeker niet naar beneden gestuurd, is dat waar of niet?'

Toen Joseph plechtig knikte, wierp Wedge Blair een blik van wat-had-ik-gezegd toe.

'Je hebt nu een schoon baantje binnenshuis, vind je niet?' ging Wedge verder.

Joseph trok een zakdoek uit zijn mouw. Regen en het eerste grijze, sombere daglicht vielen door de kabeldeur naar binnen. Blair vroeg zich af of een klein beetje arsenicum ongepast zou zijn. 'Toen Harvey jou naar binnen sleurde en je ophaalmachinist maakte, was dat voordat de eerste groep vrijwilligers naar beneden ging of erna?' vroeg hij.

'Erna,' zei Joseph.

'Al met al is het dus allemaal goed terechtgekomen, of niet soms?' zei Wedge.

Joseph snoot zijn neus. Blair stond op het punt om weg te gaan, maar het was alsof Josephs eigen inwendige vliegwiel was gaan draaien, want hij voegde er nog aan toe: 'Twiss was het slachtoffer van verderfelijke gewoonten. Kaarten en drank. Ik heb nooit begrepen hoe mevrouw Smallbone het met hem kon uithouden.'

Een bel naast de wijzerplaat klingelde twee keer, het signaal dat de kooi klaar was om te worden opgehaald.

'Waarom zou mevrouw Smallbone het met Twiss hebben moeten uithouden?' vroeg Blair.

Joseph sloeg droevig zijn ogen op, als van een glas bier. 'Twiss was bij de Smallbones in de kost. Een paar centen verdienen is geen zonde, maar een zondaar in het huis van geheelonthouders, daar kan geen goeds van komen.' Hij duwde het lierhandel naar voren en de trommel begon tegen de wijzers van de klok in te draaien, eerst moeizaam, maar allengs met steeds toenemende snelheid.

Buiten was er inmiddels voldoende licht en nu Blair alleen was, paste hij de afstand van het ophaalgebouw naar de schacht af, naar het kantoor van de opzichter en vandaar naar het midden van het terrein. Het regende zo hard dat hij alleen de vage omtrekken van de sorteerloods kon zien en helemaal niets van Rose.

Zodra hij bij zijn hotel terugkwam, zag hij Charlotte. Ze kwam juist uit de apotheek aan de overkant, een kleine gestalte in een wandeljapon van een kleur waarvan hij niet met zekerheid kon zeggen of het nu paars of zwart was. Het kon niet anders of dit was Charlotte Hannay of iemand anders die in de rouw was, haar gezicht gehuld in een al even donkere bonnet en voile, met bijpassende paraplu en handschoenen. Wat hem echter opviel was dat ze niet zoals gewoonlijk stevig doorstapte. Met de paraplu ongeopend in haar hand drentelde ze naar de etalage van de hoedenmaakster en bleef daar in de regen staan alsof ze niet wist welke kant ze op zou gaan. Of, en dat leek hem waarschijnlijker, ze wachtte op haar rijtuig.

Hij meed haar op de manier zoals hij om een spin heen zou lopen, ging naar zijn kamer, sloeg het water van zich af, nam een cognac om de bloedsomloop te bevorderen en vouwde de kaart van het Hannay-terrein open. Het was hem nu wel duidelijk dat het daar een toneel van totale verwarring moest zijn geweest toen de rook van de ontploffing uit de schacht wolkte. Hij was nu nog meer onder de indruk van de heldhaftige pogingen van George Battie in de ondergrondse gangen, maar voor wat betrof de gebeurtenissen bovengronds was Wedge een slechte getuige. De bedrijfsleider beweerde dat hij binnen vijf minuten nadat de explosie zich had voorgedaan een reddingsploeg met de kooi naar beneden had gestuurd. Als je daar de tijd bij optelde die het Wedge moest hebben gekost om vast te stellen waar hij was en waar hij heen moest, wagens te vinden met paarden die niet op hol waren geslagen, vrijwilligers bij elkaar te trommelen en veiligheidslampen uit te delen, dan moest volgens Blair een kwartier dichter in de buurt van de werkelijkheid komen.

Hij sloeg Maypoles dagboek open en bladerde tot hij de aantekeningen vond die hij zocht. Omdat de regels dwars door elkaar liepen, had hij datgene wat er op 17 januari stond, niet goed gelezen. Er stond niet: 'Hoe komt men in die tweede wereld? Wist ik de sleutel,' maar: 'Twiss is de sleutel.'

Als het ophaalgebouw de enige plaats was die Wedge niet in het oog kon houden, dan bestond de mogelijkheid dat Maypole zich daar, met medeweten van ophaalmachinist Harvey Twiss, niet alleen verborgen had gehouden, maar kans had gezien om onder dekking van de dichte rook van de brand ongezien van het gebouw naar de schacht te komen en met de kooi naar beneden te gaan, naar de echte wereld waar hij zo naar verlangde, en dat op het moment dat die juist ontplofte, wat een even dwaze als slecht getimede daad was. In zijn enthousiasme zou een aspirant-redder als Maypole mogelijk niet hebben begrepen dat tijdens een mijnbrand de aanwezigheid van iemand die geen mijnwerker was, in het gunstigste geval alleen maar hinderlijk zou zijn.

Blair kreeg een heel klein beetje kippevel op zijn armen en hij nam nog een cognac. Hij was verbaasd toen hij uit het raam keek en Charlotte Hannay nog altijd voor de hoedenwinkel zag staan. Ze zou haar bonnet misschien voor een hoed kunnen verwisselen, dacht hij – iets in prikkeldraad zou haar misschien wel aardig staan. De hoedenmaakster kwam onder een paraplu naar buiten en nodigde haar in pantomime uit om binnen te komen schuilen. Charlotte leek niet alleen doof voor dat aanbod te zijn, maar tevens blind voor het verkeer. Ze stak Wallgate over zonder op een melkwagen te letten. De koetsier schrok en zelfs Blair stak binnen in een reflex zijn hand op. Er viel een melkbus van de wagen en een witte loper verspreidde zich over de keien. Charlotte nam er niet de minste notitie van en liep op dezelfde afwezige manier verder en verdween aan de overkant in een straatje.

Blair had nog niet eerder de kans gehad om Charlotte Hannay te observeren, behalve tijdens hun confrontaties, wanneer ze altijd de agressieve instelling van een wesp had gehad. Misschien kwam het door de regen, maar vanuit het perspectief van zijn raam zag ze er zo nat en verslagen uit dat hij bijna iets van medelijden voelde en de manier waarop ze uit zicht gleed, had iets van een droom.

Hij ging terug naar het onderzoeksrapport en vouwde de kaart van het ondergrondse gedeelte van het bedrijf uit. Als Maypole inderdaad naar beneden was gegaan, wat was daar dan gebeurd? Dank zij de voorzichtige manier waarop Battie de hoofdgang in was gegaan, waren er geen redders door koolmonoxyde bedwelmd

geraakt. Alle slachtoffers waren geïdentificeerd, alle pijlers doorzocht. Was Maypole, onherkenbaar door het roet, als drager van
een brancard met de kooi terug naar boven gegaan? Was hij vervolgens volkomen van streek weggelopen? Hoe had de kapelaan de
eerste kennismaking met de hel waarover hij zo vaak had gepreekt
doorstaan? Maar als hij was weggelopen, waarheen dan wel? Blair
was terug bij af. Hoe meer hij speculeerde, hoe onwaarschijnlijker
zijn theorie leek. Daar stond echter tegenover dat niemand Maypole sindsdien had gezien. En het was allemaal na het gebeurde.
Niets dat Twiss of Maypole hadden gedaan of juist niet gedaan,
kon van invloed zijn geweest op de explosie zelf.

Hij liep terug naar het raam. Hoewel verdund door de regen en
verspreid door wagenwielen was de melk nog steeds zichtbaar tussen de stenen. Een kleine stenen dame, dacht hij, dat was Charlotte Hannay. Hij wist niet waarom, maar hij pakte zijn hoed en ging
naar buiten om haar te zoeken.

Het straatje was een aaneenschakeling van kinkhoorn- en oesterstalletjes, schaapskoppen op een rij, trijp dat als vodden aan lijnen
hing. Blair baande zich een weg tussen de menigte door naar een
rij viskarren, gezouten kabeljauw onder zeildoek dat vol met
schubben zat. Nergens een spoor van Charlotte, en dat ze klein en
donker was, hielp ook al niet.

Aan het andere eind van de steeg was een markt waar tweedehands kleding werd verkocht, voornamelijk door Ieren, en waar
blikslagers, voornamelijk zigeuners, hun produkten aan de man
probeerden te brengen. Verstelde en nog eens verstelde overjassen
en hemden hingen als natte zeilen in de regen. Waar de markt
zich splitste koos hij de straat waarvan hij wist dat die zowel naar
Scholes Bridge als naar de kamer van Maypole leidde. In de modder waren de vage afdrukken zichtbaar van klompen en een enkele
afdruk van een damesschoen. De modder was vermengd met schapekeutels. Hij herinnerde zich de kudde die hij 's morgens had gezien en de schapen die Maypole in zijn dagboek had genoemd.

Voorbij een binnenplaats met een aantal kleine ijzergieterijen
liep een volgend platgelopen pad met afdrukken van klompen en
van een schoen, zo klein dat ze van een kind hadden kunnen zijn.

De gevels van de huizen helden voorover en boven raakten de daken elkaar bijna, waardoor een smal regengordijn naar binnen viel dat in het duister verdween. Voor Maypoles deur bleef hij staan, overtuigd haar daar te zullen vinden, maar de kamer was nog net zo kaal als dagen geleden, het portret van Christus de timmerman nog altijd aan de wand, in het donker, de vloerplanken droog, met alleen op de drempel sporen van iemand die kort daarvoor de deur open had gedaan en naar binnen gekeken.

Verderop in de steeg werd het steeds smeriger en lag het vol schapekeutels. Blair kwam bij het vildersbedrijf dat hij tijdens zijn eerste bezoek aan het huis van Maypole had gezien. Overal waren sporen van schapen, maar het hok was leeg. Aan de zijkanten van de helling die het huis binnen voerde, hingen plukken wol. Doordat het huis een eindpunt was zonder luiken of deuren, kon hij Charlotte binnen zien. Hij wilde haar naam roepen, maar beheerste zich omdat hij zag dat ze op de rand van de vildersput stond.

Wat vilders deden, was de schapen een helling af en een put van tien meter diep in drijven zodat ze hun poten braken en een stuk makkelijker waren af te maken. Blair kwam zo dichtbij dat hij kon zien dat een ondernemende Wiganer een oude mijnschacht voor dit doel had ingericht. De werkzaamheden moesten nog maar kortgeleden beëindigd zijn want bij het zwakke licht van een olielamp waren wit gepleisterde muren te zien, hakblokken, vleeshaken aan de wanden en een goot voor het bloed, die onder de haken langs en in een bak uitliep. De vloer was bedekt met bloed en ingewanden en ook de wanden waren daarmee besmeurd. Het weinige licht dat uit de put omhoog scheen, had een rossige gloed.

Charlotte stond met de punten van haar schoenen over de rand en leunde voorover. Een val van die hoogte zou afdoende zijn, dacht Blair. Hoewel hij haar voornamelijk van opzij zag, kon hij zich haar voorstellen als ze naar beneden viel, haar bleke gezicht omlaag gericht, haar jurk achter haar aan wapperend.

'De Ashanti hebben geen schapen,' zei Blair. 'Wel geiten. Apen hebben ze ook, en parelhoenders en grote hagedissen.'

Ze balanceerde op de rand, ogen recht vooruit, als een koorddanser die zich op zijn volgende stap concentreert.

'En enorme knaagdieren die ze grasmaaiers noemen, en bosslak-

ken, ook heel groot. Een vilder in Kumasi zou pas een echte mena-
gerie hebben.'

Toen hij dichter in haar richting kwam, wankelde ze nog verder
naar voren. Hij deed een stap terug en ze kwam weer rechtop. Het
beste voorbeeld van magnetische afstoting dat hij ooit had gezien,
dacht hij.

'Om die slakken te vangen moet je heel listig te werk gaan.
Maïsmeel strooien en dan in het maanlicht op de loer gaan liggen.'

'En olifanten?' vroeg ze zacht. 'Schiet je die, of worstel je die tegen de grond?'

'Slakken liggen meer in mijn lijn.'

'Maar gorilla's niet. U kon Rowlands geschenk niet waarderen,
of komt dat omdat u mijn neef Rowland niet mag?'

Hoewel ze een klein stemmetje had, hoorde hij daarin wel de gebruikelijke verachting. Gezien de omstandigheden leek hem dat
een gunstig teken.

'Ik vroeg me alleen maar af wat Rowland met de rest van de gorilla had gedaan.'

'U mag hem niet,' zei Charlotte.

'En Earnshaw, wat is daarmee gebeurd?' vroeg Blair. 'Is die niet
geïnteresseerd in de abattoirs van Wigan?'

'Meneer Earnshaw is naar Londen teruggekeerd.'

Volgens dienstregeling, zoals Hannay had gezegd? vroeg Blair
zich af. Toen hij Charlotte probeerde aan te kijken, wendde ze haar
hoofd af. De zoom van haar jurk was vuil geworden en haar schoenen waren totaal bedorven. De luchtstroom die uit de oude
schacht opsteeg, leek haar in elk geval nog enigszins van de rand terug te duwen. Het verbaasde hem dat de stank – de olieachtige
geur van bederf die overal waar bloed of dierlijk afval werd verwerkt, in de lucht hing – haar niet deed terugdeinzen. Ze was harder dan hij had gedacht.

'Blair, wat voor naam is dat eigenlijk?' vroeg ze. 'U zou in Wigan
geboren zijn. Ik heb alle kerkregisters nagekeken. Nergens was een
Blair te vinden.'

'Het was mijn moeders naam niet.'

'Hoe heette ze dan?'

'Dat weet ik niet.'

'Hoe heette uw vader?'

'Dat weet niemand.'

'Hebt u niet getracht te achterhalen wie ze waren?'

'Nee.'

'Bent u daar dan niet nieuwsgierig naar? Bent u meer in John Maypole geïnteresseerd dan in uzelf?'

'Zodra ik Maypole gevonden heb, kan ik uit Wigan vertrekken. Daar ben ik in geïnteresseerd.'

'U bent de meest anonieme man die ik ooit heb ontmoet.'

'Het feit dat ik niet in Wigan geïnteresseerd ben, maakt me nog niet anoniem.'

'Maar toch bent u dat. U bent niet Amerikaans, Afrikaans, of Engels. Misschien bent u Iers. Keltische kluizenaars zeilden vroeger van Ierland weg en lieten de koers aan de Voorzienigheid over, biddend om ergens op een verre kust aan te spoelen waar ze anoniem zouden kunnen worden. Voelt u zich Iers?'

'Aangespoeld soms wel, maar nooit Iers.'

'Dan waren er ook nog pelgrims die naar het Heilige Land trokken als boetedoening voor een vreselijke misdaad, zoals moord of incest. Hebt u iets goed te maken?'

'Niets wat zo ernstig is als dat.'

'Dan bent u dus niet lang genoeg in Wigan geweest.'

Hij trachtte omzichtig naderbij te komen, maar ze leek al zijn bewegingen te doorzien, als een vogel die klaar is om weg te vliegen. Een klein, donker vogeltje met een paraplu in een van haar vleugels.

'U houdt niet van anonimiteit,' zei Blair.

'Ik ben er jaloers op.' Haar stem werd nog zachter. 'Echt afgunstig. Hebt u John bijna gevonden?'

'Maypole? Ik weet het niet. Het zou helpen als u me iets over hem zou willen vertellen.'

'Het spijt me, maar ik kan u niet helpen.'

'Het geeft niet wat. Heeft hij nooit laten doorschemeren dat hij grote plannen had of ergens bang voor was?'

'John zat altijd vol grote plannen. Hij had een groot hart.'

'Hád?'

'Ziet u nu wel? U probeert me op mijn woorden te vangen.'

'Ik probeer alleen maar aan de weet te komen of ik op zoek ben naar iemand die dood is of levend. Iemand die uit vrije wil of onder druk vertrokken is. Waarom heb ik het gevoel dat ik de enige ben die hem wil vinden?'

'Hoe bedoelt u?'

'De bisschop heeft me ingehuurd om Maypole te vinden, maar nu schijnt hem er meer aan gelegen te zijn dat u hem vergeet.'

'Vraagt u me om dat te doen?'

'Nee. Vertelt u me alleen of ú wilt dat ik doorga met zoeken.'

'Het maakt niet uit. Laten we niet net doen of dat wel zo is.'

'U was met hem verloofd. U hield van hem.'

'Nee. John wilde me helpen. Dat heb ik toegelaten en dat was zwak van me.' Ze spreidde haar armen wijd.

'Misschien kan ik u helpen,' zei Blair.

'Hoor ik medelijden?' vroeg ze op een toon alsof hij haar een handje wormen aanbood.

'Hoe kan ik helpen?' Hij bedwong de aandrang om te proberen haar van de rand van de put weg te trekken.

'Kunt u vliegen?' Charlotte haalde diep adem, draaide zich om, plantte de punten van haar schoenen in de grond, met haar hakken over de rand. Met haar rug naar de put en het slechte licht, werd haar jurk door de luchtstroom om haar heen gedrukt zodat het leek alsof ze viel. 'Toen mijn vader jong was, sprong hij over oude schachten.'

'Dat heb ik gehoord. U bent net zo gek als hij.'

'Dat moet u nodig zeggen. Is het waar dat u met mijnwerkers vecht?'

'Nee.'

'En met een mijnmeid omgaat?'

'Nee.'

'Even verloor ze haar evenwicht. Ze zwaaide met haar armen. Er viel wat aarde van de rand en van beneden klonk de echo van een steen die op de bodem van de put viel.

'Ik zal uit Wigan vertrekken,' zei Blair.

'Waarom denkt u dat het mij iets kan schelen of u al dan niet uit Wigan vertrekt?'

'Ik dacht dat u dat wilde.'

'Dan vindt mijn vader wel iemand die net zo erg is als u. Zo mogelijk nog slechter. Niettemin bedankt voor het aanbod. Het maakt uw leugens compleet.' Ze stak haar paraplu met beide handen omhoog als tegenwicht en stapte bij de rand weg. Blair bood haar zijn hand aan. Die negeerde ze en liep door het donker en de troep van de schuur alsof ze over het tapijt van een salon liep.

'Je hebt dit eerder gedaan,' zei Blair.

'Als meisje honderden keren.' Ze keek om. 'Was de beroemde Blair bang?'

'Ja.'

'Wel, ik geloof niet dat u dat liegt. Dat is tenminste iets.'

18

IN DE NATTE SCHEMERING keerden de mijnwerkers van het werk terug. De warme rook van de vele schoorstenen vormde een nieuwe laag wolken, als de rook van de strijd nadat een stad tot de grond toe was afgebrand.

Vanaf de klokketoren van de parochiekerk richtte Blair zijn kijker op straat na straat, van straatlantaarn naar straatlantaarn. De regen was overgegaan in een druilerige motregen die de stenen deed glimmen en geluid weerkaatste. Vanaf een afgebrokkelde muur steeg iets op dat op witte rook leek, bewoog letterlijk tegen de wind in, draaide om zijn as, verspreidde zich, hergroepeerde zich en cirkelde om en om de daken. Duiven.

Naarmate de mijnwerkers meer duiventillen opendeden verschenen er meer duiven. Honden blaften. Een donkerdere rookpluim naderde het London & Northwest station. Koetsjes reden op een drafje over Wallgate naar het station. Toen Blair de kijker wat verder ophief, kon hij langs de hele horizon de kolentreinen volgen. Voor hem had het ook de Russische steppe of de Chinese Muur kunnen zijn, dacht hij. Hij ergerde zich eraan dat Charlotte Hannay had geprobeerd zijn naam in de kerkregisters te vinden. Waarom zou ze dat anders hebben gedaan dan uit de feodale interesse van de Hannay's, die iedereen in Wigan klaarblijkelijk als een lijfeigene beschouwden en iedereen die wegging als een afvallige?

Hij vond de blauwe leien daken van Candle Court. Het hele blok bestond uit huizen van Hannay. Op weg naar het hotel had hij het op het kantoor van het bedrijf nagekeken; de naam Molyneux stond sinds oktober van het vorig jaar in het huurdersboek. Iedere week betaalden Rose en Flo een bedrag aan huur dat zes maal hoger was dan hun gezamenlijke loon.

De duiven keerden terug naar hun binnenplaatsjes. De duisternis viel in grijze en zwarte banen rook en nevel. Voor de ijzerwin-

kels ruimden de bedienden het trottoir op en brachten de wastobbes en schoffels naar binnen. Handkarren deden hun ronde langs
de stalletjes achter het stadhuis om de botten op te halen. Slagers
sloten de luiken.

Maypole had de mijnmeisjes altijd bij Scholes Bridge opgevan-
gen, de voornaamste verbinding tussen de mijnwerkersbuurt en
het centrum van Wigan. Blair volgde dezelfde tactiek met behulp
van zijn kijker. Om zes uur zag hij een rij zwarte jurken met tournures als een slang voortkronkelen, verdwijnen en op verschillende
punten weer verschijnen, om uiteindelijk op Wallgate uit te komen
en in een deur recht onder hem te verdwijnen. Een kerkelijke vereniging die eruitzag als een heksensamenkomst, dacht hij.

Het beeld van Charlotte aan de rand van de vildersput bleef
hem bezighouden. Ze was zo wanhopig geweest dat hij ondanks alles medelijden met haar had gevoeld, tot ze dat de grond in had ge-
stampt. Wat hij prima vond. Hij hield zijn afkeer liever puur.

Om zeven uur liep Bill Jaxon onder de lamp op Scholes Bridge
door. Hij was alleen en verdween, groot als hij was, snel uit zicht.
Blair liet zijn kijker over de straten en stegen dwalen tot hij hem bij
een vleeskraam terugvond. Daarvandaan had hij een beter uitzicht
op de voorkant en de zijdeur van het hotel. Blair had de lamp in
zijn kamer laten branden zodat Bill iets zou hebben om naar te kijken. Het zou natuurlijk veiliger zijn geweest om op zijn kamer te
blijven. Hij had echter besloten dat het nog veiliger was om door te
gaan, Maypole te vinden en voorgoed uit Wigan te vertrekken. Hij
wist dat er een fout in die redenering zat. Het leek een beetje op
Charlotte Hannay die aan de rand van de put stond.

Smallbone woonde in een smalle straat die half weggezakt was in
oude mijnen, waarna de overgebleven huizen scheef waren blijven
hangen alsof ze tijdens de instorting waren tegengehouden. Op
Blairs kloppen klonk er een kreet waarna hij naar binnen ging.

Hoewel er geen licht in de voorkamer brandde, voelde Blair de
blikken van mevrouw Smallbone vanaf een groot aantal portretten
en foto's van verschillende geheelonthoudersvergaderingen op zich
gericht; de kleinere lijstjes hadden bolle glazen die haar felle, on-
verbiddelijke ogen nog vergrootten. De stoelen waren met crêpe

overtrokken. Een tafel had een zwarte rok aan, waardoor het leek alsof de helft van mevrouw Smallbone aanwezig was. In het voorbijgaan raakte hij de toetsen van een harmonium aan. Ivoor: het olifantenkerkhof in Wigan. Er hing een scherpe, merkwaardig bekende geur in de lucht.

Smallbone zat aan tafel in een keuken die identiek was aan die van Mary Jaxon en Rose Molyneux – een kleine ruimte die werd beheerst door een enorm fornuis en verwarmd door de haard – met het verschil dat deze keuken in een soort bommenfabriek was veranderd. Op het fornuis stond een pan met salpeter waarin aan een rek draden hingen te weken. Tussen de muren hingen lange lonten te drogen. Op de vloer stond datgene waarvan Blair de geur onmiddellijk had herkend: kleine open vaatjes met buskruit. Op de vloer en op de tafel lagen korrels kruit en er zweefde een donkere stofwolk van kruit in de lucht. Op de tafel lagen lege waspapieren kokers en er stond een weegschaal met ronde gewichtjes en een koffiemolen. Het geheel had iets waardoor Smallbone niet gewoon iemand in een mijnwerkerskeuken leek, maar eerder een industriemagnaat te midden van gloeiende gieterijen en rokende schoorstenen.

Als Smallbone al geschrokken was van zijn bezoeker, dan had hij zich goed weten te herstellen. 'Wat een aangename verrassing,' zei hij. 'Ik wou dat mevrouw Smallbone er was. Ze is er helaas niet. Ze is een vrouw voor goede werken. Ik geloof dat het vanavond de verbetering van dames van losse zeden is, of dat die gestenigd moeten worden, dat kan ook. Het enige wat ik zeker weet is dat ze het noorden van Engeland voor de koningin regeert.'

'Mag ik?' zei Blair en sloeg de regen van zijn hoed in de gootsteen.

'Hoe voelt u zich?' vroeg Smallbone. Hij leek te denken dat Blair kreupel had moeten zijn.

'Goed.'

'U ziet er ook goed uit. Ik wou dat ik u met dit slechte weer iets kon aanbieden. Mevrouw Smallbone heeft brood en thee voor me achtergelaten. Een geheelonthoudershuis, begrijpt u?'

Blair had cognac vanuit het hotel meegenomen. Hij zette de fles op tafel. 'Dus dit is een vergissing?'

Smallbones neus trilde als een wortel die naar water zoekt. Alsof hij de cognac door het glas heen kon ruiken. 'Niet dat ik geen borreltje verdiend zou hebben na een dag hard werken en dan nog eens dat hele eind door de regen teruglopen.'

'Ik weet dat dr. Livingstone, de missionaris, voor een kou rode wijn adviseerde.'

'Kijk, daar heb je het.'

Smallbone scharrelde twee kopjes op en keek met de interesse van een collega-apotheker hoe Blair inschonk. Het gezicht van de mijnwerker was tot aan zijn boord gewassen en zijn handen waren tot aan de manchetten schoon. Zijn oogleden waren rood van het kolenstof, een irritatie die het beroep met zich meebracht. Bij de eerste slok kreeg hij tranen in zijn ogen van opluchting. 'Mevrouw Smallbone bidt op dit moment waarschijnlijk voor de een of andere heiden. Dominee Chubb knielt zeer waarschijnlijk naast haar. Die trekken met zijn tweeën voor ons beiden aan de riemen en daar moeten we dankbaar voor zijn.'

'Op mevrouw Smallbone.'

Ze dronken op haar.

'U vindt het niet erg als ik doorga?' vroeg Smallbone. 'Ik maak mijn eigen schoten en nog wat extra voor de verkoop.'

'Ik zou de zaken niet graag ophouden.'

'Dank u.' Hij haalde een lange stenen pijp te voorschijn en stak daar met een kooltje uit het vuur de brand in.

'U hebt hier genoeg kruit om half Wigan op te blazen.'

'Heel Wigan,' zei Smallbone trots.

'Heel Wigan?'

'Door de oude mijnen hieronder. Mijngas kruipt omhoog tot in de kasten. We hadden buren die zich hebben opgeblazen toen ze met een lamp iets zochten in een van de kasten. Maar de huur is laag.'

'Ze zouden je moeten betalen om hier te wonen.'

'De eerstvolgende keer dat ik de bisschop tref, zal ik hem dat vertellen.'

'Zijn dat Hannay-mijnen hieronder?'

'Hannay-mijnen, door de Hannay's gebouwd. Die gaan honderden jaren terug. Toen de Hannay's nog katholiek waren, gingen de priesters onder de grond door, helemaal van Hannay Hall naar Wigan. De katholieken wisten waar ze heen moesten voor de mis, want daar stond dan een kaars in het raam. Zal ik u mijn geheim laten zien?'

'Graag.'

Smallbone schepte buskruit vanuit een zak in de koffiemolen en begon te malen. 'Iedere sufferd kan natuurlijk kant-en-klaar buskruit kopen. De regering heeft het monopolie – ook voor de lonten. Voor diezelfde sufferd is dat dan gelijk een bewijs van goedkeuring en geen mens die eraan denkt dat je, zodra iemand het monopolie heeft, de kwaliteit wel kunt vergeten. Als hij daar dan een schot van maakt, heb je kans dat het ding uitgaat of laat ontploft en zijn kop eraf knalt. Kijk, een anti-monopolist weet dat de lucht tussen de korrels een goede ontsteking vertraagt. Daarom brandt los buskruit wel, maar ontploft het niet. Daarom maal ik het, omdat fijnere korrels minder lucht betekent en dus een veel betrouwbaarder explosie. Kijk.'

Smallbone trok het laatje van de koffiemolen open en roerde met zijn vinger door het poeder. 'Zo fijn als gemalen glas. Je moet natuurlijk wel een koperen koffiemolen gebruiken, want anders ga je de lucht in. En je moet het wel direct gebruiken, vooral tijdens regenachtig weer, anders neemt het vocht op. Ik heb erover gedacht om er een beetje ammoniumnitraat doorheen te doen om het nog wat meer kracht te geven. Wat dacht u daarvan, meneer Blair?'

'Ik zou het niet doen. Je wilt de kolen losmaken, niet laten verdwijnen.'

'Daar hebt u volkomen gelijk in.' Smallbone deed de inhoud van het laatje in zijn hand, goot een straaltje kruit op de weegschaal en nam een slok uit zijn kopje. 'Krijg ik een vaste hand van.'

Nadat de schaal in evenwicht was gekomen, goot hij het kruit in een papieren koker, draaide de einden stijf dicht en legde het schot in de trommel.

'Heeft Harvey Twiss hier gewoond?' vroeg Blair.

'Ja. Dat was een ellendige toestand, Harvey en zijn zoon Bernard.'

'De brand?'

'Harvey kon het niet verwerken dat hij Bernard had gevonden. We hebben de jongen hier in de voorkamer opgebaard. In een gesloten kist. Bernard was geen lid van de begrafenisclub, maar mevrouw Smallbone werpt zich op zulk soort dingen. Alles in crêpe. Mauve. Ham en thee. Die arme Harvey was al aardig in de olie en tijdens de begrafenis werd hij helemaal gek. We hadden hem nooit mogen laten gaan.'

'Om met zijn hoofd op de rails te gaan liggen?'

'Dat zegt men.'

'Dat was een christelijk gebaar van mevrouw Smallbone om een liefhebber als Twiss als kostganger te nemen.'

'Dat was het ook,' zei Smallbone instemmend. 'Die paar extra centen deden overigens ook geen kwaad. Heiligheid is een kostbare aangelegenheid. Bij elkaar waren het kostgeld, de verkoop van schoten en het geld dat ik met wedden op Bill verdiende net genoeg om mevrouw Smallbone overal in het land de bijeenkomsten van geheelonthouders te laten bijwonen. Zonder haar zouden die natuurlijk totaal geen zin hebben gehad.'

'Uiteraard. Was Twiss een goeie maat?'

'We waren niet zo dik. Een liefhebber, maar een betrouwbare ophaler.'

'Was je verbaasd te horen dat Twiss bij de ophaalmachine was weggelopen om zich bij de redders aan te sluiten? Een ophaalmachinist loopt nooit weg omdat iedereen erop rekent dat hij de kooi bedient. Twiss moet toch wel eens meer een explosie hebben meegemaakt.'

'Misschien niet terwijl zijn zoon in de put zat.'

'Misschien niet.'

'In die hele toestand.'

'Hoe is het met je been?'

'Hoe bedoelt u?'

'Het been waaraan je bij de ontploffing gewond bent geraakt.'

'Ik ben niet gewond geraakt.'

'Voor de brand.'

'Juist daarvóór. Dat was ik vergeten.' Smallbone stak zijn pijp opnieuw aan. Over zijn handen speelden kleine vlammetjes. 'Nu weet ik het weer; het ging vanavond over vrouwen van twijfelachtige zeden. Mevrouw Smallbone wil ze allemaal in ziekenhuizen laten opsluiten, als een gezondheidsmaatregel om de mannen te beschermen. Volgens dominee Chubb en de politie is een vrouw van losse zeden te herkennen aan haar blote bovenarmen. Het probleem is dat alle mijnmeiden van Wigan met blote armen lopen.'

'Dan zal mevrouw Smallbone het wel druk hebben.'

'Heeft ze ook.'

'Ik probeer haar duidelijk te maken dat ze zichzelf een hoop moeite en de mijnmeiden de ergernis zou besparen als ze hoeren zou indelen volgens de relevantere delen van het lichaam.'

Blair schonk hen nog eens in terwijl Smallbone een volgende papieren koker vulde. Het schot leek op een kerkkaars.

'Tussen de goede werken van mevrouw Smallbone en de rugby-wedstrijden, moet je kapelaan Maypole nogal eens zijn tegengekomen.'

'Een serieuze man. Heel rechtschapen.'

'En een groot bewonderaar van mijnwerkers. Heeft hij je ooit gevraagd om hem te laten zien hoe je met een hak moest omgaan?'

'Nee.'

'Met hem mee te gaan in een oude mijn soms?'

'Nee.'

'Zeker weten?'

'Als ik op één ding trots ben, dan is het op mijn geheugen.'

'Welk been was het?' vroeg Blair.

'Been?'

'Dat je voor de ontploffing bij Hannay bezeerd had.'

'Links. Het was mijn linkerbeen.'

'Ik dacht dat het je rechter was.'

'Het kan ook mijn rechterbeen zijn geweest.' Smallbone greep de slinger van de koffiemolen en begon te draaien. 'Het was een rotklap. Ik moest op Bill steunen en zo zijn we op weg gegaan naar de schacht.'

'Langs welke weg?'

'Via de achterste galerij.'

'De hoofdgang was dichter bij je werkplek en daar was verse binnenkomende lucht, terwijl de lucht in de achterste galerij slecht was. Waarom zijn jullie daar dan toch langs gegaan?'

'In de hoofdgang was een wagen uit de rails gelopen. Het was gemakkelijker om via de achtergalerij te gaan.'

'Jullie hebben geluk gehad. De mensen in de hoofdgang hebben het niet overleefd.'

'Zie je wel, dat was een goeie reden om via de achterkant te gaan.'

'Maar later zijn jullie wél naar de hoofdgang afgeslagen. Daar kwam Battie met de reddingsploeg ook langs en daar zijn jullie hem tegengekomen.'

'Bill hoorde ze.'

'Bill heeft tijdens het onderzoek gezegd dat hij een hersenschudding had. Als je oren fluiten, hoor je niet veel. Alweer geluk gehad. Hebben jullie op George Battie gewacht?'

'Op George Battie?'

'Ik vraag me alleen maar af waar jullie al die tijd gezeten hebben. Het horloge van een van de slachtoffers was door de explosie om twee uur vierenveertig stil blijven staan. Battie is meer dan een uur bezig geweest met naar slachtoffers te zoeken en de gang gasvrij te maken, voordat hij op de plaats kwam waar hij Jaxon en jou tegenkwam. Het was drie uur vijfenveertig toen Bill en jij halverwege de hoofdgalerij uit een zijgang kwamen en Battie tegenkwamen. Ik heb alleen moeite met te begrijpen wat er precies gebeurd is. Jullie moeten vrij van de ontploffing en van het gas zijn gebleven, maar toch waren jullie nog maar halverwege toen je Battie tegenkwam? Ik vroeg me af waarom dat zo lang heeft geduurd, tenzij Jaxon je moest dragen.'

'Waar hebt u al die informatie vandaan?'

'Van het onderzoek.'

'Ik was mank, dat is een ding wat zeker is.'

'Maar toen jullie Battie tegenkwamen, heb je je niets meer van de pijn aan je been aangetrokken en bent met de redders meegegaan. Je hebt tegen de Coroner gezegd dat je daar "helemaal niet meer op hebt gelet". Kun je me desondanks vertellen waarom het zo lang heeft geduurd voordat je Battie tegenkwam?'

Smallbone vulde zijn vuist met buskruit. 'Weet u, Bill Jaxon en ik zijn helden. Daar is iedereen het over eens. De rest van dat onderzoek is een hoop gelul. Dertien kerels met schoenen aan die over mijnwerkers moeten beslissen? Hoge heren en advocaten die net zoveel van ons weten als mevrouw Smallbone van de inboorlingen bezuiden de evenaar? Een getuige-deskundige die het verschil niet kan zien tussen kolen en koekdeeg? Niemand die zich een bliksem van een onderzoek door de Coroner aantrekt en dat zou u ook niet moeten doen.'

Een zwart straaltje kruit stroomde uit Smallbones vuist in een koker. Zijn hand was inderdaad vaster, zag Blair.

'Het enige wat ik wil weten is waarom Bill en jij van het koolfront zijn weggegaan, waarom jullie via de achtergalerij zijn gegaan, en waar jullie na de explosie op hebben gewacht.'

Smallbone legde gewichtjes voor een dubbele lading op de schaal. 'Wat u zou moeten doen, meneer Blair, is teruggaan naar waar u vandaan bent gekomen, naar Afrika of naar Amerika. U hebt geen idee wat u losmaakt.'

'Je bedoelt Bill Jaxon en Rose? Zeg van mij tegen Bill dat Rose een aardige meid is, maar dat er niets tussen ons gaande is – alleen maar vragen over Maypole, dat is alles.'

'Zo eenvoudig is het niet. U kunt niet naar Wigan komen en binnen een dag bekijken wie wie en wat wat is.'

'Helaas kan ik pas uit Wigan vertrekken als ik Maypole gevonden heb.'

'Dan kunt u hier wel tot in de eeuwigheid blijven.'

Op weg naar de deur zag Blair in de voorkamer een foto staan die bij al die sombere portretten uit de toon viel; een foto van de Smallbones op het strand.

'Blackpool,' zei Smallbone vanuit de keukendeur. 'Tijdens de vakantie. Daar gaat heel Wigan heen.'

Op een plank naast de foto stond een zilveren scheerkom met inscriptie. Blair draaide hem naar het licht vanuit de keuken en las: 'A. Smallbone. 3e Prijs. Watersport.'

'Heel mooi. Ook uit Blackpool?'

'Jaren en jaren geleden,' zei Smallbone.

'Maakt niet uit. Zwemmen in zee? Een derde prijs winnen in Blackpool? Waar heb je in Wigan zo goed leren zwemmen?'

'In de kanalen. In een rechte lijn kan ik eindeloos doorzwemmen.'

Toen Blair even later buiten, in het achterstraatje stond, gaf hij niet toe aan de impuls om naar het huis van Rose te gaan. Hij besefte dat hij de weg te goed kende.

Asputten dampten in de regen. Hoewel de ramen dicht zaten, hoorde hij een vloek, een psalm, krijsende kinderen die de trappen op en af renden. Wigan was een miniatuur landschap waar steeds nieuwe aspecten aan werden toegevoegd: wolken, echo's, onderaardse kamers.

Smallbone als zwemmer was een nieuwe factor. De aanslag op Silcock was een tweemans karwei geweest. Niet om hem een klap op zijn kop te geven, dat was vrij eenvoudig. Maar hem naar het kanaal dragen, waar een man hem het water in moest slepen, naar de bodem van de sluis, terwijl de ander de schuif op Silcocks been naar beneden draaide. En dat allemaal naast een schip vol getuigen die zouden zweren dat ze niets hadden gehoord. Dat was sluw, dat was typisch iets voor Smallbone.

Hij ging de leugens na die Smallbone hem had verteld, maar hoorde tegelijkertijd ook zijn eigen gehuichel tegen Charlotte en Smallbone, voornamelijk wat Rose betrof. Wat kon het hem schelen wat Charlotte dacht? Waarom zou hij hoe dan ook iets om een mijnmeisje geven? En toch voelde hij de aantrekking, alsof ze een weelderige wijnrank was die 's nachts groeide en in zijn richting reikte.

19

'Bisschopsweer,' zei Hannay.

Wat betekende dat de regen van de afgelopen nacht was opgegaan in een morgen van hoge, blauwe luchten en groene, glasheldere heuvels. Voor deze expeditie droeg de bisschop een grote strohoed bij zijn overschoenen en geklede jas. In dezelfde geest hadden de beide dames Rowland zich als twee boeketten uitgedost, Lydia in een tulproze jurk en zonnehoed, de moeder in een gecompliceerde pioenrode creatie. Een geur van lavendel waaierde in de zachte bries uit hun zijden, tule en satijnen versierselen en hun parasols beefden als bloemen in de wind. Blair stapte mee in schoenen die nog klam waren van de vorige dag. Achter hem volgde Leveret met een koppel keffende spaniëls en koddebeiers die met rieten manden zeulden.

'Die arme Leveret heeft zijn handen vol.' Lydia verborg een glimlach achter haar hand toen Leveret probeerde te voorkomen dat eerst de ene en vervolgens de andere hond ervandoor ging. 'Had u in Afrika ook honden?' vroeg ze aan Blair.

'Nee, in Afrika zijn er te veel dingen die hond eten.'

'Dat is typisch onze Blair,' zei Hannay. 'Altijd een gevat antwoord paraat. Kijk om je heen, Blair. De hele schepping weer schoon en fris en letterlijk zinderend van het leven. Je begon er wat pips uit te zien, vandaar dat ik dit uitje gelast heb.'

Ze liepen over een heuvel waar vlinders boven massa's kleine, vroege margrieten dartelden. Het griezelige was dat Blair op zeker moment het gevoel kreeg dat Hannay deze dag inderdaad had gelast. Een westelijke wind streek niet alleen over de heuvels, maar dreef alle rook naar het oosten, zodat er achter hen zelfs geen spoor van de schoorstenen van Wigan was te zien. Het enige dat niet in het geheel paste, was hijzelf: hij voelde zich als een stroper die per ongeluk op een tuinfeest verzeild was geraakt.

Hij keek over zijn schouder naar de enorme rieten manden. 'Het verbaast me dat we geen piano hebben meegenomen.'

'Als je dat graag wilt, doen we dat een volgende keer,' zei Hannay. 'Ik doe dit allemaal voor jou.'

'Als je me echt een genoegen wilt doen, boek je passage voor me naar de Goudkust.'

'Zou je Afrika nu alsjeblieft even willen vergeten? We zijn nu hier, op deze prachtige morgen te midden van de bloemen des velds en we maken een gezond uitstapje dat ons ongetwijfeld een goede eetlust zal bezorgen.'

De spaniëls keften bij het horen van een geweerschot ergens in de verte.

'Denk aan Wordsworth,' zei Hannay. '"Ik geniet nog altijd van de weiden en de bergen en alles dat we op deze groene aarde aanschouwen." Poëzie, Blair, is het kader van het leven. Engeland mag dan klein zijn, we hebben prachtige kaders.'

Het pad voerde hogerop, de heuvels in, over steil oplopende weiden die door stenen muurtjes in percelen waren verdeeld, waarop kuddes ooien en lammeren liepen, de jongere schapen gemerkt met helderrode en -blauwe verfvlekken. Lady Rowland bloosde van genoegen, alsof de klim haar aderen met verjongd bloed had gevuld.

'We doen een spelletje,' zei ze.

'Lelie,' zei de bisschop.

'"Je voorhoofd laat een lelie zien, zo klam van angst, bedauwd door koorts,"' zei zijn schoonzuster.

'Keats,' zei Hannay tegen Blair. 'Jammer dat Charlotte er niet bij is. Die wint altijd.'

De schapen schrokken op door het geluid van een aantal snel opeenvolgende schoten, liepen allemaal tegelijk een eindje weg, en groepten weer samen als een onrustig stilleven. Blair keek of hij ergens een jachtgezelschap zag, maar het geluid kwam van een nog hoger gelegen heuvelrug. De honden smeekten Leveret jankend om te worden losgelaten.

'Je maakt vorderingen,' zei Hannay.

'Dacht je?'

'Dominee Chubb, Chief Constable Moon en Wedge, onze bedrijfsleider, zijn allemaal bij Leveret komen klagen. Als dat geen vorderingen zijn, wat dan wel? Daar staat tegenover dat Leveret je grootste supporter is.'

'En Charlotte?'

'O, Charlotte vindt je een plaag. Zijn dat geen prachtige vlinders? Pauwen worden die genoemd, alsof we in Babylon zijn. Nou ja, zo nabij als we in Engeland kunnen komen dan.'

'Dat Charlotte denkt dat ik nog erger ben dan de pokken, is dat ook vooruitgang?'

'Het helpt om haar tot een besluit te laten komen. Hoe eerder ze jou helpt, hoe eerder jij kunt vertrekken en dan zijn jullie allebei tevreden.'

De miniatuur pauwen gingen hen voor. Engeland mocht dan misschien niet de grote verscheidenheid aan leven hebben die Afrika had, toch moest Blair toegeven dat het een opluchting was insekten tegen te komen die niet alleen maar aan hem wilden zuigen, hem wilden steken of gaten in hem boren. Hij keek op zijn kompas en merkte dat Lydia Rowland naast hem was komen lopen.

'Hebt u succes gehad bij uw speurtocht naar kapelaan Maypole?'

'Nee.'

'Hebt u verdenkingen?'

Uit haar mond had het woord een onschuldige klank. De vlinders fladderden om haar heen alsof ze iets heerlijks was.

'Nee.'

'Maar Blair heeft hard gewerkt,' zei Hannay. 'Ik heb begrepen dat hij mensen uit alle lagen van de bevolking heeft ondervraagd.'

'Dat is heerlijk om te horen,' zei Lydia. 'Ik ben een keer met kapelaan Maypole mee geweest op armenbezoek. Zijn parochianen waren goede, geduldige mensen en hun kinderen waren buitengewoon pienter. We hebben het soms zo druk met ons dagelijks bestaan, dat we wel eens vergeten dat wij het goed hebben dank zij de mannen die hard werken onder dezelfde grond waarop wij lopen.' Ze stokte bij die gedachte. 'Het is best mogelijk dat er hier onder ons op dit moment mannen bezig zijn kolen te hakken.'

'Dat is een diepe gedachte,' zei Leveret.

'We zijn wat ver van de mijnen,' zei Hannay.

'Viooltjes,' zei Lady Rowland om de stemming te veranderen.

Lydia fleurde dankbaar op. '"Een viooltje bij een mossige steen, half voor het oog verborgen! – Fraai als de ster die straalt als enige in de morgen." Nog een bloem?'

'Hemlock,' zei Charlotte. Ze was zo stilletjes achter hen aan gekomen, dat niemand haar had opgemerkt. Of ze was van schaduw naar schaduw geslopen, dacht Blair, want ze droeg een soort antizonnejurk van zwarte zij met bijpassende bonnet, rijglaarzen en handschoenen, een combinatie van sportief en iets voor een begrafenis. Achter haar voile gloeide een licht als een vlam in een veiligheidslamp. Blair werd getroffen door de gedachte hoe jong ze ondanks haar sombere kleding was.

Op een heuveltje waar de verweerde stenen van een muurtje als draketanden uit het hoge gras omhoog staken, rolden de koddebeiers een Perzisch tapijt uit en zetten een oogverblindend zilveren en paarlemoeren servies neer. Uit de manden kwam konijnepastei, Cumberlandworst, eend in gelei, pikante pasteitjes, porseleinen potjes met chutney, saus en mosterd, crackers, kaas en flessen wijn. De koddebeiers acteerden als lakeien, sneden de pastei aan en deelden de borden rond, waarna ze zich achter de muur terugtrokken. Hannay boog het hoofd en vroeg Gods zegen voor mensen die, dacht Blair, toch al rijkelijk gezegend waren. Desondanks kon hij niet ontkennen dat het een prachtig plekje was, met de stenen muur tussen het hoge gras dat wuifde in de wind. Een leeuwerik vloog van zijn nest op en steeg loodrecht op, kwinkelerend als een waterfluit. De wind speelde met de linten van Lydia Rowlands hoed terwijl ze haar hoofd in gebed boog. Toen ze begonnen te eten en Lydia haar voile optilde, nog steeds met haar kinderhandschoentjes aan, sneed ze haar pastei heel voorzichtig in stukjes en bracht een vorkvol naar haar boogvormige mond. Dit in tegenstelling tot Charlotte, die weigerde haar voile op te tillen om iets te eten of te drinken.

'Eet u wel eens?' vroeg Blair.

'Als ik het door mijn keel kan krijgen.' En tegen haar vader: 'Waarom blijft u doorgaan met Blair aan me op te dringen?'

'Om mijn vermiste kapelaan te vinden. Dat weet je. Om de eerwaarde John Maypole te voorschijn te sleuren uit waar hij zich dan ook verborgen mag houden. Of tot het niet langer uitmaakt of we hem wel of niet vinden.'

'Wat hebt u tegen John?'

'Wat heb ik tegen Maypole?' Hannay herhaalde de vraag en beantwoordde hem op trage toon. 'Niet zijn idealisme, want dat is een natuurlijke fase in het leven van iedere man. Niet zijn stupiditeit, want de grootste idioot kan wijs klinken als hij zich simpelweg aan het brevier en de Bijbel houdt. Maar één ding dat ik niet in hem kon waarderen was zijn geobsedeerdheid voor hervorming. Dat leidt tot sociale onrust en dat kunnen we in een Hannay-mijn niet hebben.'

'Je oom bedoelt de bonden,' zei lady Rowland tegen Lydia.

'Toch vindt Blair hem,' zei Lydia. 'Ik weet zeker dat dit alsnog een happy ending heeft.'

In de verte klonken snel achter elkaar twee schoten. De honden rukten zich los en gingen er in de richting van waaruit het geluid kwam vandoor, hun riemen achter zich aan sleurend.

'Wat is voor jou een happy ending, nicht Lydia?' vroeg Charlotte. 'Trouwen, kindje, visite, bals? Heb je er ooit bij stilgestaan dat het wel eens de kans zou zijn om je eigen leven te leiden?'

'Dat doe ik.'

'Mijnmeisjes zijn vrijer dan jij. Ze verdienen een schijntje, maar heb jij ooit een cent verdiend? Zou jij je mouwen op durven stropen, je eigen huur betalen, een broek dragen?'

'Wie zou dat nu willen?' vroeg lady Rowland.

'Misschien zou ze het niet willen, maar zou ze het durven? Of zou de vrijheid haar leven verpletteren als een lege hoededoos?'

'Ze heeft alle vrijheid die ze zich wensen kan. En verwachtingen zowel als verplichtingen,' zei lady Rowland.

'Om haar balboekje vol te houden zonder dat het te vermoeiend wordt, om vrolijk te zijn, maar niet intelligent, om jurken in Parijs te bestellen, maar ze eerst een jaar in de kast te hangen zodat ze wel modieus maar niet Frans is.'

'En goed te trouwen en een heilzame invloed uit te oefenen op welke man dat dan ook moge zijn, ja.'

'Wel, nicht,' zei Charlotte tegen Lydia, 'je zou met Blair kunnen beginnen. Je doet net of je geïnteresseerd bent. Je boent hem goed af en je poetst hem op en je leert hem netjes te praten tot hij ten slotte als een schoothondje naast je trippelt.'

De tranen schoten Lydia in de ogen. Opnieuw klonken er schoten, veel dichterbij nu. Ze schrok en de tranen stroomden over haar wangen.

Blair zei tegen Charlotte: 'Het is dat je vader me betaalt, maar anders zou ik een paar duizend kilometer bij dit heuveltje vandaan zijn gebleven. Als jij dan zo vrij bent, waarom ben je dan hier?'

'Wie zegt dat ik vrij ben?'

Blair kneep ertussenuit. Hij verliet de Hannay's en de Rowlands, klom op de stenen, liep over de muur en keek naar de wolken die vanuit zee binnendreven. Het zouden schepen kunnen zijn die hem meevoerden, dacht hij. Als jongen had hij naar de wolken gekeken en zich afgevraagd waar ze heengingen, en zie: nu deed hij hetzelfde, alsof er sindsdien geen dag was verstreken. Ze zeilden langs de hemel terwijl hun schaduwen van west naar oost over de heuvels gleden. Een torenvalk hing biddend tegen de wind in, speurend naar muizen. Als de kleine roofvogel op deze breedte kon blijven, dacht Blair, over welke plaatsen zou hij dan vliegen? Newfoundland, de Aleoeten, het Bajkalmeer, Minsk, Hamburg, Wigan.

Hij ging in het gras liggen, sloot zijn ogen en luisterde naar het gejubel van leeuweriken in de verte, de hobokreten van kraaien. Onder zich kon hij de mieren bijna horen marcheren, de mollen en de wormen, druk bezig met tunnels graven. Hij voelde dat zijn oogleden en handen zich begonnen te ontspannen. Gras was beter dan een bed. Hij was zich er nauwelijks van bewust in slaap te zijn gevallen, toen hij wakker werd en een man met een geweer tegen de zon afgetekend zag staan.

'"Zwervend door de heuv'len, eenzaam een wolk gelijk, zag ik plots'ling in het dal, een veld met leliën rijk." En jou.'

Blair richtte zich op zijn ellebogen op. Rowlands ogen waren net zo blauw als de lucht achter hem.

'Ik zie wel margrieten, maar geen leliën.'

'Maakt niet uit.' Rowlands haar zat verward en leek op gebrand goud en hij droeg een oud tweed kostuum en hoge laarzen. Hij brak het geweer open, gooide de rokende hulzen eruit en schoof twee nieuwe patronen in de kamers. Emotieloos, dat was het woord dat Blair in gedachten schoot – wat zowel het ontkennen als het niet meer aanwezig zijn van emoties inhield. Rowland deed hem denken aan Maypoles schilderij van Christus de timmerman. Christus met een geweer. De spaniëls kwamen aangerend, de ene met een bebloede ekster in zijn bek, de andere met een leeuwerik.

'Ik was niet echt aan het jagen. Een geweer geeft een wandeling meer een doel.' Rowland klopte de honden op de rug en die drukten zich tegen zijn benen aan en besmeurden zijn broek en laarzen. 'Je bent wat ver weg, is het niet? Droom je van thuis?'

Blair had van de heuvels buiten Kumasi gedroomd, van palmbladeren die net voordat het begon te regenen in de wind wuifden, en van de moëddzin die opriep tot het gebed.

'Ja.'

'Ik kom hier ook vaak. Uit het zicht van de bewoonde wereld. Soms denk ik aan Adam. Hoe die in de hof van Eden moet hebben gejaagd. Alle dieren pas geschapen. We kunnen de hele aarde bereizen zonder ooit te weten hoe dat geweest moet zijn.'

'Ik geloof niet dat er in de hof van Eden gejaagd werd. Adam leefde van fruit, met uitzondering van appels. Geen seks en geen bloed – ik meen dat dat de regels waren.'

'Er werd niet gejaagd?'

'Aanvankelijk niet.' Blair kwam overeind. 'Vergeet niet dat God Noach pas na de zondvloed toestond om te jagen en de dieren angst voor de mens bijbracht.'

'Ben je nu bij het bijbelgenootschap?'

'Bij de bisschop.'

'Dat heb ik gehoord.'

Rowlands aandacht werd afgeleid door zweet dat over zijn voorhoofd liep. Uit een snuifdoos goot hij wat wit poeder in zijn hand, twee keer zoveel arsenicum als Blair ooit in iemands hand had gezien, en sloeg dat in één keer achterover.

'Malaria?' vroeg Blair.

'Goed geraden.'

'Dat was niet zo moeilijk.'

Maar er was meer. Rowland smeerde het vochtige restant van zijn handpalm op zijn wangen. Blair had gehoord dat sommige vrouwen arsenicum gebruikten om een lichtere teint te krijgen, maar nooit van mannen.

'De inboorlingen zijn bang van witte gezichten,' zei hij.

'In jouw geval lijkt me dat wat te veel van het goede.'

'Jij ziet er anders ook besodemieterd uit, Blair.'

'Het kerkhof der blanken.'

'West-Afrika?'

'Wigan.'

Rowland streek met de loop van het geweer over Blairs borst. 'Daar kon je wel eens gelijk in hebben.' Zijn ogen dwaalden langs de muur. 'Zijn mijn moeder en mijn zuster hier ook?'

'En de bisschop en je nicht, Charlotte. Ik dacht dat je je een poosje in Londen in de publiciteit zou gaan koesteren, colleges geven voor de Royal Society, een boek schrijven, de koningin vermaken. Wat heeft je doen besluiten terug te komen?'

'Iets dat me opviel.'

'Wat?'

Rowland glimlachte en zei alleen: 'Iets dat niet klopte.'

Toen de twee mannen zich bij de picknick voegden, waren lady Rowland en Lydia totaal verrast en helemaal opgetogen, maar Blair zag diezelfde reactie niet op het gezicht van Hannay. Charlotte begroette haar neef met een kille kus door haar voile.

Voor Blair was dit allemaal volkomen nieuw. Hij wist niets van families. Niettemin viel het hem op hoe afstandelijk de Rowlands en de Hannay's ten opzichte van elkaar waren nadat ze, na de eerste opwinding, weer rustig op het tapijt zaten. Nu was Rowland natuurlijk minstens tien jaar ouder dan zijn zuster. Ook wist Blair dat de kinderen van mensen van hun klasse vrijwel onmiddellijk naar een kostschool werden gestuurd zodat ze nauwelijks vrienden konden zijn. Charlotte ging zo ver mogelijk van hem af, als een stilleven in zwart, op een hoek van het kleed zitten. Lady Rowland was de meest normale; ze zat dicht genoeg bij haar zoon om zijn hand te kunnen strelen, alsof ze zich ervan wilde overtuigen dat hij in levende lijve was teruggekeerd.

Hannay deelde met plechtige gebaren champagne rond alsof het miswijn was. 'De vader van de verloren zoon zeide tot zijn slaven: "Brengt vlug het beste kleed hier en trekt het hem aan en doet hem een ring aan zijn hand en schoenen aan zijn voeten. En haalt het gemeste kalf en slacht het, en laten wij een feestmaal hebben, want mijn zoon hier was dood en is weer levend geworden, hij was verloren en is gevonden!" Nog beter dan een verloren zoon is een neef die overladen met roem en eer terugkeert.'

Rowland zei: 'Ik neem aan dat je mij daarmee bedoelt en niet Blair.'

'Alsjeblieft, dat is niet grappig,' zei lady Rowland. 'Hoe was het in Londen? Vertel eens hoe je bij de Royal Society werd ontvangen. Hoe vonden ze je geschenk?'

'Die afgrijselijke handen,' zei Lydia.

Hannay zei: 'Nu je besloten hebt om terug te komen, Rowland, zou dominee Chubb graag willen dat je met een aantal arbeiders praatte. Dat lijkt me geen slecht idee.'

'Blair zei dat je de rest van de gorilla waarschijnlijk in een andere kist hebt verstuurd. Is dat zo?' vroeg Charlotte.

'Blair begrijpt nauwelijks wat een ontdekkingsreiziger doet,' zei lady Rowland. 'Niets ten nadele van Blair, maar in Afrika was hij je vaders werknemer. Hij werkte voor geld. Dat is toch zo, Blair?'

'Dat ben ik nog steeds en dat doe ik nog altijd,' zei Blair.

'Wat zijn we toch heerlijk ongedwongen allemaal,' zei Rowland.

'Denk je dat er spoedig een einde aan de slavenhandel zal komen?' vroeg Lydia aan haar broer.

'Alleen als Engeland de vrije mensen beschermt,' zei Rowland.

'Engeland heeft acht miljoen slaven naar Oost- en West-Indië en naar Amerika verscheept,' zei Blair. 'Als je door Liverpool loopt, kun je de beelden van Afrikaanse koppen boven de deuren zien. Engeland trekt zich eenvoudig terug uit de handel.'

'Als dat het verschil niet duidelijk maakt tussen iemand die uit idealisme handelt en iemand die voor geld werkt, wat dan wel?' vroeg lady Rowland aan Charlotte.

'Wat is er met je hoofd gebeurd?' vroeg Rowland aan Blair.

Blair wist dat Rowland degene zou zijn die bloed rook.

'Misschien is hij in het donker gestruikeld,' zei Charlotte.

'Nu je het zegt,' zei Rowland. 'Is Maypole al dood?'

Hannay zei tegen Charlotte: 'Niet dood, maar bijna begraven. En tot het zover is, heeft Blair nog veel te doen.' Hij gaf de koddebeiers een teken en maakte een gebaar naar de picknickmanden. 'Mijn God, ik heb alweer honger.'

De manden waren nog maar nauwelijks open of de spaniëls hadden al een stuk vlees te pakken en dolden daarmee rond het gezelschap zonder zich ook maar iets van de koddebeiers aan te trekken die verwoede pogingen deden om ze weer te pakken te krijgen. Blair ging samen met Leveret achter ze aan de heuvel op en toen een van de riemen tussen de stenen klem kwam te zitten, kreeg hij de hond te pakken.

'Leveret, wat is er in 's hemelsnaam gaande?'

Sinds het gebeurde bij het kanaal was de rentmeester bijna opgewekt geweest. Bij het horen van Blairs toon, trok hij een lang gezicht. 'Hoe bedoel je?'

'Ik werd geacht Maypole te vinden. Nu is het óf Maypole vinden, óf doorgaan met zoeken tot Charlotte alle belangstelling verliest?'

'Haar verloving met Maypole verbreekt. Dat is wat de bisschop wil.' Leveret hield zijn hoofd gebogen en was druk in de weer met de riem, hoewel die al lang los was. 'Daarna kun je vertrekken, naar ik aanneem.'

'Waarom zou ze dat niet doen? Hij is verdwenen, al maanden. Sorry, Leveret, maar ik weet dat het geen wilde romance was, in elk geval niet van haar kant. Voor zover ik kan nagaan heeft ze een hart zo groot als een walnoot. Waarom zou ze zich niet met iemand anders verloven?'

Leveret fluisterde snel: 'De bisschop wil dat ze met Rowland trouwt.'

'Met haar neef?'

'Zo ongebruikelijk is dat niet.'

'Met Rowland?'

'Zodra John verdwenen was, kwam de bisschop op dat idee. Charlotte verzet zich ertegen. Rowland is heel iets anders dan John.'

'Van een christen-martelaar naar een krankzinnige.'

'Ken je psalm honderdnegenendertig? "In het verborgene werd ik gemaakt, gewrocht in de diepten van het aardrijk." John leek dit vooral van toepassing op mijnwerkers en mijnmeisjes. Lord Rowland deelt die mening niet.'

'Psalm honderdnegenendertig?'

'Dat was Johns favoriete psalm. Daar begon hij elke preek mee.'

Toen hij met de spaniël langs de muur terugliep en de zwarte Hannay's en de gouden Rowlands bij elkaar zag, kwamen ze Blair als een eenheid voor. Als een puzzel die was opgelost, hoewel hij nog altijd niet wist wat de puzzel precies was. Heel volledig en mooi, de Hannay's in donkere wol en zwarte zijde, de dames Rowland als bloemblaadjes in crêpe de Chine op het kleine vierkant van het Perzische tapijt, op het grote tapijt van de heuvel.

20

IN ZIJN HOTEL LAG EEN BOODSCHAP van George Battie met het verzoek hem thuis te komen opzoeken, maar Blair ging eerst naar zijn kamer, schonk zich bij de lamp een cognac in en las het laatste geheimschrift in het dagboek van Maypole met het nummer van de favoriete psalm van de kapelaan als sleutel.

139139139...

'*Eh jqrlslnghw...*' werd:

> De apocriefen vertellen van Darius, koning der Perzen, die zo machtig was dat geen land het tegen hem op durfde te nemen. Toch zat hij met Apame, zijn concubine; zij zat rechts van hem, nam de kroon van zijn hoofd, zette die zelf op en gaf de koning met haar linkerhand een klap in het gezicht. Daarop staarde Darius haar met open mond aan. Als ze tegen hem glimlachte, begon hij te lachen; als ze boos op hem werd, begon hij haar te vleien in de hoop dat zij hem zou vergeven. Ik heb Rose hetzelfde zien doen. Een man tergen tot hij als een gekluisterde stier met zijn hoeven in de grond staat te schrapen. En nu doet de Rose voor wie ik alles zou willen geven, hetzelfde met mij.

Blair kon zich Rose Molyneux voorstellen, aan tafel bij Darius de Grote terwijl ze de koning een tikje gaf, een pruilmondje, een geile blik. Ze zou Darius hebben doen duizelen.

Het was geen verrassing om te ontdekken dat Maypole niets van vrouwen begreep. Iemand in de Bijbel had dat ook niet gedaan. Blair wist van zichzelf dat hij ze niet begreep; hij had te weinig gewone vrouwen ontmoet om zich een goed oordeel te kunnen vormen. De hoeren hadden op contractbasis gewerkt, wat betekende dat ze, zelfs in Californië, feitelijk slaven waren. De inlandse vrouwen in Brazilië wáren slaven geweest. De Ashanti waren daarente-

gen precies het tegenovergestelde geweest, vrouwen die zich allemaal kleedden en gedroegen alsof ze de koningin van Seba waren.
Dat waren geen doorsneevrouwen om je zelfs maar een bijbels oordeel te kunnen vormen.

'De Rose voor wie ik alles zou willen geven.' Hij keek naar de da-
tum waarop die aantekeningen waren gemaakt; 14 januari. Vier dagen voordat Maypole verdween. Als Rose Molyneux ook verdwenen zou zijn, zou deze uitspraak begrijpelijker zijn geweest. Maar
in plaats daarvan was ze helemaal nergens heengegaan en ontkende
ze elke tragische romance met Maypole, hoe geobsedeerd hij ook
door haar geweest mocht zijn.

Ze zegt dat de Hannay's gek zijn. Dat moet ook wel als ze zo lang
geheerst hebben, sinds Willem de Veroveraar, achthonderd jaar in
Wigan, door gewoonte en volgens de wet als bisschoppen, sheriffs,
magistraten, altijd klaar om een ieder die hun machtspositie be-
dreigde, ten val te brengen of ver weg te sturen. Ze zegt dat zij zo
niet zou kunnen leven.

Dat was nogal wat voor een mijnmeisje, dacht Blair.

Een geluid alsof er een lawine van stenen door de straat rolde,
deed hem opstaan en naar het raam gaan. Hij zag een menigte
mijnwerkers die schouder aan schouder op een holletje naar huis
gingen. Karren en rijtuigen maakten ruimte. Dienstmeisjes en
winkelend publiek trokken zich in de portieken terug om niet met
het kolenstof in aanraking te komen. Sommige mijnwerkers hadden een pijp opgestoken, gloeiende kooltjes in de schemering, kleine lampjes voor de weg naar huis. Er tikte een steentje tegen Blairs
raam. Tussen al die vuile petten en smerige gezichten kon hij niet
zien wie dat had gegooid.

Dat vroeg om een tweede glas cognac. Hij kreeg het er warm
van terwijl hij Maypoles volgende regels ontcijferde.

Ik heb mijn handen met pekel hard gemaakt en in een oude mijn-
gang stiekem de manier van lopen en werken van een mijnwerker
geoefend. Bill Jaxon heeft me geholpen, zij het met tegenzin. Zijn
medewerking is van essentieel belang, maar zuiver gebaseerd op de

stemming van zijn Rose, niet op mijn missie. Ik voel me als de pelgrim die aan de lange tocht begint door de Poel van Ellende, het Dal der Vernedering, naar de Heuvel der Moeilijkheden. Mijn spieren doen pijn en zelfs mijn botten zijn krom van het oefenen. Ik ga maar anderhalve kilometer naar beneden, maar ik ben net zo opgewonden als wanneer ik naar Afrika zou gaan. De prijs van mijn ticket is de kosten van een lamp en een hak. Aldus vertrouw ik op God.

Vertrouwen op God? Dat was vaak de laatste fout die een mijnwerker maakte, dacht Blair.

En in mijn Rose.

Kijk, dat was vertrouwen.

21

DE ACHTERPLAATSJES VAN SCHOLES waren zwarte gaten met wasketels, rapebedden, varkenskotten, asputten.

George Battie stond bij het licht van een olielamp over een tobbe gebogen om zijn handen te wassen, zonder hemd, bretels tot op zijn knieën bungelend. Zijn huis was niet groter dan een normaal mijnwerkershuis, maar als opzichter mocht hij een langer, met flagstones geplaveid achtertuintje hebben, waarin wat perkjes met nu kale rozestruiken en, naar Blair aannam, een tuinschuurtje.

Toen hij het hekje opendeed, zag Blair twee kleine meisjes over de stenen heen en weer rennen. Hun jurkjes waren zo lang dat het leek alsof ze zich zonder voeten voortbewogen en telkens als ze achter een rozestruik bleven haken, gilden en sprongen ze van plezier. Bij hen vergeleken was Battie een reus, zijn armen en bovenlichaam grijs van het kolenstof, zwart gezicht en roodomrande ogen. Vulcanus thuis, dacht Blair. In deze tijd van het jaar zagen de meisjes hun vader maar zelden bij daglicht. Als hij naar de mijn ging, was het nog donker en hij kwam in het donker weer thuis.

'Meneer Blair, prettig dat u kon komen.' Battie begon zijn handen te borstelen. 'Neem me niet kwalijk, maar u treft me "tussendoor". Toen ik nog jong en ambitieus was, waste ik me elke avond helemaal. Ik ben bijna doodgegaan van de longontsteking. Hebt u kapelaan Maypole gevonden?'

'Nee.'

'Stelt u nog steeds vragen?'

'Ja.'

'Hebt u er bezwaar tegen als ik ú een vraag stel? Waarom hebt u naar Harvey Twiss gevraagd? Volgens Wedge was u op de mijn.'

'Twiss was een ophaalmachinist die zijn post heeft verlaten.'

'Twiss had niets te maken met de oorzaak van de brand.'

'Hij heeft niet voor een lamp getekend. Volgens het onderzoek van de Coroner is het lampensysteem waterdicht. Elke lamp heeft een nummer. Iedere man werd geacht voor een lamp te tekenen voordat hij naar beneden ging, zelfs de redders. Twiss heeft bewezen dat het systeem niet werkt.'

'Meneer Blair, u weet wat er op een mijn omgaat, dus u moet ook weten dat een onderzoek door de Coroner alleen maar een hoop gezeik is. Meisjes!'

Battie droogde zijn handen met een poetslap af, beduidde Blair dat hij de lamp moest pakken en ging hem, nog steeds met ontbloot bovenlijf, voor naar het schuurtje. Toen hij de deur opendeed en naar binnen ging, klonk er een geluid dat meer aan klotsend water dan aan aarden bloempotten deed denken. De meisjes bleven met ingehouden adem staan wachten tot Battie weer naar buiten kwam, met op elke hand een witte duif.

'Pauwstaarten. Sommige mensen hebben liever tuimelaars of postduiven, maar ik hou van sierduiven. Ze denken stuk voor stuk dat ze een koningin zijn of toch minstens een prinses.'

De vogels hadden tere kopjes en grote, witte staartveren. Ze doften zich op en spreidden hun veren alsof Battie hun spiegel was. Hij zette ze op de schouders van de meisjes en onmiddellijk kwamen er met een hoop gefladder twee andere duiven uit een gat in het dak van het schuurtje en streken op Battie's handen neer.

'Ze hechten zich aan je, begrijpt u? Als je een nieuw koppeltje koopt, hou je ze op het nest, je voert ze en geeft ze water tot ze paren en daarna is de hele familie van jou. De zwakken gaan in de duivepastei, maar we proberen er zoveel mogelijk te houden.'

'Mooi,' zei een van de meisjes.

'Net miniatuurzwanen.' Hij wendde zich naar Blair. 'Harvey Twiss was een broer van mijn vrouw. U dacht toch zeker niet dat Wedge iemand als Harvey ophaalmachinist zou hebben gemaakt als hij geen kruiwagen had gehad?'

'Ik wist niet dat jullie familie van elkaar waren.'

'In Wigan is iedereen familie van elkaar.' Battie draaide zijn handen om, waarop de duiven tegen zijn vingers omhoog klommen. 'Wist u dat de vader van Albert Smallbone stroper was?'

'Nee.'

'Albert en hij gingen vroeger 's nachts op pad. Ik ging wel eens met ze mee. Fazanten waren het makkelijkst omdat die niet hoog in de bomen slapen. Als je voorzichtig bent, kun je ze een voor een van de takken plukken. Voor konijnen hadden we fretten. Albert en ik hadden elk een schop en wij moesten de fret uitgraven voordat hij het konijn opvrat. Als mijn vader het had geweten, zou hij me de poten hebben gebroken, maar ik heb later nooit weer zoveel plezier gehad. Als een stel kabouters draafden we door het maanlicht.' Hij keek glimlachend naar de meisjes die elkaar achterna zaten terwijl de vogels zich fladderend aan hen vastklampten. 'Het lampensysteem is alleen maar bedoeld om de indruk te wekken dat het een veilig bedrijf is en het geeft de familie zekerheid. Het is wel gebeurd dat we de lijken moesten inmetselen en dan later door de lampen uit te zoeken het aantal slachtoffers bepaalden. Klopte dat? Wie zal het zeggen? Maar de vrouwen denken dat we gelijk hadden. Of ze deden alsof. Waren de mannen dood toen we de laatste steen neerlegden? Ik hoop bij God dat het zo is. Maar soms is het een kwestie van hun of alle mensen in de mijn. Als je dat gas hoort blazen is het of je de adem van de hel hoort. Het grappige is dat het laatste wat je ziet waarschijnlijk een dooie kanarie is.' Even speelde er een glimlach om Battie's lippen, maar die was ook direct weer verdwenen. 'Het is maar een eindje door de rook van het ophaalgebouw naar de kooi. Twiss is naar beneden gegaan, heeft de lamp van het eerste lijk dat hij tegenkwam gepakt, en heeft zich bij de anderen gevoegd die achter ons aan kwamen. Toen ze bij ons aan het koolfront kwamen, wist ik direct dat Twiss de voorschriften overtreden had. Het had geen enkele zin om dat bij het onderzoek te vertellen. Hij had zijn jongen verloren en een paar dagen later werd zijn hoofd door de trein uit Londen plat gereden. Hij had hoe dan ook geen schuld aan de explosie.'

'Wie of wat dan wel?'

'Ik weet het niet. Het was op de plek waar een schot zou zijn geplaatst. Maar de schietmeester, Smallbone, was er niet. Jaxon ook niet, want anders zouden ze dood zijn geweest.'

'Waar waren ze?'

'Ik meen me te herinneren dat Smallbone zei dat hij door vallend gesteente aan zijn been gewond was geraakt en dat Jaxon hem hielp.'

'Hij kan zich niet herinneren of het zijn rechter- of zijn linkerbeen was.'

'Omdat hij waarschijnlijk liegt. Als er niets te schieten valt, kruipt Albert gewoonlijk ergens in een gat waar zijn slaap niet wordt gestoord door het geluid van pikhouwelen. We zullen het nooit weten, want iedereen die ons zou kunnen vertellen of Albert bij het koolfront is weggegaan, is dood. En het was een beetje lastig om dat bij het onderzoek naar voren te brengen terwijl Smallbone en Jaxon als helden werden gevierd. De explosie kan alleen maar zijn veroorzaakt door een schot, een vonk of een lamp. Maar er was daar niemand. Daar blijf ik maar mee zitten.'

De meisjes hadden de duiven als pluimen op hun hoofd gezet, wezen naar elkaar en lachten.

'Twiss is door de trein uit Londen overreden?' vroeg Blair.

'Op de London & Northwest-lijn. Het was nacht. Een kolentrein zou hem misschien nog hebben gezien, maar de personentreinen gaan twee keer zo snel. Volgens de politie was die arme Twiss zo dronken dat hij er waarschijnlijk helemaal niets van heeft gemerkt. Ik begrijp niet wat dat allemaal met kapelaan Maypole te maken heeft.'

'Het gaat om de kooi. Na de ontploffing hebt u iemand met een bericht naar boven gestuurd. De kooi had boven moeten zijn om de eerste redders naar beneden te kunnen brengen, maar die moesten wachten omdat er al iemand naar beneden was gegaan. Dat was Twiss niet; die is ná hun naar beneden gegaan. Wie is er dus met de kooi naar beneden gegaan?'

'Hij kan leeg zijn geweest.'

'Het kan de prins van Wales zijn geweest. Je zei dat Twiss een lamp van een lijk in de gang had gepakt?'

'Ik heb het hem gevraagd omdat ik wist dat een lampist nooit zou toestaan dat de ophaalmachinist voor een lamp tekende. Hij heeft hem in de hoofdgang van een van de slachtoffers gepakt.'

'Na de explosie, klopten alle lampen toen met het aantal in het boek van de lampist?'

'Elke lamp voor iedere man. Deze keer klopten de aantallen precies. Waarom haalt u Maypole hierbij?'

'Omdat hij toen de explosie zich voordeed volgens mij net bij het ophaalgebouw was en dat hij toen zijn kans heeft gegrepen. Het is maar een klein stukje naar de kooi zoals je zelf al zei.'

'Maar de dominee mocht in werktijd niet op de Hannay-mijn komen. Het terrein wordt niet bewaakt, dus een mijnwerker kan gemakkelijk binnenkomen omdat hij alleen maar een vuil gezicht extra is, maar een dominee is iets anders.'

'Daar ben ik nog niet helemaal achter,' zei Blair.

'En als Maypole de kooi dan genomen zou hebben, waar is hij dan heen gegaan? Niemand heeft hem in de put gezien en niemand heeft hem boven zien komen.'

'Ik weet het niet.'

'Twiss heeft een lamp gestolen. Welke lamp heeft de kapelaan gebruikt als alle andere lampen in de put klopten?'

'Ik weet het niet.'

'Nou, het is een interessante theorie, meneer Blair – tot op zekere hoogte.'

Gezien de vele hiaten in zijn theorie, vond Blair Battie's reactie uiterst beleefd.

'Maypole heeft ergens in een oude gang geoefend om de mijn in te gaan. Waar denk je dat dat geweest zou kunnen zijn?'

'Overal. U zou er nu boven kunnen staan. Hier onder de huizen is het een en al gangen en als je de weg weet, kun je kilometers lopen.'

Net zoals met alles in Wigan, dacht Blair. 'Twiss was dronken toen hij onder de trein kwam. Met wie had hij gedronken?'

'Met Bill Jaxon. Volgens Jaxon is Harvey alleen weggegaan.'

'Ah. Heel zwaarmoedig, waarschijnlijk?'

'En geneigd met zijn wang op de koude rails te gaan liggen. U bent hoop ik niet van plan om met Bill te gaan drinken?'

'Als het even kan, ontloop ik Bill Jaxon.'

'Dat is het eerste verstandige woord dat u vanavond hebt gesproken.'

'Ik wil morgen naar de mijn komen. Er ís een plaats waar hij naartoe kan zijn gegaan.'

'Komt u dan vroeg. Ik wil het ook graag zien.'

De meisjes draaiden om Battie heen en riepen: 'Papa, papa, papa, papa, papa!'

'Zo direct,' beloofde hij. En tegen Blair: 'Ik wil u geen verkeerde indruk geven. Dat onderzoek is niet echt, dat is alleen maar een officiële versie, een procedure van de eigenaars om de schuld op de mijnwerkers te schuiven en de mijn open te houden. Maar aan de andere kant, als ze de mijn nu eens zouden sluiten, als ze zouden zeggen dat het niet veilig was, wat moesten we dan? Doodgaan van de honger? We zouden knokken om weer naar beneden te kunnen, dus wij zijn ook schuldig.'

'Papa, doe de engel, doe de engel!' smeekten de meisjes.

Battie ging het schuurtje weer binnen. Over de binnenplaatsjes hing de geur van gebraden vlees en verbrand vet. Aan de straatkant werden kinderen voor het eten naar binnen geroepen en blies een voddenman op een toeter. Battie kwam weer naar buiten met een rij duiven op zijn uitgestrekte zwarte armen. Toen hij zijn armen een stukje liet zakken, sloegen de duiven hun vleugels uit en leek het net of hij opvloog.

'Je bent net op tijd. Ze wilde juist weggaan,' zei Flo.

'Waarheen?' vroeg Blair, maar de grote meid dook de keukendeur in en liet hem op de stoep staan. Hoe hij van Battie's achtertuintje bij Rose terecht was gekomen, wist hij eigenlijk niet. Het was alsof hij al slaapwandelend opeens had gemerkt dat hij voor haar achterdeur stond. De deur ging weer open en Rose stond op de drempel, een sjaal om haar schouders, het fluwelen lint om haar hals, een hoed op haar rode haar dat gedeeltelijk opgestoken was maar verder in de war zat.

'De sirene in eigen persoon,' zei hij.

'Heeft Bill je gezien?' Ze keek over Blairs schouder.

'Ik weet het niet. Dat merken we wel. Dat worden dan kusjes voor jou en schoppen voor mij.'

Ze keek hem vanuit de hoogte aan. '"Sirene"? Ik kan me niet herinneren dat ik voor je gezongen heb.'

'Nou ja, ik kwam hier hoe dan ook naartoe. Ik ben Odysseus de schipbreukeling. Dante die vastzit in de negende cirkel van Wigan en op zoek is naar een glas gin. Mijn voeten hebben me hierheen gebracht.'

'Ik denk niet dat het je voeten waren.'

'Ik begrijp wat je bedoelt,' gaf Blair toe.

'Ik bedoel dat ik jouw laatdunkendheid niet nodig heb.'

De blauwe glans die ze over zich had, was meer dan een effect van de duisternis. Ze had zich na het werk maar half gewassen, waardoor er kolenstof rond haar ogen was achtergebleven en haar voorhoofd metaalachtig glansde. Rose Molyneux, de muze van de industrie, bedekt met een laagje roet waaronder haar blanke huid zichtbaar was.

'Als je me wilt hebben, moet je het zeggen,' zei ze.

'Als je het zo stelt, ja, dat wil ik.'

'Een minuut, dan ben je weer weg.'

'Dan ben ik weg.'

Hij werd inmiddels als visite beschouwd, want ze bracht de gin in de voorkamer, ging op het puntje van een stoel zitten en liet hem op de bank plaatsnemen. Ze wilde geen lamp aansteken, bang dat hij vanaf de straat gezien zou worden en dus zaten ze in het donker, met alleen de gloed van het haardvuur. Hoewel ze niet uit gouden bokalen dronken, had ze aan Darius' tafel kunnen heersen en de koning afwisselend een kus en een klap hebben kunnen geven. Ze stelde haar eigen regels. Waar Flo was gebleven of hoe de meisjes kans zagen om een huis voor zich alleen te hebben terwijl iedere kamer in Scholes vol zat met kostgangers, vroeg hij niet. Ze lengde haar thee met gin aan, haar vorm van etiquette.

'Heb je kapelaan Maypole gevonden?'

'Ik begin Maypole te leren kennen, maar gevonden heb ik hem nog niet.'

'Hoe bedoel je, leren kennen?'

'Uit zijn dagboek.' Dat was voor het eerst dat Blair iemand dit vertelde. 'Dat staat vol met gedachten en aantekeningen. Het staat vol van jou. Interessant om jou door twee paar ogen te zien.'

'Twee paar verschillende ogen. Jij lijkt in niets op hem.'

'Wat was hij voor iemand?'

Ze zweeg en liet hem een poosje hangen.

'Goed.' In de schaduw die om haar heen hing, werden alleen haar ogen door het haardvuur verlicht.

'Rose, ik weet niet eens hoe je er werkelijk uitziet. Ik heb je gezicht nog niet schoon gezien, behalve dan die eerste avond, maar toen was ik te koortsig om erop te letten. Je zit altijd in het donker of onder het kolenstof.'

'Als ik van mijn werk kom, is het donker, en in Wigan zit je nu eenmaal onder het kolenstof. Moet ik mijn gezicht voor je wassen?'

'Eén keertje.' Hij nam een slokje gin en keek de kamer rond. In Engeland leerde hij om in het donker te zien. Naast een viewer lag een stapel op karton geplakte foto's. Hij moest voorover leunen om op een boekenplankje de vergulde titel te kunnen lezen van *Every Gentlewoman's Guide to Poetry*. In een hoek stond een tas met kluwen rode en oranje wol.

Rose zei: 'Flo maakt haar eigen hoeden en breit haar eigen sjaals.'

'Dat weet ik. Maar we hadden het over jou.'

'We hadden het over kapelaan Maypole.'

'Over zijn obsessie voor jou. De avond voordat hij verdween, liep je samen met hem in Scholes Lane en rukte hij zijn collaar af. Ik vraag me nog steeds af waarom hij dat deed.'

'En ik zeg nog steeds dat dat nooit is gebeurd.'

'Maypole wilde de mijn in.'

'Werkelijk?'

'Hij was een pelgrim. Hij verwarde de Hannay-mijn met de Poel der Ellende. Hij dacht dat jij een soort engel was.'

'Wat mannen denken, kun je mij niet kwalijk nemen.'

'Maar waarom zou hij dat hebben gedacht?'

'Zoek hem op en vraag het hem. Daar word je voor betaald.'

'Nee, toch niet. Ik begin erachter te komen dat Maypole er niet toe doet, dood of levend, of hij wordt gevonden of voor altijd verdwenen is. Voor de bisschop maakt dat niet uit. Voor hem is alleen Charlotte belangrijk. Als ze haar verloving met Maypole verbreekt, kan de kapelaan wat de bisschop betreft ergens wegrotten. Dan betaalt hij me, stuurt me weg en ben ik klaar.'

'Je klinkt alsof je dat prettig vindt.'

'Het is een opluchting dat ik geen lijk hoef te vinden. Soms denk ik dat ik alleen maar ben ingehuurd om haar gek te maken.'

'Kun je dat?'

'Zelfs zonder dat ik het probeer schijn ik dat te doen. Het is anders wel een kouwe kikker. Hartstocht kan er tussen haar en Maypole nooit zijn geweest – in elk geval niet van haar kant.'

'Misschien wilde ze geen hartstocht. Misschien wilde ze een huwelijk waarin ze vrij kon zijn.'

'Nou, met Rowland zal ze dat niet hebben. Ik kon het niet geloven toen ik hoorde van een verloving tussen hen. Ze zijn neef en nicht in de eerste lijn. Ik dacht dat dat ongepast was.'

'Niet voor hun. Niet voor de adel.'

'Nou, dat wil Hannay dus.'

'En Charlotte?'

'Dan is ze in elk geval van mij verlost.'

'Zal je het jammer vinden als je haar niet meer ziet?'

'Nauwelijks. Hoe dan ook, ze is zo goed als verkocht.'

'"Verkocht"? Dat klinkt Afrikaans.'

'Is het ook. Op de hogere klasse.' Hij tikte zijn glas tegen het hare.

Rose keek hem aan terwijl hij dronk, nam toen haar hoed af en liet die op de vloer vallen. Niet direct een uitnodiging om te blijven. Een gebaar van haar eigen koninklijke interesse, dacht Blair, op dezelfde manier als Charlotte de schaar in de zak van haar rok had laten vallen.

'"Een engel"?' Ze glimlachte bij de gedachte.

'Nou ja, wat de mensen denken, hebben we niet in de hand.'

'En hijzelf een pelgrim? In de Poel van Ellende?'

'De Poel van Ellende, het Dal der Vernedering, de Heuvel der Moeilijkheden. Wat pelgrims nodig hebben, is een paar flinke aanvallen van dysenterie, malaria en gele koorts.'

'Riep hij driftig. Je doet je reputatie wel eer aan.'

'Of mijn slechte naam.'

'Rowland is degene met de grote reputatie, is het niet?' vroeg Rose.

'O, hij heeft een fantastische reputatie. Ontdekker, missionaris, weldoener. Hij ging met een stel soldaten en een gids op pad en kwam aan de Goudkust een slavenkaravaan tegen. Een stuk of twaalf slavenrovers met ongeveer honderd gevangenen op weg vanuit het noorden naar Kumasi. De mannen met jukken aan elkaar, zodat ze niet konden ontsnappen. Vrouwen en kinderen waren er ook bij. Rowland begon de rovers een voor een neer te schieten. Hij is een fantastisch goeie schutter.'

'Net goed.'

'Toen de rovers zich achter de gevangenen verscholen, gaf Rowland de soldaten bevel om die dan ook maar neer te schieten, tot de rovers ervandoor probeerden te gaan en hij ze alsnog af kon knallen. De overgebleven gevangenen waren blij dat ze weer naar huis konden, maar Rowland stond erop dat ze doorgingen naar de kust om aan de gouverneur verslag uit te brengen en om bescherming van de Britten te vragen. Mooi verhaal, vind je niet?'

'Ja,' zei Rose en schonk hem nog eens in.

'Toen het stamhoofd daar bezwaar tegen maakte, schoot Rowland hem dood en benoemde een nieuw stamhoofd. En dus gingen ze op weg naar de kust. De gids liet de vrouwen 's nachts ontsnappen. Rowland hield de mannen in de boeien, maar elke dag ontsnapten er wel een paar en daarom schoot hij er een stuk of wat dood om de rest in bedwang te houden. Een man of twintig zijn uiteindelijk bij de gouverneur terechtgekomen om om hulp van de Engelsen te smeken, en daarom heeft Rowland zo'n geweldige reputatie. Ik was de gids, dus ik hou meer van de duistere, de Afrikaanse versie van het verhaal.'

'En hij wordt de volgende lord Hannay?'

'Naar het schijnt.'

Rose' gezicht leek een masker waarin alleen een paar grote, ronde ogen gloeiden. 'Misschien ben je alleen maar jaloers,' zei ze, 'omdat jij niet zo'n mooie naam hebt als de Hannay's.'

'Rowland en Hannay. Hij heeft straks twee namen. Waarom zou ik niet jaloers zijn?'

'Blair is geen naam uit Wigan.'

'Blair was de man die zich over me heeft ontfermd toen mijn moeder stierf.'

'Je praat nooit over hem.'

'Hij was een goudgraver met een jas van beverbont en een bolhoed die als hij dronken was de Bijbel en Shakespeare door elkaar haalde en als hij nuchter was geen mond opendeed. Ik weet niet waarom hij me meegenomen heeft toen we in New York aankwamen, maar ik weet zeker dat de scheepvaartmaatschappij allang blij was dat ze van me af waren. Ik denk dat ik voor hem net zoiets was als een zwerfhond, en dat hij bereid was om voor me te zorgen zolang ik niet te veel huilde of te veel geld kostte. In die tijd gingen mensen die niets te verliezen hadden naar Californië. Daar ging hij heen en ik ging met hem mee.'

'En daar is hij rijk geworden?'

'Niet bepaald. Hij was best wel een goeie goudzoeker, maar het was alsof hij onder een verkeerd gesternte leefde. Hij paalde een claim op een kreek af als hij een claim in de heuvels had moeten laten registreren, en hij ging de heuvels in als hij op de vlakte had moeten graven. Alle wetenschappelijke grondbeginselen leken bij hem precies andersom te werken. Kwarts leverde grindbanken op, maar nadat hij de grindbanken had verkocht, werd het grind door een overstroming weggespoeld en kwam er een goudader te voorschijn. Op zo'n moment kon je beter bij hem uit de buurt blijven. Maar ik zag hem soms in geen maanden, een keer zelfs in een jaar niet.'

'Een jaar? Hoe leefde je dan?'

'Er waren Chinezen in het kamp die hij betaalde om me te eten te geven. Ik heb lang gedacht dat mijn naam in het Chinees "Hih!" was, tot ik erachter kwam dat het "Eten!" betekende.'

'Dat was gemeen van hem om je in de steek te laten.'

'Het kon me niet schelen. Het was een grote Chinese familie en de oudste jongens waren springstoffendeskundigen voor de spoorwegen. Zij waren mijn idolen. Verder waren er de meisjes aan de overkant van de straat in het "Tehuis voor Vrouwen die Elk Uur Vallen". Dat was heel aardig, en Blair viel best mee zolang ik zijn boeken nadat ik ze had gelezen terug op de plank zette en koffie voor hem zette als hij dronken was. Hij gaf me evenveel aandacht als de hond.'

'Hield je van hem? Van Blair, bedoel ik.'

'Ja hoor. En ook van de hond, hoewel de hond eerlijk gezegd aardiger was dan Blair of ik. De laatste keer dat ik die ouwe zag, was toen hij me naar de School voor de Mijnbouw bracht. Vervolgens ging hij terug naar Californië en schoot zich met een Colt een kogel door zijn kop.'

'Je bent een harde.'

Hij kon nog veel harder zijn. Hij had nooit doorgevraagd over haar huur, hoe zij en Flo dat van het loon van twee mijnmeiden konden opbrengen. Het geld moest ergens vandaan komen en Bill Jaxon was, met het geld dat hij met het wedden op spinmatches won, de meest voor de hand liggende bron van inkomsten. Blair besefte dat hij bereid was de illusie van haar onafhankelijkheid en de onwerkelijke sfeer van het huis zonder meer aan te nemen omdat hij bang was dat een verkeerd woord haar van hem zou vervreemden.

'Jij bent dus de toekomstige mevrouw Bill Jaxon.'

'Dat denkt Bill.'

'Bill staat nog steeds verdekt opgesteld voor mijn hotel. Hij zou een goeie lantaarnpaal zijn.'

'Ben je jaloers op Bill?'

'Een beetje.'

'Ik bedoel, hij is écht, of niet soms? Jij bent meer iemand uit de krant. Uit de scheepvaartberichten.'

'Dat ben ik.'

'Uit het niets gekomen, zou je zeggen.'

'Door mezelf geschapen uit mijn zeer beperkte sociale omgang met Chinezen, hoeren en mijnwerkers.'

'Geen thuis.'

'Altijd op pad, nergens passend, *sui generis*.'

'Is dat Latijn voor eenzaam?'

'Miss Molyneux, u had advocaat kunnen worden.'

Ze schonk zijn glas nog eens bij. 'Hoe heb je je dochter genoemd, die in Afrika?'

'Ah. Daar hebben haar moeder en ik uitgebreid over gepraat. Zij wilde iets Engels en ik wilde iets Afrikaans. We zijn het uiteindelijk eens geworden over iets bijbels.'

'En wat was dat?'

'Kezia. Het betekent "regenboog". Uit het boek Job.'

'Dat is een heel mooie naam,' zei Rose.

'Het is een heel mooi meisje. We zijn wel ver van kapelaan Maypole afgedwaald.'

'Ik hoop het.'

Totaal onverwacht kwam het beeld van George Battie en de

twee meisjes hem in gedachten. Blair had zonder meer aangenomen dat Battie een grauw leven leidde en zie, vanuit een zwart gat had George witte duiven te voorschijn getoverd.

'Nog even, dan ga je ons weer verlaten,' zei Rose. 'Wat mis je het meest van de Goudkust, de vrouwen of het goud?'

'Dat is moeilijk te zeggen.'

'Hoezo?'

Blair pakte een bol wol uit de tas, wikkelde een helderoranje gekleurde draad van een halve meter af en maakte daar een aantal knopen in.

'Ze zijn bijna onlosmakelijk verbonden.'

'Die knopen?'

'Vrouwen en goud.'

Met zijn zakmes sneed hij de draad met de knopen af, nam de sjaal van Rose' schouders en bond de draad om haar bovenarm. Bij het schijnsel van het haardvuur stak de helder gekleurde draad scherp af tegen haar met kolenstof bedekte huid.

'Van boven naar beneden, een hoofdband van dieppaarse en goudkleurige stof, halskettingen van gouden filigraan, borstplaten van gouddraad, armbanden van glazen kralen en goud, een rok van roze, zwart en gouddraad, en enkelbanden van barnsteen en gouden draden. We zullen eenvoudig onze verbeelding moeten gebruiken.'

Hij sneed een tweede draad af, knoopte die op dezelfde manier en bond hem om haar andere arm, sneed en knoopte er nog meer en bond ze om haar polsen.

'Het goud is gedeeltelijk gouddraad, gedeeltelijk gesmeed tot kettingen, schijven, belletjes, schelpen, zaden, cocons.'

Hij maakte haar klompschoenen los, trok ze uit en bond draden om haar blote enkels. Hij hielp haar overeind. 'Volledig bedekt,' zei hij.

Ze droeg een verbleekte jurk van bedrukte katoen en met stof overtrokken knopen die voor het merendeel kapot waren. Heel voorzichtig, om er niet nog meer kapot te maken, maakte hij de knopen los en zag een hemd van dunne mousseline. Hij stak vingers achter de schouderbandjes en liet jurk en hemd van haar afglijden.

Hij sneed langere draden af en maakte daarmee dikkere knopen. 'Denk aan een heleboel gouden halskettingen met amuletten en Hollandse glazen kralen die zo zwaar zijn dat ze bij elke beweging heen en weer slingeren. Snoeren van gouden talismans en dieren en in het midden een klomp goud zo groot als een stuk kool.'

'En mijn haar?' vroeg ze.

'Je haar is al van goud.'

Ze had een enkele onderrok aan van mousseline, de eenvoudigste van alle stoffen. Ze stapte eruit en spreidde haar armen. Blair wist dat iedereen zomaar naar binnen kon kijken. Als ze goed keken, konden ze haar zien staan. Hij bond een laatste draad als een gouden ceintuur om haar middel en deed een stap terug.

'Ben ik naakt?' vroeg ze.

'Voor iemand anders. Niet voor mij.'

Hij droeg haar de trap op. Zijn gevoel zei hem dat ze geen man wilde die dat niet kon. Hun gezichten en monden tegen elkaar gedrukt. De smaak van gin en zout en kolenstof deed hem twee treden tegelijk nemen. Ze klemde zich aan hem vast en wikkelde zich als een knoop om hem heen. Toen lagen ze in bed, zijn gezicht heet tegen haar buik. In goud gewikkeld. Ze boog en strekte zich over het bed zodat ze de weg samen en als een eenheid gingen.

Het zware werk had Rose de gratie, de soepele gespierdheid van een wild dier gegeven, licht, en, voor haar postuur, krachtig. Niet dik, maar buigzaam, de gestaalde beenspieren van een danseres, een boog die hun beider lichamen optilde. Toen draaide ze zich om en verslond hem terwijl hij haar verslond, eiste dat ze alle terughoudendheid zouden laten varen. Hij werd helemaal dronken van haar, doorweekt, glinsterend van haar zwarte stof, haar borsten door zijn mond roze gewassen.

Wat waren ze nu? Engels? Afrikaans?

Verloren, dacht Blair. Tijd en ruimte werden door elkaar gehaald, herschikt als ledematen. Geen verleden, geen toekomst, en het heden zo vervaagd dat hij in een seconde vijftig keer kon ademhalen. Terwijl hij zich over haar heen boog en zijn vingers tussen haar schouderbladen liet glijden, langs haar ruggegraat, kon hij de tijd sidderend tot stilstand voelen komen.

Ze draaide zich om. Haar haren donker, achterover, vochtig van het zweet. De glinstering van kolenstof op haar gezicht, haar lippen gezwollen, haar voorhoofd wit. Ze was donker, maar desondanks werd ze verlicht door de zwakke weerschijn van het lamplicht dat door zijn lichaam werd weerkaatst, zoals de maan soms alleen werd verlicht door een reflectie van de aarde, een spookachtig schijnsel dat het 'asgrauwe' licht werd genoemd. En in dat zwakke schijnsel verscheen – heel even maar – een verontrustend tweede beeld van een veel edeler iemand.

'Noem je dit liefde?' vroeg Blair.

'Ik noem het eerlijk en rechtvaardig,' zei Rose. 'Je bent een puinhoop, meneer Blair. Je hebt iemand zoals ik nodig.'

'En wat zou Bill Jaxon dan doen?'

'Bill zou van niets weten tot we weg waren. Daarna zou hij van nijd iemand anders in elkaar kunnen schoppen.' De vlam sputterde. Ze liet zich van het bed glijden, knielde voor het nachtkastje en stak een nieuwe kaars aan. Ze bewoog zich niet als een vrouw die tournures droeg. Het was paradoxaal dat ze door hard werken zo gracieus was geworden. De verse kaars vatte vlam en verlichtte haar haar en ze sprong terug op bed. 'Voordat iemand het in de gaten had, zouden we weg kunnen zijn.'

'Weg? Ik dacht dat je hier gelukkig was.'

'Dat was ik ook, tot je me helemaal in het goud kleedde. Wat moet ik voor Afrika weten of kunnen?'

'Een beetje pidgin-Engels.'

'Niet wat we in Wigan praten?'

'Niet echt, nee. Swahili voor op reis. De Ashanti spreken Twi. Als je een kaart kan lezen, de zon schieten en in de regentijd droog blijven, heb je het zo ongeveer voor elkaar. Verder is het voornamelijk een kwestie van het verschil kunnen zien tussen pyriet en goud en kinine in elke denkbare vorm slikken.' Hij raakte de hechtingen op zijn hoofd aan. 'De medische kennis heb je. Je zou het in Afrika goed doen. Je zou een Amazone kunnen zijn.'

'Dan heb ik jou dus niet nodig? Ik zou zonder jou kunnen gaan.'

'Natuurlijk. Gewoon de passaatwinden volgen. Die bepalen de

handel, wind en stroom.' Hij legde zijn hand op haar hart en liet hem naar beneden glijden. 'Kolen vanuit Liverpool naar het zuiden op de Canarische stroom.' Schuin omhoog. 'Palmolie van West-Afrika op de Equatoriaalstroom.' Dwarsover. 'Goud van Amerika naar het oosten op de Golfstroom.'

'Als je het zo stelt, is het allemaal erg eenvoudig.'

'Dat is zo ongeveer alles wat ik weet,' zei Blair.

'En je weet nog andere wegen?'

'Ja.'

'Neem me mee.' Ze legde haar hand op de zijne. 'Haal me uit Wigan weg, meneer Blair, en ik zal voor de rest van mijn leven van je blijven houden.'

22

DE VUURHAARD WAS ZO GEEL ALS een vulkaanmonding en het schijnsel zo fel dat Blair de rand van zijn hoed omlaag moest trekken om zijn ogen te beschermen. Het ontwerp was eenvoudig: een rooster dat in een boog van stenen ingemetseld lag, drie stenen diep, en een met bakstenen bemetselde helling, die het vuur van de gang scheidde, die naar de kolenlagen van Hannay voerde. Hoewel het vuur anderhalve kilometer onder de grond lag, was het enorm groot: twee man hadden zij aan zij over het rooster kunnen lopen, en het vuur zoog zoveel lucht dat Battie en Blair de stroom in hun rug voelden.

'Het lijkt altijd wat vreemd dat je zuurstof moet verbranden om een goeie trek te krijgen,' schreeuwde Battie, 'maar op die manier zuig je via de intrekkende schacht meer lucht aan en blaas je de vuile lucht naar buiten. We moeten verse lucht aanzuigen. Als we de vuile lucht die vol met gas zit, rechtstreeks naar het vuur zouden zuigen, zou de oven ontploffen.'

'Je drift het?'

'Precies. We leiden de vuile lucht naar een schacht die we de "blinde pijler" noemen en die vrij hoog in de schoorsteen uitkomt, waar de opgaande stroom zover is afgekoeld dat het gas niet ontbrandt. Verse lucht naar binnen, vuile lucht naar buiten, zo werkt ons ventilatiesysteem. We moeten het vierentwintig uur per dag gaande houden, anders kan de mijn niet meer ademen en gaat iedereen die beneden zit dood.'

Een gouden plasma zweefde boven een bed van gloeiende kolen die leken te bewegen alsof ze door de hitte tot leven waren gewekt. De oven werd gestookt met Hannay-kolen die uit de Hannay-lagen werden gedolven, een draak die zich voedde door zichzelf op te vreten. Onder aan de helling was een kolenbunker in de stenen uitgehakt en daar stonden twee stokers, met kaphandschoenen aan en zakken met gaten voor hun armen met een wagen kolen te wachten. Er waren altijd twee stokers, had Battie hem verteld, voor het geval er een flauw zou vallen.

'We verstoken hier zes ton kolen per dag,' zei Battie. Ook deze keer had de opzichter zijn hoed weer in zijn kantoor achtergelaten en een zakdoek om zijn hoofd gebonden.

Blair kneep zijn ogen halfdicht en probeerde zijn ogen te beschermen maar tegelijkertijd in het vuur te kijken. 'De as?'

'Die valt door het rooster heen en wordt daar verzameld om te worden afgevoerd. Sinds het ongeluk is de asput twee keer geleegd.'

'Zouden we toch kunnen kijken?'

'Waarnaar?'

'Knopen, botten. Klompen verbranden, maar de ijzers zouden op het rooster kunnen liggen. Spijkers misschien.'

Battie keek naar de stokers, die net buiten gehoorafstand stonden. 'Dat zou leuk zijn, als ze in de mijn horen dat de man van de bisschop naar lijken zoekt.'

'Vertel ze maar iets.'

Battie beduidde Blair dat hij hem moest volgen, de helling af naar de stokers die een en ander met stijgende nieuwsgierigheid hadden staan bekijken.

'Jongens, dit is meneer Blair die in de mijn op bezoek is. Hij is een Amerikaan die graag in alle hoeken en gaten kijkt en in alle potten wil roeren. Hebben we een sleis?'

Een 'sleis' bleek een lange, smalle schep te zijn. Battie nam Blairs hoed af en zette hem een zeildoekse kap met een kijkglas van berookt mica op. 'Meneer Blair, ik krijg nog eens wat van je,' mompelde hij. Hij trok Blair een paar gevoerde zeildoekse handschoenen aan die tot aan de ellebogen reikten. 'U zult dit echt alleen moeten doen. Voor een dergelijke dwaasheid laat ik niemand roosteren. Wacht even.' Hij pakte een houten emmer en goot water over Blairs kap en handschoenen.

Druipend pakte Blair de sleis en liep de helling weer op. Ondanks het donkere kijkglas brandden de kolen felwit, te fel om er recht in te kunnen kijken. Als de zon. De hitte was iets ontzettends, alsof je een stomp tegen je lijf kreeg.

Als de stokers kolen op het vuur gooiden, deden ze dat vanaf veilige afstand. Blair pookte vlak bij het rooster in het vuur. Oververhitte lucht drong zijn keel binnen. Onder het blad van de schep klingelden de kolen als glazen belletjes. Hij voelde hoe zijn borstharen onder zijn overhemd rechtop gingen staan en omkrulden. Maar toch was het van een overweldigende schoonheid. Vloeibaar goud, schitterend in zijn eigen voleinding, vouw over stralende vouw, vonkend als hij de sleis erin stak, zoekend naar, ja, naar wat op de tong van de draak? Een glanzend dijbeen, een afgekloven rib? Er sloeg damp om hem heen en hij begreep dat iemand van achteren water over hem heen gegooid moest hebben. Hij spitte verder, probeerde het roodgloeiende rooster te bereiken. Hij werd aan zijn arm getrokken en zag Battie naast zich, ook met kap en handschoenen en gehuld in stoom. Battie wees. Blair wist niet wat hij hem duidelijk wilde maken en pas nadat de opzichter hem bij het vuur weggesleurd had, zag hij dat de steel van zijn sleis in brand stond en het staal van het blad kwaadaardig gloeide.

De stokers kwamen hen halverwege de helling tegemoet en gooiden water over Blairs sleis en kap. Pas toen hij zijn handschoenen uittrok, zag hij dat die verschroeid waren, net als de voorkant van zijn overhemd.

'Ben je al eerder in de hel geweest?' vroeg Battie. 'Je schijnt dit werk gewend te zijn.'

'Ik heb niets gevonden.'

'Je vindt ook niets, niet zonder het vuur uit te laten gaan. Is krankzinnigheid een vereiste voor een ontdekkingsreiziger?'

Blair strompelde de helling af, duizelig van de vlammen, maar bijna uitgelaten. 'Nu weet ik hoe een sneetje toost zich voelt.'

Battie volgde. 'U bent hartstikke gek, meneer Blair. Ik zal mijn ogen open houden. Als ik iets vind dat nog verdachter is dan een verkoold mierenpikkie, bent u de eerste die het hoort.'

Het goot van de regen toen Blair bovengronds kwam en deze keer kon hem dat nu eens niets schelen, omdat hij het gevoel had alsof hij nog steeds smeulde. Het terrein was een duistere vijver. Boven de machines, de paarden en de sorteerloods hing damp waarachter de schermen en de meisjes verborgen gingen. De schoorstenen van de ovens, smederijen en locomotieven braakten dikke rookwolken uit. Duivelsweer, dacht hij, en dat was zeer welkom.

Hij haalde zijn regenjas onder de bank van het rijtuig vandaan, trok hem aan en strompelde naar de lampisterij. Battie had gezegd dat na de ontploffing het aantal lampen precies klopte. Blair twijfelde er niet aan, maar er was een manier om het te controleren. Hij herinnerde zich niet alle lampnummers uit het verslag van de Coroner, maar twee in elk geval wel: 091 waar Bill Jaxon voor getekend had en 125 voor Smallbone. Wat nu als een van die twee lampen daarna nooit meer uitgegeven was? Het was maar een idee en waar het toe leidde, wist hij zelf niet, maar hij bladerde door het lampenboek tot de bladzijden bijna net zo nat waren als hij. Lamp 091 en 125 waren na de ontploffing elke werkdag uitgegeven. Blair kwam tot de conclusie dat hij ongeveer net zo'n goede detective was als Maypole mijnwerker.

De regen liep in stralen langs het raam van de lampisterij en dit deed hem denken aan Maypoles dagboek, waarin de regels zowel horizontaal als verticaal geschreven waren. Wat had die arme donder ook alweer geschreven op de dag voordat hij verdween? 'Morgen is het grote avontuur!'

Blair vond Leveret op Hannay Hall, in de stallen: uit bakstenen opgetrokken gebouwen met een binnenplaats, een toren en een valhek, alsof het een kasteel was dat eventueel verdedigd moest kunnen worden. De rentmeester was op de binnenplaats en lag, in laarzen en overjas, geknield op de natte keien voor een enorme shire-merrie, bezig de modder uit haar 'veren', de lange haren rond de hoeven, te kammen, een taak waar hij helemaal in opging. Het reusachtige paard liet haar snuit op Leverets rug rusten. Ondanks de regen zagen dier en man er beiden tevreden uit.

In een hoek hamerde een hoefsmid een roodgloeiend stuk ijzer op een aambeeld. De stallen werden uitgemest en paarden klosten door de open gangen; een kant leek uitsluitend voor werkpaarden bestemd te zijn, de andere voor de jachtpaarden. Het geheel vormde een voornaam en pastoraal schouwspel, dacht Blair, een plaats waar de landadel, in roze gekleed, zich verzamelde voor de vossejacht. Mogelijk ook de plek waar generaties Hannay's de meiden hadden ontmaagd. Het was merkwaardig hoe hij de dingen nu door de ogen van Rose bekeek.

Hij voelde zich koortsig, maar of dat van de malaria of van het vuur kwam, wist hij niet. Ongewild moest hij telkens weer aan Rose denken, omdat hij niet wist of ze het serieus had gemeend of alleen maar een grapje had gemaakt toen ze opperde om samen met hem te vertrekken. En het was niet alleen omdat hij zich verantwoordelijk voelde voor iemands overhaaste beslissingen. Het maakte haar werkelijk. Wat maakte dat ze misschien meer was dan een reeks momenten in het heden, was – door haar suggestie – een gevoel van haar toekomst. Als daar haar bed voor nodig was en een veeg kolenstof van haar huid op de zijne – het zij zo. Dat was de primitieve aard van de mens. Hij had niets beloofd. Misschien was het van haar kant alleen maar flauwekul geweest. Of een mysterie, net zoals haar huis. Het bracht hem in verwarring. Terwijl hij in het vuur stond te poken, had hij aan haar gedacht. Hij gooide zijn hoofd achterover en liet de regen zijn gezicht afkoelen. '"Hoe dieper de schacht, hoe heter het is." Dat is een gezegde van de mijnwerkers.'

'Blair!' Leveret bloosde ervan. 'Dat heb ik niet gehoord.'

'Heb je niet genoeg stalknechten om de paarden te verzorgen?'

'Jawel, maar ik vind het plezierig. Om een landgoed te beheren is het niet voldoende om alleen je ogen open te houden. Je moet je handen uit de mouwen steken.' Na iedere streek sloeg Leveret modder van de kam; waar hij had gekamd, was het haar wit en zijdeachtig. 'Ik heb op alle afdelingen van het bedrijf gewerkt. Op de boerderij, in de stallen, schapen, de tuinen, zelfs in de brouwerij. Ik ben opgevoed om rentmeester te worden. John zei altijd dat ik net Adam in de hof van Eden was, omdat het de bedoeling was dat Adam Eden beheerde, maar dat het niet zijn eigendom was. Ik prijs me gelukkig dat bisschop Hannay zoveel vertrouwen in me stelt. Ik heb er nooit naar verlangd om een Hannay te zijn; ik zou geen Hannay wíllen zijn.'

'Het had van Maypole kunnen zijn – een gedeelte in elk geval.'

'Charlottes inkomen, meer niet.'

'Dat is anders nogal wat voor een kapelaan die twee pakken bezit.' Terwijl Blair dat zei, moest hij weer aan Rose denken. Wat

voor een bruidsschat kon een mijnmeid meebrengen? Een weekloon? Een pot met muntjes, geld dat ze met werken had verdiend,
wat het in de ogen van de wereld minder waard maakte. Dan liever
een erfgoed met familievooruitzichten, verwachtingen waar een
man geld op kon lenen. 'Toen we samen de mijn ingingen, zei je
iets waar ik je over had moeten vragen. Je zei dat je al eerder in een
mijn was geweest, een oude mijn van ongeveer drie meter diep.'

'Een verlaten mijn aan de Wiganse kant van het terrein.'

'Heb je daar ooit met Maypole over gesproken?'

'Dat was de reden dat ik erin afgedaald ben. Hij vroeg of ik een
dergelijke mijn wist en dus heb ik hem meegenomen.'

'Wanneer was dat?'

'Kort na Nieuwjaar. John was nieuwsgierig. Er lopen hier een
aantal gangen waarvan sommige als schuilplaatsen voor priesters
werden gebruikt, honderden jaren geleden, toen de Hannay's nog
katholiek waren. Deze gang ligt binnen het terrein bij de noordelijke ingang, een meter of vijftig naar rechts als je het terrein verlaat.'
Leveret ging verzitten en nam de andere hoef. 'Ik weet dat ik je
weinig geholpen heb. Ik heb John ook te weinig geholpen.'

'Je afwezigheid was opvallend. Behalve tijdens de picknick van
gisteren, maar toen had je het druk met de honden. Je bent altijd
met vierbenige dieren bezig.'

'Alleen maar om mijn gêne te verbergen omdat ik je niet alles
heb verteld toen je hier met de trein arriveerde.'

'Je hebt me niet van Charlotte verteld. Dat de bisschop haar zover wil krijgen dat ze Maypole opgeeft en instemt met een verloving met Rowland.'

'Ik vrees dat je gelijk hebt. Dit geeft je een totaal verkeerde indruk van de Hannay's en van Charlotte. Je hebt ze op een ongelukkig moment getroffen.'

'En ik weet zeker dat in Engeland de zon vrijwel altijd schijnt.
Het is dus in zekere zin Rowland of ik. Charlotte zit met mij opgescheept, tot ze toestemt in een huwelijk met hem? Intussen zit ik
met hun opgescheept?'

'Zo zou je het kunnen zeggen.'

'Mooi zo, dan zal ik zorgen dat ik Charlotte zover krijg.'

'Dat is beneden jouw waardigheid. Dat zou je niet doen.'

'Niets is beneden mijn waardigheid. Ik ben nat, verbrand en klaar om te vertrekken. Net als Earnshaw. Dat was ook doorgestoken kaart, waar of niet? De grote hervormer? Hij is door Hannay hierheen gehaald om Charlotte bezig te houden. Jij hebt me verteld dat Earnshaw haar niet het hof maakte, dus je wist alles.'

'Charlotte is rijk en aantrekkelijk.'

'Charlotte heeft de allure van een jonge adder. Hoe het ook zij, ik voel er niets voor om een tweede Earnshaw te zijn, en ik hou er niet van om deel uit te maken van het gekonkel om Rowland.'

'Hij is de toekomstige lord Hannay.'

'Hij is een moordzuchtige maniak. Wat een familie!' Blair kamde zijn haar met zijn vingers en bedacht dat het paard er beter verzorgd uitzag dan hij. 'Je hebt me verteld dat Charlotte haar eigen cottage op het terrein heeft. Waar is dat?'

'Waarom vraag je dat?'

'Ik wil met haar praten, met haar overleggen.'

'Het is de cottage bij de steengroeve. De laan uit, langs het Tehuis, dan kom je bij de steengroeve en dan kun je het huis niet missen. Wat als ze niet met je wil praten?'

'Och, ik heb mijn oorspronkelijke optie nog. Maypole vinden, waar hij zich ook verborgen mag houden of weg ligt te rotten. Hannay heeft Maypole toch hoop ik niet betaald om te verdwijnen, is het wel?'

'Dat zou John net zo min doen als jij.'

'Jij geeft de hoop ook nooit op, hè?'

De laan bestond uit twee greppels in een deken van bladeren van vorig jaar. Groen bemoste en zwart beroete berken hielden een wirwar van druipende doornstruiken tegen. Krap een kilometer verderop werd aan de ene kant van het pad een weide zichtbaar waarop een kudde schapen graasde, die wit afstaken tegen de bomen op de achtergrond, terwijl aan de andere kant de huizen van Wigan Lane nog net zichtbaar waren, niet langer ver verwijderd, maar de grens van Hannay Hall naderend.

Na een laatste bocht ging Blair een heuvel op, langs een stenen muur die de reiziger tegen een val in een afgrond moest beschermen, op de plaats waar de ene kant van de heuvel volledig afgegraven was. Hij stopte en keek vanuit het rijtuig dat hij van Leveret had geleend de diepte in. Het was minstens dertig meter steil naar beneden, een zandstenen muur, groen van de alg en wat struiken die zich wanhopig vastklampten, met in de duistere diepte een somber meer. Het huis dat bij de steengroeve leek te horen, vormde echter een scherp contrast met dit sombere geheel. De benedenverdieping was gebouwd van vaalgrijze stenen uit de groeve, maar de bovenverdieping was wit, in tudorstijl, met een chevron van zwarte balken waarboven een fleurig rood pannendak. Tussen de cottage en de steengroeve stonden een kleine stal, een broeikas en een duiventil. Rondom het huis was een border van rozestruiken aangelegd, die nu nog kaal waren, maar de narcissen begonnen juist open te gaan. Uit een hoge, gemetselde schoorsteen kringelde rook. Het geheel zag er uitnodigend uit.

Op Blairs kloppen werd niet opengedaan. Omdat hij de rook had gezien, liep hij naar de keukendeur. Ook daar kwam echter geen enkele reactie. Hij keek door het raam en zag een donkere keuken met een lange tafel waarop voor één persoon was gedekt, een pastei op een bord naast een exotisch aandoende sinaasappel. In de gang zag hij kaarslicht en een jonge vrouw in een witte jurk die het vlammetje weerkaatste. Hij zag haar maar een moment duidelijk voordat ze de kaars uitblies.

Door haar rode haar dacht hij heel even dat het Rose was, maar haar gezicht was te rond. Op een bepaalde manier leek ze zowel op Charlotte als op Rose; alleen zou Charlotte hem met een kille, woedende blik hebben aangestaard en Rose met de inerte onverschilligheid van een kat. In de ogen van dit meisje had hij alleen paniek gezien.

Hij riep door de deur, maar opnieuw volgde er alleen stilte maar hij kon de vloerplanken bijna voelen buigen terwijl ze verder de gang inliep. Haar jurk was van gemoireerde zijde, wat de indruk wekte dat ze tot de betere klasse behoorde. Haar angst deed hem echter vermoeden dat ze een van Charlottes pupillen van het Tehuis voor Vrouwen was, een gevallen mijn- of fabrieksmeisje dat zich in de cottage verborgen hield voor haar rechtschapen vader. Wie ze ook mocht zijn, ze liet zich door kloppen noch roepen naar de deur lokken.

Hij gaf het op en reed weer weg. De regen dampte van het paard. Hij bedacht dat hij eruitzag als een zigeuner, een landloper, moeilijkheden in elk geval. Niet het soort gezicht dat deuren opende.

In zekere zin was het een opluchting dat hij Charlotte niet thuis getroffen had. Hij wist eigenlijk niet goed wat hij tegen haar had willen zeggen, of hij zijn betrekkelijke onwetendheid over de motieven van de bisschop aan haar zou proberen uit te leggen, of dat hij de duivel in hem zou loslaten en haar in de richting van Rowland ranselen. Als Charlotte hem niet met een dergelijke aristocratische minachting zou hebben behandeld, als ze ook maar een greintje menselijke zachtheid of warmte had getoond, een heel klein beetje als Rose, zou het anders zijn geweest. Bij de vildersput had hij aangeboden om Wigan te verlaten, maar Charlotte had hem het aanbod in zijn gezicht gesmeten alsof ze met een stok een vies vod oppikte.

Zijn stemming ging vergezeld van de vallende schemering en het geritsel van de takken boven zijn hoofd. Hij stak de lampen van het rijtuig aan, hoewel hij meer op het gevoel van het paard vertrouwde dan op wat hij kon zien. Hij wist niet meer waarom hij ook maar een ogenblik overwogen had om Charlotte voor de tweede keer een vredesaanbod te doen.

Hij naderde de grens van het terrein; volgens zijn kompas voerde de laan naar het noorden, van Wigan af. Een windvlaag deed de bladeren opwaaien en als vleermuizen om hem heen dwarrelen. Juist toen hij dacht dat hij verdwaald was, zag hij de laan als twee evenwijdige lichtende lijnen en klonk in de verte het zware gerommel van de donder.

Op dat verblindende moment werd Blair plotseling getroffen door de gedachte hoe buitengewoon Charlotte en Rose ieder op hun eigen manier waren, terwijl het meisje in het huis alleen maar een doodgewoon aardig gezicht had gehad. Charlotte en Rose waren elkaars tegenpolen, maar beiden waren ze van goud, terwijl het derde meisje hoogstens van koper was.

Het smeedijzeren hek van de noordelijke ingang was lang geleden al weggeroest. In plaats van hoge berken stonden hier coniferen slap in de wind te zwaaien. Blair volgde Leverets aanwijzingen en paste vijftig stappen af, waarna hij tot aan zijn middel in de varens stond. In de bundel van zijn dievenlantaarn zag hij een berk staan, wat altijd de eerste boom was die op kolenslakken groeide.

Onder de boom hoorde hij het geluid van regendruppels op metaal en vond een scharnierend rooster van een meter in het vierkant waardoor een luchtstroom opsteeg. Langzaam liet hij de lamp zakken. Methaan was verzot op oude mijnen en hij wilde Wigan toch liever te voet dan door de lucht verlaten. In tegenstelling tot een mijnlamp was een dievenlantaarn niet geschikt om gas op te sporen omdat de vlam in metaal was gevat en het licht door een lens werd gebundeld. Hij kon alleen maar op de kleur van de vlam afgaan. De vlam bleef echter veilig geel en beneden, ongeveer drie meter lager, zag hij de bodem van een gang. Er lagen geen rails, een bewijs dat de mijn dateerde uit de tijd toen de kolen nog op sleeën werden getrokken. Blair ging terug naar het rijtuig om een touw te halen dat hij aan de berk vastmaakte. Hij hing de lamp aan zijn riem en liet zich hand over hand langs het touw in de schacht zakken.

De vloer was nat en glibberig, de stutten van de wanden en het dak doorgebogen van ouderdom en verrotting. Het open gedeelte van het oog van de mijn werd gesteund door vrijstaande pilaren van verweerde stenen; als je flink blies, vielen ze waarschijnlijk om, dacht Blair. Vergeleken bij de Hannay-mijn was dit een miniatuurbedrijf, maar het was wel de oorsprong van de Hannay-industrie. Rondom Wigan waren honderden van deze mijnen en duizenden die nog veel ouder waren, zogenaamde 'klokmijnen', die niets anders waren dan open putten waar de kool uitgegraven werd tot de boel in elkaar stortte.

Hij had een gevoel alsof hij maar één oog had toen hij met zijn lamp de gang inging. Hij zag geen voetafdrukken, maar uit het feit dat het rooster zo gemakkelijk open was gegaan, bleek dat de mijn kort geleden door iemand was bezocht.

De gang kreeg een helling naar beneden en onder dezelfde hoek zag hij water langs de wanden lopen. Tegen het dak groeiden paddestoelen en op de vochtige wanden zag hij de restanten glinsteren van kolen die lang geleden waren afgebouwd en weggesleept. In de lichtbundel van zijn lantaarn ving hij een glimp op van een staart die in een gat verdween; er zaten hier ratten, muizen en torren; de natuur verafschuwde een vacuüm. Toen het dak lager werd, ging hij automatisch over op de gebukte gang van de mijnwerker. Grote kerels hadden daar moeite mee. 'Mijn spieren doen pijn,' had Maypole geschreven.

De tunnel eindigde vijftig meter verder, op de plaats waar de kolenlagen plotseling steil naar beneden gingen, buiten bereik, en hij zag een stoffige zandstenen muur. In het midden van de gang was alleen nog een vrijstaande pilaar van kolen en Blair kon zich voorstellen hoe verleidelijk die moest zijn geweest voor mijnwerkers die werden betaald naar de kolen die ze boven brachten. Maar het was uiteraard ook belangrijk om zelf weer levend boven te komen.

Hij liet de lichtbundel ronddwalen. Bleke, half-gevormde stalactieten reikten vanaf het dak naar beneden. Eronder een stille plas. In het zwarte stof onder aan de pilaar was de hoefijzervormige afdruk van een klompijzer zichtbaar. Strepen op de vloer konden gemaakt zijn door iemand die aan het lopen op de stugge klompen gewend probeerde te raken. Maar er was meer geoefend dan alleen maar lopen. Op de wanden waren de sporen zichtbaar van een pikhouweel, eerst recht als een liniaal, daarna schots en scheef als een onhandige imitatie.

De gang was koud als een grafkelder. Blair huiverde en trakteerde zichzelf op een slok cognac. Toen hij de heupfles weer wegstak, zag hij een tweede eigenaardigheid, een zeildoeks ventilatiescherm dat schuin tegen de muur aan het eind van de gang stond. Deze schermen werden gebruikt om de luchtstroom tussen de verschillende gangen te regelen. Dit was een enkele, primitieve gang waar je geen schermen nodig had. Tenzij er iets achter verborgen zat.

Toen hij op het scherm toeliep, werd zijn hoed door een lage dakstut van zijn hoofd geslagen. Blair draaide zich om om hem te grijpen en werd op hetzelfde moment omver gesmeten. Hij vloog een eind door de lucht, kwam op de grond terecht en rolde een paar keer over de kop. De gang vulde zich met kruitdamp waar hij bijna in stikte, terwijl hij geen idee had wat onder of boven was. Zijn ogen deden pijn en hij zag niets. Zijn oren floten alsof zijn trommelvliezen gescheurd waren.

Hij kroop op handen en voeten over de grond, vond de lamp die nog steeds brandde, en brandde zijn vingers een paar keer voordat hij hem op het gevoel weer rechtop had. Op de tast kroop hij de andere richting uit, tot hij water door de schacht naar beneden voelde komen. Hij hief zijn gezicht op, met zijn ogen wijd open, tot ze zover schoongewassen waren dat hij weer iets kon zien. Hij had het gevoel alsof hij een klap van een reusachtige hand had gekregen, maar hij voelde geen bloed of gebroken botten, alleen maar een rond gat dwars door zijn regenjas, colbertjasje en overhemd. Hij maakte een zakdoek nat, bond die over zijn neus en mond en liep enigszins onzeker terug de gang in.

Aan het eind van de tunnel warrelde nog steeds stof en rook. Het scherm was opzij gegooid door een apparaat met een dikke houten kolf en een korte, wijd uitlopende loop dat als een kanon op een stalen ring was gemonteerd. Het werd een 'spring gun' genoemd. Aan de trekker zat een ketting met ogen waaraan touwtjes bevestigd waren. Blair veegde het stof weg. De touwtjes zaten aan draden vast die over de vloer van de gang waren gespannen. Als iemand over een draad struikelde, zoals hij had gedaan, draaide het kanon in zijn richting en werd de trekker overgehaald. Een spring gun was niet om te jagen, maar een wapen tegen stropers. Het was een pure moordenaar, verboden, maar nog altijd in gebruik.

Blair richtte de lichtbundel van zijn lamp langs de loop. In de kolenpilaar, net achter de plek waar hij had gestaan, stak een stalen staaf van tweeënhalve centimeter dik. Hij was zo diep in de kolen gedrongen dat hij er met geen mogelijkheid meer uit te krijgen was. Als hij zijn hoofd niet tegen de dakstut zou hebben gestoten, zou hij hier nu hebben liggen doodbloeden. Geboren en overleden in Wigan. Grappig nu hij eraan dacht. Weggaan, de hele wereld rondreizen, en dan voor zoiets terugkomen. Met zijn zakmes sneed hij een eind van een van de struikeldraden af. Het was gevlochten katoen, het soort dat voor lampepitten en lonten wordt gebruikt.

Aan het regelmatige geluid van water dat van het dak druppelde, kon hij merken dat zijn gehoor zich begon te herstellen.

Het gevoel van paniek om onder de grond opgesloten te raken had hij nog nooit ervaren. Nu hij hier stond in wat zijn graf had moeten zijn, voelde hij de angst langs zijn nek strijken.

Het was middernacht toen Blair op zijn hotelkamer terugkwam. Hij rukte zijn overhemd van zijn lijf. Over zijn ribben liep een rode schram.

Hij trok de rest van zijn natte plunje uit, schonk zich een glas cognac in en liep naar het raam. De straat was zwart en geel, natte stenen waarin lamplicht weerkaatste. Een politieagent met een helm op en een cape om schuifelde langzaam als een slaapwandelaar over Wallgate. Hij staarde in de leegte achter de winkels. Nergens was de weerschijn van een koperen teenstuk te zien en nergens klonk het geklepper van klompen.

Vallen waren anoniem. Iedereen zou de spring gun daar geplaatst kunnen hebben. Maypoles dagboek en de hoogte waarop met de pikhouweel in de wand was gehakt, duidde op Jaxon. Maar het gebruik van lonten als struikeldraden en het geniepige van de val wees op Smallbone, de eenmansfabriek van eigengemaakte springstof. Smallbone was vroeger stroper geweest en was dus bekend met dit soort moordwapens.

Daarmee waren de mogelijkheden echter niet uitgeput. George Battie was ook stroper geweest en wilde niet dat het onderzoek naar de mijnramp heropend zou worden. En wie anders dan Leveret had Blair naar deze gang gedirigeerd? Hij kon niets bewijzen. Hij zou vermoord kunnen zijn door de Bond van Geheelonthouders of de Harmonie van Wigan.

Hij raakte de schram aan die maar één ding bewees. Het was tijd om te vertrekken.

23

In de ijzerwinkel kocht Blair een stevige, met Amerikaans zeildoek overtrokken koffer die men een 'Railway Companion' noemde, alsmede touw, badhanddoeken, een ijzeren staaf van tien centimeter lang en tweeënhalve centimeter diameter, een paar steeksleutels en een pondszak kruit. Wat hij niet kocht maar wel zag staan, was een mijnlamp. Vervolgens reed hij naar Hannay Hall, niet naar het huis, maar naar het Tehuis voor Vrouwen.

Deze keer naderde hij het namaakkasteel van de tuinkant. Door de lange ramen bij de trap zag hij grijze uniformen haastig naar een klas of naar catechisatie gaan, ritselend als duiven in een stenen duiventil. Door het natte weer waren de banken buiten verlaten. Op het grote, glooiende gazon tussen het Tehuis en de heg onderaan was niemand, zelfs geen tuinman, te zien.

Bij de heg zag hij een kleine, herkenbare gestalte in een zwarte japon en leren handschoenen. Charlotte Hannay was haar rozen weer aan het snoeien. Haar breedgerande hoed hing slap van het vocht en rossige lokken haar kleefden aan haar wangen. De afstand van de bomen naar de tuin was ongeveer twintig meter. Blair wist dat ze hem aan zag komen, al keek ze dan ook niet in zijn richting. De vurige schram over zijn ribben smachtte ernaar vertroeteld te worden, maar hij had het gevoel dat hij tegenover Charlotte Hannay geen zwakheid mocht tonen.

'Bloeien ze ooit?' vroeg hij. 'U schijnt het meeste plezier aan het snoeien te beleven.'

Ze keurde hem geen blik waardig. De rozentuin was een ideale omgeving voor haar, omdat er geen rozen waren. In een rozentuin hoorden rozen zo roze als Engelse gezichten, dacht Blair. En als ze verschenen, zou ze ze waarschijnlijk onthoofden. Zoals ze daar stond met haar snoeischaar met gekromde bladen deed Charlotte Hannay hem denken aan een figuur uit de Franse Revolutie, een van die vrouwen die met genoegen naar Madame Guillotine keken. Haar japon glinsterde alsof ze al de hele morgen in de tuin was, hoewel er maar een paar takken in de mand lagen die dwars op het pad stond. Ondanks haar bleekheid en eeuwige frons had ze een niet onaantrekkelijke jonge vrouw kunnen zijn, dacht Blair, hoewel dat ongeveer hetzelfde was als zeggen dat een wesp, afgezien van dat steken, best een aardig insekt was.

'Had ik u niet gewaarschuwd dat u hier niet meer moest komen?' vroeg Charlotte.

'Dat hebt u.' Ze knipte een lange scheut met rode doorns af. Ze kwam overeind, scheut in de ene, schaar in de andere hand.

'Bent u van plan om me te slaan, te castreren, of beide?' vroeg Blair.

'Wat het beste is om u te helpen herinneren.'

Ze gooide de tak in de mand en boog zich over de volgende struik. Ze snoeide de bovenste twijgen weg, zodat ze bij de middelste kon komen. Hoewel de handschoenen tot haar ellebogen reikten, waren de zijden mouwen van haar japon gescheurd.

Blair zei: 'Dat hoeft al niet meer. Ik vertrek uit Wigan. U bent klaarblijkelijk niet de enige die me graag ziet gaan.'

Charlotte nam niet de moeite om antwoord te geven. Terwijl ze de dode takken afknipte, viel het hem op dat ze langzaam, op een haast peinzende manier werkte. Hij had verwacht dat ze tegen hem tekeer zou gaan omdat hij om haar huis had geslopen, maar ze repte er met geen woord over.

Blair zei: 'Ik denk dat ik Maypole te zijner tijd wel gevonden zou hebben. Waar ik inmiddels al achter ben gekomen is dat ik meer geïnteresseerd ben om hem te vinden dan wie ook. Het is duidelijk dat dit helemaal niet om een vermiste man gaat. Uw vader wil alleen maar dat u een dode verloving opgeeft, waarna ik vrij ben om naar Afrika terug te gaan. Heb ik het tot zover goed?'

'Het geeft eigenlijk niet.'

'Het kan u niet schelen of ik Maypole vind. Als dat wel het geval was, zou u me geholpen hebben. Ik ben in hem en wat er met hem is gebeurd geïnteresseerd geraakt, maar het is het niet waard om daarvoor te worden vermoord. Ik voel me nogal onnozel om dat te moeten toegeven. Hoe het ook zij, ik bied u mijn verontschuldigingen aan voor het feit dat ik tegen u ben gebruikt. Ik had geen idee dat dit om u ging. Het voornaamste is dat ik weg wil en dat u graag wil dat ik ga.'

Charlotte boog zich tussen de takken. Met iedere knip zag Blair in gedachten een rode roos vallen. 'Waar het om gaat is, dat ik niet met Rowland trouw,' zei ze.

'Trouw met wie u wilt. Het probleem is dat hoe langer ik hier ben, hoe meer ik ontdek. Hij had behalve u nóg een leven. Ik denk dat u liever hebt dat ik nu wegga dan later. U hoeft alleen maar tegen de bisschop te zeggen dat u niet langer in Maypole geïnteresseerd bent. Dan geeft de bisschop me zijn zegen en stuurt me weg en dan zijn u en ik klaar met elkaar.'

'Je bent een worm, Blair.'

'Dat is niet het antwoord dat ik verwachtte.' Hij voelde het bloed naar zijn hoofd stijgen alsof ze hem een klap in zijn gezicht had gegeven. 'Goed dan, kent u een mijnmeisje dat Rose Molyneux heet?'

De wind drukte de brede rand van Charlottes hoed naar beneden. Blair bedacht dat ze het koud moest hebben in haar dunne jurk en schoenen. Hoewel hij zich afvroeg waar ze kouder was, van binnen of van buiten?

'Die naam herinner ik me niet.'

'De eerwaarde Maypole was smoorverliefd op haar.'

'Dat betwijfel ik.'

Blair wierp een blik in de richting van het Tehuis. 'Ze heeft enige medische vaardigheid. Ik dacht dat ze dat misschien bij u geleerd zou hebben. Maypole zou haar hier kunnen hebben ontmoet.'

'Beschrijf haar,' zei Charlotte.

'Ik moet zeggen dat ze lichamelijk gezien aantrekkelijk is. Ze heeft rood haar en flink wat pit, en dat maakt haar bijzonder. Ik zou niet willen zeggen dat ze intellectueel is, maar ze is vlug van begrip en direct. Een vrije geest. U redt deze meisjes, dus u moet een goede kijk op ze hebben.'

'Ik red ze omdat ze niet vrij zijn, omdat het werkende meisjes zijn die door hun vrijers verlaten zijn of door hun vaders misbruikt. Anders gaan de kinderen naar het weeshuis terwijl de moeders, die gewoonlijk zelf niet veel meer dan kinderen zijn, in drie stappen naar beneden gaan – van de zorg van dominee Chubb naar het werkhuis en vandaar de prostitutie in. Wij maken ze vrij.'

'Nou, Maypole was anders van mening dat Rose zonder uw zorg al een vrije geest was. Hij was weg van haar.'

'En waren die gevoelens wederzijds?'

'Nee. Ik denk dat Rose zich gevleid voelde door Maypoles attenties, maar meer ook niet. Ik denk niet dat zij iets met zijn verdwijning te maken heeft gehad. De affaire bestond vooral in zijn hoofd.'

'Alsof je John Maypole zou hebben gekend.'

'Wat ik wil zeggen is...'

Er brak een tak. Charlotte gooide hem opzij. 'Laat me raden. Dat ik in verlegenheid zal worden gebracht door onthullingen over een relatie van kapelaan Maypole met een andere vrouw – een eenvoudige vrouw uit een arbeidersmilieu – tenzij je je onderzoek staakt? Klopt dat?'

'Zo ongeveer, als je het zo stelt.'

'Omdat ik naar wordt beweerd gespeend ben van alle emoties kan ik een dergelijke situatie wel aan.'

'Mooi. Herinner je je nog wat je vader zei over het Tehuis sluiten als er een publiek schandaal van zou komen? Ik denk wel dat Maypoles bevlieging voldoende aanleiding zou zijn. Al je goede werk zou vergeefs zijn geweest.'

Charlotte liep naar een struik die al helemaal teruggesnoeid was. Terwijl ze haar handschoen uittrok om te voelen of er scheuten aan zaten, liep er een mengsel van water en compost in haar schoenen.

'Laten we de zaak duidelijk stellen. Je zou me dwingen om met Rowland te trouwen zodat mijn vader je zou betalen en jij terug naar Afrika zou kunnen gaan? Als dat het geval is, kan ik je wel geld en een ticket geven.'

'Maar jij kunt me in West-Afrika geen werk geven en je vader wel, en dat is wat ik nodig heb.'

'Je bent nog minder dan een worm. Je bent een afperser.'

'Dat is niet zo moeilijk. Ik heb geen enkele traan gezien, geen enkel blijk van medeleven voor die arme bliksem van een Maypole. Geen woord om mij te helpen. Nu kun je hem zelf gaan zoeken als je daarvoor voelt.'

'Misschien ben je eenvoudig te dom om te kunnen bevatten wat voor een schade je zou kunnen aanrichten. Dit is het enige toevluchtsoord in het noorden van Engeland waar vrouwen die buitenechtelijk zwanger zijn geworden niet als misdadigers of paria's worden behandeld. Wij vormen ze om van slachtoffers tot bruikbare, inzetbare mensen. Kun je dat bevatten?'

'Dit is een poppenhuis waar je arme meisjes grijze jurken aantrekt. Jouw kleine wereldje. Je bent de grijze prinses, de kolenprinses. Reken maar dat die meisjes lol hebben.'

'En dat wil je allemaal vernietigen om mij te krijgen waar je me wilt hebben?'

'Tenzij je tegen je vader zegt wat hij wil horen en ik krijg wat ik nodig heb. Zodra ik vertrokken ben, kun je van gedachten veranderen. Of niet.'

Charlotte draaide Blair de rug toe en ging naar een struik die al tot een kale Y teruggesnoeid was. Ze streek met haar hand over de kale takken op zoek naar scheuten, tot Blair begreep dat ze niet van plan was nog iets te zeggen en dat hij wel kon gaan.

Blair liet zich aan een touw in de mijn zakken en volgde dezelfde route als de avond tevoren, met de steeksleutels tussen zijn riem gestoken. Bij het schijnsel van zijn dievenlantaarn speurde hij naar nieuwe struikeldraden. De spring gun stond aan het eind van de gang en de staaf zat nog steeds muurvast in de kool. De spring gun leek meer op het stiefkind van een kanon dan op een geweer en alleen de aanblik ervan was voldoende om hem te doen huiveren.

Als een archeoloog in een graftombe bestudeerde hij de sporen van de pikhouweel in de wand. Mijnwerkers gebruikten een hak, een houweel met een korte steel, omdat ze in een beperkte ruimte moesten werken, en dat in aanmerking genomen, was uit de hoogte van het werk de lengte van de man af te leiden. De putten zaten ongebruikelijk hoog in de wand, de hoogte voor Bill Jaxon, en vormden aanvankelijk een strakke, rechte lijn, om dan plotseling schots en scheef te gaan. Wel op dezelfde hoogte, maar niet meer in een rechte lijn en slecht ingeslagen: te hard, te zacht, scheef. Geleidelijk aan werden ze echter beter. Jaxon en Maypole waren beiden grote kerels. Blair haalde zich de mijnwerker voor de geest die de kapelaan het aloude handwerk probeerde te leren, de slag en het ritme waarmee kool werd gehouwen. Maar waarom? Als Maypole alleen maar stiekem de mijn in had willen gaan om te preken, had hij er alleen maar als een mijnwerker uit hoeven te zien en had hij niet moeten proberen te werken. Kool houwen met een hak leerde je niet in een dag of een week. Echte mijnwerkers zouden hem direct in de gaten hebben en hem wegsturen omdat hij een gevaar vormde.

Een mysterie dat wel nooit zou worden opgelost, dacht Blair. De spring gun, daar was hij voor gekomen, meer niet. De hardhouten kolf, ijzeren loop en het voetstuk dat van een ijzeren wiel was gemaakt, wogen bij elkaar al gauw twintig kilo. Zelfs nadat hij het geweer van het voetstuk had gehaald, viel het lang niet mee om het ding, gebukt onder een dak dat op sommige plaatsen nauwelijks één meter twintig hoog was, terug te sjouwen. Hij legde het geweer in de buurt van de schacht, haalde het voetstuk op en was net op de terugweg toen er een spin ter grootte van een mens door de schacht naar beneden kwam zakken en halverwege bleef hangen.

'Wie is daar?' Dominee Chubb knipperde in het donker met zijn ogen en maakte met zijn armen en benen een soort zwembewegingen. Zijn haar, das en vlechten bungelden naar beneden, terwijl iemand boven hem aan zijn riem vasthield.

'Is het Blair?' vroeg een stem.

'Het is hier beneden veel te donker,' zei Chubb.

'Ja, ik ben het,' zei Blair en legde het voetstuk naast het geweer.

'Mooi werk, Chubb,' zei de stem, waarna de dominee als een engel aan een draadje omhoog ging. Blair trok zichzelf aan het touw naar de oppervlakte, waar Chubb enigszins duizelend bezig was zijn losse onderdelen te verzamelen. Rowland schopte het rooster van de schacht dicht en leunde onverschillig tegen de berk, als een dichter die toevallig een geweer bij zich had in plaats van een gedicht. Zijn gele haar zat slordig en zijn roodomrande ogen glinsterden als kristal.

'Erg onaangenaam en buitengewoon oncomfortabel,' mompelde Chubb.

'Het was maar even,' zei Rowland, 'en daar ben ik je erkentelijk voor, wat geen kleinigheid is als je bedenkt dat ik de volgende lord Hannay ben en jouw bestaan afhankelijk is van mijn goede wil. Anders moet je je laatste jaren slijten als een kokkel die aan een pier vastgekleefd zijn kostje bij elkaar moet zien te scharrelen.'

'Het was me een genoegen u van dienst te kunnen zijn,' zei Chubb.

'Dat is zo mooi van de staatskerk,' zei Rowland tegen Blair. 'Ze zijn dienstbaar. Wat doe jij hier? We zagen een rijtuig in de laan staan en zijn in het struikgewas naar de koetsier gaan zoeken.'

'Ik ben op zoek naar Chubbs vermiste kapelaan. Chief Constable Moon zei dat hij mogelijk in een oude schacht kon zijn gevallen.'

'Er zijn in Wigan duizenden verlaten schachten.'

'Ik kan alleen maar proberen.'

'Wel, we zullen de waarheidsgetrouwheid van je bewering onderzoeken. Moon is er ook bij. Ik wil je trouwens iets vertellen. Je voegt je bij ons gezelschap.'

Ze liepen tussen eiken en larikshout. Behalve Rowland, Blair, Chubb en Moon liep er aan elke kant een aantal drijvers met hen op. Tussen de motregen door vielen dikke druppels van de takken. Natte bladeren dempten de voetstappen en besmeurden de onderkant van hun broekspijpen.

Ondanks het gezelschap genoot Blair, na zijn ondergrondse verblijf, van de buitenlucht. Rowland pochte over zijn geweer dat een geschenk was van de Royal Geographical Society. Het was speciaal voor hem gemaakt door een Londense geweermaker, met een smalle, dubbele loop en een staartstuk waarin leeuwen en elanden waren gegraveerd zoals bij een sjieke wandelstok.

Een specht maakte een golvende vlucht over een open plek en streek vijftig meter verderop neer op de stam van een larik. De vogel vouwde zijn zwart-met-witte vleugels op zijn rug en begon op de bast te kloppen, toen Rowland schoot en zijn kop aan de boom vastnagelde. 'Erg weinig spreiding,' zei hij.

Een vink vloog in paniek weg. 'Te ver,' zei Blair.

Rowland schoot en de vogel barstte open als een kussen. Gouden veertjes dwarrelden naar beneden.

Het voordeel van arsenicum, dacht Blair, was dat het oog er scherper van werd en bij de gebruiker een gevoel van omnipotentie opwekte; hij wenste dat hij zelf ook wat meegenomen had. Uiteraard werd de piek gewoonlijk gevolgd door een dal.

De drijvers renden vooruit om de buit op te rapen en het dons en de veren in zijden zakken te stoppen.

Rowland herlaadde onder het lopen. 'Alles is bruikbaar en er is werk voor iedereen. Engelands kracht is specialisatie, Blair. De een verzamelt ijzer, de ander blik, een volgende vodden, weer een ander benen. De een verzamelt paardestront om als mest te gebruiken, de ander hondepoep voor de textielververij. Van veren maak je vliegen om mee te vissen. Geen verspilling en iedereen nuttig werk. Ik denk dat het heerlijk zal zijn om lord Hannay te zijn.'

Moon doemde naast Blair op. 'Eerst vist u in de kanalen. Nu duikt u naar ik heb begrepen uit allerlei gaten op.'

'U zei tegen me dat Maypole mogelijk in een schacht gevallen was.'

'Ik voel me werkelijk gevleid dat u mijn suggestie ter harte hebt genomen. Ik moet u echter wel waarschuwen dat deze kant van Wigan verbazend veel op een Zwitserse kaas lijkt. Men zegt dat sommige gangen helemaal tot aan Candle Court lopen.'

'In de tijd van de katholieken,' zei Chubb, nog altijd gekwetst.

Zelfs al ben je de ambachtsheer, dan nog laat je de plaatselijke vicaris niet als een fret in een gat zakken, dacht Blair. Wat exact de reden was waarom Rowland het wel had gedaan: om duidelijk te maken dat hij een uitzondering op alle regels was. De Hannay's deden alles op een dergelijke manier.

Rowland zei: 'Ik heb Chubb een beetje geplaagd over de evolutie. Het probleem met de Bijbel is dat daarin wordt beweerd dat we allemaal zijn geschapen naar het beeld van God. Het lijkt veel aannemelijker dat we van dezelfde voorvader afstammen als de apen en dat het menselijk ras dezelfde wetenschappelijke evolutie vertoont van negroïden en Aziaten naar de Hamieten, jouw Arabieren, en Semieten, jouw joden, naar de moderne Angelsaksische mens.'

'Ik heb te veel Engelsen kano's omver zien gooien.'

'Er zijn verschillende Engelsen, net zoals er dames en mijnmeiden zijn. Er is een reden waarom vrouwen dat soort werk doen. Het is een natuurlijke selectie. Wat deed jouw moeder ook alweer, Blair? Dat ben ik vergeten.'

'Ik ook.'

'Hoe het ook zij, het geeft me vertrouwen en een welkom gevoel om de vertegenwoordigers van de kerk en de wet aan mijn zijde te hebben. Te weten dat ze zich verheugen op het moment dat ik werkelijk thuis zal zijn. Natuurlijk zal de bisschop nog vele jaren lord Hannay zijn, daar ben ik van overtuigd. We wensen hem het langst mogelijke leven toe.'

Een spreeuw scheerde als een steen over het water. Rowland schoot en de vogel maakte een slag over de kop. 'Doet je dat aan Afrika denken?' vroeg hij aan Blair.

'Dat doet het zeker. Jammer voor je dat er hier en daar niet wat dode dikhuiden op het terrein liggen.'

'Schieten is de speldeprik van de realiteit, Blair. Anders is het maar een saaie boel. Een knal, een beetje bloed, dan komt er wat leven in. Luister je mee, Chubb? Je zou het mogelijk voor een preek kunnen gebruiken.'

'Ik begrijp niet waarom u Blair mee wilt hebben, *milord*.' Chubb strompelde achter hen aan.

'Omdat Blair weet waar ik over praat en jij niet. Begrijp jij het, Moon?'

Moon hield een tak voor Rowland opzij. 'Ik heb daar zo mijn gedachten over, *milord*.'

'Dan gaan we een interessante tijd tegemoet. Maar, Moon, je had Blair aan de Goudkust moeten zien. Er zijn genoeg Engelsen aan de kust, maar in het binnenland was alleen Blair. En Arabieren, maar die tellen niet mee. Niet zo'n erg goede schutter, maar hij wist de weg. Sprak de taal als een pasja. Kijk, er zijn twee Blairs. De mythische Blair uit Afrika en de levende Blair hier. Heb ik je portret goed getekend, Blair? Is je neus soms te lang of te kort of een beetje scheef? Het punt is dat je in Afrika een zekere stijl had. Het is jammer om je zo gedegradeerd te zien. Daar heb je het weer, nu kijk je alweer op je kompas.'

'Bedankt voor de wandeling, ik moet weg,' zei Blair.

'Moment,' zei Rowland.

Van de mijn waren ze in oostelijke richting gelopen, door de eerste bosschages en vervolgens naar het zuidwesten, langs een rij wilgen naar de slakkenhoop van een volgende verlaten mijn. Op de slakkenhoop groeiden berken, alsof die de voorkeur gaven aan een armoedig leven. Achter de bomen was een heg en daarachter een huis.

Rowland klom op de slakkenhoop. De wind was warmer, en de lucht was zo mogelijk nog lager en donkerder dan voorheen. Zijn gezicht gloeide van de malaria. Hij wees naar een uitlopend bosje elzehakhout, vijftig meter verderop en zei tegen Moon dat hij met Chubb en de drijvers die richting uit moest gaan om het wild op te jagen. Opnieuw vroeg hij Blair om nog even te blijven.

'Ik heb je nog niet van de ontvangst bij de Royal Geographical Society verteld. Ik wou dat je erbij had kunnen zijn. Ik denk dat alle leden van de Society aanwezig waren. En een aantal leden van de koninklijke familie, om hun interesse te tonen in alles wat met Afrika te maken heeft en met geografie en anti-slavernij. We begonnen met champagne en het tonen van de kaarten en boeiende kunstvoorwerpen. De handen van de gorilla waren een enorm succes. Ze wilden uiteraard meer delen hebben. Ten slotte hingen ze me een lint met een zilveren medaille om mijn nek en gaven me een geweer. Een grandioos evenement. Als ik in Londen was gebleven, zou ik de komende zes maanden gefêteerd zijn, maar ik vond dat ik hier moest zijn. Je hebt Maypole niet gevonden.'

'Nee.'

'Maar je hebt wel iets gevonden. Charlotte kan je niet zonder reden zo haten. Wat is het?'

'Wil je met haar trouwen?'

'Daar gaat dat hele gedoe van jou nu juist om. Heb je iets ontdekt wat zou kunnen helpen om de zaak te versnellen? De bisschop is niet de enige die jou naar Afrika kan sturen.'

'Zou jij het doen?'

'Ik zou kunnen zeggen dat je heel boetvaardig bij me gekomen bent en me gesmeekt hebt om je een tweede kans te geven. Vertel me nu maar van Maypole.'

'Miss Hannay zou het Tehuis voor Vrouwen open willen houden.'

'Wie kan dat Tehuis van haar nu toch iets schelen? Het houdt haar bezig. Waarom niet? Ik zou het kunnen sluiten wanneer ik dat wil. Wat is dat voor informatie?'

Rose' naam lag Blair op de lippen, maar tussen de bosjes barstte een gegil en geschreeuw van de lawaaimakers los. Moon en de drijvers hadden een stel jongens kunnen zijn die uit school kwamen, dacht hij. Er vloog een zwerm koperwieken op, slanke, zwarte vogels met felrode strepen. Rowland schoot twee keer snel achter elkaar. De drijvers bleven herrie maken en terwijl de vogels in verwarring omkeerden, herlaadde Rowland en schoot nogmaals, terwijl de mannen door het struikgewas banjerden.

Blair liep om de heg heen naar de oprijlaan van het huis, zag dat het grint niet aangeharkt was en de flagstones die van de oprijlaan naar de deur voerden, overwoekerd waren met onkruid. Het was geen arbeiderswoning, maar een groot, uit baksteen opgetrokken huis van drie verdiepingen in een afgelegen hoek van het terrein van de Hannay's; het zou het huis van een rentmeester geweest kunnen zijn of de woning van een belangrijke medewerker van een van de Hannay-bedrijven. De voorkant werd' opgesierd door smeedijzeren balkons die te indrukwekkend waren voor de ramen. De bakstenen voorgevel ging gebukt onder een zwaar stenen fronton, een Atheens kapiteel. Lelijk, leeg, misschien onbewoond, maar niet vervallen.

Rowland schoot en er ging een raam aan diggelen.

Blair vroeg: 'Heb je aan de mogelijkheid gedacht dat er iemand binnen zou kunnen zijn?'

'Ik denk het niet. Weet je waarom ik in Afrika was?'

'Ik weet niet waarom de Engelsen wat dan ook doen.'

Rowland richtte zijn geschenk van de Royal Society, schoot nogmaals en er ging een tweede ruit aan scherven.

'Ik had geen bezigheid, alleen maar verwachtingen. Ik ben daarheen gegaan om een naam voor mezelf te maken, en wie anders dan jij liep me daar voor de voeten. Ik kom thuis en daar ben je alweer. Het is pervers.'

'Ik werk voor de bisschop, dat is alles.'

'Hij zegt dat je ons helpt. Ik wil dat je dat bewijst. Wat kan die informatie over Maypole zijn?'

'Zullen we nu dan maar een paar schuren gaan aanvallen?'

Rowland schoot op twee ramen op de bovenverdieping. De ene verdween helemaal, in de andere bleef een glazen slagtand hangen.

'Er is iets dat ik niet begrijp,' zei Blair. 'Je bent hoe dan ook de volgende lord Hannay. Er moeten heel wat geschikte vrouwen zijn die wat graag een titel zouden willen hebben. Mooie, getalenteerde vrouwen, die net zo hebzuchtig zijn als jij. Waarom wil je met Charlotte trouwen?'

Rowlands ogen dwaalden van Blair naar de elzen, de nevel en de heuvels erachter, en er verscheen een weemoedige uitdrukking op zijn gezicht. 'Omdat ik me dat mijn hele leven heb voorgesteld. Omdat ze bij het bezit hoort.'

Hij huiverde. Blair rook een overrijp mengsel van eau de cologne en zweet en knoflookachtige adem, de geur die het lichaam afgeeft als de arsenicum tot op de bodem opgebrand is.

'Nee, ik heb geen enkele informatie. Niets over Maypole, en wat Charlotte Hannay betreft, die haat me,' zei hij. 'Ik denk niet dat dat nieuws is.'

De regen viel in dikke druppels en er hingen kleine natte krulletjes op Rowlands marmerblanke voorhoofd. Blair dacht niet aan het huis met de kapotte ramen. Hij haalde zich de gedempte verlichting van de kaartenkamer van de Royal Society voor de geest, de witte rijen avondkleding, een medaille om Rowlands hals. Hij zei: 'Laat me je handen eens zien.'

Rowland stak zijn linkerhand uit. Er liepen witte strepen over zijn nagels en de muis van zijn hand was vereelt, kenmerken van een arsenicumverslaving. Zou dat tijdens de receptie iemand van de koninklijke familie opgevallen zijn? vroeg Blair zich af. Zou het iemand zijn opgevallen als Rowland een gewei op zijn hoofd had gehad? Toen hij over Rowlands handpalm krabde, trok die zijn hand snel terug. Pijnlijk brandende handpalmen waren ook een symptoom van iemand die aan arsenicum te gronde ging. 'Je bent binnen een jaar dood,' zei hij.

'Dat kan voor ons beiden gelden, van onze kwalen of onze geneesmiddelen.'

'Dat hebben we gemeen.'

'Als ik me wat beter voelde, schoot ik je nu dood, maar ik heb niet de kracht om je lijk ergens heen te slepen.'

'Het komt in vlagen. Je voelt je straks weer beter.'

'Dat denk ik ook.'

Blair liet Rowland op de oprijlaan achter en liep om de heg heen. Hij moest de neiging om het op een lopen te zetten bedwingen. Eenmaal om de slakkenhoop heen, begon hij grotere passen te nemen en sneller te lopen en hij sprong aan de overkant tussen de wilgen door.

In de regen waren alle referentiepunten anders, maar Blair volgde zijn kompas. Toen hij het deksel van de mijn opentrok, stroomde het water naar binnen. Hij liet zich naar beneden zakken, vond de spring gun en gooide die met beide armen, als iemand die een golfbal slaat door de schacht omhoog, gevolgd door het voetstuk. Toen klom hij weer naar boven. Met het geweer en het voetstuk in zijn armen waadde hij door de varens naar de plek waar het rijtuig nog altijd vastgebonden stond, het paard zachtjes hinnikend in de stromende regen. Hij deed de koffer, de Railway Companion, open en wikkelde het geweer en het voetstuk in handdoeken. Doorweekt en onder de modder zweepte hij het paard op over het pad alsof Rowland mogelijk nog een golf van energie zou krijgen en alsnog achter hem aan zou komen.

In het hotel zette hij het geweer weer in elkaar en plaatste het op de drempel van zijn slaapkamer, met drie aparte draden door de zitkamer en tussen een paar stoelen. Hij naderde de slaapkamer vanuit verschillende richtingen; telkens als hij een draad raakte, zwaaide de loop in zijn richting en klapte het vuursteenslot dicht. Hij stampte kruit, een linnen prop en de ijzeren staaf in de loop en ging in het donker zitten om wat van zijn eigen arsenicum en cognac te nemen. Maar toen hij zich het beeld van Rowland voor de geest haalde, had hij geen trek meer in arsenicum. Cognac hielp ook niet. Het probleem was niet de malaria, besloot hij, maar angst. Bill Jaxon, Smallbone en Rowland maakten dat hij zijn kamer niet uit durfde, dat hij bang was om de deur open te doen zonder artillerie bij de hand te hebben.

Beneden in de straat hoorde hij klompen marcheren. De regen

trok weg en de avond veranderde van donker in zwart, alsof Wigan op zijn kop in een afgrond was gezet. Hij voelde de angst als water over zich heen golven. Nikker Blair in een stoel, bang om zich te verroeren.

Ten slotte stapte hij heel voorzichtig over de struikeldraden, ontspande de hamer van het geweer, schoof het onder het bed, deed zijn rugzak open en haalde zijn glimmende koperen telescoop uit de zeemleren wikkel.

Hij verliet het hotel via de achterdeur en stak op het donkerste gedeelte van de straat over naar de parochiekerk, waar op de voorste banken het gefluister van een avonddienst klonk. Dominee Chubb schuifelde om het altaar. Terwijl de gemeente een antwoord mompelde, sloop Blair de toren binnen en klom de trappen op.

Doordat er geen maan was, was vanaf de borstwering van de toren duidelijk te zien hoe weinig licht de straatlantaarns in feite gaven. Wigan was een zwart meer en slechts hier en daar was de straat zichtbaar in het licht dat door een raam naar buiten viel.

De regen had deze keer kans gezien de lucht te zuiveren. De sterren schitterden zo helder en zo gul dat het leek alsof de toren naar ze oprees. Hij haalde zijn kijker te voorschijn en een statief, dat hij onder aan de kijker vastmaakte en op de muur zette.

Het hing ervan af waar de waarnemer zich bevond. Orion waarde rond over de evenaar, waar de Goudkust lag. De sterren van het zuidelijk halfrond lagen als witte eilandengroepen bij elkaar met donkere zeeën ertussen. De noordelijke hemel van Wigan was meer egaal bedekt, als een bed gloeiende kolen. Waar een waarnemer zich bevond, hing van de planeten af – ook van de Poolster en de Morgenster, maar vooral van Jupiter. Voor het ongewapend oog leek hij wit. Door de telescoop bleek de planeet echter roze ringen en drie manen te hebben. Io hing als een rode speldeprik links van Jupiter en rechts waren de grijze parels Ganimedes en Callisto zichtbaar.

Naarmate zijn oog zich scherper instelde, werd Jupiter groter en helderder, tot het een schijf rozeachtig papier leek. Nu werden ook de details duidelijker: de grote rode vlek en lichte en donkere banen. Door simpel optellen was het mogelijk om de lengte van elke zichtbare plek op Jupiter te bepalen. Beter nog: met behulp van Blairs beduimelde Jupiter-tafels en de manen van Jupiter, kon hij overal op aarde zijn lengte bepalen. De zeevaarders hadden dat, toen ze nog niet over een chronometer beschikten, op dezelfde manier gedaan. Blair deed het ook nu nog op deze manier, zonder duur horloge.

Na een uur hadden de manen zich verplaatst. Io lag verder weg. Blair had ze een keer door een grote Newton-telescoop bekeken waardoor kleuren zichtbaar werden die hij nooit meer was vergeten. Hij had gezien hoe Ganimedes en Callisto van kleur veranderden als ze elkaar overlapten en ijzig, kil-blauw werden. Vanuit Jupiters schaduw verscheen Europa, de vierde en grootste maan, glad als een gele steen.

'Wat doe je?'

Blair keek achterom. Hij was er te veel op gaan vertrouwen dat iedereen in Wigan klompen of laarzen droeg; Charlotte Hannay had de trappen van de toren beklommen op schoenen die meer op pantoffels leken. Ze leek nog net zo gekleed te zijn als die morgen, misschien wat slordiger, hoewel hij dat in het donker moeilijk kon zien.

Hij draaide zich weer naar de telescoop. 'Ik probeer uit te vinden waar ik ben. Maar wat doe jíj hier?'

'Leveret heeft me de verschillende plaatsen verteld waar je naartoe ging.'

Wat betekende dat ze hem had gezocht, dacht Blair, al leek ze nog niet bereid te zeggen waarom.

'Waarom doe je dat? Je zou ook op de kaart kunnen kijken,' zei Charlotte.

'Het is interessant. Het kalmeert de zenuwen. Jupiter heeft vier manen, die al eeuwenlang worden geobserveerd. We weten de Greenwich-tijd waarop elke maan moet opkomen. Het tijdsverschil bepaalt je plaats. De lengte, in elk geval. En dat is zo mooi: er staat een klok aan de hemel waar we allemaal op kunnen kijken.'

De manen kwamen snel op. Europa was al half in het licht van zijn zustermanen. Hij maakte wat aantekeningen.

'Je zit onder de modder. Waar ben je geweest?' vroeg Charlotte.

'Wat rondgescharreld.'

'Aan het speuren?'

'Ja, "een zwerftocht over de aarde, die ik doorkruist heb". Dat zegt de satan in de Bijbel, wat bewijst dat de satan een ontdekkingsreiziger was. Of toch in elk geval een mijnwerker.'

'Heb je de Bijbel gelezen?'

'Ik heb de Bijbel gelezen. Als je de hele winter in de sneeuw in een hut opgesloten zit, lees je meer in de Bijbel dan de meeste predikanten. Hoewel ik eerlijk gezegd geloof dat missionarissen stromannen zijn van miljonairs die flanel uit Manchester aan de wereld proberen te verkopen. Nu is dat natuurlijk uitsluitend de mening van één man.'

'En wat heb je verder nog voor ideeën uit de Bijbel gehaald behalve dat de satan een mijnwerker was?'

'God was cartograaf.'

'Werkelijk?'

'Geen twijfel aan. Alleen maar kaarten. In het begin alleen maar woest en ledig, wateren, hemel, aarde, en dan legt Hij de hof van Eden aan.'

'Dat is typisch de opvatting van een eenvoudige van geest.'

'Nee, van een vakgenoot. Vergeet Adam en Eva. De belangrijke informatie is: "Er ontsprong in Eden een rivier om de hof te bevochtigen, en daar splitste zij zich in vier stromen. De naam van de eerste is Pison; deze stroomt om het gehele land Havila, waar het goud is; en het goud van dat land is goed."'

'Jij bent geobsedeerd door goud.'

'Dat was God blijkbaar ook. Kijk eens even.'

Blair maakte plaats, maar Charlotte wachtte tot hij op een armlengte afstand was voordat ze zijn plaats achter het oculair innam. Ze keek langer door de telescoop dan hij had verwacht.

'Ik zie kleine witte puntjes. Ik had niet verwacht dat je zoveel zou kunnen zien,' zei ze.

'In Afrika is het nog veel beter, omdat daar totaal geen lichten zijn. Daar kun je de manen zonder telescoop zien. Het is natuurlijk het beste om recht naar boven te kijken. Als je gaat liggen, kun je het heelal voelen bewegen.'

Ze stapte terug in het donker. 'Je bent vandaag met Rowland wezen schieten?'

'Ik heb toegekeken terwijl hij wat onschuldige vogels overhoop schoot.'

'Je hebt hem niets verteld?'

'Nee. Ik vind je nu ook weer niet zo verschrikkelijk dat ik je recht in Rowlands armen wil drijven.'

'En, waar zijn we dus? Volgens de manen, bedoel ik.'

'Nou, dat weet ik nog niet precies. Wist je helemaal niets van de escapade die Maypole in de zin had, dat hij van plan was om samen met de mijnwerkers ondergronds te gaan om tegen ze te preken tijdens het miserabele halve uur schaft dat ze hebben?'

'John wilde op het terrein preken.'

'Nee, in de mijn, anderhalve kilometer onder de grond, aan het koolfront. Wat ik niet begrijp, is hoe hij op die gedachte is gekomen. Predikant zijn is één ding; een maskerade is heel iets anders. Begrijp je wat ik bedoel? Het is niet ongewoon dat een kapelaan samen met de mijnwerkers sport, maar het zou uniek zijn als hij zou proberen om zich als mijnwerker voor te doen. Zo fantasierijk was hij niet. Waar haalde hij het idee vandaan?'

'Wat begrijp je nog meer niet?'

'Waarom iemand hem daarbij zou helpen.'

Hij wachtte tot ze zou beginnen over het meisje in haar cottage dat hij bang had gemaakt. Aangezien dit de tweede keer was dat ze er niets over zei, nam hij aan dat het meisje zijn bezoek niet had gemeld.

'Je kunt haast niet wachten tot je naar Afrika terug kunt gaan, is het wel?'

'Nee.'

'Het schijnt heel indrukwekkend te zijn. Ik begin te begrijpen waarom je het mist.'

Wat was dit wel? vroeg Blair zich af. Een sprankje licht in de duisternis? Medeleven? Iets anders dan alleen maar vernietigende minachting? Het viel hem op dat Charlottes stem niet zo gespannen was als anders, en haar ogen glansden in het donker meer dan overdag.

'Je geeft klaarblijkelijk veel om de Afrikanen,' zei ze. 'Wij worden geacht troepen te sturen om ze te helpen, maar we schieten ze alleen maar dood.'

'De Engelsen zijn goede soldaten. Ze vechten voor bier en ver-zilverde lepels en Pear's zeep... ze weten niet waarom ze vechten, ze worden gewoon gestuurd. Maar ik weet het. Ik weet dat de kaarten die ik teken tot gevolg hebben dat er nog meer soldaten worden ge-stuurd en ingenieurs van de spoorwegen en hoge-drukslangen om het goud uit te wassen. Ik ben veel erger dan duizend soldaten of tien Rowlands.'

'Je doet in elk geval iets. Je staat midden in de wereld en je speelt niet met – hoe noemde je het – een poppenhuis?'

'Het is geen poppenhuis. Ik was werkelijk onder de indruk van het Tehuis. Je helpt die vrouwen.'

'Misschien. Ik denk dat ik een meisje iets heb geleerd, en vervol-gens stapt ze de deur uit en gaat rechtstreeks terug naar de man die haar te gronde heeft gericht. Het maakt niet uit of het een mijn-werker, een lakei of een winkelbediende is. Ik heb geleerd dat een meisje alles gelooft wat een man zegt. Alles.'

'Soms is het andersom. Ik heb hier een meisje ontmoet dat een man ervan kon overtuigen dat ze de koningin van Seba was.'

'Heeft ze jou ook overtuigd?'

'Bijna.'

'Maar dat is een flirt. Ik heb het overigens over verstandige vrou-wen met kinderen in hun armen die luisteren naar een man die op hoge toon beweert dat de maan een rond brood is dat het beste smaakt met een glas bier op een veren kussen.'

'Dat is geen geloven, dat is een man en een veren kussen willen hebben.'

'Waar zoek je nog meer naar?' Charlotte keek weer omhoog.

'Ik reis overal heen. De odyssee van de arme. Ik deed dat als jon-gen al en dan verzon ik er van alles bij. Zie je dat de Maagd achter de Leeuw aanzit in plaats van andersom? Wat zouden de oude Grieken daarvan hebben gedacht? Vervolgens zwem ik de Melkweg over naar Orion en zijn trouwe Grote Hond.'

'Je kwam uit een arm maar liefderijk gezin?'

'Ja, maar het was mijn familie niet. Een Chinese familie zorgde voor me. Later kwam ik erachter dat de grootste angst van de moe-der was dat een van haar dochters verliefd op me zou worden, op een barbaar.'

'En is dat gebeurd?'

'Nee. Ik was werkelijk door en door barbaar. Ik van mijn kant ben wel op een van hun verliefd geworden.'

'Je schijnt een zwak te hebben voor exotische vrouwen.'

'Ik weet niet of je dat een zwak mag noemen. Je bent nooit verliefd geweest op neef Rowland?'

'Nee, maar ik begrijp hem wel. Een Rowland is een Hannay zonder geld. Niet wat jij onder arm verstaat. Erger. Jij was arm tussen de armen. Ik bedoel arm terwijl de gemeenschap waarin je je beweegt rijk is. De vernedering als al het geld moet worden besteed aan japonnen voor je moeder en je zuster, zodat die de juiste bals kunnen bijwonen. Zonder hulp van mijn vader zouden de Rowlands in een driekamerwoning in Kew wonen. Rowland ziet geen sterren, hij ziet alleen maar geld.'

'Trouw niet met hem.'

'Als ik dat niet doe, sluit mijn vader het Tehuis. Ik krijg nooit voldoende geld bij elkaar om een nieuw te openen. Ik zit net zo klem als Rowland.'

'Het klinkt alsof je meer gevangen zit dan de meisjes in het Tehuis. Zij moeten de gevolgen dragen, maar ze hebben in elk geval een beetje plezier gehad. Heb je ooit plezier met Maypole gehad?'

'Ik denk niet dat ik John ook maar een ogenblik plezier heb gegeven.'

'Toch hield hij van je.'

'Ik dacht dat je zei dat hij smoorverliefd was op een mijnmeid.'

'Dat is ook weer iets waar ik nog niet achter ben. Heb je het koud?'

'Nee. Welk sterrenbeeld is die driehoek?'

Hij keek langs haar uitgestrekte hand naar de sterren. 'De kameelpardel.'

'Wat is een kameelpardel?'

'Een giraffe.'

'Dat dacht ik al. Ik heb plaatjes van kameelpardels gezien en vond dat ze op giraffes leken. Het zíjn dus giraffes. Ik kan mijn graf in zonder dat die vraag me bezighoudt.'

'Was je van plan te springen? Bij de vildersput?'

'Nee, daar had ik de moed niet toe.'

'Op dat moment niet, bedoel je?'

'Ik weet zelf niet goed wat ik bedoel.'

Ze zwegen. Het geluid van een rijtuigpaard beneden leek mijlenver weg.

Ze zei: 'Ik heb John misbruikt. Hij zou een dergelijk armzalig huwelijk hebben geaccepteerd en me mijn gang hebben laten gaan. Hij was te goed, te zuiver, een christelijke sneeuwman.'

'Niet helemaal een sneeuwman.' Hij dacht aan Rose.

'Beter dan ik.'

'Earnshaw?'

'Afgrijselijk. Ik wou dat ik hem had laten lijden.'

'Als jij hem niet kon laten lijden, kon niemand dat. Dat is als compliment bedoeld.'

'Dank je. Voor je eigen bestwil moet ik je vertellen dat je John Maypole nooit zult vinden. Waar hij precies is, weet ik niet, maar ik weet wel dat hij weg is. Het spijt me dat je hierbij betrokken bent geraakt. Je bent een interessante man. Ik ben unfair geweest.'

Ze kwam naar de rand van de balustrade. Een asgrauw licht vanaf de straat gleed over haar gezicht. 'Ik laat je weer alleen met je sterren,' zei ze.

Even voelde hij een heel lichte aanraking op zijn hand en toen was ze verdwenen, ging snel de ladder af naar de trappen van de klokketoren.

Blair vond Jupiter terug. De maan Io hing nog steeds aan de ene kant. Aan de andere kant voegden Ganimedes en Callisto zich samen tot een blauwe tweeling. Europa was nu helemaal vrij van Jupiter gekomen, als een steen die door een reusachtige arm weggeworpen was.

Maar zijn gedachten bleven bij Charlotte. Toen ze daar stond, in het zwakke licht van beneden, was ze een totaal andere Charlotte geweest en er kwam een nieuwe gedachte bij hem op. Hij was te veel afgeleid om zijn lengte te bepalen aan de hand van Jupiters manen. Nu had hij totaal geen idee meer waar hij was.

24

WAT BLAIR VOOR DE GEEST KWAM toen hij haar bleker dan bleke weerschijn zag, was Rose. En het meisje in Charlottes cottage. Hoe ze zich in het donker verborgen had gehouden als een dienstmeisje dat wordt betrapt terwijl ze de jurk van mevrouw past. Van opzij gezien vertoonde ze een vage gelijkenis met Rose, maar hij kon niet zeggen of dat een kwestie van lengte was of de glans van haar haar. Weer zag hij de verstoorde maaltijd op de keukentafel, een plek zonder boek, zonder een lamp zelfs. Wat hem opviel was dat ze, ondanks haar angst, tegen Charlotte met geen woord had gerept over een vreemde man voor het raam.

Hij deed de telescoop en het statief in zijn rugzak, klauterde de klokketoren in en rende de trappen af. De dienst was afgelopen en de kerk was een hol zwart vat met alleen in de zijkapellen wat waterige votiefkaarsen. Buiten was geen spoor van Charlotte te bekennen, niet voor de kerk en ook achter tussen de grafstenen niet. Waarschijnlijk had ze een rijtuig in de buurt van zijn hotel staan.

De kortste weg was door het straatje met de vleeskramen. Blair rende achter haar aan toen hij struikelde en zijn hoed van zijn hoofd vloog. Er kwam een voet uit het duister en hij kreeg een schop in zijn maag. Hij rolde opzij en probeerde adem te halen terwijl andere voeten doorgingen met duwen en schoppen. Hij kreeg een vette prop in zijn mond die zijn tong bijna in zijn keel duwde. Handen bonden riemen om zijn polsen en enkels en gooiden hem op een houten plank die begon te rijden. Een kar, dacht hij. Toen ze de straat overstaken, was er voldoende licht om te zien dat de zijkanten van de kar rood geschilderd waren. Hoewel er geen paard voor de kar stond, ging het steeds sneller onder het geluid van een dozijn klompen op de keien.

Bill Jaxon keek over de zijkant van de kar en zei: 'Hij kan zien.'

Er werd een zak over Blairs hoofd getrokken. Een scherpe wolk buskruit prikte in zijn ogen en benam hem de weinige adem die hij nog had. De wielen van de kar reden krakend over schelpen, gleden weg op schapemest, steeg in, steeg uit. De processie wrong zich door een deur en racete een helling af. Hij hoopte dat ze hem alleen maar bang wilden maken en hem, nadat ze de halve stad rond waren gereden, zouden laten gaan. Mogelijk was het een goed teken dat Jaxon niet alleen was. Er werden een paar zware deuren opengedaan en de kar bolderde de echo van een gang binnen. Blair kon zich niet herinneren dat er ergens midden in de stad nog een werkende mijn was. Zijn handen vonden een losse pen op de bodem van de kar. Hij was aan de ene kant glad en gespleten en wollig aan de andere kant, en nu begreep hij dat het rood dat hij had gezien geen verf was en dat hij terug bij de vildersput was.

De zak werd samen met een bos haar van zijn hoofd gerukt. Deze keer was hij op de bodem van de put waar de vilder overdag stond te wachten tot de schapen naar beneden werden gegooid en hun poten braken zodat ze makkelijker af te maken en te slachten waren. Nu was er echter geen vilder en schapen waren er ook niet, hoewel de vloer bedekt was met een laag vet en geronnen bloed. Tegen de zijkant van de put stonden een paar hakblokken, rood als altaren. Lampen hingen aan vleeshaken. Vroeger waren de wanden witgekalkt geweest, maar dat was nog maar nauwelijks zichtbaar door de lagen zwarte en verse rode spetters.

Bill Jaxon kleedde zich uit tot hij alleen nog maar een zijden sjaal om had en zijn klompen met koperen neuzen aan. Blair herkende Albert Smallbone. Aan hun zwarte maskers van kolenstof kon hij zien dat er verder nog vier mijnwerkers waren, en een man met een grote snor herkende hij als de stalknecht van de Hannaymijn, de man die hij met de pony had geholpen. Ze trokken hem de kleren van zijn lijf en scheurden zijn overhemd open, zodat de knopen over de vloer kletterden. Toen ze hem op zijn rug gooiden en zijn broek uittrokken, wenste hij dat de mijnwerkers echte maskers droegen, wat betekend zou hebben dat ze niet herkend wilden worden. Ze schenen dat echter geen probleem te vinden.

'Nou heb-ie ook een zwarte bek, net as wij,' zei Bill zo plat als hij maar kon. Zwart van het kruit en niet van het kolenstof, dacht Blair.

Bill was als een gespierde danser die vol verwachting stond te springen. Blair voelde zich klein en naakt toen ze hem overeind trokken, besmeerd met bloed van de kar en van de vloer. De mannen trokken hem een paar klompen aan en drukten de gespen dicht.

'Ik zal uitkijken of er soms politie aankomt,' zei de stalknecht en ging er haastig vandoor.

Bill zei: 'Zie je nou wat je krijgt als je met een meisje uit Wigan legt te donderjagen? Assie een Wiganse bink wil zijn, moe-je leren spinnen.' En tegen Smallbone: 'Trek de kurk eruit.'

Smallbone trok de lap uit Blairs mond en hield hem omhoog. Anderen duwden zijn hoofd naar voren waarop Bill zijn sjaal om Blairs hals deed en aantrok tot hun voorhoofden elkaar raakten.

Blair zei: 'Ik had je kunnen laten verdrinken.'

'Jouw fout.'

Smallbone deed de lap met een ruk naar beneden en voordat Blair ook maar een kans had gekregen om zich te bewegen, had Bill hem al twee schoppen gegeven. Zijn beide benen waren gevoelloos en bloedden. Versuft viel hij op zijn knieën.

'Zal ik even helpen?' vroeg Bill.

Toen Blair zijn hand uitstak, stompte Bill hem midden in zijn gezicht en voelde Blair zijn neus breken. Bloed stroomde over zijn borst. Twee seconden, dacht hij, en nu al zag hij eruit als een schaap dat de grote sprong had gemaakt.

Hij drukte zich op. Het probleem was dat zodra zijn klompen door de korst op de vloer braken, ze op het schapevet daaronder weggleden. Bil bewoog zich daarentegen met verbluffend gemak. Hij spreidde zijn armen, bond zijn sjaal opnieuw om, maakte een schijnbeweging en tikte Blair terwijl die uitgleed zacht op zijn voorhoofd, draaide zich langzaam om en schopte keihard naar dezelfde plek, maar Blair was weggerold.

'Doen jullie hier niets aan?' vroeg Blair aan de mijnwerkers, maar die duwden hem terug in Bills richting en bleven als een troep honden om hen heen staan.

Bill liep te pronken als een kampioen, de pracht van een wit lichaam op een rode vloer, en streek met zijn vingers door zijn lange zwarte haar. Een massief bovenlijf dat op een smalle taille draaide, en de glimlach van een man die sport tot kunst verhief. Hij gaf Blair alleen maar een duwtje, waarop die terugdeinsde en viel.

'Zal ik een handje helpen?' vroeg Bill weer.

Blair kwam onzeker, maar wel op eigen kracht overeind. Bill rende op hem toe, tilde hem met zijn voeten van de grond en droeg hem tot tegen de muur. Blair werd bijna platgedrukt, met zijn armen achter de rug van de veel grotere man. Hij trok Bills hoofd aan de haren achterover, gaf hem een kopstoot en wrong zich los.

De mijnwerkers blokkeerden de deur waar de kar stond. Blair keek omhoog naar de rand van de put, waar hij eerder met Charlotte had gestaan en waar nu de stalknecht stond. Hij zou hard moeten schreeuwen om boven de put uit en over de schapehokken heen in de huizen eromheen gehoord te kunnen worden.

Bill schudde zijn hoofd en draaide met zijn schouders. Hij had niet meer dan een rode vlek op zijn voorhoofd.

'Is je wel iets opgevallen?' vroeg Smallbone aan Blair.

'Wat?'

'Je maakt je helemaal geen zorgen meer om Maypole.'

Bill kwam haast op de tenen van zijn klompen naderbij terwijl Blair zijdelings terugtrok. Bill deed net alsof hij Blairs voorste been onder hem uit wilde halen, maar schopte Blair op het moment dat die achterover leunde tegen de binnenkant van zijn dij, bleef komen, en schopte Blair met zijn andere klomp laag in de rug. Blair deed een stap naar voren en sloeg hem midden op zijn bek. Dat hielp ongeveer net zoveel als wanneer hij een man die met zwaarden gewapend was een klap zou hebben gegeven. Bill schopte hem midden op zijn borst en hij rolde tegen de muur. Katten 'spinnen'. Wat had dat nu toch met schoppen te maken? vroeg Blair zich af. Of iemand vermoorden met klompen met koperen punten? Hij merkte dat hij rechtop tegen de muur stond. Hij zag inmiddels zo rood alsof hij gevild was. Hij dook en Bill schopte een wit gat in het pleisterwerk. Toen Blair hem probeerde te tackelen, sprong Bill opzij, liet hem struikelen en schopte hem tegen de zijkant van zijn hoofd. Het was dat Blair nog rolde, anders waren zijn hersens door zijn oor naar buiten gekomen.

'Zo is het wel genoeg, Bill,' zei een van de mijnwerkers.

Maar Smallbone zei: 'Bill is nog niet klaar.'

Bills klomp raakte Blairs kin – niet vol, maar wel zo dat hij een losse tand onder zijn tong voelde. Knopen, tanden – hij was bezig als een lappenpop uit elkaar te vallen. Het duizelde hem terwijl Bill draaide als een dansende derwisj. Weer een schop en Blair kwam tegen de andere muur terecht. Weer kwam hij overeind. Dat scheen zijn rol in het drama te zijn. Een schop in zijn ribben deed hem halverwege de vloer en tegen een hakblok belanden. Een hakmes zou nu wel handig zijn, dacht hij. Hij trok zich aan het blok omhoog en bleef staan.

'Ga je hem doodmaken?' vroeg iemand.

'Hij staat nog,' zei Bill.

Als het daarom ging, dacht Blair, dan zou hij met genoegen gaan liggen. Voordat hij dat kon doen, sprong Bill sierlijk door de lucht en gaf hem zo'n harde schop dat hij het gevoel had alsof hij uit een kanon weggeschoten werd. Hij sloeg dubbel. Bill schopte zijn knieën van achteren onder hem uit. Nou, nu lig ik dan, dacht hij.

Het maakte niet uit. Terwijl hij zich oprolde, schopte Bill hem in zijn zij, tegen zijn armen, tegen zijn benen. Dit was de manier waarop ijzer koud gesmeed werd, door te hameren. Blair beefde en dat was niet van de kou.

'Politie!' schreeuwde de stalknecht van boven.

Niet vlug genoeg. Bill rukte Blairs rugzak open.

'Nee,' zei Blair zwak.

Bill wikkelde de telescoop uit het zeemleer en sloeg hem tegen de muur. De koperen buis boog krom en het gebroken glas stroomde als zand naar buiten. Hij gooide de telescoop opzij en gaf Blair nog een schop tegen zijn hoofd.

Het volgende waar Blair zich van bewust was, was dat de lampen weg waren. Hij bleef doodstil liggen tot hij zeker wist dat hij alleen in het donker was. Hij deed geen pogingen om de schade vast te stellen. Hij wilde het eigenlijk liever niet weten. Hij was gedeeltelijk gevoelloos, wenste dat hij dat helemaal was.

Het zou eenvoudiger zijn geweest om hem gewoon naar beneden te gooien. Hij dacht aan zijn moeder die overboord was gezet.

Achteraf gezien kwamen de golven hem warm en rustig voor, in elk geval zachter dan de vloer van de vilder.

Hij zei tegen zichzelf dat hij, als hij bij de muur kon komen, de deur zou kunnen vinden, en als hij de deur had gevonden, op straat zou kunnen komen. Maar toen hij zijn hoofd optilde, begon alles te draaien en het laatste waarvan hij zich bewust was, was dat hij de tand in zijn mond niet inslikte.

Water bracht hem bij. De stalknecht was teruggekomen met een lantaarn, een emmer en lakens.

'Er kwam helemaal geen agent aan, maar anders zou Bill je helemaal in mekaar hebben geschopt. Ik geloof trouwens dat hij dat toch heeft gedaan.'

Waren dat zijn eigen handen, dacht Blair, zo rood en onzeker? Hij waste ze met het laatste restje water in de emmer voordat hij zijn vingers in zijn mond stopte en de tand terug in het gat drukte.

De stalknecht droogde hem af met een laken. 'Je kan natuurlijk naar de politie gaan, maar dat helpt geen ene donder. Wij dekken Bill allemaal en hij zegt dat je met zijn meissie aan het rotzooien was.'

'Rose?' Blair probeerde te praten zonder zijn kaken te bewegen.

'Wie anders?'

De lichtste aanraking van de huid gaf een gevoel alsof hij zich met een mes sneed. Waar Blair echter op wachtte was het duidelijker teken van een gebroken arm of een rib die twee kanten tegelijk uitging.

'Je kop ziet d'r uit als een rauwe biefstuk.'

Blair gromde van misselijkheid, instemmend, maar zeker niet van verbazing.

'Ik heb het kolenstof zo goed mogelijk uit de wonden gewassen, anders zie je d'r voor de rest van je leven als een mijnwerker uit, maar je moet je wel ergens weer aan elkaar laten naaien en dan als de donder maken dat je op de trein komt. Bill houdt niet op totdat je vertrokken bent. Ik heb je kleren zo netjes mogelijk gehouden en je hoed en je schoenen en je rugzak heb ik ook voor je. Het spijt me echt van je telescoop. Kun je staan?'

Blair ging staan en viel flauw.

Toen hij bijkwam, lag hij in de kar. Hij was aangekleed en de kar reed, dus er zat schot in. Hij hield zijn ogen een beetje open en zag een straatlantaarn boven zich passeren.

De stalknecht duwde de kar in zijn eentje voort. Hij keek en vroeg: 'Kan ik verder nog iets voor je doen, meneer Blair? Kan ik soms iets voor je halen?'

'Macaroni,' mompelde Blair.

'Maca...? O, ah, nou snap ik het. Net als in Afrika. da's een goeie, meneer Blair. We zijn er bijna. Ik zal zorgen dat je op je kamer komt, maak je maar geen zorgen.'

De stalknecht had van de lakens een soort bed gemaakt, maar de kar hobbelde zo dat Blair het gevoel had alsof hij zonder meer over de keien werd gerold. Met moeite hief hij zijn hoofd op. 'Maypole?'

'Dat weet niemand. Vergeet die nou verder maar. Zal ik je eens wat vertellen, meneer Blair? Ik zal jou meer missen.'

25

Hij HOORDE iemand zeggen:

> 'For oft, when on my couch I lie
> In vacant or in pensive mood,
> They flash upon that inward eye
> Which is the bliss of solitude;
> And then my heart with pleasure fills,
> And dances with the daffodils.'

Het was beter dan de laatste sacramenten.

Zijn ogen zaten dicht en zijn ledematen reageerden niet en voelden heel ver weg. Als hij zijn hoofd optilde, werd hij misselijk en had dus waarschijnlijk een hersenschudding. Hij haalde piepend adem door een neus die rustig gebroken maar haastig gezet was, en sliep heel diep of kon nauwelijks een minuut slapen voordat hij wakker werd omdat hij zijn best moest doen om adem te halen of zijn hechtingen prikten. Als hij de mijnwerkers 's morgens langs hoorde komen, droomde hij van klompen en kreunde alsof zijn hoofd een kei was.

Er werd hem thee en laudanum tussen de lippen gegoten. Laudanum was vloeibare opium en de beelden gleden door zijn geest, een stroom herinneringen die loskwam. Het ene moment lag hij in bed in Wigan, het volgende lag hij lekker languit op een rode heuvel in Afrika, en even later was hij voor de veiligheid zo diep mogelijk ondergronds weggekropen.

Een mijnwerker in uniform daalde in Blairs put af, nam een koperen helm van zijn hoofd om de struisveren te beschermen en streek onderzoekend met zijn hand over de muur.

'Kun je me horen? Ik ben het, Chief Constable Moon. Je leeft er goed van, Blair, erg goed. Ik heb nog nooit een kamer als deze helemaal voor mezelf gehad. Moet je dat behang zien. Moet je dat bed voelen. Zo zacht als een maagdenkontje. Heb ik gelijk, Oliver? Zo zacht als een maagdenkontje? De meid zou het niet weten, Blair. Net zo min als jij.' De veren fladderden toen hij zijn helm met zijn mouw oppoetste. 'Wel, ik neem aan dat je van de trap gevallen bent? Een ongelukje? Ik wil alleen maar zeker weten dat je niet simuleert; het geld van de bisschop opstrijken en lui in bed liggen met alleen maar een kapotte kop en hoogstens een of twee gebroken ribben. Het is al erg genoeg dat je eerlijke arbeidersmensen van streek maakt, vrouwen aanklampt en de mannen ophitst, maar als je een plaatselijk meisje verleidt, kun je bezwaarlijk bij de wet aankloppen om bescherming. Hier beschermen de mannen eigen volk.' Hij boog zich over Blair heen. 'Eerlijk gezegd kon ik eerst maar moeilijk geloven dat je de beroemde ontdekker was, maar nu zie je er pas echt als "Nikker Blair" uit.'

Met zijn innerlijk oog zag Blair een veld vol narcissen waar een mijnmeisje doorheen liep dat een boeket plukte. Zij stond op de top van een heuvel; hij stond aan de voet, verblind door de zon. Hij kon roepen zoveel hij wou, ze hoorde hem niet.

Leveret kwam bij hem in de put.

'Ik weet niet of je me kunt horen, maar ik wilde je vertellen dat Charlotte erin heeft toegestemd om met Rowland te trouwen. Om precies te zijn heeft ze de dag nadat jij in jouw... toestand werd gevonden, toegestemd. De bisschop is bijzonder in zijn schik, voornamelijk door jouw toedoen, en je bent vrij om te gaan zodra je daartoe in staat bent. Ik heb een aanbeveling gedaan om je een extra bonus te geven en de bisschop gevraagd een brief te schrijven waarin hij zich verplicht om je terugkeer naar de Goudkust te steunen. Dat heb je verdiend.' Leveret knielde op de kolen. 'Ik moet je iets bekennen. Toen je hier kwam, wist ik dat de bisschop meer geïnteresseerd was om Charlotte zover te krijgen dat ze zijn zin deed, dan in het vinden van John Maypole. Toch heb ik steeds gehoopt dat je hem zou vinden.' En veel zachter: 'Je hebt dus iets met een vrouw gehad. Je bent ook maar een mens.' Waarna hij er nog aan toevoegde: 'Ik benijd je.'

Een gloeiend kooltje sloeg het uur. Hij dacht aan Charlottes cottage, waar een meisje met rood haar zich in het donker schuilhield.

Duisternis was aangenaam. Hij hoorde iemand in de tunnel, niet Leveret, maar iemand die bekender was, de oude Blair kwam binnenstrompelen – hoe was het mogelijk – met zijn jas van beverbont aan en een whiskywalm om zich heen, fluitend en nu en dan wat zingend.

> *Maintes genz dient que en songes*
> *N'a se fables non et mencognes...*

Hij plofte in een stoel en liet zijn jas openvallen waaronder een zwart front en een collaar zichtbaar werden. In zijn ene hand had hij een boek met een verschoten rode kaft, in de andere een lamp. Hij draaide de pit omhoog en hield de lamp boven Blair.

'Nog meer gedichten. Hoe is je middeleeuws Frans? Niet zo best, zeg je? In coma net zo goed als wanneer je bij bewustzijn bent? Goed dan. Men zegt dat we je moeten voorlezen om je geest levend te houden voor het geval die nog in leven is.' Hij sloeg het boek open. 'Ruik je dat?'

Een roos, dacht Blair.

'Een gedroogde roos,' zei de oude Blair.

Er viel een pony in de schacht, zijn witte staart en manen klapperend als vleugels, eerst tegen stenen en toen tegen hout terwijl hij naar beneden viel. De staart van het paardje slierde er achteraan.

Oude Blair kwam weer terug. Blair was blij te zien dat hij niet alleen uit de dood was opgestaan, maar dat hij er ook beter op was geworden en zijn door de motten aangevreten bontjas had geruild voor de rood-gevoerde cape van een bisschop. De oude man was bezorgd. Nadat hij een paar aardige dingen had gezegd en geen reactie had gekregen, bleef hij een uur stil in het donker van de tunnel zitten voordat hij zijn stoel dichterbij trok. De bezoeker van iemand die in coma ligt, is praktisch alleen, waardoor woorden een spontaniteit krijgen die ze gewoonlijk ontberen.

'Je had gelijk wat Rowland betreft. Ik hoop alleen dat hij zo spoedig mogelijk een zoon voortbrengt. Daarna mag hij zich wat mij betreft vergiftigen, maar eerst moet hij met Charlotte trouwen. Zij heeft de kracht van de Hannay-lijn. Het gaat of door haar, of het wordt een krachteloos karikatuur en dergelijke families hebben we al genoeg, met erfgenamen die zo zwakbegaafd zijn dat ze hoogstens met de kinderjuffrouw kunnen praten, of helemaal van naatje betoeterd zijn. Lang nadat Rowland voer voor de wormen is geworden, zal Charlotte Hannay Hall nog leiden, desnoods als een republiek als ze daar zin in heeft. Oude families hebben vreemde problemen.' Weer rook Blair een zwakke geur van rozen. 'En merkwaardige kostbaarheden. Herinner je je nog dat ik je de laatste keer uit de *Roman de la Rose* heb voorgelezen? Ik hoop niet dat je de Bijbel had verwacht. De *Roman* was het grote gedicht van de riddertijd.' Blair hoorde bladzijden ritselen. 'Vroeger waren er honderden exemplaren, maar wij prijzen ons gelukkig dat we er een hebben die de tijden heeft overleefd en inmiddels vijfhonderd jaar in het bezit van de familie is. Jammer dat je de illustraties niet kunt zien.'

Blair haalde zich een kleurige plaat voor de geest van een liefdespaar in een hemelbed omlijst door bloemen van bladgoud dat in het lamplicht glansde en van kleur veranderde. 'Het is uiteraard allegorisch. Overduidelijk seksueel. Het gedicht speelt in een tuin, maar in plaats van een boom van Goed en Kwaad staat er in het midden alleen een enkele rozeknop die de dichter hartstochtelijk begeert. Nu zou je zoiets niet meer kunnen schrijven, laat staan publiceren. Alle Chubbs en mevrouw Smallbones van het land zouden ertegen in opstand komen, het exorciseren, verbranden. Ik zal het al lezend vertalen en als je het nu echt verschrikkelijk saai vindt, til je maar een hand op of je knippert met een oog.'

Blair maakte een kussen van kolen om te luisteren. Het was het soort antieke, eindeloze verhaal dat uitdijde als een concentrische tuin, en zijn gedachten dwaalden af en keerden weer terug, raakten het verhaal kwijt en vonden het weer terug. Venus, Cupido en Abstinent speelden verstoppertje tussen de heggen. Narcissus rustte bij de vijver.

> *Ce est li Romanz de la Rose,*
> *Ou l'art d'Amors est tote enclose.*

Hij probeerde zijn tijd in het donker nuttig te besteden met de dag van de brand nog eens na te gaan. Hij had een nieuw voordeel. De stukjes informatie die hij had, lagen door elkaar als de tegeltjes van een gedeeltelijk bedekt mozaïek en hij had al eerder geprobeerd om enig perspectief te brengen in het weinige dat hij wist. Nu zijn eigen geest helemaal door elkaar lag, bepaalde hij zich telkens tot een van die kleine, losstaande details en bekeek die nader.

Hij zag Maypole zich 's morgens vroeg aansluiten bij de mijnwerkers die op weg waren naar de mijn. Het was donker en nat en de kapelaan had de kleren aan die hij van Jaxon had geleend, zijn zwakke kin verborgen achter Jaxons sjaal.

Ze liepen over Scholes Bridge, door Wigan en, nog voordat het licht begon te worden, over de velden. Maypole bleef wat achter, maar wel bij de groep, en werd door zijn lengte en door het feit dat Jaxons maat, Smallbone, naast hem liep voor Jaxon aangezien.

Bij de lampisterij verloor Blair ze uit het oog. Haalde Smallbone de lampen voor beide mannen op? Nam 'Jaxon' zijn eigen lamp in ontvangst, verborgen achter zijn sjaal? Van de grauwheid van het terrein daalden ze in het donker van de schacht af. In de kooi stonden ze zo dicht op elkaar gepakt dat het zwakke schijnsel van de veiligheidslampen helemaal afgeschermd werd. 'Jaxon' hoestte en iedereen wendde zijn gezicht af.

Beneden, in het oog van de mijn, staken de mannen alleen maar even hun hand op naar George Battie, de opzichter, voordat ze in de gangen verdwenen. 'Jaxon' en Smallbone zorgden dat ze vlug uit Battie's zicht verdwenen, maar eenmaal in de tunnel bleven ze staan omdat 'Jaxon' iets aan zijn klompen moest doen, terwijl de andere mijnwerkers, die mogelijk zouden zien dat 'Jaxon' plotseling een onhandige kapelaan was, doorliepen.

Het was zelfs nog beter: door het vochtige weer was er methaan uit de kool gekomen. Aangezien Battie schieten had verboden tot het gas weggetrokken was, hadden de schietmeester en 'Jaxon' een gemakkelijke dag en hieuwen kool in plaats van het normale werk, maar langzaam, zonder zich zodanig in te spannen dat ze zich zouden moeten uitkleden. Ze werkten helemaal aan het eind van het koolfront, waar niemand meer dan een meter voorbij zijn lamp kon kijken. Op die dag zou Smallbone met iedereen hebben kunnen werken. De echte Jaxon kwam later het terrein op en schoot ongezien het ophaalgebouw binnen voor het geval er moeilijkheden zouden komen.

Als iemand aan dat koolfront had gemerkt dat de Bill Jaxon daar beneden zogezegd niet zichzelf was, dat zijn kledij of zijn gedrag hem zelfs in het donker had verraden, dan zou bovengronds niemand dat ooit aan de weet komen, aangezien al die mannen in hun graf lagen. Mogelijk was de verdwijning van Maypole helemaal geen mysterie, nu zo velen samen met hem verdwenen waren.

Wat gebeurde er verder? Hij probeerde het zich voor de geest te halen, maar zag alleen Maypoles dagboek, de regels horizontaal en verticaal door elkaar, wat erg verwarrend was. Zinnen zagen er niet als woorden uit, maar als een latwerk van doornige twijgen waaraan terwijl hij ernaar keek, rode knoppen kwamen.

De oude Blair vertaalde in Hannay's onmiskenbare, rollende toonval, alsof hij Frans kende.

Ik greep de rozestruik bij haar tere takken
Zo soepel als een wilgeboog,
En trok haar met mijn beide handen dicht tegen me aan.
Voorzichtig om de doornen te vermijden,
Begon ik dat heerlijke knopje open te maken
Dat nauwelijks zonder schudden geplukt kon worden.
Ze beefde en heerlijke rillingen deden haar takjes trillen;
Ze waren niet gekwetst, want ik probeerde
Geen wond te maken, hoewel ik niet kon voorkomen
Dat ik een onbeduidend spleetje in de huid maakte.
*   Toen ik het knopje openmaakte,*
Liet ik een zaadje in het midden vallen, terwijl ik de blaadjes spreidde
om hun schoonheid te bewonderen,

En diep doordrong in die geurende bloem.
Het gevolg van al dit spel
Was dat het knopje openging en groter werd.
Natuurlijk herinnerde de roos me aan mijn belofte
  En zei dat ik buitensporige eisen stelde,
Maar desondanks verbood ze me nimmer
Dat ik het bloempje pakte en openmaakte
en van haar roze prieeltje plukte.

Blair deed zijn ogen open. De gordijnen waren dicht, maar bewogen zachtjes en het licht scheen er doorheen als gespiegelde schaduw. Regen tikte op het kozijn. In de haard zakten de kolen in elkaar. Heel voorzichtig kwam hij overeind, alsof hij bang was dat zijn hoofd zou splijten. Op het nachtkastje stonden een waskom en een kan met water. Lege stoelen waren tot dicht bij het bed geschoven en de deur naar de zitkamer stond op een kier.

Hij liet zijn benen over de rand van het bed glijden. Zijn mond was zo droog dat het leek alsof zijn tong aan zijn gehemelte vastgeplakt zat, maar zijn hoofd was helder, alsof de wind een laag stof weggeblazen had. Hij ging staan en scharrelde, steunend op een stoel, naar de kast. Hij moest aan Livingstone denken die geloofde dat hij niet zou sterven zolang hij door bleef gaan, met als gevolg dat hij steeds verder de Afrikaanse wildernis in strompelde tot zijn dragers hem ten slotte vonden, gestorven terwijl hij in gebed geknield lag. Blair besloot dat hij nog niet van plan was om te sterven en zeker niet door te gaan bidden.

Toen hij in de spiegel keek, vergat hij Livingstone en dacht aan Lazarus, die al vier dagen dood was toen hij op wonderlijke wijze verrees. Zo zag Blair er in de spiegel uit: rijp voor verrijzenis. Hij zat zo vol met blauwe plekken dat het niet te beschrijven was, grote vlekken, zo paars als aubergine, andere een week oud, in verschillende tinten geel alsof hij aan geelzucht was gestorven of aan de pest. Zijn ribben zaten volgeplakt met pleisters en boven beide oren was zijn haar weggeschoren en zaten hechtingen. Hij draaide zijn hoofd om ze beter te kunnen zien. Keurig werk. Een wenkbrauw was gespleten, maar zijn neus had een menselijk formaat en de tand zat weer vast, dus hij leefde nog.

Hij haalde Maypoles dagboek achter de spiegel vandaan en sloeg het open op de plaats waar de kleine foto van Rose zat.

'Je bent wakker.' Leveret kwam vanuit de zitkamer binnengerend. 'En je bent op. Laat me je helpen.'

Blair viel tegen een stoel en klemde het boek vast. 'Als je me wilt helpen, moet je zorgen dat ik hier wegkom. Ik moet me verbergen.'

Leveret ving hem op en leidde hem voorzichtig terug naar het bed. 'Waar wil je heen? Afrika? Amerika?'

'Rowland heeft me een huis laten zien.'

Het rood-bakstenen huis straalde een naargeestige sfeer uit, alsof het stond te piekeren over het feit dat het afgezonderd stond van alle andere gebouwen op het Hannay-terrein. De oprijlaan stond in verbinding met een laan die overwoekerd was met onkruid. De heg beschermde de ramen aan de voorkant niet tegen de westenwind en benam het zicht op de slakkenhopen al evenmin. Nergens stonden meubels. Dank zij Rowland lag de vloer bezaaid met glasscherven. Troosteloos voor een normale bewoner, maar bij uitstek geschikt voor Blair.

Leveret zette in de keuken een veldbed op. 'Ik vrees dat je alleen maar thee kunt zetten. De vorige bewoners vonden het te woest en te eenzaam en ik kan ze geen ongelijk geven. Op slakken groeit helemaal niets, dus je kunt je eigen groente niet eens kweken, en zonder een goed windscherm krijg je elke storm uit zee pal over je heen.'

'Wanneer is de grote trouwerij?'

'Over twee weken. Mogelijk zal het niet zo'n groot gebeuren zijn als de bisschop had gewild, maar hij wil het huwelijk zo spoedig mogelijk voltrekken. Hij zal de ceremonie zelf leiden. Je weet dat het je nu vrijstaat om te vertrekken. Ik zou kamers voor je kunnen huren in Londen of Liverpool en medische hulp voor je kunnen regelen. Ik weet dat je uit Wigan weg wil zodra je weer op je benen kunt staan.'

Terwijl Leveret zich haastte om een vuur in de haard aan te leggen, liet Blair zich op de matras vallen en rook de geur van beschimmeld paardehaar. 'Wie waren de vorige bewoners?'

'De Rowlands. De bisschop heeft ze vorig jaar pas uitgenodigd om in het hoofdgebouw te komen wonen.'

'En voordien liet hij ze hier wonen?'

'Ja. Ik zag dat er wat schade is. Ik zou morgen een glazenmaker kunnen laten komen. Ik zou het zelfs voor je kunnen meubileren.'

'Nee. Alleen jij mag hier komen. Is Rowland hier opgegroeid?'

'Hij was er bijna nooit. Hij zat meestentijds op kostschool. En als hij er was, kon hij niet met zijn oom overweg – en ook niet met Charlotte.' Leveret staarde in het vuur en leek er weinig voor te voelen om overeind te komen in een trechter koude lucht.

'Wij hebben dus voor Cupido gespeeld.'

Leveret wuifde de rook weg. 'Het duurt even. Het stookt niet bepaald zuinig, maar er zijn ruim voldoende kolen, dus daar hoef je je geen zorgen over te maken.'

'Wat voor gevoel geeft je dat?' vroeg Blair.

'Ik veracht mezelf.'

Om zijn benen te proberen, wankelde Blair om de heg heen naar de slakkenhoop en terug. De grootcirkelroute, zei hij tegen zichzelf. Net Magallanes.

Binnen bestudeerde hij de kaart van Wigan en de plattegrond van de Hannay-mijn, zowel boven- als ondergronds. 's Nachts zette hij de spring gun in het midden van de keuken en spande draden voor de deuren.

Leveret kwam terug om Blairs hechtingen eruit te halen. 'Naar ik heb begrepen wordt de patiënt gewoonlijk eerst dronken. Dat moet verduiveld pijn doen. Ik heb wat "Invalid's Stout" meegebracht. Dat geven de mijnwerkers hun kinderen als ze hoesten of griep hebben. Weet je, die hechtingen zijn zo mooi dat ik het een beetje zonde vind om ze eruit te halen.'

'Leveret, dit is niet het juiste moment om grapjes te maken.'

'Wel, vind jij het dan niet enigszins ironisch dat jij, die in Wigan geboren bent, terug bent gekomen om je bijna dood te laten schoppen?'

'Iets dat zo voor de hand ligt, is niet ironisch.'

'Hoezo?'

'Zoiets stoms? Dat kan alleen maar het werk van God zijn.'

Leveret trok een draadje los. 'De bisschop heeft naar je gevraagd. Hij vraagt zich af wanneer je weg wil. Hij biedt je je vroegere positie als zijn mijningenieur en surveyor in de Goudkust aan. Je hoeft je dus niet bij een expeditie in Oost-Afrika aan te sluiten of je zorgen te maken over het ministerie van Koloniën. Dit is werkelijk een grote overwinning voor je.'

'Vraagt Charlotte naar me?'

'Iedere keer als ik haar tref, wil ze weten hoe je het maakt. Wanneer wou je vertrekken?'

'Als ik klaar ben.'

De slakkenhopen droegen een witte berkenkroon. Het verschil tussen berken en andere bomen was dat ze de hitte die de kool tussen de slakken nog altijd ontwikkelde, goed konden verdragen. Ze verdroegen die niet alleen, ze gedijden er zelfs uitstekend op en liepen uit met tere groene takken.

Blair wachtte tot het begon te schemeren, wat de juiste omstandigheden schiep voor een reconstructie. Hij had drie repen stof van een laken gescheurd en bond één daarvan aan een tak, paste negen meter af en knoopte een reep aan een volgende berk, paste nog eens vijftien meter af en bond een reep aan een derde boom. De eerste reep gaf de lampisterij aan, waar een rij mannen in het ochtendgrauwen stond te wachten. Smallbone was binnen en tekende voor hemzelf en 'Jaxon', die buiten stond te wachten.

De tweede strip was voor het ophaalgebouw, waar Harvey Twiss, in zijn eentje, de drie meter lange drijfstangen van de machine smeerde terwijl die soepel heen en weer gingen.

De derde lap was voor de schachtbok en de kooi waar Smallbone en 'Jaxon' als laatsten instapten en met hun gezicht naar de wand gingen staan.

Hij liep langs de drie repen stof om de situatie vanuit verschillende gezichtspunten te bekijken. Toen het donker werd, stak de wind op. De repen wapperden en Blair stelde zich voor dat de grond schudde. Uit de uittrekkende schacht kwamen dikke rookwolken en door de kracht van de explosie ook uit de intrekkende schacht. Onder de grond gooiden de stokers zoveel mogelijk kolen op het vuur om te zorgen dat dit toch vooral maar lucht bleef aanzuigen. De boodschappers van Battie kwamen boven.

En daar, in het donker tussen de slakkenhopen, meende Blair dat hij begon te begrijpen hoe het gegaan was. De enige persoon die iemand als Twiss in het ophaalgebouw zou hebben toegelaten was zijn kampioen, Bill Jaxon. Wat hadden die twee mannen tegen elkaar gezegd toen ze de klap voelden? Dat Bill door de rook naar de kooi was gerend, bewees dat hij bang was te worden gezien, ver van het koolfront waar hij geacht werd te zijn.

Twiss zou zich zorgen om zijn zoon hebben gemaakt. De discipline zou normaal gesproken voldoende zijn geweest om de ophaalmachinist in het ophaalgebouw te houden, maar het zou voor Twiss heel moeilijk zijn geweest om Bills voorbeeld niet te volgen zodra de kooi weer boven was.

Lampen, hoe zat het daarmee? Twiss had er een van een van de omgekomen mannen in de hoofdgang moeten pakken. Dat hoefde Bill Jaxon niet te doen, omdat die al een lamp had die Maypole had betaald; 'passage naar een andere wereld voor de prijs van een lamp en een houweel', had Maypole over zijn oefeningen in de verlaten mijn gezegd. De veiligheidslampen die je in de ijzerwinkel kon kopen, waren, afgezien van het nummer dat in de bodem gekrast stond, identiek aan de lampen van de Hannay-mijn. Nu antwoorden op hun plaats vielen, begreep Blair dat Jaxon er zelf ook een mee had moeten brengen omdat hij heel goed wist dat hij als er problemen zouden komen, niet naar de lampist kon gaan.

Smallbone was eenvoudiger. Battie had hem verteld dat de schietmeester de gewoonte had om in een zijgang te kruipen als hij kans zag zich te drukken. Omdat de opzichter in verband met de aanwezigheid van gas had verboden dat er die morgen schoten afgevuurd werden, had Smallbone een goed excuus om van het koolfront weg te lopen, met als gevolg dat hij de ramp overleefde en Bill tegenkwam die de andere kant opging. Wat had Smallbone ertoe gebracht om met Bill mee te gaan? Hij zou desnoods met Jaxon naar de maan zijn gegaan, dacht Blair, en ze waren tenslotte mijnwerkers en geen lafaards. En mogelijk hadden ze ook nog andere redenen om graag als eersten ter plaatse te zijn.

Maar waarom? Wat had Bill ertoe gebracht om aan Maypoles

maskerade te willen meewerken? Maypole had geen geld. Bill had heel weinig geloof. Wat bleef er dan anders over dan een persoonlijke reden, een mysterie, omdat Bill om helemaal niemand gaf behalve om Rose?

Het grootste deel van het terrein was begroeid met aangeplante beuken en smaragdgroen mos. Blair liep 's morgens vroeg met behulp van zijn kompas een kilometer tot aan de stal en vervolgens door de laan naar de rand van de steengroeve waar hij zich achter een scherm van haagdoorns verborg om de cottage van Charlotte Hannay in het oog te houden.

De zon bescheen de rode pannen en kroop geleidelijk langs de witte voorgevel van het huis naar beneden. Uit een schoorsteen kringelde wat rook omhoog. Libellen stegen op regenboogkleurige vleugels op van het water in de steengroeve terwijl lege hooiwagens door de laan bolderden. Leveret kwam met heel wat meer vaart langs, op weg naar de stad. Vanuit tegenovergestelde richting naderde een ijswagen. Tegen negen uur was de zon tot aan de benedenverdieping van het huis gedaald en bescheen de tuin. Er arriveerde een jongen met een ponywagen die de stal van de cottage opendeed om een vos met lange benen af te rijden. Een oude tuinman die Blair herkende van het Tehuis voor Vrouwen reed een kar met compost naar de kas aan de zijkant van de tuin.

's Middags kwam de jongen terug en zette het paard weer op stal. Elzen hingen boven de steengroeve; een ijsvogel zat ineengedoken op een tak naar het water beneden te kijken. Tegen drie uur viel de schaduw over de tuin en de voorgevel van de cottage. Volle hooiwagens kwamen door de laan terug gesukkeld, veel langzamer dan 's morgens. Ze hadden scheef naar binnen wijzende wielen waardoor ze waggelden. Ook Leveret kwam weer langs, keek even naar de donkere ramen van de cottage en reed door. Met het donker worden kwamen de muggen naar de poel in de steengroeve en dat trok weer vleermuizen aan.

Charlotte vertoonde zich niet. Een paar keer zag hij beneden heel even het schijnsel van een kaars, maar zo kort dat hij, als hij de rook niet uit de schoorsteen had zien komen, zou hebben gedacht dat zijn ogen hem bedrogen. Hij bleef tot ver in de avond zitten kijken voordat hij terugging naar zijn eigen bescheiden onderkomen.

De volgende dag deed hij hetzelfde. Ook het dagelijks gebeuren was hetzelfde. Er kwam een stoomtractor voorbij met een opgetrokken ploeg erachter. De jongen mestte de stal uit en liet het paard aan een lange lijn draven. De ijsvogel kwam terug en ging net als de dag daarvoor in het water zitten staren. Er kwam een bakker langs die een mand bij de voordeur achterliet.

Om twaalf uur stond de mand nog altijd op de stoep. In de tuin knikten de narcissen met hun heldergele kopjes op alweer langere stelen. In de meidoorn kon hij met het uur meer knoppen zien opengaan. Het paard stond als een vierbenig standbeeld binnen zijn omheining.

Het paard draaide zich om. De deur van het huis ging open en er kwam een vrouw naar buiten die de mand van de bakker oppakte en vlug weer naar binnen ging. Maar toch kon ze, nu ze in de frisse lucht was, de verleiding niet weerstaan en schudde haar lange rode haar in de zon uit. Het was maar heel even, maar voor Blair lang genoeg om het meisje te herkennen dat hij een week eerder in het huis had gezien. Ook nu droeg ze weer een zijden jurk en ook deze keer had ze trek in iets lekkers. Er kringelde rook uit de schoorsteen van de keuken. Voor de thee, dacht hij, met vers brood en jam.

De jongen kwam terug om het paard op stal te zetten. De schaduw kroop over de voorkant van het huis. Boerenwagens bolderden door de laan. De zon ging onder en de bewolking loste op. Muggen werden gevolgd door vleermuizen en die op hun beurt door sterren.

In de zitkamer werd een lamp aangestoken, een tweede in een slaapkamer op de bovenverdieping – gaslampen, naar het gele schijnsel te oordelen, en niet de afgeschermde kaars van iemand die zich verborgen houdt. Nadat een derde lamp de gang beneden had verlicht, ging de voordeur open en kwam Charlotte Hannay naar buiten met een lantaarn in haar hand. Het was zonder enige twijfel Charlotte, met haar halve-rouwjurk en de zwarte kant waarachter haar voorhoofd verborgen ging. Het was helemaal Charlotte met haar bruuske pas en haar korte, spiedende blikken door de tuin en de laan. Toen ze de stal inging, hoorde hij het paard een hees geluid van herkenning maken, zoals een dier doet als het door een favoriet persoon aangehaald wil worden.

Terwijl zij in de stal was, liep hij van de steengroeve naar de stenen muur langs de laan om een beter zicht te hebben. Toen ze weer naar buiten kwam, liep ze tot achter in de tuin naar de rand van de groeve en bleef lang genoeg naar het water kijken om hem zich zorgen te doen maken over zijn partner in de astronomie; het was veiliger om peinzend naar de sterren te staren dan naar diep water.

De lamp in Charlottes hand bescheen haar trekken met een zacht licht van onderen en dat riep onmogelijkheden op.

26

Hoewel Hotham's Photostudio tegenover Wigans Markt-
hal was gevestigd, had de zaak de felle kleuren en overdadige versie-
ringen van een kermistent. Op grote borden stond: 'Hotham's
Portretten, Wetenschappelijk zowel als Gevoelig' en ook: 'Machines, Gebouwen, Groepen, Kinderen en Dieren Onze Specialiteit'.
Voor de ramen van de bovenverdieping hingen zware gordijnen die
de indruk wekten dat kunst alleen in het donker tot bloei kwam.
Achter de spiegelglazen ruit beneden stonden foto's ingedeeld in de
categorieën 'Natuurlijk, Komisch, Historisch' en ingelijste portretten van de adel en notabelen met de vermelding 'Met Vriendelijke
Toestemming'.

Blair had Leverets rijtuig bij zich en had, aan zijn ribben te voelen, onderweg geen enkel gat gemist. Hij bond het paard vast en
ging onder luid geklingel van een bel boven de deur de winkel binnen.

'Druk, druk, druk. Kijkt u gerust rond,' riep een stem ergens
boven, waar een gekrijs klonk als van een baby die in bad werd gedaan.

De hele bevolking van Wigan, misschien ook van heel het Ver-
enigd Koninkrijk, leek hier aan de wanden te hangen op tafels te
staan en in een enorme hoeveelheid lijsten aanwezig. De gebruikelijke personages in ongebruikelijk democratische vergadering bijeen: de koningin, de koninklijke familie, Wellington, Gladstone,
plus plaatselijke hoogwaardigheidsbekleders zoals de burgemeester,
parlementsleden, plaatselijke matrones in fraaie japonnen, schone
gezichten in een werkplaats, prijskoeien, sfeeropnamen van vissers
en netten, Londen vanuit een ballon, en een versierde locomotief
bij de Hannay-mijn. Een kromme Disraeli hing tegenover een me-
lancholieke Lincoln; de predikant Wesley hield een donderpreek
tegen een revue-artieste. Op een zelfportret hield een fotograaf met

opgestreken snor en wenkbrauwen glimlachend een sluiterdraad omhoog. En overal Wiganse mijnmeiden, alleen of in groepen en op *cartes de visite* zo groot als speelkaarten. Ze poseerden alleen of met zijn tweeën, met een assortiment scheppen en zeven, met vuile gezichten en schone gezichten, maar steeds gekleed in de kenmerkende sjaal, dik overhemd, rudimentaire rok opgerold en vastgenaaid om niet in de weg te zitten, broek en klompen. In enkele gevallen poseerde hetzelfde model twee keer; in smerige werkkleding en schoon, in een zondagse jurk om te laten zien dat ze een dag per week vrouw kon zijn.

Nadat het geblèr nog vijf minuten zo was doorgegaan, ging Blair de trap op en kreeg het gevoel alsof hij achter de schermen van een opera terecht was gekomen. In het licht van een wit gekalkt dakraam stonden afbladderende decors van de Schotse Hooglanden, het oude Rome, het Grand Canal, Trafalgar Square en woeste zeeën tegen elkaar geleund. Opgezette papegaaien en zijden bloemen hingen slap over archiefkasten. Langs de ene muur stonden neptrapleuningen, urnen, schoorsteenmantels, stoelen, rustieke boomstronken en boerendeuren. Voor de andere wand hing een zwart gordijn en stonden poseerstellingen die er deels als beugels voor verlamden, deels als martelwerktuigen uitzagen.

Het raam aan de voorkant van de studio was behangen met gordijnen en wandkleden en hier liet de fotograaf twee kinderen poseren, een meisje van een jaar of tien dat zo koppig als een os tegen een balustrade leunde, terwijl een baby die al bijna half zo groot was als zij, krijste en kronkelde in de sjerp waarmee hij op een stoel vastgebonden zat. Aan het camerastatief was een speelgoedaap op een stok bevestigd. De fotograaf kwam onder zijn zwarte doek vandaan om de armen van het meisje in een andere houding te zetten. Hij had zijn snor stijf in de was gezet *à la française*, maar hij praatte plat Lancashires.

'Sierlijk, liefje, vooral sierlijk.'

Aan de zijlijn, buiten het zicht van de camera, zat een zware vrouw met de norse blik van een dueña toe te kijken, met iets dat in bloederig papier was verpakt in haar handen. De vrouw van de slager die in natura betaalt, dacht Blair.

'Mooi naar het aapje kijken,' zei de fotograaf, liep haastig terug naar zijn camera en schudde aan het stokje. Blair herkende Hotham van de foto beneden. Zelfportretten waren klaarblijkelijk een stuk makkelijker; zijn haar zat in artistieke golven naar voren geplakt, maar hij keek als iemand die op het punt stond te verdrinken. Terwijl hij weer onder zijn zwarte doek dook, ging de baby als een dolle tekeer en brulde dat het een aard had.

'Als we de foto niet mooi vinden, betalen we niet,' zei de moeder. 'Geen foto, geen vlees.'

'Moe-je Albert zien,' gniffelde het meisje terwijl haar broertje met alle vier zijn ledematen tegelijk zwaaide.

Blair nam zijn hoed af en trok de sjaal die zijn gezicht tot aan zijn ogen had bedekt naar beneden. Zijn gezicht was een en al blauwe plekken en baardstoppels, de snee op zijn voorhoofd was vuurrood, zijn haar kortgeknipt en op de plaatsen waar hij was gehecht zaten dikke korsten geronnen bloed. De mond van het meisje werd een angstige, stomme 'O'. De baby hield op met krijsen en hing met open mond voorover. Die houding hielden ze vol terwijl de sluiter klikte.

Vanonder de zwarte doek zei de fotograaf: 'Niet helemaal zoals ik het wilde, maar toch erg leuk.'

Hotham behandelde Blair als een klant die eruitzag alsof hij de hele zaak wel eens kort en klein zou kunnen slaan.

Blair zei: 'U fotografeert meisjes.'

De fotograaf klopte zenuwachtig op zijn haar met vingers die naar ontwikkelaar en spirituslamp roken. 'Keurige kaarten, heel smaakvol. Portretten op verzoek.'

'U verkoopt ze ook.'

'Ik doe *cartes de visite*. Visitekaarten, zo u wilt, meneer. Erg in trek, in iedere kantoorboekhandel verkrijgbaar, geeft men aan vrienden en zakenrelaties, worden door kenners verzameld.'

'Van vrouwen.'

'Alle soorten. Religieuze tableaus, de koningin, alle leden van de koninklijke familie. Diva's, beroemdheden van het toneel. Dames van plezier en ballerina's, vrouwen in maillots, erg populair bij de soldaten.'

'Werkende vrouwen.'

'Luciferverkoopsters, naaisters, vissersmeisjes, strijksters, kame-
niersters, melkmeisjes, wat u maar wil.'

'Maar uw specialiteit is?'

'Mijnmeisjes. Ik had kunnen weten wat u in gedachten had.
Voor heren met smaak gaat er niets boven een Wigans mijnmeisje.
Sommigen zeggen dat een vrouw met een broek een schandaal is.
Ik zeg alleen: koop een kaart en oordeelt u zelf, meneer, oordeelt u
zelf.'

'Laat eens zien.'

Hotham wees op de verschillende portretten en *cartes* die uitgestald en opgehangen waren. Die had Blair al bekeken en de fotograaf voelde zijn teleurstelling. 'Ik heb er zo nog honderden. Dit is
de *premier* studio voor mijnmeisjes in het land.'

'Ik ben in een bepaald meisje geïnteresseerd.'

'U zegt het maar, meneer. Ik ken ze allemaal.'

'Rose Molyneux?'

Een aarzelende glimlach. 'Rood haar, heel brutaal, echte helle-
veeg?'

'Ja.'

De fotograaf dook in een la achter de toonbank. 'Ik heb alles op
orde, meneer, gesorteerd en gealfabetiseerd.'

'Ze heeft een vriendin die Flo heet.'

'Ja. Ik heb zelfs een paar foto's waar ze samen op staan. Ziet u
wel?'

Hij kwam overeind en legde vier *cartes* op de toonbank. Twee
samen met Flo, Flo met een zware schep in haar handen en Rose,
die een kolenzeef als een tamboerijn omhoog hield. Twee van Rose
alleen, een met de sjaal koket onder haar kin vastgespeld, de andere
met de sjaal los en haar hoofd op een suggestieve manier schuin
naar de camera.

Alleen was het Rose niet. Niet Blairs Rose. Het was het meisje
dat zich in Charlotte Hannay's cottage schuilhield.

Blair haalde de foto uit zijn zak die hij zelf had meegebracht. De
Rose die hij kende, met de sjaal als een mantilla over haar hoofd
waardoor haar gezicht slechts gedeeltelijk zichtbaar was. 'En wie is
dit dan?'

'Dat weet ik helaas niet.'

'U hebt hem anders wel genomen.' Blair draaide de kaart om en wees op de naam van de fotostudio die op de achterkant van de kaart stond. Hij bedoelde het niet als een beschuldiging, maar toch deed de fotograaf voorzichtigheidshalve een stapje achteruit.

'In december, ja. Ik herinner me haar wel, maar ze heeft haar naam niet genoemd. Het was heel frappant. Ik denk dat ze door iemand was uitgedaagd om zich te laten fotograferen. Dat doen de meisjes soms. Ik heb naar haar naam gevraagd omdat ik haar graag nog een keer terug wilde hebben.' Hotham bekeek de foto met een scheef hoofd. 'Wat een plaaggeest. Ze had iets, weet u, iets trots. Ze heeft me zelfs niet verteld op welke mijn ze werkte. Ik heb de foto aan verschillende mensen laten zien en gevraagd, maar met de kerstdrukte en zo, en toen in januari de ontploffing heb ik er verder niet meer aan gedacht. Het spijt me.'

'Hebt u kapelaan Maypole soms ook naar haar gevraagd?'

'Nu u het zegt, ja. Ik heb hem de foto laten zien omdat hij zoveel meisjes kende, maar ze was hem niet bekend, zei hij.'

'En verder heeft hij niets gezegd?'

'Nee, maar hij vond de foto zo mooi dat ik hem die heb gegeven.'

Op het kantoor van de *Wigan Observer* bladerde Blair door het boek *Lancashire Catholics: Obstinate Souls* tot hij het gedeelte vond dat hij zocht.

Tijdens het bewind van Elizabeth vormde Wigan de kern van het katholieke verzet en aangezien de familie Hannay sympathiek tegenover hun zaak stond, konden de priesters zich niet alleen schuilhouden in de 'priestergaten' op het landgoed van de Hannay's, maar waren ze zelfs zo brutaal om via de Hannay-mijnen naar de stad te gaan om diensten te houden. De gangen vormden een ondergrondse verbinding met aan de ene kant de pracht van Hannay Hall en aan de andere kant de bescheiden arbeiderswoningen. Een brandende kaars in het raam van een huis was voor de trouwe communicanten een teken dat de priester daar werd verwacht, een symbool van religieuze moed waaraan nu alleen de namen Roman Alley (sindsdien gesloopt) en Candle Court nog herinneren.

De redacteur had Blair sinds hij was binnengekomen vanonder zijn groene oogscherm gadegeslagen. 'U bent meneer Blair, is het niet? Was u twee weken geleden ook hier?'

'Hoeveel Candle Courts zijn er?'

'Maar één.'

'Gebouwd door de Hannay's?'

'Voor de mijnwerkers. Het zijn zo ongeveer de oudste huizen van Wigan.'

'Nog steeds eigendom van de Hannay's?'

'Ja. Weet u nog? U was hier met meneer Leveret om de kranten van de explosie na te kijken? Het spijt me werkelijk dat ik u toen niet heb herkend. En nog wel met uw eigen boek op de toonbank. Ik moet blind zijn geweest.'

Je praat tegen een blinde, dacht Blair.

Blair zorgde dat hij steeds een straat achter de mijnwerkers bleef die op weg naar huis waren. Het was zaterdag en dat betekende plezier maken en een vrije dag in het vooruitzicht. Tussen de ene straathoek en de andere volgde hij hen op het geluid van hun klompen als een lawine van stenen. De kreten van straatmuzikanten en venters klonken er tussendoor. Boven de huizen gingen de duiven tegen de avondhemel op de wieken.

Ook de fabrieksmeisjes gingen naar huis, maar ze maakten ruimte voor de mijnmeiden. Hij zag Rose en Flo onder een straatlantaarn passeren. Flo spelde een papieren bloem op haar sjaal en danste een horlepijp om de kleinere vrouw.

Toen Blair ze uit het oog verloor, was hij bang dat ze een pub of een bierhuis in waren gegaan. Hij bleef in de steeg aan de achterkant van Candle Court rondhangen tot er in Rose' keuken een lamp werd aangestoken. Flo keek uit het raam – nee, bewonderde zichzelf in het glas terwijl ze haar sjaal verving door een pluchen hoed met fluwelen bloemen. Ze draaide zich om, praatte tegen iemand, verdween uit het zicht en kwam even later terug, keek eerst peinzend, toen met toenemende belangstelling naar haar spiegelbeeld en werd ten slotte ongeduldig. Ze voegde de papieren bloem aan de tuin op haar hoed toe en verdween. Blair was vlug genoeg bij de achterdeur om de voordeur open en dicht te horen gaan.

Op zijn kloppen werd niet opengedaan en de achterdeur zat op slot.

In de huizen ernaast was het een herrie van belang, met veel geklepper van klompen en geschreeuw. Hij wachtte even op een piek in het lawaai en drukte met zijn elleboog een ruitje in. Toen er niemand zwaaiend met een pook kwam aanstuiven, deed hij het raam van de grendel en klom naar binnen.

Niemand was aan het avondeten begonnen. De voorkamer was donker, zonder kaars in het raam om de gelovigen te laten weten dat hier een priester de eucharistie zou vieren en dus stak hij zijn eigen dievenlantaarn aan. Hij deed de kast open en stampte op de vloerplanken om te horen of er soms ruimte onder zat. Hij had Rose het huis nooit zien binnenkomen of verlaten, maar hij moest de mogelijkheden ruimer gaan nemen, dacht hij. Zo zouden de meeste mensen het voor onmogelijk houden om in het donker of ondergronds te leven, terwijl in Wigan de helft van de bevolking dat deed.

Ook de keukenvloer leverde niets op, maar de vloer van de provisiekast klonk als een trommel en toen Blair het gehaakte kleedje optilde, zag hij een luik waaruit toen hij het optilde een stroom muffe lucht opsteeg en hij zag een ladder. Hij ging snel naar beneden en deed het luik dicht voordat iemand in de gang de tocht zou kunnen voelen en richtte de lichtbundel van zijn lamp naar beneden, zodat die niet ver te zien zou zijn.

De gang dateerde uit een tijd lang voordat er rails en kolenwagens werden gebruikt en de vloer was gladgeschuurd door de zware sleeën met kolen die hier voortgesleept waren. De wanden, rots dooraderd met sporen van kolenlagen, geleidden de verre geluiden van het leven bovengronds: het gedempte geluid van een deur die dichtsloeg, een rijtuig tegen een sissende achtergrond van ondergronds water. De stutten die het dak omhoog hielden, kreunden van ouderdom en vermoeidheid. Nadat hij vijfhonderd meter had afgepast, vertelde zijn kompas hem dat de tunnel in noordoostelijke richting liep, naar Hannay Hall. Hij wist dat ergens verderop in de tunnel frisse lucht binnen moest komen, omdat het hier anders vol gas moest hebben gezeten en vijftig meter verder hoorde hij inderdaad straatgeluiden door een vrijwel helemaal met struiken overgroeid rooster in het dak komen. Nog eens vijftig meter verderop verwijdde de tunnel zich en waren biechtstoelen en banken in het gesteente uitgehakt. In een overgebleven kolenlaag was een aantal zwarte kapellen uitgehakt met ruwe altaren, vage crucifixen en de eeuwigdurende aanwezigheid van in bas-reliëf uitgesneden zwarte madonna's. Verderop, waar de tunnel weer nauwer werd, zag hij een lamp. Hij schermde zijn eigen lamp af en wachtte tot het andere licht om een bocht van de tunnel verdween, wat hem de kans gaf om sneller door te lopen en wat meer geluid te maken. Het viel hem op dat de andere persoon even stil als snel doorliep en de weg dus moest kennen. Hij begon te rennen en sprong over het water heen dat zich op de vloer had verzameld. De tunnel liep naar beneden en boog af zoals hij had verwacht, maar toen hij de bocht om kwam, werd hij geconfronteerd met twee lampen die op hem waren gericht.

Blairs eigen lamp bescheen twee vrouwen die erg veel op elkaar leken. De ene was het meisje dat hij in Charlottes cottage had gezien, in een zijden jurk, maar nu in de grauwe kleren en broek van een mijnmeid. De ander was Charlotte in haar gebruikelijke zwartzijden jurk en handschoenen, maar met los haar dat heel rood was en haar kin besmeurd met kolenstof.

De twee waren bijna identiek wat gelaatstrekken, lengte en kleur betrof, maar hun gelaatsuitdrukking was totaal verschillend: het meisje uit het huis staarde Blair aan met de lege ogen van een konijn dat gevangen zit in het licht van een naderende trein, terwijl Charlotte hem met een woedende blik aankeek. Overigens waren ze als beelden in een enigszins vertekenende spiegel die iedere vrouw de helft van de ander maakte.

'Daar heb je hem. Wat doen we nou?' vroeg het meisje.

Charlotte zei: 'Als ik een revolver had, schoot ik hem dood, maar die heb ik niet.'

Blair zei: 'Je zou het waarschijnlijk doen ook.'

Het meisje zei: 'Hij weet het.'

Charlotte zei: 'Je kunt maar beter naar huis gaan, Rose. Nu.'

'Was dit dan de laatste dag?' vroeg het meisje.

'Ja.'

Blair ging opzij om het meisje te laten passeren in de richting waaruit hij was gekomen. Terwijl ze langs hem heen liep, zag hij de kleine verschillen, zoals een lager voorhoofd en bollere wangen, en zag hij haar angst overgaan in pruilerige boosheid. 'Bill zal je wel krijgen,' zei ze.

'Driemaal is scheepsrecht,' zei Blair.

Ze wierp hem een rancuneuze blik toe. 'Hij begraaft jou ook zo diep dat de wormen er niet eens komen.'

Rose Molyneux verdween om de bocht en hij hoorde haar klompen haastig door de donkere gang gaan. Hij hield zijn ogen op Charlotte gericht, wachtend op een verklaring. Ze draaide zich uit het schijnsel van zijn lamp.

'Als dat Rose is, wie ben jij dan? Heb ik je soms tijdens je gedaanteverwisseling getroffen? Was je net bezig om van een vlam in een brok kool te veranderen?'

Charlotte zei: 'Het liep allemaal toch op zijn eind. De dagen werden langer.'

De tunnel was koel als een crypte. De damp van haar adem was niet vluchtiger dan zij, dacht Blair. 'Dat is waar. De Rose die ik kende, heb ik nooit in het licht gezien. Behalve de eerste keer, toen ik stomdronken was.'

Ze wilde weglopen, maar hij greep haar bij de pols. Hij vond het erg verwarrend om met een Charlotte met wild rood haar en de kracht van een mijnmeid te praten, alsof hij twee vrouwen tegelijkertijd vast had.

'Je bent kwaad omdat ik je voor de gek heb gehouden.'

'Dat heb je zeker. Jóuw Rose Molyneux was me overigens liever dan degene die ik zojuist heb ontmoet. Liever ook dan Charlotte Hannay. Hoe heb je het gedaan?'

'Dat was niet zo moeilijk.'

'Vertel het me toch maar. Door jouw spelletje hebben verschillende mensen geprobeerd me te vermoorden. Ik zou het graag willen weten.'

'Mijn houding. Ik heb mijn haar bedekt, mijn schouders laten hangen en ik heb handschoenen aangetrokken, zodat niemand het eelt zou zien dat je door het werk op de mijn krijgt. En op klompen ben ik langer.'

'Er was natuurlijk nog meer. Je gezicht.'

'Voor Charlotte Hannay alleen een beetje samengetrokken, meer niet.'

'En de taal?'

Charlotte zette haar hand op haar heup en zei: 'A'sof jij zou wete hoe of we hier in Wigan of in het Tehuis voor Vrouwe kletse. Da' he'k ommers me hele leve gehoord.' En met haar normale stem: 'Ik heb geacteerd.'

'Je hebt geacteerd?'

'Ja.'

'En Flo heeft het ook gespeeld?'

'Flo is een mijnmeid. Ze was de dochter van mijn min. We gingen vroeger samen naar de stad om Wiganse meiden te spelen.'

'Vond je dat leuk?'

'Ja. Bij gekostumeerde optochten was ik dat ook altijd. Ik ging nooit als herderinnetje of als Marie Antoinette; altijd als mijnmeid.'

'En de familie heeft altijd geweten van die tunnel van de cottage?'

'Mijn vader gebruikte hem toen hij jong was om naar Wigan te gaan, naar de meisjes of om te vechten.'

'Weet je vader van deze vertoning?'

'Nee.'

Ze probeerde zich los te wringen, maar hij drukte haar tegen de wand. In het licht, tussen haar vlammende haar en rouwjurk, was ze nu eens de ene vrouw, dan weer de andere.

'Hoe heb je Rose gevonden?'

'Ze kwam vorig jaar naar het Tehuis voor Vrouwen. Ze kwam uit Manchester en was zwanger. Ze was nog maar net begonnen op de mijn. Ze stond bij het Tehuis niet geregistreerd. Ik kon haar niet overhalen om te blijven.'

'Het viel je op dat jullie zoveel op elkaar leken?'

'Eerst vond ik de lichamelijke overeenkomst alleen maar grappig, maar toen begon ik erover na te denken hoe vreemd het eigenlijk was dat we zoveel op elkaar leken terwijl onze levens totaal verschillend waren. Toen verloor ze de baby en kreeg koorts en zou haar baantje op de mijn zijn kwijtgeraakt en daarom ben ik in haar plaats gegaan. Ze had daar geen oude vrienden, de andere meisjes kenden haar nauwelijks. Het was lang niet zo moeilijk als ik had verwacht. Eerst was het alleen maar voor een dag, maar toen werd het een week en daarna gingen we om beurten.'

'En dat stond Rose wel aan?'

'Ik liet haar in mijn huis wonen. Ze vond mooie kleren en lekker eten aangenamer dan kolen lezen.'

'Wat een sociale openbaring. Is Bill Jaxon verliefd op háár?'

'Ja.'

'En toen kwam ik en stuurde de heleboel in de war door naar het huis in Wigan te komen, maar je wilde me niet waarschuwen. Waarom wilde jíj ruilen en voor mijnmeid spelen?'

'Was jij niet degene die zei dat ik een prinses was die geen idee van het werkelijke leven had? Je zult moeten toegeven dat je ongelijk had.'

'En dat is het moment waarop John Maypole in beeld komt. De arme sodemieter. Daarom moest hij zo nodig mijnwerker worden toen hij ontdekte waar jij mee bezig was. Ik vroeg me al af hoe hij op dat idee was gekomen.'

Ze leunde tegen de wand. 'Hij zag me toen hij op de mijn kwam.'

'Verder heeft niemand je ooit herkend?'

'Er was daar verder niemand die Charlotte Hannay kende.'

'En toen moest hij je evenaren. "Mijn Rose," schreef hij. Dat was jij.'

'Het spijt me echt van John. Ik heb nog geprobeerd om hem te bepraten, maar hij zei dat het maar voor één dag was.'

'Hij is naar Bill Jaxon gegaan om voor hem in de plaats de mijn in te gaan. Bill moet wel kwaad zijn geweest dat Maypole erachter was gekomen, maar hij was bereid om te helpen uit liefde voor zíjn Rose, de echte Rose Molyneux, zodat die door kon gaan met chocola eten terwijl jij de beest uithing.'

'Ik hing de beest niet uit. Het was de vrijheid om een stem te hebben die om meer vroeg dan een kop thee. Om een lichaam te hebben dat verlangens had en die kon bevredigen. Iemand te zijn die met blote armen liep en hardop durfde te vloeken als ze daar zin in had.' Ze keek hem aan. 'Iemand die een minnaar had.'

'Een gek die niemand kende.'

'Beter dan dat.'

'Hoe gek was ik?' vroeg Blair. 'Hoeveel mensen wisten ervan? Flo, Maypole, Smallbone, Bill?'

'Verder niemand.'

'Weet Rowland dat hij met een mijnmeid trouwt? Dat zal de nieuwe ambachtsheer leuk vinden.'

'Nee.'

'Wáárom trouw je met hem? Waarom heb je toegegeven?'

'Ik ben van gedachten veranderd. Wat kan jou het schelen? Alles wat jij wil, is teruggaan naar Afrika.'

'Niet om jou daarmee aan hem over te laten. Jij denkt dat Rowland alleen maar een onaangename neef is die straks een onaangename echtgenoot wordt. Dat is hij niet. Het is een moordenaar. Ik heb hem Afrikanen zien doodmaken omdat ze rechts liepen in plaats van links. En hij is verslaafd aan arsenicum. Ik ben zelf half-verslaafd, dus ik weet waar ik over praat. Hij is veel erger. Hij is krankzinnig. Als hij ook maar iets van Rose in je ontdekt, ben je dood.'

'Dat was gespeeld.'

'Niet helemaal. Ik hield van de Rose in je. Hij zal het haten. Een feeksachtige, zeurderige Charlotte zou mogelijk een jaar of twee bij hem kunnen overleven, maar jij niet.'

'Bij jou deed ik alsof.'

'Het was echt. Voldoende ervan in elk geval.'

'Wat maakt het verder uit? Ik heb geen keus. Ik ben Rose niet, ik ben Charlotte Hannay die over twee weken gaat trouwen.'

'Toen je Rose was, vroeg je of ik je mee wilde nemen naar Afrika.'

'Dat weet ik.'

'Ik neem je mee.'

Het was alsof er iemand anders voor hem sprak, een ander deel van hemzelf, want hij was net zo verbluft als Charlotte, die zijn eigen verbazing leek te bespeuren.

'Meen je dat ernstig?'

'Ja.' Hij wilde er niet over nadenken, omdat het onderwerp buiten alle rationele gedachten viel.

'Hield je zoveel van Rose?'

'Dat begon ik te doen.'

'Je hield van het meisje dat gin drinkt en je het bed insleurt. Wat dacht je van Charlotte, iemand die haar kleren aanhoudt en goed bij haar verstand is?'

'Die mag ook mee. Ik bied je een uitweg.'

'Het is het vreemdste voorstel dat ik ooit heb gehoord. Ik voel me gevleid, Blair. Dat meen ik.'

'Zodra je vader me heeft betaald, kunnen we gaan.'

Ze streek het haar uit haar ogen. 'Wat een stel zouden wij zijn.'

'Moorddadig.'

Ze keek de tunnel in, alsof ze hoopte in het duister een glimp van de toekomst op te vangen. Blair kon het zelf bijna zien, een visioen dat naderbij kwam, maar dat oploste voordat het goed zichtbaar werd.

'Ik kan het niet doen.'

'Waarom niet? Toen je Rose was, wilde je het.'

'Dat was Rose. Ik ben een Hannay.'

'Ja, dat is natuurlijk een verschil.'

'Ik bedoel, ik heb verantwoordelijkheden. Het Tehuis.'

'Nee, je bedoelt het klasseverschil, opleiding, jij hebt een echte naam, terwijl Rose een losse meid uit Manchester is, en God mag weten wat mijn werkelijke naam is. Hoe zou je ook maar over een reis met mij kunnen peinzen als je je samen met een moordenaar in een enorm huis kunt opsluiten? Ik moet een grapje hebben gemaakt. Dat was misschien ook wel zo, maar je imitatie van een vrouw vond ik mooi. Het was de beste die ik ooit heb gezien.'

'Je bent werkelijk onmogelijk.'

'Ik denk dat we dat beiden zijn.'

'Nou, erg ver zijn we niet gekomen, vind je wel?'

'Nee,' zei Blair. Hij lette niet op de droefheid in haar lach. Wat hem betrof waren ze terug op het punt waar ieder woord dat ze wisselden, een steek was.

Ze keek de andere kant op, staarde deze keer in het niets. 'Wat ga je doen?' vroeg ze. 'Verdwijnen?'

'Dat schijnen jouw mannen allemaal te doen. Ik zal niet bij het huwelijk aanwezig zijn, maar ik zal wel een huwelijksgeschenk voor je achterlaten.'

'Wat dan?'

'Maypole.'

'Weet je waar John is?'

'Laten we zeggen dat ik weet waar ik hem kan vinden.'

27

DE NACHT LEEK uit de schacht van de Hannay-mijn te zijn opgeweld en het terrein, de loodsen en de schachtbok te hebben overstroomd, alsof alles tot aan de wolkenbasis stil was en onder water zat. Geen gerammel van treinwagons, geen kolenwagens die ratelend naar boven, de sorteerloods in werden getrokken en geen kolen die over de zeven stroomden, geen gekscherende vrouwen, geen rij mijnwerkers die mompelend naar de kooi sjokte. In de duisternis stonden de locomotieven als dode kolossen op de rails en de schachtbok was een onverlicht baken te midden van een kring van schaduwen.

Uit het deurtje in het dak van het ophaalgebouw waar de kabels naar de schachtbok doorheen liepen, scheen wat licht. De kabels hingen stil; de kooi was beneden en had waarschijnlijk in geen uren bewogen. In het ophaalgebouw zou de machinist naar de wijzer van de indicateur zitten staren, of hij scharrelde wat rond de grote, bewegingloze machine en probeerde door het oliën van drijfstangen en zuigers wakker te blijven.

Uit de uittrekkende schacht steeg lucht op, een stroom die door het vuur op anderhalve kilometer diepte in stand werd gehouden. Het vuur bleef branden, of er nu wel of niet werd gewerkt, anders zou de luchtstroom ophouden en de mijn niet meer geventileerd worden.

Blair herinnerde zich dat Battie had gezegd dat er altijd twee stokers beneden waren, en bovengronds de ophaalmachinist en een stoker.

De lampisterij zat op slot. Hij haalde een ijzeren staaf uit de smederij en brak de deur open. Hij zette zijn rugzak en een onaangestoken dievenlantaarn op de balie en deed het deurtje van een potkachel open waarin nog wat kolen nagloeiden die voldoende licht op de planken wierpen. De kanaries fladderden onrustig in hun kooitjes toen hij een blik kit en een veiligheidslamp van de plank pakte.

Hij liep naar de losvloer onder de schachtbok, trok twee keer aan het touw en hoorde de bel in het ophaalgebouw het signaal voor 'omhoog' geven. Een ophaalmachinist werd geacht op zijn post te blijven en zelfs niet even weg te gaan om te plassen. De man zou hoogstens om de hoek van de deur kijken in plaats van zonder meer aan te nemen dat het sein van beneden kwam; Blair betwijfelde het, maar hij hield zijn lamp onaangestoken en bleef achter een poot van de schachtbok staan terwijl het grote wiel boven in de toren begon te draaien en de kabel uit de schacht omhoog kwam.

Hij wachtte tot de kooi de reis van anderhalve kilometer omhoog gemaakt had. De stokers beneden zouden niets horen; boven het gebrul van het vuur kwamen geen andere geluiden uit. Zodra de kooi boven en tot stilstand was gekomen, sprong hij erin, tussen de rails en trok één keer aan het touw voor 'omlaag'.

Een afdaling was telkens weer een gecontroleerde vrije val, vooral in het pikkedonker. Halverwege leek het alsof de kooi zweefde en tegen de leidraden tikte, wat de sensatie van blindvliegen gaf, hoewel het verstand zei dat je in een stalen kooi naar beneden viel. Alsof hij werkelijk wist waar hij was. Hij huiverde. Wat was dat mooie verhaal dat hij tegen Leveret had gehouden over driehoeksmeting en het tekenen van kaarten? Op die manier deed hij zijn amateuristisch onderzoek, met het verschil dat twee van zijn punten, Rose en Charlotte, dezelfde waren.

Hij voelde de druk van zijn zolen tot in zijn knieën omhoog komen. De kabel rekte terwijl de kooi trilde tussen de leidraden en in het oog van de mijn tot stilstand kwam.

Ondergronds zijn en alleen ondergronds zijn waren twee verschillende dingen, als er niets was om je gedachten af te leiden van het feit dat je in plaats van de hemel een miljoen ton stenen boven je hoofd had. Het werk op de laadplaats, hoefsmeden en staljongens die met de paarden bezig waren, gaf je gewoonlijk het gevoel dat het oog van de mijn, het kantoor van de opzichter en de stallen een ondergronds dorp waren. Zonder die bedrijvigheid ontbrak die geruststellende illusie en moest je het feit dat je heel ver van de rest van de wereld gescheiden was aanvaarden.

In een emmer zand stond een brandende veiligheidslamp. De hitte en de geur van de paarden was, zoals altijd, overweldigend. Hij pakte zijn lucifers – streng verboden in een mijn, maar wie zou hem weerhouden? – en stak de veiligheidslamp aan die hij uit de lampisterij had meegenomen. Achter het kopergaas sprong het vlammetje omhoog. Hij gooide zijn rugzak over zijn schouder en vond de centrale tunnel die de hoofdgang werd genoemd. Dit was het punt waar een bewuste keuze moest worden gemaakt: angstig verdergaan of net doen alsof de hele wereld van hem was.

Hij had de plattegrond van de Hannay-mijn zo lang bestudeerd dat hij als het ware een kopie in zijn hoofd had zitten. Een plattegrond betekende alles als je door een mijn moest lopen. Verder was er natuurlijk ook nog altijd de simpele methode van te zorgen dat hij de luchtstroom in de rug hield. Hij boog zijn hoofd en vond een ritme waarbij zijn voet telkens op de tweede biels van de spoorlijn terechtkwam. Nu de normale werkdaggeluiden van paarden en wagenwielen ontbraken, kraakten de houten stutten nog veel duidelijker. Kappen waren bezig zich te zetten en er dwarrelde grond naar beneden. Hij hield zijn lamp omhoog en de vlam werd langer, een teken dat er een vleug methaan aanwezig was.

De manier waarop hij liep, voorovergebogen als een mijnwerker, gaf hem het gevoel alsof zijn bepleisterde ribben langs elkaar schoven, maar doordat hij niet telkens uit de weg hoefde te gaan voor pony's en kolenwagens schoot hij toch flink op. Hij passeerde vluchtgaten, zijgangen en zeildoekse ventilatieschermen. Hij kwam langs de plaats waar Battie op de dag van de brand de eerste twee slachtoffers van stikgas had gevonden. Langs het punt waar de tunnel naar beneden ging naar de plaats waar de rails rond liepen om de wagens te draaien en waar die dag een pony in elkaar was gezakt waardoor de mannen aan de andere kant niet meer weg konden komen. Een nog lagere, smalle gang in, nog eens vijfhonderd meter. Naar het koolfront met zijn pilaren van kool en een nog zwartere leegte, waar de pilaren waren weggekapt.

Scheppen en hakken lagen daar waar ze de dag tevoren waren achtergelaten. Blair pakte een hak en lichtte met zijn lamp automatisch het dak af, vond bij een paar scheuren inderdaad gas, maar op geen stukken na zoveel als op de dag van de explosie. Toen was het vochtig weer geweest en veel te warm voor de tijd van het jaar. Naarmate de barometer verder daalde, was er meer gas uit de pilaren, het dak en de schietgaten gesijpeld. Over de volle lengte van de gang waren de vlammetjes van de lampen los van de pit gekomen, allemaal tekens die voor een strenge opzichter als Battie aanleiding waren geweest om schieten die dag te verbieden.

Soms werden er mannen van een al te gassig deel van het koolfront teruggetrokken, maar de mijn evacueren? Nooit. Mannen bleven hakken of duwden wagens voort en jongens voerden hun pony's, allemaal in de wetenschap dat in een met gas geladen atmosfeer een enkele vonk voldoende was om het methaan als een bom te laten ontploffen en, na de ontploffing, in koolmonoxyde te veranderen waardoor ze allemaal zouden stikken. Mijnwerkers gingen altijd door. Tenslotte had iemand die anderhalve kilometer in de aarde afdaalde, wat veiligheid betrof sowieso al bepaalde besluiten genomen. Kwam nog bij dat ze 's avonds bijna altijd weer thuiskwamen.

Er waren sinds Blairs eerste bezoek twee weken verstreken. In die tijd had het koolfront zich op de merkwaardige manier teruggetrokken die hoorde bij de methode waarop in Lancashire werd gewerkt, achteruit, waarbij een galerij van koolpilaren werd achtergelaten die door de druk van boven langzaam zouden inzakken. Langzaam in de betekenis van niet onmiddellijk. Soms binnen een week, soms na een jaar, soms schijnbaar nooit. Als de afgebouwde pijler ten slotte instortte, gebeurde dat met donderend geraas dat golven kolenstof tot aan het oog van de mijn opjoeg.

Het dak waar Battie en hij onderdoor waren gekropen leek de eerste meters nog vrij te zijn; verder kon Blair door het alomtegenwoordige stof niet kijken. Hij nam een kompaspeiling. Met in de ene hand de hak, en lamp en kompas in de andere hand kroop hij het niets in.

Hij herinnerde zich de aantekening in Maypoles dagboek: 'En Ik zal u geven de schatten der duisternis en de rijkdommen der verborgen plaatsen.' Toen de kapelaan het koolfront ten slotte had bereikt, zou hij toen hebben begrepen met hoeveel pijn en moeite de Heer de aderen van deze aarde opende?

Naarmate het dak lager werd, ging hij terug in de evolutie – van rechtop lopen, naar gebukt, tot op handen en voeten. De rugzak maakte het nog twee keer zo moeilijk, tot hij hem afdeed en met zijn jasje aan zijn been vastbond; desondanks kon hij zich alleen maar voortbewegen door zijn lamp voor zich uit te duwen en er als een eenmanstrein door het puin achteraan te kruipen. Gedeelten van het dak waren in stukken zo groot als grafstenen naar beneden gekomen. Op zeker moment voelde hij helemaal geen vloer meer en moest hij langs de rand kruipen tot hij weer vaste grond voelde, waar hij zijn kompas schoonveegde om zich te heroriënteren. Zijn handen en mouwen waren zwart van het kolenstof; hij ademde kolenstof in, stikte er bijna in en knipperde met zijn ogen om nog iets te kunnen zien. Alles was warm, kool dat door de druk verhit werd.

Blair was er langzamerhand van overtuigd dat hij naar rechts of links was afgedwaald, dat hij al te ver was of nog niet ver genoeg. De stenen waren verschoven als een spel kaarten, het dak op de ene plaats ingestort, de vloer ergens anders omhoog gekomen. Hij was er vrijwel zeker van dat hij datgene waar hij voor gekomen was gemist had, tot de vlam van zijn lamp de ogen leek op te slaan en hij door het stof de aromatische rottingslucht van methaan rook.

Achter het kopergaas werd het rood-oranje stompje een veel langere, gele vlam met ideeën, een vlam met aspiraties. Blair liet de lamp staan waar hij stond. Zolang de vlam een vlam bleef en geen blauw-witte kolom werd, bevond hij zich aan de goede kant van een vluchtige lijn. Hij kroop verder en zag een haastig opgetrokken muur van stenen en cement van ongeveer een meter hoog en twee meter breed. Hij veegde het stof van een van de stenen en las 'Hannay Steenfabrieken' in verhoogde letters; het waren dezelfde stenen, dezelfde muur die Battie en hij al eerder hadden gevonden.

Op een elleboog geleund bleef hij liggen en trok zijn rugzak naar zich toe. Volgens Battie was het geen blazer, alleen maar gas dat zich tussen de stenen en de onbruikbare kool achter het metselwerk had verzameld. In het versterkte licht zag hij de veelzeggende scheur in de bovenste rij stenen, waarachter het methaan, dat lichter dan lucht was, op de loer zou liggen. Liggend op zijn zij haalde hij het blik afdichtingskit uit zijn rugzak. Met zijn zakmes wrikte hij het deksel los en schepte de harsachtige teer uit het blik, smeerde de scheur aan en bleef liggen wachten of het effect zou hebben. Als de kit 'Goed genoeg voor de Royal Navy!' was, moest het goed genoeg voor de Hannay-mijn zijn.

Langzaam koelde de vlam van de veiligheidslamp af tot zijn normale bescheiden oranje kleur. Met de punt van zijn hak tikte Blair op de onderste rij stenen. Omdat methaan lichter dan lucht was, zou zich alleen boven in de ruimte achter de muur ontplofbaar gas bevinden en zou hij zonder gevaar een van de onderste stenen eruit kunnen halen. In theorie. Vandaar dat mijnbouw niet alleen een wetenschap was, maar tevens kunst, zei hij tegen zichzelf, omdat mijnwerkers, net als kunstenaars, jong stierven.

Op zijn zij liggend gaf Blair een flinke klap tegen de onderkant van de muur. Op het moment dat er twee stenen loskwamen, zag hij zijn eigen schaduw op de muur verschijnen en toen hij omkeek naar de lamp, zag hij een vlam die hoog genoeg was om aan de bovenkant van de lamp te likken. Hij liet de hak vallen en drukte zich zo diep mogelijk in het puin. Golven methaan stegen zachtjes omhoog in verschillende tinten blauw, zweefden op de zwaardere lucht, likten aan het lage dak en omhulden hem met vloeibaar licht. Hij bleef doodstil liggen. Zolang gas niet brandde, hielp het om met een jas te wapperen; maar brandde het eenmaal, dan zou het door de extra zuurstof alleen maar feller worden. Hij hield zijn adem in om het vuur uit zijn longen te houden tot het brandende gas zich verspreidde en uiteen viel in kleine vurige duiveltjes die in hoeken en gaten verdwenen.

De vlam van zijn lamp nam weer een normale vorm aan, hoewel de stank van methaan nog steeds doordringend was, alsof hij in een moeras was gedoken. Hij trok een losse steen uit de muur en stak zijn hand naar binnen. Hij tastte in het rond tot zijn vingers onder de stenen iets aanraakten dat geen steen was. Hij trok het naar buiten, zette de stenen terug en dichtte de naden met kit af. Toen rolde hij dichter naar het licht om de geblakerde en verbogen veiligheidslamp te bekijken. De lamp was zo geconstrueerd dat het onmogelijk was om het veiligheidsgaas te verwijderen, tenzij je de hele lamp uit elkaar haalde, maar toch was het gaas verdwenen, eruit gerukt. Hij veegde de onderkant van de lamp schoon en hield die bij het licht. In het koper was een nummer gekrast: 091. Dit was de lamp waar 'Jaxon' op de dag van de ontploffing voor had getekend. Geen wonder dat Smallbone en de echte Bill Jaxon direct bereid waren geweest om mee terug naar het koolfront te gaan; omdat ze bang waren dat iemand anders de lamp of welk ander spoor van Maypole dan ook zou vinden. Dat er een muur opnieuw opgemetseld moest worden, was voor dat tweetal als een geschenk uit de hemel geweest.

De ontploffing zelf was hem nu ook helemaal duidelijk. Nadat Smallbone Maypole mee naar beneden had genomen, had hij de kans waargenomen om zich in een zijgang te 'drukken' – wat volgens Battie een gewoonte van hem was – terwijl hij Maypole, die nog nooit in een diepe mijn was geweest, achterliet in het donkerste gedeelte van het koolfront. Wat voor geestelijke ervaring moest dat wel zijn geweest? Zou hij in gebed op zijn knieën zijn gevallen of zou hij het gewicht van de aarde boven hem hebben gevoeld, naar de stutten hebben geluisterd en het gevoel hebben gekregen dat de lucht dun werd? Hij had geen vrienden om hem te helpen zoals Flo Charlotte had geholpen, en ze hadden hem op het hart gedrukt om vooral uit de buurt van andere mijnwerkers te blijven, waardoor hij niet alleen totaal onervaren was, maar ook geen gezelschap had om hem soelaas te bieden. En de andere mijnwerkers, zouden die zich hebben afgevraagd waarom 'Jaxon' zich zo vreemd gedroeg? Maar wie zou een dergelijk opvliegend figuur hebben durven vragen waarom hij zo anti-sociaal deed?

Mensen die voor het eerst in een mijn kwamen, waren vaak zo bang dat hun lamp uit zou gaan dat ze de pit omhoog draaiden tot iemand riep: 'Lager dat ding!' Daarop draaiden ze dan weer veel te ver de andere kant op met als gevolg dat de vlam doofde en ze in het donker zaten. Had Maypole een lucifer afgestreken? Of had hij toegegeven aan de verleiding om zelf een schot af te vuren? Jaxon had de dag daarvoor gaten in de kool geboord. Smallbones blikken trommel met schoten stond naast Maypole op de vloer. Had hij een van die papieren kokers met kruit in een gat gestopt en die bij wijze van experiment met zijn hak aangestampt in plaats van met de vonkvrije koperen staaf van de schietmeester?

Ook was er nog zoiets als spontane ontbranding van methaan door de hitte die in de kool werd opgewekt als het gebroken werd, of de brandbaarheid van het fijne kolenstof in de lucht. Het gebeurde.

Maar wat Blair geloofde dat er hoogstwaarschijnlijk was gebeurd, was dat een voorzichtige, plichtgetrouwe Maypole niets anders had gedaan dan met zijn hak op de kolen kloppen, het gas naar buiten had horen fluiten, en toen instinctief, als de goede kerel die hij was, was weggerend om de anderen aan het front te waarschuwen. Iets wat, zoals de inspecteur van het Mijnwezen had gezegd, een ervaren mijnwerker nooit zou doen, omdat rennen de vlam door het gaas van de veiligheidslamp perste, naar het gas waaraan de man juist trachtte te ontkomen.

Zo was het waarschijnlijk gegaan. Maypole had in zijn onschuld geprobeerd de andere mannen te waarschuwen, en zij hadden het gas waarschijnlijk ook geroken, hadden Maypole met zijn lamp op hen toe zien komen rennen en hadden hem gesmeekt om te blijven staan. Eén heel klein puntje van de vlam door het gaas was alles wat er nodig was. Uit het geweld waarmee het gaas uit de lamp was gerukt en die de lamp zelf als koekdeeg had verdraaid, bleek dat hij en niemand anders precies op het punt was geweest waar de explosie zich had voorgedaan. Waar was de rest van Maypole? Er zouden mogelijk nog delen, atomen van de man over zijn, maar niet genoeg voor de wormen. Het was hier trouwens toch te diep voor de wormen, zoals Rose Molyneux had gezegd.

In zijn dagboek had Maypole Job geciteerd: 'Treurend zonder zonlicht, ga ik daarheen... Mijn huid is zwart en laat van mij los, mijn gebeente brandt van hitte.' Nou, die voorspelling was dus uitgekomen en hij had nog zesenzeventig man met zich meegesleurd. En toen de heldhaftige redders Smallbone en Jaxon Maypoles lamp vonden, hadden ze die voor de eeuwigheid ingemetseld en hetzelfde nummer – 091 – in de lamp gekrast die Jaxon had meegebracht, zodat het lampensysteem zelf zou bewíjzen dat iedere man verantwoord was.

Blair schoof de stenen terug, dichtte de voegen af, stopte de lamp in zijn rugzak en kroop door het puin terug naar het koolfront. Hij kwam overeind en zag er nu niet meer zozeer als een mijnwerker uit, maar meer als een stuk houtskool, vond hij zelf. Hij voelde zich niet voldaan omdat hij in het gelijk was gesteld, hij voelde zich verdrietig, omdat hij uiteindelijk moest toegeven dat ze zoveel gemeen hadden.

Hij strompelde naar de hoofdgalerij en hield de welkome luchtstroom in zijn gezicht. Na de smaak van methaan was zelfs bedorven lucht een verbetering. Hij klom juist de helling op naar de draaiplaats toen de rails onder zijn voeten begonnen te trillen. Aanvankelijk dacht hij dat het van vallend gesteente kwam, tot hij het gepiep van ijzeren wielen hoorde. Ergens verderop reed een rij kolenwagens.

Een trein was een halve ton los aan elkaar gekoppelde plaatstalen tobbes die door een klein duwtje in beweging konden worden gebracht en dan traag en ongecoördineerd aan de rol gingen. Blair liep terug en zocht naar een plek waar hij ze zou kunnen laten passeren. Hij hoorde de trein op een recht gedeelte komen en vaart gaan maken. Zelf maakte hij heel weinig vaart. Met zijn bepleisterde ribben en onder het gewicht van zijn rugzak struikelde hij over de bielzen doordat hij toch nog altijd te snel ging voor het zwakke schijnsel van zijn lamp. De rails vibreerden onder zijn voeten. Op hol geslagen treinen waren in de mijnen een veel voorkomende oorzaak van dodelijke ongelukken; als ze eenmaal vaart hadden, sleurden de tobbes alles mee wat hen in de weg kwam. Hij zag ze rond de bocht in de helling komen, met rammelende kettingen, de lage gang volledig vullend. Hij dook een vluchtgat in terwijl de voorste wagen nog juist zijn hiel raakte en de trein in de richting van het koolfront denderde.

Nadat het gerammel van de tobbes weggestorven was, hoorde hij een ritmisch gekras, alsof er een mes werd aangezet. Met één oog keek hij om de hoek van het vluchtgat. Er kwam iemand gebogen als een schaatser, afgetekend in geel, een lamp in de ene hand en een hak in de andere, zijdelings op zijn klompijzers over de rails de helling afglijden.

Blair trok zich terug in het gat terwijl Bill Jaxon langs kwam, zijden sjaal om zijn hals, met zijn rug naar het vluchtgat. Met zijn ene been nam hij grote stappen en balanceerde met het andere op vonken die uitdoofden als kometen die door de aarde ploegden. Blair voelde een brandende pijn en besefte dat hij niet was opgemerkt doordat hij boven op zijn eigen lamp lag. Hij liet zich op de rails rollen en klopte de verschroeide cirkel op zijn jas uit. Hij was inmiddels halverwege op weg naar de kooi en kon die lang voordat Bill van het koolfront terug kon komen, bereiken. Hij was echter nog maar net boven aan de helling toen hij het geluid hoorde van klompen die op een sukkeldrafje achter hem aan kwamen. Jaxon was helemaal niet naar het koolfront gegaan. Hij had hem alleen maar uit zijn schuilplaats gejaagd.

'Rose heeft me verteld dat ze je had ontmoet!' riep Bill. 'Daar wil ik alles van horen!'

Proberen om eerder bij de kooi te zijn dan Jaxon of zich verbergen, kon hij wel vergeten. Zijn lamp zou Bill recht naar hem toe leiden en de lamp uitdoen kon ook niet, want dan was hij blind. Hij haalde zich de hoofdgalerij voor de geest, de achterste gang en alle korte zijgangen die de twee hoofdgangen verbonden. De volgende zijgang was met een scherm afgedekt om te zorgen dat de luchtstroom rechtdoor ging en daar slipte hij achter langs.

Het duurde niet lang of hij hoorde de stem van Bill achter zich. 'Leuk geprobeerd, maar dacht je ook niet dat ik de mijn beter kende dan jij?'

In de achterste gang lagen rails voor de terugkerende wagens en hier stroomde de afgewerkte lucht doorheen naar het vuur. Een olieachtige wind die ook hier door zeildoekse schermen werd gestuurd, hield hem tegen. Hij trok schermen de tunnel in om te proberen Bills zicht op de lamp te belemmeren. Terwijl hij daarmee bezig was, stootte hij zijn hoofd tegen een lage balk en was een moment zo versuft dat hij niet meer wist welke kant hij uit moest gaan. Hij voelde iets nats in zijn oor lopen, een teken dat er een litteken was opengesprongen.

'Je had ons alleen maar met rust hoeven te laten,' riep Bill.

Blair liep zo vlug mogelijk door terwijl hij Bill achter zich de schermen opzij hoorde gooien. Hij schoot een zijgang in, terug naar de hoofdgalerij. Door de andere zijgangen kon hij Bill in de achtergang evenwijdig mee horen rennen. Hij had het kleine voordeel dat zijn schoenen minder lawaai maakten dan klompen, hoewel een mier dat ook had kunnen zeggen. Nog even en dan zou Jaxon doorsteken naar de hoofdgalerij.

Op de rails stond een eenzame kolenwagen. Blair zette zijn

schouder ertegenaan en duwde hem heuvelafwaarts in de richting van het koolfront. Toen hij over zijn schouder keek, zag hij Bills lamp verderop in de hoofdgalerij.

Blair zette zijn eigen lamp in de wagen, liet hem los en sprong opzij. Het was maar een flauwe helling; de wagen ging niet veel sneller rijden, maar bleef ook niet staan. Het schijnsel van Blairs lamp weerkaatste tegen het dak. Bill zette de achtervolging in en schaatste met lange slagen gracieus over de rails.

Blair scharrelde op de tast door een zijgang naar de achterste tunnel, haalde de dievenlantaarn uit zijn rugzak en stak die aan. De lucifer vlamde helder op en de smalle lichtbundel van de lamp priemde door het duister, extra gevoed door het vleugje mijngas in de lucht.

Na honderd meter waagde hij het om naar de hoofdgalerij terug te gaan. Zijn voeten waren zo zwaar als aambeelden en zijn longen leken wel doorgeprikte zakken, zo piepten ze. De stank van de stallen kwam hem echter bepaald aangenaam voor en het flauwe schijnsel van de lamp in de emmer met zand was als de kaars van een toevluchtsoord. De kooi stond klaar in het oog van de mijn.

Hij hoorde Bill door de hoofdgalerij terugkomen, woedend. Hoe hij de wagen te pakken had gekregen en zo vlug terug had kunnen komen, begreep Blair niet, maar het was zo. Blair stapte de kooi in en gaf een ruk aan het belletouw.

Op het moment dat de kooi omhoog ging, kwam Bill in volle vaart de hoofdgalerij uit gestoven en rende langs de stallen. Blair kon aan Jaxons ogen zien dat hij van plan was de sprong naar de omhoog gaande kooi te wagen, maar op het laatste moment besefte hij dat hij zou missen en sprong in plaats daarvan over de schacht heen.

Blair liet zich op de vloer van de kooi zakken, met zijn lamp en rugzak op zijn schoot, terwijl de kooi als een raket omhoog schoot. Door de open zijkant bescheen de bundel van zijn lamp een muur van vochtig, golvend gesteente en hoewel hij wist dat hij onderweg was naar een terrein vol kolen en slakken, rook hij gras en bomen.

Toen de kooi vaart minderde, krabbelde hij overeind. Het leek een eeuwigheid te duren, maar eindelijk kwam de kooi dan toch tot stilstand en zag hij wat hem als een zee van lichten voorkwam en voelde hij een echt briesje langs zijn gezicht strijken. Locomotieven stonden roerloos als sfinxen op het terrein. De vlag op de schachtbok was een maansikkeltje.

Toen hij op de losvloer stapte, kwam Albert Smallbone vanachter een van de poten van de bok vandaan en gaf hem een klap met een schep.

Blair lag languit op zijn rug, met de scherpe kant van de schep onder zijn kin en Smallbone aan de andere kant.

'Heb je ooit met fretten gejaagd?' vroeg Smallbone. 'Waardeloos gedoe. Nog erger dan boeven. De fret jaagt het konijn in zijn hol achterna en begint hem op te vreten. Maar daar heb je hem niet voor naar beneden gestuurd. Als het touwtje waar hij aan vastzit breekt, moet je hem als je zelf nog wat te eten wilt overhouden met een schep uitgraven. Nou ben jij dus mijn konijn en Bill komt zo boven.'

De kabel vierde snel naar beneden. Blair kon niet zien hoeveel er nog te gaan was, want zodra hij zich bewoog, drukte Smallbone het blad van de schep dieper in zijn hals. Zijn rugzak lag omgekeerd naast Smallbones voeten, de inhoud over de losvloer verspreid.

'Toen je de eerste keer met George Battie ging spitten, heb ik direct tegen Bill gezegd dat je terug zou komen. Hij wilde me niet geloven. Bill is niet zo erg pienter, maar verder is het een schoonheid, een natuurtalent. Net als zijn Rose. Ik ben een meer bedachtzaam mens, net als jij, maar we moeten de mensen nu eenmaal nemen zoals ze zijn.'

Blair gromde om zijn deel aan de conversatie bij te dragen.

Smallbone zei: 'Rose vertelde ons wat ze tegen je gezegd had, wat niet iets was dat je tegen iemand moet zeggen die toch al achterdochtig is. Boften wij even dat we hier net waren toen jij kwam? Net zoals ik ook heb geboft dat ik net even een dutje deed toen de hele put ontplofte. Weet je, ik heb mensen altijd buitengewoon boeiend gevonden. Rose probeert mij nooit zo te overtuigen, maar met Bill kan ze doen wat ze wil. Net Simson en Delila. Ik zou Maypole nooit Bills plaats in hebben laten nemen, maar zij vond het nou eenmaal fijn om helemaal alleen in dat mooie huis te zitten, dus toen Maypole erachter kwam waar ze mee bezig was, was ze bang dat hij haar en Miss Hannay zou verraden. We hebben niets verkeerds gedaan. Geen van allen. Het enige wat we hebben gedaan is een dominee een klein stukje van de echte wereld laten zien.'

'Hij was er niet klaar voor,' fluisterde Blair tegen de druk van de schep in.

'Daar heb je gelijk in. Het enige wat ik hem had gevraagd was om rustig te blijven zitten terwijl ik even een dutje ging doen. Dat was toch niet te veel gevraagd, dacht ik. Nou begrijp je dus in wat voor situatie wij zitten. We hebben helemaal niks verkeerds gedaan, Bill, Rose en ik, maar we krijgen wel de schuld dat er zesenzeventig man zijn omgekomen. Zelfs mevrouw Smallbone zou niet voor me bidden en neem van mij aan dat ze voor iedereen bidt. God weet dat we hebben geprobeerd om je te waarschuwen.'

'Net zoals je Silcock hebt gewaarschuwd?'

'Dat was een puinhoop. Na de brand probeerde hij Harvey uit te zuigen en we wisten niet wat Harvey hem in zijn toestand had verteld. Achteraf gezien waarschijnlijk helemaal niks. Hij is niet verdronken. Niks gebeurd.'

'Twiss?'

'Daar zijn we een eindje mee gaan wandelen. Harvey was er zo ellendig aan toe, dat het eigenlijk maar beter was.'

'Bill heeft geprobeerd om mij te vermoorden.'

'Bill is een beetje hardhandig, maar de gedachte dat de mensen zouden denken dat zijn Rose wat met jou gehad zou hebben, was een uitdaging.'

'En de spring gun?'

'Een onmenselijk apparaat. Ik had hem echt liever niet neergezet, maar het had toch een waarschuwing moeten zijn. Feit is dat je op elk moment uit Wigan had kunnen vertrekken en dat je dat niet hebt gedaan en nu is het te laat.'

De kabel maakte een geluid alsof hij omhoog kwam. Blair besefte dat als hij zou proberen om naar het ophaalgebouw te schreeuwen, Smallbone hem dat met de schep zou beletten, en zelfs als hij dat niet deed, zou de machinist hem boven het geluid van de zuigers en kleppen waarschijnlijk niet kunnen horen. Wat zou het dus worden? Een tochtje naar de spoorlijn waar hij zijn moede hoofd op de rails te ruste zou kunnen leggen, net als Harvey Twiss?

De kooi bereikte de losvloer en schudde heen en weer terwijl twee klompen Blairs uitzicht belemmerden. Het waren bekende klompen met koperen neuzen, glimmend als gouden speerpunten. Terwijl die op Blair gericht bleven, gaf Smallbone onmiddellijk een ruk aan het belletouw waarop de kooi weer naar beneden ging.

'Dat was een lekker loopje,' zei Bill.

'Zo goed als een christelijke sportman?' Blair herinnerde zich zijn eerste gesprek met Jaxon in de Young Prince.

'Bijna.'

De ophaalmachinist moest zich wel afvragen waarom de kooi maar steeds op en neer bleef gaan, dacht Blair, maar dat was reden te meer voor hem om op zijn post te blijven.

'Jij was bij Twiss toen het gas ontplofte,' zei Blair tegen Jaxon.

Bill keek naar Smallbone die toekeek hoe de schacht de kooi opslokte en zei: 'Het geeft niet.'

Nu begreep Blair dat ze hem niet naar de spoorlijn of naar het kanaal zouden brengen. Zodra de kooi beneden was, zouden ze hem er eenvoudigweg achteraan gooien en zou hij een van de vele mensen zijn die in Wigan tijdens een late wandeling waren verongelukt. Hij zag zichzelf naar beneden storten. 'Ik schoot een pijl in de lucht die terugviel naar de aarde, maar waar weet ik niet.' Nou, dat zou hij dus wel weten.

'Wat denken jullie dat er gebeurd is?' vroeg Blair.

'De ontploffing? Wou je mijn mening horen?' zei Smallbone. Hij hield de druk op de schep en intussen was zijn oog op de kabel gericht. 'Het is om je rot te lachen. De Heer geeft en de Heer neemt en ondertussen bescheurt-ie zich.'

Blair keek naar het verwrongen stuk koper dat eens een veiligheidslamp was geweest. 'Wist Maypole het?'

'Dat is goed mogelijk; hij had in elk geval genoeg licht om het te kunnen zien. Waar het op neerkomt, is dat een mijnwerker die denkt dat hij niet in zijn eigen graf werkt, gek is. Van Maypole wist ik dat hij gek was. Het verbaast me te merken dat jij het ook bent.'

Hij knikte naar Bill die uithaalde om Blair over de rand te

schoppen, maar werd afgeleid door iemand die zonder lamp het donkere terrein overgelopen kwam.

Smallbone tuurde om te zien wie het was en riep: 'Ben jij dat, Battie? Wedge?'

Charlotte antwoordde: 'Ik heb met Rose gepraat.'

'Weg met die kerel,' zei Smallbone tegen Bill die Blair daarop over de rand schopte.

Charlotte was gekleed in broek en overhemd en had een schop met een lange steel bij zich, het soort dat bij het kolen lezen werd gebruikt. Toen ze Smallbone een klap gaf, maakte de schop een geluid als een Chinese gong.

Blair had een van de stalen leidraden weten te grijpen en probeerde omhoog te klimmen. Smallbone werd door een volgende klap van Charlotte geveld. Ze was een vage gestalte die de schep als een slagzwaard met beide handen zwaaide. Blair reikte van de draad naar het platform waar Bill op hem stond te wachten. Charlotte gaf Bill met de schep een por in zijn rug, maar dat had geen enkel effect en pas toen ze hem een klap tegen zijn hoofd gaf, richtte hij zijn aandacht op haar. Hij draaide zich om en gaf haar een klap met de rug van zijn hand. Blair zag haar tegen de grond gaan terwijl hij het platform opklom. Hij raapte de schep op en zwaaide die, op het moment dat Bill zich naar hem omdraaide, uit alle macht tegen zijn knie, als iemand die de eerste klap met een bijl in een boom geeft. Bill helde naar een kant over. Blair wierp hem de schep toe. Terwijl Bill die met beide handen opving, deed Blair een stap naar voren en gaf Bill met de volle vuist een klap tussen zijn ogen. Bill stapte achteruit waar niets anders dan lucht was en balanceerde met één voet op de rand. Zijn sjaal wapperde in de neergaande luchtstroom om hem heen. Hij liet de schep vallen en die kletterde over zijn voet, wat hem nog een millimeter verder boven de schacht bracht. De schep ging de kooi achterna en ketste onderweg met een helder geluid tegen de stenen.

'Ik heb je, Bill, beste jongen,' zei Smallbone en greep Jaxons hand vast.

Door naar Smallbone te reiken, kantelde Bill in de tegenovergestelde richting. Hoewel Smallbone hem stevig vast had, bleef de hoek in de verkeerde richting veranderen en Bills klomp gleed weg.

Het ijzer waar hij op geschaatst had, gleed over de afgesleten houten rand van het platform.

'Gadverdoemese Maypole,' zei Bill. En toen: ' 't Is gebeurd.'

Zijn ogen rolden achterover en de rest volgde. Hij deed een slag met zijn vrije arm en viel.

'Jezus,' zei Smallbone.

Hij schoof als een krab dwars over de planken en probeerde zich uit Bills greep los te maken, maar verdween toen ook over de rand.

28

EEN ZACHT BRIESJE GING Blair vooruit en deed de margrieten schuimen. Hij was hier eerder geweest, dus het spoor was gemakkelijk te volgen, vooral nu het werd gemarkeerd door een satijnen roklint dat ergens achter was blijven haken, of de droge kuch van een geweer in de verte.

Weilanden voerden naar een hoger gelegen helling met schapen door rijen zwarte stenen van elkaar gescheiden. Hij droeg een jasje van Harris-tweed over wat als nieuwe ribben voelde en zonder dat het pijn deed, kon hij de lucht inademen die leek te sprankelen van leven, alsof de opaliserende glans van vliegende insekten een elektrisch veld was dat alles om hem heen een lading gaf. Nu en dan bleef hij staan om de rugzak van zijn schouder te laten glijden en zijn nieuwe telescoop te richten op een havik die biddend boven een hoop stenen hing of op een lam dat door de hei snuffelde.

Hij wendde zijn kijker in de richting van de laatste heuvel, waar de wind het gras deed golven en waar onder wolken als statige witte pilaren een picknick was aangericht. Het oosterse tapijt van de Hannay's was net als de vorige keer uitgespreid. Lady Rowland en Lydia waren ook nu weer gekleed als verfijnde, bewegende bloemen, de moeder als een Amerikaanse aster in een mauve-fluwelen ensemble, de dochter in een lavendelblauwe japon van crêpe de Chine, haar gouden haar opgestoken onder een zonnehoed, gedekte kleuren die de onduidelijke toestand weergaven waarin de familie thans verkeerde. De mannen – Hannay, Rowland en Leveret – waren in het zwart. Slaperige vliegen kropen over de restanten van de eend in gelei, de pikante pasteitjes, crackers en glazen wijn. De geur van kruitdamp zweefde in de lucht.

Lady Rowland kreeg een kleur van ergernis toen ze Blair zag aankomen, terwijl Lydia, als een verguld beeldje, om zich heen keek naar iets om over te praten.

'Daar heb je hem,' zei Rowland.

Hannay ging wat moeilijk rechtop zitten en hield zijn hand boven zijn ogen. Blair zag tekenen van verval bij de bisschop, suikerachtige baardstoppels op zijn kaken.

'Een gezicht om ons op te vrolijken. Goed zo. Wij zijn allemaal ontroostbaar, maar jij, Blair, lijkt volledig hersteld te zijn. Geschoren, genezen, blakend van gezondheid.'

'Beter nog, betaald,' zei Blair. 'Uitgerust en klaar voor vertrek naar Afrika, dank zij u. Het spijt me van uw dochter.'

'Dat kwam geheel onverwacht.'

Lady Rowland zei: 'Het was een bittere teleurstelling.' Ze klonk niet teleurgesteld. Het leek eerder alsof er een trek van voldoening om haar mond speelde.

Lydia glansde als een bloemstuk dat naar buiten werd gebracht. 'Wanneer vertrekt u?' vroeg ze.

'Morgen. Uw oom is zo goed geweest me op te dragen mijn exploratie van de mijnen aan de Goudkust te voltooien, hoewel ik eigenlijk nog iets langer had willen blijven om te proberen mijn moeders familie op te sporen. Zij kwam hiervandaan. Nu zal ik waarschijnlijk wel nooit meer de kans krijgen.'

'Het verbaast me toch dat je nog zo lang bent gebleven,' zei Hannay.

'Het is een prachtig land.'

'Uit de mond van een oud-Afrika-ganger is dat een compliment,' zei Rowland. 'Je bent uit het graf verrezen. Ik hoorde dat je een week in ons oude huis hebt gewoond voordat je naar het Minorca terugging. Je hebt de omgeving werkelijk volledig verziekt. Een soort zwarte neef.'

'Werkt de arsenicum nog?'

'De apotheker is een goeie kerel. Je kent hem zelf trouwens goed.'

'Alweer iets dat we gemeen hebben.'

'Het laatste. Hoe staat het met je ironie?'

'Moedermelk.'

'Chief Constable Moon heeft me verteld dat er twee weken geleden midden in de nacht een paar mijnwerkers in de schacht van de Hannay-mijn zijn gevallen. Toen de kooi 's morgens omhoog kwam, zijn ze gevonden. Ze waren dood, verminkt door de klap en doordat ze onderweg de wand van de schacht hadden geraakt, volgens de lijkschouwer althans.'

'Wat een gruwelijk verhaal,' zei lady Rowland. 'Waarom vertelt Chief Constable Moon je zoiets?'

'Hij weet dat ik geïnteresseerd ben in vreemde voorvallen.'

'Twee dronken kerels die in een put vallen komt mij anders niet zo vreemd voor.'

'Het vreemde is dat twee ervaren mijnwerkers in een schacht vallen van de mijn waar ze werkten. Dezelfde mannen hebben zich na de ontploffing in januari als helden gedragen. Als dat niet ironisch is, wat dan wel?'

'Of een verhaal met een moraal,' zei Blair.

'Wat is de moraal?' Lydia klonk alsof ze er niets van snapte.

Lady Rowland zei: 'Zo is het wel genoeg, liefje. We zullen het nooit weten. Die mensen leven zo heel anders.'

Maar Rowland was nog niet klaar. 'Het was, om precies te zijn, dezelfde nacht dat Charlotte verdween, dus we hebben ironie én toeval. Misschien zouden we ons in het toeval moeten verdiepen.'

Leveret zei: 'Dan zou er een verband moeten bestaan. Charlotte kende die mijnwerkers niet en had ze waarschijnlijk nooit gezien.'

'Ze was bekend met mijnmeiden. Op mijn aandringen sluit mijn oom het Tehuis voor Vrouwen.'

'Als je dat voldoening schenkt,' zei Blair.

'Niets geeft mij voldoening. Ik heb roem vergaard. Ik draag een beroemde naam, dat wil zeggen, die zal ik in de toekomst dragen. Maar het is net alsof me een tuin was beloofd met in het midden een boom met een bepaalde appel. Mijn hele leven heb ik niet anders verwacht dan dat ik in die appel zou mogen bijten, en nu wordt me verteld dat de tuin van mij is, maar dat de appel door iemand anders is gestolen. Mijn voldoening is gestolen.'

'Je krijgt de kolen immers nog,' zei Blair.

Hannay zei: 'Blair is een paar weken geleden zelf ook gevallen. Ik ben bij hem op bezoek geweest. Hij ijlde meestentijds. Zijn herstel is werkelijk wonderbaarlijk.'

'Dank u,' zei Blair.

Het was inderdaad waar. Zelfs de malaria was verminderd. Geen bruine pies meer, zijn water was zo helder als een bergbeek. 'Misschien komt het door de lucht.'

'U zou in Wigan moeten komen wonen,' zei Lydia.

'Ik zou bijna in de verleiding komen. Het goud eraan geven voor de meer eenvoudige kool.'

'Wat weet u precies van uw moeder?' vroeg ze.

'Vrijwel niets. We waren onderweg naar Amerika toen ze overleed. Ze had tegen mensen aan boord verteld dat ze uit Wigan kwam. Ze had dienstbode kunnen zijn, een fabrieksmeisje, een winkelmeisje of een mijnmeid.'

Lady Rowland zei: 'Er moet toch een naam op de bagage hebben gestaan of zoiets.'

'Ze had geen bagage. Als ze papieren bij zich had, moet ze die hebben verscheurd of weggegooid.'

'Ze zat in moeilijkheden,' zei Rowland. 'Of wie weet wilde ze voorkomen dat jij terugkwam om de familie lastig te vallen.'

'Dat heb ik altijd gedacht,' zei Blair. 'En toch ben ik hier.'

Hannay schonk Blair een glas wijn in dat hij aannam, maar hij bleef staan. De bisschop zei: 'Je zou Rowland moeten zien schieten. Werkelijk buitengewoon. Hij heeft de dierenpopulatie hier aardig gedecimeerd.'

'We zijn in Afrika samen wezen schieten. Daar heeft hij de populatie ook gedecimeerd.'

'Op je gezondheid.' Leveret hief zijn glas naar Blair. 'Ik ben blij dat je er nog bent.'

Hij had met geen woord gerept over Blairs bezoek aan de stal of over het feit dat hij twee weken geleden een rijtuig had meegenomen, toen iedereen dacht dat hij er te slecht aan toe was om op te staan.

'Heel merkwaardig,' zei Hannay. 'We waren altijd bang dat Charlotte aan tafel of tijdens een van onze uitjes zou verschijnen. Nu besef ik pas dat ze in feite het middelpunt van ieder gebeuren was. Zonder haar lijkt alles zo doelloos.'

'Het leven gaat door,' zei lady Rowland.

'Maar het leven is niet hetzelfde.' Hannay keek hoe Rowland een doos patronen openmaakte. 'Neef, je handen trillen.'

'Dat komt van de malaria,' zei lady Rowland. 'We gaan naar

Londen om dokters te bezoeken en blijven dan voor het seizoen. Rowland zal daar de meest begerenswaardige man zijn. Hij zal voor de vrouwen moeten vluchten.'

'En omgekeerd,' zei Blair.

'Zonder Charlotte zal het toch niet hetzelfde zijn,' zei Lydia. 'Ik voelde me bij haar altijd de mindere omdat ze zo intelligent was, maar ik vond het ook erg spannend omdat ik nooit wist wat ze nu weer zou gaan zeggen.'

'Wat praat je nu toch?' zei lady Rowland. 'Kind, je zult een heerlijk seizoen voor jezelf hebben en we vergeten dit allemaal snel. Zelfs de herinnering aan meneer Blair zal vervagen.'

'Hebben de detectives iets ontdekt?' vroeg Lydia.

'Nee.' Haar moeder wierp een steelse blik in de richting van de koddebeiers en herhaalde zacht: 'Nee. Je oom heeft het beste detectivebureau van Manchester in de arm genomen. Geen spoor. Je moet nu alleen nog maar aan de familie denken.'

'Blair zou kunnen gaan zoeken,' zei Lydia.

'Ja, Blair heeft ook zo'n enorm succes gehad bij zijn speurtocht naar Maypole,' zei Rowland. 'Oom, zou u zo goed willen zijn de brief voor te lezen die vandaag gekomen is?'

De bisschop hield zijn ogen strak op de muur gericht die de horizon markeerde. Hij tastte afwezig naar de borstzak van zijn jas en haalde een brief te voorschijn die hij aan Leveret gaf.

'Vooruit,' zei Rowland gebiedend.

Leveret vouwde het papier open. Hij slikte en las hardop:

My Lord Hannay,

Dit is zowel een afscheidsgroet als een verontschuldiging voor de ongerustheid waaraan ik u heb blootgesteld. Ik wil geen verontschuldigingen aanvoeren voor mijn gedrag; ik heb daarvoor echter redenen die ik u zou willen uitleggen, in de hoop dat u mij te zijner tijd enigszins zult kunnen begrijpen en vergeven. Als ik u heb teleurgesteld, heb ik mezelf tien keer zo erg teleurgesteld. Ik was niet de kapelaan die ik had kunnen zijn, zoals Wigan niet de eenvoudige parochie was waarvoor ik het aanvankelijk hield. Wigan is in feite twee werelden: een lichte wereld met bedienden en rijtuigen, en een geheel andere wereld die onder de grond zwoegt. Al werkend, ontdekte ik dat het voor mij onmogelijk was om deze beide werelden met gelijke inzet als geestelijke te dienen. Er is een tijd geweest dat ik, net als dominee Chubb, dorre eruditie hoger achtte dan de vriendschap van mijn medemens. Nu kan ik echter zeggen dat er op deze wereld geen groter goed is dan achting van de werkende mannen en vrouwen van Wigan. De leegheid van de kerk zal ik geen moment missen. Wigan heb ik echter voor altijd in mijn hart gesloten.

Morgen aanvaard ik mijn eigen, nieuwe ambt. Ik dank God dat ik deze last niet alleen zal hoeven dragen, want Charlotte heeft zich bij me gevoegd. Onze bestemming kan ik u niet onthullen, maar weest u er alstublieft van overtuigd dat we zo tevreden zijn als twee mensen maar kunnen zijn die zich gewapend weten door een blind vertrouwen op God. Morgen begint het grote avontuur!

Met hoogachting en genegenheid,

Uw nederige, dienstwillige dienaar, John Maypole.

Leveret keek naar de envelop. 'Hij is drie dagen geleden in Bristol gestempeld.'

Blair zei: 'Ik had durven zweren dat Maypole dood was.'

'Volgens die brief niet,' zei Rowland.

'Het is Johns handschrift,' zei Leveret. 'Dit zijn zijn meest persoonlijke gevoelens. Hij heeft zich tegenover mij meerdere malen op dezelfde manier uitgesproken.'

Rowland zei: 'Er zijn in de afgelopen drie dagen honderden schepen uit Bristol vertrokken. Ze kunnen inmiddels weet ik waar in Europa zijn, of wie weet spelen ze ergens in een achterbuurt in het zuiden van Engeland de missionaris.'

'Denk je dat ze getrouwd zijn?' vroeg Lydia.

'Natuurlijk zijn ze getrouwd,' zei lady Rowland. 'Het maakt niet uit, je oom onterft haar toch. Dat moet hij. Ze heeft de familie te schande gemaakt door er met een gek vandoor te gaan.'

'Is dat alles wat Maypole schreef?' vroeg Blair. 'Helemaal niets waarom hij verdween of waarheen?'

'Dat is alles,' zei Leveret.

Lydia zei: 'We hebben maanden op een brief van kapelaan Maypole zitten wachten, ja toch?'

Lady Rowland zei: 'Hij moet al die tijd in het geheim contact met Charlotte hebben gehad. We hebben de detectives bedankt. Het heeft geen enkel nut om te proberen twee weglopers te vinden.'

Leveret zette zijn hoed af, alsof hij plotseling ontdekte wat een warm deksel dat was. Langs zijn haargrens zaten kleine blauwe spikkels. 'Heb je in Afrika soms hulp nodig?' vroeg hij.

'Nee. Het spijt me voor je.'

'De vraag is,' zei Rowland, 'of Blair van het begin af aan soms met Maypole onder één hoedje heeft gespeeld. Ik zag hoe Charlotte hem aankeek toen ik de geschenken voor de Royal Society bracht.'

'De apehandschoenen?' vroeg Blair.

'Earnshaw heeft me verteld dat Blair haar doorlopend achterna zat en haar tegen me opzette.'

'Erg gecharmeerd leek ze anders niet van me.'

'Jullie deden beide alsof. Je bent al die tijd een agent van Maypole geweest.'

'Excellentie?' Blair vroeg om een weerlegging van deze beschuldiging door de bisschop, maar Hannay leek nauwelijks te luisteren.

'U bent niets over uw moeder aan de weet gekomen?' trachtte Lydia het onderwerp te veranderen.

'Nee, maar misschien is het mysterie me ook eigenlijk liever.'

'Een fraai mysterie,' zei Rowland. 'Een slet wordt zwanger van de een of andere winkelbediende, krijgt het jong, laat zich weer een kind maken, maar niet door een man die stom genoeg is om met haar te trouwen, bedelt ergens een ticket naar Amerika vandaan en maakt onderweg een einde aan haar korte, smerige leven. Misschien heb ik hier of daar een paar details fout, maar het mysterie lijkt me opgelost. Probeer nu niet om haar waardigheid te verlenen door het zo te noemen.'

Blair telde de twee stappen die hij over het tapijt zou moeten nemen, een in de mosterd en een in de pastei, om bij Rowland te komen die zijn geweer ophief en zei: 'Geen palmbomen of inboorlingen om je achter te verbergen, hè? Wat dacht je van mijn speurwerk? Ik geloof dat ik je eindelijk te pakken heb. Je moeder was een willige hoer, een syfilitische, naamloze niemand, het soort vullis dat schepen iedere dag overboord gooien. Klopt dat zo ongeveer?'

Blair haalde zijn schouders op. 'Weet je, ik heb dat zelf ook vaak gezegd – en nog erger – jarenlang. Omdat ik verlaten was, of ze het nu kon helpen of niet, of ze nu gestorven was of niet. Het helpt om die woorden uit jouw mond te horen, want dat doet me beseffen hoe dom en boosaardig ze zijn. Vooral erg dom. Omdat ze niet meer dan een meisje was, en als ik bedenk hoe verlaten zij zich moet hebben gevoeld, zonder een cent nadat ze haar ticket had betaald, geen bagage, geen vrienden, machteloos, ongeneeslijk ziek voordat ze aan boord stapte en wetend dat ze waarschijnlijk op zee zou sterven, begrijp ik hoeveel moed het moet hebben gevergd om hiervandaan te ontsnappen. Het enige wat ik dus van mijn moeder weet, is dat ze erg moedig was, en omdat ik dat tot ik in Wigan kwam niet begreep, geloof ik dat het de reis waard is geweest.'

Hij dronk zijn glas leeg en zette het neer. Het was een heerlijk gevoel om niet overal pijn te hebben. Het geweer trilde in Rowlands handen en het zweet droop van zijn gezicht.

'Je schiet te veel, lieverd,' zei lady Rowland. 'Daar word je koortsig van.'

Hannay boog zich naar hem over en fluisterde donker: 'Rowland, als je minder arsenicum slikte, zouden je handen niet zo trillen. Als je nog witter was, kon je voor sneeuwman spelen, en als je nog gekker was, zou je de aartsbisschop van Canterbury kunnen zijn. Ik adviseer je om zo spoedig mogelijk te trouwen voordat je zo gek wordt dat je in de gordijnen klimt. Verantwoordelijkheden gaan voor; krankzinnigen worden niet tot het House of Lords toegelaten. Als je er eenmaal inzit, mag je gek worden.'

'Mag ik?' zei Leveret en nam Rowland het geweer voorzichtig uit handen.

'Wel, het spijt me dat ik weg moet,' zei Blair.

Hij hing de rugzak over zijn schouder en liep terug in de richting van waaruit hij gekomen was. Hij had nog maar nauwelijks honderd meter gelopen toen hij iemand door het hoge gras achter hem aan hoorde komen. Hij draaide zich om en stond tegenover Hannay.

'Excellentie?'

'Dank je, Blair. Het gebeurt maar zelden dat jij op welke manier dan ook laat blijken dat je respect voor me hebt. Wat die brief betreft.'

'Ja?'

Hannay had hem in zijn hand. Hij vouwde het enkele vel papier open en liet zijn ogen langs de regels dwalen.

'Het is heel goed gedaan. Alle Maypole trekjes en stijlbloempjes. De vraag is of ik het geloof.'

'En doet u dat?'

'Geen moment.'

Blair zei niets. Hannay knipperde met zijn ogen. Hij had zout water in zijn ogen. Zijn jas wapperde in de wind, los, als een zeil.

'Niet letterlijk,' voegde de bisschop eraan toe.

'Hoe bedoelt u dat?'

'Niet woord voor woord. Soms vraagt iemand me of ik het boek Genesis geloof. Werden hemel en aarde inderdaad in zes dagen geschapen? Werd Eva inderdaad uit een rib van Adam gemaakt? Niet letterlijk. Het is een boodschap, geen feit. We kunnen alleen maar proberen het te begrijpen.'

'Begrijpt u het?'

'Ja.' Hannay vouwde de brief weer dicht en deed hem in zijn borstzak.

Blair keek het pad af. Hannay voegde zich weer bij de picknick en die ging door, op deze afstand nauwelijks hoorbaar. Het beeld had de futloosheid hersteld van een Engelse familie tussen Engelse heuvels en Engelse wolken, onder een hemel zo vloeibaar als een vijver.

Onder aan de heuvel keek hij nog een keer om en ze waren zo klein als figuurtjes in een waterdruppel.

29

Het Afrikaanse stoomschip *Blackland* vertrok in de heiige namiddag van de North Landing in Liverpool en voer op de eb de Mersey af. Zwaar geladen, diep in het water, scharrelde ze tussen de kolenbarges en kitsen over de Long Reach, aanvankelijk naar het noorden, toen de bocht om naar het westen, en ten slotte zuidwaarts naar open zee.

De *Blackland* was een dappere ark van beschaving, afgeladen met stoffen uit Manchester, knopen uit Birmingham, bijbels uit Edinburgh, en potten en pannen, spijkers en zagen uit Sheffield. Verder had ze uit Londen Punch en The Times aan boord, alsmede communiqués van het ministerie van Koloniën met keizerlijke bevelen en concessies, en niet te vergeten de zakken met persoonlijke brieven die de buitenlandse dienst draaglijk maakten. In houten kratten opgevuld met houtwol zat niet alleen cognac, sherry en gin voor de handel, maar ook kinine, opium en citroenzuur. Uit het ruim steeg de geur op van palmolie die ze op de terugreizen vervoerde.

De kapitein kreeg een bonus als hij brandstof bespaarde en veel meer dan acht knopen zou de *Blackland* niet maken, wat heel weinig leek als ze tegen de lange deining van de noordelijke Atlantische Oceaan op moest boksen. Eenmaal in de Golf van Biskaje zou ze de Canarische stroom echter mee krijgen die het schip mee zou voeren in de richting van Afrika. De *Blackland* zou Madeira aandoen, met een ruime boog om de emiraten van de westelijke Sahara heen gaan, de plek waarvan Europeanen eeuwenlang hadden geloofd dat de zee daar kookte en de aarde eindigde, waarna ze in de warme equatoriaalstroom terecht zou komen en aan haar tocht langs de Afrikaanse havens beginnen.

Om vier uur verzamelden de passagiers zich in de eerste-klaskajuit voor het middagmaal en om zeven uur voor het avondmaal en op de eerste avond bleven ze nog lang aan dek voordat ze naar hun smalle kooien gingen. De roetvlokken uit de schoorsteen deden het schip op een locomotief lijken op de nachtelijke oceaan.

Vóór de schoorsteen was de reling echter een borstwering voor sterrenbeelden die zo helder waren als pas aangestoken vuren, bekende sterren die spoedig plaats zouden maken voor het Zuiderkruis.

Geleidelijk aan gingen de passagiers alleen of in groepjes naar beneden. Methodistische missionarissen, die nu al voor de zielen van de Zoeloes aan het bidden waren. Een dokter, zelf ook niet helemaal lekker, die naar de pokkenepidemie in Grand Bassam werd gestuurd. Handelaren in blikgoederen, medicijnen, buskruit, zeep. Een luitenant die naar Sierra Leone ging om Jamaicanen te drillen, die naar Afrika waren gestuurd om daar dienst te doen. Een nieuwe consul voor Axim. Creolen in geklede jassen en mutsen van beverbont.

En als laatste aan dek, bestemd voor de Goudkust, een mijningenieur die Blair heette en zijn vrouw, die hij Charlotte noemde, behalve als hij haar Rose noemde.